# 尼尔斯骑鹅历险记

[瑞典] 塞尔玛·拉格洛夫 / 著

万之 / 译

浙江文艺出版社
Zhejiang Literature & Art Publishing House

# 鹅背上的冒险书

## ——作家榜版推荐序

谢尔·埃斯普马克

（诺贝尔文学奖评委、瑞典学院院士）

　　小小的尼尔斯骑在一只公鹅背上，跟着大雁们游历整个瑞典，从南方的平原一直到北方的高山，这个故事得到了全世界孩子的喜爱。

　　由于融合了传奇和现实，这部写于 1906 年的作品，具有让人吃惊的现代特色。这种把想象和现实结合起来的方式，我们在获得诺贝尔文学奖的马尔克斯那里可以看到，在莫言那里也可以看到。对于他们这种相似性的一个解释，是他们全都折回了同一个启发者、同一个灵感源泉，那就是德国作家、作曲家、指挥家和漫画家——E. T. A. 霍夫曼。1813 年，霍夫曼在被拿破仑大军炮火摧毁的德累斯顿，走在去歌剧院导演莫扎特的传奇歌剧《魔笛》的路上，他突然醒悟到，传奇必须纳入现实。换句话说，是他发明了我们今天称之为魔幻现实主义或者想象现实主义的创作方法。

霍夫曼有了很多富有天才的追随者，从俄国作家果戈理一直到另一获得诺贝尔文学奖的当代德国作家君特·格拉斯。在瑞典，这样的融合首先出现在塞尔玛·拉格洛夫的小说《约斯塔·贝尔灵的传说》中，与一种保守的批评针锋相对。那种批评要求把想象和写实这两种写作手法严格区分开。但是，赞赏她的声音比反对她的声音要强大得多。《尼尔斯骑鹅历险记》发表两年之后，拉格洛夫被授予诺贝尔文学奖，也是获得这个奖的第一位女作家。

　　《尼尔斯骑鹅历险记》本来是瑞典人民学校教师协会请塞尔玛·拉格洛夫为九年级的孩子们写一部有关瑞典地理的教科书。拉格洛夫认为，人民学校通过好的教科书能够实现"一种有普遍意义的教育，因此能大大缩小阶级差别"，而这个写作任务正好符合她的理念。她借助民间故事传说的形式来达到了这个目的。

　　淘气的农家男孩尼尔斯，无理地对待自己家的小土地神，作为对他的惩罚，小土地神把他变成了一个巴掌大的小人，也是他能骑在鹅背上从一个地区旅行到另一个地区的合适形式，完成了一次富有教育意义的旅行。这样的转变也让他能够用动物的语言和动物交流。在候鸟的帮助下，他学习到了有关瑞典的农业、工业、林业等方面的知识，同时从不断变化的美丽大自然中得到快乐。地理的描绘非常巧妙地穿插在不同的历险故事中，能引发儿童的想象。其中很多故事围绕那个危险的狐狸斯密尔，而其他故事围绕失去父母的放鹅丫头奥萨和她的小弟弟马兹，在这些历险中，懒惰又淘气的尼尔斯也成长起来，成为有责任感的、关心别人的少年。这是一种去恶从善的发展，却不用任何道德的说教来完成。

　　通过这种想象和客观信息的结合、传奇和敏锐观察的结合，塞尔玛·拉格洛夫成功地创作出了一部教科书，成为瑞典文学中最受喜爱

的作品。

《尼尔斯骑鹅历险记》在 20 世纪 80 年代就有过李之义和石琴娥的中文译本。那么为什么在 2018 年还要出版一个新译本呢？这是文学新译本出现时经常会遇到的问题，从古代的荷马史诗《奥德赛》到当代的托马斯·曼小说《布登勃洛克家族》都是如此。对这个问题的回答是——语言会成长，译本会老去，而原作却依然青春常在。新译本会更加贴近地追寻原文本的精神和独特细节。但也是新语言的词汇和视角中那些细小变化，使得新的读者需要看到更新的更清新的译本。

我衷心希望，塞尔玛·拉格洛夫有关小尼尔斯的这本传奇，在作家榜出品、万之翻译的全新中文版中，能够吸引众多新的热情的读者。

2017 年 11 月 10 日

---

1 编注：原文瑞典文，中文由万之翻译。

3

# 目　录

# 1. 小男孩

## 小土地神

三月二十日　星期天

从前有个小男孩，差不多十四岁，身材细长，亚麻色头发。他没多大能耐：最乐意的就是睡觉和吃饭，其次就是调皮捣蛋。

这是个星期天的早晨，小男孩的父母正穿衣打扮要去教堂。小男孩自己只穿着衬衫坐在桌边，想着这可太幸福了，爸爸妈妈都要出去，所以他会有一两个钟头可以自由自在。他自己在心里说："这回我可以把爸爸的猎枪拿下来放一枪，也不会有什么人来管我了。"

不过还差一点，爸爸像是猜到了小男孩的心思，因为就在他站在门槛上要走出去的时候又停了下来，朝小男孩转过身来。他说："你不愿意跟妈妈和我上教堂，那么我看你起码可以在家念念布道书吧。你答应吗，在家念念布道书？"

小男孩说："好啊，我当然可以念念啦。"他心里想的当然是他不要多念，

不喜欢念了就不念。

小男孩觉得他从来没见过妈妈手脚这么快，一转眼她已经到了挂在墙上的搁架前面，取下了《路德布道书》放在窗前的桌子上，还翻开了这天要念的布道词。她还把福音书也翻开了，放在布道书旁边。最后她又把那张去年从维门赫格牧师大院拍卖会上买来的高背椅拉到了桌子边，平常这把椅子是除了爸爸谁也不许坐的。

小男孩坐在那里想，妈妈白费那么多工夫摆好东西，因为他也就打算读那么一两页。不过，爸爸就好像又一次把他的心思看透了。他走到小男孩面前，用严厉的声音说："记好了，你得好好念！等我们回来我要一页一页考你。要是你跳过了什么没念，你就别想过关。"

妈妈像是火上浇油："这个布道书有十四页半呢，你要想全念完，就得马上坐下来念。"

说完他们终于走了。小男孩站在门口看着他们的背影，觉得自己好像被抓到了一个笼子里。他在想："现在他们走啦，还庆贺他们想出了这么好的主意，他们不在家的时候，我不得不坐在这里老实地念布道书。"

不过爸爸妈妈虽然走了，却没有庆贺什么，反而很苦恼。他们是穷苦佃农人家，他们的土地比院子里的一块菜地也大不了多少。刚搬到这里的时候，地方只够养一头猪和两三只鸡，不过他们是非常勤劳能干的人，现在既有了奶牛也有了鹅。他们的家境已经大大好转了，要不是还有这个儿子让他们操心，他们在这个美丽的早晨本来会心满意足、高高兴兴地到教堂去。爸爸抱怨儿子懒惰，做事又慢，在学校里什么都不乐意学，还这么不能干，只能勉勉强强让他去放放鹅。妈妈也并不否认爸爸这些抱怨的话，不过让她最苦恼的还是儿子又粗野又会使坏，对动物很凶狠，对人也不怀

好意。妈妈说："求求上帝赶走他身上的邪恶，给他另一副好心肠吧！要不然他就会害了自己，也让我们家倒霉。"

小男孩站了很长一会儿，考虑着要不要念布道书。不过最后还是说服自己，这一次最好还是听话。他就坐到从牧师大院买来的高背椅上开始念书了。他用不高不低的声音咬文嚼字地念了一会儿，就这样，好像这种喃喃低语的声音在给他催眠，他也注意到，他在打瞌睡了。

窗外是美得不能再美的春天。这一年还没过多久，才三月二十日，不过小男孩住在斯郭纳最南头的西维门赫格教区，那里已经春意盎然。大地还没有变绿，但是空气清新，树枝已经含苞吐芽。所有沟渠都是流水潺潺，沟渠边的迎春花也开花了。石头垒成围墙的庄院上长出的所有树丛都变得棕红而光亮。矗立在远处的山毛榉树林好像每时每刻都在膨胀，变得更加茂密。天空又高又蓝。小木屋的门半开着，所以在房间里也听得见百灵鸟在啾啾鸣叫。鸡和鹅在院子里走来走去，而奶牛在牛棚里也感到了春天气息，不时发出一声哞哞的吼叫。

小男孩一边念一边打瞌睡，也努力抵抗着睡意。他心里想："不行，我可不愿意睡着，那样的话我一上午都念不完这本书。"

不过，不管他怎么想，他还是睡着了。

他不知道自己只睡了一小会儿还是很长时间，可是他听到了背后轻微的响声，就醒过来了。

小男孩面前的窗台上放着一面小镜子，从镜子里几乎可以看到整个房间。小男孩一抬头正好看到镜子里，这时他看到妈妈那个大箱子的盖子被打开了。

是这么回事，他妈妈有个很大、很重、四角包着铁皮的橡木箱子，除

了她自己，别人都不许去打开它。她在箱子里保存了从她妈妈那里继承来的所有东西，也是她特别爱惜的东西。那里面有一两件老式的红布做的农家妇女外衣，腰身很短，下裙打着褶，束胸上缀着珠子。那里面还有浆过而变硬的白色包头布、沉甸甸的银带扣和项链等等。如今的人不愿意穿戴这种东西了，妈妈也已经好几次打算把这些老东西卖掉，不过心里总是舍不得。

这会儿小男孩在镜子里看得一清二楚，那个箱子的盖子是开着的。他弄不明白怎么会是这样的，因为妈妈走以前是把箱子关好的。这也绝不会是妈妈干的事情，在他一个人留在家里的时候，让那个箱子开着就走了。

他真的吓坏了。他害怕有个小偷溜进了屋子里。他一动也不敢动，只是呆坐在椅子上盯着那面镜子看。

就当他这么坐着等小偷冒出来的时候，他也开始琢磨，落在箱子边沿上的一团黑影是什么东西。他看着看着，简直不敢相信自己的眼睛。不过那团起初像是黑影子的东西变得越来越清楚了，很快他就看出来，那是什么真实的东西。这也不是什么好东西，而是个小土地神，正骑马一样跨坐在箱子边沿上。

小男孩当然听人说起过小土地神，不过从来没想过他们会这么小。这个坐在箱子边沿上的小土地神，身材还没有一巴掌高。他有一张苍老而布满皱纹的脸，却没长胡子，穿的是黑长袍，只到膝盖的裤子，头戴帽檐很宽的黑帽子。他穿得非常整齐漂亮，领子和袖口上都有白色花边，系的鞋带和吊袜带都打成花结。他刚从箱子里拿起一件绣花束胸，坐在那里观赏这件老古董的做工，他看得那么聚精会神，以至于都没有注意到小男孩已经醒来了。

小男孩看到小土地神真的非常吃惊，不过倒并不特别害怕。一个这么小的东西是不可能让人感到害怕的。也因为小土地神坐在那里只顾做自己的事情，既不看也不听别的，小男孩就想，要是捉弄一下小土地神肯定会很好玩：把他推到箱子里去，再盖上盖子，把他关在里面，或者是这一类的什么恶作剧。

不过小男孩还没那么大胆，敢用双手去碰小土地神，而是朝屋里四处张望想找到什么东西，可以用来捅一捅那个小东西。他的目光在屋里转来转去，从长沙发转到那张可以折叠的饭桌，又从那张饭桌转到了炉灶。他看到炉灶旁边的一个架子上放着的锅子和咖啡壶，又看到门旁的水缸，还透过碗橱半开的橱门看到里面的勺子、刀叉和盘碟。他还抬头看到了挂在墙上的丹麦王室肖像旁边的爸爸的猎枪，还有窗台上正开花的天竺葵和紫樱花。最后，他的目光落到了挂在窗框上的一个旧的捕苍蝇的纱网上。

他一看到那个捕苍蝇的纱网就把它拿了下来，跳起来把纱网扫过了箱子边沿。他自己都有些惊讶，他会有这么好的运气。几乎连他自己都不明白是怎么得手的，但他真的把那个小土地神给捕捉到纱网里了。那个可怜虫头朝下躺在那个长纱网的底部，没法爬出来了。

最初的一刹那，小男孩简直不知道该拿这个俘虏怎么办。他只是很用心地把纱网挥来挥去，不让小土地神找空子爬出来。

小土地神开始说话了，真心诚意地请小男孩把他放开。他说，这么多年他让他们一家人过上了好日子，值得受到比较好的对待。如果小男孩肯放开他的话，他会送给他一个古代的银圆、一把银勺子和一个像他爸爸的银挂表那么大的金币。

小男孩并不觉得小土地神出的赎金很多，不过事情是这样的，自从他

用暴力抓住了小土地神，他开始害怕这个小东西了。他感觉到，他是在和什么陌生而又可怕的东西打交道，这个东西不属于他自己的世界，他要能摆脱这个怪物就很高兴了。

所以，他立刻就同意了这笔交易，把捕苍蝇的纱网停住不动，好让小土地神从纱网里爬出来。不过就在小土地神差一点儿要爬出来的时候，小男孩想到他应该提出更多条件，可以得到一大笔财产和所有可能得到的好处。起码他应该提这么一个条件，让小土地神用魔法把那本布道书变到他脑子里去。他想着："我怎么这么笨，还要把他放掉！"他就又开始摇晃那个纱网，想让小土地神再掉进去。

不过，就在小男孩这么做的同一时刻，他挨了一记可怕的耳光，可怕得他以为脑袋都要炸成碎片了。他先撞到一堵墙上，接着又撞到另一堵墙上，最后他倒在地板上失去了知觉。

当他再醒过来的时候，小木屋里只有他独自一个人了。他已经看不到那个小土地神的影子。那个大箱子的盖子是盖着的，捕苍蝇的纱网挂在窗框上通常挂的老地方。要不是他还能感到挨过耳光后的右脸火辣辣地疼，他真愿意相信，所有的事情只不过是一场梦。他心想："反正爸爸妈妈都会说，根本没发生过什么别的事，他们肯定不会因为什么小土地神的缘故就让我少念布道书。最好我还是坐下来重新念吧。"

可是，当他朝桌子走过去的时候，他却注意到了一件奇怪的事情。本来不会是这样的——小木屋变大了。不过，这是怎么回事呢？他要比往常多走好几步路，才能走到桌子前面。那把椅子又怎么了？看上去它也并不比刚才更大，不过他要先爬到椅子腿之间的横档上，然后才能够爬上椅子的坐垫。桌子也有了同样的变化。要是不爬到椅子的扶手上，他就看不到桌面上的东西。

小男孩说："这到底是怎么啦？我看是那个小土地神用什么魔法把椅子、桌子还有整个屋子都变成了这个样子。"

那本布道书还摊在桌上，表面上看跟之前一样，不过尺寸也变得荒唐极了，因为他不整个人站到书上去的话，书上的字就连一个都念不到了。

他念了一两行，不过无意中也抬头看了一眼。这下他的目光落在那面镜子里，他就高声叫起来："瞧啊，那里又来了一个！"

因为他在镜子里清楚地看到一个很小很小的小毛头，头戴着毛织的尖顶帽，身穿着皮裤。

小男孩说："这家伙穿得跟我一模一样啊！"说着，因为吃惊而把两只手捏在一起。不过这时他看到镜子里的那个小毛头也做了同样的动作。

这时他开始揪自己的头发，拧自己的胳膊，转动自己的身体，而就在同一时刻，他，那个镜子里的小毛头，也跟着做同样的动作。

小男孩围绕着镜子奔跑了几圈，想看看镜子背后是不是藏着什么小人。可是他在那里找不到任何人，这下他吓得浑身发抖了。因为现在他明白，是小土地神在他身上施了魔法，他在镜子里看到的那个小毛头，正是他自己。

# 大雁

　　小男孩简直就不能让自己相信，他也变成了小土地神那么大的一个小毛头。他心想："这不过就是一个梦，就是一种幻觉罢了。只要等一会儿，我还会变成人的。"

　　他站在那个镜子前面，闭上眼睛。过了两三分钟以后他才睁开眼睛，等着想看看这时一切都过去了。可是一切并没过去，他还是同样的小。除了小之外，其他方面还是那个样子，就和他以前一样。白色的亚麻一样的头发，鼻子上的雀斑，皮裤上的碎片，袜子上的补丁，都和过去一模一样，不一样的地方就是都变小了。

　　不行，这么一动不动地站着等待是没有任何用的，这点他也明白。他得想别的办法。他觉得自己能做的最聪明的事情，就是去找到小土地神，跟小土地神讲和。

　　他跳到地板上，开始寻找。椅子和碗柜后面、长沙发底下和烤面包的炉子里，他都看过。他甚至还钻进了一两个老鼠洞里去找，可他没法找到小土地神。

　　他一边寻找，一边哭了起来，又是哀求，又是保证，能想出来的话都说了。他再也不会对谁说话不算数，再也不会对人使坏调皮捣蛋，再也不会在念布道书的时候睡觉。只要能让他再变成人，他就要做一个优秀、善良、听话的孩子。不过，无论他怎么保证，一点用都没有。

　　他突然记起来，他曾经听妈妈讲过，那些小人物通常是住在牛棚里的，他马上就决定到那里去，看看能不能找到小土地神。幸运的是正屋的门还

半开着，因为他连门锁都够不到，没法打开门了，而现在他还可以走出去，没什么障碍。

他一到正屋外的前屋里，就四处找他的木鞋，因为在房间里他当然是穿着袜子走动的。他正发愁怎么能穿上自己那双巨大笨重的木鞋，不过他马上就看到门槛外放着一双很小的木鞋。当他想到，小土地神还很细致周到，把他的木鞋也变小了，他就更加发愁了。看起来这好像是故意的，那么这种麻烦会很长久。

铺在前屋外面的那块旧的橡木踏板上有只麻雀在跳来跳去。他一看到小男孩就喊叫起来："嘻嘻！嘻嘻！瞧瞧尼尔斯这个放鹅娃！瞧瞧这个拇指头大的小子！瞧瞧尼尔斯·霍尔格松这个拇指头！"

鹅们和母鸡们马上都把目光朝小男孩转过来，嘎嘎咯咯地发出一阵嘈杂的叫声。那只公鸡先鸣叫起来："喔喔喔，他活该啊。喔喔喔，他扯过我的鸡冠！"然后母鸡们也叫起来："咯咯咯，他活该！"鸡们叫个不停，鹅们挤成一团，全都一起伸着头问："谁能干出这种事？谁能干出这种事？"

不过最奇妙的事情是小男孩现在能听懂他们说的话。他吃惊得呆站在台阶上一动不动，只是听着。他对自己说："这可能是因为我也变成了小土地神吧。准是这个原因我才能听懂这些鸡和鹅的话。"

那些母鸡没完没了地说他活该，让他觉得实在受不了。他朝她们扔了块石头，喊叫着："闭嘴吧，你们这群浑蛋！"

可他没想到，他已经不再是以前那样的他，不再是母鸡们要害怕的他了。整群母鸡都朝他冲过来，团团围着他叫喊："咯咯咯，你活该。咯咯咯，你活该。"

小男孩努力想摆脱她们，可是母鸡们追着他叫喊，他的耳朵都要聋了。

要不是那只家猫走过来的话，他就永远甩不掉她们了。母鸡们一看见那只猫就安静下来，假装她们没想做别的事，只想在地上啄虫子吃。

小男孩马上跑到那只猫前面。他说："亲爱的猫咪，这个院子里的角落和地洞你不是全都熟悉吗？行行好吧，告诉我哪里可以找到小土地神？"

那只猫并不马上回答。他坐下来，优雅地把尾巴在两条腿前面卷成一个圈，盯着小男孩看。那是只大黑猫，胸口有块白毛。猫毛很平滑，在阳光下闪着光。他的爪子缩着，两眼都是灰灰的，都眯成一条细小的缝。这只猫看上去很温和。

他用柔和的声音说："我当然知道小土地神住在哪里。可这并不等于说，我愿意告诉你啊。"

小男孩说："亲爱的猫咪，你可得帮帮我啊。你没看见他对我施了魔法吗？"

猫儿把眼睛睁大一点，这样就有绿色凶光开始闪出来。他在回答之前，先满意地喵呜喵呜叫唤几声，最后才说："就因为你常常揪我尾巴，我要帮你吗？"

这下子小男孩发火了，完全忘了自己现在又小又没力气。"我呀，我还可以再揪一下你的尾巴！"他说着就朝那只猫扑过去。

那只猫一转眼就变了样子，小男孩几乎不能相信这就是同一只动物。那只猫身上的每根毛都竖了起来，背也拱起来，四条腿伸长，爪子在地上抓着，尾巴变得又短又粗，两只耳朵朝后，嘴里嘶吼，眼睛大睁，闪亮起红色火光。

小男孩不愿被一只猫吓倒，反而前进了一步。不过这时那只猫一跃而起，落到小男孩身上把他推倒在地，前爪踏住他的胸膛，把他压住，对着他的咽喉张开大口。

小男孩感觉到那只猫的爪子穿透了背心和衬衣，刺进了他的皮肉，锐利的门牙也磨蹭得他的咽喉发痒。他用尽全身力气呼叫救命。

可是没有人来。他认为自己肯定是死到临头了，但这时他感觉到那只猫把爪子缩了回去，松开了他的咽喉。

那只猫说："算了吧，这回就算够了。看在女主人面上，这回我就饶了你。我只想让你知道，咱们两个里面，现在是谁厉害。"

那只猫说完就走开了，看上去和刚才走来的时候一样温和。小男孩羞愧得一句话也说不出来，赶紧跑到牛棚里去找小土地神。

牛棚里只有三头奶牛。可小男孩一进去，里面就一片喧闹，乱成一团，让人以为里面至少有三十头奶牛。

名叫五月玫瑰的奶牛说："哞哞哞，真不错，这世界上还有公道！"

三头奶牛一致同意："哞哞哞！"他听不清她们在叫什么，因为她们的叫声一个盖过一个。

小男孩想问问小土地神的事，可他没法让奶牛们听见自己的话，因为她们完全是在造反。就像过去他把一条陌生的狗放进牛棚里，奶牛们也常会乱成一团。她们抬起后腿乱踢，晃着脖子上的缰绳，把头朝外，用犄角对着他。

名叫五月玫瑰的奶牛说："你过来，让我踢你一下，准让你永远忘不了！"

名叫金百合花的奶牛说："你过来，我要让你在我犄角上跳舞！"

名叫星星的奶牛叫喊着："你过来，我让你也尝尝挨木鞋砸的滋味。去年夏天你常常把木鞋砸到我身上。"

名叫金百合花的奶牛咆哮着："你过来，你曾经把马蜂放进我耳朵里，现在我要跟你算账。"

名叫五月玫瑰的奶牛是她们当中年纪最大最聪明的，火气也最大。她说："你过来，我要让你为你干的所有坏事付出代价。你把你妈妈挤奶坐的小板凳从她屁股下面抽走！你妈妈提着牛奶桶走过的时候你伸腿绊得她摔跤！你气得她站在这里直哭，流了那么多眼泪！"

男孩想对她们说，他已经后悔了，他曾经欺负过她们，现在只要她们告诉他哪里可以找到小土地神，他就再也不会那样，只会对她们好。不过奶牛们不听他说。她们吵闹得那么厉害，让他害怕有头牛会挣脱缰绳，觉得自己最好还是从牛棚里溜出去。

等他再出来的时候就完全泄气了。他明白，这个农庄里没一个愿意帮他找到小土地神。就算他找到小土地神，也不会有一点用处。

他爬上石头垒成的宽厚矮墙，这种石头垒的矮墙围绕着农庄，上面长满了带刺的荆棘和黑莓的藤蔓。他在那里坐下来，要好好想想如果他不再变成常人的话怎么办。爸爸妈妈从教堂回家的时候肯定会大吃一惊。是呀，整个地区都会大吃一惊，会有人从东维门赫格镇跑来，从托尔普镇跑来，从斯库鲁普镇跑来，整个维门赫格县都会有人跑来看他。说不定爸爸妈妈还会把他带到基维克镇的集市上去展览呢。

不行，想到这些就够吓人的。最好是再也没有什么人能看到他。

他倒了大霉，这太可怕了。全世界都没有人像他这么倒霉。他不再是人，成了一个怪物。

他开始渐渐明白，他不再是人意味着什么。他现在和一切都分开了：他再也不能跟别的小男孩一起玩了，再也不能从爸爸妈妈手里接管这个小农庄了，再也不能找到什么姑娘跟他结婚了。

他坐在那里看着自己的家。那是一个小小的、刷成白色的、用圆木十字交叉搭建的屋子，在高而倾斜的干草屋顶下面，它好像被压进了地下。附加在外面的几间屋子也都很小。几片狭窄的耕地，狭窄得一匹马都转不过身。不过，这么个又小又穷的地方，现在对他来说也是太好了。他现在只要有个牛棚下面的地洞就可以住下来，不用要求更好的住处了。

这是个美妙的好天。他的周围，渠水淙淙，树枝发芽，鸟儿鸣叫。而他却心情沉重悲哀地坐着。他再也不会为了什么事感到高兴了。

他从没见过天空像今天这么蓝。候鸟们飞过来。他们是从国外飞来的，飞过了波罗的海，方向对准了斯密格霍克，现在他们是朝北飞。这肯定是很多不同的候鸟，不过除了大雁，其他的鸟儿他都不认识。大雁排为两行，成人字形飞去。

有好几群大雁已经飞过去了。大雁们飞得很高，不过他还是听得见他们在叫喊："现在飞到高山上去吧！现在飞到高山上去吧！"

这时大雁们看到了院子里走着的家鹅，就朝地面降下来叫喊道："跟我们来！跟我们来！现在飞到高山上去吧！"

家鹅们忍不住伸直了头听着。不过他们非常懂事地回答："我们过得不错啊，就这么过吧！我们过得不错，就这么过吧！"

前面说过，这是个好得没边的天气，空气这么清新这么轻快，在这样的空气里飞翔是一种真正的快乐。每当新的一群大雁飞过，家鹅们就越来越不安分。有一两次他们也扇动起翅膀，好像也乐意跟随大雁一起飞。不过，这时总有一只上了年纪的鹅妈妈说："可别发疯！他们那样的，得又挨饿又受冻。"

有一只年轻的公鹅，大雁们的呼唤给了他一种真切的飞行欲望。他说："再来一群，我就跟他们一起飞走。"

于是有新的一群大雁飞过来了，他们和其他大雁一样呼唤着。这时那只年轻的公鹅就回答说："等一下！等一下！我来啦！"

他张开两只翅膀，飞向空中，不过他还不习惯飞行，所以又掉在地面上。

不管怎样，大雁们肯定听见了他的叫喊。他们转过身慢慢飞回来，为了看看他是不是要跟上来。

他叫着："等一下！等一下！"又做了一次新的尝试。

这一切躺在石头围墙上的小男孩都听见了。他想着："要是这只大公鹅飞走的话，那可是好大的损失啊。爸爸妈妈从教堂回来的时候，要是他不见了，这会是让他们伤心的事。"

当他想着这些的时候，又完全忘记了自己又小又没力气。他一下子跳到了鹅群当中，用胳膊抱住了那只公鹅的脖子。他大叫着："你可不许飞走。"

不过，就在同一时刻，这只公鹅弄明白了怎样从地面飞起来。他没法停下来把小男孩抖掉，而是让小男孩跟着飞到了空中。

那么快上升到高空，让小男孩晕头转向。没等他想到应该放开这只公

鹅的脖子，他已经那么高，要是掉到地面上，就会摔得粉身碎骨。

为了让情况好转一点，他唯一能做的事就是想办法爬到鹅背上去。尽管花费了很大工夫，他还是爬上去了。要在两个扇动的翅膀中间光滑的鹅背上坐得住也不是一件容易的事情。他得把双手深深插进鹅翎和羽绒抓紧，才不会滑下去。

# 方格布

小男孩晕晕乎乎，好长时间不知道出了什么事。气流朝他呼呼地迎面扑来，他只听见许多翅膀在扇动，羽毛里的轰鸣声就像一场大风暴。他周围有十三只大雁在飞。全都在扇动着翅膀，还嘎嘎地鸣叫。他的眼前是舞蹈，他的耳边是嘶鸣。他不知道大雁们飞得高还是飞得低，也不知道他们往哪里飞。

最后他总算有点清醒了，明白了他应该搞清楚那些大雁把他带到哪里去。不过这并不那么容易，因为不知道自己怎样才能鼓起勇气往下看。他完全肯定，只要他试着往下看，就一定会晕过去。

大雁们飞得并不特别高，因为这个新旅伴在非常稀薄的空气里没法呼吸。为了他的缘故，他们也比平常飞得慢一点。

最后小男孩还是强迫自己朝大地上瞥了一眼。这时他觉得在他下面铺

开了一块巨大的桌布，上面分成了多得让人难以相信的大大小小的方格子。

他很惊讶："我到了什么地方啊？"

他只看见一个接一个的方格子，别的什么都没有。有些方格是菱形的，有些是长方形的，不过到处都有角有棱。没有什么是圆的，也没有什么是弯弯曲曲的。

小男孩自言自语："我看到的下面那一块大方格子布，是什么呀？"他并没指望会有什么人回答。

不过围着他飞的大雁马上叫起来："田地和草场啊。田地和草场啊。"

这下他明白了，那块大方格子布原来是平坦的斯郭纳的大地，他是在这片土地的上面往前飞。他开始懂了，为什么这片土地看上去有那么多颜色，有那么多方格子。他先认出了那些嫩绿的方格子：那是黑麦田，去年秋天播的种，在冬雪下面也保持了绿色。那些灰黄色的方格子是谷茬地，去年夏天种过谷子；那些棕色的方格子是老的苜蓿草场；那些黑色的方格子是空荡荡的甜菜地或者翻过土的休耕地。那些带着黄边的棕色方格子肯定是山毛榉树林，因为在这种树林里，大树是长在中间的，到了冬天都是光秃秃的，不过小山毛榉树长在树林边上，能把枯黄的叶子一直保留到来年春天。还有些深颜色的方格子，中间是灰色的：那是些很大的、四周盖着房屋的农庄，有变黑了的干草屋顶和铺了石头的院子。还有些方格子，中间是绿色的，四周是棕色的：那是些花园，里面的草坪已经开始泛绿了，不过围绕花园的灌木和树还是光秃秃的，露出棕色的树皮。

小男孩看明白了所有这些方格子是什么，忍不住笑起来。

不过大雁们听到他笑的时候就叫喊起来，好像在责备他："那是肥沃的好地啊！那是肥沃的好地啊！"

小男孩已经又严肃起来了。他心想："亏你还笑得出来，你碰上了一个人能碰上的最可怕的事情，还笑！"

但他做着严肃的样子才做了一会儿，很快又笑起来了。

这全是因为他已经习惯了骑在鹅背上飞，所以他不用只想着在鹅背上坐稳，还能想点别的事情，也注意到满天全是朝北飞的鸟群。而且这群鸟和那群鸟之间还叫来嚷去的。有些鸟儿叫着："哦，你们今天也飞来啦。"大雁们就回答："是啊，我们也飞来了。"那些鸟儿又说："你们看今年春天会怎么样？"他们就回答："树上连一片叶子都没长出来呢，湖里的水还冰凉呢。"

当大雁们飞过一个地方，那里有家禽在外面走着，大雁们就叫着："这个农庄叫什么？这个农庄叫什么？"有只公鸡抬起头来回答："这个农庄今年还叫小田原，和去年一样！和去年一样！"

在斯郭纳，大多数农家小院通常是用主人的名字来称呼的。不过，那些公鸡却不回答说这是派尔·马兹松家或者乌拉·伯松家，他们会找些他们觉得合适的名字。住在穷人或者佃农家里的，他们就会叫喊："这个农庄叫没谷子庄！"住在那些最穷的人家的就会叫喊："这个农庄叫吃太少、吃太少、吃太少！"

那些大的富有的庄院，公鸡们就会起些好听的名字，比如幸福田、鸡蛋山和金钱村等等。

不过贵族庄园里的公鸡就太高傲了，不会编造什么开玩笑的名字。其中有只公鸡用尽力气啼叫，好像是要让太阳也能听到他的声音："这是迪拜克老爷的庄园！今年和去年一样！今年和去年一样！"

在更远一点的地方还有一只公鸡在叫着："本庄是天鹅岛庄园，这必

定是全世界都知道的！"

小男孩注意到，大雁们不是笔直往前飞。他们是在整个南方平原上空四处盘旋，好像他们很高兴又来到斯郭纳，愿意拜访每一个农庄。

他们来到一个地方，那里矗立着几座庞大又笨重的建筑，有很高的烟囱，这些建筑周围还有不少较小的房子。大雁们叫起来："这是土山糖厂！这是土山糖厂！"

坐在鹅背上的小男孩挺起了身子看。他应该早就认出这个地方呀。这个糖厂离他家不远，去年他还在这里得到过看门小童工的工作！不过，情况当然是这样的，当你从那么高的地方去看，一切都真不一样了。

想想吧！想想吧！放鹅丫头奥萨和小马兹，去年也是和他一起干活的小伙伴！小男孩真的很想知道他们是不是还在这里干活。要是他们猜到了他就在他们头顶上高高地飞过去了，他们会说什么呢？

于是土山糖厂也从视线中消失了。大雁们朝着斯威达拉山谷和斯卡伯湖飞去，然后又回到伯灵格修道院和海克拜里亚的上空。小男孩在这一天里看到了斯郭纳更多的地方，比他有生以来所有这些年里看到的还要多。

当大雁们碰到家鹅的时候，他们是最开心的。这时他们会很慢地飞过去，朝下面呼喊："现在我们飞到高山上去。你们跟我们去吗？你们跟我们去吗？"

可家鹅回答说："我们国家还是冬天啊。你们出来太早。回去吧！回去吧！"

大雁们降低下来，这样他们的话能听得更清楚，他们叫着："跟我们去吧，我们可以教你们飞，教你们游泳。"

这下家鹅都生气了，连一声嘎嘎的叫声都不回答。

不过大雁们下降得更低了，几乎擦到了地面，然后闪电一样飞快上升，好像他们受到了可怕的惊吓。他们叫着："哎呀呀！哎呀呀！这根本不是鹅啊。这只是绵羊。这只是绵羊！"

那些地上的家鹅气疯了，叫喊着："让你们全都吃枪子儿，不管你们有多少，不管你们有多少！"

当小男孩听到所有这些玩笑话，他就笑起来了。不过他想到自己碰上了那么倒霉的事，又哭了起来。不过，只过了一会儿，他就又笑了。

以前他从来没用这么快的速度飞驰过，这么快这么撒野地骑着什么飞驰，这是他一直喜欢做的事。当然他从来也没想到，像刚才那样飞到空中，会这么痛快，没想到从土地里会升起一股这么好闻的泥土和树脂的气味。过去他也没想到，在离地面那么高的地方飞行会怎么样。不过，那就像是飞离了各种各样能想到的不安、悲伤和烦恼。

译注：斯郭纳（Skåne），是瑞典最南部行政区划名称，地势平坦，农业发达。瑞典分为 24 个行政区划（län），中文有省、州、郡等不同译法。斯密格霍克（Smygehuk）是斯郭纳南端的一个海角，有著名的航标灯塔。也是本书结尾时主角尼尔斯最后与大雁告别的地方。小土地神（Tomte）是北欧古老民间信仰中保护农庄的神灵，形象常为个子极小的老头。此名称在现代也可用于圣诞老人。

# 2. 凯布讷山来的阿卡

## 夜　晚

那只跟着大雁群飞到空中的大公鹅，因为能跟大雁群一起在瑞南大平原上空来来回回飞翔，还戏弄那些家禽，感到非常自豪。不过，不管他有多么快活，也禁不住一到下午就开始感到累。他试着做更深的呼吸，更快地扇动翅膀，可无论如何还是落在别的大雁后面有好几只大雁长度的地方。

飞在队伍末尾的那几只大雁注意到这只家鹅跟不上了，就开始向飞在人字队伍尖端的领头大雁叫喊："凯布讷山来的阿卡！凯布讷山来的阿卡！"

领头雁就问："你们叫我有什么事？"

"那只白鹅掉队了！那只白鹅掉队了！"

领头雁就叫着："告诉他，快飞比慢飞容易得多！"照旧伸展翅膀往前飞。

公鹅确实试着遵照这个劝告去加快速度，不过他实在筋疲力尽，还是朝田地和草场四边修剪过的柳树林掉了下去。

飞在队伍末尾的那几只大雁看到公鹅那么艰难，就又叫起来："阿卡、阿卡、凯布讷山来的阿卡！"

领头雁就问："你们又叫我干什么呀？"声音听起来很生气。

"那只白鹅掉到地上去了！那只白鹅掉到地上去了！"

领头雁就叫着："告诉他，飞高比飞低容易得多！"而她也一点都不减慢速度，照旧伸展翅膀往前飞。

公鹅也试着遵照这个劝告去做，不过他想升高的时候，气都喘不过来，胸口都要炸开了。

飞在队伍末尾的那几只大雁又叫起来："阿卡、阿卡！"

领头雁质问着："你们就不能让我安心地飞吗？"听起来比刚才更不耐烦了。

"那只白鹅要撞地了！那只白鹅要撞地了！"

领头雁叫道："告诉他，谁没力气跟上我们这群大雁，可以掉头回家去！"显然她根本不想减慢速度，照旧伸展翅膀往前飞。

公鹅想："哦，原来是这样对待我啊。"他一下子明白了，大雁从来就没打算带他到北边的拉普兰去。他们只是把他从家里引诱出来开开心罢了。

偏偏现在力不从心，使他无法向这些四处流浪的大雁显显自己的本事，让他们看看一只家鹅也能干点什么，这让他感到很气恼。而最让人气恼的是他不巧碰上了凯布讷山来的阿卡。就算他自己是只家鹅，也听说过有只领头雁，名字叫阿卡，年纪已经一百多岁。阿卡名气那么大，世上最好的大雁都习惯了跟着她。不过，没有谁比阿卡和她的大雁群更瞧不起家鹅，

而公鹅很愿意让他们看看，他跟他们是一样的。

公鹅一面跟在其他大雁后面慢慢飞，一面自己琢磨着是掉头回去还是继续前进。这时他背着的那个小东西突然开口说："亲爱的公鹅莫顿，你当然明白，你以前从来没有飞行过，要想跟着这些大雁一直飞到北边的拉普兰，那是不可能的。你还不该掉头回家去吗？别等到你毁了自己！"

可是公鹅知道这个主人家的小男孩是最没出息的，之前他没想到连这个可怜的小东西都认为他飞不了，这下他倒决心坚持下去。公鹅说："你再多说一句，等我们飞过第一个石灰泥坑，我就把你扔下去！"说的同时他也因为生气倒有了力气，开始和其他大雁飞得一样好了。

长时间继续这样飞他当然不行，不过也用不着了，因为现在太阳很快落下去了，就在日落的同时，大雁们也直接往下飞去。没等小男孩和公鹅知道是怎么回事，他们已经站到沃姆伯湖的岸边了。

"我们停在这里的意思，当然是要过夜了。"小男孩想着，就从鹅背上跳下来。

他站在一条细窄的沙滩上，眼前是个相当大的湖。湖面看上去很恶心，因为这个湖几乎完全被一层皱皮样的冰覆盖着，冰已经变黑，高低不平，全是裂缝和洞孔。春天的冰通常就是这种样子。不过这种冰层也不会再存在很长时间了。浮冰已经和岸边分开，围绕着它有一条又黑又亮的水形成的宽带子。当然浮冰还在，在附近散发着寒气和冬天的可怕气息。

湖对岸看来是开阔和有灯光的乡村，但大雁群降落下来的地方是一大片人工种植的松树林。看起来针叶树林好像有权力把冬天和自己捆在一起。别的地方地面全都裸露出来了，但这里杂乱干枯的树枝下面还有积雪，积雪曾经融化了又冻结，融化了又冻结，所以雪就硬得跟冰一样。

小男孩觉得他来到了一片荒野和冬天的国度，而他感到自己那么烦恼，真想大喊大叫。

　　他也很饿。他已经有一整天什么都没吃。可是他到哪里去找吃的呢？三月里地上或树上都还没长出什么可吃的东西。

　　是啊，他到哪里去找吃的呢？又有谁会给他房间住呢？又有谁会为他铺床呢？又有谁会让他在火炉边取暖呢？又有谁会保护他抵挡野兽呢？

　　因为现在太阳已经消失，寒气正从湖上涌来，黑暗从天而降，恐惧也在黄昏的足迹里悄悄溜进来，森林里开始发出窸窸窣窣的声音。

　　现在，小男孩飞在空中时感到的那种快乐已经过去了。在烦恼不安中他看着四周，找寻他的那些旅伴。他也没有别人可以依靠了。

　　这时他看见，公鹅的情况比他自己还糟糕。公鹅还趴在原来降落的地方，看上去好像就要死了。鹅脖颈软绵绵地瘫在地上，双眼紧闭，只剩一点微弱的喘息声。

小男孩说："亲爱的公鹅莫顿，试试去喝口水吧！不用走两步就到湖边了。"

可是公鹅一动也不动。

小男孩过去对世界上所有动物都很无情，对这只公鹅也一样，不过现在他觉得，这只公鹅成了他唯一的依靠，他非常害怕失去公鹅。于是他马上开始又推又扛，要把公鹅弄到水边去。这只公鹅又大又重，所以对小男孩来说，这是一件吃力的工作，不过最后他还是成功了。

公鹅被推下了湖里，头伸在前面。有一阵子他躺在浅水的沙堆里一动不动，不过他很快就把鹅嘴伸起来，抖掉眼睛里的水，用鼻子哼哧哼哧吸气。然后他就很自豪地在芦苇和蒲草之间游动起来。

大雁们在他之前就下到湖里。不管是公鹅还是骑在鹅背上的那个小东西，他们都不回过头来看看，而是马上钻进了水里。他们已经洗了澡，修整过了自己的羽毛，现在他们游在水上，呼噜呼噜大口吞食那些半腐烂的浮萍和睡菜。

那只白公鹅碰上好运气，看见了一条小鲈鱼。他飞快地就把鱼叼住，游到岸边，把鱼放在小男孩面前。他说："这是给你的，谢谢你帮我，把我推到水里。"

这是小男孩一整天里第一次听到友好的话。他那么高兴，真想伸出胳膊拥抱住公鹅脖颈，但他没敢这么做。对这份礼物他也很高兴，刚开始他当然觉得吃生鱼是不可能的，不过他还是乐意尝试一下。

他摸了摸身上是否还带着那把小刮刀，也算幸好，小刮刀还挂在身后的裤子纽扣上，虽然也缩小了，长度还不如一根火柴。好吧，这把刀不管怎么说也足以刮掉鱼鳞和清除鱼内脏，没等多长时间，那条鲈鱼就被吃掉了。

等小男孩吃饱了，又为自己居然能吃什么生东西觉得害臊。他心想："看来我不再是个人了，真的成了一个小土地神了。"

小男孩吃鱼的时候公鹅一直站在旁边不说话，不过等他咽下最后一口，公鹅才低声说："是这样，我们不巧碰上了一群自大的大雁，他们瞧不起所有家禽。"

小男孩说："是呀，我当然也看出来了。"

"要是我能跟着他们一直飞到最北面的拉普兰，让他们瞧瞧，一只家鹅也照样能有所作为，这对我来说就太光荣了。"

"哦哦哦……"小男孩拖长了声音说，因为他不信公鹅能办得到，可是他又不愿意反对他。

公鹅说："不过，我想我独自一个是没办法应付这样一次旅行的，所以我要问问你，能不能跟我一起去，帮帮我的忙。"

小男孩当然只想掉头回家，越快越好，没有什么别的想法，所以他惊讶得不知道怎么回答才好。他说："我还以为咱俩，你和我，一直是冤家对头呢。"不过看来公鹅把这一点完全忘记了。他只记得，小男孩刚才还救过他的命。

小男孩说："我只想赶快回家，回到爸爸妈妈身边去。"

公鹅说："是啊，到了秋天，我当然会把你送回家去的。在我把你放在老家那门槛外面之前，我是不会离开你的。"

小男孩想了想，这可能真是个好办法，在一段时间里免得让爸爸妈妈看到他这副样子。他对这个提议也不是一点没兴趣，当他正要说他同意去的时候，他们听到背后传来一阵轰隆隆的巨响。那是大雁们，一下子全都从湖里飞了出来，站到了岸边，抖落身上的水珠。然后他们排成一个长队，

由领头雁带头朝他们走过来。

那只白公鹅现在仔细看着这些大雁的时候，他觉得很不自在。他原先期待的是，大雁们会更像家鹅，那他就会感觉到和他们有更亲的关系。实际上呢，他们的身材要比他小得多，他们当中也没有一只是白色的，反而全都是灰色的，带有褐色花纹。他们的眼睛几乎让他害怕。那是黄色和放光的，好像眼睛后面有一团火在燃烧。公鹅一直是受到这样的教导：走路要慢，要摇摇摆摆，这才是最得体的。可这些大雁不这么走，而是半奔半跑。不过让他最心烦的是大雁们的脚，因为大雁们的脚都很大，脚掌都磨损开裂了。谁都能注意到，大雁们从来不在乎脚下踩到什么东西，他们不绕道走。如果不看他们的脚，他们仪表非常整洁，羽毛都梳理得好，不过一看他们的脚就知道他们是来自穷苦荒野的地方。

公鹅来不及说别的，只来得及在小男孩耳边轻轻地说："问你什么就爽快地回答，但不要说你是谁。"这么说着，大雁们已经到了跟前。

当大雁们在他们面前停下来，就弯弯脖子频频点头，公鹅也这么做，不过点头次数比他们更多。这样打够了招呼，领头雁马上就说："现在我们倒要听听，你们是谁？"

公鹅说："关于我，没多少可说的。我是去年春天出生在斯堪诺尔的。去年秋天我被卖到西维门赫格的霍尔格·尼尔松家，从此以后我就一直住在那里。"

领头雁说："看来你不是大户人家出来的，可以炫耀自己。那么，是什么让你有这么大胆子，还想加入大雁的队伍？"

公鹅说："也可能我就为了要让你们大雁看看，我们家鹅也不是没出息的。"

领头雁说："是啊，要是你能让我们看看，那也不错啊。我们已经看见了你飞得怎么样了，也许其他的运动你能干一点。长距离游泳有可能你很强呢！"

公鹅说："不，这个我可不能瞎吹牛。"他感觉到，领头雁已经打定主意要让他回家去，所以他也不在乎自己怎么回答了，继续说道："我只横渡过一个石灰泥坑，从来没有游过更长的距离。"

领头雁又说："那么我希望，你是个跑步健将啦！"

公鹅说："我从来没见过哪个家鹅能跑步，我自己也从来没跑过。"这下让事情更糟了，比刚才还糟。

大白鹅现在敢肯定，领头雁会说，她决不能带他走。他非常吃惊，因为他竟然听到领头雁说："你的回答充满勇气。而有勇气的嘛，嗯，就算他开头还不行，也能成为一个好旅伴。你跟我们再待两三天，让我们看看你行不行，怎么样？"

公鹅兴高采烈地说："那我真的太荣幸了。"

然后领头雁用她的扁嘴指着小男孩说："可这是谁，你带来的这位？像他这样的家伙我还从来没见过呢。"

公鹅说："他是我的同伴。这辈子就一直是个放鹅的。带他一起上路肯定会有点用处的。"

这只野雁回答说："是的，对一只家鹅来说会有好处的。那你怎么叫他？"

公鹅犹豫地说："他有好几个名字。"着急中他也不知道找出什么名字合适，因为他不愿意出卖这个小男孩，说他有个人名。最后他说："对了，他叫拇指头。"

领头雁问："他是小土地神的亲戚吗？"

公鹅试图避开回答最后一个问题，就匆忙地问："你们大雁通常什么时候睡觉啊？这么晚了，我的眼睛都睁不开了。"

不难看出，同公鹅讲话的那只大雁已经很老了。她全身羽毛都是灰白色，没有深色条纹。和别的大雁相比，她脑袋更大，双腿更粗壮，脚掌磨损得更厉害。她的羽毛坚硬，双肩瘦削，脖颈细长。所有这些都是年纪大的缘故。只有那双眼睛还没有被岁月征服，那双眼睛比其他大雁的眼睛更清亮，也更年轻。

现在她转身非常高傲地对公鹅说："公鹅，现在你得知道，我是从凯布讷山来的阿卡！最靠近我在右边飞的那只大雁是从瓦西亚乌尔来的于克西，在左边飞的那只是诺乌利亚来的卡克西！你还得知道，右边第二只大雁是从萨尔耶克舍库来的库尔美，左边的第二只大雁是斯瓦帕沃拉来的奈利耶。在他们后边飞的是乌维克山来的维西和香格利来的库西！你得知道，这些大雁，还有飞在最后的那六只年轻的大雁，右边的三只，左边的三只，全都是最有名望的家族的高山大雁！你别把我们当成流浪汉，和随便谁都可以结伴。你也别以为我们会让不愿意报出自己家门的什么家伙和我们睡在一个地方。"

当领头雁阿卡正用这种口气说着的时候，小男孩快步站了出来。公鹅对有关自己的问题回答那么爽快，谈到他的时候却避开不回答，这让他很伤心。

他说："我不想隐瞒我是谁。我叫尼尔斯·霍尔格松，一个佃农的儿子，一直到今天为止，我一直是人，可今天上午……"

小男孩的话被打断了。他一说到他是人，领头雁就后退了三步，其他

大雁就后退得更远了。他们全都伸长了脖子，对着他暴怒地吼叫。

阿卡说："自从在湖边看到你，我就起疑心了。现在你得马上走开！我们可受不了有人类混到我们当中！"

公鹅用调和的口气说："你们大雁还害怕一个这么小的人，那是不太可能的吧。到明天他当然要回家去的，可今天晚上你们还是让他留在这里和我们一起过夜吧。让这么一个可怜虫今天夜里独自去对付鼬鼠和狐狸，我们当中没有一个能担得起这个责任。"

大雁现在走近了一点，但是看得出来，她还是难以克制自己的恐惧。她说："我是有过教训的，对人类我们什么都得防备，不管他们是大的还是小的。不过，公鹅，要是你愿意担保他不会做什么伤害我们的事，那今天晚上他可以留在我们这里。但我想我们过夜的地方不论对你还是对他都不太合适，因为我们打算睡在那边和岸分开的浮冰上。"

她满以为，公鹅听到这些话以后会犹豫不决。可他一点都没当回事。他说："你们倒真聪明，知道去挑选一个这么安全的睡觉的地方。"

"可你要保证，他明天一定回家去。"

公鹅说："那样的话，我也得离开你们啦。我答应过不抛弃他的。"

领头雁说："你愿意往哪儿飞都随你的便！"

说着她抬起翅膀飞到浮冰那边去，其他大雁也一只接一只地跟随着她。

小男孩很伤心，到拉普兰去的旅行他实现不了了，再加上他对在这么寒冷的地方过夜也非常害怕。他说："公鹅啊，真是越来越糟了！首先，露天睡在冰上，我们就会冻死的。"

可是，公鹅却很有勇气。他说："没什么要紧的。现在我只要你赶快去收集谷糠和干草，越多越好，你能抱多少就抱多少。"

等小男孩怀里满满地抱着干草回来，公鹅就用嘴叼住他的衬衫衣领，把他拎起来，飞到了冰上。大雁已经站着睡着了，嘴巴都藏在翅膀底下。

公鹅说："现在把干草在冰上铺开，这样我就能站在上面，脚就不会冻住了！你帮我忙，我也帮你忙！"

小男孩就这么做了。等他铺好干草，公鹅就又一次叼起他的衬衫衣领，把他塞到自已的翅膀底下。他说："我想，你在这里面可以暖暖和和地睡个好觉。"说着就把翅膀夹紧起来。

小男孩被紧紧地包在羽毛里，所以没法回答。不过他躺在里面又暖和又舒服，而且很累了，只一眨眼的工夫就睡着了。

# 黑　夜

千真万确，冰总是会出卖你，一点都不能信任。到了半夜，沃姆伯湖上那块本来和岸边分开的浮冰漂动起来，所以有个地方同湖岸碰在一起了。这时出了件事，当时住在湖东岸的厄威德修道院花园里那个狐狸斯密尔，夜里出来找吃的，看见了这个地方。斯密尔在傍晚的时候就已经看到了这些大雁，不过那时没敢指望能从里面弄到一只。现在他马上就跳到了冰上。

正当斯密尔非常接近大雁的时候，不巧脚底一滑，爪子刮在冰上。大雁们醒了过来，拍动翅膀要飞跃到空中去。可是对他们来说斯密尔动作太快了，他往前蹿出去，就好像是被扔出去的石头，咬住一只大雁的翅膀，掉转头又要回到岸上去。

不过，这天晚上并不是只有一群大雁在冰块上，而是还有个人和他们在一起，不管这个人是多么小。小男孩在公鹅张开翅膀的时候就醒过来了，他掉在冰上，坐在那儿晕晕乎乎。他对大家的惊慌不安完全不明白，然后才看见有只短腿的小狗嘴里叼着一只大雁从冰上跑开。

小男孩马上追了过去，要从那只狗嘴里夺回那只大雁。他听到公鹅在后面喊叫："你当心，拇指头！你当心，拇指头！"不过小男孩觉得他根本不用害怕一只这么小的狗，只管冲了过去。

小男孩的木鞋敲打在冰上，被狐狸斯密尔拖走的大雁听到了噼啪声响。她几乎不敢相信自己的耳朵。她惊讶起来："这个小毛头还想把我从狐狸嘴里夺过去？"虽然她自己情况那么悲惨，她喉咙深处还是开始非常滑稽地嘎嘎叫起来，好像是在哈哈大笑。

她想："落在他头上的第一件事，就是掉到一条冰缝里去。"

不过，夜虽然那么黑，小男孩还是清清楚楚看到冰上的所有裂缝和窟窿，而且放大胆子跳过去。原来如此，他现在也有了小土地神的夜视眼，能在黑暗里看见东西。湖和岸他都看得见，就好像是在大白天。

狐狸斯密尔在冰和岸碰在一起的地方离开了冰，正当他用力爬上岸边斜坡的时候，小男孩对他喊叫："放下大雁，你这个坏蛋！"斯密尔不知道喊叫的人是谁，也顾不上回头看，只是加快了速度。

狐狸现在跑进了一个高大挺拔的山毛榉树林，小男孩跟在后面，一点都没想到自己会碰到什么危险。相反，他一直想着昨天晚上大雁们是多么轻蔑地对待他的，他非常愿意让他们看看：一个人还是比上帝造出的所有别的生物要好一点。

他一次又一次朝那只狗叫喊，要他放下猎物。他说："你算一只什么狗啊，也不害臊，偷了一整只大雁！马上把她放下，要不然你等着瞧，你会挨一顿痛打！马上把她放下，要不然我要告诉你家主人，你干了什么坏事！"

当狐狸斯密尔注意到自己被当作了一只怕挨打的狗，觉得这太滑稽了，真想张嘴大笑，所以连嘴里那只大雁也要叼不住了。斯密尔可是个大强盗，从不满足只在田地里抓抓老鼠和田鼠，而且敢窜到农庄上去偷母鸡和鹅。斯密尔知道，整个地区的人都很怕自己。从斯密尔还是小狐狸的时候起，就从来没听到过今天这么荒唐的话。

可是小男孩跑得那么快，他觉得那些粗大的山毛榉树飞快地往后滑过他身边，而他追上了斯密尔。他终于那么靠近，能抓住狐狸的尾巴。他大叫着："现在我总算要把大雁从你嘴里夺下来了！"一边说一边拉住狐狸

尾巴不放，用尽了全部力气。但是他没有足够力气拖住斯密尔，反而是狐狸在拖着他跑，干枯的山毛榉树叶也围绕着他飞扬起来。

不过，看来斯密尔现在已经明白，追他的这个人一点都不危险。他停下来，把大雁放到地上，用前爪按住她，这样她就没法逃走。狐狸正要去咬断大雁的咽喉，不过在此之前，他忍不住要逗逗那个小毛头。他说："赶快去找你家主人告状吧，因为现在我可要咬死这只大雁啦！"

当小男孩看到他追赶的那只狗长着尖鼻子，听到那只狗嘶哑而生气的声音，这回轮到他感到奇怪了。不过狐狸这么嘲笑他，他也气得要命，想不到什么害怕了。他更紧地抓住了狐狸的尾巴，还蹬住一条山毛榉树根拉紧。正当狐狸张嘴朝大雁咽喉咬去的时候，他使出全身力气猛地一拽。斯密尔吓了一跳，被拖得往后倒退了一两步。这样大雁就挣脱开了，她吃力地拍动翅膀往上飞。她的一个翅膀已经受伤了，几乎用不上，加上森林里的夜晚一片漆黑，她什么都看不见，就像一个瞎子一样无能为力。因此她没办法帮小男孩什么忙，只能通过房顶一样密集的树枝中的一个空隙钻出去，飞回到湖面上。

可是斯密尔朝小男孩扑了过来。他说："得不到那个，我就要这个！"

从他的声音里听得出来他是多么凶狠。

小男孩说："不，你别以为你能得到。"他很得意，因为他救出了那只大雁。他一直牢牢抓住狐狸尾巴，当狐狸转身来抓他的时候，他就随着尾巴晃到了另一边。

这成了森林里的舞蹈，所以山毛榉树叶子也飞舞起来，斯密尔转着圈子，转了又转，可尾巴也跟着打转，小男孩紧紧地抓住尾巴，狐狸就没法抓住他。

小男孩为自己的成功开心极了，所以一开始只是哈哈大笑，把狐狸当笨蛋耍弄。不过斯密尔是很耐心的，老猎手通常就是这样，小男孩就害怕起来，担心自己最后还是会被狐狸抓住。

这时他看见了一棵小小的还年幼的山毛榉树，这棵树高高直立，细得像根木棍，很快就要到达老山毛榉树铺成的树枝屋顶之上的自由天空。小男孩迅速放开了狐狸尾巴，爬上了那棵山毛榉树。而狐狸斯密尔那么着急，还继续追着自己的尾巴跳舞，跳了很长时间。小男孩就说："别再只顾跳舞啦！"

不过，斯密尔无法忍受这么丢脸的事情，他连这么小的一个小毛头也制服不了，他就趴在这棵树下面，看住这个小男孩。

小男孩跨在一根不太结实的树枝上，并不那么好受。那棵年幼的山毛榉树还没够到那些高大的树枝拱顶。他无法爬到另外一棵树上去，而他也不敢下到地面。

他冷得快要冻僵了，连树枝也抓不住了，而且还困得要命，可是他不敢睡着，生怕自己会摔下去。

半夜坐在森林当中，那种阴森恐怖让人不敢相信。过去他从来不知道，

说到黑夜会是什么意思。那就好像整个世界都化成了石头，再也不会活过来了。

就这样天开始亮了，虽然他感觉寒气比之前夜里的还刺骨，但他高兴起来，因为一切好像变成了老样子。

当太阳终于升起来，那不是黄的，而是红的。小男孩觉得，太阳看起来好像是在生气，可他不明白太阳生气是因为什么。也许是因为，当太阳不在的时候，黑夜把大地弄得太寒冷和阴沉了。

一束束巨大的太阳光芒追赶过来，要查看黑夜干了什么坏事，可以看到万物都怎样变红了，就好像它们也都良心不安感到羞愧。天空中的云彩，缎子一样光滑的山毛榉树树干，森林屋顶交织在一起的小树枝，覆盖在地面的山毛榉叶子上的白霜，全都"燃烧"起来，变成了红色。

不过，越来越多的太阳光束穿过太空在追赶，黑夜的可怕可憎很快就被完全赶走了。僵化成石头的世界已经不存在，到处呈现出一片生机。有红脖子的黑啄木鸟在用嘴巴啄打一根树干；松鼠抱着一颗坚果钻出自己的窝，蹲在一根树枝上开始剥果壳；欧椋鸟衔着一枝树根飞来；而苍头燕雀在树梢上鸣唱。

这下小男孩明白了，是太阳对所有这些小生命说："现在醒来吧！从你们的窝里出来吧！现在我在这里，你们就什么都不用怕了！"

湖上传来大雁的叫声，这时他们排好队要飞了。一会儿工夫，所有十四只大雁就飞过了森林上空。小男孩试着叫他们，可他们飞得那么高，听不到他的声音。也许他们以为狐狸早已经把他吃掉了，他们不在乎他，连一次都没来寻找过他。

小男孩伤心得快哭了，不过现在太阳立在空中，金光灿烂，欢天喜地，给整个世界带来了勇气。太阳说："尼尔斯·霍尔格松，只要我在，你就不值得为了什么事情担心害怕。"

# 大雁的游戏

三月二十一日　星期一

差不多是一只大雁吃完早饭所需要的这段时间里，森林没什么变化。不过，就在清晨要转为上午的时候，有一只孤独的大雁在浓密的树枝屋顶下面飞来。她在树干和树枝之间犹豫不决地往前寻找，飞得很慢。狐狸斯密尔一看到她，就离开了那棵年幼的山毛榉树下他的老地方，偷偷地朝她走过去。大雁并不避开狐狸，而是飞得靠他相当近。斯密尔高高跳了一下想抓她，不过他失败了，大雁朝湖那边飞走了。

没过多久又飞来一只新的大雁。她飞的路线和前面那只一样，不过飞得更低，也更慢。她也贴近着飞过狐狸斯密尔身边，他又高高跳了一下想抓她，高得耳朵擦到了她的脚掌，可是她也毫无损伤地躲开了他，影子一样悄悄地继续朝湖那边飞走了。

过了一会儿又飞来一只大雁，她飞得更低、更慢，看起来更难在山毛榉树干之间找到出路。斯密尔大跳了一下，只差一根头发丝的距离就要抓住她了，可这只大雁也逃脱了。

她刚刚飞走，第四只大雁就飞来了。虽然她飞得那么慢、那么糟糕，斯密尔觉得自己能抓住她，不会有特别大的困难。但他现在很害怕失败，所以打算任她飞过去，不去碰她。可这只大雁飞的路线和其他几只一样，

就在她飞到了斯密尔头顶上的时候，她下降到这么低，引诱得他又忍不住跳起来抓她。他跳得那么高，爪子都已经碰到了她，可她飞快地闪到旁边，又救出了自己的性命。

没等斯密尔喘过气来，又看见排成一行的三只大雁。他们向前飞的样子和先前那几只一样。斯密尔跳得很高去抓他们，可是全都失败了，一只也没有抓到。

随后又来了五只大雁，不过他们比之前的飞得好，虽然他们看起来也很想引诱斯密尔跳起来，但他抵抗住了这次诱惑。

过了好大一阵子，来了一只孤零零的大雁。这是第十三只。这只大雁那么老，浑身羽毛都变灰了，身上一点深色斑纹都没有。看起来她有一只翅膀不好使，飞得非常糟糕，歪歪扭扭，所以几乎碰到了地面。斯密尔不仅跳起来抓她，而且连跑带跳地追赶她，一直追到湖边，不过这一次他也是白费力气，没有回报。

当第十四只飞来的时候，样子非常好看，因为这只是雪白的，当他展开巨大的翅膀飞翔的时候，就像黑暗的森林里有一道亮光在闪动。斯密尔看见他的时候，使出了自己全部的力气，跳到了树枝屋顶一半高的地方，不过这只白色的也和其他大雁一样，毫无损伤地飞过去了。

山毛榉树下现在安静了一会儿。看起来好像整个雁群都已经飞过去了。

斯密尔突然想到了他的俘虏，抬眼看那棵年幼的山毛榉树。不出所料，那个小毛头不见了。

不过斯密尔没有很长时间去考虑他，因为现在第一只大雁又从湖上飞回来了，就跟先前一样在树枝屋顶之下慢慢地飞。虽然完全不走运，斯密尔还是很高兴她又飞回来了。他高高跳了一下，想抓住她。可是他太性急了，

没花时间算好怎么跳，结果只从她身边擦过。

这只大雁后面又飞来了一只，接着是第三、第四、第五只，直到这轮结束，最后还是那只冰一样灰白的老大雁和那只大而雪白的大雁。他们全都飞得很慢很低。就在他们滑翔到狐狸斯密尔头顶上的时候，他们就会降低，好像有意请他来抓到他们。斯密尔追赶他们，跳了又跳，足有一两米高，不过还是一只都没有抓着。

这是斯密尔经历过的最倒霉的日子。大雁接连不断地从他头顶上飞过，飞来了又飞过去，飞来了又飞过去。又大又神气的大雁，在德国的田野和沼泽地里吃得肥肥胖胖的大雁，一整天穿过森林来回飞翔，离他那么近，他有好几次都碰到了他们，而他没有抓到一只来克服自己的饥饿。

冬天还没完全过去，斯密尔还记得那些日日夜夜，那时他到处游荡没事可做，找不到一只猎物来追捕，候鸟都飞走了，老鼠躲藏在封冻的地表下面，母鸡也都被关到了鸡笼里。可是，整个冬天的饥饿都不像今天这次失算那么难以忍受。

斯密尔已经不是什么年轻的狐狸了。他曾经多次被猎狗追逐，也听到过猎枪子弹从他耳旁嗖嗖飞过；他曾经深藏在自己的洞穴里，而猎狗已经钻进了通到洞穴里的孔道，只差一点儿就找到他了。不过，斯密尔在那种紧张追捕中经历过的所有苦恼，都不能和他现在感到的苦恼相比，每次他想抓一只大雁都失败了。

今天早上，当这场游戏开始的时候，狐狸斯密尔是那么容光焕发，大雁们看见他的时候都很惊讶。斯密尔很爱漂亮。他的毛皮鲜红发亮，胸口雪白；鼻子是黑的，尾巴浓密得就像一根羽毛。可是到了这天傍晚，斯密尔的毛一绺一绺地耷拉着，浑身是汗，双眼无光，舌头长长地拖在喘息着

的嘴巴外面，还从嘴里淌出白沫。

　　到了下午斯密尔已经非常疲倦，晕头转向地倒在地上。他眼前看不到别的，只有飞来飞去的大雁。他看到地上阳光的斑点也会扑上去，还扑向一只过早从蛹里钻出来的可怜的飞蛾。

　　大雁们继续毫不疲倦地飞来飞去。他们整整一天不停地折磨斯密尔。斯密尔受到摧残，变得冲动、狂躁，他们也无动于衷，一点都不同情他。尽管他们明白，他几乎看不到他们了，只是跳着扑他们的影子，他们还是无情地

继续。

直到狐狸斯密尔瘫倒在一堆干树叶上面，筋疲力尽，几乎喘不过气了，大雁们才停止了戏弄他。

他们在他耳边喊道："狐狸啊，现在你明白了吧，谁敢惹凯布讷山来的阿卡，会有什么下场！"喊完才离开，放过了他。

译注：凯布讷山（Kebnekajse），海拔 2097 米，是瑞典最高山峰，终年有积雪。此山位于瑞典最北部行政区划拉普兰（Lappland），即瑞典北部驯养驯鹿的游牧少数民族拉普族（Lapp，又称萨米族 Same）居住区。沃姆伯湖（Vombsjön）位于斯郭纳境内，著名大学城隆德（Lund）东二十公里处。此外，大雁名字于克西（Yksi）、卡克西（Kaksi）、库尔美（Kolme）、奈利耶（Neljä）、维西（Viisi）和库西（Kuusi），是芬兰语的一、二、三、四、五和六。

# 3. 野鸟生活

## 农　庄

三月二十四日　星期四

就在这几天里，斯郭纳发生了一件事，人们议论纷纷，甚至登上了报纸。不过很多人以为这是编造的，因为谁也说不清是怎么回事。

事情其实是这样，有人在沃姆伯湖岸边长着的一片榛树丛里逮住一只母松鼠，把她带到了附近的一个农庄上。农庄上的人，不论老的少的，都很喜欢这只美丽的小动物，她有大大的尾巴，聪明好奇的眼睛，小巧精致的脚爪。他们打算整个夏天都开开心心地观看她活泼的动作；她剥开坚果的灵巧办法；还有她好玩的游戏。他们马上就收拾好了一个旧的松鼠笼子，包括一个漆成绿色的小屋子和一个钢丝轮子。小屋子有门有窗，母松鼠可以用作饭厅和卧室，所以他们在那里还铺了树叶做成的一张床，放进去一碗牛奶和几个坚果。那个钢丝轮子则是让她在游戏室里玩的，在游戏室里她可以跳啊、爬啊，踩着轮子打转。

人人都以为他们给母松鼠安排得非常好，吃惊的是她看起来不喜欢这些。她反而烦躁生气地缩在小房间里，时不时发出一声抱怨的尖叫。吃的东西她碰都不碰，钢丝轮也一次都不玩。农庄上的人说："准保是她还害怕。到明天她感觉这里是个家了，就会又吃又玩了。"

不过也是正巧，农庄上的妇女们在忙着准备过节，就在抓到母松鼠的那天，她们在忙着烤面包。要不就是她们运气不好面团没有发酵起来，要不就是她们很晚还没弄完，所以天已经黑了很久她们还必须干活。

厨房里自然是热热闹闹、忙忙碌碌，就没有人顾得上去考虑母松鼠过得怎么样了。可是这户人家里有个老婆婆，因为上了年纪，不能跟着烤面包。她自己明白这个，不过她无论如何也不喜欢完全袖手旁观。她觉得苦恼，因此也不想上床睡觉，而是坐在起居室的窗边往外看。厨房里的人因为屋里太热的缘故，就把房门大开着，一道清亮的灯光就通过门照到了院子里。那是一个四面都盖了房子的院子，被灯光照得通亮，老婆婆连对面墙壁上抹灰里的裂缝和窟窿都能看见。她也能看见那只松鼠笼子，笼子正好挂在灯光照得最亮的地方。她注意到那只母松鼠整整一夜跑进跑出，从卧室里跑出来到轮子那边，又从轮子那边跑回到卧室里去，一时一刻都没停歇过。她觉得这小动物这么不安分很奇怪，不过她自然以为是因为灯光太亮，让母松鼠睡不着。

那个农庄的牛棚和马厩之间，有一个供马车出入的宽大的、带拱顶的大门，位置也正好在灯光里，也被照亮了。进入深夜刚一会儿的时候，老婆婆看到有个小毛头从拱门里慢慢地、小心翼翼地溜进了院子，他的身材还没巴掌那么高，不过穿着木鞋和皮裤走路，就和别的长工一样。老婆婆马上就明白了，那是个小土地神，所以她一点也不害怕。她一直听说小土

地神是住在马厩里的，尽管她过去从来没见过，而且不论小土地神在哪里露面，总带给人好运气。

这个小土地神一走进铺着石头的院子，就直奔松鼠笼子，而笼子挂得那么高，他够不着，就到工具棚里找来一根棍子，把棍子搭在笼子上，然后就像水手爬缆绳一样地爬了上去。他到了笼子前面就用力摇晃那个小绿房子的门，好像要把门打开。但是老婆婆一点不着急地坐着，因为她知道，自家的孩子们生怕邻居家的孩子来偷走松鼠，在这个门上加了挂锁。老婆婆看到，当那个小土地神打不开门的时候，母松鼠就钻出来，站到了钢丝轮子上。她和小土地神在那儿商量了好半天。等到小土地神听完那只被抓起来的小动物告诉他的所有的事情，他就顺着棍子溜到地上，穿过院子大门跑了出去。

老婆婆以为这天晚上她不会再见到小土地神了，不过无论怎么样，她还留在窗前。过了一会儿，他又回来了。他这么匆忙，老婆婆觉得他几乎脚不沾地，快跑着就到了松鼠笼子前面。老太太眼睛远视，所以能清楚地看见他，甚至看到他手里拿着东西，不过拿的是什么她就不清楚了。他把左手拿着的东西放在石头地上，把右手拿着的东西带着爬到了笼子上。他用木鞋猛踢那扇小窗户，把玻璃踢碎了，他把手里的东西递给了母松鼠，然后又滑下来，拿了放在地上的东西又爬了上去。接着他马上又一次跑了出去，还是速度那么飞快，老婆婆的目光几乎都追不上他。

不过这下子老婆婆在屋子里就再也坐不安稳了。她慢慢走到院子里，站在水泵的阴影里等那个小土地神。还有一双眼睛也注意到了他，也感到好奇。这就是那只家猫。那只家猫也慢慢溜进来停在墙边，就在最明亮的光束外面一两步的地方。

他们俩站在寒冷的三月夜晚里等了很久。老婆婆开始考虑着再进屋去，这时她听见木鞋踩在石头地上的啪嗒声，看见那个成了小土地神的小毛头又一次走来。和之前一样他两手都拿着东西，而他拿的东西还在吱吱叫着挣扎。现在老婆婆恍然大悟，她明白了，这个小土地神跑到榛树丛去把母松鼠的小崽子接来了，他把小崽子们交给母松鼠，他们就不会饿死。

　　老婆婆站着不动，以免打扰他，看起来小土地神也没注意到她。他正要把一只松鼠崽子放在地上，带着另一只爬上笼子，这时他看见那只家猫绿色的眼睛就在他身边闪闪发亮。他一手托着一只松鼠崽子，站在那里不知所措。

他转了一圈，四处张望，看到了老婆婆。这时他就不再犹豫了，走上前把一只松鼠崽子递给她。

老婆婆不愿意显得自己不值得信任，她弯下腰去，把松鼠崽子接了过来，站在那里用手托着，一直等到小土地神先带着另一只爬上笼子，又下来把委托给她的这只取走。

第二天早上，农庄上的人聚在一起吃早饭的时候，老婆婆就忍不住讲了她昨天夜里见到的事情。大家当然都嘲笑她，说她只是做了个梦。这么早的季节不会有什么松鼠崽子。

可她确信亲眼看到的事，要他们去看看松鼠笼子，他们就去看了。在松鼠卧室里，树叶铺成的床上确实躺着四只还半赤条条、眼睛半睁半闭的

松鼠崽子，出生至少有两三天了。

当农庄上的老爹亲眼看见了这些松鼠崽子，他说："无论这究竟是怎么回事，肯定是我们这个农庄上的人所做的事情不光彩，不管是对动物还是对人，我们都得感到害臊。"说完他就把母松鼠和所有松鼠崽子全都从笼子里掏出来，放到老婆婆的围裙里。他说："你带他们到外面的榛树丛去，让他们收回自己的自由吧！"

这件事传说的人非常多，甚至还登上了报纸。不过大多数人还是不愿相信，因为他们无法解释，这样的事是怎么发生的。


# 威特舍弗勒

三月二十六日　星期六

两三天以后又发生了一件那么奇怪的事情。一天早上，一群大雁落在斯郭纳东部的一块田野上，离威特舍弗勒大庄园不远。雁群里有十三只常见的灰色大雁，还有一只白色的公鹅，公鹅背上还背着一个小毛头，他穿着黄皮裤、绿背心，头戴白色的尖顶帽。

他们现在离波罗的海很近，大雁落下来的那片田野里泥土混杂着沙子，是海边常见的那种土地。看起来这一带好像曾经有活动的流沙，需要人工固沙，因为在好几个地方都看到大片人工种植的松树林。

大雁们吃了一会儿草之后，有几个孩子从田埂上走过来。站着放哨的那只大雁马上拍响了翅膀冲天而起，这样整个雁群都能听见，知道有危险。所有大雁全都飞了起来，但是那只白鹅还在地面上平静地走来走去。他看

到别的大雁飞起来的时候，他抬起头叫住他们："你们不用因为他们就飞走啊。那只是两三个孩子罢了。"

曾经骑过白鹅的那个小毛头正坐在树林边的一个小土丘上，把一个松球掰碎，剥出松仁来吃。孩子们已经离他那么近，他就没敢跑过这块田地到白鹅那边去。他赶快躲到一大片干枯的蓟草叶底下，同时发出了警告的叫喊。

可是那只白鹅显然打定主意，不让自己被吓跑。他还是留在这块地里走来走去，一次都没看孩子们朝哪个方向走。

然而孩子们从路上拐了下来，越过这块地，靠近了公鹅。等他终于抬起头来看的时候，他们已经到了他身边，这下他慌了，不知道该怎么办，连自己会飞都忘了，只知道赶紧跑，好躲开他们。孩子们紧跟在后面追，把公鹅赶进了一条沟里，在那里抓住了他。他们当中最大的那个孩子把他塞在胳膊下面，就把他带走了。

躲在蓟草叶子底下的那个小毛头看到了这件事，就跑出来追赶，他好像是要把公鹅从孩子们那里夺回来。但是他记起来，他是那么小、那么没力气，做不了别的，只能扑倒在小土丘上，用捏紧的拳头发狂地捶打地面。

公鹅用尽全身力气喊救命："拇指头，快来救我啊！拇指头，快来救我啊！"正在苦恼中的小男孩听后就开始大笑起来。他说："没错啊，要说救谁的命，我倒成了最合适的人啦！"

无论如何，他还是爬起来去追赶公鹅。他说："就算我救不了公鹅的命，可我起码要看看他们把他弄到哪里去了。"

孩子们已经先走有一会儿了，不过小男孩刚开始还是能看到他们，没任何困难，后来他走到这块地里一个低洼的地方，那里有一条流淌着解冻

的春水的小溪。虽然小溪不宽，水流也不大，不过他不得不沿着溪边奔跑了很久，才找到了一个他可以跳过去的地方。

他从低洼的地方走上来的时候，那几个孩子已经不见了。但他还是能在一条细窄的小路上看到他们的脚印，小路是通向森林里去的，他就继续跟着他们走。

很快，他走到了一个十字路口，孩子们肯定是在这里分开了，因为脚印朝两个方向走去了。这一下小毛头看起来真的灰心丧气了。

可就在这一瞬间，小毛头看到一个长着石南的土丘上有一小根白色鹅毛。他明白了，那是公鹅扔在路边的，为了给他指示自己被带走的方向，所以他又继续往前走。然后他跟着那些孩子穿过了整个森林。他没看到公鹅，但在他可能迷路的地方，总会有一小根白色鹅毛为他指示正确的路。

小毛头放心地继续跟着那些鹅毛走。鹅毛指引他走出森林，越过两三块耕地，走上一条大路，最后穿过了一条贵族庄园的林荫道。林荫道的尽头闪现出红砖砌成的山墙和塔楼，装点着闪光的条纹和饰物。当小毛头看

到这里是个贵族庄园，就认为他知道公鹅会有什么下场了。他对自己说："那些孩子把公鹅带到这个庄园来，肯定是卖掉了，那他多半已经被人宰了。"可是，看来他不愿意在没得到确实消息前就罢休，更加急切地向前跑。在整条林荫道上他都没遇到什么人，这可正好，因为像他这种样子，被人看见往往不是什么好事。

　　他到达的这个贵族庄园是一座宏伟壮观的老式建筑，由四排房子组成，围着一个城堡大院。东边是一个深长的拱形门道，一直通到城堡大院里。在此之前小毛头还毫不犹豫地跑，可是当他走到那里，就停下来了。再往前他就不敢走了，站在那里考虑着现在该怎么办。

　　小毛头还站着没走，手指放在鼻尖上思考，这时听到身后有脚步声，当他转过身来，他看见一大群人从林荫道上走过来。他就用最快速度溜到拱门旁正巧摆着的一个水桶后面，躲了起来。

　　来的人是一所人民学院的年轻男学生，有二十来个人，他们是出来远

足的。他们后面跟着一个老师，当他们走到拱门前的时候，老师要他们先在那里等一会儿，而他自己进去问问，他们是不是可以参观一下古老的城堡威特舍弗勒。

刚来的这些人又热又累，好像已经走了很长的路。其中一个人非常口渴，就走到水桶边弯下腰喝水。他脖子上挂着一个锡皮罐。他肯定觉得这个罐子妨碍他喝水，所以把罐子扔在地上。罐子的盖子一下子就打开了，可以看见里面有几株春天的花。

那个锡皮罐正好就扔在小毛头跟前，现在他一定觉得，这是提示给他的一个大好机会，可以进城堡里搞清楚公鹅的下落。他就迅速溜进罐子里藏了起来，尽力把自己藏好，藏在了那些白海葵和款冬花底下。

他刚刚藏好，那个年轻人就把罐子拎起来挂到了脖子上，啪一声关紧了盖子。

那个老师现在走回来了，告诉大家，他们已经被允许进入城堡了。起初他只把学生们带到城堡的院子里。他停在那里，开始给学生们讲有关这座古老建筑的事情。

他让学生们回想在这个国家已经发现的最早的人类，他们不得不居住在悬崖上的山洞或者地下的洞穴里，居住在兽皮做的帐篷和树枝搭的木棚里。一段漫长的时间过去了，人类才发现，可以砍伐树木给自己盖起圆木屋。后来，又过了多么漫长的时间，他们不得不劳动和奋斗，才从只有一个房间的圆木屋发展到了可以兴建一座有上百个房间的城堡，就像威特舍弗勒这样的。

他说，这是三百五十年前，那些有财有势的人为自己建造了这样的城堡。可以看得很清楚，威特舍弗勒城堡建造于战争和强盗把斯郭纳平原搅

得兵荒马乱的时代。围绕城堡有一条灌满水的护城河，过去在河上还架着一座可以拉起来的吊桥。拱形门道上面至今还有一座哨楼。城堡四边的城墙上连接着哨兵巡逻的走道，四个角上都有坚固的岗楼，有一米多厚的墙壁。不过，这座城堡依然不是建造在最野蛮的战争年代，建造城堡的彦斯·布拉赫还可以尽力把它建成一座漂亮齐整、装饰富丽堂皇的房子。如果他们有机会看到比它早几十年建造于格丽敏厄的那座巨大而坚固的石头房子的话，很容易就注意到，建造那座城堡的贵族彦斯·霍尔格森·乌尔夫斯汤德不追求别的，只考虑建造得巨大和坚固，一点都不去想什么美观和舒适。相反，如果他们看到了豚鼠岛、斯文庄和厄威德修道院那样的宫殿，这些宫殿的出现都比威特舍弗勒城堡晚了一二百年，那他们就会发现，那些年代更加和平安定了。建造那些宫殿的贵族就不再配置什么防御工事，只满足于为自己创造巨大而华丽的住宅了。

那位老师讲了很长时间，也很详细，关在罐子里的小毛头实在忍耐不住。可是他必须非常安静地躺着不动，这样的话那个罐子的主人才一点没发觉自己背着他。

这伙人终于全走进了城堡，要是小毛头本来还指望自己能找个机会从罐子里溜出去，那他可打错了算盘，因为那个学生一直背着那个罐子，小毛头也不得不跟着走遍了所有房间。

这成了一次缓慢的散步。那个老师时时刻刻都会停下来讲解上课。

在一个房间里有个古老的灶台，在这个炉灶面前老师停下来，讲起了人类在不同时代用过的不同的生火煮饭的地方。第一个室内灶台是在屋子中央的地上用石头垒成的火塘，屋顶上有个出烟孔，这个孔也会漏风漏雨。第二个是一个很大的、砌有墙壁的炉灶，没有烟囱，它能让屋里暖和，但

也让屋里充满烟和臭气。建造威特舍弗勒城堡的时候，人类刚来得及学会造这种开放的炉灶，它有一个宽大的烟囱排烟，不过也让大部分热量随着烟排到空中去了。

要是那个小毛头过去一直很急躁没耐心的话，那么这一天他得到了一次很好的耐性锻炼。现在他一动不动地躺着已经有一个小时了。

那个老师走进下一个房间，在一张古老的床前面停下来。这床的天顶很高，挂着富丽的床幔。他马上开始讲述古代的床铺。

那个老师一点也不着急。不过他当然并不知道，有个小可怜被关在罐子里，只等着他赶快讲完。当他走进一间用金线和兽皮做的挂毯装饰的房间，他就讲起人类最初时如何装饰墙壁。当他走到一幅古老的家庭肖像画前面，他就讲起服装的种种命运。而在宴会厅里，他就讲起古代庆祝婚礼或举行葬礼的方式。

然后那个老师还讲了一点这座城堡里住过的很多能干的男人女人：讲到了古老的布拉赫家族和古老的巴纳可夫家族；讲了克里斯蒂安·巴纳可夫，他在大逃亡途中把自己的马让给了国王；讲到了玛格丽塔·阿希贝格，她嫁给谢尔·巴纳可夫，后来成了寡妇还治理了这个庄园和整个地区五十三年；讲到了银行家哈格曼，他本来是威特舍弗勒的一个佃农的儿子，后来那么有钱，买下了整个庄园；还讲到了谢尔恩斯瓦德家族，他们为斯郭纳的人民造出了一种更好的耕犁，所以他们终于能够放弃那种老旧丑陋的木犁，那是三对公牛都几乎拉不动的木犁。

在所有这些讲解过程中，小毛头都一动不动地躺着。如果说，他过去调皮捣蛋的时候，也曾经关上地窖的门，把妈妈或爸爸关在里面，那么现在他自己领教了他们当时是什么感觉，因为拖延了好几个钟头，那个老师

才住了口。

最后，那个老师终于重新来到了城堡的院子里，在那里他又讲起人类为了创造出工具和武器、衣服和房子、家具和装饰品，经过了长期的辛勤劳动。他说，像威特舍弗勒这样古老的城堡是人类发展道路上的一个里程碑。在这里可以看到人类在三百五十年前就有了多大进步，也可以由此判断，从那以后，人类是前进了还是倒退了。

不过这段话小毛头用不着听了，因为背着他的那个学生又口渴了，偷偷溜进厨房里讨水喝。当小毛头来到厨房里，他就得设法四处看看，要找到公鹅。他开始活动起来，无意中撞到了罐子的盖子，盖子就弹开了。这种植物标本罐子的盖子是经常会弹开的，所以那个学生并没有多想，而是把盖子又压紧了。不过，这时候那个厨娘问他，他是不是在罐子里放了一条蛇。

那个学生回答说："没有哇，我只放了几棵花草。"

厨娘固执地说："肯定有什么东西在里面动啊。"

那个学生就打开盖子，要让她看看是她搞错了："你自己看看是不是……"

不过他没来得及讲下去，因为小毛头现在不敢再留在罐子里了，只一跳就站到了地板上，接着赶紧跑了出去。那些女仆人还没来得及看清楚是什么东西在跑，不过他们还是跟在后面追赶。

那个老师还站在院子里讲着，突然就被一阵高声的呼喊打断了。厨房里出来的人喊叫着："抓住他！抓住他！"所有年轻小伙子都赶紧去追那个小毛头，而他比老鼠还快地躲开了。他们想在大门那里拦截住他，可是要抓住一个那么小的人也不是一件容易的事，他成功地跑到了城堡外面。

小毛头没敢朝那条开阔的林荫道跑下去，而是转到另一个方向。他匆忙穿过了花园进入了后院。在这段时间里那些人一直大叫大笑着追赶他。这个小可怜使出了所有的本事逃开，不过看起来，那些人好像还是会抓住他的。

当他飞跑过一个小小的雇工住房的时候，他听见一只鹅在嘎嘎地叫，也看到台阶上有一根白色鹅毛。是在这里啊，他的公鹅原来在这里面！他早先是跟错了。这时他不再管追赶他的那些女仆和小伙子了，而是爬上台阶，进了前屋。再往里他就没法走了，因为房门是关着的。他听见公鹅就在里面哀鸣，可他打不开门。追赶他自己的那一大帮人却越来越近，而在屋子里，公鹅也哀叫得越来越悲惨了。在这最危急的关头，小毛头终于鼓起勇气，使出全身力气在门上敲打。

有一个小孩过来开门，小毛头赶紧朝屋子里看。地板中央坐着一个女人，正死死按住了公鹅，要剪掉他的翅膀尖。抓到公鹅的就是她的孩子，其实她也不愿意做什么伤害公鹅的事情。她打算把公鹅和自己家的鹅放到一起，她只要把公鹅的翅膀尖剪短，这样他就没法再飞走。不过，对公鹅来说没有比这更大的不幸了，所以他使出了所有力气来哀叫和呻吟。

幸运的是那个女人没有早点动手剪。当门被打开，小毛头站在门槛上的时候，只有两根长羽毛被剪刀剪掉了。不过小毛头这样的人，那个女人过去从来没见过。她不能相信别的，只相信这百分之百就是小土地神本人了，在恐惧中她手里的剪刀就掉了，只把双手握在一起，也忘记了去按住公鹅。

公鹅一感到自己被放开了就朝门口跑去。他一刻也没停留，不过在经过小毛头身边的时候一口叼住他的衣领把他也带走了。他在台阶上张开翅

膀飞向了天空。同时他用脖颈漂亮地一摆动，把小毛头放到了羽毛平滑的背上。

他们就这样飞上了天空，整个威特舍弗勒的人都站在那里盯着他们看。

# 在厄威德修道院的公园里

大雁们戏弄狐狸的那天，小男孩整天躺在一个废弃的松鼠窝里睡觉。快到晚上的时候他才醒来，但是他相当苦恼。他想："现在我很快就要被送回家了，那就免不了要让爸爸妈妈看到我这副模样了。"

可是当他找到在沃姆伯湖上游泳洗澡的大雁的时候，他们当中谁都没提到一个字要让他回家去。小男孩想："他们也许觉得大白鹅太累了，今天晚上没法带着我回家去了。"

第二天一清早，天刚亮，离日出还有很长时间，大雁们就已经醒来了。现在小男孩觉得他肯定就要被送回家了，不过奇怪的是大雁们还是让他和白公鹅跟着他们一起做早晨的飞行。小男孩一下子还不能明白，是什么缘故回家的行程被推迟了，不过他是这么考虑的，在让公鹅好好吃饱之前，大雁们还不愿意把公鹅送走，去做那么长久的飞行。不管怎么说，在他不得不见爸爸妈妈之前还能再拖延一下，每时每刻他都感到高兴。

大雁们飞到了厄威德修道院那座大庄园的上空。这个庄园坐落在湖东边一个很壮观的花园里，看上去非常美，有高大的宫殿，有漂亮的石头铺成的城堡院子，四周围绕着矮墙和亭子，还有精致的古色古香的花园，里面有修剪整齐的灌木树墙，树荫遮盖的走道，有池塘、喷泉、大树和修剪平整的草坪，草坪边缘呈现出春天花朵的五彩缤纷。

当大雁们在这个清早飞过庄园上空的时候，这里还没有任何人类的动静。等他们确认了这一点，就朝着一个狗房降落下来，还叫喊着："这个是什么小棚子啊？这个是什么小棚子啊？"

从狗房里马上出来了一条拴着的狗，又凶恶又暴怒，对着空中汪汪叫。

"你们这伙乡巴佬，你们把这里叫作小棚子？你们没看见这是一座石头造的大宫殿吗？你们没看见它的墙壁有多漂亮吗？你们没看见它有那么多窗户、那么大的门、那么有气派的大阳台吗？汪汪汪！你们啊，你们把这里叫作小棚子？你们难道没看见大院子，没看见花园，没看见温室，没看见大理石的雕塑吗？你们啊，你们把这个叫作小棚子？小棚子通常会有大花园吗？大花园里还有山毛榉树林和榛树丛，有长阔叶树的草地和橡树园，有冷杉树林和一个动物园，里面满是麋鹿！汪汪汪！你们啊，你们把这里叫作小棚子？你们见过什么小棚子周围有这么多附带的房子，看上去

就像整整一个村子吗？你们一定知道很多小棚子啦，哪个居然还有自己的教堂和牧师院子，还管着贵族领地和富农大院，管着佃户人家和长工棚舍？汪汪汪！你们啊，你们把这里叫作小棚子？斯郭纳最大的房地产都属于这个小棚子，你们这些叫花子。你们就吊在天上睁眼看吧，你们看不见任何一块土地是不归这个小棚子管的。汪汪汪！"

所有这些话，那只狗成功地一口气就叫喊完了，大雁们在庄园上空飞来飞去听他叫喊，一直到他不得不歇口气停下来。这时候大雁们才喊叫起来："你那么生气是为什么呀？我们问的不是那座宫殿，我们问的只是你这个狗棚子。"

小男孩听到这个玩笑的时候，刚开始哈哈大笑，不过有个想法钻进了他脑子里，马上又让他严肃起来。

他对自己说："想一想吧，要是能跟着大雁一起飞过全国，一直飞到拉普兰，你能听到多少这么好玩的笑话呀！当你现在这么倒霉的时候，这样一次旅行可是你能找来做的最好的事情了。"

大雁们飞到庄园东边那片宽广田野中的一块田地上去找草根吃，就这么吃了好几个小时。在这段时间里，小男孩就跑进了和这块地挨着的那个大花园里，找到一个有硬壳果的园子，开始抬头查看树丛，想看看是否还有去年秋天留下来的硬壳果。不过当他在花园里走着的时候，跟着大雁去旅行的想法也一次又一次回到他的心头。他为自己描绘出美好的图画，如果他跟着大雁们去旅行，那他会过得多开心。他相信，他肯定会经常挨饿受冻，不过，作为回报，他也免得干活和读书了。

正当他在那里走着的时候，那只年老的灰色领头雁走到他面前，问他有没有找到什么可以吃的东西。没有哇，他说，他没找到什么，于是她也来想办法帮他。虽然她也没能找到什么硬壳果，不过她发现了两三个还挂在一个野蔷薇花丛里的野蔷薇果。小男孩胃口很好，很快就把它们吃掉了。不过他也问自己，如果妈妈知道他现在是靠生鱼和过了冬的陈旧野蔷薇果活着的话，她会说些什么呢？

等大雁们终于填饱了肚子，他们就又朝湖那边飞去了，在那里戏耍玩乐，一直玩到中午。大雁们向白公鹅提出挑战，要比赛所有可能的运动。他们和他比了游泳，比了赛跑，比了飞行。那只家养的大公鹅尽了最大努力，不过他总是被那些快速的大雁打败。小男孩一直骑在公鹅背上给他加油，玩得和大家一样痛快。一会儿呼喊，一会儿大笑，一会儿嘎嘎叫，所以真是奇怪，庄园上的人居然都没听见。

当大雁玩累了，他们就飞到冰上去休息一两个小时。那天下午他们也几乎是和上午一样度过的。先是花一两个小时找草吃，然后在浮冰边上的湖水里游泳嬉戏，一直玩到太阳落山，这时他们就立刻准备睡觉了。

小男孩钻到公鹅翅膀下面去的时候心里还想着："这样一种生活，对我倒合适。可明天我还是会被送回家去的！"

他睡着之前躺在那里想着，要是他能跟着大雁们走，就可以免得因为偷懒而遭到责骂了，那么他就可以整天闲逛。他唯一的麻烦就是要弄到东西吃。不过眼下他需要的很少，所以总会有办法的。

就这样他为自己描绘出他会看到的所有一切，他会参加那么多的冒险。没错，那就是另一种生活，不是在家里受苦受累了。小男孩想："只要我能跟大雁们去旅行，我也不会为自己变小而伤心了。"

他对别的什么都不怕，就怕被送回家去，不过到了星期三大雁们也没说他得回家去之类的话。那一天过得和星期二一个样，小男孩越来越享受荒野的生活。他觉得厄威德修道院旁边那个跟一座森林一样大的独特花园，完全成了他自己的了，他不渴望回到家里那个拥挤的屋子和狭小的田地去。

星期三那天他以为大雁们想把他留下，跟他们留在一起了，可到了星期四，他的希望又落空了。

星期四那天一开始和其他日子一样。大雁们在宽广的田野上找东西吃，小男孩到花园里去找吃的东西。过了一会儿，阿卡来找他，问他是不是找到什么可以吃的。没有啊，他没找到什么，于是她给他找来一株干枯的小茴香，上面还保留着所有的小果实。

等小男孩吃完，阿卡说，她觉得他在花园里到处跑，太大胆了。她问他知不知道他这样一个小毛头有多少敌人他要小心防备。不知道，他根本不知道，于是阿卡就把那些敌人数给他听。

她说，当他进花园的时候，他要小心狐狸和水貂；当他到湖边去的时候，他要想到水獭；如果他坐在石头围墙上的话，他不要忘记鼬鼠，鼬鼠可以钻过最小的洞孔；要是他想躺在一堆树叶上睡觉，他要先检查一下有没有蝮蛇正在同一堆树叶下冬眠；他一到开阔的田野上，就要留神有没有正在天上盘旋的秃鹰和兀鹰、老鹰和鵟；在榛树丛里他会被雀鹰抓走；喜鹊和乌鸦到处都有，对他们也不要过分相信；而只要天一黑，他就要竖起耳朵仔细听，有没有大猫头鹰飞过来，他们飞的时候翅膀一点声音都没有，还没等他注意到，他们就已经扑到他身上了。

小男孩听到原来有那么多敌人要害他的命，他明白，要想保住自己的命是完全不可能的了。他并不特别怕死，不过他不喜欢被吃掉，因此他就

问阿卡，他应该怎么做才能保护自己，对付吃肉的动物。

阿卡马上回答说，小男孩应该努力跟树林里和田野上的小动物们，跟松鼠们和野兔们，跟金翅雀、山雀、啄木鸟和云雀都友好相处。如果他成了他们的好朋友，有了危险他们就会警告他，帮他找躲藏的地方，在危急关头他们还会齐心协力保护他。

不过，当小男孩在这天晚一点的时候遵照这个劝告去找松鼠斯尔勒，请求松鼠帮助，结果松鼠并不愿意帮助他。斯尔勒说："你就别指望我或者其他小动物会为你做什么好事。你以为我们不知道你就是那个放鹅娃尼尔斯吗？去年你毁了燕子窝，打碎了椋鸟蛋，把小乌鸦扔进石灰泥坑里，用捕鸟网捉了鸫鸟，还把松鼠关进笼子，不都是你吗？你自个儿帮你自个儿吧，爱怎么帮怎么帮。我们没联合起来对付你，把你赶回老家去，你就该很高兴了。"

要是在过去，他还是那个放鹅娃尼尔斯，听到这样的回答，他是绝不肯罢休，非要报复一下不可的，不过他现在只害怕连大雁们都会知道他原来这么淘气。他一直担心不能留在大雁们身边，所以自从到了这群大雁中间，他就不敢做一点点不规矩的事。这是真实情况，像他这么小，没能力去做很多坏事，不过他要乐意的话，当然还能捣毁许多鸟窝，打碎许多鸟蛋。可现在他很乖，没有从鹅翅膀上拔过一根羽毛，没有给谁一句不礼貌的回答，每天清早去问候阿卡的时候，他总是脱下帽子鞠躬。

星期四一整天他都在想，肯定是因为他以前淘气的缘故，大雁们不肯带他到拉普兰去。那天晚上，当他听说松鼠斯尔勒的妻子被人抓走，松鼠崽子都快要饿死了，他就下决心去救他们。这个前面已经讲过了，他干得多么成功。

当小男孩在星期五那天走进花园里，他听到每个灌木丛里都有苍头燕雀在歌唱，唱的是野蛮的强盗怎样把松鼠斯尔勒的妻子从她吃奶的小崽子身边抓走，而放鹅娃尼尔斯怎样勇敢地闯到人类当中去，把松鼠婴儿带到她身边。

苍头燕雀唱着："在厄威德修道院的花园里，现在有谁像拇指头这样受人称赞？过去他还是放鹅娃尼尔斯的时候，大家都害怕他。现在松鼠斯尔勒要送他硬壳果，贫穷的野兔也要跟他一起玩。狐狸斯密尔靠近的时候，麋鹿会驮起他逃走，雀鹰来的时候山雀会警告他，还有金翅雀和云雀都会歌唱他的英雄事迹。"

小男孩非常肯定，这一切阿卡和大雁们都听到了，不过星期五一整天都过去了，他们还是没说他能不能留在他们身边。

一直到星期六之前，大雁们都能在厄威德周围的田野上吃草，而没有受到狐狸斯密尔的骚扰。可是星期六清早，大雁们来到田野上的时候，他已经在等着他们了，还从一块田地追到另一块田地，让他们没法安心吃草。等阿卡明白，斯密尔是存心不让他们安宁太平，她就马上决定飞上天空，带领大雁群飞了几十公里，飞过了菲什县平原和林德乐德尔山脊上长着杜松子林的山坡。他们一直飞到威特舍弗勒那一带才降落下来。

可是，前面已经讲过，公鹅在威特舍弗勒被抓走了。要不是小男孩全力以赴救了他的话，他就再也回不来了。

当小男孩在星期六晚上跟公鹅一起回到沃姆伯湖的时候，他觉得自己这天干了一件大好事，他很想知道阿卡和大雁们会说什么。大雁们慷慨地说了他一堆好话，不过他们却没说他渴望听到的话。

于是又到了星期天。自从小男孩被施了魔法，已经过去了整整一个星期，而他还是一直那么小。

不过，看起来他已经不会因为这个缘故而有什么烦恼了。星期天下午，他爬进湖边一大片茂密的柳树丛里，坐在树枝上吹起用芦苇做的笛子。他周围坐着很多山雀、燕雀和椋鸟，这个灌木丛容得下多少鸟儿就有多少，都一起鸣唱着童谣，而他试着用芦笛吹奏。不过这门艺术小男孩还学得不到家。他吹得那么离谱，让所有那些小老师身上的羽毛都直竖起来，在绝望中急得直叫和拍扇翅膀。小男孩因为他们焦急的样子哈哈大笑，笑得连笛子都掉了。

他又重新开始，吹得还照样难听，于是所有小鸟都哀叫起来："拇指头，你今天吹得比平常还糟糕。你一个调都吹不好。你的心思到哪里去了，拇指头？"

小男孩说："我的心思在别的地方啊。"这是实话。他坐在那里琢磨自己还能留在大雁们这里多久，没准今天就会被送回家去。

小男孩突然把笛子扔开，从灌木丛里跳了出来。他已经看见阿卡领着所有的大雁排成一长队朝他这边走过来了，他们走得不同寻常地缓慢和庄重，所以小男孩马上明白了，现在他就要知道他们打算拿他怎么办了。

等他们终于停下来以后，阿卡说："你完全有理由怀疑我，拇指头，因为你从狐狸斯密尔那里把我救出来，我还没有说过感谢你。可我就是这样的，我宁可用行动而不用空话来表示感谢。现在，拇指头，我相信我已经成功地为你做了件大好事。我派了送信的去找过给你施魔法的那个小土地神。刚开始他不愿意听什么把你治好的话，不过我一次又一次派了送信的去找他，告诉他你在我们中间表现得多么好。他现在让我告诉你，你一回到家，就会成为人啦。"

可是，想不到啊，这只大雁开始讲话的时候，小男孩还跟之前一样高高兴兴的，当她讲完的时候，他竟然会那么难过！他一句话也不说，只是扭过头哭了起来。

阿卡说："这到底是怎么回事？看起来，你好像指望从我这里得到更多，而不光是我现在已经为你做的这件好事。"

不过，小男孩想的是无忧无虑的日子，是有趣的玩笑，是冒险和自由，是高高飞在大地之上的旅行，这些他都要失去了，他真的悲伤得要号啕大哭了。他说："我根本不在乎变成人。我要跟你们到拉普兰去。"

阿卡说："我要告诉你一件事。那个小土地神很容易发脾气，我担心，要是你现在不接受他的好意，那么下一回你再求他就难啦。"

这个小男孩真是古怪，在他至今为止的生活里就没喜欢过任何人。他不喜欢爸爸和妈妈，不喜欢学校的老师，不喜欢同学，不喜欢邻近农庄里的孩子。一切他们想让他做的事情，不论是玩耍还是干活，他都觉得没意思。所以，现在没有任何人是他想念的，或者想见的。

唯有一对孩子，和他自己一样在田地里放过鹅的，放鹅丫头奥萨和小马兹，他还勉强可以合得来。不过，他和他们也不是真的那么好。不是，还差远了。

小男孩哭喊着："我不要变成人。我要跟你们去拉普兰。就是因为这个，整整一星期我才一直很乖。"

阿卡说："你那么想跟着我们走，我也不愿意拒绝你。不过现在你先想好了，是不是真不愿意回家去！完全可能有一天你会后悔。"

小男孩说："不，没什么可后悔的。我从来没有像跟你们在一起这么快活。"

阿卡说："好吧，你愿意这样，就这样吧。"

小男孩说："谢谢啦！"他觉得自己太幸福了，他因为高兴而哭了起来，就像刚才他因为伤心而哭了起来一样。

# 4. 格丽敏厄堡楼

## 黑老鼠和灰老鼠

斯郭纳东南部离大海不远的地方有一座古堡，叫作格丽敏厄堡楼。它只有一座又高又大又坚固的石头建筑，在平原上十几公里外的地方就能看见它。虽然只有四层楼高，但非常宏伟壮观，在同一个大院子里的一栋平常的住房，相比之下就像一个小孩子过家家的小房子。

这个石头大堡楼有那么厚的外墙、隔墙和拱顶，所以内部除了厚墙之外几乎没有地方派别的用场了。楼梯狭窄，前门廊很小，而房间也屈指可数。为了墙壁能保持坚固，只在上面几层的墙壁上开了为数不多的几扇窗户，最底下一层连一扇窗户都没有，只有用来透光的开口。在古时候的战争年代，人类很高兴把自己关闭在这样一座坚固高大的房子里，就好像现在人们到了寒风刺骨的冬天可以钻进一件皮大衣里一样。不过当大好的和平年代到来的时候，人类就不再愿意住在古堡又暗又冷的石头房间里了。他们

很久以前就舍弃了巨大的格丽敏厄堡楼，搬进那种阳光和空气都可以涌进来的住宅里去了。

也就是说，在尼尔斯·霍尔格松跟着大雁们四处漫游的那个时候，格丽敏厄堡楼里就已经没人居住了，不过它并没有因此缺少房客。在房顶上每年夏天都有一对白鹳住在一个大鸟窝里，在阁楼里住着一对猫头鹰，在暗道里悬吊着很多蝙蝠，在厨房的灶台里住着一只老猫，在下面的地窖里有几百只上年纪的黑老鼠。

老鼠在别的动物当中名声是不太好的，不过格丽敏厄堡楼里的黑老鼠却是例外。别的动物谈论他们时总是怀有敬意，因为他们在和自己的敌人作战的时候显示出大无畏的勇气，在他们这个种族大祸临头的时候也表现出顽强忍耐的精神。也就是说他们属于一个曾经为数众多、势力强大的老鼠种族，不过现在这个种族正在灭绝。在很多很多年里，黑老鼠曾经占有斯郭纳和整个国家。他们出没在每一个地窖和每一个顶楼，出没在堆放干草的棚子和谷仓里，在库房和面包烘房里，在牛棚和马厩里，在教堂和城堡里，在酿酒作坊和磨坊里，在人类建造起来的每座房子里，不过现在他们正从所有这些地方被赶出来，而且几乎被灭绝了。只有在一两个老旧、偏僻的地方还偶尔能碰到几只，而在其他的地方数量都没有格丽敏厄堡楼里的这么多。

当一种动物灭绝的时候，罪魁祸首常常是人类，不过这次却并非如此。人类当然和黑老鼠进行过斗争，但是没有给他们造成了不起的伤害。把他们打败的是他们同类的另一个种族——灰老鼠。

这些灰老鼠并不像黑老鼠那样，从上古时代起就住在这个国家了。他们是几个贫苦外来户的后代，他们的祖先是在一百多年前搭了一条来自吕贝克的驳船在马尔默登岸。这些老鼠是无家可归、饥饿得要死的可怜虫，就居留在港口里，在码头底下的木桩周围游来游去，吃的是倒在水里的垃圾。他们从来不敢到城市里去，因为那是黑老鼠占据的地盘。

不过，当灰老鼠繁殖到一定数量，他们的胆量就逐渐大起来了。刚开始他们搬进了几座黑老鼠舍弃的荒凉的不能再用的老房子。他们在阴沟和垃圾堆里找吃的，不舍得扔掉任何垃圾，而这些都是黑老鼠已经碰都不碰的。灰老鼠吃苦耐劳，又能知足，而且天不怕地不怕，几年之内他们就变得如此强大，能动手把黑老鼠赶出马尔默。他们从黑老鼠那儿夺过了阁楼、地窖和仓库，让黑老鼠活活饿死，或者干脆咬死，因为灰老鼠根本不畏惧战争。

占据了马尔默之后，他们就分成小群大群出发去征服整个国家。几乎不能理解的是，为什么黑老鼠没有趁着灰老鼠数量还不多的时候，纠集一支庞大的共同的军队去消灭灰老鼠。不过，黑老鼠对自己的权力实在是太放心了，所以不相信会有丧失权力的可能性。他们安稳地坐享自己的财富，这时灰老鼠从他们手里夺走了一个农庄接着一个农庄，一个村子接着一个村子，一个城市接着一个城市。黑老鼠们被活活饿死，被驱赶出去，被彻底消灭。在斯郭纳，除了格丽敏厄堡楼，黑老鼠已经没有地方可以容身了。

那座石头老房子有那么坚固的墙壁，穿过墙壁的老鼠通道也那么少，所以黑老鼠能成功地保卫自己，阻止了灰老鼠的进攻。一年又一年，一夜又一夜，进攻者和保卫者之间的战争持续不断，不过黑老鼠一直保持严密可靠的防卫，带着视死如归的精神投入战斗，也多亏了这座壮观的老堡楼，他们总是打胜仗。

必须承认，只要黑老鼠还掌握权力，所有其他动物也非常厌恶他们，就和现在厌恶灰老鼠一样，而这是完全合理的。黑老鼠们欺负穷苦人，捆绑鞭挞俘虏，啃吃过尸体，偷走过穷人地窖里的最后一个萝卜，咬掉过正在睡觉的鹅的脚掌，从母鸡身边抢走过鸡蛋和雏鸡，干过了上千件坏事。不过自从他们也遭遇不幸以来，所有这些事情看来都被忘记了，没有人不佩服这个种族的最后一批老鼠，在抵抗敌人的战斗中能坚持这么长久。

居住在格丽敏厄大院子里和周围一带的灰老鼠也依然继续战斗，千方百计地利用每个合适的机会去攻占这座城堡。可以这么认为，因为灰老鼠已经赢得了这个国家所有其他地盘，他们本来应该让这一小群黑老鼠在格丽敏厄堡楼里平安地住下去，不过这显然不称灰老鼠的心。他们常会说，打败黑老鼠对他们来说是一个名誉问题，但是了解灰老鼠底细的人都知道，

因为格丽敏厄堡楼是人类用来做粮仓的，灰老鼠不占领它绝不甘心。


# 白　鹳

有一天大清早，站在沃姆伯湖浮冰上睡觉的大雁们被来自空中的大叫声惊醒。叫声是这样的："呱呱呱！呱呱呱！大仙鹤特里亚努特，要我们向大雁阿卡和她的大雁群问好。明天在库拉山有仙鹤大舞会。"

阿卡马上抬起头回答："也问他好，感谢！也问他好，感谢！"

然后仙鹤们继续往前飞走了，不过大雁们过了很久还是可以听见他们的叫声。他们飞过每块田地每个有树林的山坡都叫着："特里亚努特让我们问好。明天在库拉山有仙鹤大舞会。"

听到这个消息大雁们非常高兴。他们对白公鹅说："你运气真好，可以赶上仙鹤大舞会了。"

公鹅问："看仙鹤跳舞，有那么奇妙吗？"

大雁们回答："那是你从来做梦都想不到的。"

阿卡说："那我们现在要想好了，明天拇指头该怎么办，这样我们到库拉山去的时候，他可不要出什么事。"

公鹅说："拇指头不需要单独留下，要是仙鹤们不让他去看他们跳舞，那么我留下来陪他好啦。"

阿卡说："至今都没有人类得到许可，能去参加库拉山的动物大会，所以我也不敢把拇指头带去。不过这件事情今天白天我们还可以继续谈。"

现在我们首先必须考虑去找点吃的东西。"

然后阿卡就发出了启程的信号。这天她为了远远躲开狐狸斯密尔，找了一块很远的田地吃草，一直飞到离格丽敏厄堡楼南边还有一段距离的那块潮湿得像沼泽的草地上，才降落下来。

这天，小男孩一整天都坐在一个小池塘的岸边吹芦苇做的笛子。他因为不能去看仙鹤的舞会，心里很不痛快，又不能张口对公鹅或者别的大雁说这件事。

阿卡还是不信任他，这让他痛苦。当一个小男孩放弃了再变成人的机会，就为了跟几个穷大雁到处旅行，那他们应该明白，他可没有什么背叛他们的欲望。他们同样应该明白，他为了跟他们在一起已经牺牲了那么多，那么他们自然也有义务让他看到他们可以给他看的所有美妙的事情。

小男孩想："我完全可以把我的想法全都清楚明白地告诉他们。"但是一个小时又一个小时过去了，他还是拿不定主意要不要这么做。这听起来有点奇怪，不过小男孩确实对那只领头老雁有一种尊敬。他觉得，要违抗她的意志，那可不容易。

大雁们正在吃草的那块潮湿得像沼泽的草地一边，有一道很宽的石头墙。快到傍晚，当小男孩终于抬起头来要同阿卡讲话的时候，他的目光恰好落到了那道墙上。他因为吃惊而发出一声小小的尖叫，所有大雁马上都抬起头来，目光盯住了他看的同一个方向。第一眼看去，他们和小男孩都觉得，垒成围墙的那些灰色鹅卵石都长了腿开始跑动起来，可是他们很快看清楚了，这是一群老鼠在翻过围墙。他们的动作飞快，密密麻麻地挤在一起往前跑，一队挨着一队，数目那么多，在很长一段时间里把整道墙都遮盖住了。

小男孩向来害怕老鼠，在他还是个高大强壮的人的时候就已经怕老鼠。而他现在这么小，两三只老鼠就能把他打败了，现在他还有什么理由不害怕呢？当他站在那里看着那些老鼠的时候，让他不寒而栗的凉气就一阵又一阵地透过他的脊梁骨。

不过，奇怪的是大雁们也和他一样厌恶老鼠。他们没有对老鼠说话，等老鼠过去以后，他们都抖动着身体，好像羽毛里被沾上了泥巴。

瓦西亚乌尔来的大雁于克西说：“出动那么多灰老鼠！这不是什么好兆头。”

现在小男孩打算抓住机会对阿卡说出自己的想法，他觉得她应该让他跟他们一起去库拉山，不过他又一次遇到了阻碍，因为一只大鸟突然降落到大雁群中间。

人们见到这只鸟儿的时候，会以为他的身子、脖子和脑袋都是从一只小白鹅那里借来的。不过，在所有这些之上，他又给自己弄到了又大又黑的翅膀、又高又红的腿、又长又粗的鸟喙，鸟喙对那个小脑袋来说大得过分，而且重得把脑袋也压低了，所以他的外表显得有点烦恼和忧伤。

阿卡急忙整理好羽毛，一边往这只白鹳走去，一边频频鞠躬敬礼。这么早春的时候就在斯郭纳见到白鹳，她倒并不特别惊讶，因为她知道，在母白鹳费力地飞越波罗的海之前，公白鹳通常提前飞过来，为了检查一下他们的窝在冬天是不是遭到损坏。不过她很想知道白鹳现在来找她有什么用意，因为鹳鸟通常尽量只跟自己的同类往来。

阿卡说：“埃尔曼里奇先生，我想不会是您的住处有什么损坏吧。”

据说一只鹳鸟是很少能张开嘴又不诉苦的，现在看来这句话千真万确。比白鹳所说的事情听起来更让人难受的是他说话很困难。他站在那儿很长

时间却只是张张嘴，后来才用嘶哑而微弱的声音说出话来。他对所有可能抱怨的事情都抱怨：他们在格丽敏厄堡楼屋脊最上面的窝被冬天的暴风雪彻底摧毁了，而眼下他在斯郭纳找不到吃的。斯郭纳人正在占用他的全部财产，他们把他的湿地里的水排掉，还在他的沼泽地里开始种庄稼。他打算从这个国家搬走，再也不回来了。

白鹳诉苦的时候，没有安身之处的大雁阿卡不由想到自己："埃尔曼里奇先生，要是我过得像您那么好，我才不会向人诉苦呢。您还是一只自由的野鸟，可您在人类那里得到那么好的待遇，他们不会朝您发射一颗子弹，或者从您的窝里偷走一个蛋。"不过所有这些话都是阿卡留给自己的。对白鹳她只说，她不相信他愿意从一座建成以来白鹳就一直在里面做窝的楼房中搬走。

这时白鹳匆忙问大雁是否看见朝格丽敏厄堡楼进军的灰老鼠，当阿卡回答说她已经看到那批坏家伙的时候，白鹳就开始告诉她有关这么多年来保住了那座城堡的英勇的黑老鼠的事情。白鹳叹息着说："不过今天夜里格丽敏厄堡楼就要陷落了，落到灰老鼠的暴力控制之下了！"

阿卡问："为什么是在今天夜里呢，埃尔曼里奇先生？"

白鹳说："唉，因为几乎所有的黑老鼠昨天晚上都动身到库拉山去了，因为他们以为别的动物也都会赶到那里去。不过你们看见了吧，灰老鼠留在家里，现在他们正在集合，今天晚上就会闯进城堡，这时候只有几只走不动的没跟着到库拉山去的老可怜看守城堡。灰老鼠看来能得逞。可是我已经同黑老鼠做邻居好多年了，要跟他们的敌人住在同一个地方，让我心里不痛快。"

阿卡现在明白了，白鹳对灰老鼠的行径如此气愤，所以找她来抱怨一番。不过根据白鹳的习性，他肯定不会做什么去阻止这件不幸的事情。

她问："埃尔曼里奇先生，您去给黑老鼠报信了吗？"

白鹳回答："没有。送信也没用。等他们赶回来，城堡已经被人家占领了。"

阿卡说："您可别那么肯定，埃尔曼里奇先生。我知道有一只老大雁，就是我，愿意制止这种无耻行径。"

阿卡说这些话的时候，白鹳抬起头吃惊地瞪大眼睛看她。这并不奇怪，因为老阿卡既没有利爪也没有尖喙可以用来作战。再加上她是白天活动的鸟，天一黑就不由自主要睡觉了，而老鼠正是在夜里打仗的。

不过，阿卡显然已经决定要帮助黑老鼠。她把从瓦西亚乌尔来的于克西叫来，命令他带着大雁们飞回到沃姆伯湖去，当大雁们反对的时候，她

用权威的口气说：“我相信，为了我们大家好，你们必须听我的。我必须飞到那座石头大房子去，要是你们跟着去，那就难免让院子里的人看见我们，开枪把我们打下来。这次飞行我愿意带上的唯一的帮手是拇指头。他可以帮我很大的忙，因为他有一双好眼睛，夜里可以不睡觉。”

这天，小男孩的脾气本来并不好，但听到阿卡说的话，就挺直腰杆，尽量让个子显得大一些，双手放在背后鼻子朝天地站出来，打算说他根本就不愿意去参加跟灰老鼠打仗的事，阿卡去别的地方找帮手吧。

不过，就在小男孩露面的同一时刻，白鹳也开始动了起来。之前他是根据鹳鸟的习惯弯下脑袋把鸟喙贴在脖子上站着，这时从他喉咙深处发出咕噜咕噜的声音，好像他要笑。他闪电一样迅速地插下鸟喙，一口叼住小男孩，把他扔到两三米高的空中。这样的技巧他重复做了七次，而且全是在小男孩尖叫着、大雁们也大喊着的情况下：“埃尔曼里奇先生，您这是做什么呀？他不是青蛙，他是个人，埃尔曼里奇先生！”

白鹳终于还是把小男孩放下了，小男孩完全没受伤。然后他对阿卡说：“阿卡大妈，现在我要飞回格丽敏厄堡楼去啦。我出来的时候，所有住在那里的动物都非常着急。您可以相信，等我回去告诉他们大雁阿卡和这个小毛头拇指头要来救他们，他们都会非常高兴的。”

说完，白鹳向前伸长脖子，张开翅膀飞走了，就像一支箭从绷得紧紧的弓弦上射出去一样。阿卡明白，他让她出丑了，但是她不会让自己受到任何影响。她等着小男孩自己把被白鹳晃掉的木鞋找回来穿好，然后她把小男孩驮到自己背上，跟在白鹳后面飞去，而就小男孩这方面来说，他也没做什么反抗，连一句不愿意跟着去的话都没说。他对白鹳感到非常气愤，真是气得哼哼。那个有着长红腿的家伙以为他什么本事都没有，就因为他

太小了，那他倒要让他看看，从西维门赫格来的尼尔斯·霍尔格松是什么样的男子汉。

几眨眼的工夫之后，阿卡就站在格丽敏厄堡楼屋顶上白鹳的窝里了。那真是一个又大又漂亮的窝。底部是一个轮子，上面铺垫着好几圈树枝和草茎。这个窝已经一把年纪了，甚至许多灌木和花草都已经在上面扎了根生长起来，当母白鹳在窝中央的圆坑里孵蛋的时候，她不仅能观看斯郭纳的一大片美丽风景，而且眼前就有野蔷薇果的花朵和韭菜花可以欣赏。

小男孩和阿卡马上就能看出，这里正在发生什么事情，把所有平常的秩序都完全颠倒了。在白鹳窝的边上蹲着两只猫头鹰，一只有灰色条纹的老猫和十二只牙齿长得太长、眼睛淌水的上了年纪的老鼠。这些正是在其他情况下人们无法看到他们和平相处的动物。

他们当中没有一个转过身来看阿卡或者欢迎她。他们顾不上想别的，只盯着冬天光秃秃的田野上时而这里时而那里闪现出来的几条长长的灰色线条。

所有黑老鼠都沉默着，从他们身上可以看出来，他们陷入了深深的绝望中，都很明白，他们既保不住自己的性命，也保不住这座城堡。两只猫头鹰都蹲着，转动着大眼睛，抖动着眼睫毛，用可怕的尖厉刺耳的声音讲述灰老鼠的大罪大恶，说他们不得不从自己的窝搬走，因为他们已经听说灰老鼠绝不会饶过他们的蛋，也不会放过幼小的猫头鹰。那只有条纹的老猫断定，当为数众多的灰老鼠拥进了城堡，他们就会把他咬死，他也不停地责骂黑老鼠。他说："你们怎么可以这么愚蠢，让你们最好的战士都走开了？你们怎么可以相信灰老鼠？这是绝对不可原谅的。"

那十二只黑老鼠一句话都不回答，不过那只白鹳虽然心里也很焦急，

忍不住还要去戏弄那只老猫。他说："别着急，家猫莫斯。你没见阿卡大妈和拇指头已经到这里来救这座城堡了吗？你可以相信，他们会成功的。现在我得去睡觉了，我一定会睡个最安稳的好觉。明天我醒过来的时候，格丽敏厄堡楼里准保不会有一只灰老鼠。"

小男孩朝阿卡眨了眨眼，还做了个手势，要等白鹳缩起一条腿在鸟窝的最边上睡觉的时候，他就把这个家伙推到下面的坡上去，不过阿卡拦住了他。她看起来一点也没有生气。相反，她还用满意的语调说："像我这么大年纪的，要是对付不了比这还要大的麻烦，那也太糟糕了。只要公猫头鹰和母猫头鹰可以整夜不睡觉，愿意为我飞出去送一两句口信，那么我想一切都会顺利的。"

两只猫头鹰都很愿意出力，于是阿卡请公猫头鹰飞去找到那些外出的黑老鼠，叫他们立刻赶回家来。她派母猫头鹰到居住在隆德大教堂的仓鸮弗拉美亚那里去，还带着非常秘密的一项任务，这秘密阿卡只敢用低声耳语单独告诉母猫头鹰。

## 捕鼠器

到了半夜里，灰老鼠在寻找了很久之后，终于成功找到一个还敞开着口的通往地窖的洞。那个洞在墙壁上相当高的地方，不过老鼠们互相踩着肩膀往上爬，不用多少时间他们当中最勇敢的那个就爬到了洞口，准备好闯入格丽敏厄堡楼，就在这座堡楼的墙外，她的许多祖先曾在这里战死。

那只灰老鼠在洞口静静等了一会儿，看看她是不是会遇到攻击。守卫方的主力虽然已经外出了，不过她估计还留在城堡里的黑老鼠是不会不抵抗就投降的。她的心脏怦怦直跳，倾听着最细小的杂音，不过一切都很安静。这时灰老鼠的头领鼓足勇气，跳进了漆黑的地窖里。

一只接一只的灰老鼠跟随着头领。大家全都轻手轻脚地保持寂静，大家等待着黑老鼠的埋伏。等到很多灰老鼠拥进了地窖，窖底再也容不下更多老鼠之后，他们才敢继续向前走。

尽管他们过去从来没到过这座建筑里面，找路对他们来说却没什么困难。他们很快就在墙壁里找到了黑老鼠用来爬到上面几层楼的通道。在他们开始爬上这些狭窄而陡峭的小路之前，他们又一次非常小心地倾听。黑老鼠用这种躲起来的方式让他们更加感到心惊胆战，比在公开的战斗里相遇更可怕。当他们平安无事地来到第一层楼的时候，他们几乎不敢相信自己那么走运。

灰老鼠一进门就马上闻到地上大堆大堆谷物的香味。不过对他们来说现在还不是开始享受胜利果实的时候。他们先非常仔细地搜查了那些阴森空荡的房间。他们跳上陈旧的城堡大厨房地板中央的炉灶里，还差点掉进里间的水井里。把狭窄的透光用的小孔都一个不漏地仔细检查一遍，不过仍旧找不到一只黑老鼠。当这一层楼已经完全在他们的控制之下，他们就开始用同样小心翼翼的方式去占领第二层楼。他们又得壮起胆子做一次艰难而危险的穿过墙壁的爬行，同时屏住呼吸惶惶不安，要防备敌人扑上来。尽管他们受到谷物堆散发出的最美妙的香味的诱惑，他们还是强迫自己忍住，按最严格的规矩搜查用立柱支撑的古代骑士们居住的城堡房间，搜查他们的石桌和炉灶，搜查他们的深入墙壁的窗台和地板上的大洞，在古代

的时候他们会利用这个大洞，通过它把沸腾的沥青浇在入侵的敌人头上。

依然看不到黑老鼠的踪影。灰老鼠们搜索着来到了带有城堡主人宽大宴会厅的第三层，大厅和这个堡楼里所有其他房间一样阴冷和空荡。灰老鼠们甚至还爬上了只有一个荒凉的大房间的最高一层楼搜查。唯一他们没有想到的去搜查的地方，就是房顶上那个大的白鹳窝，而在这个窝里，恰恰在这时候，母猫头鹰把阿卡叫醒，告诉她仓鸮弗拉美亚已经同意她的要求，把她想要的东西送来了。

自从灰老鼠这么彻底扎实地搜查过了整个城堡，他们感到放心了。他们明白，黑老鼠已经逃走，没想做什么抵抗，于是他们就兴高采烈地扑到谷物堆上去了。

可是，灰老鼠还没来得及把刚吃到的麦粒咽下去的时候，就听到下面的院子里传来一个小口哨吹出的尖厉的声音。灰老鼠们从谷物堆上抬起头来，不安地倾听，跑了两三步，好像打算离开谷物堆，不过又转过身，重新开始大吃起来。

小口哨强烈尖厉的声音又一次响起来，现在发生了什么怪事。一只老鼠、两只老鼠，是啊，整整一大群老鼠丢下了谷物，从谷物堆里跳出来，赶紧抄最短最近的路往地窖里跑，为了跑出这座堡楼。不过还有很多灰老鼠留下来没走，他们想到自己费尽心血才征服了这座格丽敏厄堡楼，所以他们不甘心离开。可是小口哨的音调再一次传到他们耳边，他们必须跟随这个声音。他们狂乱慌张地从谷物堆里钻出来，通过墙壁里那些狭窄的洞跑下去，为了跑出去，他们争先恐后互相踩踏，乱成一团。

在院子正中间站着一个小毛头，在吹一只口哨。在他周围已经团团围上了一大圈老鼠，吃惊地张着嘴，入迷地听他吹奏，每时每刻还有更多老

鼠加入。有一次他把口哨从嘴边拿开了一会儿，对老鼠们做了个鬼脸，这时老鼠们看起来好像都乐意扑上去把他咬死，可是他一吹起口哨，他们就在他权力的控制下了。

当那个小毛头吹到所有灰老鼠都从格丽敏厄堡楼里出来的时候，他就开始慢慢走出院子，走上乡间的大路，所有灰老鼠都跟着他，因为那只小口哨发出的音调在他们耳朵里实在太好听了，他们无法抗拒。

那个小毛头走在他们前面，把他们引到了通向瓦尔比镇的大路上。他领着他们兜了所有可能兜的圈子，绕了所有可能绕的弯路，钻过篱笆和树丛，下过好多地沟，无论他走到哪里，他们都不得不跟在后面。他持续不停地吹他的口哨，那看起来是用一只动物的角做成的，不过那只角这么小，在我们这个年代里已经找不到什么动物，能从他额头上折下这么小的角了。也没人知道那个口哨是谁制作的。这是仓鸮弗拉美亚在隆德大教堂钟楼上的一个窗龛里找到的，她曾经把它拿给渡鸦巴塔基看。他们俩都估计，一个这样的角，肯定是早先世界上那些愿意得到控制老鼠和田鼠的权利的人通常会制作的。不过渡鸦又是阿卡的好朋友，阿卡是从他那里知道了弗拉美亚有这么一件宝贝。

那是真的，老鼠们无法抗拒这只口哨。小男孩走在他们前面吹，只要星光还在就一直吹，老鼠们就一直跟着他。他吹到天亮，吹到日出，成群结队的灰老鼠仍旧跟着他，被引诱到离格丽敏厄堡楼谷物香味越来越远的地方。

译注：库拉山（Kullaberg），位于斯郭纳西北部的库伦（Kullen）半岛，现为自然保护区。

# 5. 库拉山上的仙鹤大舞会

必须承认，虽然在斯郭纳造起了那么多漂亮壮观的建筑，但它们中间没有一座拥有古老的库拉山那么美的墙壁。

库拉山低矮而狭长。它绝不是一座大山或高山。在宽阔的山顶上有森林和田地，也有一块又一块长着石南的荒地。还有到处长着石南的圆形山丘和光秃秃的山包。那上面并不是特别漂亮，那里看上去和斯郭纳所有别的高地上一样。

有条乡间大路在正中间翻过这座山，走在这条路上的人不禁会感到一点失望。

不过，也可能会发生这样的事，他转弯离开大路，朝山的两边走出去，顺着断崖峭壁朝下看，他会立刻发现那么多值得看的风景，他简直不知道怎么才来得及全看完。因为情况正好是这样，库拉山不像其他山那样耸立在陆地上，四周有平原和山谷环绕，而是伸出到大海里很远的地方，能伸多远就多远。库拉山下几乎没有一片土地，可以保护它免受海浪的冲击，

093

而是让海浪直接冲击山的峭壁，可以尽兴地磨损销蚀这些峭壁，随意改变它们的形状。

因此山的峭壁就带着如此丰富的装饰耸立在那里，这是大海和它的帮凶大风提供的成果。那里有陡峭山涧深深切入山的侧面，有在大风持续鞭打下变得光溜平滑的黑色海岬岩石。那里有从水里笔直立起来的孤单石柱，也有入口狭窄但幽暗深邃的岩洞。那里有垂直的裸露的悬崖，也有柔和的披挂着树丛的斜坡。那里有小礁石、小海湾，还有小鹅卵石，每次波浪冲击时就被洗刷得忽上忽下，发出哗啦哗啦的响声。那里还有在水面上架起来的庄严的石崖拱门，也有锋利的石头，不断被喷射上泡沫，而其他的石头则在墨绿的、静止不动的水上映照自己的影子。那里还有在悬崖上像车床车出来的巨大石锅，也有巨大缝隙，诱惑着远足的人鼓起勇气进入这座

山的深处，一直走到古代库拉人栖居的岩洞。

所有这些山涧和峭壁的上面和外面都攀爬缠绕着藤蔓。那里也长着树，不过风的威力如此巨大，让树也得变成藤蔓一样才能在山崖上存留下来。柳树紧贴着地面爬行，而立在它们上面的树叶枝杈成了一个窄小的拱顶。树干低矮的山毛榉树站立在山涧里，像巨大的树叶帐篷。

正是那些奇妙的峭壁加上它们外面宽广、蔚蓝的大海和它们上空灿烂、清新的天空，让库拉山受到人类的喜爱。所以只要夏天还没过完，每天都有大批游客拥到那里去。更难说的是，什么缘故让那座山对动物也有这么大吸引力，以至于他们每年都要聚集到那里，办一次游艺大会。不过这已经是一种风俗习惯，是从远古时期就继承下来的，当最初的海浪涌向岸边撞成泡沫的时候，就应该已经有了，这才能解释清楚，为什么偏偏是库拉山胜过每一座其他的山而被选中为会场。

要举办动物游艺大会的时候，马鹿、狍子、野兔、狐狸和其他四足野兽为了不被人类注意，在前一天夜里就动身到库拉山去。在太阳升起之前，他们就全都排好队到了游艺大会会场，那是大路左边的一片长着石南的荒地，离这座山最外边的海岬并不特别远。

这个游艺大会会场的四面都被圆形山丘包围着，若不是碰巧闯进了会场里，任何人从山丘外面是看不见里面的。在三月份，也不大可能有什么远足的人会迷了路闯进这个地方。所有那些外来人，不是三月的话会常常在山丘之间漫游和攀登这座山四边的峭壁的人，在几个月之前就已经被秋季的风暴撵走了。而海岬上那个灯塔的看守人，库拉农庄上的那个老妇人，还有库拉村的农民和他的雇工，都只走他们平常走惯了的路，是不会在这些长着石南的荒野上到处乱跑的。

当四足野兽来到游艺大会会场，他们就趴在那些圆形山丘上。每种动物都自己聚在一起，尽管这是理所当然的，在这样一天里，大家和平相处，任何动物都用不着害怕受到袭击。在这天里，一只幼小的野兔也可以走过狐狸聚集的山丘而不会丢掉什么，比如说两只长耳朵里的一只。不过各种动物还是会站到各自的特别族群里去。这是老风俗习惯。

所有动物都占好自己的位置以后，他们就开始东张西望找鸟类。这天通常都是美好的天气。仙鹤是很好的天气预言家，要是预计这天会下雨的话，他们是不会把动物们都召集起来的。不过，虽然空气清新，没有任何东西挡住视线，四足野兽还是看不到任何鸟类。这是奇怪的。太阳高挂在天空中，鸟类应该已经在路上了。

库拉山上的动物们注意到，一小朵一小朵的乌云正慢慢飘过那个大平原。看哪！有一朵云现在突然掉转方向从厄勒松海峡朝库拉山飘来了。这朵云到了游艺大会场地的正上方就停了下来，同时整朵云开始响起敲钟和鸟鸣的声音，好像整朵云就是音调组成的。这朵云升起又下降，升起又下降，不过一直响着敲钟和鸟鸣的声音。最后整朵云降落在一个山丘上，而且整朵云是一下子落在那里的，一转眼后山丘上就布满了灰云雀、漂亮的红灰白仓头燕雀、有斑点的椋鸟和黄绿色的山雀。

紧接着又有一朵云从平原上空飘来。它还在每个院落上空停留，在雇工住的小木屋和宫殿上空、在集镇和城市上空、在农庄和火车站上空、在打鱼人的营地和糖厂的上空停留。每次停留的时候，它都要从地面上各家的院落里吸上来一根小小的向上旋转的柱子和小小的灰色的尘粒。用这样的方式，这朵云就在长大，当它终于汇集完所有尘粒，就把方向转往库拉山，这时候它就已经不再是一朵云，而是整整一大片云，大得投射到地面的阴影从赫甘奈斯海岬一直到了莫勒渔港。当这片云停留在游艺大会场地上空的时候，它遮住了太阳。有很长一段时间，麻雀像是下雨一样落在一座山丘上，然后那些在这片乌云最中央飞的麻雀才重新看见了阳光。

不过，这些鸟群组成的云中最大的一片云现在才出现。这是从四面八方飞来的鸟群汇集在一起组成的。浓重的灰蓝色，连一丝阳光都透不过去。它就像一片雷雨云，来势汹汹阴森恐怖。它充满了最可怕的噪音，最令人惊惧的尖厉叫喊，最嘲弄人的笑声，最不祥的聒噪。当这片云终于在一阵雨点般的拍打翅膀的呱呱聒噪声中消散，落下了乌鸦、寒鸦、渡鸦和秃鼻乌鸦，这时候游艺大会会场上的所有动物都特别开心。

后来在天空中能看到的不仅仅是云，还有大量不同形状的线条和符号。从东边和东北边显现出来的是断断续续的直线。那是从岳英厄地区来的森林鸟类：黑琴鸡和松鸡。他们排成长队飞来，互相间隔两三米。那些居住在法斯特布镇外面的莫克莱彭群岛的蹼足鸟类，他们现在排成很多奇怪的队形飞过厄勒松海峡：有三角形和长钩形，有斜菱形和半圆形等等。

这年举行动物游艺大会的时候，尼尔斯·霍尔格松正跟着大雁们四处游荡，阿卡和她的雁群到达这个大会比其他动物晚，而这没什么可奇怪的，因为阿卡必须飞过整个斯郭纳才能到达库拉山。再说，她一醒来就不得不飞出去寻找拇指头，因为他一边吹着小口哨一边走了好几个小时，把灰老鼠引到离格丽敏厄堡楼很远的地方去了。公猫头鹰已经带回消息说，黑老鼠在日出之后马上就会到家了，而那时候让仓鸮弗拉美亚的小口哨安静下来，恢复灰老鼠的自由，随便他们到哪里去，也都不会有什么危险了。

不过，并不是阿卡找到了小男孩和他后面跟着的长长的灰老鼠队伍，而是白鹳埃尔曼里奇先生，他一下子急速降落到小男孩头上，用鸟喙把他

叨起来，带着他飞到了空中。原来埃尔曼里奇先生也一早就飞出去找小男孩了，然后他把小男孩带回自己的鹳鸟窝，请小男孩原谅他，因为头一天晚上他对待小男孩非常不礼貌。

小男孩非常开心，他同白鹳成了好朋友。阿卡对他也显得非常友好，用自己的老脑袋在他胳膊上抚弄了好几次表示称赞，因为在危难中他帮助了他们。

不过，必须承认小男孩是非常诚实的，他不愿意接受他不配得到的荣誉。他说："不，阿卡大妈，你们别以为我引开灰老鼠是为了救黑老鼠。我只想让埃尔曼里奇先生看看我也是能做点事情的。"

他的话还没说完，阿卡就转身问白鹳，把拇指头带到库拉山是不是合适。她说："我的意思是说，我们是不是可以像相信自己那样相信他。"白鹳马上非常热切地赞成让拇指头跟着一起去。他说："阿卡大妈，你们当然要带拇指头一起去库拉山啦。这对我们是一件高兴的事啊，他昨天晚上为我们受累了，为了他所做的一切，我们应该报答他。我昨天晚上还用不合适的方式对待他，至今让我心里感到难过，所以应该是我来背着他，一直背到游艺大会会场去。"

得到聪明能干的高手这样的称赞，再没有多少事情的滋味比这更美好的了，小男孩当然从没感到自己这么开心过，因为大雁和白鹳都这样谈到他。

小男孩骑在白鹳背上飞向库拉山。尽管他知道这是一个莫大的荣誉，不过这还是让他非常担心，因为埃尔曼里奇先生是一位飞行大师，速度和大雁们是完全不同的。阿卡是均匀平稳地扇动翅膀直飞，而白鹳却用一种花样繁多的飞行艺术来娱乐。一会儿他在高不可测的地方静止下来，不扇动翅膀，只随着气流滑翔。一会儿他往下俯冲，速度这么快，就好像一块石头坠落，无可奈何地撞向地面。一会儿他拿阿卡开心，围着阿卡飞，绕着大圈子和小圈子，像一股旋风。小男孩从来没经历过这样的事情，尽管他一直感到恐惧，但是又不得不承认，他以前不知道飞行高手是什么意思。

这次飞行中他们只停留了一次，那是当阿卡在沃姆伯湖上和她的旅伴们会合的时候，她欢呼着告诉他们，灰老鼠已经被打败了。然后他们就笔直往库拉山飞去。

到了那里，他们在专门给大雁保留的那个山丘的最高处降落下来。小男孩这时候把目光从这个山丘转到那个山丘，他看到，在一个山丘上高举起来的是马鹿头上多枝多叉的角；在另一个山丘上是灰色苍鹭脖子上的流苏。一个山丘上是狐狸的红色；另一个山丘上是海鸟的黑白色；还有一个山丘上是老鼠的灰色。一个山丘上站满了黑色渡鸦，他们在不停地喊叫；一个山丘上是云雀，他们静不下来，不停地跳到空中快活地歌唱。

这是库拉山持续不变的习惯，由乌鸦们的飞行舞开始这天的游艺节目。他们分成两群，相对着飞来，会合，又转回去重新开始。这种舞有许多回合，会让不懂舞蹈规则的观众觉得太单调了。可乌鸦们对自己的舞蹈感到非常自豪，不过他们终于跳完了的时候其他动物却非常高兴。这个舞蹈让动物们觉得像冬天的风暴玩弄雪花一样沉闷无聊，看这个舞让他们有点压抑，焦急地等待着能给他们一点欢乐的节目。

他们也用不着白等。乌鸦刚一跳完，野兔们跑了上来。他们排成一长队拥上来，没有特别的队形。有些是一个野兔单独跑，其他是三四只散开了跑。所有野兔都立起身子只用两条腿跑，他们的速度那么快，以致长耳朵朝各个方向晃来晃去。他们一边跑还一边转动，有时高高地跳起来，还

用前爪拍打肋骨，这样就发出了隆隆的声音。有些野兔翻了一长串筋斗，有些野兔团起身体像轮子一样向前滚动，一只野兔单腿独立旋转，另一只

野兔用两条前腿倒立走。他们完全没有任何次序，不过野兔的游戏非常滑稽有趣，站在那里观看的很多动物看得呼吸都加快了。现在是春天了，春心和欢乐正在接近。冬天结束了。夏天也快到了。很快，生活就只是一场游戏了。

等到野兔们纷纷退出，轮到大个子的森林鸟类上场了。上百只身披耀眼的深褐色长袍、眉毛鲜红的公松鸡跃上了矗立在游艺大会场地中央的一棵大橡树上。跳上最高的树枝的那只公松鸡抖开了羽毛，垂下了翅膀，还张开了尾巴，这样连贴身的白羽毛也能看得见了。随后他就伸直脖子，从鼓得粗大的喉咙里发出两三声深沉的鸣叫。听起来是这样的："喔、喔、喔！"再多的叫声他就发不出了，只在咽喉深处咕噜咕噜好几下，于是他闭上眼睛，像耳语一样轻轻说："嘻、嘻、嘻。多好听啊！嘻、嘻、嘻。"他自己沉浸在这样的陶醉状态，因此都不知道周围在发生什么事。

当第一只公松鸡还在这样嘻嘻地陶醉的时候，蹲在下面最靠近他的树枝上的那三只松鸡也同时开始唱歌了，没等他们唱完整首歌，坐在更下面的树枝上的十只公松鸡也开始唱起来，就这样从一根树枝到下一根树枝，一直持续到上百只公松鸡全都唱过了，也咕噜咕噜和嘻嘻地陶醉过了。唱各自的歌的时候，他们也全都沉浸在同样的陶醉状态，正是这种状态，像一种感染人的醉意，也影响了其他动物。刚才血液还在春心荡漾地流动，现在开始变得浓烈滚烫。各种动物都在想："对啊，这真是春天啦。冬天的寒冷消失啦！春天的火正在燃遍大地。"

当黑琴鸡看到公松鸡得到了这样的成功，他们就再也不能保持沉默了。这时已经没有什么树可以让他们占领，他们就冲下来到了游艺大会场地上，那里的石南已经长得太高了，所以只能看到他们摇晃着的屁股上的美丽羽毛和他们宽大的鸟喙。他们开始唱着："嘿、嘿、嘿！"

正当黑琴鸡开始跟公松鸡较量的时候，发生了一件不得了的大事。有一只狐狸在所有动物不想别的只顾欣赏松鸡的歌唱游戏的时候，慢慢地溜到了大雁们的山丘下。在有谁注意到他之前，他已经非常小心地爬

了很长的路，爬上了山丘。还是有一只大雁突然间看见了他，也不相信狐狸溜进大雁群里会有什么好意，她就叫喊起来："当心啊，大雁们！当心啊！"狐狸就一口咬住了她的咽喉，也许主要是为了不让她发出声音来，不过大雁们听到了她的叫喊声就一齐飞到了空中。当大雁们都飞上天空的时候，才看见是狐狸斯密尔站在大雁们的那个山丘上，嘴里叼着一只死去的大雁。

不过，正因为狐狸斯密尔破坏了游艺节日的和平，他才会受到如此严厉的惩罚，让他这辈子每一天里都要悔恨当时他没能束缚住自己报复的欲望，而是试图用这种方式最终攻击到阿卡和她的大雁群。斯密尔马上被一大群狐狸包围了起来，按照古老的规矩受到审判。判决是这样的：无论是谁破坏了这个盛大游艺节日的和平，就必须流放到外乡去。没有一只狐狸愿意减缓这个判决，因为他们全都知道，任何时候他们试图这么做，他们就会被赶出游艺大会的场地，再也得不到准许参加这个大会。也就是说，把斯密尔驱逐出境的判决是一致通过的，没有任何否定意见。他被禁止在斯郭纳境内居留，他必须离开自己的妻子和亲属，离开他至今拥有的猎场、住所、休息地和藏身的地方，他必须到陌生的地区去找运气。为了让斯郭纳境内的所有狐狸都知道，斯密尔在这片土地上的一切权利都已经取消，狐狸当中最年长的那只咬掉了斯密尔的右耳朵尖。这事一做完，所有年轻的狐狸因为渴望饮血而开始嚎叫，都扑到斯密尔身上。对斯密尔来说已经没有其他办法，只有逃命，在所有年轻狐狸的紧紧追赶下，急忙离开了库拉山。

这一切都是在黑琴鸡和松鸡们进行游戏的时候发生的。不过这些鸟类都深深沉浸在自己的歌唱中，到了其他什么都听不见也看不到的程度。他

们也不会让自己受到什么打扰。

森林鸟类们的技艺比赛刚结束，来自海克贝里亚的马鹿就登场表演他们的战争游戏了。有好几对马鹿同时进行角斗。他们用巨大的力量互相顶撞，鹿角像雷声隆隆互相敲打，所以角尖都纠缠在一起，而他们都要想办法逼对方后退。长着石南的土丘在他们的蹄子下被翻了起来，而他们呼出的气像冒烟，从喉咙里还挤出可怕的咆哮声，唾沫都流淌到了肩胛上。

当这些善于打斗的马鹿混战在一起的时候，四周山丘上都无息无声，所有的动物都被唤醒了新的情感。所有的动物，每一个动物，都感到自己勇敢强壮，重新恢复了力量，得到了春天里的新生，充满豪气，做好了各种冒险的准备。他们并没有感到一点互相的仇恨，但到处都在张开翅膀，竖起颈部羽毛，磨脚擦爪。要是海克贝里亚马鹿再继续角斗一会儿，那么各个山丘上都会发生混战，因为动物们个个被一种燃烧的渴望抓住，要显示他们也充满了生命力，冬天里的浑身无力已经过去了，如今他们浑身都是力量。

不过，马鹿在这个恰到好处的时刻结束了战争游戏，马上有一阵轻声耳语在山丘之间传递："现在仙鹤要上场了！"

于是上来了那些灰色的、衣服好像黄昏礼服一样的鸟类，翅膀上有装饰羽毛，脖子上有红色的羽毛饰物。这些大鸟有高高的腿、细细的脖子、小小的头，在一种充满秘密感的晕眩状态中滑翔到山丘外面。他们往前滑翔的时候，旋转着身躯，半是飞翔半是舞蹈。他们优雅地高举着翅膀，以不可思议的速度移动。他们的舞蹈里有些奇怪而陌生的东西。那就像灰色的影子在玩一种游戏，让观众目不暇接；那也像他们从云雾那里学到这种舞蹈，从那些孤寂的沼泽地上飘舞而来。在这种舞蹈里有一种魔力：所有

过去没有到过库拉山的动物，明白了为什么整个大会是根据仙鹤舞蹈来取名的。在这种舞蹈里也有粗犷，不过它唤起的情感还是一种甜美的憧憬。没有谁现在还想战斗。相反，不管是长着翅膀的，还是没有翅膀的，所有动物都想不受限制地飞起来，飞到云层之上，探索那外面还有什么，离开把自己往大地拖下去的笨重肉体，朝超越地球的地方飞走。

这样的对不可企及的东西、对生活背后隐藏的东西的憧憬，动物们每年只能感受到一次，就是在这一天，这天他们看到了仙鹤大舞会。

译注：厄勒松海峡（Öresund）是瑞典和丹麦之间的海峡，亦称丹麦海峡。

# 6. 在雨天里

这是一路上的第一个下雨天。只要大雁们还留在沃姆伯湖那一带，他们就一直有好天气，不过就在他们启程朝北飞行的同一天，就开始下雨了，有好几个小时小男孩都骑在鹅背上，浑身湿透，冻得发抖。

他们出发的那天早上，天气还晴朗无风。大雁们飞到高空，平平稳稳，也不急不忙，还是阿卡领头其他大雁斜分成两行跟在后面的严格队形。他们没有花时间去对地面上的动物恶意叫喊，不过他们也不打算真的保持沉默，而是随着翅膀的扇动，不停地唱出他们寻找同伴时的呼喊："你在哪里？我在这里。你在哪里？我在这里。"

所有大雁都参加了这种持续不停的鸣叫，只是时而会中断，为了向那只大白鹅指示他们用来设定飞行路线的地面标志。这次飞行路线的地面标志是林德罗德山荒芜的山坡、乌威斯霍尔摩的大庄园、克里斯蒂安城的教堂钟楼、乌普曼那湖和伊沃湖之间狭长鼻形半岛上的拜克森林王室庄园和吕斯拜里亚山的峭壁。

这是一次单调的旅行，而当乌云出现的时候，小男孩倒觉得是一种真正的娱乐。以前在这世界上，当他只从下往上看乌云的时候，他觉得乌云是灰色和无聊的，不过上升到了乌云里面就完全是另一回事了。现在他清楚地看到，云是巨大的大货车，装着堆到天那么高的货物在空中驶过：有些装的是巨大的灰麻袋，有些装的是大木桶，大得可以装下整整一个湖的水，还有些装的是大缸和瓶子，堆到了可怕的高度。当这么多大货车开过来的时候，整个天空都挤满了，就好像有人给了个信号，因为一下子从大缸大桶里、从瓶子和麻袋里都开始流出水来，朝地面流下去。

就在最初的那几阵春雨朝地面上淅沥淅沥落下的时刻，灌木丛里和草地上所有小鸟的那种欢呼声就高了起来，整个天空都回荡着他们的声音，连小男孩都在他坐的地方高高跳起来。小鸟唱的是："现在我们有了雨，雨给了我们春天，春天给了我们花和绿叶，绿叶和花给了我们毛毛虫和昆虫，毛毛虫和昆虫给了我们食物，又多又好的食物是最好的事情。"

大雁们也为下雨感到高兴，雨水会把各种植物从冬眠中唤醒，也会在湖面的冰盖子上打出一个个洞。他们再也摆不出至此为止的那种严肃样子了，而是开始把有趣的叫声送到下面的大地上。

他们飞过大片大片的种土豆的田地，这种土地在克里斯蒂安地区非常多，不过眼下这些田地还是光秃秃、黑乎乎的。他们就叫唤："醒醒吧，派点用场吧！叫醒你们的到这儿来了。你们偷懒的时间已经够长啦。"

当他们看到人类匆匆去躲雨的时候，他们就劝告人类说："你们那么匆匆忙忙为了什么呀？你们没看见吗，下雨下的是酸面包和蛋白酥，是酸面包和蛋白酥？"

有一块又大又厚的云正朝北快速地移动，紧紧地跟在大雁后面。大雁

们看来在幻想，是他们在拖着这块云前进。这时候他们正好看到下面有大花园，他们就自豪地叫着："我们带来了白海葵，我们带来了玫瑰花，我们带来了苹果花和樱桃花，我们带来了豌豆和芸豆、萝卜和卷心菜。谁想要，谁就拿，谁想要，谁来拿。"

这就是最初的几场阵雨落下的时候能听到的叫声，这时大家还为这场雨高兴。不过当这场雨不停地下了整整一下午，大雁们就不耐烦了，就向伊沃湖周围干渴缺水的森林叫着："你们快要喝够了吧？你们快要喝够了吧？"

天空变得越来越灰暗，太阳躲藏得那么好，谁都无法知道太阳在哪里。雨下得越来越密集，雨水沉重打击着他们的翅膀，还从有油脂的外层羽毛间渗透进去，一直浸到了身体。大地被雨雾遮蔽起来，湖泊、山岭和森林汇成一片混沌模糊不清，认路标志已经无法辨认了。他们的飞行越来越缓慢，欢快的鸣叫也已经沉寂下来，而小男孩也感到寒冷越来越难忍受。

　　不过，只要他还骑着鹅穿过天空，他就振作精神坚持着。到了下午，当他们在一块大沼泽地中央一棵还没长好的小松树下面降落的时候，那里一切都是潮湿的，一切都是冰凉的，有些土丘上还覆盖着积雪，其他土丘在一片融化了一半的冰水上冒出光秃秃的头，这时他也没觉得气馁，而是精神抖擞地四处跑着寻找小红莓和冻越橘。但是到了晚上，黑暗降临，严严实实得连小男孩那样的眼睛也看不透了，荒野就变得特别可怕，令人恐惧。小男孩缩在公鹅翅膀底下躺着，但睡不着，因为他又冷又浑身湿透。他听到那么多声音，沙沙的声音、嘎嘎的声音、轻手轻脚的脚步声、威胁人的声音，他感到如此恐惧，都不知道该怎么办。如果他不想被活活吓死，那他就必须到那些有火和灯光的地方去。

　　小男孩想："如果我有胆量到人那里去，就过这唯一的一夜会怎么样？我只想这样，能在一堆火旁边坐一会儿，能吃一点东西。我可以在太阳出来之前赶回到大雁们这儿来呀。"

　　他从鹅翅膀下爬出来，滑到地上。他既没惊醒公鹅，也没惊醒大雁，悄悄地不被注意地溜出了沼泽地。

　　他完全不知道自己究竟在什么地方，是在斯郭纳，还是在斯莫兰或是布莱金厄。不过就在降落到这块沼泽地前的那一刻，他曾经瞥见了一个大村庄，现在他就朝那个方向走。没过多久他就找到了一条路，顺着路很快

走进了村庄里的大街，街很长，种着树，两边是一个挨一个的院子。

小男孩是到了一个大教堂村，这样的教堂村在这个国家往北是很常见的，不过在南方的平原上完全看不到的。

居民的房子都是木头的，造得非常整齐美观。大多数房子都有山墙和正墙，边上有雕刻的饰条，房前的玻璃前廊都有一两块彩色玻璃。墙壁都涂有光亮的彩色油漆，门和窗框闪耀着蓝色和绿色，甚至是红色。小男孩一边走一边打量这些房子，同时在外面的路上也还能听到坐在这些温暖屋子里的人们如何谈着笑着。说的词语他还不能分辨清楚，不过他觉得，听人说话是那么美的事情。他想："我真想知道，要是我猛敲着门请求他们放我进去的话，他们会说些什么。"

这本来是他打算做的事情，不过，自从他见到那些灯光明亮的窗户，对黑暗的恐惧现在已经过去了。相反，现在他重新感觉到了那种害羞，在周围有人的时候这种害羞总是会降临到他头上。他想："我在村子里再转一会儿四处看看吧，然后我再求什么人家放我进去。"

在一座房子楼上有个阳台。正好在小男孩走过的时候，阳台门被打开了，一束黄色灯光透过精美轻盈的门帘流泻出来。一个美丽的少妇走出来到了阳台上，斜靠栏杆站着。她说："下雨了，我们很快又到春天了。"小男孩看到她的时候，感到一种莫名其妙的忧愁，就好像他想要大哭一场。这是第一次，他有一点担心自己已经被排斥在人类之外。

之后不久他走过一个小店铺。店铺外面停着一部红色的多垄播种机。他停下来看着这部机器，最后爬上驾驶座坐在那里。他坐上去之后，嘴唇咂巴着发出响声，假装他坐在那里驾驶机器。他想着，能在田野上驾驶着一部这样漂亮的机器，那会多么有意思。一时间他忘记了自己现在是什么

情况，不过他又想起来了，就马上从机器上跳了下来。他感到越来越大的不安。如果要一直在野外的动物中生活下去，那肯定会失去很多很多。人类真是太特殊奇妙了，太聪明能干了。

他走过邮局，就想起了各式各样的报纸，每天能带来世界各地的新闻。他看到药房和医生的住宅，就想起人类的力量真大，可以对付疾病和死亡。他走到教堂，就想起人类建造了教堂，为了在那里听人讲自己住的这个世界之外的另一个世界，讲上帝和复活，讲一种永恒的生命。他在那里走得越久，就越喜欢人类了。

孩子们就是这样的，他们想得不远，只想眼皮底下的事情。放在他们眼前最近的东西，他们马上就想要，也不管这要他们付出什么代价。尼尔斯·霍尔格松当初选择继续当小土地神的时候，他没弄明白他失去了什么，不过现在他变得非常害怕，怕他也许再也不能回到原来的样子。

他究竟要怎么办，才能再成为一个人呢？这是他非常想知道的。

他爬上一个台阶坐在那里，就在倾盆大雨里思考。他在那里坐了一个小时、两个小时，他想得眉头上都起了皱纹。不过他并没有变得更聪明，还是老样子。就好像各种念头在他头脑里打转，他在那儿坐得越久，越觉得不可能找到什么解决办法。

最后他想："对一个像我这样学得太少的人来说，这件事肯定太难了。那就这样吧，不管怎么说我要先回到人类当中去。我去问牧师和医生，问问学校老师还有其他的人，那些有学问的、还能知道怎么治好这种病的人。"

是的，他决定了他要马上去做。他站起来，抖动身子，因为他已经浑身湿透，像条落水狗一样。

正在这时候，他看到一只大猫头鹰飞过来，落在大街边的一棵树上。

紧接着一只蹲在屋檐下的灰林鸮开始扭动着叫道："叽咕咕，叽咕咕！你回家来啦，沼泽地猫头鹰？你在国外过得好吗？"

沼泽地猫头鹰说："多谢你关心，灰林鸮！我日子过得不错。我不在的时候，家里出过什么奇怪的事吗？"

"布莱金厄这里没有，沼泽地猫头鹰，不过在斯郭纳出过怪事，有个小男孩被一个小土地神变了样子，变得只有松鼠那么小了，后来他就跟着一只家鹅飞到拉普兰去了。"

"这真是一条奇怪的新闻，一条奇怪的新闻。灰林鸮，他就永远不能变成人了吗？他就永远不能变成人了吗？"

"这可是一个秘密，沼泽地猫头鹰，不过让你知道还是可以的。那位小土地神说过，要是小男孩管好那只公鹅，能让那只鹅平安无事地回到家的话，那……"

"那什么，灰林鸮？那什么？那什么？"

"跟我飞到教堂钟楼上去吧，沼泽地猫头鹰，到那里你就什么都知道啦！我怕在村子这里的大街上，会有什么人偷听呢。"

然后猫头鹰和灰林鸮就飞走了。小男孩把小尖帽高高抛到空中："只要我管好那只公鹅，能让他平安无事地回到家，我就又成为人啦！太好啦！太好啦！那时我就可以又成为人啦！"

他呐喊着、欢呼着，大声叫好，但是很奇怪，在房屋里的那些人听不到他的叫喊。不过他们确实听不见，于是他赶紧回到在潮湿沼泽地上的大雁们那里去了，只要腿还跑得动，他就飞快地奔跑。

译注：克里斯蒂安城（Kristianstad），是斯郭纳东北部的城市。斯莫兰（Småland）是斯郭纳北面的行政区划，布莱金厄（Blekinge）是斯郭纳东北方的行政区划。林德罗德山（Linderödsåsen）、乌威斯霍尔摩（Ovesholm）、乌普曼那湖（Oppmannasjön）和伊沃湖（Ivösjön）都是斯郭纳境内的地名。蛋白酥（spettekaka）是斯郭纳的独特甜食。

# 7. 有三个层级的台阶

第二天大雁们打算往北飞，越过斯莫兰的阿尔布县。他们派出于克西和卡克西先去那里了解情况，可是他们回来报告说，所有水面都结了冰，所有地面都盖着雪。大雁们说："那就让我们留在这里好了。我们不能飞到一个既没水喝又没草吃的地方去。"

这时阿卡说："如果我们留在这里，会等上整整一个月。最好是朝东飞过布莱金厄，试试看我们能不能从莫勒县再飞过斯莫兰，那个地方靠近海岸，春天来得早。"

这样一来，小男孩第二天就飞过布莱金厄了。这时候天也亮堂了，他的心情又好起来了，也搞不明白昨天晚上自己遇到了什么事情。现在他当然不愿意放弃这次旅行和野外生活了。

布莱金厄上空有一层厚厚的雨雾，小男孩看不到那里是什么样子。他想着："不知道我骑鹅飞过的地方是好地方，还是穷地方。"他尽力在自己的记忆里找出在学校里学过的关于这个地区的知识。不过同时他当然也明

白，这样做是没什么用的，因为他过去常常连课文都不读。

他眼前一下子看到了整个学校。孩子们坐在小课桌旁边，都举着手，老师站在讲台上，看上去很不满意，而他自己站在教室前面的地图旁边，要回答什么有关布莱金厄的问题，却一个字也说不出来。随着时间一秒一秒地过去，老师的脸色更加难看，小男孩心想，这位老师要求他们的地理知识比其他课学得更好，在这上面更加严格。现在老师从讲台上走下来，从小男孩手里接过教鞭，叫他回自己座位上去。小男孩当时就想："这下没好果子吃了。"

不过老师却走到一扇窗户前面去了，在那里站着往外看了一会儿，还吹了一会儿口哨。然后他又走回讲台上说，他要给他们讲点有关布莱金厄的事情。那时候他讲的事情那么有趣，所以连小男孩也能听进去了。只要他回想一下，每个字他都能想起来。

老师说："斯莫兰是一栋高房子，房顶上长着冷杉树，房子前面有一个宽阔的台阶，有三个大的层级，这个台阶就叫作布莱金厄。

"那是一个打造得相当大的台阶。它在斯莫兰那栋房子正面展开了八十公里长，而谁要从这个台阶往外一直走下去，走到波罗的海，那他要走四十公里路。

"那全是在经过很长一段时间之后才造起来的台阶。那是过了很多天和很多年，那些最初的层级才从花岗岩里被开凿出来，被有规则而且平坦地铺下来，成为斯莫兰和波罗的海之间一条方便的通道。

"因为这个台阶如此年代久远，人们就可以理解，这个台阶现在看上去和它新造好的时候已经不一样了。我也不知道那时候他们对这种事情有多在乎，不过像它这么大，无论如何没有任何扫帚能把它打扫干净，保持

它的清洁。两三年后那个台阶上就长出了苔藓和地衣，秋天有干草和枯叶被风刮下来落在这个台阶上，春天里这个台阶上面又被坍塌下来的石头和沙砾堆得太高。当所有这些都积存起来变得腐烂，于是最后台阶上就堆积了那么多土壤，不光草本植物和青草可以生长，连灌木和大树也能在这里扎根了。

　　"不过，同时在这个台阶的三个层级之间也出现了巨大的差别。最上面那层，离斯莫兰最近的那层，大部分覆盖着贫瘠的泥土和小砾石，那里除了毛桦树、稠李和冷杉树——那些长在高原地带的耐寒的少量水分就满足的树木之外，不会生长出其他树木。要想明白那里是多么的荒凉贫穷，最好就看看那里的森林土地中开垦出来的田地是多么狭窄，那里的人给自己建造的房子是多么小，还有各个教堂之间是多么远。

　　"中间那个层级有比较好的土壤，也没有受到严寒太苛刻的约束，你马上就看到树木既比较高，品种也更加珍贵。那里长着枫树、橡树、小叶椴、白桦和榛树，但是偏偏不长针叶树。更好的是，你会注意到那里的耕地非常多，然后你看到那里的人建造了又漂亮又大的房子。中间那个层级上还有许多教堂，周围有大村庄，从各方面来看这层都比上面那层更加好，更加美。

　　"最好的还是最下面那个层级。这里覆盖着优质肥沃的土壤。这里靠海，有海水沐浴，一点感觉不到斯莫兰的寒冷。下面这层适合山毛榉、醋栗和核桃树的生长，它们长得那么高大，可以超过教堂的房顶。这里也有最大的耕地，不过这里的人不光靠林业和农业为生，也从事渔业、商业和海运。所以这里也有最贵的住房、最美的教堂，教堂村也发展成了集镇和城市。

　　"不过，关于这个有三个层级的台阶，我要说的还没全部说完。因为

你们必须想到，当那栋斯莫兰高房子的屋顶上面下雨的时候，或者那上面积雪融化的时候，水总需要流到什么地方去，当然有一部分积水会流到外面的那个大台阶上。开始的时候还是流过整个台阶，台阶多宽水流就有多宽，不过后来台阶上出现了裂缝，现在水渐渐地习惯顺着几条它仔细冲刷出来的水沟从台阶上流出去。水就是水，不管流到哪里都一样。它从来不休息。在某个地方它挖土、修整、冲刷，到了另外一个地方它又把土堆积起来。它就把那些水沟挖成了峡谷，在峡谷岩壁上它又铺上土壤，后来灌木丛、藤蔓和树木就攀爬固定在上面，那么茂密、那么丰富，几乎把下面深涧里继续往前的水流也遮蔽住了。当水流来到了台阶之间有落差的地方，它们就一头冲了出去，在这里水流就有了那种翻滚着泡沫的速度，有了力量去推动磨坊的轮子和机器，这样的磨坊在每个瀑布旁边都兴建了起来。

"不过，关于这个有三个层级的台阶的地区，我要说的其实还没全部说完。还应该说说，在斯莫兰那栋高房子里曾经住过一个巨人，年纪也老了。这么高龄的时候，他还被迫走下那个长长的台阶才能到海边去钓三文鱼，这让他很生气。他觉得，三文鱼往上游到他住的地方来，那才合理得多。

"因此他走到自己那栋大屋子的房顶上，在那里摆好姿势，把大石头扔到下面的波罗的海里。他用那么大的力量扔，所以石头就飞过了整个布莱金厄，一直落进了大海。当石头落下来的时候，三文鱼就吓坏了，就从海里跳出来，往上朝布莱金厄的溪流飞过来，闯过了那些大急流，高高跳起来蹦到瀑布上面，一直游到了斯莫兰境内很远的地方，到了老巨人面前，才停下来。

"不管这种说法有多少真实性，在布莱金厄海岸外边确实可以见到许多岛屿和礁石，他们不是别的，就是很多大石头，是那个巨人扔下去的大石头。

"因此还可以注意到，一直到现在三文鱼还沿着布莱金厄的溪流往上游，穿过大急流和静水，努力游到斯莫兰。

"不过那个巨人值得布莱金厄的人好好感谢和表示尊敬，因为直到今天，那些溪流里的三文鱼捕捞和群岛上的采石，仍是他们中间许多人赖以为生的工作。"

# 8. 伦纳比河边

四月一日　星期五

　　大雁们或者狐狸斯密尔都没想到，在他们离开斯郭纳以后还会相遇。不过现在情况是这样的，大雁们走的是飞过布莱金厄的路线，而狐狸斯密尔也是往这边走。至今为止他一直在这个地区的北部逗留，在那里他还没见到过满是狍子和美味幼狍的大庄园的花园或者饲养动物的农庄。他心里有说不出的不满。

　　一天下午，当斯密尔在离伦纳比河不远的麦兰比格登乡一片荒凉的森林地带瞎转的时候，看见空中飞过一群大雁。他马上注意到其中一只是雪白的，这时他就明白他是碰上哪些大雁了。

　　斯密尔立即开始追赶大雁们，既是渴望好好美餐一顿，同时也是渴望为了大雁们给他带来的所有烦恼报仇雪恨。他看到他们是朝东飞，一直飞到伦纳比河，然后改变了方向，顺着这条河往南飞。他明白了，他们是打算沿着河岸找一个过夜的地方，而他想，他能够弄到其中一两只，也没有太大的困难。

不过，当斯密尔最后终于看到了大雁们落下来的地方，他也注意到，大雁们选择了一块这么安全有保障的地方，他根本没有办法接近他们。

伦纳比河不是什么巨大或者有气势的河流，不过，因为两岸风光秀丽，也总是让人交口称赞。在好几个地方，这条河是在陡峭的悬崖峭壁之间闯过来的，这些从水中笔直耸立起来的石壁上还长满了金银花和稠李、山楂和赤杨、花楸树和柳树。如果在一个美丽的夏日里，在这条水色深暗的小河上荡桨划船，仰望攀缠钩牢在那些粗大岩壁上的所有柔软翠绿的植物，没有多少事情会比这更让人惬意的了。

不过，当大雁们和斯密尔来到这条河的时候，还是寒冷可怕的冬春交替的时候，所有树木还是光秃秃的，任何人都不会去想着河畔是丑陋还是美丽。大雁们夸耀着自己的好运气，能在一座那么陡峭的石壁下面找到一条沙滩，大小正好可以让他们落脚容身。在他们面前是这条河的哗哗流水，在这冰雪消融的季节里特别湍急汹涌，而他们身后是一座无法攀越的石壁，垂下来的枝蔓正好遮掩住他们。他们不会找到比这更好的地方了。

大雁们立即睡着了，不过小男孩却闭不上眼睛。太阳一旦消失，他就感到对黑暗的害怕和对荒野的恐惧，又渴望和人类在一起。他藏在公鹅翅膀里面躺着，这里什么也看不见，也听不清。他想，要是发生什么对公鹅不好的事情，他也没法去救他。他听到四面八方传来的各种各样窸窸窣窣的响声，就变得那么不安，甚至从公鹅翅膀底下爬了出来，坐到大雁们旁边的地面上。

斯密尔站在山顶上眼巴巴往下看着那群大雁，没什么办法。他对自己说："这样追赶的话你趁早还是死了心吧。那么陡峭的石壁你爬不下去，水那么急的河你游不过去，山下也没有一点地皮可以通到他们睡觉的地方。

对你来说，那些大雁们真是太精明了。你以后再也别费心思去追他们了。"

不过斯密尔和其他狐狸一样，难以放弃一件已经开始了的事情，所以他趴在山崖上面最靠边的地方，眼睛始终不离大雁们。他一边趴在那里看着他们，一边想着他们给他带来的一切伤害。是啊，都是因为他们的缘故，他才被驱逐出了斯郭纳，才不得不搬到贫穷的布莱金厄。他趴在那里的时候，心里激起如此大的怒气，就算自己不能把大雁们吃掉，也咒他们都去见死神。

正在斯密尔心里怒气高涨的时候，他听见紧靠他身旁长着的一棵大松树上有什么东西磨蹭的声音，看到一只松鼠从树上爬下来，后面有一只貂鼠在紧紧追赶。他们谁都没有注意到斯密尔，他就一动不动地观察这场从一棵树上到另一棵树上的追捕。他看到那只松鼠在树枝之间轻巧地游动，好像会飞一样。他又看着那只貂鼠，虽然不是松鼠那样艺术完美的攀爬专家，但是也能同样安稳地顺着树干上蹿下跳，就好像这些树干是树林里的平坦小路。狐狸想："要是我能攀爬得有他们俩随便哪个的一半那么好，下面的那些家伙就休想安心睡大觉了！"

一等到那只松鼠被抓住，这场追捕也结束了，斯密尔就朝貂鼠走过去，不过在距离两步外的地方又停了下来，以此表示他无意抢走貂鼠追捕到的战利品。他非常友好地问候貂鼠，祝贺他追捕成功。斯密尔会花言巧语，狐狸总是这样的。貂鼠相反，身材苗条，脑袋漂亮，皮毛柔软，有淡褐色的颈部斑点，自认为是个美丽的小尤物，其实只是一个粗野的森林住户，也几乎不愿回答狐狸的话。斯密尔说："我还是觉得很吃惊，像你这样的好猎手，在伸手就有好多更鲜美的野味的时候，却只满足于追捕松鼠。"说到这里他又住了嘴，但是在貂鼠只是粗鲁无礼地对他冷笑的时候，他又

继续说："会不会有可能是你根本没看见这个峭壁下面站着的那些大雁？或者你不是一个足够好的攀爬专家，没法往下爬到他们那里去？"

这回用不着狐狸等待回答了。貂鼠拱起背，每根毛都竖起来，朝狐狸扑过来。他还嘶嘶地叫着说："你见到大雁了吗？他们在哪里？快说出来，要不然我就咬断你的喉咙！"

"哦，别忘了我个头比你大一倍，你还是客气一点。我也没别的要求，只想让你看看大雁在哪里。"

一转眼貂鼠就已经爬下石壁去了。斯密尔一边蹲在那里看着貂鼠怎样扭动着蛇一样细长的身子从一根树枝爬到另一根树枝，一边心想："这个漂亮的树林猎手倒有森林里最毒辣的心肠。我相信，大雁们因为一次流血的苏醒，要感谢我了。"

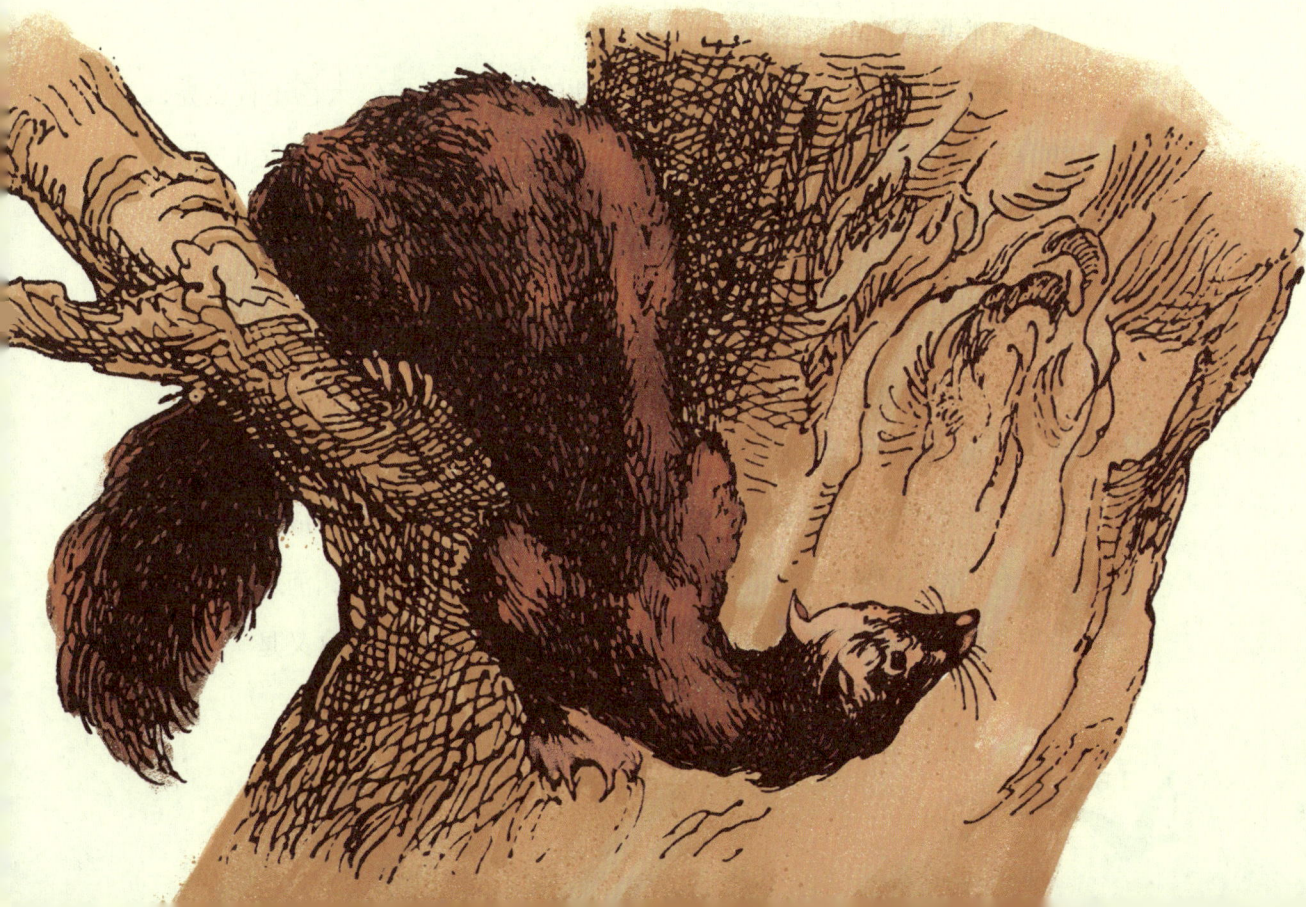

不过，正当斯密尔等着听到大雁们临死前的惨叫时，他看到貂鼠从一根树枝上倒栽下去，掉进了河里，溅起了很高的水花。紧接着就是一阵啪啦啪啦用力拍动翅膀的猛烈声响，所有大雁都飞到空中匆忙逃走了。

斯密尔打算马上去追赶大雁，不过他那么好奇，想要知道大雁们到底是怎么得救的，所以他蹲在那里没动，一直等着貂鼠爬上来。那个可怜的家伙浑身湿透，而且不时地停下来用前爪去擦脑袋。斯密尔轻蔑地说："你这个笨头笨脑的家伙，会掉到河里去，不正是我预料到的吗？"

貂鼠说："一点也不是我笨，你可别瞎说。我已经爬到了最底下那根树枝上了，正考虑怎么扑上去把整整一群大雁统统撕碎。就在这时候，有个还不如松鼠大的小毛头突然跳了出来，用那么大的力气朝我脑袋上砸了一块石头，我就掉进了河里。等我从河里再爬上来……"

貂鼠不用再说下去了。他已经没有了听众。狐狸斯密尔早就跑远了，跑在追赶大雁的路上。

这时阿卡已经朝南飞去，一边寻找着新的睡觉的地方。天色还有点亮，加上还有半圆的月亮高挂在天上，所以她还能看见一点东西。幸运的是她对这个地方很熟悉，因为每年春天她飞过波罗的海的时候，不止一次被风吹到过布莱金厄。

只要她还看得见这条河像一条黑色发光的蛇，蜿蜒穿过月光照耀下的这块土地，她就顺着这条河飞。就这样她一直飞到了尤帕福斯瀑布，这条河在这里先躲藏进了一条地下河道，然后又变得清亮透明，好像玻璃做成的，坠落到一个狭窄的深渊里，在这个深渊的底部摔得粉碎，成了闪闪发光的水珠和四散飞溅的泡沫。在白色的瀑布下面有几块石头，河水在它们之间轰鸣着流进了狂野的瀑布里，阿卡就在这里落下了脚。这又是一个很

好的睡觉的地方，尤其现在已经很晚了，是没有什么人活动的时候。日落的时候大雁们就无法在这里落脚，因为尤帕福斯瀑布不是在荒无人烟的地方。瀑布的一边建立起了一个纸浆厂，而在另一边，地势陡峭树林茂密，那是尤帕达尔公园，总是持续不断地有人在那些又滑又陡的小路上四处走动，为的是欣赏那条让人眩晕的急流如何汹涌咆哮着冲下深渊里。

在这里，就像在前面那个地方一样，这些旅伴中没有一个会去考虑他们来到了一个远近闻名的美丽地方。他们考虑得更多的是，要站在一条震耳欲聋的溪流当中的几块又滑又湿的石头上睡觉，那是又可怕又危险的。不过，只要他们平安无事，不会受野兽的伤害，他们也得知足了。

大雁们很快就睡着了，不过小男孩没法安心睡觉，而是坐到大雁们的旁边，为的是给公鹅放哨。

过了一会儿，斯密尔又蹦又跳地沿着河岸跑了过来。他马上看见了大雁们，看到他们站在泡沫和漩涡当中。他明白，现在他还是没法抓到他们。不过他也不能死了这条心就放过他们，而是在河岸上蹲下来盯着。他感到自己丢尽了脸面，觉得他作为猎手的整个名誉都成了赌注输掉了。

正巧这时候他看见一只水獭嘴里叼着一条鱼从溪流里爬出来。斯密尔就朝他走过去，不过在距离两步外的地方又停了下来，以此表示他无意从水獭那里抢走他抓到的战利品。斯密尔说："你真是个奇怪的家伙，当那些石头上站满了大雁的时候，你只抓鱼吃就满足了。"他那么着急，没时间像平时那样花言巧语。水獭一次也没回头朝溪流上看。他和所有水獭一样是个流浪汉，很多次到过沃姆伯湖抓鱼吃，也对狐狸斯密尔知根知底。他说："斯密尔，我当然知道，为了给你自己弄一条鳟鱼，你会玩什么花招。"

斯密尔说："哎呀，原来是你啊，格里佩！"这下他变得非常高兴，

因为他知道这只水獭是一个又大胆又能干的游泳健将。他说："我并不奇怪，当你还没本事游到大雁那里去的时候，你不愿意看到他们。"不过水獭脚趾之间有蹼，尾巴硬得像船桨一样好使，一身皮毛密不透水，谁要说有什么溪流他游不过去，他根本听不下去。他就回头朝溪流那边看，一眼看见大雁，就把鱼扔掉，从陡峭的岸上一下跳进了河里。

如果已经进入春天里更长时间，那么夜莺就会回到尤帕达尔山谷的老家来了，然后他们会在很多夜晚歌唱水獭格里佩和大溪流的搏斗。因为有好几次水獭被波浪推开，被冲向这条河的下游，不过他奋力挣扎着不断坚持地重新游了上来。他从水静止不动的地方游过去，爬过好几块石头，渐渐逼近大雁们。这是一次危险可怕的行程，真是值得夜莺们好好歌唱的。

斯密尔的目光一直尽力跟随着水獭前进。最后他总算看到水獭就要爬上大雁们站的地方了。不过就在这时传来了尖厉发狂的叫声。水獭仰面朝天往后倒在水里被卷走了，好像他是一只还没睁眼的猫崽子。紧接着是大雁翅膀猛烈拍动的声音。他们又飞开去找另一个睡觉的地方了。

水獭很快又爬上岸来。他什么都没说，开始舔他的一只前脚。当斯密尔讥笑他，因为他没有成功，水獭发怒了："我的游泳技巧一点毛病都没有，斯密尔。我已经游到了大雁那里，正要爬上去抓他们，这时候有个小毛头跑过来，用什么尖利的铁器砍我的脚。把我疼坏了，站都站不稳，大溪流就把我冲走了。"

他不用再多说什么。斯密尔早已走远，又在追赶大雁的路上了。

又一次，阿卡和她的雁群不得不在夜间逃亡。幸运的是月亮还没落下去，借助月光她又成功找到了这个地区一个她熟悉的睡觉的地方。她还是顺着那条闪光的河朝南飞。她飞过了尤帕达尔山谷的贵族庄园，飞过了伦纳比镇黑暗的屋顶和白色的瀑布，一路都没有停留。不过，就在市镇南面一点，离大海不远的地方，这里有伦纳比镇的疗养温泉，带有浴室和茶室，有大旅馆和来温泉疗养的客人的夏季住房。所有鸟类都知道得很清楚，这些房屋到了冬天全都空空荡荡没有人住了，而各种各样的鸟群在风暴肆虐的日子里，会到这些被闲置的房屋的阳台上和门厅里寻求庇护。

大雁们在这里的一个阳台上落下来，和平常一样立刻就睡觉了。相反，小男孩却睡不着，因为他不愿意钻到公鹅翅膀底下去。

那个阳台是朝南的，所以小男孩面对着大海。既然他现在睡不着，就坐在那里看风景，看着大海和陆地在布莱金厄这里相会的时候，风景是多么漂亮。

瞧，情况是这样的，大海和陆地可以有很多不同的方式相会。在许多地方，陆地往下朝大海伸展出地势平坦而有很多草丘的草滩，而大海用流沙迎接陆地，用沙子堆起沙堤和沙丘。这就好像它们互相都不喜欢对方，都只愿意把自己拥有的最坏的东西拿给对方看。

不过，也可能发生这样的事情，陆地往下朝大海伸展的时候，在自己前面立起一堵山峰的墙，就好像大海是什么危险的东西，需要挡住；当陆地这么做的时候，大海就用愤怒的巨浪朝陆地冲过去，鞭打、撕咬和撞击那些悬崖峭壁，看起来就好像它要把这片陆地摧毁。

但是在布莱金厄，当大海和陆地相会的时候，却完全是不同的情况。陆地自己分裂成许多岬角、岛屿和岩礁，而大海也自己分割成大海湾、小海湾和海峡。也许是这种情况，使得它们看起来是高高兴兴、友好和睦地相会的。

首先想想大海吧！在远处它是荒凉空旷、博大浩渺的，除了翻卷灰色的波浪就没有什么别的事情可做。当它靠近陆地的时候，大海碰到了第一个岩礁，就马上对它施展威力，摧残了所有绿色的东西，把它变得和自己一样光秃秃和灰溜溜的。于是它碰到了又一个岩礁，对这个岩礁它同样对待。又是一个岩礁，对这个岩礁它也是同样对待。那些岩礁就像落到了强盗手里一样，被剥光衣服抢劫一空。不过岩礁出现得越来越密集了，这时大海肯定明白，陆地把自己最小的孩子都派出来了，来向它求情，要它温和一点。于是大海越靠近陆地，也就越友好和气。浪也翻卷得不那么高了，风暴也缓和下来了，让陆地缝隙和裂口里的绿色保存下来了。它把自己也分成一些小的海峡和水湾，最后到了陆地这里就没那么危险了，所以小船也敢出海去。大海肯定都不认识自己了，变得这么光亮和友好。

那么再想想陆地吧！陆地在这里很单调，几乎到处都是一个样子。它包括一块块平坦的耕地，之间有一两片桦树林，或者也有延伸得很长的林间空地。陆地看起来好像只在考虑燕麦啦、萝卜啦、马铃薯啦、冷杉啦、松树啦什么的。于是大海切入进来一个海湾，长长地伸进陆地里面。陆地满不在乎没当回事，而是在海湾边沿种上了桦树和赤杨，完全就像这个海湾是一个普通的淡水湖。于是又有一个海湾切入进来。陆地还是满不在乎，没有对它客套恭维，而是让它穿上和第一个海湾同样的衣服。不过，大海湾开始扩展加宽，突破进来。它们切断了耕地和森林，这样陆地就不能对它避而不见了。陆地会说"我想，那是大海亲自光临了"，于是就开始打扮自己。它用鲜花给自己编织花环，在山坡上跑上跑下，把很多岛扔进大海里。它不愿意再考虑什么松树和冷杉了，而是把它们当作穿旧的日常衣服扔掉，然后用高大的槲树、椴树和栗树来炫耀自己，还用围绕了阔叶树

的鲜花盛开的草地来显摆自己，漂亮得好像一个贵族庄园的花园。那么它和大海相会的时候，它有那么大的变化，所以它也不认识自己了。

所有这些在夏天到来之前是不可能真正见到的，不过小男孩还是注意到了大自然是多么温和友好，所以他开始感觉自己在夜里也比以前安心多了。就在这个时候，他忽然听见从浴室花园里传来了一声凄厉可怕的号叫。当他站起来，就看见阳台下面那块平地上有一只狐狸站在白色的月光里。因为斯密尔又一次追踪着大雁来了。不过当他找到了大雁落脚的这个地方之后，明白了他现在不可能有什么办法去接近他们，这时他就忍不住怒号起来。

当狐狸这样号叫，年纪大的领头雁阿卡就醒过来了，尽管她几乎什么都看不见，她觉得自己还是能够分辨出这个声音的。她说："是你吗，斯密尔，半夜三更还跑出来？"

斯密尔说："没错。正是我。我现在愿意问问，你们大雁觉得我为你们安排的这个晚上怎么样？"

阿卡问："你的意思是说，是你派了貂鼠和水獭来袭击我们吗？"

斯密尔说："好成绩是不用否认的。你们曾经跟我玩过一回你们大雁的游戏。现在我已经开始跟你们玩狐狸的游戏了，只要你们中间还有一只大雁活着，我也一定要在全国各地追踪到底，决不结束这个游戏。"

阿卡说："你啊，斯密尔，你还是应该想想这样做对不对，你又有尖牙又有利爪做你的武器，还这样追赶我们这些不能自卫的大雁。"

斯密尔以为，听起来阿卡很害怕，所以赶紧说："阿卡，要是你愿意把那个拇指头给我扔下来，他已经好几次跟我过不去了，那么我就保证跟你和平了断。那我就再也不追赶你或者你的大雁中随便哪只了。"

阿卡说："我不会把拇指头交给你。我们大雁中间，从最小的到最老的，都愿意为他献出自己的生命。"

斯密尔说："你们这么爱他啊，那我向你保证，你们中间我要报仇雪恨的，第一个就是他。"

阿卡不再回答了，然后斯密尔又往上怒号了几声，一切就都安静了下来。小男孩躺在那里一直醒着。现在是阿卡回答狐狸的话让他睡不着了。他过去从来没有想到，他能够听到这么这么大的事情，听到有谁愿意为他献出生命。从这个时刻开始，别人就再也不能这么去说他尼尔斯·霍尔格松，说谁都不喜欢他了。

译注：伦纳比河（Ronnebyå），是发源于斯莫兰南部往东经过布莱金厄入海的河流，以渔产丰富闻名。

# 9. 卡尔斯克鲁纳

　　这是在卡尔斯克鲁纳的一个晚上，有月光的时候，又美丽又安静，不过之前在白天有过风暴和大雨，人们当然都以为坏天气还会继续，所以几乎没有一个人敢出门到街道上去。

　　正当这个城市的街道上很清冷、没有人的时候，大雁阿卡和她的大雁群飞过万姆岛和庞塔尔霍尔姆，朝这个城市飞来了。他们在深夜里还外出，是因为想在群岛上寻找一个安全的睡觉的地方。他们不能在陆地上停留，因为随便他们降落到什么地方，都会受到狐狸斯密尔的侵扰。

　　当小男孩现在骑着鹅高高地飞在空中，眺望着在他前面展开的大海和群岛，他觉得一切看起来都很奇怪，都跟鬼影一样。天空不再是蓝的，而是像一个绿玻璃罩子罩在他的头顶上。而大海是乳白色的。只要是他的眼睛还看得见的地方，那里就滚动着小小的白浪，浪尖上闪烁着银光。就在这种银白色中间，是很多很多岛屿完全像煤炭一样的黑色。不论这些岛屿是大还是小，也不论它们是像草地那样平坦还是布满悬崖峭壁，它们看上

139

去都一样黑。是啊，甚至通常是白色或红色的住房、教堂和磨坊，在绿色天空的背景中也被描绘出了黑色轮廓。小男孩觉得，那就好像是他下面的地球已经被换掉了，而他来到了另外一个世界。

他正在想，今天晚上他要鼓足勇气，不再害怕，这时他却看到了什么真的让他恐惧的东西。那是一座高耸的悬崖岛，上面全是巨大和四方的石块，在那些黑色石块之间有明亮灿烂的黄金的斑点在闪闪发光。他就不禁想到了特洛尔·李荣比镇那边的玛格莱巨石，山妖有时会把这块巨石举起来放在金柱上。他想知道，这里的巨石是不是也是同样的东西。

不过，如果没有这个岛周围的水面上浮动着的那么多怪物，光是岛上那些石头和金子，还不至于让他那么害怕。那些怪物看上去像是鲸鱼、鲨鱼和其他许多大海兽，但小男孩知道，那些全是海山妖，他们聚集在这个岛周围是打算爬到这个岛上去，和住在那里的陆地山妖开战。陆地山妖肯定是害怕了，因为小男孩看到了一个庞大的巨人站到了这个岛上最高的地方，高高举着双臂，就好像是对要降临到他和他的岛上的这种不幸彻底绝望了。

当小男孩注意到阿卡正开始往这个岛上降落下去，他受的惊吓可不只是一点点。他大叫着："不，千万别下去！这里我们可不能下去。"

但是大雁们继续降落着，而小男孩很快就要吃惊，自己怎么会完全看错了。首先那些大石块就不是别的，而是一栋栋房屋。整个岛屿就是一个城市，而那些发光的金斑点是路灯和灯火照亮的一排排窗户。那个站在这个岛最高处朝天高举双臂的巨人是一座教堂，有两座突兀的钟楼。他看到的所有那些觉得是海山妖和怪物的东西，不过是围绕着这个岛停泊的各种大船小船。在这个岛朝向陆地的这边，停泊的大多数是划桨的小艇、帆船和沿海岸航行的小汽轮，而朝向大海的那边停泊的是装甲的军舰：有些很

宽大，带有硕大粗胖还向后倾斜的烟囱；有的又长又细，那样的造型使它们应该能像鱼一样穿过水滑行。

这会是一个什么城市呢？对啦，小男孩想出来了，因为他看到了很多军舰。他这辈子一直喜欢船，不过他只在乡村公路路边的水沟里让古帆船模型漂漂而已，和别的船没打过交道。他早已经搞清楚了，能停了那么多军舰的城市，不会是别的，只能是卡尔斯克鲁纳。

小男孩的外公曾经是海军舰队的一名老水兵，他还活着的时候，每天都要讲讲卡尔斯克鲁纳，讲讲那个巨大的修造军舰的船厂，还有那个城市能看到的所有其他事情。小男孩在这里感觉就像在家乡一样，他非常高兴自己能看到这一切，这些他曾经听外公讲了那么多次的地方。

不过，在阿卡降落到那两座平顶的教堂钟楼中的一座上之前，小男孩只隐隐约约看到封锁着海港入口的要塞岗楼和碉堡，还有那个造船厂的很多建筑物。

对要避开狐狸的大雁们来说，这里的确是一个安全的地方，而小男孩开始考虑，能不能放心大胆地钻到公鹅翅膀底下去睡觉，就睡这一晚上。是啊，他肯定能吧，能睡上一会儿就太好了。那么天亮以后，他要设法去看看造船厂和那些大船。

\*

小男孩自己也觉得奇怪，他不能安静地躺着，等到明天早上再去看那

些大船。他才睡了肯定不到五分钟，就从公鹅翅膀底下溜出来，顺着避雷针导线和下水管道往下爬到了地面上。

他很快站在了教堂前面的一个大广场上。广场是鹅卵石铺成的，在上面走对他来说真是很麻烦的事，就像大人们走在一块高低不平的草坡上一样麻烦。习惯在荒野中生活或者住在偏僻乡村的那种人，当他们进入一个城市，那里房屋整齐，街道宽敞，所以大家都可以看到走在街道上的人，那他们会总是感到提心吊胆。此时此刻对小男孩来说就是同样的情况。当他站在巨大的卡尔斯克鲁纳广场上，看着边上的德国式教堂和市政府，还有他刚刚从上面爬下来的那座大教堂，他就害怕起来，不指望别的，只指望回到钟楼上和大雁们在一起了。

幸运的是，广场上空空荡荡。要是不算上站在一个高大底座上的那个雕像，这里一个人都没有。小男孩对着那座雕像看了很久，那座雕像展示的是一个高大粗壮的男人，头戴三边帽，身披长袍，穿着长到膝盖的裤子和粗重的靴子。小男孩想知道这是什么人。他手握着一根很长的手杖，看上去好像要用它做什么，因为他还长了一张可怕严肃的面孔，有大鹰钩鼻子，难看的嘴巴。

小男孩最后说："这个嘴唇长长的家伙在这里干什么？"他自己从来没有像今天晚上这样觉得自己又小又可怜。他想努力说一个俏皮的词来给自己打气。然后他就不再理会那个塑像，而是走进一条通往海边的宽阔大街。

不过小男孩还没走多远，就听到后面有人跟着他。有个人走在他后面，用沉重的脚步踏着鹅卵石铺成的街面，还用一根头上包了铁皮的手杖戳着地面。这声音听起来就好像是广场上那个巨大的青铜大汉自己走下来转悠了。

小男孩一边听着后面的脚步声，一边沿着大街往海边奔跑，他越来越肯定，这就是那个青铜大汉。地面在震动，房子在颤抖。不会是什么别的人，只有青铜大汉，用这样沉重的脚步走路，于是小男孩害怕起来，因为他想到自己刚才朝这个铜像说过的话。可他不敢回头去看看这是否真的是青铜大汉。

小男孩想："他也许只是为了解闷的缘故下来到处走走。他不会是因为我说的那些话就要伤害我吧。我根本没什么恶意呀。"

小男孩就不再一直往前走，试着去找造船厂了，而是拐进了一条朝东去的街道。他首先要把跟在后面的这个人甩掉。

可是，不久他就听见那个青铜大汉也拐进了同一条街道，小男孩这下害怕极了，简直不知道怎么办才好。而且这么晚，在这样一个清冷的城市里，所有大门都紧紧关闭着，要找到什么地方藏起来可太难了！这时候他看到右手边有一个古老的木教堂，就在离这条街不远的一大片绿地中间。他连一刻都没有多考虑，就朝那个教堂奔跑过去。他想的是："只要我跑到那儿，就可以得到保护，不受妖怪伤害了。"

就在他向前奔跑的时候，他忽然看见一个男人站在沙砾走道边上向他招手。小男孩想："这准是什么愿意救我的好人。"他心里高兴起来，赶紧朝那边跑过去。他真的非常害怕，所以心在胸膛里扑通扑通地跳个不停。

不过，当他跑到那个站在沙砾走道旁边一张小板凳上的男人前面，却马上就惊呆了。他想："这不会是朝我招手的那个人吧。"因为他看见，眼前这个男人全是木头做的。

他呆站着盯住这个木头人看。这是个腿很短的粗壮男人，有一张红润的宽脸庞，乌黑发亮的头发，黑色的连鬓胡子。头上戴着一顶黑色的木头帽子，

身上穿着一件棕色的木头外套，腰间束着黑色的木头腰带，下身穿着灰色的宽大齐膝的木头短裤和木头长筒袜，脚上穿着黑色的木头靴子。他是刚涂过油刚上过彩的，因此在月光下容光焕发，也使得他的脸上有了和蔼可亲的表情，所以男孩对他马上就有了信任感。

　　木头大汉的左手举着一块木牌，小男孩在牌子上读到：


以最谦卑之心我求你们，
虽然我的声音平淡无奇：
请过来把一个钱币放下，
不过请先举起我的帽子！


　　原来如此啊，这个男人其实只是一个为穷人募捐的存钱箱。小男孩感到扫兴。他本来期望这是什么真正特别的东西。现在他也想起来了，这个木头大汉外公也曾经讲起过，还说卡尔斯克鲁纳的所有孩子都非常喜欢他。这肯定是真的，因为小男孩也和这个木头大汉难舍难分。这个大汉身上有什么古老的特点，所以大家都当他有几百岁了，同时他看上去又那么强壮勇敢，那么生动活

泼，正是人们可以想象的从前的人的那种样子。

小男孩这么兴致勃勃地看着木头大汉，就完全忘记了另一个人，那个他要躲开的大汉。不过现在他又听到了那个人的脚步声。那个青铜大汉也从街上拐过来了，朝着木教堂的院子走来。他也追到这里来啦！小男孩该往哪里逃呢？

就在同一时刻，他看到木头大汉朝着他弯下腰来，伸出了又宽又大的手。不可能相信木头大汉不是出于好意而有别的意思，于是小男孩一跳，站到了那只手上。木头大汉把他举到自己的帽子边，又把他塞到了帽子底下。

就差一点啊，小男孩刚刚躲藏好，木头大汉刚刚把胳膊放回原来的地方，青铜大汉就来到了木头大汉前面，用手杖在地上敲了敲，木头大汉就在小板凳上晃了起来。然后，青铜大汉用有力铿锵的声音说："尔是何人？"

木头大汉抬起手臂，于是旧木头关节里发出吱吱的声音，他把手举到帽檐敬礼，一面回答说："陛下恕罪！在下鲁森布姆，曾任'无畏号'战列舰甲板长，服役期满后任海军总部教堂看门人。近日雕成木像设于教堂庭院，充当为穷人募捐之存钱箱。"

当小男孩听到木头大汉称呼对方"陛下"，吓得心里咯噔一跳。因为当他现在回想，他知道了，

广场上那个塑像展示的就是这个城市的建立者。他碰上的当然不是小人物，而是国王卡尔十一世。

青铜大汉说：“尔交代甚好。尔是否也能禀报本王，尔有无看见一小顽童今晚于城中四处奔跑？此童鲁莽无礼，实属刁民，本王若抓到他，定要严加教训，使其规矩有礼。”说着他又一次用手杖敲了敲地，看上去非常生气。

木头大汉说：“陛下息怒！在下见过此顽童。”小男孩害怕得发起抖来。他缩在帽子底下，通过木头里的一条缝看着青铜大汉。不过，他很快镇静了下来，因为他听到木头大汉继续说：“陛下跟踪有误。此顽童意图跑入造船厂在彼处躲避。”

“尔言是否属实，鲁森布姆？如是，则勿再伫立板凳不动，快跟随本王，助我搜寻顽童！四目当胜过二目，鲁森布姆！”

不过，木头大汉用悲哀的口气说道：“在下诚惶诚恐乞求站于原地。在下因油漆之故，貌似健壮，精神焕发，实则老朽，无力动弹啦。”

青铜大汉显然听不进这些看来是顶撞他的话。“如此放肆，岂有此理？本王命尔下来，鲁森布姆！”他还举起自己的长手杖在对方的肩膀上重重打了一下，打出隆隆的响声，“尔睁眼瞧瞧啊，尔完好无损，鲁森布姆？”

然后他们就出发了，在卡尔斯克鲁纳的大街上雄赳赳地大步前进，直到他们到达造船厂高高的大门前。大门外有个海军水兵在站岗，不过青铜大汉却从水兵身边走过，把大门一脚踢开，那个水兵好像什么都没看见。

他们一到了造船厂里面，就看到眼前是一个伸展得很宽的港口，被很多栈桥划分开来。在不同的港口泊位里停着许多军舰，在这么近的地方去看它们，就远比小男孩从天上往下看的时候大多了，也可怕多了。小男孩想：

"就算把它们当作海山妖，也不能算是我看错了。"

青铜大汉说："尔以为何处开始搜查最为合适，鲁森布姆？"

木头大汉回答："如此顽童，可能最容易躲藏于船模大堂。"

从大门往右延伸过整个港口的一条狭长地面上有几座古老的建筑。青铜大汉走到一座墙壁低矮、窗户窄小、有一个高大屋顶的房子面前。他用手杖捅捅门，门就弹开了，他就脚步咚咚地登上一个木板已经磨损的楼梯，到了上面他们进了一个大厅，里面堆满了帆索缆绳配备俱全的小船舰。小男孩不用谁指点就明白了，这些都是军舰模型，是为瑞典舰队制作的。

那里有很多不同种类的船舰。有古老的战列舰，两侧船舷塞满了大炮，船头船尾都有高高的建筑，桅杆上吊挂着一团乱麻似的帆索缆绳。还有群岛间用的小船，船舷外配备了划桨手坐的板凳；有不装备甲板的炮艇。还有镀了很多金的护卫舰，那是国王御驾出行使用的军舰的模型。还终于看见了这个时代正在使用的重型宽大的装甲舰，甲板上有炮塔和大炮；还有细长光亮的鱼雷艇，它们就像又长又细的鱼类。

当小男孩被带着在所有这些船模之间转来转去，他惊叹不已，心里暗想："这么大又这么漂亮的船，居然在瑞典被造了出来！"

他有足够的时间把里面陈列的船模都仔细欣赏一遍，因为青铜大汉一看见这些船模也把所有别的事情全都忘了。他全都仔细看了，从第一个看到最后一个，还问了有关它们的问题。"无畏号"战列舰甲板长鲁森布姆把自己知道的都尽量讲述了，从这些船的造船师，到那些驾驶过这些船的人，以及这些船有过的命运等等。他讲到了海军上将卡普曼、普克和特鲁勒，讲到了哈格兰海战和斯文斯克海峡的海战，一直讲到一八〇九年，因为以后的事情他就没有参与过了。

他和青铜大汉两个人说得最多的都是那些古老的事情，都是木头的战舰。对于新式的装甲舰看来他们就真的不太懂了。

青铜大汉说："本王听来，鲁森布姆关于此类新船也不甚了了。吾等因此还是看看别样东西吧！如此可让本王开怀取乐，鲁森布姆。"

现在他肯定已经完全放弃了寻找男孩这件事，所以小男孩坐在那个木头帽子里也感觉安全放心了。

随后这两个大汉就转来转去，穿过那些巨大的厂房：缝制船帆的工场、铸造铁锚的工场、机械和木工工场等等。他们也看了桅杆吊车和船坞、巨大的仓库、存放火炮的场院和军械弹药库，还有长长的绞制缆绳的轨道，以及在岩石上炸出来不过现在早已废弃的大船坞。他们走到了栈桥上，那里停靠着很多军舰，两人就登上这些军舰，好像两个有经验的老水手那样仔细检查，有时疑问，有时鄙弃，有时称赞，有时恼怒。

小男孩安全地坐在木头帽子底下，听他们讲，为了装备所有从这里驶出去的战舰，这个地方的人们是怎么劳动和奋斗的。他也听他们讲到为了造出这些战舰，人们是怎么冒着生命和流血的危险，怎么不惜献出最后一个铜板，还有那些富有才华的人，为了改进和完善这些战舰，让他们成为祖国的防线，怎么全力以赴呕心沥血。当小男孩听着所有这些，热泪盈眶。而他为自己得知了那么多感到高兴。

最后他们走进了一个开放的院子，那里陈列着从老战列舰上拆下的船头人像，是小男孩以前从来没见过的奇异景象，因为这些人像全都有令人难以相信的威武和吓人的面容。它们那么巨大、无畏、粗犷，充满了自豪精神，正和配得上大战舰的自豪精神一样。它们来自一个和他完全不同的时代。他觉得，自己在它们面前实在太渺小了。

不过，当他们来到这里，青铜大汉对木头大汉说："脱帽，鲁森布姆，向立于此地者致敬！彼等皆曾为国奋勇作战。"

连鲁森布姆也和青铜大汉一样，忘记了他们是为什么开始在城里转来转去的。也不冷静地考虑考虑，他就从头上掀起帽子，呼喊道："我脱帽向选择此港建造船厂并创建海军之人致敬！向为此一切赋予生命的国王致敬！"

"谢谢，鲁森布姆！尔言甚善！鲁森布姆不愧为壮士。不过，此是何物，鲁森布姆？"

因为尼尔斯·霍尔格松就站在鲁森布姆光秃秃的头顶中心。不过小男孩现在不再害怕了，他也举起自己的白色小尖帽呼喊着："嘴唇长长的万岁！"

青铜大汉把手杖在地上狠狠地敲着，不过小男孩再也不清楚他打算做什么了，因为这时候太阳已经升起来，青铜大汉和木头大汉一下子都不见了，就好像他们是青烟做成的。当他还站在那里盯着他们看的时候，大雁们从教堂钟楼上飞了起来，在城市上空来回盘旋。他们马上看到了尼尔斯·霍尔格松，这时那只大白鹅就从空中俯冲下来把他接走了。

译注：卡尔斯克鲁纳（Karlskrona），是瑞典南部一个海岛城市，布莱金厄的首府，也是瑞典海军重要基地。名称本意为"卡尔的王冠"，以纪念建城者瑞典国王卡尔十一世（Karl XI，1655—1697）。特洛尔·李荣比镇（Trolle-Ljungby）位于斯郭纳，镇上有一巨大的飞石叫玛格莱巨石（Maglestenen），在北欧传说中是山妖扔在当地的，镇名中的特洛尔（troll）在北欧语中即"山妖"。

151

# 10. 到厄兰岛的旅行

四月三日　星期日

　　大雁飞到群岛中的一个岛上吃草。他们在那里碰到了几只灰雁。灰雁看到他们感到很奇怪，因为灰雁很清楚，和他们同类的大雁是最喜欢经过内地飞到北方去的。灰雁非常好奇，问长问短，直到大雁们说了他们受到狐狸斯密尔追踪迫害的事情，灰雁才满意了。等他们讲完，有一只看来像阿卡一样苍老、一样聪明的灰雁才说："那只狐狸在自己家乡被宣布驱逐出境，这对你们可是大不幸呀。他肯定要说到做到，追踪你们一直到拉普兰。我要是你们的话，就不经过斯莫兰朝北飞，而是走经过厄兰岛的海上路线，这样他就完全找不到你们的踪迹了。为了真正避开他，你们一定要在厄兰岛南端的岬角上停留两三天。那里有那么多吃的东西，也有那么多鸟类同伴。我相信，你们要是飞到那里去，是不会后悔的。"

　　这真是一个高明的建议，大雁们决定就照着做。一等他们吃饱，就开始了他们的厄兰岛之行。过去他们谁也没去过那里，不过灰雁给他们提供了很好的认路标记。他们只要朝正南飞，就会碰见正好飞到了布莱金厄海岸外的大批候鸟群。所有那些鸟儿在冬天都住在南大西洋，现在打算飞到芬兰和俄罗斯去，都要飞过这里，也全都要在经过厄兰岛的时候上岛休息。大雁们要找到引路的向导不是难事。

那天没有一点风，热得像一个夏日，这正是考虑出海旅行的最佳天气。唯一使人顾虑的是天空并不完全晴朗，而是发灰和模糊的。时而这里、时而那里还会有巨大的云团一直垂挂到海面，遮蔽了视线。

当他们这些旅行者到了沿海群岛之外，大海铺展开来，如此平坦光滑就如镜面，以至于小男孩碰巧往下看的时候，只觉得水都消失了。在他下面不再有陆地。他的周围只有云朵和天空，没有什么别的东西。他越来越头晕，比第一次骑到鹅背上的时候还更加惊慌不安地紧紧抓牢鹅背。那就好像他不可能在鹅背上坐稳：他得朝某一边掉下去。

当他们赶上了灰雁讲到的巨大候鸟群的时候，情况更加糟糕了。那里确实有一群接一群的鸟儿飞来，全都是朝同一个方向。他们好像都跟随一条规定好的路。这些鸟群中有野鸭和灰雁、斑脸海番鸭和海雀、白嘴潜鸟和长尾鸭、秋沙鸭和鸓䴙、蛎鹬和潜鸭等等。不过，当小男孩现在往前弯下腰，朝本来应该是大海的方向看的时候，他看到的是候鸟浩浩荡荡的队伍在水中的倒影。不过他头晕得那么厉害，不明白这究竟是怎么回事，只觉得整个鸟群都是肚皮朝天在飞。他并没有太大惊小怪，因为他自己也搞不清楚哪里是上边哪里是下边了。

鸟儿们都已经筋疲力尽，不耐烦再往前飞了。他们当中没有一只还在鸣叫，或者说哪怕一句有趣的话，这使得一切都变得更加奇怪而且虚幻。

小男孩对自己说："想想吧，如果我们已经离开了地球！想想吧，如果我们正在上天堂去！"

他看到自己周围只有云朵和鸟群，没有任何别的东西，就开始根据情理判断，他们是在飞往天堂。他高兴起来，猜想着在那里能看见什么。头晕的感觉一下过去了。想到自己在离开地球飞向天堂，他变得那么欢天喜地。

就在这时他听到乒乓几声枪响，还看到几小股白色烟柱升起。

鸟群中一片惊惶骚乱。他们惊叫着："开枪啦！开枪啦！船上开的枪！往高飞！飞走飞走！"

小男孩终于看到，他们一直是在海面上往前飞，根本就不在天上。有小船在海面上排成一行，上面满是射手，一枪又一枪放个不停。飞在最前面的鸟群没有及时注意到射手们。他们飞得太低了。好几只深色的身体朝海里掉了下去，每掉下去一只，那些还活着的鸟儿就发出更高声的哀叫。

对于刚才还自以为在天堂里的这个男孩来说，被这样的恐惧和哀叫声唤醒过来，真是太奇怪了。阿卡尽力朝高处快速冲上去，随后大雁群也以最可能快的速度跟了上来。大雁们总算毫无损伤地逃脱了，不过小男孩却没法摆脱自己的困惑。想想看吧，竟然有人会愿意对阿卡、于克西、卡克西、公鹅这样的鸟儿还有别的鸟儿开枪！人类根本不懂他们做了什么。

于是鸟群又在静止无风的天空中向前飞，还是同先前一样默不作声，除了有几只筋疲力尽的鸟儿时不时呼叫着："不是快到了吗？你肯定我们飞的路对吗？"那些飞在最前面的鸟儿就回答："我们正朝厄兰岛飞，正朝厄兰岛飞。"

绿头鸭们累了，而白嘴潜鸟绕了一下超到他们前头去了。绿头鸭就喊着："别着急啊！你们要把我们的食物也统统吃光啦！"

白嘴潜鸟回答："你们和我们，都够吃的！"

他们还没来得及飞那么远，飞到能看到厄兰岛的地方，迎面来了一阵微风，随风还带来好像大团大团的白色烟雾，完全像是什么地方发生了大火灾。

当鸟群一看到这些白色烟雾旋涡的时候，他们就焦急起来，加快了速度。但是那些像烟尘的东西越来越浓密地喷射过来，最后就把他们完全包裹起来了。他们并没有闻到什么气味，烟雾不昏暗也不干燥，而是白茫茫湿漉漉的。小男孩恍然大悟，这不是别的，就是大雾呀！

当大雾那么浓密，到了前后的鸟儿都互相看不见的时候，鸟儿开始表现得像是真疯子真傻子了。所有的鸟儿，原先都是秩序井然、整整齐齐往前飞的，现在在大雾里玩起游戏来。他们横着飞、竖着飞，互相都要诱惑对方迷路。他们叫喊着："当心呵！你们只是原地绕圈子！怎么着，也掉头吧！你们这么飞是到不了厄兰岛的。"

大家心里都很清楚厄兰岛在哪里，可是他们尽力让对方迷失方向。大雾里传出的一个声音说："瞧那些长尾鸭！他们飞回北海去啦！"

有鸟儿从另一边叫喊着："灰雁当心啦！要是你们继续这样飞，就会一直飞到吕根岛去的。"

前面说过了，不用担心这些鸟群，他们早就习惯了走这条路了，不会受骗上当而弄错方向。不过，却为难了那些大雁们。好开玩笑的鸟儿注意到了，大雁们对这条路没把握，于是就想尽办法让他们迷路。

一只天鹅叫着："你们打算去哪儿呀，好朋友？"他正对着阿卡飞过来，看起来很关心他们，很认真严肃。

阿卡说："我们要去厄兰岛，可我们以前没去过那里。"她觉得这只鸟儿是可以信得过的。

这只天鹅说："那太糟啦。他们引诱你们迷了路。你们是朝布莱金厄飞了。现在跟我来吧，我给你们指路。"

于是他带着大雁们飞开了，当他把他们带到离开那条大的飞行路线很远的地方，远到他们听不到别的鸟叫，他就在大雾之中消失了。

现在大雁们完全不知道路了，胡乱飞了一段时间。他们几乎不可能再重新找到其他鸟群，直到有一只野鸭飞过来。野鸭说："你们最好先落到水面上歇着，等大雾散了之后再走。看得出来，你们不习惯在旅行中照顾好自己呀。"

一点不假，这伙骗子很成功，把阿卡也搞得晕头转向了。连小男孩都能明白，大雁们很长一段时间都是在绕圈子飞。

有只白嘴潜鸟从他们旁边飞过时说："当心啊！难道你们没看见，你们是翻转身子、肚子，朝天在飞吗？"小男孩不顾一切紧紧地抱住了公鹅的脖子。这正是他很长时间以来所害怕的事情。

如果不是听到很远的地方一声沉闷炮响隆隆地传来，那就谁都说不准什么时候他们才能飞到了。

　　这时阿卡伸长脖颈，有力地拍打着翅膀，全速向前飞去。现在她有了纠正自己错误的依据了。那只灰雁正好告诉过她，到厄兰岛南岬角去，不要在最南端降落，因为那里有一尊大炮，人类常常用它来朝浓雾射击。现在她认出方向了，现在世界上没有谁可以诱使她迷路了。

译注：厄兰（Öland），意即"岛的地区"，是瑞典东南沿海的第二大岛，其南端岬角为世界闻名的观鸟区。

# 11. 厄兰岛南岬角

四月三日至六日

厄兰岛最南部有座古老的王室庄园，名叫乌腾比村。这是一处非常大的房地产，横跨这个岛伸展开，从岛这边的海岸伸展到那边的海岸，而它之所以很特殊，是因为那里一直是大群动物出没的地方。在十七世纪，当国王们常到厄兰岛上狩猎的时候，整座庄园其实就是一个大鹿苑。十八世纪的时候，那里有一个种马场，专门培育血统高贵的纯种良马，还有一个饲养场，饲养了几百只羊。到了我们这个年代，乌腾比村既没有纯种良马也没有羊了。在他们的老地方放养着大群的马驹，那是将来要给骑兵团用作战马的。

在全国，肯定没有什么庄园会是比这里更好的动物居住地了。沿着东海岸是那个古老的饲养场的草场，长达二公里半，也是整个厄兰岛上最大的草场，动物们在这里可以吃草嬉戏、满地打滚，就像在荒野地带一样自由自在。这里还有著名的乌腾比村树林，有上百年的槲树提供浓荫遮挡烈日，提供浓密的树林躲避强劲的厄兰岛海风。此外不能忘掉那道长长的乌

腾比村围墙，它从岛的这一海岸延伸到岛的那一海岸，把乌腾比村同这个岛的其他部分隔开，这样的话，动物也能知道古老王室庄园延伸到了多远的地方，就会小心，不会闯到别的土地上去，到外面去他们就不那么太平了。

但是，光说乌腾比村有大量家养动物，那是不够的。人们几乎可以认为，那些野生动物也有一种感觉，在这样一块古老的王家领地上，无论是野生还是家养的动物，都可以指望得到温情和保护，也就是这个原因，他们敢大群大群地到这里来。这里还有古老品种的牡赤鹿，而野兔、麻鸭和鹧鸪也都喜爱在这里生活，除此之外，这个地方在春天和夏末的时候，也成为成千上万只候鸟的一个歇息地，尤其是饲养场草场下面有沼泽地的东海岸，候鸟会在那里降落，找食物和休息。

当大雁们和尼尔斯·霍尔格松终于找到了厄兰岛的时候，他们像所有其他鸟儿一样在饲养场草场下面的海岸上降落下来。浓雾密密实实地笼罩着这个岛，就像之前在海上一样。不过，这里的鸟如此之多还是让小男孩非常吃惊，就在他能看得见的仅仅那么一小段海岸上，他就能分辨出那么多种鸟儿。

那是一片很低的沙滩海岸，有不少石头和水坑，大量被潮水抛上来的海草。要是小男孩可以选择的话，他决不会考虑在这里降落，不过鸟类却把这个地方当作真正的天堂。野鸭和灰雁在草场上走来走去吃草，靠近水边的是鹬鸟和别的海岸鸟类。白嘴潜鸟在海上浮游着抓鱼吃，不过最活跃热闹的还是在海岸外面那些长长的海藻滩上。那里的鸟一个个互相挨着挤在一起，啄食着小虫子，小虫子的数量应该是没有什么限制的，因为从来没谁注意到什么缺少东西吃的怨言。

大多数鸟儿都是要再往前飞的，降落下来只是为了休息一下，一旦某

群鸟的领头鸟认为自己的同伴们已经恢复了足够的体力时，他就说："要是你们吃好了，那咱们就出发吧！"

跟随他的同伴们就说："没好啊，等一下，等一下！我们离吃饱还早着呢。"

领头鸟就说："你们不会以为我打算让你们拼命吃，吃到你们动也动不了吧？"说完他就拍打着翅膀起飞了。不过不止一次他不得不重新飞回来，因为他没法让其他鸟跟随他一起飞走。

在海藻滩最靠外的地方有一群天鹅。他们不想到岸上来，而是浮游在水面上荡来荡去休息。他们时不时地把脖颈潜入到水里，从海底捞出食物。当他们捞到什么真是美味的东西的时候，他们就会高声发出叫喊，听起来就跟吹喇叭一样。

当小男孩听到海藻滩那里有天鹅叫，便赶紧朝那边跑过去。过去他从来没在很近的地方看过野天鹅，所以他走到了他们跟前。

小男孩不是唯一听到天鹅叫的。大雁、灰雁、野鸭和白头潜鸟也都从海藻滩之间游了过来，围着天鹅群排成了一个圆环，都盯着他们看。天鹅们鼓起羽毛，把翅膀像帆一样高高举起，脖子也向空中高高昂起。有时候也会有一两只天鹅游到某只野鹅或者大潜鸟或者潜鸭面前说一两句话。这时候那个听着天鹅说话的鸟儿看起来好像连嘴都不敢张开来回答。

不过有一只小潜鸟，一只又小又黑的淘气鬼，受不了整个这种隆重庄严的气氛。他突然飞快地潜下水里不见了。片刻之后就有一只天鹅尖叫起来，匆忙游开了，匆忙得水面上泡沫翻腾。然后他又停下来，重新开始摆出高贵的样子。可是很快又有另一只天鹅像第一只那样尖叫起来，然后第三只也是如此。

现在那只小潜鸟在水底下也憋不住了，露出了水面，又小又黑，完全是一副淘气的样子。天鹅们朝他冲了过去，不过当他们看到他其实是那么一个小可怜的时候，马上就转身游开了，好像他们不会降低身份去和他计较。于是小潜鸟重新潜到水里去啄他们的脚蹼。那肯定是很疼的，而最糟糕的是他们不能再保持自己的尊贵了。对这件事情他们立刻做出了决断。他们先是用翅膀抽打空气，这样就发出隆隆的响声，然后就像在水面上奔跑一样行进了一段很长的距离，翅膀下终于有了空气，就飞上天去了。

天鹅消失以后，鸟儿都大大怀念起他们来，那些之前还为小潜鸟的淘气行为感到开心好玩的鸟儿，现在也怪他太粗鲁了。

小男孩又回到了岸上。他站在那里看鹬鸟怎么玩耍。他们极像很小很小的仙鹤，有和仙鹤一样的小身体、长腿、长脖子和轻巧飞飘的动作，不过他们不是灰色的，而是棕褐色的。他们排成一长排站在沙滩上，那里有波浪涌来涌去。每当一个浪头涌过来的时候，整排鸟儿就全都往后跳。浪头退下去的时候，他们就跟着浪头走。他们就这样玩了几个小时。

所有鸟儿当中最色彩艳丽五光十色的是麻鸭。他们大概是普通鸭子的亲戚，因为他们和鸭子一样也有沉重粗短的身躯、宽大的喙和脚蹼，不过他们的外貌打扮却要艳丽得多。羽毛本身是雪白的，围绕着脖子有一道宽的黄带子，翅膀映射出绿、红和黑的光芒，而翅膀尖是黑色的，头部则是墨绿的，像锦缎一样变幻着色彩。

只要有几只麻鸭在海滩上一出现，别的鸟就会说："瞧瞧那些家伙！他们知道怎样把自己打扮得花里胡哨的！"

一只褐色的母绿头鸭就说："要是他们不那么花里胡哨，就用不着在地底下挖他们的鸭窝了，就和别的鸭子一样大白天也能睡大觉了！"

一只灰雁说："随便他们怎么卖弄自己，长了这么一个鼻子，那他们就永远不可能摆动出什么好样子来。"这倒是千真万确的。麻鸭的喙根部长着一个大肉瘤，就把麻鸭的外貌损坏了。

海鸥和燕鸥在海滩外的水面上飞来飞去抓鱼吃。一只大雁问："你们抓的是什么鱼呀？"

一只海鸥说："这是刺鱼。这是厄兰岛刺鱼。这是全世界最好吃的刺鱼。你不想尝尝吗？"他嘴里塞了那种小鱼朝这只大雁飞过来，想给她尝尝。

这只大雁说："臭死啦！你以为我要吃这种恶心的东西吗？"

第二天早上依然是大雾天。大雁们到草场上去吃草，不过小男孩跑到海滩上去拣蛤蜊。那里蛤蜊多得很，而当他想到，第二天也许会到一个根本找不到什么食物的地方，他就决定，他要设法做一只小包，这样他就可以拣上满满一包蛤蜊带着。他在草场上找了些老的蓑衣草，就开始用这种又坚韧又牢固的草编织一个小背包。他编了好几个小时，不过等到小背包编好了，他也确实很满意。

中午的时候，所有大雁都跑过来问他有没有看到那只白公鹅。小男孩说："没有哇，他没有跟我在一起呀。"

阿卡说："刚才他还跟我们在一起，可现在我们不知道他到哪儿去了。"

小男孩站了起来，非常害怕出了什么事情。他问是不是有什么狐狸或者老鹰出现过，或者有没有什么人在附近露过面。可谁都没注意到什么危险的事情。公鹅可能是在大雾中迷路了。

不过，不管白公鹅是怎么失踪的，对小男孩来说都一样，都是大不幸，于是他马上出发去寻找他。浓雾保护了他，所以他可以随便跑，到哪里都不会被人看到，可是大雾也妨碍他看到东西。他沿着海岸往南跑，一直跑

到这个岛最南端岬角上的灯塔和那门驱赶浓雾的大炮那里。到处都是同样的密密麻麻的鸟群，可没有白公鹅。他壮着胆子走到了乌腾比村庄园，也在乌腾比村树林里找遍了每一棵已经空心的老槲树，可是找不到公鹅的一点踪迹。

他找啊找，一直找到天开始暗下来的时候。这时他不得不回到东海岸去了。他脚步沉重地走着，心里苦闷难过极了。他不知道，如果找不到公鹅的话，以后他会有什么样的结果。没有谁像公鹅那样，是他不可以分开的。

可是当他走过饲养场草场的时候，有一大团白色的东西在大雾中朝他这边过来，那不是公鹅还会是什么呢？公鹅一点都没受到什么伤害，而且非常高兴终于能够找回到大雁们身边。他说，是大雾让他晕头转向的，他在草场上转悠了整整一天。小男孩太高兴了，用双手搂住公鹅脖子，求他以后千万小心，不要和大家走散。公鹅保证说他再也不会走散了。不，再也不会啦。

可是第二天早晨，当小男孩跑到海滩上去找蛤蜊的时候，大雁们又跑过来问他有没有看到公鹅。

没有哇，他一点都不知道公鹅在什么地方。哦，那么公鹅又不见啦。就像前一天那样，公鹅又在大雾中迷失方向了。

小男孩非常沮丧，又跑出去开始寻找。他发现乌腾比村的围墙有一个地方已经塌落了，他可以爬过去。然后，他既往下到海滩寻找过，也往上到平坦的高地寻找过。这里的海滩逐渐开阔起来，地方大到有了耕地和草场，还有农民的庄院。高地是在这个岛的中部，那里没有别的，只有一座座风车推动的磨坊，而且那里植被非常稀疏，底下的白色石灰岩都闪露出光泽来了。

他还是找不到公鹅，当天色接近夜晚，小男孩又得回到海滩那边去了，他只能相信自己的旅伴走丢了。他很灰心丧气，不知道该怎么办。

他又翻过了围墙，这时听到就在旁边有块石头倒塌下来的声响。当他转过身想看看那是怎么回事，他觉得自己看到了什么东西就在围墙边的一堆石头里蠕动。他轻手轻脚爬过去看，发现是那只白公鹅正在费力地爬上乱石堆来，嘴里还衔着几条长长的根茎。公鹅并没看见男孩，男孩也没叫他，而是觉得一定要弄清楚公鹅一次又一次失踪的原因。

原因他也很快知道了。乱石堆上面躺着一只小灰雁，当公鹅一爬上来，小灰雁就高兴地叫起来。小男孩再爬近了一点，这样他就可以听到他们说什么，这才知道那只灰雁的一个翅膀受了伤，所以不能飞了，而她的雁群已经飞走了，只留下她孤零零一只雁。她几乎快要饿死了，是白公鹅在前一天听到了她的鸣叫，就找到了她。从那时起公鹅就一直给她送食物来。他们俩都希望在公鹅离开这个岛之前，她能够完全恢复健康，可是至今她还是不能走路不能飞行，因此非常沮丧，可是公鹅安慰她，说他暂时还不会离开。最后他祝她晚安，保证他第二天还会来看她。

小男孩等着公鹅走开。一等公鹅消失，他就轻手轻脚地爬上乱石堆。他很生气，因为他被蒙骗了，而现在他要对这只灰雁说清楚，公鹅是属于他的。公鹅要背着他飞到拉普兰去，所以谈不到什么他为了她可以留下来。不过当他现在那么近地看到这只小灰雁，他就明白了，为什么公鹅一连两天在给她送食物，又为什么不愿意说出来他在帮助她。这只灰雁有一个最漂亮的小脑袋，羽毛就像柔软的锦缎一样，而眼睛里柔情脉脉，能赢得同情。

当她看见小男孩，就想跳起来逃走，但是她的左翅膀脱臼了，耷拉在地上，让她一动也动不了。

小男孩说："你用不着怕我。"他一点也没有原来打算摆出来的发怒的样子。他继续说着："我叫拇指头，是公鹅莫顿的旅伴。"然后他站在那里，不知道该说些什么好。

有时候动物身上也会有什么灵气，让人惊讶他们到底是什么生物。人几乎会感到害怕，怕这些动物可能就是人变成的。那只灰雁身上就有这种灵气。拇指头一说出自己是谁，她就非常快乐地对他垂下脖子点头行礼，还用非常美妙动听的声音说："我非常高兴，你到这里来帮助我。那只白公鹅告诉过我，没有人像你那么聪明、那么善良了。"

她用一种那么高贵的样子说这些话，连小男孩都不好意思了。他心想："这哪里是什么鸟儿，肯定是一位被施了魔法的公主啊。"

他有了帮助她的很大意愿，就把自己那双小手伸到她羽毛底下去摸翅膀的骨头。骨头没断，不过脱臼了。他用一根手指往下摸到了一个空关节窝。他就说："现在当心啦！"说着，牢牢捏住骨节把它推回到原来的地方。他是第一次尝试做这类事情，做得真的很快很好，不过这肯定也是非常疼的，因为那只可怜的小灰雁只发出了一声尖厉的惨叫，就倒在乱石堆里，一点生命迹象都没有了。

小男孩吓坏了。他本来是想帮助她，没想到她现在已经死了。他纵身跳了长长一大步，就从乱石堆上跳下来跑开了。他觉得自己好像是杀死了一个人。

第二天是晴天，没有雾。阿卡说，现在他们要继续飞行了。所有别的大雁也都愿意马上出发，不过白公鹅反对。小男孩当然明白，公鹅是不愿意离开那只小灰雁。可是阿卡不听公鹅说什么，只管起身上路了。

小男孩跳到了公鹅的背上，这只白公鹅只好跟着雁群出发，不过飞得

很慢，很不乐意。小男孩倒是真的很高兴，因为他们能离开这个岛了。为了小灰雁的缘故，他感到良心不安，又不好意思告诉公鹅，在他本想治好她的时候发生了什么事情。他想，最好公鹅莫顿永远别知道这件事。同时他也奇怪，白公鹅有这种心肠，能离开小灰雁上路了。

不过，公鹅突然掉过头往回飞了。对小灰雁的想念压倒了一切。到拉普兰去的旅行也不在乎了。当他知道，她又孤单又有病，会活活饿死，他就不能跟着其他大雁们飞走。

公鹅只挥动了几下翅膀就飞到了那个乱石堆。可是乱石当中并没有什么小灰雁。公鹅叫着："羽佳！羽佳！你在哪里啊？"

小男孩想："那只狐狸一定到过这里，把她叼走了。"不过就在这时，他听到一个美妙动听的声音在回答公鹅："我在这儿，公鹅，我在这儿！我只是一早起来就去洗澡啦。"于是那只小灰雁从水里飞出来，又健康又精神。她说，是拇指头把她的翅膀关节推回了原位，她现在已经完全好了，可以跟他们飞行了。

在她锦缎似的色彩斑斓的羽毛上的水珠就像珍珠一样闪亮，拇指头又一次想着，她是一位真正的小公主。

# 12. 大蝴蝶

大雁们沿着这个长长的岛往前飞，可以清楚地看到现在这个岛在他们身体下面。在这次飞行中小男孩感到很高兴，心情轻松愉快。他真的心满意足，满意的程度就和昨天他在这个岛上到处奔波寻找公鹅的时候灰心失望的程度一样。

现在他能看到了，这个岛的内部是一片光秃秃的土地构成的高原，而四周沿着海岸是肥沃和多产的土地，好像宽大的花冠一样围绕着这个岛。现在他才开始明白昨天晚上他听到的那些话的意思。

当时他正好坐在高原上建造的很多风车磨坊中的一个旁边休息，这时有两个牧羊人走过，旁边还跟着牧羊犬，后面跟着一大群绵羊。小男孩倒并不害怕，因为他坐在磨坊的木板台阶下面，隐藏得很好。不过事情偏偏这么不巧，那两个牧羊人走过来坐在台阶上，所以小男孩就没有别的事情可做，只能一动不动地待着。

其中一个牧羊人年纪很轻，样子平常，和一般人的样子差不多。另一

个是上了年纪的人，他的长相有点古怪，身材很高大，骨架凸显，不过脑袋却很小，面容是虚弱温和的样子。这就显得身体和头脸完全不相配。

有好长时间，那个老牧羊人默不作声地坐在那里，用一种无法形容的疲惫的目光盯着大雾看。然后他开始和身边的同伴说话。那个年轻牧羊人从自己的背包里取出面包和奶酪，要当作晚饭吃。他几乎什么都不回答，不过非常耐心地听，耐心得好像他是这么想的："我就让你高兴高兴，说一会儿吧。"

那个老牧人说："艾利克，现在我要告诉你一点事。我想明白了，早先当人和动物都比现在大得多的时候，蝴蝶也都大得不得了。从前有过一只蝴蝶，身体有几十公里长，翅膀宽得像海一样。这对翅膀是蓝色的，还

闪着银光，真是漂亮极了，所以那只蝴蝶在外面飞的时候，所有别的动物都会停下来看他。

"这当然也就是他的毛病，就是说他太大了。那对翅膀很难把他托起来。不过，要是他还足够聪明，就在陆地上飞来飞去，那也还行。不过他不是这样，而是一飞就飞到了波罗的海上。还没来得及飞多远，暴风雨就朝他冲过来了，把他的翅膀也撕得粉碎。是啊，艾利克，你瞧，这是很容易明白的吧，波罗的海的暴风雨来对付脆弱的蝴蝶翅膀，结果会怎么样。不用多少时间，翅膀就被撕掉了，被风暴卷走了，而那只可怜的蝴蝶当然就掉在海里了。起初，他还在波浪里来回漂了一阵子，后来就在斯莫兰外面的几块暗礁上搁浅了，就躺在那里不能动了，还是那么又大又长。

"现在我设想，艾利克，要是那只蝴蝶掉在陆地上，那他很快就烂掉了，就四分五裂了。不过，因为他是掉在海里，就浸透了石灰，就变得像石头一样硬了。你当然知道，我们在海滩上找到过一些石头，不是别的，就是变成了化石的昆虫啊。现在我相信，那只大蝴蝶的身体也就是这样变成了化石。我相信，他变成了一块又长又细的岩石，就躺在了波罗的海上。你难道不相信吗？"

他停下来等着回答，那个年轻的牧羊人就朝他点点头说："说下去呀，让我听听你到底想说些什么！"

"那你听好了，艾利克，这个厄兰岛，你和我现在居住的地方，不是什么别的，就是那只古老的大蝴蝶的身体。你只要好好想想，就会注意到这个岛是一只蝴蝶。朝北看就可以看到细长的前半身和圆脑袋，往南看就可以看到后半身，先是变宽大了，然后又变细窄了，成了一个尖尾巴。"

说到这里他又一次停下来，看着他的伙伴，好像是急着要知道对方怎么看待他这个说法。不过，这个年轻的牧羊人继续吃着东西，不慌不忙慢条斯理地吃，只点点头让他继续说。

"那只蝴蝶一变成了石灰石的岩石，各种各样的草木的种子就随风飘了过来，在这里生根发芽。不过，要在不毛之地的光

滑的山上扎牢根也很难。先只有些苔草，要过了很久才有别的草木生长出来。后来有了羊茅草、野蔷薇和带刺的玫瑰等等。

不过直到今天，在叫作阿尔瓦的石灰石地带上还是没长什么东西，山上也没有覆盖什么植被，一会儿这里一会儿那里，到处都有石头露出光泽。没有人会考虑到这上面的地方来耕种，因为这里的土层太薄。

"不过，要是你现在赞成这种说法，也就是说阿尔瓦石灰石地带和它周围的石头山崖是那只大蝴蝶的身体变成的，那么你当然可以有权力问问，那么石头山崖下面的土地，又是从哪里来的。"

那个吃东西的年轻牧羊人就说：
"对啊，正是这样啊，我正想知道呢！"

"是呀，你要记住，厄兰岛矗立在大海上已经好多好多年了。在这段时间里，所有那类随着波浪四处漂浮的东西，海藻、沙子和贝壳等等，在这个岛四周积聚起来，而且沉淀下来不动了。还有石头和沙砾从东西两边的石崖上面崩塌下来。这样的话，这个岛也就有了宽阔的海滩，那里就可以生长出粮食、花草和树木。

"在这里的坚硬的蝴蝶脊背上面走动的只有羊、牛和小种马，这里居

住的鸟类也只有麦鸡和鸻鸟。这上面除了一些风车磨坊和穷人的石头小屋，咱们放牧人会钻进去住住，此外就没有什么其他房屋了。可是在下面的海边上有很大的农庄，有教堂和牧师住的大院子，还有渔村和一个完整的市镇。"

他带着询问的目光看着另一个年轻牧羊人。那个人已经不再吃了，正在系好他的食物背包。他说："我不知道你说了所有这些话，是想达到什么目的。"

年老的牧羊人说："是啊，我想知道的，其实只是这个。"一边说着，他的声音也低沉下来，所以他几乎是悄悄耳语一样说话，还用他的小眼睛盯着茫茫的浓雾，看起来他因为寻找什么本来不存在的东西，已经找得疲倦不堪了。"我只想知道这个：那些住在岩石山坡下面的用房子围起来的庄院里的农民，或者从海里捕捞出鲱鱼来的那些渔民，或者在鲍里耶霍尔摩镇上的商人，或者夏天到这里来洗海水浴的客人，或者在鲍里耶霍尔摩王宫的废墟上游览的游客，或者秋天到这里来猎捕山鹬的猎人，或者坐在这里的阿尔瓦石灰石地带画羊和风车磨坊的画家……我真想知道，他们这些人里面究竟有没有什么人明白，这个岛曾经是一只蝴蝶啊，还曾经张开了大大的闪闪发光的翅膀在这里飞来飞去。"

年轻的牧羊人突然说："是这样的。他们中间当然应该有什么人，某天傍晚也坐在石头山崖边上，听听下面的树林里夜莺的歌唱，望望卡尔马海峡，他就想起来了，这个岛和所有其他岛的来历是大不一样的。"

年老的那个继续说："我想知道，是不是没人有过这样的愿望，要给风车磨坊装上大翅膀，大得能碰到天。大得能够把整个岛从海里举起来，让这个岛也像一只蝴蝶那样飞，和别的蝴蝶一起飞。"

年轻的牧羊人说："这可能会发生的，你说的那些话也不是没有道理。

因为在夏天的夜晚，当天空在这个岛上形成那么高那么开阔的拱顶，我有时也会觉得，好像这个岛要从大海里升起来飞走了。"

不过，当那个老牧羊人现在终于让那个年轻人开口说话的时候，他又不那么注意听对方讲什么了。他用更加低弱的声音说："我就想知道，是不是有人能说清楚，为什么在这里的阿尔瓦石灰石地带上面会存在着这样一种思念。我这辈子每天都能感觉到这种思念。我在想，这种思念会融化在每一个人的胸怀里，在每一个不得不到这里来行走的人的胸怀里。我就想知道，是不是没一个别的人明白这个，这种思念渴望的一切其实都是来自这里，整个岛就是一只大蝴蝶，在思念自己翅膀的蝴蝶。"

译注：阿尔瓦（alvar）是瑞典厄兰岛上的特殊石灰石页岩地貌，英语解释为矮化植被。

# 13. 小卡尔斯岛

## 大风暴

四月八日  星期五

大雁群这天晚上是在厄兰岛北岬角上过夜的，现在朝向内陆飞去。卡尔玛海峡上刮着相当强的南风，就把他们刮到北边来了。他们依然能尽力用相当快的速度往大陆飞过去。不过，当他们快要靠近最外面的沿海岛礁群的时候，他们听到了一声巨大的轰鸣声，就好像是一大批翅膀强壮的鸟一齐振翅飞了过来，而身下的海水也一下子变成了非常黑的颜色。阿卡快速收住翅膀，快得几乎是在空中仁立不动了。然后她降落下去，要落到海面上。可是还没等到大雁群到达水面，从西面过来的大风暴已经追上了他们。这风暴已经在追赶他们前面的水雾云团、带盐分的海水泡沫和小鸟群，现在风暴也把大雁群拖了进去，把他们抛起推下、翻来滚去，朝着大海冲出去。

这是一场可怕的大风暴。大雁们一次又一次试图转回去，不过他们无能为力，而是被向外驱赶到波罗的海上。风暴已经把他们抛得很远，越过

176

了厄兰岛，他们前面只有空空荡荡、一片荒凉的大海。他们没有其他办法，只能随波逐流。

当阿卡注意到，他们已经不可能转回去，她觉得让风暴把他们驱赶过整个波罗的海也没有必要。因此她就降落到水面上。海浪已经非常汹涌，每一刻都在增强。巨浪翻卷而来，海水泛绿而白沫在浪尖上飞溅。一浪要比另一浪涌得更高。那就好像浪头在比赛，看哪个能涌得最高，溅起的泡沫最让人眼花缭乱。不过大雁们倒不怕浪涛。看起来正相反，浪涛给他们带来一种很大的乐趣。他们不用自己费力游泳了，而是让自己被波浪一会儿冲上浪峰一会儿又冲下浪谷，就像孩子们荡秋千一样快乐。他们唯一要担心的就是雁群会被冲散。那些可怜的陆地鸟类被风暴卷起，在空中经过，忌妒地喊着："对你们会游泳的，这就根本不是灾难！"

不过，大雁们当然不是完全没有危险。首先是这种水上荡秋千让他们禁不住要打瞌睡。他们不停地要把脑袋向后转，把喙塞到翅膀底下去睡觉。再也没有比用这种方式睡觉更危险的事情了，所以阿卡不停地叫喊着："大雁们，别睡觉！谁睡着了，谁就会掉队。谁掉了队，谁就没命了！"

尽管大家都努力撑着不睡，还是一只接着一只睡着了，连阿卡自己也差不多就要打瞌睡了，就在这时候她忽然看到什么圆圆的黑乎乎的东西，在一个浪尖上露出来。阿卡高声尖叫起来："海豹！海豹！海豹！"她自己扑扇着翅膀飞到空中。这真是千钧一发的时刻。在最后一只大雁来得及离开水面之前，海豹已经那么靠近，近到张嘴就能咬到那只大雁的脚掌了。

这样，大雁又回到了大风暴里，而风暴又把他们推在前面，朝着外海驱赶过去。风暴既不让自己休息，也不给他们一点点喘息的机会。他们看不到什么陆地，只看到茫茫大海。

一到他们敢降落的时候，他们又降落到水面上。不过，在波浪里摇荡了没多久，他们又重新打瞌睡了。而他们睡着的时候，海豹又游了过来。如果不是年老的阿卡一直很警觉的话，他们中间没有一个能幸免于难。

大风暴持续了一整天，它在每年这个季节迁徙飞行的大批候鸟中间造成了可怕的劫难。有些鸟儿被大风刮得偏离了飞行路线，落到遥远的陆地上活活饿死；还有些鸟儿精疲力竭掉入海里活活淹死。很多鸟儿撞死在悬崖峭壁上，还有很多鸟儿成了海豹的猎物。

大风暴肆虐了一整天，最后连阿卡也开始怀疑，她和她的雁群会不会全都遇难。他们现在已经要累死了，而在任何地方她都看不到什么可以歇息之处。快到晚上的时候，她更不敢在海面上降落了，因为这时候海面上突然布满了大块的浮冰，浮冰相互碰撞，她害怕大雁们会在浮冰之间被撞得粉碎。有一两次，大雁们尝试在浮冰上落脚。不过，有一次是狂野的风暴把他们扫下了水里，另外一次是凶残的海豹也爬到浮冰上来了。

日落的时候大雁们又一次飞上了天空。他们往前飞，因为黑夜的到来而心里不安。他们也觉得在这个充满危险的晚上，黑暗降临到他们头上也过于快了些。

可怕的是，他们还是看不到陆地。如果他们被迫留在海上一整夜的话，那么会遇到什么结果呢？不是在浮冰之间被撞得粉碎，就是被海豹生吞活剥，再不然就是被大风暴完全冲散。

天空乌云密布，月亮毫无踪影，黑夜转眼到来。整个大自然一下子充满了一种可怕气氛，就是最勇敢的心也会感到恐惧。整整一天，遇难求救的候鸟们的呼号声传遍了海上，没有谁去对这些呼号声做出反应。可是现在，当他们再也看不见是谁停止了呼号，这倒显得更凄惨，而且更可怕。

下面的大海上浮冰在相互冲撞，发出强烈的轰鸣声。海豹吼叫出他们狂野的捕猎之歌。那就好像天和地正要撞在一起了。

# 绵 羊

小男孩有那么一会儿正坐直了身子往下看大海。忽然他觉得，水的轰鸣声比刚才更强烈了。他抬起头看，就在他前面只有几米距离的地方矗立起一座粗糙嶙峋的光秃秃的峭壁。峭壁脚下，波浪冲击出高高飞溅的泡沫。大雁们是笔直朝着这座峭壁飞过去，小男孩来不及想别的，只认为他们肯定要在峭壁上撞得粉碎了。

他还没来得及想，阿卡是不是没有及时看到这个危险，他们已经到了峭壁前面。这时他才注意到，他们前面敞开了一个山洞的半圆形洞口。大雁们对准洞口飞了进去，转眼间他们已经到了安全的地带。

在安下心来为自己得救而高兴之前，这些旅行者要做的第一件事，就是查点一下是否所有旅伴都脱险了。当时在场的有阿卡、于克西、库尔美、奈利耶、维西、库西和六只小雁，还有公鹅、灰雁羽佳和拇指头。可是排左边的第一只大雁，从诺乌利亚来的卡克西却失踪了，谁也不知道她的命运如何。

当大雁们看到，除了卡克西之外没有别的伙伴掉队，他们就轻松了。卡克西年纪大又很聪明。她了解他们所有的飞行路线和习惯，她一定明白怎么找到他们。

于是大雁们开始查看这个山洞里的情况。洞口还有白天的亮光透进来，所以他们能看到，这个山洞里又深又宽。他们很高兴，能找到这样一个华美壮观的地方歇息过夜，就在这时有只大雁看到一些闪烁的绿色光点从一个黑暗角落里放射出光来。阿卡叫着："那是眼睛！这里面有大动物！"他们朝洞口冲过去，不过拇指头在黑暗中要比大雁们看得清楚，把他们叫住了："没什么可逃的！那不过是几只绵羊靠在山洞的墙边而已！"

　　当大雁们慢慢适应了山洞里阴暗的光线，就看得很清楚，那是几只绵羊。大羊的数目同他们自己差不多，不过除大羊外还有几只小羊羔。有一只大公羊长着又长又弯的角。

看样子也是这群羊里最高贵的。大雁们就朝他走过去，一边频频点头敬礼。他们还打起了招呼："有幸在野外会面啊！"但是大公羊躺在那里一动不动，连一句欢迎的话都不说。

大雁们以为绵羊是不满意他们闯进自己的山洞里来。阿卡就说："我们这么闯到你们的家里来，大概是不合规矩的吧？不过我们也是无可奈何，我们是被大风刮过来的。我们已经在风暴里四处颠簸了一整天，能在这里过一夜就太好了。"她说完后等了好久也没有什么羊开口回答，不过，他们反而能清楚地听到有两三只羊在长长地叹气。阿卡当然知道，绵羊总是很害羞，脾气有点古怪，可是这些绵羊看起来不一样，完全不能让人明白他们怎么回事。终于有一只拉长了脸、愁容满面的老母羊开口说话了，她用抱怨的声音说："我们当中没有谁不让你们留下来，不过这里是一个悲哀的地方，我们不能像早先那样款待客人啦。"

阿卡说："你们千万不要为此操心。要是你们知道我们今天遭受的折磨，你们就会明白，我们只要有一小块安全的地方睡觉，就很满意了。"

当阿卡说了这些，老母羊就站起身说："我还是觉得，你们就是在最厉害的风暴里飞来飞去，也比留在这里好得多。不过现在你们还用不着离开这里，先让我们把家里能拿得出来招待客人的东西都拿出来，请你们好好吃一顿。"

她带路把大雁们领到洞里的一个坑前面，坑里充满了清水。水坑旁边还有一大堆谷糠和麸皮。她就请他们凑合着吃这个。她说："今年冬天这个岛上雪下得多，天寒地冻的。拥有我们的那些农民给我们送来了干草和燕麦秆，这样我们不会饿死。能拿得出来招待客人的东西也就剩下这些了。"

大雁们马上冲到了那堆食物上。他们觉得，他们运气挺好，所以心情

也好极了。他们当然也留意到了，那些绵羊忧心忡忡，不过他们知道，绵羊通常也是容易受到惊吓的，他们并不相信真的会出现什么危险。所以他们一吃饱就打算像平常一样站好姿势睡觉了。不过，这时那只大公羊却站起来走到他们面前。大雁们想，他们从来没见过一只绵羊有那么长那么粗的角。而且还有别的方面他也很特别。他有着很大而凹凸不平的额头、智慧的眼睛和良好的举止，好像他是一个很自豪很勇敢的动物。

他说："我承担不起责任，让你们在这里睡觉而又不告诉你们这里非常不安全。我们现在不能接待过夜的客人。"

阿卡终于明白过来，这是严肃的事情。她说："既然你们必须让我们离开，我们就走吧。不过，你们能不能先告诉我们一下，究竟是什么事情，让你们这么痛苦？我们什么都搞不清楚。我们一点都不知道我们到了什么地方。"

这只公羊说："这是小卡尔斯岛。它在高特兰岛的西面，居住在这个小岛上的除了绵羊和海鸟，没有别的了。"

阿卡问："大概你们是野绵羊吧？"

这只公羊回答："也差不多吧。我们和人类其实没什么关系。不过我们和高特兰岛上一个农庄的农民之间有个古老的约定，要是遇到雪大的冬天，他们就给我们送饲料来，作为交换，他们就可以牵走我们中间超过了一定数量的绵羊。因为这个岛非常小，我们生得太多，这个岛也不能养活我们。不过，除此之外，我们一年到头都是自己管自己的，我们不是住在有门有锁的羊圈里，而是居住在这样的山洞里。"

阿卡惊讶地问："冬天你们也留在这里吗？"

这只公羊回答："是的，我们留在这里。这里的山上一年到头都有好草。"

阿卡说："我觉得，你们的日子听起来要比别的绵羊好过呀。不过，

现在是什么不幸落到了你们头上呢？"

"去年冬天特别冷，海水都结冰了，有三只狐狸就从冰上跑了过来，从此就在这里长住下来了。要不然，这个岛上是没有一只动物会给我们带来生命危险的。"

"哦，原来如此，难道狐狸也敢对一只您这样的羊下手吗？"

这只公羊晃了晃他的大角说："哦，不是的，大白天是不敢的。大白天里我可以自卫，还可以保护我的绵羊。可是，到了晚上，他们趁我们在山洞里睡觉的时候偷偷来袭击我们。我们试着保持清醒，可是我们总得有睡觉的时候吧，那时他们就来袭击我们了。他们已经把其他山洞里的绵羊一只只全都咬死了，那里有些羊群和我的羊群是一样大的。"

这时老母羊也说："说起这些我们心里并不好过，我们是这么无能为力。我们的日子没法过好，还不如家养的绵羊！"

阿卡问："你们认为今天晚上那些狐狸也会来吗？"

老母羊回答："没别的办法，只有等着。昨天晚上他们就来过，从我们这里偷走了一只羊羔。只要我们中间还有活着的，他们就肯定还会来。在别的地方他们就是这么干的。"

阿卡说："不过，让他们这么干下去，你们就会被消灭干净了。"

老母羊说："是呵，用不了多久，小卡尔斯岛上的绵羊就全都完蛋了。"

阿卡站在那里犹豫不决，不知道怎么办才好。重新出去，到大风暴里去，那不是好玩的事情，而留在这个洞里，等着那样的强盗光顾，也不是什么好事。她考虑了一会儿以后，转身对拇指头说："我不知道你肯不肯帮助我们，就像以前你已经帮过我们很多次那样。"

当然啦，小男孩回答，他当然乐意啊。

阿卡就说："可惜的是你又不能睡觉了。不过，我想知道你能不能一直醒着，直到狐狸来的时候就把我们叫醒，这样我们还能飞走。"这么做小男孩并不太高兴，不过比起再回到大风暴里去，什么都要好一点，所以他答应了，他要坚持醒着。

他走到山洞洞口，缩到一块石头后面，这样他就避开大风，也可以坐着保持清醒。

小男孩在那里坐了一会儿，大风暴看起来也减弱了。天空变得清朗起来，月光开始在波涛上嬉戏。小男孩走到山洞洞口往外看。这个山洞在这座山相当高的地方。有一条又窄又陡的小路通到洞口。他就是等着狐狸在这条小路上出现。

他还没看见什么狐狸，可是有些东西反而让他一看到就更加害怕。在山脚下的一条狭长的海滩上站着几个巨人，或者说石头山妖，或者甚至就是一些人类。起初他以为自己在做梦，不过他现在非常肯定，他并没睡着。他看见这些巨大的家伙，看得一清二楚，不可能是看花了眼。其中有些是站在海滩边上，其他的已经上了山，好像打算往山上爬。有些长着肥大的脑袋，而另外一些完全没脑袋。有些是独臂，而另外一些前后都长着大瘤子。小男孩从来没见过这么奇怪的东西。

小男孩站在那里，因为看到了那些山妖，把他吓坏了，几乎忘记了自己要监视狐狸的任务。不过现在他听到了动物爪子在石头上抓挠的声音。他看到三只狐狸爬上了斜坡。他马上明白，他有正经的事要做了，这时他反倒冷静下来，一点不害怕了。他突然想到，只叫醒大雁飞走，扔下绵羊不管，让他们去听天由命，这太不幸了。他觉得，他要用另外的办法来对付狐狸。

他飞快地跑进山洞里，用力摇晃大公羊的角，这样公羊就醒过来了，

187

同时他一个翻身骑到大
公羊背上。小男孩说："站
起来，老爹，我们要试试，让狐狸吓一跳！"

他试着尽量不弄出声音来，不过狐狸也
许还是听到了什么声音，当他们跑到山
洞洞口的时候，就停下来商议起来。

一只狐狸说："他们中间肯定
还有在里面走动的呢。我想他们会
不会还醒着。"

另一只狐狸说："哼，你只管冲上去吧！反正他们也拿我们没办法。"

当狐狸们再进入山洞一点，又停下来，用鼻子嗅嗅气味。

走在最前面的狐狸低声说："今天晚上我们要弄死哪一个？"

走在最后的狐狸说："今天晚上就弄死那只大公羊。以后再弄死别的就是一件很容易的事了。"

小男孩坐在老公羊背上，看到狐狸怎样蹑手蹑脚地溜进来。他就对着老公羊耳边轻声说："现在笔直朝前冲！"大公羊就往前猛冲，把第一只狐狸一头掀翻，一个跟斗被扔回了洞口。小男孩又说："现在朝左边冲！"一边说一边把公羊的大脑袋扳到正确方向。大公羊对准目标又给了可怕的一击，击中了第二只狐狸的侧身。那只狐狸在地上打了好几个滚才爬起来，仓皇逃走了。小男孩本来也非常想让第三只狐狸挨一下子，可惜那只早已逃跑了。

小男孩说："我想他们今天晚上吃够苦头了！"

大公羊说："我也这么想。现在你就在我背上躺下，钻到我的羊毛里去睡吧！你在外边被这么大的风吹来刮去，折腾了一天，现在理所应当睡个舒服暖和的好觉了。"

## 地狱洞

四月九日　星期六

第二天，大公羊背着小男孩四处转悠，让他看看这个岛上的风景。这个岛是由一整块巨大的岩石构成的。它好像一个大房子，有直立的墙壁、平坦的房顶。大公羊先带着小男孩到了山顶上，让他看那里优良的草地。小男孩承认，这个岛看起来就是专门为绵羊造的。山顶上除了绵羊喜欢的羊茅草和干燥而有芳香气味的草本植物以外，不长什么其他的东西。

但是，对于爬上陡坡登到山顶的人，那就不光有什么绵羊吃的草可看，确实还有别的风景可以观赏。在那里首先可以看到整个大海，现在是阳光高照，一片蔚蓝，在闪光的波浪中滚滚涌来。只在一两个岬角处飞溅起白色泡沫。正东方是高特兰岛，有整齐和漫长的海岸线。西南方向是大卡尔斯岛，其构造和小卡尔斯岛是一样的。当公羊一直走到山顶的边缘，小男孩就能往下俯视那些峭壁，他注意到峭壁上密密麻麻全都是鸟窝，而在他下面的蓝色海水里，漂浮着黑海番鸭、绒鸭、三趾鸥、海鸠和北极海鸟，都那么漂亮，都那么安然自在地忙着捕食小鲱鱼。

小男孩说："这里真是一个上帝恩赐的好地方。你们绵羊住的地方真美。"

大公羊说："是呀，这里确实非常美。"他好像还想补充点什么，可是最终什么都没说，而是叹了口气。过了一会儿他又继续说："不过，如果你一个人在这里走，一定要小心这座山上所有的那些裂缝。"这是一个很好的警告，因为在很多地方，裂缝很深很宽。其中最大的一条裂缝叫作地狱洞。这个洞有十几米深，有一人那么宽。大公羊说："要是有人掉下去，他就完蛋了。"小男孩觉得，听起来大公羊说的话里还有特别的意思。

然后大公羊带着小男孩下山到了海滩上。小男孩现在可以很近地看到昨天晚上把他吓坏了的那些巨人或山妖。其实它们不是什么别的，只是一些巨大的石头柱子，大公羊给它们取了名字"罗哥"。小男孩怎么看也看不够。他觉得，如果过去真的有过山妖，后来又变成了石头，那它们看上去就应该是这种样子。

尽管在条状的海滩上风景也很美，小男孩还是觉得山顶上更好看。山下有些地方惨不忍睹，因为到处能看到死去的绵羊。这里是那些狐狸开饭的地方。他看到了肉被完全吃光后剩下的骨架，不过也有只吃了一半的身体，另外还有几乎一口都没尝过的死尸，躺在地上没被动过。看到这些让人简直心如刀割，这些野兽扑到绵羊身上只是为了取乐，只是为了能追捕和撕成碎片。

　　大公羊在死尸前面没有停下来，而是默默地走过去。可是小男孩无论如何不能对所有这些悲惨景象避开不看。

　　现在大公羊又背着小男孩往山顶上走去，不过，当他走到山顶上，他停下来说："随便谁，如果是聪明能干的，看到了这里发生的所有悲惨的事情，在这些狐狸得到惩罚之前，都不会安心的。"

　　小男孩说："狐狸也得生存吧？他们也得活呀。"

　　大公羊说："不错，那些不杀死更多动物，只吃那些自己生存需要的就够了，他们当然可以活下去。不过这些狐狸可是无恶不作的罪犯。"

　　小男孩说："拥有这个岛的那些农民应该来这里帮你们呀。"

　　公羊回答说："他们划船来过这里好几次了。每次来的时候，那些狐狸就躲到山洞和地缝里，农民开枪也打不到他们。"

　　"老爹，您的意思绝对不是说，像我这么一个小得可怜的人能对付他们——那些连你们和农民都制服不了的家伙吧。"

　　大公羊说："又小又聪明的人，完全能把很多事情做好。"

　　这件事他们就不再多说了，小男孩走到正在山顶平地上吃草的大雁那里坐下来。虽然他不愿意在大公羊面前表示什么，其实因为这些绵羊的缘故他心里很难过，他很愿意帮助他们。他想："我至少得找阿卡和公鹅莫

顿谈谈这件事情。说不定他们能给我出一个好主意。"

过了一会儿，白公鹅就背着小男孩走过山顶平地，朝"地狱洞"那边走去了。

白公鹅在开阔的山顶上漫不经心地随便走着，看起来并没想到自己那么大那么白，那么显眼。他没有在草丘或者其他高地后面寻找躲藏的地方，而是直直地往前走。看起来他在昨天的大风暴里受过伤，因为他的右腿一瘸一拐，左边的翅膀也耷拉着拖在地上，好像折断了。但是他却不更加小心谨慎一点，这是很奇怪的。

他做出的那种样子，就好像不会遇到一点危险。一会儿在这里啄一根草叶吃吃，一会儿在那里啄点别的吃吃，也不朝四周什么方向看。小男孩伸开手脚平躺在公鹅背上，仰望着蓝色的天空。他现在已经很习惯骑在鹅背上了，而且还能在鹅背上站着或者躺着。

公鹅和小男孩都那么漫不经心，当然没注意到那三只狐狸爬上了山顶平地。狐狸们很明白，要在开阔的地方去谋害一只鹅的性命，那几乎是不可能的，所以一开始完全没想去追捕公鹅。但是他们也没什么别的事情可做，最后还是跳进了一条很长的裂缝里，试图悄悄接近公鹅。他们小心翼翼地前进，公鹅就一点都看不见他们。

狐狸们已经到了离公鹅不远的地方，这时公鹅试了一下飞到空中，他伸展开了翅膀，但是没有成功，飞不起来。这下狐狸们觉得自己明白了，这只鹅原来不能飞了。他们就带着比先前更急切的心情赶紧冲上去，不再隐蔽在裂缝里，而是跳上了山顶的平地。他们尽量利用草丘和凸出的高地做掩护，越来越接近公鹅，又不被公鹅发现，公鹅就不知道他们在追捕他。最终狐狸离公鹅非常近了，近到只要最后一跳就能把公鹅逮住。所有三只

狐狸就同时跃起用一个长跳扑向公鹅。

这只公鹅在最后一刹那还是发觉了他们，因此他躲开了，狐狸扑了个空。无论如何，这并不算什么胜利，因为公鹅只先跑出了几步路，他还是一瘸一拐的。这个可怜虫不管怎么说还是拼着命快跑。

小男孩倒骑在鹅背上对着狐狸大叫着："你们这几只臭狐狸，吃羊肉吃得太肥胖了吧，连只鹅也追不上了！"他挑逗这些狐狸，所以他们都气得发疯，只想着往前直冲。

那只大白鹅正对着那个大深沟飞跑过去。当他来到这个深沟边上，翅膀挥动了一下就飞过去了。这时狐狸刚刚好就要扑到他身上了。

虽然已经飞过了"地狱洞"，公鹅还是用先前一样的速度往前飞奔。不过他还没跑几米，小男孩就拍拍他的脖子说：

"现在你可以停下来啦，公鹅！"

就在同一时刻，他们听见身后传来了疯狂的咆哮和利爪抓挠岩石的声音，还有什么东西沉重地掉落下去的声音。不过，他们再也看不见这些狐狸的踪影了。

第二天早上，大卡尔斯岛上的航标灯塔看守人捡到了一块桦树皮，是从大门底下塞进来的，上面用歪歪扭扭、笨头笨脑的字母刻着一句话："小卡尔斯岛上的狐狸掉进'地狱洞'里了。快去收拾他们！"

那个航标灯塔看守人也真这么做了。

译注：高特兰（Gotland），是瑞典东南沿海的第一大岛。大小卡尔斯岛（Karlsön）位于高特兰岛的西面。罗哥（rauk）指瑞典高特兰岛海岸的独特的石柱，是世界罕见的特殊地貌。

# 14. 两个城市

## 海底的城市

四月九日　星期六

这是一个安静晴朗的夜晚。大雁们不用再考虑到什么山洞里寻求庇护了，可以站在山顶的高地上睡觉。小男孩就躺在大雁们旁边又短又干枯的草丛里。

这个晚上月光很亮，亮得小男孩都难以睡觉。他躺在那里计算着自己离开家已经有多久了。他算出来，自从他开始这次旅行，已经有三个星期了。同时他也想起来，这个晚上是复活节前夜。

他想着："就是今天晚上，所有巫婆都要从蓝坡回家去啦。"一边想着一边自己也笑了。因为他既有点怕小水妖，又有点怕小土地神，不过对巫婆，他却一点都不相信。

如果今天晚上真有巫婆出来了的话，那他早就应该看到她们了。天空那么晴朗明亮，就是最小的黑点在空中移动，也不会不引起他注意。

就在他仰面朝天躺在那里的时候，他看到了什么美丽的景象。月亮正是满月，又大又圆地高挂天空，月亮前面飞来一只大鸟。他不是飞过月亮，而是那样地飞，就好像他是从月亮里飞出来的。在明月的背景下飞鸟看起来是黑色的，翅膀从圆月的一边伸展到另一边。他那么平稳地往前飞，总

是同样方向，小男孩就觉得他是画在月亮上的一只鸟。他的身体很小，脖子又长又细，两腿下垂着，也又长又细。这不会是别的，只能是一只鹳鸟。

过了一会儿，埃尔曼里奇先生，那只白鹳鸟，就降落在小男孩身边。他弯下身，用自己的鸟喙碰碰小男孩，要把他叫醒。

小男孩马上坐了起来。他说："我没睡，埃尔曼里奇先生。您半夜还出来，这是怎么回事？格丽敏厄堡楼那边情况还好吗？您要跟阿卡大妈说话吗？"

埃尔曼里奇先生回答："今天晚上太亮了，睡不着觉。所以我就飞到卡尔斯岛来找你，我的好朋友拇指头。我是从一只海鸥那里知道的，你今天晚上在这里。我还没搬到格丽敏厄堡楼去，还住在波美拉尼亚。"

小男孩对埃尔曼里奇先生来找他实在太高兴了，不敢相信这是真的。他们俩作为老朋友说了所有能说的话。最后白鹳问小男孩是不是乐意出去，在这个美丽的夜晚骑在他背上转一会儿。

不用说，小男孩当然非常乐意，只要白鹳能掌握好时间，在日出之前他能回到大雁们身边就行。白鹳答应了，于是他们就出发了。

埃尔曼里奇先生重新正对着月亮飞。他们一次次升高，大海深深地下沉，不过这次飞行难得地轻松容易，感觉就好像他们几乎在空中不用动一样。

当埃尔曼里奇先生又降下来要落地的时候，小男孩觉得，这次飞行用去的时间短得真没道理。

他们降落在一片荒凉的海滩上，上面覆盖着均匀的细沙。沿着海岸线排列了长长的一排流沙沙丘，沙丘顶部都长着海边常见的野麦。沙丘都不高，不过足以阻挡小男孩的视线，让他看不到一点内陆。

埃尔曼里奇先生站到一个沙丘上，缩起一条腿，把脖子往后弯曲，准备把鸟喙塞在翅膀底下。他对拇指头说："趁着我要歇一会儿，你可以在这里的海滩上走走。不过别走远了，不然你就找不到路回到我身边来了。"

小男孩打算先爬到一个流沙沙丘上去看看内陆是什么样子。不过，当他才跨出一两步，他的木鞋鞋尖就碰到了什么硬硬的东西。他弯下身去一看，沙子上有一枚小铜钱。那枚铜钱被铜锈腐蚀得几乎穿孔了。它太破烂了，

所以小男孩想都没想去把它捡起来，而是一脚踢开了。

可是当他再站直的时候，他惊讶得完全自瞪口呆，因为就在他前面距离两三步的地方，矗立起了一堵高大的黑压压的城墙，有一个巨大的城门，上面还有城楼。

就在一瞬间之前，他弯下腰去的时候，大海还是波光闪闪地伸展开去的，现在也被一道长长的有城垛和城楼的城墙挡住了。之前，他眼前还只有几堆海藻的地方，现在敞开了那个巨大的城门。

小男孩当然明白，这是幽灵鬼怪在玩把戏。不过他觉得这没什么可害怕的。这不是那种他总是害怕在夜里碰上的什么危险的山妖或者其他的恶魔。城墙和城门都建造得那么漂亮壮观，所以他只会有兴致去看看城墙城门后面有些什么。他想："我一定要去看看这里头是什么。"于是他穿过城门进去了。

在很深的城门拱洞里坐着卫兵，在那里掷骰子玩，他们穿着彩色的肩部高耸的衣服，身旁还有长柄的斧钺。他们只想着玩骰子，对速度飞快匆匆走过他们身边的小男孩一点都不过问。

在城门里面他看到一个开阔的广场，地面上铺着巨大平整的石板。四周矗立着高大漂亮的房屋，在房屋之间有着又长又窄的街巷。

城门内的广场上人山人海。男人们都在锦缎的内衣外面披着长长的有皮毛绲边的大衣，头上斜戴着插有羽毛的无边水手帽，胸前挂着精美的链子。他们全都打扮得那么雍容华贵，也许是都当过国王。

女人们头戴尖顶帽，身穿长裙，有绷紧的长袖子。她们也是穿戴得很漂亮的，但是和男人们相比，还差得很远。

这里不就跟那本老旧的故事书里画的完全一样吗，那是妈妈偶尔会从那个大木箱里拿出来给他看的。小男孩简直都不敢相信自己的眼睛了。

但是，比起那些男人和女人，更值得看的是这个城市本身。每栋房子都造成那种样子，使得一堵山墙朝着街道。而这些山墙都装饰得那么漂亮，让人不由相信，它们都在互相比美，要比一比谁能展现出世界上最美丽的装饰。

一个人在仓促中看到这么多新东西，不可能来得及把这一切全记住。不过小男孩事后还是记起来了，他看到过阶梯模样的山墙，在那些不同的层级上全是耶稣和他的使徒们的画像。他也看到了另一种山墙，上面的神龛一个连着一个布满整面墙壁；他还看到了用五彩的玻璃碎片镶嵌起来的山墙；也看到了用黑色和白色大理石做成条纹和格子形状的山墙。

小男孩对着这一切赞叹的时候，也有了一种强烈的急迫感。他对自己说："这样的事情我以前从来没见过，以后恐怕也见不到了。"于是他就朝城里奔跑起来，在街巷里一会儿往上、一会儿往下奔跑。

这些街巷都又狭窄又细长，不过不像他知道的那些城市里的街巷空空荡荡不见什么人影。这里到处都是人。老婆婆们坐在自己家门口纺线，不过没有纺车，只借助一个纺锤。商人们的店铺就像集市货摊一样都朝街巷敞开着。所有的手工艺匠人都在外面干活。有一个地方在熬鲸油。另一个地方在鞣制皮革。第三个地方是一个长长的绞制麻绳的轨道。

要是小男孩有时间的话，他就能学习到所有可能学习的手艺。在这里他看到了造兵器的铁匠怎么用铁锤敲打出薄薄的护胸铠甲；金银首饰匠怎么把宝石镶嵌到戒指和手镯上去；车工怎么输送自己的铁块；鞋匠怎么给红色软皮鞋装上鞋垫；拉金线的工匠怎么拉出细细的金线；编织匠怎么把丝线和金线编织到自己的织物上去。

不过小男孩没有时间留下来。他只能匆匆忙忙向前奔跑，这样，在所有这些景物消失之前，还来得及尽量多看一点。

高高的城墙围绕着整个城市延伸，把城市包围了起来，就像是农庄上的矮石墙把一块地包围起来一样。在每条街巷的尽头，他都能看到这座城墙，城墙上造着塔楼，上面有尖顶。在城墙上有武士巡逻，穿戴着锃亮的

铠甲和头盔。

当他奔跑着横穿过了整个城市，就来到了又一个城门。那个城门外面是港口，面对大海。小男孩看到了那种老式的船，划桨人坐的板凳在中间，船头和船尾都有高高的船舱。有些船停泊着正在装货，还有一些船只刚刚进港抛锚。搬运夫和商人们匆忙地绕过对方走来走去。到处都忙忙碌碌热热闹闹。

但是小男孩知道，就是在这里自己也没有时间逗留。他赶紧又往城里跑。这回他来到了大集市。这里有大教堂，有三个高耸的钟楼，雕饰图像的深深的拱形门洞，墙壁上有雕塑家精心雕出的图案，所以没有一块石头是没有经过雕饰的。从敞开的大门里看进去，里面一片金碧辉煌，镀金十字架，金子打造的祭坛，连牧师们都穿着金光灿灿的长袍！正对教堂有一栋楼房，屋顶上有尖塔，只有唯一一个细窄的高入云天的塔尖。那肯定是市政厅了。在教堂和市政厅之间，环绕着整个广场，是美丽的山墙对着街道的房子，有各种各样装饰。

小男孩已经奔跑得又热又累，现在他觉得他已经看到了最值得看的东西，所以开始放慢脚步。这时他拐进了一条街道，肯定是这里的市民买自己漂亮服饰的街道。他看到那些小店铺门前都站满了人，商人们在柜台上铺开印花的硬缎丝绸、厚厚的金线编织的布、色彩变幻的丝绒、轻盈的纱巾和薄如蜘蛛网的花边。

之前，当小男孩飞快奔跑的时候，没有人注意到他。人家肯定以为，那仅仅是一只灰色小老鼠从他们身边溜过去。不过现在，当他在街上慢慢往前走的时候，有个商人看到了他，开始向他招手。

小男孩起初很担心，想赶快走开，可是那个商人只管招手，还微笑着

在柜台上铺开一块漂亮的绫罗，好像是为了吸引他过去。

小男孩摇摇头。他想："我从来不会有那么多钱，能买得起一米这样的布。"

不过，现在整条街上各家店铺的人都看见了他。随便他朝哪里看，都有店主朝他招手。他们不去理会自己有钱的顾客，只考虑他。他看到那些店主赶紧走进店铺最隐蔽的角落，拿出了他们可以卖的最好的货物，而他们把货物放到柜台上的时候，因为慌张和着急双手都在发抖。

当小男孩继续往前走的时候，有个商人急忙越过柜台跑出来追他，在他的面前放下银色绸缎和色彩斑斓光芒四射的丝织挂毯。小男孩什么也做不了，只能对着他笑。店主你得明白啊，像我这样一个可怜的穷光蛋，买不起这样的东西。他停下来，摊开自己空空的双手，为了让他们都明白，他一无所有，别来烦他了。

可是那个商人竖起一根手指头，点着头，还把这堆漂亮货物全朝他推过来。

小男孩疑惑了："难道他的意思是，所有这些东西他只要一个硬币？"

那个商人掏出一枚小小的、磨损得不像样的硬币，人能见过的币值最小的那种，给小男孩看。那个商人那么着急要卖掉东西，他甚至在那堆货物上加了一对又大又重的银杯子。

这时小男孩开始掏自己的衣服口袋。他明明知道，自己一分钱都没有，但是忍不住还要去摸摸看。

所有其他商人都站在那里，想看着这桩买卖怎么个结果，而当他们注意到，小男孩开始掏衣服口袋的时候，就都越过柜台，手里抓满了金银首饰，要卖给他。所有商人都给他看，他们要他付出的钱，只是一个小硬币。

可是小男孩把背心和裤子的口袋都翻了出来，为了让他们看看，他什么都没有。这下所有这些比他有钱得多的气宇轩昂的商人，就都眼泪汪汪地哭了。他们看起来都那么伤心，最后小男孩也被感动了，他用心考虑起来，他是不是能有什么办法来帮帮他们的忙。这下他想起了刚才他在海滩上看到的那一枚铜锈斑斑的铜钱。

他马上在这条街巷上奔跑起来，也很有运气，很快跑到了最初看到的那个城门。他穿过城门冲出去，开始寻找不久前还在海滩上踢开的那枚满是铜锈的小铜钱。

他还真的找到了，可是，当他弯腰捡起那枚铜钱，就要赶紧跑回城里去的时候，他的眼前却只有一片大海了。现在这里已经看不到城墙，看不到城门，看不到卫兵，看不到街巷，看不到房屋，只看见大海。

小男孩也禁不住掉下了泪水。他起初以为，自己看到的一切，不是别的，只是一种错觉而已，不过这个他已经早忘掉了。他只想着这一切是多美丽。当这个城市消失的时候，他感到深深的悲哀。

就在这时候，埃尔曼里奇先生醒过来了，走到小男孩身边。但是小男孩没听见，白鹳不得不用嘴喙去碰碰他，让他注意到自己。埃尔曼里奇先生说："我想，你也跟我一样，站在这里睡了一觉吧。"

小男孩说："哦，埃尔曼里奇先生！刚才还在这里的那个城市，是什么呀？"

白鹳说："你看见了一个城市吗？就像我说的，你是睡着了做了个梦。"

拇指头说："不，我没做梦。"他就把自己经历的一切告诉了白鹳。

这时埃尔曼里奇先生说："照我看，拇指头，我相信你是在海滩上睡着了，这一切都是你做梦。不过，我不想对你隐瞒，渡鸦巴塔基，所有鸟

类中最有学问的，有一次告诉过我，从前在这个海滩上曾经有过一个城市叫威尼塔。这个城市那么富有那么幸福，没有任何城市比它更好了，不过这个城市里的居民太放纵自己了，傲慢自大，奢侈贪婪，这是很不幸的。巴塔基说，作为对这种丑行的惩罚，威尼塔城在一次暴雨之后的洪水中被淹没，沉到了海底。不过城里的居民不会死去，他们的城市也没有被毁坏。每隔一百年有一个晚上，这个城市会带着它过去的全部富丽堂皇的样子从海里浮出水面来，在陆地表面上存在正好一小时。"

拇指头说："对啊，一定是这么回事。我看见的正是这个城市。"

"不过，当一小时过去以后，如果威尼塔城里没有一个商人在这段时间里把什么东西卖给一个活生生的人，这座城市就会重新沉到海底去。要是你，拇指头，正好有一个小小的钱币，把它付给了一个商人，那么威尼塔城就会留在这个海滩上了，城市里的居民也可以像其他人一样有生有死了。"

小男孩说："埃尔曼里奇先生，现在我懂了，为什么您今天半夜里把我接到这里来。那是因为您相信我能够救救这个古老的城市。我太难过了，埃尔曼里奇先生，这事情没像您希望的那样办成功。"

小男孩用手捂着眼睛哭起来。谁看上去最难过，是小男孩还是埃尔曼里奇先生，那就不好说了。


## 活着的城市

四月十一日　星期一

复活节第二天下午，大雁们和拇指头又上路飞行，是在高特兰岛上空

往前飞。

在他们下方，这个大海岛平坦地展开，田地就跟斯郭纳一样有很多方格子，教堂和农庄也很多。不过，这里也有不同之处，耕地之间有更多放牧的草场，农庄也不是四周用附属建筑围起来的。这里根本没有那种巨大的贵族庄园，没有古老的带有塔楼的宫殿和宽广的花园。

大雁们选了在高特兰岛上空飞行的路线完全是为了拇指头的缘故。这两天里他完全变成了另一个人，没有说过一句高兴的话。这是因为他只想着那个用如此奇特的方式显示给他看的城市。以前他从来没见到过什么城市这么美丽这么壮观，而他不能原谅自己，因为他没能够救救它。要不然他是不会那么伤感的，不过，因为那些美丽的建筑和那些雍容华贵的人，他真的感到非常难过。

阿卡和公鹅都想办法说服拇指头，让他相信，自己只不过做了个梦，或者有过一种幻觉，不过他连一句这样的话也不要听。他非常肯定，他看到的一切都是真的，谁也动摇不了他的这种信念。而他那么难过地走来走去，他的旅伴们都为他感到不安。

就在小男孩心情最不好的时候，老卡克西回到大雁群来了。她被风暴卷到了高特兰岛上，不得不飞过整个岛，才从几只乌鸦那里打听到旅伴们在小卡尔斯岛。卡克西知道了拇指头的问题，就突然说："要是拇指头是为一座古老的城市悲哀的话，那么我们很快就能安慰他。跟我来吧，我要把你们带到我昨天见过的一个地方！那他就不用再那么伤心了。"

然后大雁们告别了绵羊。现在他们在路上，飞往卡克西要给拇指头看的地方。不管他多悲伤，他在朝前飞的时候，还是忍不住像平常那样往下看大地。

他觉得，看起来，整个高特兰岛最初也像大小卡尔斯岛那样，是一整块又高又陡峭的石壁，不过当然要大得多。但是，这个石壁后来不知怎么被压平了，就好像它是一个大面团，有人拿了一根巨大的擀面杖把它擀过。不是因为它变得过分平坦，像一张烙饼，当然不是这样的。当他们沿着海岸飞行的时候，他就在好几个方向看到过又高又白的石灰石峭壁，带有洞穴和人形石柱，但是在大多数地方，这种洞穴和石柱已经被消除了，海岸沉向大海，也看不出来了。

在高特兰岛上他们过了一个美好平安的节日下午。这是一个温暖的阳春天气，树上已经有了很大的芽苞，春天的花朵也给阔叶树围起来的草地穿上了花衣服，杨柳细长的枝条垂在风中摇曳，每家房屋边的小花园里，醋栗树丛已经一片翠绿。

温暖和树木含苞待放的春天气息把人们吸引到大路上和院子里来。不论在什么地方，只要有几个人聚集起来，他们就在玩游戏。不仅孩子们在玩，大人们也是。他们玩用石头砸中目标的游戏，也会把球高高打到空中，打出那么美丽的弧线，几乎都可以碰到大雁了。要是小男孩能忘掉他的懊恼，忘了他没能拯救那个古老的城市，那么看到大多数人都在游戏，人人看上去都那么愉快和心情舒畅，他也应该高兴起来。

他还是得承认，这是一次美好的旅行。空中有那么多歌声和笑声。小孩子们在玩一种转圈子游戏，还加上唱歌。救世军也出动了。他看到一大群人，都穿着红色黑色相间的衣服，坐在树林里的坡地上弹吉他，吹着铜管乐器。有条路上来了一大群人，那是禁酒会的会员出来春游。小男孩是因为那些在他们头顶上飘扬的带有金字的大旗子认出了他们。他们一个歌接着一个歌不停地唱，直到走远了他听不见为止。

从此之后，每当小男孩想起高特兰岛，就会同时想到那些游戏和歌声。

有很长一段时间他只是坐在鹅背上往下看，不过现在他碰巧抬起了眼睛朝前看。没有语言可以形容这下子他是多么吃惊。就在他不知不觉中，大雁们已经离开了这个岛的内地，往西朝海岸飞过来了。在他的眼前现在又展开了宽广蔚蓝的大海。不过，并不是大海值得他注意，而是一个城市，一个矗立在海边上的城市。

小男孩是从东边飞来的，太阳正开始往西边落下去。所以当他飞近那个城市的时候，那里的城墙、塔楼、高耸的带山墙的房屋和教堂都在明亮的晚霞衬托下，完全是黑色的，所以他也看不清这些建筑在现实中是怎么样的，有那么一两个瞬间，他以为这个城市和他在复活节前夜看见过的那个城市一样华丽壮观。

当他真的飞到了这个城市，他看到这个城市同那个海底的城市又像又不像。这就像是在某一天看见一个人穿着华丽的衣服，戴着贵重的首饰，而在另一天却看到他穷得没衣服穿，只披着破布。这两个城市的区别就是这样的。

不错，这个城市肯定也有一段时间和他坐在鹅背上还想念的那个城市是一样的。这个城市也是被城墙环绕着，有塔楼和城门。不过，这个城市的塔楼现在只有废墟残留在地面上，没了屋顶，千疮百孔，空空荡荡。城门已经没了门，卫兵和武士也无影无踪。所有辉煌华贵都已经消失了。这里还能找到的只是光秃秃的灰色的石头。

当小男孩更深入地飞到城内的上空，他看清楚了，这个城市大部分是由低矮的小屋子建成的，不过到处也保留了一些高大的带山墙的楼房和一些教堂，都是年代相当古老的。带山墙的楼房的墙壁粉刷成了白色，完全没什么装饰。不过，小男孩刚见过那个沉没在海底的城市，所以他觉得他明白这些楼房过去是怎么装饰的：有的墙壁上是雕像，有的是镶嵌黑色白色大理石。那些古老的教堂也是这样。现在它们大多数也没了屋顶，暴露出内部的断壁残垣。窗洞都是空空的，地上杂草丛生，墙上爬满青藤。不过，小男孩现在也知道它们过去曾经是什么样子：墙上布满雕像图画，教堂圣殿有装饰过的祭坛和镀金的十字架，在里面走动的牧师们都身披金光灿灿的长袍。

小男孩也看到了那些狭窄的街巷，在这个节日下午那里几乎没人。但是他知道，也就他知道，在这些街巷里曾经有过服饰华丽的人川流不息来来往往。他知道，这些街巷就像是大的工场作坊，满街都是各行各业的工匠。

不过，尼尔斯·霍尔格松没看到的是什么呢，是这个城市直到今天仍然又美丽又特别。他既没看到僻静的街上那些可爱的有黑墙壁和白墙柱的小屋子，明亮的玻璃窗后面放着红天竺葵，也没看到那么多美丽的小花园和林荫道，没看到爬满藤蔓的废墟遗址的美丽。他的眼睛里还是充满了过去时光的华丽荣耀，所以他就看不到现在的一些好的地方。

大雁们在这个城市上空飞了两三个来回，好让拇指头好好看看所有的东西。最后他们降落在一个教堂废墟里长满青草的地面，准备留在这里过夜。

当大雁们已经站好位置睡觉，拇指头还是醒着，透过残缺的屋顶圆拱仰望着淡红色的夜空。当他在那里坐了一会儿，他想，他不要再为自己没能够拯救那个沉没海底的城市懊恼了。

不，自从他看到了这个城市，他就不愿意再懊恼了。如果他看到的那个城市没有再次沉入海底的话，说不定到了什么年代也会变得跟这个城市一样衰败。它也不能抵挡住岁月和侵蚀，而是很快像这个城市一样，只有

屋顶残缺的教堂、没有雕饰的房屋和空荡荒凉的街巷。那还不如隐蔽在海底，依然有它全部的华丽荣耀。

他想："最好就这样，过去的事情就让它过去。就算我有权力拯救那个城市，我也不相信，我愿意那样做。"从此他就不再为这件事悲伤了。

年轻的人中间，肯定有很多人同样这么想。不过，当人渐渐上了年纪，已经习惯了一点点好事也会满足的时候，那么他们会更喜欢现在还存在的维斯比城，胜过海底的那个漂亮的威尼塔城。

译注：波美拉尼亚（Pommern）位于德国北部，与瑞典南部隔着波罗的海相望。维斯比城（Visby），是高特兰的首府，位于该岛西北侧。"蓝坡"（Blåkulla）在北欧民间传说中是各地巫婆在复活节前聚会的地方。

# 15. 有关斯莫兰的传说

四月十二日  星期二

　　大雁们一路平安地飞过大海，降落在斯莫兰北部的休斯特县。这个县看来还拿不定主意，到底是要当陆地还是当海洋。到处都有海湾伸入陆地，把陆地分割成许多岛和半岛、岬角和尖岬。大海是那么咄咄逼人，唯一还有能力露在水面上的，就是山丘和山脊了。所有低地都被掩藏到了海水下面。

　　大雁们从海上飞进来的时候，已经是晚上了，这块到处是小山丘的陆地美丽地躺在波光闪闪的海湾之间。小男孩看到，在沿海的这些岛上到处都有小房子和木屋，他越是深入内地，看到的住房也越大也越好，最后就发展成巨大的白色的贵族庄园。通常，沿着海岸边都长着一圈树，里面是一块块耕地，而那些小山丘的顶部又被树林重新占据。小男孩不禁想起了布莱金厄。这里又是一个大海和陆地用那么美丽和平静的方式相会的地方，好像双方都在努力把自己最好的、最漂亮的东西拿出来给对方看。

　　大雁们降落在一个叫鹅湾的海湾里深入陆地很远的一个光秃秃的小岛上。往岸边第一眼望过去，他们就注意到，在他们飞到厄兰岛上去的那段时间里，春天已经踏着大步来到这里。那些高大漂亮的树还没有披上新叶子的衣服，不过树下的地面已经五颜六色，有白海葵、黄色百合花和蓝海葵。

当大雁们看到花朵地毯一样的地面，他们就担心起来，怕自己在这个国家南部耽搁太久了。阿卡马上说，他们没有时间在斯莫兰找什么休息的地方了。第二天早上他们就必须启程往北飞行，要飞过东约特兰。

也就是说，尼尔斯看不到什么斯莫兰了，这就让他不由得很生气。他听到过的有关其他地区的什么事情，都不像有关斯莫兰的那么多，所以他已经渴望了很久，要亲眼来看一看。

去年夏天，当他在尤德拜利耶附近的一个农民家里当放鹅娃的时候，他几乎天天能碰到两个从斯莫兰地区来的穷孩子，他们也是放鹅的。这两个孩子用他们的斯莫兰来戏弄他，实在非常过分。

不过要说是放鹅丫头奥萨戏弄了他，那是不对的。她太聪明伶俐了，不会干出这样的事。可是，她的弟弟小马兹很会戏弄人。

小马兹会这么问："你有没有听说过，放鹅娃尼尔斯，斯莫兰和斯郭纳被创造出来的时候，是怎么回事？"如果尼尔斯·霍尔格松这时候说没听说过，小马兹马上就会讲起那个古老的民间传说。

"喏，就是那时候，上帝正在创造世界。正当他干得最起劲的时候，圣彼得走过。他停下来看了一会儿，就问这是不是一件难做的事情。上帝说：'是啊，不那么容易啊。'圣彼得又站了一会儿，当他看到，上帝把一块土地又一块土地创造出来那么容易的时候，他自己也乐意试一试了。圣彼得就说：'也许你需要歇会儿了。你歇着的时候我可以替你工作。'但是上帝并不愿意。上帝回答说：'我不知道你对这门手艺是不是内行，内行到我能放心让你接着干。'圣彼得就生气了，说他相信自己能够和上帝本人一

217

样创造出好的土地。

"情况嘛就是这样的，当时上帝正好在创造斯莫兰。连一半都还没完成，但是看上去这会是一个美丽富饶得无法形容的地区。上帝不好意思对圣彼得说不，此外上帝还这么想，一件事情已经开头开得那么好，应该是没人能毁掉的。所以他就说：'如果你愿意跟我一样做，那我们就试试看，我们俩谁做这种工作最拿手。你呢，还只是一个新手，就在我已经开始做的地方继续接着干，我去创造一块新的土地。'上帝这个建议圣彼得马上就同意了，他们就各自到自己的地方去开始工作了。

"上帝往南移动了一截，就在那里开始创造斯郭纳。没过多久，上帝就完成了，他马上去问圣彼得是不是也完成了，愿不愿意来看看他的作品。圣彼得说：'我的老早就完成啦。'从他的话音里听得出来，他对自己已经完成的工作是多么满意。

"圣彼得看到了斯郭纳的时候，他不得不承认，对于这个地区除了说好之外就没别的话可说了。这是一个肥沃的、容易耕作的土地，不管他往哪个方向看，都有大片的平原，几乎看不到山。看得出来，上帝是真的考虑好了要做成这样的，人们在这里就可以安居乐业了。圣彼得说：'是啊，这里是一块好地方。不过我觉得我造的那一块更好。'上帝说：'那就让我们去看看吧。'

"圣彼得开始工作的时候，这个地区的北部和东部上帝已经造好了，不过南部和西部以及整个内陆是圣彼得独自一个造的。当上帝现在来到圣彼得工作的地方，他吓了一跳，突然停下来说：'这个地区你到底是怎么搞的，圣彼得？'

"圣彼得也站在那里朝四周看，对上帝的疑问完全莫名其妙。他本来有这样的想法，对于一个地区来说，再也没有比拥有很多热量更好的了。所以他收集了一大堆石头，堆出了一块高地，他这么做，是为了能靠近太阳，得到更多阳光的温暖。他在石头堆上只撒了薄薄的一层表土，这就是他的想法，所有的事就算做好了。

"但是呢，当他到斯郭纳去的时候，这里下过几场很大的雨，那就已经不再需要更多的东西，就能让人看到他的工作做得怎么样了。当上帝来这里查看这块土地做得怎么样的时候，所有的表土已经被雨水冲走，到处都暴露出光秃秃的岩石。那些最好的地方，即使在平坦的岩石上留下了黏土和沉重的沙砾，不过看得出来很贫瘠，也就容易理解，这里几乎什么也不能生长，只有云杉、杜松、苔藓和石南。那里最不缺的就是水。山石里的所有深渊都积满了水；到处都能看到湖啊、河啊、小溪啊，还不用说在大片土地上分散的沼泽和泥塘。最让人气恼的事情，就是有些地方水太多，

可另外一些地方那么缺水，大片的地成了干旱的荒野，就是最小的风一吹，那里也会漫天沙土飞扬。

"上帝就说：'你创造这么一个地区，能有什么意义呢？'圣彼得要推卸责任，就说，他想把这个地区造得高一点，这样就可以得到很多太阳的热量。上帝说：'可是，这个地区不是也会得到很多夜间的寒冷吗，因为夜间的寒冷也是从天上来的呀？我非常担心，就是能在这里生长的一点点东西，冬天也会给冻死。'

"这一点圣彼得当然是没想到的。

"上帝说：'是啊，这里成了一个又贫瘠又有霜冻的地区。没法挽回了。'"

当小马兹的故事讲到这里的时候，放鹅丫头奥萨就打断了他的话。她说："小马兹，我不能忍受你说的话，把斯莫兰说得那么悲惨。那里有的是好土地，你忘得干干净净。只要想一想卡尔马海峡那边的莫勒县！我不知道哪里还能找到比那个地方更富饶的产粮区。那里的耕地一块连着一块，就跟斯郭纳这里一样。那里的土地多好，我不知道还有什么东西不能在那里生长。"

小马兹说："我也没办法。我只是讲别人以前讲过的话。"

奥萨说："我还听好多人说过，再也找不到比休斯特县更美丽的沿海地区了。想一想那些海湾、那些小岛、那些庄园，还有那些小树林吧！"

小马兹承认："对，那倒是真的。"

奥萨说："你不记得吗？学校那个女老师说过，一个像斯莫兰在维特恩湖以南的部分那样热闹、那样漂亮的地区，你在整个瑞典都找不到第二个了！想一想那个景色迷人的维特恩湖，那些黄色的湖岸边的山！再想一想格连那镇和有火柴厂的延雪平市和蒙克湖！再想一想磨坊镇和那里所有

的大厂房！"

小马兹又说了一遍："对，那倒是真的。"

"再想一想维星瑟岛吧，小马兹，想一想那些旧城堡的废墟、那个榭树林、那些古老传说！想一想埃默恩河流过的那条山谷吧，想一想所有那些村庄、风车磨坊、纸浆厂、锯木厂和木工厂！"

小马兹说："对，你说的全是真的。"看上去他很不好意思。

突然间他抬起头来说："我们可真是太笨了。你说的这些，全是在上帝造的那部分斯莫兰呀，是在圣彼得接手之前，上帝就已经造好了的那部分呀。那就没错了，那里本来就应该是那么美那么好看的。不过，在圣彼得造的斯莫兰，那里看上去就跟传说中说的一样了。上帝看到那里就感到很难过，也就不奇怪了。"

小马兹继续说着，又重新讲开了他的故事："不管怎么说吧，圣彼得也没泄气，反而想方设法安慰上帝。他说：'你用不着为了这个太难过！你就等着瞧吧，等到我造出会在沼泽地上种庄稼、在石坡上开荒种地的人来！'

"这时候，上帝的耐心终于到头了，他就说：'不！你可以到斯郭纳去，我已经把那里造成了一个又美好又容易耕种的地方，你去造斯郭纳人好了。斯莫兰人我愿意自己造。'所以上帝就造出了斯莫兰人，把他造得又聪明又知足，又快乐又勤劳，又求上进又能干，这样他在这个穷地方就能过日子。"

然后小马兹就默不作声了，如果这时候尼尔斯·霍尔格松也不再说什么，那也就太平无事了，但是要他忍住不问问圣彼得去造斯郭纳人结果怎么样，那也不可能。

小马兹就说："是啊，你觉得你自己怎么样呢？"他做出嘲弄人的一

脸坏笑，气得尼尔斯·霍尔格松扑过去动手就打。不过小马兹只是个小孩子，比他大一岁的放鹅丫头奥萨马上跑过来帮他。平时脾气那么好的奥萨，只要看到有人惹她的弟弟，她就会像一头狮子扑上来。尼尔斯·霍尔格松可不愿意和一个丫头片子打架，转身就走开了，而且一整天都没再朝那两个斯莫兰孩子看上一眼。

译注：维特恩湖（Vättern），是瑞典第二大湖，其南端的延雪平市（Jönköping）是曾经闻名世界的瑞典火柴公司所在地。

# 16. 乌鸦

## 陶　罐

　　在斯莫兰西南角有一个县名叫孙内尔布。那是一片相当平坦的土地，冬天这里冰雪覆盖的时候，看见那个地方的人，不会想到别的，只会以为积雪下面是用犁翻过的休耕地、绿色的黑麦田和割过草的苜蓿草牧场，在平原地区通常就是这样的。但是，到了四月初，孙内尔布地区的积雪终于融化掉的时候，真相大白，冬天隐蔽在雪下面的，不过是干燥的沙地、光秃秃的石坡和大片的沼泽地。当然，时而这里时而那里也会有些耕地，但是少得可怜微不足道，几乎没人会注意到。那里也有一些小小的灰色或红色的农舍，不过它们很愿意深藏在一些桦树林里，就好像它们怕被人看见。

　　在孙内尔布县与哈尔兰交界的地方有一块沙地，非常宽阔，以至于站在沙丘这边就看不到对面另一边。在整块沙地上都不长什么东西，只有石南，要让其他植物在这里生长确实也不容易。首先就必须把石南连根拔掉，

因为石南是那样子的，虽然它只有一根小小的发育不全的主干，只有小小的发育不全的枝杈，只有干瘪的发育不全的叶子，但它还幻想着自己也是一种树。所以它也摆出和真正的树一样的那种架势，在宽广的范围内像森林那样扩展开去，还忠实地抱成团，所有那些外来的植物，要想挤进它们的地盘，就会死光。

在这片荒地上，唯一一块石南还没有主宰一切的地方，是一条低矮、石头很多的山脊，在荒地中间穿过。那里既有杜松和花楸树，也有一些高大、好看的桦树。在尼尔斯·霍尔格松跟着大雁们四处漫游的时候，那里还有一间小木屋，周围有一小块开垦出来的田地，不过曾经在那里住过的人，因为这样或那样的原因已经搬走了。小木屋空在那里，那块地也没再用得上。

当这家人从这个小木屋撤走的时候，他们已经把炉子的风洞闸门都推上了，把关好窗户的搭钩都搭上了，把门也锁好了。但是他们没想到窗户上有一块玻璃打碎了，只用碎布遮挡着。经过两三个夏天的雨水冲刷，这块碎布烂掉了，缩成一团，最后是一只乌鸦成功地把碎布用喙啄掉了。

长满石南的荒地上的那个山脊其实也不像人们想象的那么荒凉，而是住着一大群乌鸦。他们自然不是一年四季都住在那里，冬天就迁徙到外国去；秋天他们飞遍了全约塔兰，从一块庄稼地飞到另一块庄稼地，啄食谷物；夏天他们散居在孙内尔布县的各个农庄上，靠吃鸡蛋、浆果和幼鸟过日子，但每年春天他们要做窝下蛋的时候，就回到这块长满石南的荒地上来了。

那只从窗户上啄掉碎布的乌鸦是一只公乌鸦，名叫白羽毛嘎尔姆，不过从来没有谁这么叫他，只叫他老呆或老木，或者干脆叫老呆木，因为他做事总是呆里呆气、木头木脑的，除了让别的乌鸦当笑料之外，别的什么

他都不会。老呆木比其他任何乌鸦都个子大，也更有力气，不过这个帮不了他一点忙，他始终还是大家的笑料。就算老呆木是出身于一个优良的乌鸦品种，也没有给他带来什么好处。要是一切都没出什么差错的话，他早就成为整个乌鸦群的领头乌鸦了，因为这个荣誉自远古时期以来就一直属于白羽毛家族里年纪最大的。不过，在老呆木出生以前很久，这个权力已经离开了他的家族，现在被掌握在一只残暴、凶猛的乌鸦手里，他叫旋风。

这次权力更替是由于乌鸦山上的乌鸦有了改变生活方式的愿望。可能是这样吧，很多人以为，所有的乌鸦，不管他们叫什么，都是以一种方式生活的；不过这完全是不真实的。有整整一个家族的乌鸦，过的是一种正派的生活，也就是说，他们只会吃种子、小虫子、毛毛虫和已经死了的动物。但也有另外的乌鸦，过着一种实在是强盗的生活。他们会扑到幼小的野兔和雏鸟的身上，会抢劫他们看到的每个鸟窝。

古老的白羽毛家族规矩严格懂得节制，只要是他们在领导这个乌鸦群，他们就强迫乌鸦们行为检点表现良好，那么其他鸟类对他们就没什么坏话可说。但是乌鸦数量很多，他们中间贫困的占很大比例。乌鸦们不能长期忍受过一种规矩严格的生活，就起来造白羽毛家族的反，把权力给了旋风，要不是他的老婆微风比他还要坏，那可是一个你能想到的最毒辣凶残的专门抢劫鸟窝的罪犯和强盗了。在他们夫妇的统领下，乌鸦就开始过一种罪恶的生活，以至于他们现在比苍鹰和雕鸮还要可怕。

在这群乌鸦里，老呆木自然就没有什么话语权。乌鸦们一致公认，他一点儿也不像他的父辈，不够资格当首领。要不是他经常做出一些新的傻事，谁也不会提到他。一些真正聪明的乌鸦有时候会说，对老呆木来说，他是这么一个呆头呆脑的可怜虫，也许倒是一种幸运，不然的话，旋风和

微风绝不会让他这样一个古老的首领家族的后代留在这个乌鸦群里。

现在，旋风和微风对老呆木反而相当友好，愿意带着他一起去捕猎。那时大家都可以看到，他们要比他技巧熟练得多，也勇敢得多。

乌鸦群中没有一个知道，是老呆木把碎布从那个窗户上啄掉的，如果他们知道，那他们一定会惊奇得不敢相信。他们不相信他会有这么大的胆子，接近一个人类住的房子。他自己对这件事守口如瓶，也有这么做的很好的理由。白天当其他乌鸦也在场的时候，旋风和微风对待他还算好，可是在一个非常黑的夜晚，当同伴都已经蹲在树枝上睡觉的时候，他遭到一对乌鸦的袭击，差点儿被谋杀。这件事发生以后，他每天晚上等天黑了就从平时睡觉的地方转移到那个空房子里去过夜。

有一天下午，当乌鸦们在乌鸦山上安排好了自己的窝，这时他们发现了一个奇特的东西。旋风、老呆木和另外两三只乌鸦飞进了荒地上某个角落的一个大坑里。这个坑不过是人类挖沙留下的一个沙砾坑，但乌鸦们对这样一个简单的解释并不满足，而是持续不断地飞到这个坑里，翻遍了每一粒沙子，要搞明白人类为什么挖这个坑。正当乌鸦们在坑里走来走去的时候，有一大堆沙石从大坑的边上塌了下来。他们赶紧飞过去，很幸运地在塌下来的石头和沙土里发现了一个相当大的陶罐，还用一个木头盖子盖着。他们自然很想知道陶罐里面是不是有什么东西，所以就试着用嘴在陶罐上啄个洞，也试着撬开盖子，但是都没有成功。

正当乌鸦们站在那里望着陶罐一点办法都想不出来的时候，他们听到有谁在说："要不要我下来帮帮你们呀，乌鸦们？"

他们抬头往上看，大坑边上坐着一只狐狸，目光往下看着他们。从毛色和体形上看，这是他们曾经见过的最漂亮的狐狸之一。他唯一的缺陷就

是少了只耳朵。

旋风说："如果你乐意为我们提供服务的话，我们是不会说不的。"

同时，他和其他乌鸦都从这个坑里飞了出来。狐狸就跳下去代替了他们，不是咬那只陶罐，就是拔那只盖子，不过，连他也不能把陶罐打开。

旋风说："那你能想得出来，里面是什么东西吗？"

狐狸把陶罐来回滚动，还仔细地听里面的声音。他说："不可能是什么别的，只能是银币。"

这可比乌鸦们期望的还好得多。他们说："你认为里面会是银币吗？"而且眼珠子都要从贪心的脑袋里掉下来了。听起来这也是非常奇怪的，乌鸦那么喜爱银币，爱到了世界上没有任何东西可以和银币相比。

狐狸说："你们听听里面叮叮当当的声音吧！"说着，他还把陶罐又滚了一下。"我只是弄不明白我们怎样能拿到这些银币。"

乌鸦们说："是啊，看来是不可能了。"

这只狐狸站在那里，一边把头在左腿上蹭着，一边思考着。也许现在他能够在乌鸦的帮助下成功地把那个一直躲开他的小毛头抓到手了。狐狸就说："我倒是知道一个人，他能帮你们打开这个陶罐。"

乌鸦们叫唤起来："那快告诉我们吧！快告诉我们吧！"他们是那么着急，以至于都扑腾着翅膀掉下了大坑里。

这只狐狸就说："我可以告诉你们，只要你们先答应我的条件。"

这只狐狸现在就把拇指头的事情讲给乌鸦们听，对他们说，如果他们能把拇指头带到这个荒地来，拇指头就能替他们打开陶罐。不过，作为他出这个主意的报酬，他要求乌鸦们一等到拇指头给他们搞到了银币，马上就把拇指头交给他处置。乌鸦们没有任何理由留下拇指头，所以立刻就同

意了这个条件。

这事情很容易就全说好了，不过，难办的是怎么搞清楚拇指头和大雁群现在在什么地方。

旋风亲自带领五十只乌鸦出发去寻找，还说他很快就会回来的。但是一天又一天过去了，乌鸦山上的乌鸦们还没看到他的影子。

## 被乌鸦劫走

四月十三日　星期三

大雁们天一亮就起来了，为的是在开始飞往东约特兰之前能找到一点吃的。他们在鹅湾过夜的那个岛是个光秃秃的小岛，不过小岛周围的水里长着一些植物，他们可以吃饱。但对小男孩来说很糟糕，他没办法找到什么可吃的东西。

当他站在那里，又饿又感受着清晨的寒冷，四下张望着，他的目光落到了一对松鼠身上，他们正在这个石头小岛对面一个长着树木的海岬上嬉戏。他就琢磨起来，这两只松鼠是不是还剩下了什么过冬储藏的食物，他就请白公鹅把他带到海岬那边去，这样他就可以向松鼠讨几个榛子吃。

白公鹅马上就带着他游过了这个海峡，但不走运的是，松鼠们玩得那么开心，互相追来追去，从一棵树上追到另一棵树上，根本不理会小男孩要说什么。相反，他们追追打打进了树林里更远的地方。小男孩紧紧跟在后面，还在海岸边等着的白公鹅很快就看不到他了。

小男孩正在几株白海葵之间涉着水往前走，白海葵已经那么高，能和

他的下巴一般齐了，这时他觉得有什么人从背后抓住了他，还试图把他提起来。他转过头一看，是一只乌鸦咬住了他的衬衣上的衬边。他想挣脱开，但还没有来得及成功地挣脱，又有一只乌鸦赶上来了，死死咬住了他的一只袜子，把他拖倒在地上。

如果尼尔斯·霍尔格松马上呼叫求救，那么白公鹅肯定能够来解救他，可小男孩当然以为，他独自一个人就应该对付得了两只乌鸦了。他又踢又打，但是乌鸦们死不放开，他们也成功地带着他飞到了空中。这时乌鸦们也飞得那么不小心，他的头就撞到了一根树枝上。他的头顶被猛撞了一下，眼前一黑就失去了知觉。

当他再睁开眼睛的时候，发现自己已经高高地飞在大地之上了。刚开始他既不知道自己在哪里，也不知道看见的是什么，但他慢慢地恢复了知觉。当他向下看的时候，他觉得他下面铺开了一块巨大的羊毛地毯，上面

233

有毫无规则地编织起来的巨大的绿色和棕色图案。这块地毯又厚又好看，不过他觉得，非常可惜的是，这块地毯已经用得非常破旧了。它确确实实已经破烂不堪，上面有长长的裂缝，而且有些地方有大片的残缺。最最奇怪的是，地毯正好铺在一块镜子做成的地板上，因为在地毯上有破洞和裂缝的地方就显露出了发光闪亮的玻璃。

然后小男孩注意到，太阳在天空中滚动上来。地毯上的破洞和裂缝下面的镜面玻璃立刻就开始反射出红色和金色的光芒。这看上去非常美丽，小男孩虽然不太明白自己看到的到底是什么，但是对那些美丽的色彩变化，他还是非常喜欢。不过乌鸦现在开始降落了，他马上注意到，他下面的巨大地毯原来就是大地，就像披着衣服一样覆盖着翠绿的针叶树和光秃秃的褐色的阔叶树，而那些破洞和裂缝原来是闪闪发光的海湾和小湖。

他记得，第一次在空中飞的时候，他觉得斯郭纳的土地看上去像一块方格子布。但是这里呢，像是一块扯碎的地毯，这会是一块什么样的土地呢？

他开始对自己提出一大堆问题。为什么他不是骑在大白鹅背上？为什么有一大群乌鸦围着他飞？为什么他被扯来拉去，一会儿扯到这里，一会儿扯到那里，所以他都要被扯碎了？

这时他一下子全明白了。他是被两只乌鸦劫持了。白公鹅还留在海岸边，大雁们今天要往北飞到东约特兰去。而他自己正被带往西南方，这个他是明白的，因为太阳是在他的后面。那么现在在他下面的这块巨大的有森林的地毯，肯定是斯莫兰了。

小男孩想："我现在不能照顾白公鹅了，那他该怎么办呢？"他就开始对乌鸦们叫喊，要求他们立刻把他带回大雁们那里去。他对自己倒是一点儿不担心。他以为，乌鸦们把他抢走，纯粹是恶作剧。

乌鸦们对他的要求一点儿都不当回事，还是向前飞，能飞多快就多快。不过，过了一会儿，其中一只乌鸦扑打起翅膀来，那种样子的意思是说："注意！有危险！"紧接着乌鸦们就往下扎进了一片冷杉树林里，在茂密的树枝之间钻过去，一直落在森林底部，把小男孩放在一棵枝叶严密的冷杉树下，他被藏得那么好，连猎鹰都看不见他。

五十只乌鸦把小男孩包围起来，都用喙对着他，要把他看守住。他说："乌鸦们，现在也许我可以知道，你们把我抢走，到底是什么意思。"不过，他还没把话说完，一只大乌鸦就对他嘶嘶地说："别出声！要不然我就挖掉你的眼珠子。"

这是很明显的，这只乌鸦说到就会做到，小男孩没有办法只好服从。因此他就坐在那里盯着乌鸦看，乌鸦也盯着他看。

他盯着这些乌鸦看的时间越长，就越不喜欢他们。他们的羽毛积满了尘土，又破旧又杂乱，让人看了害怕，就好像他们从来不知道洗澡和给羽毛抹油。他们的脚爪都很脏，有干结的泥巴，嘴角上沾满了食物的残渣。他注意到了，他们是和大雁们完全不同的鸟类。乌鸦们的外表残忍、贪婪、警觉而胆大妄为，完全是土匪流氓。

他想："毫无疑问，我不幸落到了一伙真正的强盗手里。"

就在这时，他听到了自己头顶上大雁们呼叫同伴的叫喊声。

"你在哪里？我在这里。你在哪里？我在这里。"

他明白，阿卡和其他大雁出来找他了，但是还没等他来得及回答大雁们，看上去是这伙强盗头子的那只大乌鸦，就在他耳边嘶嘶地说："想想你的眼珠子！"他没有别的办法，只能不出声。

大雁们当然不知道他离他们这么近，他们只是暂时从这片树林上空飞

过。他听到他们又呼叫了两三次，然后就听不到了。这时他对自己说："好吧，现在你就得靠你自己了，尼尔斯·霍尔格松。现在你得给人看看，在野外过的这几个星期里，你是不是学到了什么。"

过了一会儿，乌鸦们做出了要出发的表情，这时也看得出来，他们打算还用那种方式带走他，一只乌鸦叼住他衬衣的衬边，另一只叼住他的袜子。小男孩就说："你们乌鸦里就没一个有力气，能把我背在背上吗？你们已经把我折腾得受不了，感觉就要把我扯成两半了。让我骑着飞吧！我不会从乌鸦背上跳下去的，这个我可以向你们保证的。"

乌鸦的头目就说："你别以为我们会在乎你受得了受不了。"

不过，这个时候乌鸦群里个子最大的一只，一只羽毛蓬乱、呆头呆脑、翅膀上还长了根白羽毛的乌鸦，走到前面来说："旋风，要是能把拇指头整个带回去，不是只带一半，对我们大家都更好啊，所以我来试试把他背回去。"

旋风就说："如果你老呆木背得动，那我也不反对。不过别把他弄丢了！"

这已经算是很大的胜利，小男孩觉得自己又很称心了。他想："我是被这些乌鸦偷走的，垂头丧气没什么好处。这帮可怜虫我还是对付得了的。"

乌鸦们依然在斯莫兰上空往西南方飞。那是个美好的早晨，风和日丽，在下面的大地上，鸟儿正忙着唱他们求偶的歌谣。在一片高大的黑幽幽的树林里，一只鸫鸟站在一棵冷杉树树梢上，垂着翅膀，憋粗了脖子，一遍又一遍地唱。

他唱的是："你好漂亮呀！你好漂亮呀！你好漂亮呀！没一个这么漂亮！没一个这么漂亮！没一个这么漂亮！"等这支歌唱完，他又从头再唱起。

不过小男孩正从这个树林上空经过，当他听了两三遍，知道鸫鸟不会

唱别的，他就用两手合成一个喇叭放在嘴上，对着下面喊："这歌我们早听过了！这歌我们早听过了！"

鸫鸟就问："是谁？是谁？是谁？是谁嘲笑我？"还试着要看到叫喊的人。

小男孩回答："是那个叫'被乌鸦劫走'的，是他在嘲笑你的歌！"

乌鸦首领立刻就转过头来说："当心你的眼珠子，拇指头！"

不过小男孩想："哼，这我才不怕呢。我就是要让你看看我不怕你！"

他们往内陆方向越飞越远，到处都有森林和湖泊。在一个长着桦树的园子里，有只母欧鸽站在一根光秃秃的树枝上，她的前面站着一只公欧鸽。公欧鸽鼓动起羽毛，弯曲着脖子，忽而抬起身体，忽而降低着身体，这样一来胸部羽毛就朝着那根树枝发出呼呼的声音。在这段时间里，他咕咕叫着："你，你，你在这个森林里最美丽。这个森林里没一个美得过你，你，你！"

不过小男孩正好在天空中飞过，当他听到公欧鸽的话，就没法保持沉默了。他就叫喊起来："别信他！别信他！"

公欧鸽就咕咕叫着："谁，谁，谁在说我坏话？"也试着要看到叫喊的人。

小男孩就回答："是那个叫'被乌鸦抓走'的，是他在说你坏话！"

旋风就再次对小男孩转过头来，命令他闭嘴，不过背着小男孩的老呆木说："就让他去说吧，这样小鸟们就会相信，我们乌鸦也成了又机灵又好玩的鸟了！"

旋风说："他们也不那么傻呀。"不过他一定还是觉得老呆木的这个想法不错，因为后来他就让小男孩叫喊，想怎么叫喊就怎么叫喊。

他们飞过的地方，大部分是森林和林间空地，但是森林边上也有教堂、教区村庄和小木屋。有一个地方他们还看到了一座古老而可爱的贵族庄园。

它背靠着森林，面对着湖泊，有红色的墙壁，马鞍式的屋顶，巨大的枫树围绕着庄园的院子，花园里长着大而茂密的醋栗树丛。一只公欧椋鸟站在屋顶上的风向标的最高处大声歌唱，这样每一个声调都能传到梨树枝上的人造小鸟房里孵蛋的母欧椋鸟的耳朵里。

公欧椋鸟唱着："我们有四个漂亮小蛋。我们有四个漂亮小圆蛋。我们满窝都是华美的蛋。"

当公欧椋鸟唱这支歌唱到第一千遍的时候，小男孩在这个庄园上空飞过，他把双手放到嘴上当成管子，叫喊着："喜鹊要来拿走！喜鹊要来拿走！"

公欧椋鸟问："是谁吓唬我？"一边问一边不安地扑扇翅膀。

小男孩说："是叫'被乌鸦捕走'的人吓唬你！"

这一次乌鸦首领没有制止小男孩说话，相反他和整群乌鸦都觉得很好玩，因此满意得呱呱直叫唤。

他们越是往内陆方向飞，湖就越大，岛和岬角也更多。在一个湖岸上，有一只公绿头鸭正在对母鸭频频鞠躬。公绿头鸭说："我要天天忠于你。我要天天忠于你。"

飞过这里的小男孩就叫喊："到不了夏天结束。"

公绿头鸭问："你是什么人？"

小男孩就回答："我叫'被乌鸦偷走'！"

到了中午的时候，乌鸦们降落到一块有围栏的草场上。他们四处乱跑为自己找吃的东西，但是谁都没想到给小男孩弄点什么吃的。这时老呆木嘴里衔着一段还带着几个红色蔷薇果的蔷薇枝飞到乌鸦首领那里。

他说："旋风，这是给你的。这可是精美食品，适合你。"

旋风却不屑地哼哼。他说："你以为我会吃这种又老又干的蔷薇果吗？"

老呆木说："哦，我本来以为你会喜欢吃呢！"一边说着一边垂头丧气地把那段蔷薇枝扔到一边。但是蔷薇枝落到了小男孩面前，他就马上抓起来吃了个饱。

等乌鸦们吃好以后，就开始聊起天来。其中一只乌鸦对首领说："旋风啊，你在想什么？你今天可是话不多啊。"

"我在想，这个地方曾经有过一只母鸡。她非常喜欢自己的女主人，为了让女主人真的高兴一下，她就去孵一窝蛋，这些蛋是她藏在牲口棚的地板下面的。她孵蛋的时候一直乐滋滋地在想，女主人看到了这些小雏鸡会多高兴。女主人当然很奇怪，母鸡那么长时间是到哪里去了。她去找母鸡，可没找到。你能猜到吗，长嘴巴，是谁找到母鸡和鸡蛋了呢？"

"我想啊，我能猜出来，旋风，不过，你已经讲完了这个故事，那我想我也要讲一件同样的事情。你们还记得希讷吕兹牧师庄园的那只大黑猫吗？她对庄园里的管家可不满意，因为他们总是把她刚生的小猫拿走，还把小猫溺死。只有一次她成功地把小猫藏了起来，那次她把小猫藏在地里的一个干草垛里。她当然对这些小猫是很满意的，不过我相信，我呀，从小猫那里得到的快乐，比她更多啊。"

现在所有乌鸦都变得急不可耐了，他们互相打断对方的话。有只乌鸦说："偷鸡蛋和几只小猫算什么本事吗？有一次我追过一只小野兔，几乎就是成年野兔啦。那就得一个灌木丛出一个灌木丛进地追他。"

没等她说下去，另一只乌鸦抢过了话头："害得母鸡和猫生气也许很有趣，不过我发现，一只乌鸦能让一个人感到懊恼，那才是更加值得说说的事情。有一次我偷了一只银调羹……"

不过，现在小男孩觉得，他没法再坐下去听这种混账话了。他就说："够了，乌鸦们！现在听我说！你们大谈你们的所有丑事，我觉得你们真应该感到羞耻。我和大雁们在一起已经生活了三星期，从来没见过也没听说过他们做什么坏事。你们一定是有了个坏首领，竟让你们用这种手段去偷去抢去谋杀。你们完全应该开始过另外一种生活，因为我可以告诉你们，人类对你们的罪行已经不耐烦了，所以他们正在想尽办法消灭你们。这就是说你们很快就完蛋了。"

当旋风和其他乌鸦听到这些话，都气得发狂，只想扑上去把小男孩撕成碎片。不过老呆木哈哈大笑咯咯叫唤着，还站到小男孩前面挡住其他乌鸦。他看起来吓坏了，忙说着："别！别！别！你们想想啊，要是在拇指头为我们拿到银币之前，你们就把他撕成了碎片，那微风会说什么呢？"

旋风说："老呆木，只有你才怕娘儿们呢。"但不管怎么样，他和别的乌鸦还是把拇指头放过了。

只过了一会儿，乌鸦们又继续往前飞了。到这时为止，小男孩还一直在想，斯莫兰并不像他早先听说的那样是个穷地方啊。森林当然很多，也到处是山地，不过在河边和湖边还是有可耕种的土地，他还没看到什么真正荒凉的景象。但是，他们越往内陆飞，村庄和房子也越少见。最后他觉得，他们是在一个真正荒凉的地带上空飞行，这里除了沼泽、荒野和杜松的山坡之外，其他什么也没有了。

太阳已经落山了，但是，当这些乌鸦到达那片巨大的石南荒原的时候，天依然是大亮的。旋风派了一只乌鸦先去报信，说他已经得手了。微风得知这个信息以后，就带着数百只乌鸦从乌鸦山飞去迎接。相会的乌鸦们喧闹起来，空中一片让人头昏的呱呱叫声。就在这种叫声中，老呆木悄悄对小男孩说："这一路上你又有趣又快活，我真的喜欢你。所以我愿意给你一个忠告。我们一落地，他们就会叫你做一件事。这件事看来对你很容易。不过，做这件事你要小心！"

过后不久，老呆木就在一个沙坑底部把尼尔斯·霍尔格松放下来。小男孩一下子扑倒在地上躺着不动，好像他已经累坏了。那么多乌鸦在他周围扑打翅膀，空气轰鸣着就像一次风暴，但是他并不抬起头看。

旋风说："拇指头，马上起来！现在你得帮我们做件事，对你很容易的事。"

不过小男孩一动不动，而是假装他睡着了。旋风叼住他的胳膊，把他拖过沙地，拖到那个样子古老的陶罐前面。

他说："站起来，拇指头，打开这个罐子！"

小男孩说："你为什么不让我睡觉呢？我太累了，今天晚上什么也干不了了。等明天再说吧！"

旋风说："打开罐子！"一边说一边摇晃着他。小男孩就坐起来，仔细地查看那个陶罐。

"我一个穷小孩，怎么打得开这么一个罐子？这个罐子都和我一般大了。"

旋风又一次命令着："打开！要不然让你尝尝苦头！"

小男孩站起来，摇摇晃晃走到罐子前面，摸摸盖子，又垂下了胳膊。

他说："我平常不是这么没力气的。只要你们让我睡到明天早上，我相信我就能把盖子打开。"

但是旋风已经没耐心了，他冲上去啄小男孩的腿。小男孩可不能容忍一只乌鸦这么对待他。他很快抽身躲开了，向后退了两三步，又从刀鞘里抽出小刀，伸直在自己前面。他对旋风叫喊着："你小心点！"

旋风也那么恼怒，不顾什么危险了。就像眼瞎了一样朝小男孩冲过去，正好撞在那把刀子上，刀子穿过他的眼睛直插进他的脑袋。小男孩飞快地抽回了刀子，不过旋风只张了张翅膀。然后就倒下去，死了。

最靠近的乌鸦大叫起来："旋风死了！那个外来的人杀死了我们的首领旋风。"然后乌鸦群里就是一片可怕的喧哗。一些乌鸦哭着哀号着，一些乌鸦叫喊着报仇。所有乌鸦一齐跑着或扑扇着翅膀扑向小男孩，最前头的是老呆木。不过，他像平常一样又呆又傻，只是扑扇翅膀，用张开的翅膀罩在小男孩头上，挡住了其他乌鸦，不让他们上前在小男孩身上啄出洞来。

这时小男孩觉得，他陷入了很糟糕的境地，既不能摆脱乌鸦逃走，也没有什么地方可以躲藏。不过，这时他想起了那个陶罐，就用力抓住盖子，一拉就拉开了。然后他就跳进陶罐躲在里面。不过，这不是一个躲藏的好

地方，因为里边几乎装满了小小的薄薄的银币，满得到了陶罐的口上，这样他在里面就不能躲到足够深的地方。于是他弯下腰，开始往外扔银币。

一直到这时候，乌鸦们还是密密麻麻围着他扑扇翅膀想啄他，不过当他把银币往外扔的时候，他们马上就把报仇的欲望忘到了脑后，急忙去拾银币了。小男孩大把大把往外扔银币，所有的乌鸦，没错，连女首领微风自己都在抢银币。每个成功地抢到一个银币的乌鸦就用最快速度飞回自己的窝里把它藏起来。

当小男孩把全部银币都从罐子里扔出来以后，出来一看，沙坑里只剩下一只乌鸦了，那就是翅膀上有根白羽毛、把他背到这里来的老呆木。这只乌鸦用一种跟以前完全不同的声音和语调说："拇指头，你为我做了一件大好事，好得你自己都想不到，所以我愿意救你的命。坐到我背上来，我要把你带到一个躲藏的地方，在那里你今天晚上就平安无事了！明天我会想办法，让你回到大雁那里去。"

# 小木屋

四月十四日  星期四

第二天早晨，当小男孩醒来的时候，发现自己是躺在一张床上。当他看到自己是在室内，四周有墙，上面有房顶，他觉得自己是在家里呢。他躺在那里半睡半醒，喃喃自语说："不知妈妈会不会马上端咖啡来？"不过，他想起来了，他是在乌鸦山上一个被废弃的小木屋里，是有白羽毛的老呆木前一个晚上把他背到这里来的。

243

小男孩经过前一天的飞行，现在感觉全身没一点力气。他觉得，能静静地躺着很舒服，同时等着老呆木，老呆木答应过来接他。

　　这张床前挂着格子花纹的棉布帘子，他把帘子拉到一边，打量起这个小屋子来。他马上就知道了，一个这么建造的屋子是他过去从来没见过的。墙壁只用两三排圆木头构成；然后紧接着就是房顶。房顶没有内侧的天花

板，而是一眼就能看见屋脊。整个小木屋很小，看起来更像是为他这样的
小人建造的，而不是为了真正的人类，不过炉灶和灶墙还是占了那么大地
方，以至于他觉得他没见过更大的炉灶了。出入的门是开在炉灶旁边的一
面山墙上的，而且那么窄，还不如说就是一个插槽。在另一面山墙上他看
见一个又低矮又宽的窗户，有许多小窗棂。屋子里几乎没有可以移动的家

具。一个长板凳和窗子下的桌子都是固定在墙上的，而他躺着的这张大床和那个彩色的壁橱也同样是固定的。

小男孩忍不住想知道谁是这个小木屋的主人，为什么它又被废弃了。看样子以前住在这里的人还打算回来。咖啡壶和煮粥的锅还放在炉灶上，在炉灶角落里还有些木柴；扒拉灰的铁刮子和烤面包用的木托子还立在墙角；纺车抬到了一个板凳上；窗子上方的架子上放着麻线卷和亚麻、两三个毛线线轴、一支牛脂蜡烛和一盒火柴。

是的，看起来很明显，拥有小木屋的那些人还是打算回来的。床上还有被褥，墙上仍然挂着长长的布条，上面画着三个骑马的人，他们叫卡斯帕、麦尔基欧尔和巴尔塔萨。同样的马和骑士被画了许多遍。他们在整个小木屋里到处骑着马转，他们继续旅行甚至到了屋顶的大梁上。

但是在屋顶下小男孩看到了什么，让他一下子跳了起来。那是挂在一根铁条上的几块干面包。这些面包看上去已经发霉，很陈旧，但毕竟还是面包呀。他用扒拉灰的铁刮子敲了它们一下，有块面包掉到了地上。他一边吃一边把他的袋子塞满。不管怎么说，面包好吃得让人难以相信。

他又一次在小木屋里四处看了看，试着发现是不是还有什么东西可以用得上，他可以带走。他想："反正这里没人管，我需要什么就可以拿什么吧。"但大多数东西又大又笨重。他唯一能拿得动的，就是几根火柴。

他爬上桌子，然后借助帘子晃荡了一下，就跳上了窗子上面的架子。正当他站在那里往自己的袋子里装火柴的时候，有白羽毛的乌鸦穿过窗户飞了进来。

老呆木在桌子上落下来，说："瞧，我现在来了！先前我没法来，因为今天我们乌鸦选了一个新的首领接替旋风。"

小男孩说：“那你们选谁啦？”

他回答说：“是这样，我们选了一只不许抢东西和干非法活动的乌鸦。我们选了白羽毛嘎尔姆，以前被人叫作老呆木的。”他说着，挺直了身子，这样他看起来就是一副很威严的样子。

尼尔斯说：“这是一个很棒的选择啊。”就向他表示祝贺。

嘎尔姆说：“是啊，也许你应该祝我好运。”他就开始告诉小男孩过去他跟旋风和微风在一起过的那种日子。

正在这时，小男孩听到窗外有一个他觉得熟悉的声音。

是狐狸斯密尔在问：“他是在这里面吗？”

一只乌鸦的声音回答：“没错，他就藏在这里面。”

嘎尔姆叫起来：“你要小心，拇指头！是微风和那个狐狸站在外面，那只狐狸想吃掉你。”

他还没来得及多说什么，因为狐狸斯密尔跳起来朝窗子猛地一撞。陈旧腐烂的窗棂就断了，一转眼间斯密尔已经站在窗下的桌子上。白羽毛嘎尔姆没来得及飞开，就被一口咬死了。然后斯密尔又跳到地上，四处寻找小男孩。

小男孩想藏到一大卷麻线后面去，但是斯密尔已经看到他了，正缩起身子做好起跳的准备动作。小木屋又小又矮，小男孩很明白，狐狸没有一点困难就能抓到他。不过此时此刻小男孩也不是没有自卫的武器。他迅速划着了一根火柴，点燃了麻线卷，当麻线卷烧起来，他就把它们扔到狐狸斯密尔身上。火烧到狐狸身上，把狐狸吓疯了。斯密尔再也不考虑小男孩了，而是没命地冲出了小木屋。

但是，看起来好像是小男孩逃过了一个危险，方式却是通过把自己投

入了一个更大的危险。他扔向斯密尔的麻线卷上的火焰扩散到了床前挂的帘子上。他跳到地上想把火扑灭，但是火已经烧得越来越猛烈了。小木屋里顿时充满了浓烟，站在窗子外面的狐狸斯密尔开始明白屋子里面发生什么事了。斯密尔叫喊着："好啊，拇指头，现在你选择哪条路呀，是让你自己烧死，还是出来到我这里来？当然我觉得让我把你吃掉是最好的，不过，无论你怎么个死法，我都喜欢。"

小男孩没有别的话说，只能相信狐狸说的没错，因为火势发展太快太恐怖了。整个床都已经烧起来，地板也在冒烟，火苗顺着那些画着画的布条从一个骑士身上爬向另一个骑士身上。小男孩已经跳到炉灶上，正想打开烤炉的火门，这时他听见有一把钥匙插入了锁孔慢慢转动的声音。肯定是有人来了，当他现在处于这种紧急关头，他不害怕有人来，而只有高兴。当门终于打开的时候，他已经站在门槛上了。他看见两个孩子出现在他面前，不过，这两个孩子看见小木屋着火的时候脸上是什么表情，他没有费时间去查看，而是冲过他们身边，跑到了外面的大自然里。

他不敢跑远。他当然知道,狐狸斯密尔暗藏在什么地方等他,他也明白，他必须留在这两个孩子附近才安全。他转过身去，想看看他们是什么样的人，但是他看了还不到一秒钟，就朝他们扑过去，还叫喊着："啊呀，你好啊，放鹅丫头奥萨！啊呀，你好啊，小马兹！"

因为小男孩看见这两个孩子的时候，完全忘记了自己是在什么地方。乌鸦、燃烧的小木屋和会说话的动物全都从他记忆里消失了。他正走在西维门赫格一块已经收割完的荏子地里放着一大群鹅，而在旁边的一块地里是这两个孩子在放他们的鹅。他一看见他们就跑上石头围墙叫喊着："啊呀，你好啊，放鹅丫头奥萨！啊呀，你好啊，小马兹！"

248

但是，当这两个孩子看见一个这么小的小精灵张开双手朝他们跑来的时候，他们紧紧地抱在一起，倒退了好几步，看上去要吓死了。

小男孩看到他们恐惧的样子，马上醒悟过来，想起自己现在是什么样子。而这时他觉得，偏偏让这两个孩子看到他被施了魔法，世上再也没有比这更糟的事情了。对于自己不再是人的羞愧和悲哀压倒了他，他扭头就逃走了，自己也不知道要逃到什么地方去。

但是，当他来到荒地上，他有了一次美好的会面。因为他在石南丛中瞥见了什么白的东西，原来是白公鹅在灰雁羽佳的陪伴下朝他走过来。当白公鹅看见小男孩用这样的速度朝他奔过来的时候，他以为有可怕的敌人在后面追赶小男孩，就用最快速度把小男孩扔到自己背上，带着他飞走了。

译注：约塔兰（Götaland）是瑞典整个南部地区的通称，包括斯郭纳、布莱金厄、厄兰岛、高特兰岛、斯莫兰、东约特兰（Östergötland）和西约特兰（Västergötland）等地区。卡斯帕（Kasper）、麦尔基欧尔（Melkior）和巴尔塔萨（Baltasar）是圣经故事里的东方三博士，又称东方三国王、三贤士、三智者、三术士等，是耶稣诞生后来朝拜他的人，因此经常出现在与圣诞节有关的画像里，与耶稣及其父母、牧羊人以及马厩中的动物一同出现。

# 17. 老农妇

有三个疲倦的旅伴在一个深夜里还在外面寻找过夜的地方。他们是在斯莫兰北部一个贫穷荒凉的地区往前走。不过，他们渴望的那种休息场所，还是应该能找到的，因为他们也不是弱不禁风的人，要找柔软的床铺和舒适的房间。他们中间有一个说："只要那些长长的山梁上有一个山顶又高又陡，狐狸从哪边都爬不上去，那我们就有一个睡觉的好地方了。"

第二个说："只要这些大沼泽地有一个没结冰，又是泥又是水，狐狸就不敢走上去，那也是一个真正的过夜的好地方。"

第三个说："只要我们路过的那些结冰的大湖上，有一个湖上的冰和岸边是有水隔开的，所以狐狸就到不了冰上，那我们就找到了我们想找的地方了。"

最糟糕的是太阳落山以后，他们中间有两个旅伴困得随时都要倒在地上了。第三个还能让自己醒着，但夜越来越深，他也越来越着急了。他在想："真是倒霉，我们到了一个湖水和沼泽都结冰的地方，所以那只狐狸到处都能跟上来。其他地方的冰早就化了，可我们现在却到了斯莫兰最冷最冷的地方，春天还没来到这里。我真不知道怎么办才能找到一个睡觉的好地方。如果我不能找到一个非常安全的地方，那么不到天亮狐狸斯密尔就追上我们了。"

他盯着每一个方向看，但是看不到一个可以进去休息的地方。这又是一个黑暗寒冷、风雨交加的夜晚，周围的情况每时每刻都越来越可怕，越来越艰难。

听起来这可能很奇怪，这些旅行者看来完全没有到什么农庄上去求人给个房间过夜的愿望。他们已经走过了很多有教堂的村子，却没敲过一户人家的门。森林边的那种小小的木屋子，是所有穷苦的流浪汉高兴碰上的，他们也当作没看见。你几乎想这么说，他们是活该过得这么艰难，因为在有人会给他们提供帮助的时候，他们不去请求帮助。

但是最后时间很晚了，天变得那么黑，黑得几乎看不到一丝天光，那两个需要睡觉的旅伴半睡半醒地向前走。他们碰巧走到了一个孤零零的农庄，它和所有邻居都隔得很远。而且不光是位置偏僻，看起来也完全没人居住。烟囱不冒烟，窗户里没有一点亮光，院子里也没人走动。当三个旅伴里还醒着的那个看到这个地方时，他想："现在会有什么结果都不管它了，反正我们必须想办法到这个农庄里面去。比这更好的地方肯定找不到了。"

随后三个旅伴很快都站到了这个农庄的院子里。那两个在停下来的那一刻就睡着了，不过第三个着急地朝四处看，想找到什么地方能进到里面去。这农庄不小，除了住房、马厩和牛棚外，还有好几长排干草棚、大仓库、小库房和农具棚。不过一切看上去都穷苦破败得可怕。住房有灰色的、长着苔藓又歪斜着的墙，看来随时都会倒塌。房顶上还有裂开的漏洞，所有

的门都歪斜着挂在断裂的铰链上。很明显，已经有很长时间都没人考虑过，要往这里的墙上敲一个钉子。

无论如何，还醒着的这个人，他已经弄明白了哪个房子是牛棚。他把他的旅伴们从睡梦中摇醒，把他们带到了牛棚门口。幸运的是这个门没有用什么东西关好，只是用一个搭钩钩着，他用一根木棒就很容易地把钩子顶开了。想到他们很快就安全了，他松了口气。但是，当牛棚的门带着尖厉的吱吱声打开的时候，他却听到有一头母牛哞哞叫起来。母牛说："你现在终于来啦，女主人？我还以为你今天晚上不想给我吃什么东西了呢。"

当那个醒着的旅伴发现牛棚并不是空着的时候，吓得在门口愣住了。不过他很快就看清楚，里面只有一头母牛和三四只母鸡，就又有了勇气。

他说："我们是三个穷苦赶路的，就希望找个地方，一个没有狐狸袭击我们、没有人来抓我们的地方，能在里面过夜。我们很想知道，这里是不是一个这样的好地方。"

母牛说："我想这里没什么不好。墙壁是有点不行了，不过狐狸还不能钻过墙壁进来，而且没别的人住在这里，只有一个老婆婆，她肯定没本事来抓人。可是，你们到底是什么人？"她一边问一边从牛栏里转过头来看看新来的旅行者。

第一个进牛棚来的说："哦，我是西维门赫格的尼尔斯·霍尔格松，被魔法变成了一个小土地神。我还带来一只家鹅，是我经常骑着飞的，还有只灰雁。"

母牛说："这么可爱的外乡人以前可从来没到我这里来过。欢迎你们来，不过我自己更希望进来的是我的女主人，来给我送晚饭。"

小男孩就把公鹅和灰雁领进了那个相当大的牛棚，把他们安排到一个空着的牛栏里，他们俩在那里立刻就睡着了。他用干草为自己铺了一个小床，期待着自己也能和他们一样很快进入梦乡。

不过他根本没法睡着，因为那头可怜的母牛没吃到晚饭，一刻都安静不下来。她晃荡着脖子上的链子，在牛栏里走来走去，抱怨说她多么饿。小男孩都没法合上眼，只能躺在那里回想最近几天发生在他身上的一切事情。

他想起了完全意外地碰见的放鹅丫头奥萨和小马兹，他现在明白了，他无意中点火烧着的那间小木屋一定是他们在斯莫兰的老家。他回忆起来，自己曾经听他们说起过这样一间小木屋，还有小木屋下面长满石南的荒地。他们走了那么多路回来，想再看看老家，可当他们回到家的时候，这个家却已经在一片大火里！这肯定是一种巨大的悲哀和失望，而这是他给他们

带来的，让他非常难过。要是有一天他重新变成人，他一定要想方设法赔偿他们的损失。

然后他的思想又转到了乌鸦们。他想起了救过他性命的老呆木，才当选上乌鸦首领那么短时间就遭到死亡的厄运，让他也那么难过，眼泪都掉了下来。

过去几天里他过得真是好艰难。不过，公鹅和羽佳已经找到了他，这就还算是一个巨大的幸运啊。

公鹅已经告诉他，大雁们一发现拇指头失踪了，就向森林里所有小动物打听他的下落。他们很快就知道，是一群斯莫兰的乌鸦把他带走了。但是乌鸦们已经不见了，他们往哪个方向飞，谁也说不上来。为了能尽快找到小男孩，阿卡就命令大雁们分成两只两只一组，朝不同方向飞出去寻找。不过，寻找了两天以后，不管是找到了还是没找到，大家都要到斯莫兰西北部一个很高的山顶上会合。那座山很像一个被横着砍过的塔楼，叫作塔山。阿卡给他们指出了最明显的认路标志，还仔细描述了怎样才能找到塔山，然后他们就分手了。

白公鹅选择了羽佳作为他的旅行伙伴，他们带着对拇指头的最大担心，四处飞着寻找。就在他们四处飞行的时候，他们听到一只鸫鸟站在树梢上叫骂，说是有一个自称"被乌鸦劫走"的人讥笑过他。他们曾经和这只鸫鸟谈过话，鸫鸟就把那个"被乌鸦劫走"朝哪个方向飞指给他们看。后来他们又碰到过一只欧鸽、一只欧椋鸟和一只绿头鸭，他们都抱怨说，有个不怀好意的家伙扰乱过他们唱歌。那个家伙叫作"被乌鸦抓走"、"被乌鸦捕走"和"被乌鸦偷走"。他们就这样一路打听，才能够跟踪拇指头到了孙内尔布县的荒地。

公鹅和羽佳一找到拇指头就马上出发往北飞，要赶到塔山去。但是路还很远，没等他们见到塔山山顶，黑暗就降临到了他们的头上。小男孩想："不过，只要我们明天赶到那里，所有麻烦就都过去了。"他一边想着一边往干草堆深处钻进去，这样就暖和一点。

那头母牛一直站在牛栏里吵闹。这时她突然同小男孩说起话来了。母牛说："我觉得，刚才进这里来过夜的，其中有一个说过，他成了一个小土地神。如果真是这么回事，那他就知道怎么照顾一头母牛。"

小男孩就问："你缺少什么呀？"

那头母牛就说："我什么都可能缺少啊。既没人给我挤过奶，又没人给我梳毛。食槽里没有我过夜的饲料，也没人在我身体下面铺好床。黄昏的时候，女主人到这里来过，为我做了点安排，通常她都是这么做的，不过她觉得自己病得很重，很快就不得不回到自己的屋子里去了，以后就再也没来过。"

小男孩说："我人这么小，这么没力气，是很痛苦的事啊。我想，我没这个本事帮你的忙。"

那头母牛说："你别蒙我了，就因为你人小，说你没力气。我早就听说过，所有小土地神都力气大得很，他们拉得动整整一车干草，一拳头就能打死一头牛。"

小男孩忍不住对那头母牛大笑起来。他说："那当然是另一种小土地神，和我不一样啊。不过，我可以解开你脖子上的链条，帮你打开门，这样你就可以走出去，在院子里那些下雨留下的水坑里喝点水，然后我要试着爬到放干草的阁楼上去，往你的食槽里扔一些干草。"

那头母牛说："好吧，那也总算是一点帮助吧。"

小男孩就做了自己说的那些事，当那头母牛站在添满干草的食槽前面，他想，这下终于可以睡觉了。可是，还没等到他钻到干草铺的床上，那头母牛又重新开始和他说话了。

　　那头母牛说："我再求你做件事的话，你就会对我不耐烦了。"

　　小男孩说："不会的，只要是我能办到的事就成。"

　　"那我想求你到对面的小木屋里去看看我的女主人怎么样了。我担心，她遇到了什么不幸的事情。"

　　小男孩说："不行，这我可办不到。我不敢在人面前露面。"

　　那头母牛说："你不至于会害怕一个又老又病的老婆婆吧。不过，你也用不着进到屋子里去。你只要站在门外，从门缝里瞧瞧就行了。"

小男孩说："好吧，如果你不要求我做别的事，那我就去看看吧。"

然后他打开牛棚的门，走到院子里。那是走进了一个可怕的夜晚。外面既没月亮也没星星，风声呼呼，雨水哗哗。最可怕的是有七只大猫头鹰排成一排站在正房屋脊上。光是听他们说话，听他们站在那里抱怨天气恶劣，就很恐怖了。更恐怖的是哪怕只有其中一只猫头鹰看见他，他也会完蛋。

当小男孩走过院子的时候，他不由说着："人小真可怜！"他有理由这么说。因为在他走到正房之前，他被风刮倒了两次，其中一次还被风卷到了一个水坑里，水很深，他差点给淹死了。不过，无论如何，他最后走到了。

他爬上两三级台阶，费了很多力翻过一个门槛，来到正屋外的前屋。正屋的门是关着的，但是门下面有个角切掉了一大块，这样猫就可以出出进进。也就是说，看看屋子里是什么情况，对小男孩来说也没任何困难。

他朝里面刚看了一眼，就吓了一跳，把头缩了回来。一个头发灰白的老妇人直挺挺地躺在里面的地板上。她既不动也不呻吟，脸上发出奇怪的白光，就像有个看不见的月亮把一道惨白的光投在了她脸上。

小男孩想起来，当他外公去世的时候，脸色也是变成那么奇怪的白色。他明白，躺在屋子里地板上的那个老妇人肯定是死了。死亡那么快来到她头上，她根本就没来得及躺到床上去。

当他想到，在这么漆黑的深夜里，自己单独和一个死人在一起，不由得心惊肉跳，头朝地栽到了台阶外面，赶紧冲回了牛棚。

当他把在正屋里看到的情况告诉那头母牛，她听着就停止了吃草。她说："原来是这样啊，我的女主人死了，那很快也就轮到我了。"

小男孩安慰她说："总会有什么人来照顾你的。"

那头母牛说："你不知道啊你，我的年龄比通常会送到屠宰场去的母牛的年龄已经大一倍了。不过，既然女主人再也不能来照顾我了，我也不在乎活更久了。"

有一会儿她没再说话，不过小男孩还是注意到，她既没睡也没吃。没过多久，她又重新开始说话了。她问："女主人是躺在光秃秃的地板上吗？"

小男孩说："是啊，她是那么躺着。"

那头母牛继续说："她有到牛棚里来的习惯，跟我说说让她烦恼的所有事情。虽然我不能回答她，可我懂她说的话。最近几天，她来了就说她担心她死的时候身边没什么人。她很发愁，怕她死了以后，没人帮她合上眼睛，或者把她的双手十字交叉放在胸口。为了这个她一直很着急。也许你愿意进去做这些事吧？"

小男孩拿不定主意。他记得外公死的时候，妈妈很仔细地把外公的身体摆好。他知道，这是必须做的事情。但另一方面，他也感觉到，在这么可怕的黑夜他不敢到这个死人那里去。他没有说不，不过也没有朝牛棚门口跨出一步。

有好长一会儿，那头母牛沉默着，就好像她在等着答复。不过，当小男孩什么都没说的时候，她也没再重复那个要求。相反，她开始跟他讲起了她的女主人。

要说的事有很多。首先要说说所有那些她拉扯大的孩子。他们每天都到牛棚来，夏天就把牲口赶到沼泽地和围栏的牧场上去放牧，所以这头老母牛对他们都很熟悉。他们全都是很优秀的孩子，又开朗又勤劳。一头母牛当然知道看管她的人有什么样的本事。

有关这个农庄也同样有很多事可以说。它并不是一直像现在这样贫穷。它是很广大的，不过绝大部分是沼泽地和石头很多的牧场。这里没有很多地方可以用来做耕地，不过到处都有优质的牧草。有一段时间，牛棚里每个牛栏都有一头母牛，而且现在已经完全空了的公牛棚里当时也住满了公牛。那时正屋和牲口棚里总是充满了生机和欢乐。当女主人打开牛棚大门的时候，她总是哼着唱着，所有的母牛听到她进来的时候都会高兴得哞哞叫唤。

但是，男主人去世了，而孩子们还那么小，派不上一点用场，女主人不得不接过农庄上所有的农活，又要操持家务。她那时强壮得像一个男人，又耕种又收割。到了晚上，当她到牛棚里来给母牛挤奶，有时她累得哭了起来。但是当她一想到自己的孩子们，就又高兴起来。那时她就擦掉眼睛里的泪水说："没关系。只要我的孩子们长大成人，我也会有好日子的。是的，只要他们长大成人！"

可是，孩子们一长大成人，就有了一种奇怪的渴望。他们不愿意留在家里，而是跑到异国他乡去了。他们的妈妈从来没从他们那里得到什么帮助。有一两个孩子在离家之前已经结婚了，还把自己的幼小孩子留在家里。于是这些孩子也和女主人自己的孩子一样，跟着她到牛棚来。他们也放牛，也都是优秀的好孩子。到了晚上，女主人是那么累，甚至正挤着牛奶的时候就睡着了，她就通过想孩子们来重新振作精神。为了赶走睡意，她就说："只要他们长大成人，我就有好日子了。"

可是，当这些孩子长大成人，他们也到国外的父母那里去了。没一个回来的，也没一个留在老家。只剩下年迈的女主人孤零零一个人在农庄上。

她可能从来没要求过孩子们留在她这里。当她站在老母牛的牛栏里的时候，她常常会说："红牛丽娜啊，当孩子们能出去见世面，能过好日子的时候，你觉得我该要求他们留下来吗？在斯莫兰这里，等待他们的就只有贫穷。"

但是，当最后一个孙辈也离开了的时候，女主人的生命就到头了。她一下子成了驼背，头发也变得灰白，走路也摇摇晃晃，好像再也没力气走动了。她再也不干活，不愿意再管理农庄，而是让一切都败落下去。她也不修理房子，把公牛和母牛差不多全卖掉了。她只留下了一头老母牛，就

是现在正和拇指头说话的这头。她让这头老母牛活着，是因为家里所有孩子都曾照看过这头母牛。

她也许能雇些女佣人和长工来帮她干活，不过，自己的孩子都抛弃了她以后，她看到自己身边都是陌生人更受不了。当自己的孩子没一个愿意回来接管农庄，那么让农庄衰败下去，大概也是她最乐意看到的事了。她不在乎自己变穷，所以她也不爱护自己拥有的东西了。但是，她担心的是孩子们会知道她过得很艰难。当她摇摇晃晃穿过牛棚的时候，她会叹息着说："只要别让孩子们知道这个就好！只要别让孩子们知道这个就好！"

孩子们一直给她写信，要她去他们那里，但她不愿意。她不愿意看到那个国家，那个把孩子们从她身边夺走的国家。她恨那个国家。她说："就算是我老糊涂吧，对他们那么好的国家，我还不喜欢。不过，我不愿意看到那个国家。"

除了想自己的孩子，想到他们是不得不离开家的，其他的事她都不想。到了夏天的时候，她把那头母牛牵出去，让母牛在那块大沼泽地上吃草，而她自己一整天双手兜着小肚子坐在那块沼泽地边上。回家的时候她会说："你看，红牛丽娜，要是这里有大片肥沃的耕地，不是这种不长庄稼的沼泽地，那孩子们也用不着离开了。"

她会对着沼泽地发火，沼泽地伸展得那么大，却没什么用处。她会坐在那里唠唠叨叨，说孩子们离开她都是因为沼泽地的缘故。

这个最后的晚上，她比过去任何时候都颤抖得厉害，更加虚弱。她甚至没一点力气来给母牛挤奶。她只斜靠着牛栏，唠叨着说起有两个农民曾经到她那里去过，要买她的沼泽地。他们要在这块沼泽地上挖沟排水，在上面耕种。这让她既发愁又高兴。她说："你听见了吗，红牛丽娜？你听

261

见了吗，他们说这块沼泽地上能长出黑麦？现在我要写信给孩子们，要他们回来。现在他们再也用不着留在外头了，现在他们留在家乡也能吃到面包了。"

就是为了写信这件事，她又到屋里去了。……

小男孩没有再听那头老母牛说什么。他推开牛棚的门，走过院子，进了刚才他还那么害怕的那个死者的屋子里。

首先他在那里静静地站了一会儿，察看四周。

屋子里看上去并不像他原来想的那么贫穷。这里真的有许多东西，通常是在美国有亲戚的那种人家里常见的。在一个角落里放着一把美国式的摇椅；窗前的桌子上铺着彩色的长毛绒桌布；床上铺着一条很漂亮的棉被；墙上挂着那些离开家乡的儿女辈和孙儿辈的照片，都配着精致的雕花镜框；在带抽屉的立柜上摆着高的花瓶和一对烛台，烛台上插着很粗的螺旋形的蜡烛。

小男孩找到了一盒火柴，把蜡烛点燃。这不是因为他需要看得更清楚，比他已经看到的还要清楚，而是因为他觉得，这是对死者表示敬意的一种方式。

然后他走到死者前面，为她合上双眼，把她的双手十字交叉放在胸前，又把披散在她脸上的细细的灰发往后捋开。

他再也不会想到害怕这个妇人了。他只会从内心里感到难过，因为她不得不在孤寂和对孩子们的思念中度过晚年。现在，他至少要在这个夜晚为死者的尸体守灵。

他找到了圣歌集，坐下来用不高不低的声音念了两三首圣歌，但是正念着的时候他停了下来，因为他想起了自己的妈妈和爸爸。

想想看，父母竟会这么想念自己的孩子！这是他过去不知道的。想想看，当孩子们不在了的时候，生命对他们就好像到了头！想想看，要是他家里的妈妈爸爸也像这个老婆婆想念自己的孩子一样想念他！

这个想法让他高兴，不过他又不敢相信这一点。他从来就不是那种会有什么人想念他的人呀。

不过，过去他不是那种人，将来也许会成为那种人。

他看到四周都有那些离家出走的人的肖像照。有一张是一些又高大又强壮的男人和女人，表情都很严肃。另一张是几个披着长长婚纱的新娘子和衣服讲究的绅士，还有一张是些女孩子，长着卷发，穿着漂亮的白色连衣裙。他觉得，他们全都在盲目地盯着空中看，又不愿意看到什么。

小男孩对着肖像照说："你们这些可怜的人！你们的妈妈死了。你们离开了她，你们再也不能报答她了。可是我的妈妈还活着！"

说到这里他打断了自己的话，自己点头微笑起来。他说："我的妈妈还活着！我的爸爸妈妈都活着呢。"

译注：塔山（Taberg），是瑞典最早开发的铁矿和冶金城市。磨坊镇（Huskvarna）是瑞典历史悠久的工业城市。

# 18. 从塔山到磨坊镇

尼尔斯几乎整夜都醒着，但是快到早晨的时候他睡着了，这时候他梦见了爸爸和妈妈。他几乎认不出他们了。他们俩都有了白头发和苍老的、布满皱纹的脸。他问他们怎么会变成这个样子，他们回答说，他们变得这么苍老，就因为他们想念他。他既感动又有些惊讶，因为他原先只以为没了他，爸爸妈妈就会很高兴。

等小男孩醒来的时候已经是早晨了，也是个美丽晴朗的好天。他自己先在屋子里找到了一点面包吃，然后去给鹅和母牛喂了早晨吃的饲料，又把牛棚大门打开，好让那头母牛出来，走到最邻近的农庄上去。只要那头母牛单独走出去，邻居们就会明白，母牛的女主人出事了。他们就会赶到这个荒废的农庄来看看这个老人怎样。这样他们就会发现她的尸体，把她安葬。

小男孩和白公鹅及灰雁刚刚飞上天空，就看见一座高山，有几乎直立的峭壁，一个横着切断的山顶，他们就明白了，那肯定是塔山。在山顶上，

264

阿卡和于克西、卡克西、库尔美、维西、库西以及六只小雁早已站在那里等他们。当他们看到公鹅和灰雁成功地找到了拇指头的时候，山顶上顿时一片欢乐，一片嘎嘎的鸣叫，一片扑扇翅膀的声音，一片喊叫声，那种欢乐真是没法形容。

森林生长到了塔山四面相当高的地方，但是最高的部分却是光秃秃的，因此从这里往所有方向看，视野都很开阔。要是朝东面、南面或者西面看的话，那么看到的不是别的，全是贫瘠的高原，那里有黑森森的冷杉树林、褐色的沼泽地、覆盖着冰的湖泊和发青的山梁。小男孩也不由觉得，确实如此，当初造这个地区的人没花多少工夫和力气，而是匆匆忙忙粗制滥造。不过，把目光转向北面，那就完全不一样了。这边的土地看来是用最大的爱心和细心构思出来的样子。朝这个方向看只有美丽的山峰、平缓的山谷和蜿蜒的河流，一直能望到那个巨大的维特恩湖，湖上没有冰，水色清明闪亮，就好像湖里充满的不是水，而是蓝色的光。

正是维特恩湖，使得朝北面看那么美丽，因为看起来好像有一道蓝色微光从湖上升起来，铺展开去，覆盖了这块土地。树林和高地，还有在维特恩湖畔闪现出来的延雪平市的房顶和塔楼尖顶，全都被笼罩在蓝色微光里，抚爱着人的眼睛。小男孩想，如果天堂里也有国家的话，那么那些国家肯定也是这样蓝色的。他觉得，天堂里是什么样子，他已经有一点想法了。

当大雁们在这天晚一点的时候继续旅行，就是顺着这个蓝色山谷往前飞。他们的心情极好，又叫喊又喧闹，所以，一切有耳朵的动物都不可能没注意到他们。

这天正巧也是这个地区今年的第一个真正的春天的好日子。之前，这个春天全是在刮风下雨的坏天气里度过的，但现在一转眼变成了美丽的好

天气，人们心里就充满了对夏天的温暖和青翠森林的渴望，以至于他们都难以做好自己手里的工作。当大雁群自由自在、欢天喜地、高高地飞过这片大地的上空，没有一个人不放下手里的活，用目光追随他们。

这天最先看见大雁们的是塔山的矿工们，他们正在山的表层采掘矿石。当他们听到大雁嘎嘎的叫声，就停止了钻炮眼，其中有个工人就朝大雁们高喊着："你们要去哪里？你们要去哪里？"

大雁们听不懂他说什么，不过小男孩在白公鹅背上斜探出头来替他们回答："我们要去的地方，既没有镐头，也没有锤子。"

当矿工们听到这些话，他们以为，这是自己的愿望，让大雁的嘎嘎叫声也发出了人说话的声音。他们就喊着："让我们跟着去吧！让我们跟着去吧！"

小男孩叫着："今年不行！今年不行！"

大雁们顺着塔山河往僧侣湖飞去，一路上还是照样大声喧闹。这里，在僧侣湖和维特恩湖之间那一条狭窄的陆地上，就坐落着延雪平市，有很多大工厂的厂房。大雁们首先飞过僧侣湖造纸厂。正是午休结束的时候，大群大群的工人潮水一样涌向工厂的大门。当他们听到大雁的叫喊，就停了一会儿，听听他们的叫声。有个工人喊着："你们要去哪里？你们要去哪里？"

大雁们听不懂他说什么，不过小男孩替他们回答了："我们要去的地方，既没有机器，也没有蒸汽炉。"

当工人们听到这个回答，他们以为，这是自己的愿望，让大雁的嘎嘎叫声也发出了人说话的声音。于是整整一大群工人就一起喊着："让我们跟着去吧！让我们跟着去吧！"

小男孩叫着："今年不行！今年不行！"

紧接着大雁们飞过了世界有名的火柴厂，它坐落在维特恩湖边，大得像一个军事要塞，高高的烟囱直指天空。没有人在外面的院子里走动，不过在一个大厅里，年轻的女工们正坐在那里把火柴装满火柴盒。因为天气好的缘故，他们打开了一个窗户，大雁们的叫声正好通过这个窗户传了进来。一个最靠近窗户的女工，手里拿着一个火柴盒探出身子来喊着："你们要去哪里？你们要去哪里？"

小男孩就说："去那个既不用蜡烛也不用火柴的地方！"

那位姑娘当然以为，她听到的只是大雁的嘎嘎叫声，不过，因为她觉得她分辨出了几个字，她又喊着："让我跟着去吧！让我跟着去吧！"

小男孩叫着："今年不行！今年不行！"

那些工厂的东面就是延雪平市，矗立在一个城市能占据到的最可爱的位置。狭长的维特恩湖在东西两边都有高而陡峭的沙岸，不过就在湖的南边，沙形成的陡壁坍塌了，就好像是为一个大门提供了空间，通过这个大门，人们就能到达这个湖。就在这个大门的正中央，左边是山，右边也是山，背靠着僧侣湖，面对着维特恩湖，这里就是延雪平市。

大雁们在这个狭长的城市上空飞过，在这里他们还是像在外面的乡村上空飞过的时候那样叫喊喧闹。不过在这个城市里没有一个人回应他们的叫喊。不能指望城里的居民会在外面的街道上停下来，对着大雁们叫喊。

大雁们的飞行朝着维特恩湖岸的方向继续，一会儿就来到了桑纳疗养院。有几个病人走出来到了阳台上，要享受一下春天的清新空气，这下他们也听到了大雁们的嘎嘎的叫声。其中一个病人用微弱得几乎别人听不见的声音问着："你们要去哪里？你们要去哪里？"

267

小男孩回答说："我们要去没有悲哀也没有疾病的地方！"

病人们就说："让我们跟着去吧！"

小男孩回答着："今年不行！今年不行！"

当他们又向前飞了一段路，就到了磨坊镇。这个镇子坐落在一个山谷里，周围环绕着陡峭的、也是形状美丽的山峰。有一条河从高地上冲泻下来，形成又长又细的瀑布。在这些峭壁的山脚下建造了很多大作坊和工厂；山谷的谷底散布着工人的住宅，周围是小花园、小菜园；谷底正中央是学校。正好大雁们飞过的时候，学校在打铃，一大群儿童排成一队一队走出来。他们人很多，整个校园里都站满了孩子。孩子们听到大雁的嘎嘎叫声，就喊起来："你们要去哪里？你们要去哪里？"

小男孩就回答："去又没书又没作业的地方！"

孩子们就尖叫着："带我们去！带我们去！"

小男孩叫着："今年不行，不过明年行！今年不行，不过明年行！"

# 19. 大鸟湖

## 绿头鸭雅鲁

维特恩湖岸东边是沃姆山，沃姆山东边是达格斯沼泽地，达格斯沼泽地东边是托肯湖，托肯湖四周展开的是巨大而平坦的东约特平原。

托肯湖是个相当大的湖，不过以前可能比现在还大。但是，人们觉得这个湖覆盖了好大一部分肥沃高产的平原，所以他们试图把水从湖里抽干，这样就能在湖的底部开垦耕地种庄稼。他们本来是打算抽干整个湖的，当然没成功，所以至今还有湖水掩藏着大片的土地。不过，抽过水之后，湖水就变得很浅了，几乎没有一个地方的水深超过两米。湖岸也变成了沼泽地一样潮湿泥泞的滩涂，在这个湖上到处都有小小的泥土岛露在水面上。

现在有那么一种生物，很喜欢把脚放在水里站着，只要能让身体和头部露在水面上就行，这种生物就是芦苇。它不会找到比沿着托肯湖岸的宽大滩涂以及那些小小的泥土岛周边更好的生长地了。它在这里生活得那么

271

好，长得比人还高，稠密得几乎不可能推着一条船穿过去。它构筑起了一道围绕着整个湖的宽阔的绿色围墙，所以只有人类割掉了芦苇的几个地方才能进入到湖里。

不过，如果说芦苇把人类关在托肯湖外面，那么它反而又为大量的其他生物提供了保护和屏障。芦苇荡里有数量众多的小水塘和水道，有碧绿和静止不动的水，里面长满浮萍和眼子菜，还孵化出无数群的孑孓、鱼苗和蝌蚪。在这些小水塘和水道的岸边有许许多多隐蔽得很好的场所，各种水鸟可以在那里孵蛋和哺育自己的雏鸟，又不会受到敌人的干扰，或者因为没有食物吃而担心。

所以托肯湖的芦苇荡里还住着多得不可思议的鸟类，一年又一年，越来越多的鸟儿聚集到这里来。这全都是因为大家知道，这里是一个多么美好的居住地。最先在这里定居下来的是绿头鸭，直到现在还有几千只住在这里，但是他们不再占有整个湖了，而是必须和天鹅、鸬鹚、骨顶鸡、白嘴潜鸟、翘鼻麻鸭和一大批其他的鸟类分享这里的空间。

托肯湖确实是整个国家最大最好的鸟湖，只要鸟类有这样一个庇护所，就应该感到非常幸福了。不过，他们对芦苇荡和泥泞滩涂的拥有权还能维持多久，这个就不太确定了，因为人类不会忘记，这个湖是在大片的肥沃良田上铺展开的，他们中间总有人一次又一次地提出建议，要排干湖水。如果这些建议要实现的话，成千上万的水鸟就会被迫从这个地区迁移开。

在尼尔斯·霍尔格松跟随着大雁们周游四方的那个年代，托肯湖边住着一只绿头鸭，名字叫雅鲁。这是一只年轻的鸭，这一生只度过了一个夏天、一个秋天和一个冬天。现在是他的第一个春天。他刚刚从北非飞回家来，回到托肯湖的时候那么早，湖面上还结着冰。

一天晚上，当他和另外几只小公鸭在湖上来来回回地飞着玩。一个猎人朝他们开了几枪，雅鲁的胸部中了弹。他以为自己要死了，不过，为了不让开枪的人抓到他，他继续飞，只要还能飞就飞下去，也不考虑是朝什么地方控制着方向，只是拼命要飞得远些。当他没了力气，再也飞不远的时候，已经不是在托肯湖上了，而是飞进了内陆一段距离，现在坠落在托肯湖边那些大农庄里的一个农庄门口。

过了一会儿，有个年轻的长工正好从这个农庄里走出来。他看到了雅鲁，走过去把他捡起来。不过，雅鲁不想活了，只想平静地死去，为了让长工放掉他，使出了自己最后的力气，狠狠啄那个长工的手指。

雅鲁没有逃脱成功，不过他的攻击还是有好处的，长工发现这只野鸭还活着，就小心翼翼地把雅鲁捧到屋子里给女主人看。那是一个面相温柔的年轻女人。她马上从长工手里接过雅鲁，抚摸着他的背，擦干了透过他胸口的羽毛渗出的血。她非常仔细地观察他，当她看到他是那么漂亮，有深绿而又闪光的头部、白色的颈圈、赤褐色的背部和蓝色的翎毛眼圈，当然觉得让他死去实在太可惜了。她就飞快地收拾好了一个篮子，让雅鲁躺在里面。

在这段时间里，雅鲁一直扑打着翅膀，挣扎着想逃脱，不过，当他现在明白，这些人不打算杀死他，就在篮子里很舒服地躺下了。这时候才能看出来他是多疲倦，因为疼痛和失血也已经筋疲力尽。当女主人提起篮子走过地板，要把篮子放在炉灶旁的角落里，还没等她放下篮子，雅鲁已经闭上眼睛睡着了。

过了一会儿，雅鲁醒了过来，因为有什么人在慢慢地推他。当他睁开眼睛，不由吓了一大跳，几乎失去了知觉。现在他可要完蛋了，因为眼前

站着的这个家伙，比人和猛禽都要危险。这不是别人，正是长毛狩猎犬赛萨尔，正好奇地嗅着他。

去年夏天，当雅鲁还只是一只黄毛小鸭崽的时候，每次芦苇荡上传来喊声："赛萨尔来啦！赛萨尔来啦！"他就会吓得哆嗦，十分可怜。当他看见那只毛上有褐色白色斑点的狗，张着满嘴大牙涉水而来穿过芦苇的时候，他相信自己看到了死神本人。他一直希望，自己不需要体验眼睛对着眼睛与赛萨尔相遇的时刻。

不过，肯定是他运气太不好了，居然那么不巧，落到了这个农庄，而这里是赛萨尔的家，现在就高高站在鸭子的头顶上。赛萨尔咆哮着："你是什么鸟儿啊？你怎么到这个屋子里来的？你不是该把芦苇荡当家的吗？"

雅鲁好不容易才鼓起勇气回答："别因为我进了这个屋子里就生我的气嘛，赛萨尔。这不是我的错。我被子弹打伤了，是这里的主人把我放在这个篮子里的。"

赛萨尔说："哦，原来是这里的主人把你放在这里的。那肯定是他们的意思，要把你治好了。虽然照我看，当他们捉住了你，要做得更聪明点，把你吃掉。不过，不管怎么说，你在这个屋子里是受保护的。你不用做出这么害怕的样子，现在我们不是在托肯湖上。"

赛萨尔说完，就到燃烧着火的炉灶前面睡觉去了。雅鲁一旦明白，那种致命的危险已经过去了，那种巨大的疲倦感又降临到他身上，他就重新进入了睡眠。

当雅鲁下一次醒来的时候，他看到自己面前放了一个盛着谷粒和水的盘子。他还是伤得不轻，但是反正觉得肚子饿了，就开始吃起来。女主人看到他吃东西了，就走过来抚摸他，看起来很高兴。雅鲁吃完又重新睡着了。

好几天里他除了吃和睡，其他什么也不干。

有一天早晨雅鲁感觉自己好了，就从篮子里跨出来，在地板上往前走。但是他还没有来得及走远就摔倒在地板上，躺着不能动了。这时赛萨尔就过来，张开大嘴把他叼起来。雅鲁自然以为，狗打算咬死他，但是赛萨尔把他送回了篮子里，并没有伤害他。因为这件事情，雅鲁对赛萨尔有了一种信任感，所以当他下一次跨出篮子在屋子里走路的时候，就走到狗身边躺了下来。从此以后赛萨尔和他成了好朋友，雅鲁每天要躺在赛萨尔的脚爪之间睡好几小时大觉。

雅鲁感觉自己对女主人有比对赛萨尔还深的感情。他对女主人一丁点儿恐惧感都没有，当她来给他喂食的时候，他会用脑袋去轻轻蹭她的手。每次她走到屋子外面去的时候，他会因为难过而叹气，而当她回来的时候，他会用自己的语言对女主人喊叫着欢迎欢迎。

雅鲁完全忘记了，他以前对狗和人都多么害怕。他觉得，他们是和蔼善良的，他甚至爱上了他们。他希望自己是健康的，这样就能飞到托肯湖上去，去告诉绿头鸭们，老敌人并不危险，根本用不着害怕他们。

他已经注意到，人类和赛萨尔都有安详的眼睛，朝这样的眼睛里看进去，会给他一种美好的感觉。在这个屋子里，雅鲁不愿意用目光对视的唯一的动物，是家猫克鲁丽娜。这只猫也一点都没伤害过他，不过他无法对她产生任何信任感。此外她总是戏弄他，就因为他喜欢人类。克鲁丽娜说："你以为他们照顾你是因为他们喜欢你呀。等着瞧吧，等到你长得足够肥的时候！那时他们就会把你脖子拧断。我啊，太知道他们了。"

雅鲁和所有鸟儿一样，有一颗脆弱而温情的心，当他听到这种话的时候，心里就说不出的难过。他不能想象，女主人会把他的脖子拧断，他也

不能相信她的儿子会做这样的事情。那个小男孩常常在他的篮子旁边一坐就几个小时，或者喃喃地自言自语，或者跟他小声说话。他觉得自己能感觉到，他们母子俩对他都有着同样的爱，就像他对他们也有着爱一样。

一天，当雅鲁和赛萨尔躺在火炉前平常躺的地方，克鲁丽娜坐在炉台上，又开始戏弄绿头鸭了。

克鲁丽娜说："我想知道，雅鲁，等到明年托肯湖的水都抽干了变成了耕地，你们绿头鸭打算干些什么呀？"

雅鲁吓得跳了起来，叫喊着："你说的是啥，克鲁丽娜？"

那只猫回答："雅鲁，我老是忘了，你跟赛萨尔和我不一样，是听不懂人类的语言的。要不然你肯定已经听到，昨天到这个屋子里来的几个男人说起，托肯湖的水要全部抽干，到了明年湖底就会像一块家里的地板一样干了。现在我就有疑问了，那时候你们绿头鸭能到哪里去。"

当雅鲁听到这些话那么生气，像条蛇一样嘶嘶叫起来。

他对克鲁丽娜叫喊着："你就跟一只骨顶鸡一样坏心眼！你只想挑拨我去反对人类。我不相信他们愿意做这种事。他们一定知道，托肯湖是绿头鸭的财产。为什么他们要让那么多鸟儿都无家可归、过不幸的生活呢？所有这些肯定是你编造的，就想吓唬吓唬我。我希望你被老鹰果尔果撕成碎片！我希望女主人剪掉你的胡须。"

但雅鲁的这种攻击并不能让克鲁丽娜闭嘴。她说："啊呀，你以为我撒谎啊。那你问问赛萨尔吧！昨天晚上他也在屋子里。赛萨尔可是从不撒谎的。"

雅鲁说："赛萨尔，你比克鲁丽娜更懂人类的话。你说，是她听错了！想想吧，要是人类把托肯湖抽干，把湖底变成了耕地，那会怎么样！那时

候就再也没有成年鸭子吃的
眼子菜或者浮萍了，再也没
有小鸭崽吃的鱼苗、蝌蚪或
孑孓了。那时候芦苇荡也没
了，小鸭子能藏身的地方没
有了，本来他们能一直藏到

他们会飞。所有鸭子不得不从这里搬走，去找别的地方住。但是他们到哪儿去找托肯湖这样好的庇护所呢？赛萨尔，你说，克鲁丽娜听错了！"

在猫和鸭谈话的时候，赛萨尔的表现是值得注意的。之前他一直是很清醒的，但是现在，当雅鲁转过头问他的时候，他却打起呵欠来了，长鼻子放在前脚爪子上，一瞬间就呼呼熟睡过去了。

克鲁丽娜带着一脸狡狯的笑容往下看着赛萨尔。她对雅鲁说："我相信，赛萨尔可不想回答你的问题。他就和所有的狗一样：他们死不承认人类也会做什么错事。不过，无论如何，你可以信我的话。我要告诉你为什么他们偏偏现在要把湖水抽干。只要你们绿头鸭还主宰着托肯湖，他们是不愿意把湖水抽干的，因为你们绿头鸭对他们还是有点用处的。但是现在呢，鸊鹈啦，骨顶鸡啦，还有其他各种鸟儿，那些吃都不能吃的鸟儿，却侵占了几乎所有的芦苇荡，所以人类就认为，他们用不着为那些鸟儿的缘故保住这个湖了。"

雅鲁根本不想去回答克鲁丽娜的问题，不过他抬起头对着赛萨尔的耳朵说："赛萨尔！你是知道的，托肯湖上还有那么多绿头鸭，就像云彩一样布满天空。你说呀，说人类打算让所有这些鸭子无家可归，这可不是真的！"

这时候赛萨尔跳了起来，对克鲁丽娜发起了一次猛烈攻击，以致克鲁丽娜不得不跳上一个架子逃命。赛萨尔吼叫着："我要教你知道，在我要睡觉的时候最好闭住你的臭嘴。我当然知道今年有人谈论过现在要把湖水抽干的问题。这个问题以前也谈论过好多次了，没什么结果。把湖水抽干这种事我是不赞成的。要是托肯湖干了，那还怎么打猎呢？你是一个蠢货，这样的事还让你高兴。当托肯湖上没了什么鸟儿的时候，你和我还有什么可以让自己开心吗？"

# 诱饵鸟

　　两三天以后雅鲁的伤完全好了，能够穿过整个屋子飞来飞去了。这时他得到女主人更多的抚摸，而那个小男孩跑到院子里去为他采来了最早长出来的草叶。当女主人抚摸他的时候，雅鲁想，尽管他现在已经很强壮，随时都可以飞到托肯湖去，但他不愿意和人类分开了。他一点都不反对这一生都留在他们这里。

　　但是有一天清早，女主人在雅鲁身上系了一个笼套或者绊子，可以妨碍他使用翅膀，然后把他交给了那个在院子外面发现他的长工。那个长工把他夹在胳膊下面就到托肯湖上去了。

　　雅鲁养伤的那段时间里，湖上的冰已经化了。湖岸边和小岛上还残留着去年的陈旧干枯的芦苇，不过所有水生植物已经开始往深处扎根，绿色的芽尖已经冒出水面。现在几乎所有候鸟都回来了，麻鸦从芦苇里探出他们的弯嘴。䴙䴘带着脖子上新的羽毛颈环到处漂游。沙锥鸟正在收集干草搭自己的窝。

　　那个长工跳上一个小划艇，把雅鲁放在船底，就开始把船撑出去。现在已经习惯只等着人类做好事的雅鲁对跟着一起来的赛萨尔说，他非常感谢那个长工把他带到湖上来了。不过那个长工用不着把他抓得那么紧，因为他不打算飞走。对他说的话赛萨尔什么都不回答。那天早晨赛萨尔的话很少。

　　唯一让雅鲁感到有点奇怪的是那个长工还带着猎枪。他无法相信，农

庄上那些善良的人里会有什么人愿意朝鸟儿开枪。另外赛萨尔也曾经对他说过，人类在这个季节里是不打猎的。赛萨尔说过："现在是禁猎期。不过，这个自然不涉及我。"

不管怎么样，那个长工把船撑到了一个有芦苇环绕的小泥土岛上。他跨下船，把陈旧的芦苇拉过来堆成一个大堆，在这个芦苇堆后面躲了起来。雅鲁的翅膀上系着笼套，用一根长长的绳子系到船上，而他可以在浅滩上来回走动。

突然雅鲁看见了几只以前和他一伙在湖上来回飞着玩的年轻公鸭。他们离他还很远，但是雅鲁高声呼叫了几下，招呼他们过来。他们回应了他，一大群美丽的野鸭就向他飞了过来。在他们飞到之前，雅鲁就已经开始讲给他们听自己奇妙得救的事，还有人类的善良。就在同一时刻，他身后传来两声枪响。有三只鸭子被打死，掉进了芦苇荡里，赛萨尔就踩着水跑过去，把他们叼了回来。

雅鲁这时明白了。那些人救了他是为了利用他来做诱饵鸟。而且他们也成功了。三只野鸭因为他的缘故死了。他觉得自己真愿意为这种羞耻而死。他觉得，连他的好朋友赛萨尔也在蔑视地看着他，当他们回到屋子里，他也不敢躺在狗身边睡觉了。

第二天早晨雅鲁又一次被带出去，到了那个浅滩上。这次他也很快看见了几只野鸭。不过当他看到他们朝他飞来的时候，他就朝他们喊："飞开！飞开！你们小心！朝别的地方飞！芦苇堆后面藏了个打猎的。我只是一只诱饵鸟！"他真的成功地制止了他们飞到子弹可以打到的范围里。

雅鲁几乎连尝尝一片草叶滋味的时间都没有，因为他一直忙着警戒。只要有一只鸟儿飞近了，他就喊叫着发出警告。他甚至也向鹬鹞发出警告，尽管他憎恨他们，因为他们把绿头鸭从最好的藏身处赶走了。但是他并不愿意看到有什么鸟儿因为他的缘故而遭受厄运。由于雅鲁的警戒，那个长工没放上哪怕一枪就不得不回家去了。

虽然什么鸟儿都没打到，赛萨尔看起来倒比头一天高兴了一点，到了晚上，他又把雅鲁叼到炉灶旁边，让他睡在自己的前脚爪之间。

但是，雅鲁在这个屋子里再也过不愉快了，而是感到深深的不幸。这里的人类从来没有真心爱过他，这样的感觉让他痛心。当女主人或者那个小男孩过来要抚摸他的时候，他就把喙伸进翅膀，假装在睡觉。

好几天雅鲁继续做他痛苦的警卫工作，他已经在整个托肯湖上都出名了。这时发生了这样的事，一天早晨正当他像平常那样喊叫着："鸟儿们当心！不要靠近我！我只是一只诱饵鸟！"有一个鹏鹏窝朝他被绳子绑着站在那里的浅滩漂了过来。这本来不是什么奇怪的值得注意的事情。那是去年留下的一个旧鸟窝，因为鹏鹏窝造得能像船一样在水上漂，所以经常发生鹏鹏窝漂在湖上的事情。不过雅鲁还是站着不动盯着那个鸟窝看。因为这个鸟窝正直接对着他这个小岛漂过来，就像有人在控制它在水上漂的方向。

当鸟窝更加靠近的时候，雅鲁看到一个小不点的男孩，也是他至今看见过的最小的人，坐在鸟窝里用两根木棍当桨划过来。那个小男孩向他喊着："尽量靠近水边，雅鲁，准备好飞起来。你很快就要解放了。"

几秒钟之后，鹏鹏窝就靠岸了，但是那个划船的小男孩没有离开船，而是一动不动地缩在鸟窝里的树枝和草叶中间。雅鲁也几乎一动都不动，因为担心来解放他的人被发现，他已经目瞪口呆动不了了。

下面发生的事情是一群大雁飞了过来。雅鲁这时也清醒过来了，就高

声叫着警告他们，但是尽管有警告，他们还是在浅滩上空来来回回飞了好几次。他们飞得很高，一直保持在子弹的射程之外。但是那个长工还是受到引诱，朝他们开了好几枪。这些枪声还没过去，小男孩就奔上岸来，从刀鞘里抽出一把小刀，三下两下割断了雅鲁身上的笼套。他还叫着："雅鲁，趁着那个人还没重新装好子弹，赶快飞走！"同时他自己也飞快地跑回鹏鹏窝，从岸边撑开去。

那个打猎的人的目光一直盯着那群大雁，所以没注意到雅鲁已经被放走了；不过赛萨尔对发生的事情一直看得比较清楚，就在雅鲁张开翅膀要飞起来的时候，他蹿上前去咬住了雅鲁的脖子。

雅鲁悲惨地叫唤起来，不过刚刚解放雅鲁的小男孩非常镇静地对赛萨尔说："要是你真的很正派，像你看上去的样子，那你肯定不愿意强迫一只善良的鸟儿坐在这里当诱饵，让其他鸟儿遭受厄运。"

当赛萨尔听到这些话，上唇一动调皮地笑了笑，不过也马上就把雅鲁放开了。他说着："飞走吧，雅鲁！你真是太善良了，不能当诱饵鸟。我

也不是因为要让你当诱饵鸟才想把你留下来，而是因为你走了以后，家里那个屋子就空空荡荡了。"


# 排干湖水

雅鲁走了之后，屋子里确实变得很空荡。因为没了雅鲁，那只狗和那只猫也没什么可争吵的，都觉得时间漫长难挨，而女主人也怀念她每次进屋的时候能听到的雅鲁欢乐的嘎嘎叫声。但是最想念雅鲁的是那个小男孩派尔·奥拉。他才三岁，是独子，生下来到现在都没有过雅鲁这样的玩伴。当他听说雅鲁回到托肯湖，回到绿头鸭群那里去了，他可不甘心，总想着怎么样让雅鲁回来。

雅鲁静静地躺在篮子里的时候，派尔·奥拉跟他说过很多话，他断定绿头鸭听懂了他的话。他请妈妈把他带到湖上去，要找到雅鲁，说服他回到他们这里来。他妈妈不听他的，但这个小毛头并没有因为这个缘故就放弃了自己的打算。

雅鲁失踪以后的第二天，派尔·奥拉跑到外面的院子里去了。他像平常一样独自玩耍，赛萨尔躺在门口的木台阶上，女主人放小男孩出去的时候曾经对狗说过："照看好派尔·奥拉，赛萨尔！"

如果现在一切都和平常一样，赛萨尔也会听从这个命令，会很好地照看小男孩，不会让小男孩遇到哪怕最小的危险。但是赛萨尔自己这几天也变得大不一样了。他知道，居住在托肯湖沿岸的农民对把湖水抽干的事情

有过很多讨论，而且他们几乎已经做出了决定。野鸭子得赶走，赛萨尔也就再也不会有一场诚实的狩猎了。他一心只想着这个不幸，忘了要照看好派尔·奥拉。

这个小毛头独自一人留在院子里没人管的时候，他就知道这是到托肯湖边去找雅鲁说话的好机会。他打开了一个栅门，顺着沼泽地上那条狭窄的小路往湖边走。只要在家里的人还能看见他的地方，他就走得很慢，然后他才加快速度。他非常害怕妈妈或者其他什么人会喊住他，那他就不能去了。他又没想做任何别的事，只想说服雅鲁回家，不过他能感觉到，家里的人不会喜欢这件事。

当派尔·奥拉来到湖边的时候，他呼叫了雅鲁好几次。然后他站着等了很久，不过雅鲁没露面。他看见好几只鸟的样子都很像那只绿头鸭，但是他们都飞过去了，不理睬他。他这才明白，他们当中没一个是他要找的。

当雅鲁没到他面前来，小男孩想，如果到湖上去，他肯定会更容易找到雅鲁。湖边有着好几条很好的船，不过都用绳子拴着。唯一没拴着可以用的是一条旧的漏水的小船，已经破旧得没人想用它了。不过，派尔·奥拉却不管整个船底都有水，也不怕费事，就爬了上去。他没力气划桨，不过，他能坐在船上晃荡。肯定没有一个大人能用这种方法把小船摇到托肯湖上去，不过在水位高、事故要出现的时候，小孩倒有奇妙的本事能把船摇出湖去。派尔·奥拉很快就到了湖上，四处漂荡，呼叫着雅鲁。

当这条旧船这么晃荡着到了湖上，那些裂缝就开得越来越大了，水直往里灌。派尔·奥拉对这个一点都不在意，他只坐在船头的那条小木板上，呼喊每一只他见到的鸟，奇怪雅鲁怎么不出现。

最后雅鲁真的看到了派尔·奥拉。他听到有人呼叫他和人类在一起的时候的名字，他就明白，是那个小男孩到托肯湖上来找他了。当雅鲁发现人类当中还有一个人真爱着他，就有说不出的高兴。他就像一支箭一样朝派尔·奥拉飞下去，坐在小男孩身边让他抚摸。他们俩都因为再次见面非常开心。

但是雅鲁忽然注意到小船已经处在什么样的境地。船里一半已经进了水，很快就会沉掉。雅鲁试着告诉派尔·奥拉，他既不会飞也不会游泳，必须想办法到岸上去，但是派尔·奥拉不懂他的话。这时雅鲁一刻都不敢耽搁，赶紧去寻找帮助。

过了一会儿雅鲁就回来了，还背来一个比派尔·奥拉小得多的小男孩。要不是这个小男孩又会说又会动，派尔·奥拉肯定以为这是个布娃娃。小男孩命令派尔·奥拉马上拿起放在船底的一根又细又长的杆子，试着把船撑到一个长着芦苇的泥土岛上。派尔·奥拉听从了他的话，他和那个小男孩互相帮着把小船往前划。过了一会儿小船就划到了一个芦苇环绕的小泥土岛。那个小男孩就对派尔·奥拉说，他必须马上到岸上去。就在派尔·奥拉的脚跨到岸上的那一刻，小船就灌满了水，沉到湖底去了。

派尔·奥拉看到这些，就肯定他爸爸妈妈会非常生他的气。要不是马上有其他事情发生，他已经哭起来了。但这时有一群大灰鸟飞过来降落在小岛上。小男孩把派尔·奥拉带到那些大灰鸟面前，告诉他这些大灰鸟叫什么名字，他们都说了些什么。派尔·奥拉觉得太有趣了，所以把其他的事全都忘了。

不管怎么样，农庄上的人已经发现小毛头派尔·奥拉失踪了，开始四处寻找他。他们找遍了所有牛棚和库房等地方，还查看了水井，也在地窖找过。然后他们到外面的大路和小径上去寻找，到邻近农庄去打听，看看

他是否迷了路走去了那里。他们也到托肯湖边去找过。但是，不管他们怎么找都找不到。

长毛犬赛萨尔很清楚，农庄上的人正在找派尔·奥拉，不过他没有出力把他们领到正确方向去。相反，他安静地躺在那里，好像这件事跟他完全没关系。

这天再过了些时候，有人在停放船只的地方发现了派尔·奥拉的脚印，于是也发现那只破旧的漏了水的小船已经不在湖边了。这时他们开始明白到底发生了什么事。

这个农庄的男主人和长工们马上划船出去找那个小毛头。他们在托肯湖上四处划着找着，一直到晚上很晚，但是他们连小毛头的影子都没看到。他们不得不相信，那只破旧的小船已经沉掉了，小毛头也已经沉到湖底淹死了。

这个晚上派尔·奥拉的妈妈还在湖边到处寻找。其他人都相信派尔·奥拉已经淹死了，但她无法相信这一点，一直继续寻找。她在芦苇丛和灯芯草丛中间寻找，走遍了泥泞的湖滩，也不在意她的脚已经陷到多深，身上已经多湿。她绝望到了无法形容的地步，胸膛里心如刀绞。她没有哭，但是拧着双手，用高亢哀怨的声音呼叫自己的孩子。

她听见自己的周围有天鹅、野鸭和麻鸭在叫唤。她觉得他们跟随着她，而他们也在哀怨着、哭号着。她想："这些鸟儿一定也有什么伤心事，才会这么哀号。"不过她也注意到了，她听到的哀怨，都是鸟类的哀怨。鸟类会有什么烦恼吗？

奇怪的是，太阳下山以后，鸟儿们也并没安静下来。不过她听见托肯湖四周不可胜数的鸟群全都不停地发出哀号。有好几群鸟跟随着她，她走

到哪儿就跟到哪儿，其他一些鸟群快速扇动着翅膀从她身边嗖嗖飞过。整个天空都充满着哀号的声音。

但是，她自己承受的痛苦打开了她的心胸。她觉得，她不像平常的人类那样，离所有其他活着的生物那么遥远。她比以前任何时候都更理解了鸟类过得怎么样。他们和她一样，也一直要为家和孩子们操心。他们和她之间的差别并不像她至今为止所想的那么大。

于是她想到了农民们差不多已经做好的把湖水抽干的决定，那么这些成千上万的天鹅、野鸭和鹬鹋都要失去他们在托肯湖这里的家园了。她想："这对他们来说一定是非常苦恼的事。他们能到什么地方去养育他们的孩子呢？"

她停下脚步站在那里思考这个问题。把一个湖改造成耕地和牧场，看上去是一项很好的、令人愉快的工程，但是那就去选择另外一个湖吧，一个不是成千上万动物的家的湖，而不能选托肯湖。

她想到第二天他们就要对排干湖水的事做出最后决定，她心里也有了疑问，是不是因为这件事的缘故，她的小男孩才偏偏在今天失踪。这是不是上帝的意思，就在今天让悲哀降临，让她的心灵对慈悲敞开，要不然就来不及制止那种野蛮行径了呢？

她急忙走回农庄，和丈夫讨论这些事情。她讲到了这个湖，讲到了所有那些鸟类，她对丈夫说，她相信派尔·奥拉的死是上帝对他们俩的惩罚。她很快发现，丈夫和她的意见是一样的。

他们已经拥有一个很大的农庄了，不过，如果排干湖水的事情实施起来的话，湖底的很大一部分土地会归他们所有，他们的财产几乎要翻一番。因此他们比湖边拥有土地的其他人都更加热心这件事。其他人一直担心费

用问题，也担心这次排水像上次一样不成功。派尔·奥拉的爸爸自己很清楚，正是他能够说服其他人同意这件事。他使出了自己说服人的全部本事，就是为了能给他儿子留下一个比他爸爸留给他的要大一倍的农庄。

现在他站在那里考虑，就在他们要签订有关排干湖水的合同的前一天，托肯湖把他儿子夺走了，这里面是不是有上帝的意思。他的妻子用不着对他说很多话，他就回答说："这是可能的，上帝不愿意我们去干扰他安排的秩序。我明天就去和其他人说这件事。我想，我们可以决定一切维持原状，原来怎样就怎样。"

正当主人们在谈论这件事的时候，赛萨尔躺在炉灶前面，抬着头仔细听着。当他觉得自己对事情有把握的时候，就走到女主人那里，咬住她的裙子，拉着她往大门口走去。起初她一边想挣脱开一边说："赛萨尔你这是干什么？"接着她又惊叫起来："难道你知道派尔·奥拉在哪儿吗？"赛萨尔高兴地汪汪叫，扑向大门。她打开门，赛萨尔就朝托肯湖冲过去。女主人这下就确定了，赛萨尔知道派尔·奥拉的下落，就跟着跑。没等他们跑到湖边，就听到湖上传来孩子的哭声。

派尔·奥拉和拇指头及鸟儿们在一起，度过了他有生以来最愉快的一天，不过现在他开始哭起来了，因为他肚子饿了，又怕黑。不过，当他的爸爸、妈妈和赛萨尔来接他的时候，他又高兴起来了。

译注：沃姆山（Omberg）位于东约特兰西部、维特恩湖东岸，以大片森林著称，现为生态保护区。托肯湖（Tåkern），位于东约特兰境内，维特恩湖东面，是世界著名的鸟湖之一，现为自然保护区。

# 20. 预见未来

有一天深夜，小男孩正躺在托肯湖里的一个小岛上睡觉，不过他被划桨的声音惊醒了。他刚睁开眼睛，就有一道强烈的光照进眼睛里来，让他不由得眨巴眼睛。

起初他不明白是什么东西在湖上发出这么亮的光，但他很快就看见在芦苇荡边上停着一只小船，船尾的一根铁杆上绑着一个很大的正在燃烧的焦油火炬。火炬的红通通的火焰清晰地倒映在夜里发黑的湖水上。肯定是美丽的火光把鱼给引过来了，所以火光周围的水里能看到一大群条状的黑影在不停游动。

小船上有两个老男人。其中一个坐在桨边上，另一个侧站在船尾搁板上，手里握着一把短鱼叉，上面带有粗大的倒钩。划桨的这个人看来是个贫苦渔民，他小个子，人很干瘦，饱经风霜，穿着一件单薄破旧的外套。可以看出来，他已经习惯在各种天气里外出，根本不在乎什么寒冷。另一个人出身有钱人家，穿得也好，看上去是个专横自信的农民。

293

当他们划到了小男孩睡觉的那个小岛正对面的时候，那个农民说："快别动！"就在同一瞬间他把鱼叉插进了水里。等他再提起鱼叉，已经从水里带出来一条又长又肥的鳗鱼。

他一边把这条鳗鱼从鱼叉上取下来，一边说着："瞧瞧吧！这才是一条拿得出手的鱼啊。我想，现在已经抓到不少鱼了，我们可以回家了。"

但是他的同伴没提起桨来，而是坐着四处张望。他说："今

天晚上湖上的风景可真美。"

　　也确实是很美。这里完全风平浪静，所以整个水面纹丝不动，只有船划过的地方有条波纹算是例外。这条波纹在火光里就像是一条金子铺成的道路那么闪亮。天幕晴朗湛蓝，密密麻麻戳满了星星。湖岸都被长着芦苇的小岛遮掩掉了，只有朝西那面还看得到。那里耸立着沃姆山，又高又黑黝黝的，比平常要雄伟多了，把天空拱顶切割掉了一块巨大的三角形。

　　另一个人转开头，这样他就避开眼前的火光，也看看四周。他说："是啊，东约特这里很美。不过，这个地区最好的其实还不是它的美啊。"

　　划桨的人就问："那什么是最好的呢？"

　　"哦，它一直是个受到仰慕、让人尊敬的地区呀。"

　　"当然，那倒是不假。"

　　"就是这样，人人都知道，它永远会是这样。"

　　坐在桨旁边的人又问："怎么就能人人都知道呢？"

　　那个农民本来用鱼叉支撑着站在那里，这时直了直腰说："有个古老的故事，是我们家族里父传子、子传孙那么传下来的。故事里的人就知道东约特兰未来会怎么样。"

　　划桨的人问："那你最好能给我讲讲这个故事。"

　　"我们通常不随便给什么人讲这个故事，不过对一个老朋友我不保密。"

　　他继续说："在东约特兰的于尔沃萨……"现在从他的语调里听得出，他所讲的是从别人那里听来的，还能背出来，"好多好多年以前，那里住着一位夫人，她有那样的才能，能预见未来的事情，告诉人们有什么事情会落到他们头上，还说得又肯定又详细，就像是已经发生过的事情。因为这个，她名气很大，也就不难理解，从远处和近处都会有人来找她，为了

知道自己将来会遇到什么事情，坏事或者好事。

"有一天，于尔沃萨夫人正坐在门厅里的一条长凳上纺纱，过去的女人习惯那么做，有个贫苦的农民走进屋里，在这条长凳最靠近门的那一头坐了下来。

"那个农民坐了会儿，就开口说：'我不知道您坐着想什么，亲爱的夫人。'

"她回答：'我坐着想高贵和神圣的事啊。'

"那个农民说：'这么说，我问一件自己心里的事，大概不太合适了。'

"'你心里的事不是别的，就是想让你的地多收麦子吧。不过，各有各的心事这不奇怪，我常常从皇帝那里得到的问题是他的王位会怎么样，从教皇那里得到的问题是他的钥匙会怎么样。'

"那个农民说：'是呀，这样的问题可不容易回答。我也听说过，从这里走出去的人，没有一个对自己听到的话是不满意的。'

"当那个农民说这些话的时候，他看见于尔沃萨夫人咬了咬嘴唇，而且在长凳上抬起身子移到了更远的地方。她说：'原来如此，你听说的关于我的话是这样的。那么你可以试试，问我你想知道的事情，你就能看看，我是不是能回答得让你满意。'

"于是那个农民马上就讲了他的事情。他说他到这里来是想问问东约特兰将来会怎么样。没有任何事情像他的家乡那样让他心爱了，他的意思是说，如果对这个问题他能得到很好的回答，他一直到人生最后一刻都会感到幸福。

"这个有智慧的夫人说：'如果你没有别的事情想知道，那我相信你会满意的。因为就在这里，我现在坐的地方，我可以告诉你，东约特兰的情况看来会这样，它总有什么可以在其他地区面前夸耀。'

"那个农民说：'好啊，这是个很好的回答啊，亲爱的夫人，那么如果我能明白这样的事怎么可能的话，那我就完全满意了。'

　　"于尔沃萨夫人就说：'为什么不可能呢？难道你不知道，东约特兰已经远近闻名了吗？或者你认为，瑞典还有什么地区，可以夸耀自己同时拥有两个像阿尔瓦斯特拉和弗雷塔这样的修道院，还拥有一个像林雪平大教堂那样美丽的大教堂吗？'

　　"那个农民说：'这倒可能是这样的，不过我是个老人，也知道人的头脑是会变的。我怕会有那么一个时候，人们不愿意因为阿尔瓦斯特拉和弗雷塔修道院或者我们的林雪平大教堂而给我们什么荣誉。'

　　"于尔沃萨夫人说：'这一点上你可能是对的，但你没有必要因为这个缘故就怀疑我的预言。我现在准备让人在津石镇庄园修建一座新的修道院，它将要成为北欧最著名的修道院。高贵的人和低下的人都可以到那里来朝圣，所有的人都会赞美这个地区，因为在它的边界内有这样一个神圣的地方。'

　　"那个农民回答，知道这件事让他非常高兴。不过他也知道，什么都容易败落，他非常想知道，如果津石镇修道院有一天也名声不在了，那么还会有什么东西能给这个地区挣面子呢。

　　"于尔沃萨夫人说：'真不容易让你满足啊，不过，我还能看到更遥远的将来，因此我可以告诉你，在津石镇修道院失去它的光辉之前，就会在它旁边建造起一座那个时代最壮观的宫殿。各国国王和王子都会到那里去做客，它会为整个地区的人都带来荣耀，因为他们拥有这么一件珍宝。'

　　"那个农民说：'听到这个也让我非常高兴。不过我是个老人，我知道这个世界的所有荣华富贵通常会有什么结果。我非常想知道，如果那个宫殿也成了废墟，还有什么东西能把人们的目光吸引到这个地区来呢？'

"于尔沃萨夫人说:'你要知道的事情还真不少啊,不过我还是能看到很遥远的将来,我可以注意到,在芬斯朋周围的森林里,会出现生机勃勃热火朝天的景象。我看见那里建起了很多化铁炉和铁工场。我相信,整个地区都会得到荣誉,因为在这个地区生产出了钢铁。'

　　"那个农民不否认,听到这些他太兴奋了。不过,如果事情变得那么糟糕,连芬斯朋炼铁厂的名声也下降了,那么就不太可能再出现什么新的东西,还能让东约特兰人用来夸耀自己了。

　　"于尔沃萨夫人说:'真不容易满足你啊!不过,我还可以看到更遥远的未来,我看到那些曾在外国打过仗的绅士沿着维特恩湖岸修建起了很多庄园,大得就和宫殿一样。我相信,这些贵族庄园,也会像我已经提到过的事物一样,能给这个地区带来同样大的荣誉。'

　　"那个农民固执地问:'但是,如果到了将来某个时候,没人再赞美这些贵族的大庄园了呢?'

　　"于尔沃萨夫人回答:'不管怎么说,你不必担心。我现在看见离维特恩湖岸边不远的梅德维牧场上,对健康很有好处的矿泉水在哗哗地流淌出来。我相信,梅德维的矿泉水池会给这个地区带来你能希望的很大名声。'

　　"那个农民说:'能知道这个真是件大事。不过,如果将来有那么一个时候,人们为了健康到其他矿泉去了呢?'

　　"于尔沃萨夫人回答说:'你不要为了这个缘故发愁啊。我看到,从莫塔拉到麦姆,人们成群结队去干活,在挖掘一条横穿这个国家的运河,那时候,东约特兰的好名声又挂在每个人的嘴皮上了。'

　　"不过,那个农民看起来还是很担心。

　　"于尔沃萨夫人的脸颊上现在显出几片红晕,因为她开始有点不耐烦

了。她说：'我看到莫塔拉河上的激流开始转动轮子了。我听见在莫塔拉响起铁锤隆隆的声音，在诺雪平响起织布机哒哒的声音。'

"那个农民说：'是的，能知道这些事很好，不过什么东西都会变啊，我怕这些事也会被人忘了，忘得干干净净。'

"当那个农民到现在还不满足的时候，于尔沃萨夫人的耐心也就到头了。她说：'你说过，什么东西都容易败落，但是现在我要提到一种东西，是永远不会变的。那就是像你这样又傲慢又固执的农民，直到世界结束那天还能在这个地区找得到。'

"于尔沃萨夫人刚说完，那个农民就站了起来，又高兴又满意，感谢她给了他一个最好的回答。他说，现在他终于心满意足了。

"这时于尔沃萨夫人说：'我现在才真的理解你的意思了。'

"那个农民说：'没错，我就是这个意思，亲爱的夫人。不管是国王还是修道院的人，是绅士们还是市民，他们建造的所有的东西，都只能维持个几年。但是当你告诉我，在东约特兰总会有这样的农民，热爱荣誉，坚忍持久，那我就知道，这个地方会永远保持它古老的荣誉。因为只有那些永远在这片土地上辛勤劳作、弯着腰行走的人，才能世世代代保持这片土地的富饶和荣誉。'"

译注：津石镇（Vadstena）位于维特恩湖东岸，1384 年在此建成圣毕丽姬塔修道院（Sancta Birgitta Kloster），北欧出生的圣女毕丽姬塔葬于此地。1545 年在这里建成瑞典国王古斯塔夫·瓦萨的行宫。芬斯朋（Finspång）曾经是瑞典工业化时期的重要工业城市。

# 21.羊毛毡

四月二十三日　星期六

小男孩在高空中飞行。在他下面就是东约特兰大平原，他坐在公鹅背上数着从小树林中高耸出来的许多白色教堂。没多久他就数到了五十。后来他就数乱了，再没法数清楚了。

绝大多数庄园都建造了很大的、粉刷成白色的二层楼房，看上去都那么庄严，让小男孩禁不住感到惊讶。他自言自语地说："这个地区肯定不会住了什么农民，因为我就没看到什么农民的庄院。"

这时所有的大雁马上叫了起来："这里的农民住得跟贵族一样。这里住的农民跟贵族一样。"

大平原上的冰雪已经融化了，春天的农活已经开始了。过了一会儿小男孩就问："在那些田地上爬来爬去的长长的龙虾是什么呀？"

所有大雁一起回答："犁和耕牛。犁和耕牛。"

耕牛在田里爬得那么慢，甚至看不出他们在爬动，大雁们就朝他们喊："你们明年也到不了！你们明年也到不了！"

但是耕牛也不是无话可答的。他们抬起头张大嘴对天空吼叫："我们一小时出的力比你们一辈子出的还多！"

有些地方是马拉犁。这些马拉犁比耕牛要卖力得多，走得也更快，不过大雁们也照样忍不住要戏弄他们一下。大雁们对着那些马喊叫着："你们跟牛一样干活不害臊吗？你们跟牛一样干活不害臊吗？"

那些马嘶鸣着回敬他们："你们自己跟懒汉一样不干活不害臊吗？"

正当马和牛在外面干活的时候，大公羊在家里的院子里跑来跑去。他新剪过毛，动作轻快，把小孩子撞倒在地，把牧羊犬赶到狗窝里，然后神气活现昂首阔步，就好像他是这个农庄唯一的主人。从空中飞过的大雁们问着："公羊，公羊，你把你的羊毛做了什么？"

大公羊咩咩长叫了一声回答："我把羊毛送到诺雪平的德拉格毛纺厂了！"

大雁们又问："公羊，公羊，你把你的角做了什么？"

可是，这只大公羊从来没什么角，让他很伤心，所以再没有比问起他的角更让他恼怒的事了。他气得转着圈跑了半天，还对着天空又顶又撞，非常恼火。

在乡村公路上来了一个人，赶着一群出生不过几个星期的斯郭纳种小猪，要到北方去卖。这些猪还那么小，但大着胆子往前走，还紧紧贴在一起，好像是为了得到保护。小猪们说着："哼哼，哼哼，哼哼，我们离开父母太早了。哼哼，哼哼，哼哼，我们这些可怜孩子怎么办呢？"大雁们根本不想去讥笑这样的小可怜，飞过的时候对小猪们喊着："你们会过得比你们想的好。"

当大雁们飞过一大片平原的时候，心情好得从未有过。他们不慌不忙，从一个农庄飞到另一个农庄，跟牲畜和家禽开着玩笑。

当小男孩骑着鹅飞过这个大平原，他想起了一个传说，是很久以前听说的。他不太记得了，不过那是有关一件长裙子的什么故事。裙子一半是用织着金线的天鹅绒缝制的，另一半是用灰色羊毛毡缝制的。不过，拥有这条裙子的人在羊毛毡的那一半装饰了很多珍珠和宝石，珠光宝气比金线编织的那一半还要漂亮还要珍贵。

当他往下看东约特兰的时候，就想起了有关那块羊毛毡长裙子的传说，因为东约特兰是由一片大平原组成的，被夹在两个多山的森林地带之间，一个在北一个在南。那两个森林高地沉睡在晨光里，美丽得发蓝又闪光，好像披着一层金色薄纱，而中间那片平原呢，只有冬天留下的光秃秃的耕地铺展开，一块接着一块，每一块本身看上去不如灰色羊毛毡好看。

但是人类在这块大平原上应该过得很愉快，因为它又大方又善良，人类想方设法用最好的方式去打扮它。小男孩觉得，他从高空飞过的地方，那些城市和农庄，那些教堂和工厂，那些城堡和火车站，就像大大小小的珠宝首饰散落在这个大平原上。屋顶的瓦片在发光，窗户的玻璃像珠宝闪烁。黄色的乡村公路、光滑的火车轨道和蓝色的运河在各个地区之间延伸，就像丝织的缎带。林雪平市围绕着它的大教堂，就像珍珠饰物围着一块珍贵的宝石，而乡间的农庄就像小巧的胸针和纽扣。这种图案没有什么规则，不过是富丽堂皇的，让人百看不厌的。

大雁们已经离开了沃姆山地区，沿着约塔运河向东飞。这条运河也在为夏天的到来做好准备。工人们走在运河堤岸上修补缺口，还在巨大的闸门上涂刷沥青。

是啊，为了能够接待好春天，到处都有人在忙着工作，在城里也一样。油漆工和泥瓦匠站在屋子外面的脚手架上，把房屋装修漂亮。女仆们爬上

了打开的窗户，在擦洗窗户玻璃。在港口那边，有人在擦洗帆船和蒸汽船。

在诺雪平附近，大雁们离开了平原地区往北朝考尔莫顿大森林飞去。有一阵子他们顺着一条古老的上下起伏的乡间公路飞，这条路沿着一个峡谷蜿蜒盘旋，在很多蛮荒的峭壁之下经过，这时小男孩突然叫喊了一声。他坐在鹅背上，两只脚晃来晃去，有一只木鞋就滑脱了。

小男孩喊着："公鹅，公鹅，我的鞋掉了！"

公鹅掉过头，向地面下降，但这时小男孩看见，有两个孩子正在这条路上走着，已经把他的鞋子捡了起来。

小男孩急忙喊："公鹅，公鹅，再往上飞！已经晚了。我拿不到我的鞋了。"

不过，在下面的道路上，站着放鹅丫头奥萨和她的弟弟小马兹，正打量着从天上掉下来的一只小木鞋。

小马兹说："这是大雁们掉的。"

放鹅丫头奥萨默默站了很久，琢磨捡到的东西。最后她慢慢地、沉思着说："小马兹，你还记得吗，我们路过厄威德修道院的时候就有人说起过，有个农庄上的人看见过一个小土地神，他穿着皮裤，脚上穿木鞋，就跟一个雇工一样？你还记得吗，我们到威兹舍夫勒的时候，有个小姑娘说，她看见过一个脚穿木鞋的小土地神，骑在一只鹅背上飞过去？当我们自己回到老家的小木屋的时候，小马兹，我们不也看见了一个小精灵，穿得也是那个样子，也爬到一只鹅背上飞走了。也许是同一个小土地神，刚才骑着鹅从我们头上飞过，把这只木鞋掉了。"

小马兹说："对啊，肯定是这样的。"他们把小木鞋翻来翻去仔细看，因为在乡村公路上拾到小土地神的木鞋，这可不是每天能发生的事情。

放鹅丫头奥萨说：“等等，等等，小马兹！你看，鞋的一边还写着什么呢。”

“是啊，是写了什么。不过字太小了。”

“让我看看！对，写的是……写的是：西维门赫格的尼尔斯·霍尔格松。”

小马兹说：“这是我这辈子听说过的最最最奇妙的事情！”

译注：约塔运河（Götakanal）是长达190公里贯穿约塔兰的运河，开挖于1832年。它与特罗海坦运河（Trollhättekanal）与约塔河（Götaälv）共同构成贯通瑞典东西两大城市斯德哥尔摩和哥德堡的长达390公里的水路。

# 22. 卡尔和灰皮子的故事

## 考尔莫顿

在布罗湾北边，东约特兰和南姆兰两地交界的地方，那里矗立着一座山，有几十公里长，十多公里宽。要是这座山能有同它的长度和宽度相应的高度，那它肯定是世上有过的最雄伟壮观的山峰之一，不过，它并没有这个高度。

有时候会发生这样的事情，人们看到一座建筑，从一开始就规划得太大，以至于房主始终未能把它建成。当人们走到它面前，能看到厚厚的墙基、坚实的拱形梁架和很深的地窖，但是，既没有墙壁，也没有屋顶：全部建成的部分只高出地面两三尺。那些看到两地交界处的这座山的人就可以联想到这样一片半途而废的建筑，因为几乎看上去就不是一座造好的山，而只是一座山的基础。它从平原上耸立起来，有险峻的峭壁，到处有石崖，就好像梁柱高耸，看上去本来是要支撑巨大的岩石大厅。一切都规模宏大

又很潇洒又有气势，但是整体上没有真正的高度或者上升感。建筑师已经疲倦了，就离开了他们的工作，没有来得及把那种绵延的绝壁、尖利的峰顶和山岭造起来，通常这些峰顶和山岭才构成那些完成了的山脉的墙壁和屋顶。

但是，好像是为了替补绝壁和山岭，这一大片山区在各个时代都穿着用参天大树组成的绿装。山脚周边和山谷里长着槲树和椴树；湖边上长着桦树和桤树；陡峭的断崖上长着松树；有那么一点点土能长东西的地方都长着云杉。所有这些树合在一起就构成了考尔莫顿大森林。以前这个大森林让人那么害怕，以至于每个不得不穿过这个森林的人，都要求上帝保佑，要做好生命到头的准备。

考尔莫顿森林能长成这样已经是那么久远以前的事情，所以不可能说得清楚怎么回事，长成什么样就什么样了。起初，它要在光秃秃的山基上生长，一定有过一个困难的时期；然后通过被迫在坚硬的岩石中间找到扎根的地方，从贫瘠的砾石山坡上吸取养分，它才变得强壮起来。这座森林的经历也和很多人一样，少年时代吃苦，但是长大成人的时候强壮有力。到大森林长成的时候，它有了三个人才能合抱的大树，树枝交错编织成了一张不能穿透的网，地上裸露出盘根错节又坚硬又光滑的树根。这样一来，它就成了适合野兽和强盗的地方，他们知道怎么缩着、怎么爬着、怎么贴着才可以在森林中穿行。不过，对其他人来说，它就没有多少吸引力了。森林里黑乎乎、阴森森，又容易迷失方向又没有路可走，枝叶茂密、扎手刺人，而那些老树看上去像山妖站在那里，带着树枝上的胡须和树干上的苔藓。

当人类最初搬到南姆兰和东约特兰来的时候，这里几乎到处都长着森

　　林，不过，土地肥沃的山谷和平原上的森林很快都被砍光了。倒是生长在贫瘠山基上的考尔莫顿大森林，没人在意去砍伐它。但是，这座森林不受砍伐的时间越长，就长得越来越有气势。它就像一座军事要塞，墙壁每天都在加厚，那些想穿过这堵森林墙壁的人，就得靠斧头来帮忙了。

　　别的森林都是害怕人类的，不过，对考尔莫顿森林来说，是人类害怕。那个大森林里那么黑，树木长得那么茂密，所以猎人和拾柴火的人一次又一次在里面迷路，在费尽力气走出密林之前，就会丧失性命。对那些不得

不经过南姆兰和东约特兰两地交界处的旅行者来说，这是有生命危险的。他们得顺着野兽踩出来的小径摸索着前进，因为边界地带的人一时还没力量开辟穿越森林的道路。河流上没桥，湖上没渡船，沼泽地上没踏板。整座森林里都找不到一间住着和平居民的棚屋，而野兽洞穴和盗匪贼窝却有的是。没有多少人能平安无事地通过森林，倒是有不少人滑下绝壁或者陷入泥潭，或是被强盗抢劫或者被野兽追赶。不过还有那种人，就居住在这座森林的山下，也从来不敢进去，并被森林弄得很不开心，因为熊和狼时

时刻刻会从考尔莫顿下山来破坏他们的住所。当野兽在那样茂密的森林里有了很好的藏身之处，要想彻底消灭野兽就没有一点可能性。

东约特兰人和南姆兰人都愿意把考尔莫顿森林除掉，这是肯定的，不过，只要别的地方还有可以耕种的土地，这里就开发得非常缓慢。虽然慢，渐渐地大森林还是有一点被制服了。在大森林四周的山坡地上，发展起来了小农庄和小社区。森林里也修了一些道路，在最无人烟的克鲁凯克附近，僧侣们建造了一个修道院，在这里往来的旅行者就有了一个安全的庇护所。

大森林依然还是威风凛凛、非常危险的，直到有一个美丽的日子，有个徒步长途旅行的人，进入到大森林深处很远的地方，意外发现大森林生长的山基里有矿石。这个发现被人知道以后，矿工和山地的业主就纷纷进山来，到森林里寻找这些财富。

现在就到了时候，打破了大森林的威力。人类在这块古老的森林土地上开发出了矿山，建起了化铁炉和铁工场。不过，如果不是发生这种情况，因为采矿，人们浪费了令人难以相信的大量木材和木炭，采矿本身并不会给大森林带来严重伤害。是烧炭工和伐木工涌进这片古老而可怕的原始森林，几乎把森林砍光了。冶炼厂周围的树被全部砍倒，地面就变成了耕地。于是许多新居民搬到这里定居。不久前还只有熊窝的地方，很快就出现了好几个有教堂和牧师庄园的新社区。

即使在那些还没有把大片森林全部砍掉的地方，那些古树也被砍倒了，茂密的灌木丛被彻底砍掉。道路现在四通八达，野兽和强盗都被统统赶走。当人们终于掌握了对大森林的权力，对待森林就非常恶劣：毫无节制地砍伐、放火烧荒和烧木炭。他们没有忘记对这个森林的古老仇恨，现在看来一心就想把它毁掉。

考尔莫顿的矿山并没有很多铁矿石，采矿和冶炼都减少了，对这片大森林还算是一种幸运。这样连烧木炭也停了下来，森林就得到一点喘息的机会。很多在考尔莫顿社区里居住的人丢掉了工作，生活很难维持，不过森林又开始生长和扩展，结果农庄和冶炼厂就被嵌在森林里，好像成了大海中的岛屿。考尔莫顿的居民也曾试图从事农业生产，不过没有多大进展。古老的森林土地宁可承受大槲树和大杉树，也不要萝卜和谷物。

人们走在那里，把阴郁的目光投向大森林，森林看来越来越壮大，越来越茂盛，这时他们自己却越来越穷，不过最后他们突然想到，森林也可能有什么好处。也许森林里就有什么可以收获的东西？无论如何这是值得试试的，搞清楚它是什么。

于是他们开始从森林里获取圆木和木板，卖给平原上的居民，因为平原上的居民早就把自己的森林用光了。他们不久就意识到，只要经营有方，他们可以从森林里得到维持生活的面包，就跟从耕地或矿山得到的一样好。这时他们就用一种和过去不同的眼光来看森林了。他们学会了照顾森林、热爱森林。人们完全忘掉了古老的对森林的敌意，而把森林看作自己最好的朋友。

## 卡　尔

大约在尼尔斯·霍尔格松开始跟随大雁们旅行的十二年前，发生过这么一件事：考尔莫顿有个工厂主不想要自己的一只猎狗了。他派人把森林

看守人找来，对他说，没法再留下那只猎狗了，因为没法让他改掉一见所有绵羊和母鸡就又追又咬的坏习惯，他要森林看守人把狗带到森林里去枪毙。

森林看守人用一根皮条拴住那只狗，要把狗带到森林里的某个地方去，庄园里老弱病残不再使用的狗通常在那里处死掩埋。他不是一个坏心肠的人，不过他非常乐意枪毙那只狗，因为他知道，那只猎狗不光追咬绵羊和母鸡，还经常到森林里去叼一只野兔或者小松鸡。

那只狗又小又黑，有黄毛的胸部，黄毛的前腿。他叫卡尔，非常聪明，所以能听懂所有人说的话。当森林看守人带着他穿过森林的时候，他知道得非常清楚，是什么下场在等着他。不过，这一点谁都不会从他身上看出来。他既没有垂头丧气的样子，也没有耷拉着尾巴，而是像平常那样看上去无忧无虑。

这是因为他们正在走过这片森林，所以那只狗才要特别注意，这样的话谁都看不出他有什么烦恼。这是在那个古老工厂四周伸展开的一片宽广的大森林。这片森林在动物和人类那里都有很好的名声，因为林主很多年以来都很关心它，他们几乎舍不得砍树来当柴烧。他们也不想去筛选伐木和剪枝，森林就得以自生自长，也是森林最乐意的。不过，这是当然的，这样一片得到保护秋毫无犯的森林会成为一个森林动物热爱的安乐窝，里面也就有大群大群的森林动物。动物相互之间把这片森林叫作"平安林"，他们还把这里算作他们拥有的全国最好的庇护所。

当那只狗被牵着穿过这片"平安林"的时候，他想着，对于住在这里的所有小动物来说，他曾经是个什么样的无赖。他想着："唉，卡尔，要是他们知道了，是什么下场在等着你，他们会在树丛里乐死了。"这时他

晃晃尾巴，发出一声高兴的吠叫，为的是不让他们看出来，他其实很烦恼很沮丧。

他说："如果我都不能经常出去追追什么动物，那活着还有什么意思呢？谁愿意悔过就悔过去吧，反正不会是我。"

但是，就在那只狗说着这些的时候，他身上也出现了一种奇怪的变化。他昂起头伸长了脖子，好像他很乐意嚎叫。他也不再跟森林看守人平行着往前走，而是躲到了森林看守人的背后。很明显，他想到了什么不痛快的事情。

那时正是夏天刚开始的时候。母麋鹿们刚刚生下鹿崽。就在前一天晚上，那只狗成功地把一只生下来没超过五天的小鹿崽和他的妈妈分开了，还把这个小鹿崽撵到了一块沼泽地上。在那儿他还把那个小鹿崽在草丘之间撵来撵去，不是为了逮住这只小鹿崽，只是为了拿小鹿崽惊慌失措的样子来开心。那只母麋鹿知道，那种刚解冻之后的沼泽地其实是没有底的，还承受不起一个像她那么大的动物，所以她只能焦急地留在沼泽地边上。但是当那猎狗卡尔把鹿崽往沼泽地里越来越深的地方追赶时，她就突然跳进了沼泽地，把那只狗赶开，带着小鹿崽转身往陆地跑。麋鹿要比其他动物更善于在沼泽和危险的土地上行走，看起来，她好像能够成功地回到陆地上去了。不过就在她非常接近陆地的时候，脚下踩着的那块草丘突然陷进了泥淖里，她也跟着陷了下去。她竭力挣扎着想爬上来，但是找不到稳固的立脚点，越陷越深。那猎狗卡尔一直站在旁边看着，吓得不敢出气，不过当他注意到，母麋鹿已经没有救了的时候，就赶紧逃走了，能逃多快就多快。他已经想到，要是大家发现他引诱了一只母麋鹿走上死路，他会得到什么惩罚。他真吓坏了，吓得不敢停下来，一直跑回了家里。

就是这件事情，那只狗现在突然想起来了，而这件事给他的苦恼，和他曾经干下的所有其他坏事都不一样。这也许是因为他本来没想到要把母麋鹿或鹿崽害死，完全是无意中让他们丢掉了性命。

　　那只狗突然想："咦，说不定他们还活着呢。我从他们那里跑开的时候，他们还没死呢。他们也许救了自己的命。"

　　他有了一种不可抗拒的欲望，想趁自己还有时间去了解这件事的时候，把这件事情搞清楚。他看到森林看守人并没把皮带抓

得特别牢，就朝旁边飞快地一跳，真的一下就挣脱了。然后，他就赶紧穿过森林朝那片沼泽地飞奔过去，速度快得森林看守人都没有来得及举起猎枪瞄准，他就已经跑得无影无踪了。

　　森林看守人没有别的办法，只能赶紧在后面追，当他赶到那片沼泽地，

他看到那只狗站在离陆地几米远的一个草丘上，拼命汪汪叫。森林看守人觉得，他应该先弄弄清楚，这里头会有什么原因，就把猎枪放在旁边，手脚并用着爬上了沼泽地。他没爬多远，就看见一只母麋鹿躺在泥淖里，已经死了。紧挨在她身边还有一只小鹿崽。鹿崽还活着，不过已经筋疲力尽，也动不了

了。卡尔站在小鹿崽身边，一会儿俯下身子去舔他，一会儿用力汪汪叫喊着呼救。

森林看守人把小鹿崽抬起来，拖着他回到了陆地上。当那只狗明白，小鹿崽已经得救了，他就高兴得发了狂。他绕着森林看守人又蹦又跳，用舌头舔他的手，心满意足地吠叫着。

森林看守人把小鹿崽背回了家，把他关在牛棚的一个围栏里。然后他还得找人帮忙把那只死了的母麋鹿从沼泽地里拖上来。等他做完了所有这些事情，他才想起来，他应该把卡尔枪毙，于是他把一直跟在他屁股后面的那只狗又拴了起来，牵着狗重新往森林里走。

一开始，森林看守人直接朝那个埋葬死狗的地方走去，可是走着走着，他看来改变了主意，突然回过头来往工厂主的庄园走去。

卡尔一直不慌不忙地跟着他走，可是当他注意到森林看守人是朝着他老家走的时候，他马上不安起来。肯定是森林看守人猜到了，就是这只狗害了母麋鹿的命，所以在处死他之前，还要把他带回庄园去惩罚一下。

但是，挨一顿毒打，那比什么其他惩罚都糟糕，面对这种惩罚，卡尔就没法打起精神来了。他垂头丧气地走着，当他走到庄园的时候，都不敢抬头看一眼，假装着他不认识任何人。

森林看守人走进来的时候，工厂主正好站在大门外的台阶上。工厂主说："森林看守人，你牵来的算是条什么狗啊？绝对不会是卡尔吧？很久以前他就该死了。"这时森林看守人就给工厂主讲了那两只麋鹿的事情，而卡尔尽量缩小了身子，在森林看守人的腿后面缩成一团，好像是要把自己藏起来。

不过森林看守人不是像那只狗预料的那样来谈起那件事的。他只称赞了卡尔。他说，事情是明显的，那只狗已经知道了，母麋鹿和鹿崽在危难中，所以他去救他们。森林看守人最后说："老爷想怎么做就怎么做，不过这只狗我没法枪毙。"

那只狗站了起来，竖直了耳朵。他简直不敢相信，自己听到的话是真的。尽管他不愿意让人看到自己苦恼的样子，还是忍不住悲鸣了几声。难道只因为他曾经表现出为麋鹿感到不安的样子，他就留下了性命，会有这种可能吗？

工厂主也觉得，卡尔已经表现得不错，但是，无论如何他也不愿意收回卡尔，也不知道一时间该做什么决定。过了一会儿工厂主说："森林看守人，如果你愿意看管他，负责让他痛改前非，那就饶他一条命吧。"就这样，森林看守人愿意这么办，这样一来卡尔就搬到了森林看守人的住处去了。

## 灰皮子的逃亡

从卡尔搬到森林看守人住处的那一天起，他就完全停止了在森林里的非法追猎。这不光是因为他已经吓坏了，也是因为他不愿意看到森林看守人对他发火。自从森林看守人救了他的命，卡尔就爱他胜过爱其他所有人。卡尔只想跟着他守卫他。森林看守人从家里出来的时候，卡尔就跑在前面探路，森林看守人留在家里的时候，卡尔就趴在门外，监视来往的人。

当森林看守人的住处很安静的时候，当路上听不到有人来的脚步声的时候，当男主人到他自己在一片菜地里种植的树苗那里去忙活的时候，卡尔就用这段时间和那只小鹿崽玩耍。

一开始卡尔没有什么兴致跟小鹿崽打交道。不过因为卡尔到处跟随着男主人，男主人到牛棚里给小鹿崽喂奶的时候，他也跟在后面。那时他常常坐在围栏外面看着小鹿崽。森林看守人把那只小鹿崽叫作灰皮子，因为

他觉得，小鹿崽配不上一个好听点的名字，卡尔在这件事情上也同意男主人的看法。每次看到小鹿崽的时候，卡尔就觉得，自己从来没见过这么难看的动物。小鹿崽的身体拼凑得太糟糕了，腿又长又细，就像松散的高跷装在他的身体下面；头很大，样子又老皱纹又多，还总是朝一边耷拉着；皮肤皱巴巴的，有很多褶子，好像他穿了一件本来不是为他做的皮衣服。他看上去总是很悲哀，没有精神。不过，也真奇怪，每次他看到围栏外面的卡尔，他就匆忙站起来，好像他看到卡尔就会很高兴。

小鹿崽灰皮子的身体一天比一天差，又不长个儿，最后连看到卡尔的时候也没力气站起来了。卡尔就跳进围栏里到灰皮子身边去，这只小可怜的眼睛里就会闪出光彩来，好像他有一个强烈的渴望得到了满足。从那时起，卡尔就习惯了每天去看看他，跟他在一起度过整整几个钟头，用舌头舔灰皮子的皮毛，跟他一起游戏一起跳跃，而且教他各种各样的知识，都是一个森林里的动物需要知道的事情。

这也是奇怪的事，自从卡尔跳进围栏里跟小鹿崽灰皮子待在一起，这只小鹿崽就开始过得快乐了，身体也开始长大了。而他一开始长身体，两三个星期就长那么大，连那个小围栏也容不下他，他不得不搬到外面一个草场上去。当他在草场上又过了两三个月，他有了那么长的腿，只要他愿意，就完全可以跨过栅栏。这时森林看守人得到工厂主的准许，为灰皮子建造了又高又大的围栏。灰皮子在大围栏里过了好几年，长成了一头强壮魁梧的麋鹿。卡尔只要有空就经常来陪伴他，不过现在已经不是出于同情心，而是因为他们俩之间有了一份很深的情谊。麋鹿仍然是多愁善感的，看上去也比较懒惰，没一点进取心，可是卡尔精通那门让灰皮子高兴起来的艺术。

灰皮子已经在森林看守人的住处度过了五个夏天。有一天工厂主收到国外一个动物园的信，询问他们的动物园是否可以购买那头麋鹿。工厂主觉得这个建议很好，森林看守人变得很难过，可是又没有权力拒绝，于是这件事就决定了，麋鹿要被卖掉。卡尔很快就搞清楚了正在进行的事情，赶紧跑去告诉麋鹿，这件事的意思就是把他送走。那只狗对失去灰皮子难过到了极点，不过麋鹿对待这件事倒很平静，看上去既不高兴也不难过。卡尔问："你愿意就这样被人带走也不反抗吗？"

灰皮子说："反抗又有什么用处呢？我当然愿意留下来，留在我现在的地方，不过，如果我被卖掉了，也只好离开这里吧。"

卡尔站在那里看着麋鹿，用自己的目光把他认真打量了一番。可以看得出来，这头麋鹿还没有完全发育好。他没有已经完成发育的公麋鹿那样宽大的鹿角，那样高高隆起的背脊和那样粗硬的鬃毛，不过，他肯定有了足够的力量去为自己的自由而斗争。卡尔心想："看得出来，他这一辈子就是被关起来过日子的。"可是他什么也没说。

过了半夜卡尔才回到麋鹿的围栏那边去，他知道灰皮子这时已经睡足了，正在吃他这天第一顿饭。卡尔看来很冷静也很满意，他说："你做得大概对，灰皮子，就让人把你运走吧。你会被关在一个大花园里，过上无忧无虑的日子。我只是觉得，你得离开这里了，却还没见过这里的森林，那是很可惜的。你知道，你的同族同胞有句格言——麋鹿森林本为一体，可你一次都没到森林里去过。"灰皮子从他正站在那里大嚼的苜蓿上抬起头来，带着他平常的懒洋洋的样子说："我倒愿意去看看森林，可我怎么越过这些围栏呢？"

卡尔说："哦，对腿那么短的来说，那是不可能的啦。"麋鹿偷偷看了

卡尔一眼，那只狗虽然个子小，每天要跳进跳出围栏好几次，麋鹿就走到栅栏前面，只一跳就跳到外面的大自然里了，他自己都不明白是怎么跳出来的。

卡尔和灰皮子现在就出发往森林里面走。那是夏天快要结束的时候，一个美丽的月光很亮的晚上，不过走进大树底下的时候还是朦朦胧胧的，麋鹿走得慢极了。卡尔就说："也许我们最好还是转身回去算了！你过去从来没到过原始大森林，很容易把腿给折断的。"这下子灰皮子倒开始加快了速度，也多了几分勇气。

卡尔把灰皮子带到森林里的一个地方，那里长着高大的云杉树，非常密集，连风都无法在树之间透过来。卡尔说："这里是你同族同胞通常躲避寒冷和风暴的地方。这里也是他们通常站在露天里度过整整一个冬天的地方。你要去的地方，日子要比他们好过多了。你头上会有屋顶，你可以像公牛一样站在自己的鹿厩里。"灰皮子什么都不回答，只站在那里吸着那些针叶的气味。

灰皮子问："你还有什么更多的东西给我看，还是我已经看到了整个大森林？"

于是卡尔又带着他到了一大片沼泽地，给他看那些草丘和泥淖。卡尔说："麋鹿在危险情况下，通常都是通过这个沼泽地逃走的。我不知道他们怎么走过去的，不过不管他们多大多重，他们都可以在这里走而不陷进去。你可不会在这么危险的地面走又不陷下去，不过你也用不着，因为绝不会有猎人来追捕你。"

灰皮子什么也不回答，只是长长地一跃就跳进了沼泽地里。当他感觉到脚下的草丘在摇晃，非常开心，他横穿过沼泽地跑了一个来回又回到卡

尔身旁，没有掉入什么泥坑。他就问："现在我们看过整个森林了吧？"

卡尔说："不，还没呢。"

卡尔现在又把麋鹿带到森林边上，那里长着气势壮观的阔叶树木：槲树、杨树和椴树。卡尔说："这里是你同族同胞通常吃树叶、啃树皮的地方。他们把这样的树叶树皮当作最好吃的食物，不过你到外国当然有更好吃的东西啦。"

灰皮子对这些高大的阔叶树木感到吃惊，它们像很多绿色罩子在他头上形成一个拱顶。他尝了尝槲树叶和杨树叶就说："这个味道又苦又好吃。比苜蓿还好吃。"

那只狗说："还不错啊，你也算吃过一次这种东西了。"

然后卡尔又把麋鹿带到一个林中小湖去。小湖平静极了，像镜子一样闪光，映照出包裹在薄纱一样透明的雾气里的湖岸。当灰皮子看见那个小湖，就站在那里一动不动。他问："卡尔，这是什么呀？"这是他第一次看到湖。

卡尔说："这是一大片水啊，也就是一个湖。你同族同胞通常从这边的湖岸游到那边的湖岸去。当然也不要求你能游泳，不过你起码应该下水去洗个澡吧。"卡尔自己跳进水里游了起来。灰皮子还在陆地上站了好长一会儿。最后他也跟着下水了。当湖水在他身体周围又轻柔又凉爽地滑过的时候，他快活得气都透不过来。他愿意让湖水也淹过他的脊背，就往湖内走得更远，感觉湖水把自己托了起来，于是他开始游起来。他围绕卡尔游着，在水里就像在家里一样自由自在。当他们再站到湖岸上的时候，那只狗就问他们是不是该回家去了。灰皮子说："天亮还早着呢，我们还可以在森林里再转一会儿！"

他们又一次进入针叶树林里。很快来到了一块开阔的地方，在月光下很亮，青草和野花上的露珠闪闪发光。就在这块林间草地的正中间，有几头大动物正在吃草，那是一只公麋鹿、几只母麋鹿和好几只年幼的小公鹿小母鹿。灰皮子一看到他们，就突然停下来不走了。他对母麋鹿和那些年幼的小鹿几乎没看一眼。他只盯着那头年迈的公麋鹿看。那头公麋鹿有宽阔的带很多枝权的大角，肩膀上有高高隆起的脊背，脖子下垂挂着长毛的皮褶子。灰皮子问："那边的那个是什么啊？"他的声音因为吃惊而发抖。

卡尔说："他的名字叫鹿角王冠，他是你同族同胞。总有一天你也会有那么宽大的鹿角，也会有同样的鬃毛。如果你在森林里留下来，你也会有一个鹿群。"

灰皮子说："如果那边的那个是我同族同胞，那我愿意走近点去看看他。我从来没想到，一只动物能长得这么威风。"

灰皮子向那些麋鹿走过去，不过几乎马上就回到了停留在森林边上的卡尔身边。卡尔说："你肯定没得到热心接待吧！"

"我对他说，这是我第一次遇到自己的同胞，我请求让我跟他们到草地上走走，可是他撵我走，还用他的角来威胁我。"

卡尔说："你躲开了是对的。一头年轻的公麋鹿，只长着枝权还嫩的角，跟年老的公麋鹿格斗可要小心。要是另一头公麋鹿，躲避开不抵抗，那他就会在整个森林里得到坏名声，不过这样的事情你不用顾虑，反正你就要搬到外国去啦。"

卡尔还没来得及说完，灰皮子转身又走到草地上去了。那只老公麋鹿就朝他迎上来，他们马上就格斗起来了。他们用角互相顶撞，扭打在一起，结果是灰皮子被顶得连连后退，退出了整个草地。看来他还不懂怎么使用

他的力气。不过，当他退到森林边上的时候，他把四只蹄子更用力地抵住地面，更有力地用自己的角去撬和扭打，开始把鹿角王冠逼得后退。灰皮子一声不响地格斗，不过鹿角王冠已经呼哧呼哧喘气。现在轮到了那头老公麋鹿被顶得在草地上后退了。突然间传来一下有力的响声，是那只老公麋鹿的角上有一个枝杈被折断了。这下他猛然抽身，挣脱了灰皮子的角，朝森林里跑走了。

当灰皮子走到卡尔身边的时候，卡尔还站在森林边上。卡尔说："现在你已经看到了森林里有些什么。你愿意回家去吗？"

那只麋鹿回答说："是呀，是到了该回家的时间了。"

走在回家的路上，他们俩都默不作声。卡尔叹了好几次气，好像是他自己想错了什么事情，可是灰皮子却高昂着头往前走，看上去对这次冒险行为非常高兴。他毫不犹豫地往前走，一直到他走到那个围栏跟前，不过在这里他停了下来。他看到了里面那块狭小的空间，至今为止他一直在里面生活；看到了被他的蹄子踩平的地面，那些干枯的饲草，那个他喝水的小水槽，还有他睡觉的那个阴暗棚子。他大叫了一声："麋鹿森林本为一体！"然后把头往后一甩，脖子都贴到了背上，用最狂野的逃跑速度冲进森林里去了。


# 老无能


在那片巨大的"平安林"深处的一个云杉树林里，每年八月都会出现几只那种名叫修女的灰白色飞蛾。她们很小，数量又少，也就几乎不被注意。当她们在森林深处飞来飞去转了两三个晚上，在不少树干上产下了几千只虫卵，不一会儿自己就死了，掉在地上。

等到春天的时候，长着斑点的毛毛虫就从这些虫卵里钻了出来，开始大吃云杉树的针叶。她们的胃口极好，但是从来不会给云杉树造成什么严重危害，因为她们受到鸟儿们很残酷的追杀迫害，能够躲开这种杀害而活下来的不会超过几百只。

那些来得及完全长成的可怜的毛毛虫，就爬到树枝上，用白丝把自己裹起来，成了一两个星期里动也不动的蛹。在这段时间里，她们中间通常又有一半多被鸟儿啄走了。如果到了八月里，还有一百只修女蛾长成了，扑扇着翅膀出来飞舞的话，那对她们来说就算是好年头了。

虽然是一种这么不安全和不被注意的生物，但修女蛾在"平安林"里传宗接代也有好多年了。整个地区没什么昆虫像她们那样数量稀少。要不是她们完全出乎意料地有了什么救星的话，她们还会继续这样下去，软弱无力，倒也毫无危害。

不过，修女蛾有了救星，这和那头麋鹿从森林看守人的住处逃出来是有关系的。自从麋鹿灰皮子逃出来以后，一整天他都在森林里转来转去，让自己熟悉这个新家。到了下午的时候，他钻过一些茂密的树丛，发现这些树丛后面是一块空地，地面上全是松垮的烂泥。空地中间有个水塘，水色发黑，四周矗立的全都是高大的云杉树，因为树龄太老，日子不好过，都光秃秃没有了叶子。灰皮子很不喜欢这块地方，要不是看见水塘边长着的几棵碧绿的伽蓝菜，他马上就想离开了。

当他低下头去啃那些伽蓝菜的时候，无意中惊醒了躺在伽蓝菜叶底下

睡觉的一条大黑蛇。灰皮子曾经听卡尔说起过森林里有很毒的蝰蛇。当那条蛇竖起头来，伸出分叉的舌头，对着他发出嘶嘶的声音，他以为自己碰上了一种危险可怕的动物，完全被吓坏了，抬起腿就用蹄子猛踢过去，把蛇头踢得粉碎，然后就赶紧狂奔着逃走了。

灰皮子一跑开，跟死去的蛇一样长一样黑的另一条蛇从水塘里钻了出来。他爬到死了的蛇身边，用舌头舔那个被踢碎的蛇头。

这条蛇用嘶嘶的声音说："这是真的吗，'老无害'啊，你被弄死啦？我们俩一起活了这么多年，相处得那么好，在这个水塘里活得好好的。我们比森林里所有其他的水游蛇寿命都长得多！这可是折磨我的最悲惨的事了。"

这条水游蛇那么难过，以至于长长的身体盘绕扭动，好像受了伤一样。甚至连那些一直都害怕他的青蛙，也觉得他太可怜了。

这条水游蛇用嘶嘶的声音说："那家伙真是心肠太狠了，才会打死这么一条可怜的水游蛇，她其实都不能自卫啊。那家伙真该得到一次严厉的惩罚。"他又在地上躺了一会儿，在悲哀中扭动身体，不过又一下子竖起头来说："没错，我的名字叫'老无能'，也是这片森林里最老的水游蛇，所以我要为这个报仇。不看到那头麋鹿像我的无毒老母蛇一样死在地上，我是不会罢休的。"

当这条蛇发过这样的誓以后，把身子盘成一团苦苦思索。不过，对于一条没什么本事的水游蛇来说，要找一头又大又壮的公麋鹿报仇，恐怕没什么比这更难的事了。这条名叫"老无能"的老水游蛇日日夜夜思索，也想不出什么办法。

可是，一天夜里，当这条老水游蛇躺在那里想着报仇的办法想得睡不着的时候，他听到自己头顶上有一种轻微的沙沙声响。他抬头往上一看，

看到几只发光的修女蛾在树丛间嬉戏。他用眼睛跟随着她们看了很久，然后因为自己想出了什么办法开始高声嘶嘶叫起来，不过最后他还是睡着了，看来他对自己想的办法很是满意。

第二天上午，这条水游蛇就出发去找蝰蛇克里勒。克里勒是住在"平安林"里一个石头很多而且地势很高的地带。他对克里勒讲了那条老母蛇惨死的经过，求克里勒给他报仇，因为克里勒可以用剧毒的牙咬死麋鹿。不过蝰蛇克里勒并不热衷于和麋鹿作对。他说："要是我去攻击一头公麋鹿，他马上能把我打死。'老无害'反正已经死了，我们也不能再让她活过来。为什么我要为了她的缘故给自己惹祸呢？"

那条水游蛇得到这样的回答，从地面上抬起蛇头足有一尺高，还发出可怕的嘶嘶声响。他说："嗤，岂有此理！嗤，岂有此理！太丢脸了，你得到了这样的武器，还会胆小得不敢用。"蝰蛇听到这些话也发怒了。他也用嘶嘶的声音回答："滚开吧，老无能！我牙里的毒汁都要流出来了，不过我还是愿意饶了一条算是我同类同胞的水游蛇。"

可是那条水游蛇并没有挪动地方，有好长一会儿，两条蛇躺在那里嘶嘶嗤嗤互相乱骂，谁都不怕谁。等到蝰蛇克里勒那么发怒，也没力气再嘶嘶乱骂下去，只把舌头吐出来缩回去，水游蛇马上就老实下来了，开始用完全不同的语调说话。

水游蛇把嗓音降低成了温和的细语，说："实际上我还有另外一件事情求你，不过我现在惹你这么发火，你不肯再帮我忙了吧？"

"只要你不求我去干疯狂的事情，我还是可以为你效劳的。"

水游蛇说："离我的水塘很近的云杉树上住着一种飞蛾，夏天快过去的时候，到了晚上就会飞出来。"

克里勒说："我知道你说的是哪些飞蛾。她们怎么啦？"

"老无能"说："她们是森林里数量最少的昆虫，也是所有昆虫当中最没什么害处的了，因为她们的毛毛虫只吃云杉树叶就满足了。"

克里勒说："是的，我知道。"

水游蛇说："我担心这种飞蛾很快就会完全绝种了。春天里总有那么多鸟来吃掉她们的毛毛虫。"

现在克里勒以为自己明白了，水游蛇是希望把这些毛毛虫留给自己，所以他友好地回答说："你是不是要我对猫头鹰说，让他们放过那些云杉树上的毛毛虫？"

"老无能"说："是呀，要是你对森林里那些鸟儿说说这个，那就太好啦。"

蝰蛇说："大概我可以对鸫鸟也说说这个云杉树毛毛虫的事。只要你不提什么不合理的事，我还是愿意效劳的。"

"老无能"说："你答应我这件事就很好了。我很高兴，找你找对了。"

# 修女蛾

　　这件事过去几年以后，有天早上猎狗卡尔正躺在前屋外的楼梯踏板上睡觉。那是初夏，夜间很短的时候，虽然太阳还没升起，天已经完全亮了。卡尔听到有谁叫他的名字，就醒过来了。卡尔问："是你吗，灰皮子？"因为他已经习惯了，麋鹿灰皮子几乎每天夜里来看他。他没有得到回答，不过他又听见有谁在叫他的名字。他觉得他听得出灰皮子的声音，赶紧朝声音的方向跑过去。

　　猎狗卡尔听到那头麋鹿在他前面奔跑，可是他追不上。麋鹿不是顺着大路或者小径奔跑，而是直冲进最茂密的云杉树丛穿过去。卡尔费尽力气才跟得上麋鹿的足迹。这时又有声音叫"卡尔、卡尔"，那是灰皮子的声音，不过这个声音里带有一种卡尔以前没听到过的音调。猎狗就回答："我来啦，我来啦。你在哪儿？"

　　灰皮子问："卡尔、卡尔，你没看到有东西掉啊掉啊掉个不停吗？"卡尔这才看见，云杉树上的树叶不停地洒落下来，就像稀疏的雨点一样。卡尔喊着："是啊，我看到叶子往下掉呢。"一边钻进树林里找那头麋鹿。

　　灰皮子在前面快步奔跑，笔直穿过树丛，卡尔差点儿又跟不上他的足迹了。灰皮子用一种确实是咆哮的声音尖叫："卡尔、卡尔，你没有闻到森林里有气味吗？"卡尔停下来嗅了嗅，之前他没有想到，不过现在他发现云杉树发出一股比平常浓烈得多的气味。他叫着："是啊，我闻到气味了。"但是他没有花时间去考虑这股气味是哪里来的，而是继续追赶灰皮子。

麋鹿又一次用飞快的速度跑开去，快得这只狗都没法追上他。过了一会儿，麋鹿又叫起来："卡尔、卡尔，你没有听到云杉树上有声音吗？"现在麋鹿的声音是那么痛苦，连石头都会被融化了。卡尔停下来听，听到云杉树上发出轻微的但是也很清楚的一种声音，听起来就像钟表里喊喊喳喳的声音一样。卡尔叫着："是呀，我听见声音了。"他就停下来不再继续跑了。他明白了，麋鹿并不愿意让他跟着跑，而是让他注意到森林里发生的什么事情。

　　卡尔站在一棵云杉树下，那棵树有浓密得下垂的枝杈，粗而墨绿色的树叶。他仔细看那棵树，觉得那些针叶一根根好像都在动。当他再走近一点，才发现大批的灰白色毛毛虫，顺着树枝爬出去大吃针叶。毛毛虫爬满了每根树枝，大嚼大吃。这棵树上全是他们的小嘴努力啃吃的喊喊喳喳的声音。那些被咬断的针叶就不断落到地上，而那些可怜的云杉树散发出一股那么浓烈的气味，让猎狗都受不了。

　　他想："这棵云杉树肯定没留下多少针叶啦。"他又把目光转到最近的

一棵树。那也是一棵高大挺拔的云杉树，但是看上去情况也一样。卡尔就疑惑了："这是怎么回事呢？这些漂亮的树木真是可惜了。很快就什么光彩都不剩了。"他一棵树又一棵树边走边看，努力想弄明白这些树怎么会这样。卡尔想："那边有一棵松树。这棵树毛毛虫也许不敢去碰吧。"不过，毛毛虫也袭击了那棵松树。他又想："还有那棵白桦树呢。喔唷，那棵也是，还有那棵也是！这种情况森林看守人是不会高兴的。"

卡尔朝云杉树林里更深的地方奔去，想要知道这场虫害传布得多广。不管他走到哪里，到处都听到同样的喊喊喳喳的声音，闻到同样的气味，都洒落同样的针叶雨。他用不着停下来看了，这些迹象已经让他明白了，那些毛毛虫到处都是，整个森林正在被他们吃得光秃秃的。

忽然他到了一个地方，这里闻不到什么气味，既没声音也没动静。这只狗就想："这里算是他们肆虐的地盘到头了。"他就停下来四处看。但是这里其实更加糟糕，毛毛虫在这里已经结束了他们的工作，那些树上已经一根针叶都不剩。那些树都跟死了一样，唯一还穿在他们身上的是一堆乱七八糟的丝线，是毛毛虫吐丝编织出来，用作爬来爬去的桥梁和通道。

就在这里，在这些正在死去的树中间，站着灰皮子。他在等着卡尔。不过他不是单独一个，旁边还有四头森林里最受尊敬的老麋鹿。卡尔认识他们。其中有驼背，是一头个子很小的麋鹿，却有比其他麋鹿都大的隆起的脊背；还有鹿角王冠，是麋鹿中最魁梧高大的；还有大老粗，身上毛皮浓密；还有一头老鹿腿很长，名叫大强，曾经也是脾气火暴得可怕又好斗的，直到去年秋猎的时候他大腿上中了一颗子弹才罢休。

卡尔走到麋鹿们那里，他们都低着头，噘着上嘴唇，看上去很哀愁的样子。卡尔问："这片森林到底出了什么事？"

灰皮子回答："谁都说不出来。这种昆虫一直是这片森林里最弱小无力的，以前从来没造成什么危害。不过，最近几年数量迅猛增加了。现在看起来，好像他们要把整片森林毁掉。"

卡尔说："是呀，看起来很糟啊。不过我注意到了，这片森林里最有智慧的已经聚集到一起来商议，他们也许已经找出什么补救的办法。"

等这只狗说完，驼背就非常郑重地抬起头，摆动着耳朵说："卡尔，我们把你叫到这里来，是想知道人类是不是已经了解这场灾害了。"

卡尔说："不，他们一点都不了解这场灾害。不到狩猎季节，从来没什么人走进森林里这样远的地方来。"

鹿角王冠说："我们是这片森林里年纪最老的了。我们都认为，光靠我们动物自己是对付不了这种虫子的。"

大老粗说："我们觉得，这场灾害和其他灾害是一样大的祸害。从此以后这片森林里的平安日子就完了！"

大强说："不过我们决不能让整个森林都被毁掉吧。我们没什么可选择啊。"

卡尔明白，这些麋鹿难以说出他们想说的话，他就试着帮他们说："你们的意思也许是要我让人类知道，这里成了什么样子吧？"

于是这几只老麋鹿全都连连点头："我们要求人类帮助真是一种难堪的不幸，可是我们没有其他办法。"

过了一会儿卡尔就走在回家的路上了。他为自己现在知道的所有这些情况深深地苦恼，正当他赶紧往回走的时候，有一条又大又黑的水游蛇朝他迎面爬过来。水游蛇用嘶嘶的声音说："幸会，能跟你在森林里见面！"

"幸会幸会！"卡尔吠叫着打了招呼，想赶紧走过去，没有停下来。

可是那条蛇转过身来挡住了他的路。卡尔想："说不定这条蛇也在为这片森林发愁呢。"他就停下来，水游蛇马上开始讲起了这场大灾害，他说："要是把人类叫来的话，那么这片森林里太平安宁的日子就到头了！"

卡尔说："我也同样害怕这个。可是这片森林里那些上了年纪的动物，他们当然知道他们在做什么啊。"

水游蛇说："我相信，我有更好的办法，只要我能得到我希望的酬报。"

这只狗轻蔑地说："你不就是那个叫'老无能'的吗？"

水游蛇说："我在这片森林里也是上年纪的呀。我知道怎么除掉这些妖孽。"

卡尔说："只要你能除掉妖孽，我想没人会拒绝给你希望的酬报。"

当卡尔这么回答以后，那条蛇马上溜进一个树根底下，在一个狭窄的洞里把自己严严实实保护起来，然后才继续跟卡尔说话。他说："你帮我给灰皮子带句话，如果他自愿离开'平安林'，朝北走得远远的，远到森林里都不长一棵槲树的地方才停下来，还答应只要我水游蛇'老无能'还活着，他就不回到这里来，那么我就让所有这些爬在云杉树上吃针叶的毛毛虫都生病死掉。"

这只狗听了水游蛇的话，连背上的毛都直竖起来了，他问："你说的是什么呀？灰皮子干了什么事情，把你得罪了？"

水游蛇说："他把我最心爱的打死了，我要找他报仇。"

水游蛇还没来得及说完，卡尔就对他发起了一次攻击，可是水游蛇躲在树根下面没法碰到。最后卡尔说："你就在那儿躲你的吧，愿意躲多久就多久。没你帮忙，我们也会把云杉树的害虫赶走。"

第二天工厂主和森林看守人在森林里的一条路上往前走。起初卡尔在

他们旁边跟着跑，可是一会儿他就不见了，再过一会儿从森林深处就传来他汪汪大叫的声音。工厂主说："那是卡尔，又乱来了。"

森林看守人不相信。他说："卡尔好多年都不乱追动物了。"他奔进森林里，看一看这只狗怎么回事，工厂主跟在他后面。

他们随着狗叫声走进了森林里最密的地方，不过到了那里狗叫声却静了下来。他们停下来细听，就在这里，在他们一动不动的时候，他们听到了毛毛虫怎么大吃针叶的声音，看到碎针叶如何下雨一样洒落，还闻到浓烈的气味。这时他们也注意到了，所有的树上都布满了修女蛾幼虫，那些小小的树木的敌人，能把几十公里长的森林变成荒野。

## 大战修女蛾

到了第二年春天，一天早上卡尔奔跑着穿过森林，听到有谁在喊他。"卡尔、卡尔！"他转头看看四周，他没听错，那是一只老狐狸，站在自己的洞穴外面喊他。狐狸说："请你告诉我，是不是人类要为这片森林做些什么了？"

卡尔说："是呀，确实是这样的。他们正在做呢，来得及做的全做了。"

狐狸说："他们曾经把我全家都打死了，还要打死我。不过，只要他们救了这片森林，我还是可以原谅他们的。"

这年卡尔从来没有在穿过森林的时候没有动物问他人类能不能救这片森林。这对卡尔来说不那么容易回答，因为人类自己也不知道他们能不能

成功打败修女蛾。

如果人们想过，古老的考尔莫顿大森林曾经多么让人害怕和让人仇恨，现在却看到每天有一百多个人进入森林工作，要把森林从灾害中拯救出来，这是件奇怪的事。在受害最严重的地方，人们把大树都砍倒，把小树丛和根部都清理干净，去掉了最下面的枝杈，这样毛毛虫就不容易从一棵树爬到另一棵树上去。他们在受虫害的森林四周砍伐出宽阔的隔离带，插上很多涂过胶水的木杆，这样毛毛虫就被关在隔离带里，不能爬到新的地方去了。这些做完以后，他们又在树根上涂上一圈圈胶水。这种做法的意义就是防止虫子从已经吃光的树上爬下来，迫使他们留在原地活活饿死。

一直到入春很久的时候，人们都在忙碌。他们满怀希望，几乎带着不耐烦的心情等着毛毛虫从虫卵里钻出来。他们很有把握，相信他们已经把毛毛虫围困得那么好，绝大多数虫子肯定会活活饿死。

夏天一开始毛毛虫就出来了，数量比去年翻了好几倍。当然，只要毛毛虫被围困起来了，无法找到足够的食物，那也没多大关系。

不过，事情并没有照人类希望的那样发展。当然有毛毛虫被粘死在涂了胶水的木杆上，也有整群整群的毛毛虫被树根上的一圈圈胶水阻挡住，没法从树上爬下来，但是谁也不能说，毛毛虫就被围困住了。他们在包围圈里面，也在包围圈外面。他们到处都是。他们爬到了乡间的大路上，田野里的石头围墙上，农家棚屋的墙壁上。他们爬出了"平安林"地区，爬进了考尔莫顿的其他地区。

人们说："在把我们所有的森林都毁掉之前，这些毛毛虫是不会停止啦！"他们惊慌失措，忧愁到了极点，进了森林都难过得流下眼泪。

卡尔对所有那些爬着啃着的毛毛虫厌恶透了，几乎都不能走出门。不过有一天他觉得，他应该去问问灰皮子过得怎么样。他就选了最快的路朝着灰皮子住的地方走，一路上鼻子凑着地面只顾赶路。当他到了去年碰到水游蛇"老无能"的那个树根旁，那条蛇还躺在树根下面，又喊住了他。水游蛇问："我们上次碰见的时候，我要你带给灰皮子的话，你告诉他了吗？"卡尔只是汪汪叫着，还试着去抓住他。

水游蛇说："不管怎么说，你得告诉他。你不也看见了，人类也不知道什么制服这场灾害的办法呀。"

卡尔回答："没错，可你也没办法。"他继续跑走了。

卡尔找到了灰皮子，可这头麋鹿心情那么忧郁，甚至连招呼都不打。他马上就开始谈森林的事情。他说："我不知道我还能做什么，才能平息这件悲惨的事。"

卡尔说："那么我要告诉你，你好像能救这片森林。"现在他就转告了水游蛇要他带的话。

这头麋鹿就说："如果是别的动物而不是'老无能'做这样的保证，我马上就去流亡好了。可这样一条没本事的水游蛇怎么会有这么大的力量呢？"

卡尔说："那当然是自吹自擂吧。水游蛇总是喜欢吹牛，假装他们好像比别的动物知道得多。"

到了卡尔要回家的时候，灰皮子送卡尔出来到了路上。这时卡尔听见有只蹲在云杉树梢上的鸫鸟开始叫起来："那边走着灰皮子，是他毁了森林！那边走着灰皮子，是他毁了森林！"

卡尔以为是自己听错了，可是只过一小会儿，有一只野兔从一条小路上跑过去。当野兔看见他们，就停住了脚步，耳朵比画着叫喊起来："这边来了灰皮子，是他毁了森林。"然后野兔就跑掉了，能跑多快就多快。

卡尔问："他们这么说是什么意思？"

灰皮子说："我也不知道。我想，是森林里的小动物对我不满意吧，因为是我提出来的，要找人类来帮助我们。当那些小树和树根的枝杈被砍掉的时候，小动物藏身的地方，还有住的地方，全都被破坏了。"

他们又一起走了一会儿，卡尔听见四面八方都传来喊叫声："那里走着灰皮子，是他毁了森林！"灰皮子假装没听见，可是卡尔现在明白了，灰皮子为什么心情那么不好，那么垂头丧气。

卡尔问："灰皮子，水游蛇说你打死了他最心爱的，是什么意思？"

灰皮子说："我怎么能知道？你知道的，我从来不打什么动物的。"

这之后不久，他们遇到了那四头老麋鹿：驼背、鹿角王冠、大老粗和大强。他们走得很慢，心事重重，互相跟着走了过来。灰皮子对他们叫着："森林里幸会呀！"这些麋鹿回答："幸会幸会！我们刚好要找你，灰皮子，跟你商量森林的事。"

驼背说："是这样的，我们已经听说，这片森林里发生了一件罪恶的事，因为干了这件事的还没有受到惩罚，所以整个森林就被毁掉了。"

"一件罪恶的事是什么呢？"

"不知道是谁打死了一个无害的动物，是他自己本来也不能吃的。在'平安林'里，这样的事就算得上罪恶的事了。"

灰皮子说："是谁干了一件这样的暴行呢？"

"听说是一头麋鹿，所以我们现在要问问你，你知道不知道那可能是谁。"

灰皮子回答："不知道。我从来没听说有一头麋鹿去打死一只无害的动物。"

灰皮子和那几头老麋鹿分手之后继续陪着卡尔往前走。他变得越来越沉默，深深低垂着头往前走。他们从盘在一块大石头上的蝰蛇克里勒旁边经过。克里勒也像所有其他动物一样，嘶嘶地叫起来："那边走着灰皮子，是他毁了森林！"这下子灰皮子再也忍耐不住了，他走到蝰蛇前面，抬起了前蹄。

克里勒说："你想打死我吗，就像你打死那条老了的母水游蛇一样？"

灰皮子问："我打死了一条母水游蛇吗？"

克里勒说："你到这片森林里第一天，就把水游蛇'老无能'的老婆打死了。"

灰皮子赶快从克里勒那里走开，在卡尔旁边继续往前走。突然他停下来说："卡尔，是我干了那件罪恶的事。我打死过一条没有危险的蛇。是因为我的缘故，这片森林才被毁掉的。"

卡尔打断了他的话："你说的是什么呀？"

"你去告诉水游蛇'老无能'，就说灰皮子今天晚上就去北方流亡。"

卡尔说："这我绝对不会说。北方可是对麋鹿非常危险的地方。"

灰皮子说："你认为，我造成这样的灾祸以后，还愿意在这里留下来吗？"

"你现在不要急着走啊，等到明天再说吧！"

"正是你教给我的呀，麋鹿森林本为一体。"灰皮子说完就跟卡尔分手了。

卡尔回到家里，不过这次谈话已经让他很不安。第二天他就又到这片森林里去找这头麋鹿，可这时候任何地方都找不到灰皮子了。这只狗也没花更长时间去找，因为他明白，灰皮子已经把水游蛇的话当真，去流亡了。

回家的路上卡尔的心情非常不好，无法用言语形容。他不能理解灰皮子，会被那条水游蛇可怜虫给骗走了。他从来没听说过这样疯狂的事情。那个"老无能"有什么本事，能有这样一种权力呢？

当卡尔在这样的疑问中走着的时候，他看到了森林看守人站在那里，往上指着一棵树。站在旁边的一个男人问："你在看什么呢？"

森林看守人说："毛毛虫有什么病了。"

卡尔听了非常吃惊，简直难以相信，不过他几乎变得更加愤怒，因为那条水游蛇真有力量遵守自己的诺言。现在灰皮子就得被迫在无穷无尽的时间里流亡在外了，因为那条水游蛇大概是永远不会死的。

就在卡尔最难过的时候，他也有了一个想法，对他多少有点安慰。他想："那条水游蛇也许活不到那么大年纪。他总不能永远躲在一个树根底下保护自己吧。只要他把毛毛虫弄走了，我知道找谁去把他咬死。"

毛毛虫当中确实出现了一种疾病，不过第一个夏天这种病还来不及在很多毛毛虫中间传染开。还没等这种病传染开，就已经到了毛毛虫转变成蛹的时候了。从这些蛹里又钻出了数量百万的飞蛾。到了晚上他们就像雪花一样在树木间飞舞，又产下无数的虫卵。大家只能等着下一年更大的破坏。

破坏到来了，可是不仅破坏了森林，也是破坏了毛毛虫本身。这种病迅速从一个森林地带传播到另一个森林地带。那些生病的毛毛虫停止了吃树叶，而是爬到树梢上死在那里。当人类看到毛毛虫死去，这就成了一件大喜事，不过对于森林里的大小动物，这是更大的喜事。

猎狗卡尔每天都在又严肃又满意的心情中走着，心里只想着那个时刻，那时他就敢把老无能咬死了。

可是，毛毛虫已经有时间散布到几十公里外的云杉树林去了，这一年夏天这种病还没能传染到所有毛毛虫，很多还是活下来了，直到他们变成蛹，变成飞蛾。

卡尔从飞过的鸟那里得到了来自麋鹿灰皮子的问候，灰皮子还活着，过得不错。不过，鸟儿也私下告诉卡尔说，灰皮子曾经好多次被狩猎者紧紧追赶，他只是克服了最大的困难才逃脱了。

卡尔生活在悲哀、期待和苦恼之中。他还是必须再等两个夏天。到那时候虫害才算结束了。

卡尔一听到森林看守人说森林没危险了，他就马上出去找水游蛇"老无能"。可是，当他再进入森林的时候，他发现了可怕的事情：他已经不能再追猎了，已经跑不动了，也找不到敌人的踪迹了。他的眼睛已经完全看不见。在漫长的等待岁月里，衰老已经悄悄来到他身上。卡尔已经老了，而他自己没注意到。他已经没力气一下子把水游蛇咬死了。他已经没有能力把老朋友灰皮子从他的仇敌那里解放出来。

# 复 仇

一天下午，凯布讷山来的阿卡和她的大雁群降落到一个林间小湖的岸边。他们至今还在考尔莫顿地区，不过已经离开了东约特兰，到了南姆兰的约奥格县。

这里的春天来得迟，在山区里通常就是这种情况。冰还几乎覆盖着整个湖面，只有岸边的地方才露出一条开放的水面。大雁们马上跳到水里去洗澡，找吃的东西，不过尼尔斯·霍尔格松那天早上丢了一只木鞋，所以他走进湖岸边长着花楸树和白桦树的林子里，想要找点东西来包裹他的脚。

小男孩得走相当长的路，才能找着什么用得上的东西，他不安地朝四

周看着，心里想："谢天谢地，我还熟悉平原或者湖。在那里走路，可以看见前面会遇到什么。如果是一个山毛榉树林，那也还行，因为那里地上光秃秃的，可是这里的桦树和云杉树林，连路都没有，野生野长，我真不明白这里的人怎么忍受得了。如果是我拥有这些森林，我就要把这些树统统砍掉。"

　　最后他看到了一块桦树皮，就站住了，放在脚上试试是否合适，这时他听见背后有一阵沙沙的声音。他转过头，看到一条蛇正穿过枯枝乱叶朝他直窜过来。这是一条不同寻常的又长又粗的蛇，不过小男孩马上就看到这条蛇两腮上都有一块白斑，所以他站着没有动。他想："这只是一条水游蛇。他不会对我做什么的。"

可是一转眼，他的胸口就被这条蛇猛地一撞，他被撞倒在地。小男孩急忙站起来跑开了，但那条蛇在后面追赶他。这里的地面又是枯枝乱叶又是石头，小男孩没法跑得特别快逃走，那条蛇就紧跟在他的脚后。

突然小男孩看到，就在他前面有一块四面陡峭的大石头，他就跑过去往上爬。他心里想："到了这石头上面，那条水游蛇肯定就上不来再追我了。"可是他爬上去转身一看，那条蛇也在试着追上来。

紧靠小男孩的旁边，这块大石头的顶上，有另一块石头，几乎是圆的，像人的脑袋那么大。这块圆石头完全松动地搁在一条细窄的边缘上。不可理解的是，它会一直搁置在那里没掉下去。当那条蛇更加接近，小男孩跑到那块圆石头后面用力一推。这块圆石头正好对着那条蛇滚下去，把那条蛇砸在地上，就停在了蛇的脑袋上。

当小男孩看到那条蛇猛烈抽搐了两三下就不动了，就深深喘了口气。小男孩想："这块石头干得真不错。我想，这次旅行中我还没遇到过比这更危险的事呢。"

他还没来得及平静下来，就听到头顶上面一阵扑簌簌的声响，看见有一只鸟落到了地上的死蛇旁边。那只鸟儿大小和模样像乌鸦，不过穿着一件黑色的金属般闪亮的羽毛做成的美丽长袍。小男孩小心地躲进了一条石头裂缝里。他对自己被乌鸦劫走时的那种惊险还记忆犹新，所以不愿意在没必要的情况下暴露自己。

那只黑鸟在死蛇身边大步来回走，而且还用喙去把死蛇翻过来。最后他伸开翅膀，用一种尖厉的声音喊叫，那声音尖厉得耳朵里好像刀割一样："死在这里的准是水游蛇'老无能'。"

他又顺着死蛇身体走了一遍，然后站在那里深思起来，还用脚爪去搔

350

搔脖颈。他说："在这片森林里不可能会有两条这么大的蛇。这是肯定的，这是他。"

看来他正打算把喙插入蛇的尸体里，可是突然又停了下来。他说："你可不要当什么傻瓜蛋，巴塔基。在把卡尔叫来之前，你千万不能想着吃掉这条死蛇。如果不是让他亲眼看到，他就不敢相信，水游蛇'老无能'已经死啦。"

小男孩努力想保持安静，但是那只鸟儿在那里走来走去、自言自语，郑重其事的样子是那么滑稽，他就忍不住笑了起来。

那只鸟儿听到他的笑声，扑扇着翅膀呼啦一下就飞到了大石头上。小男孩马上站起来朝他走去。小男孩问："是不是你就叫巴塔基，是凯布讷山来的阿卡的好朋友？"那只鸟儿仔细打量着他，然后点了三次头："绝不会是你吧，那个跟着大雁到处飞行，被他们叫作拇指头的？"

小男孩说："就是我呀，不是别人。"

"能碰到你真是太好了。你也许能告诉我，是谁打死了这条水游蛇。"

小男孩说："是那块圆石头，是我把它朝水游蛇滚下去，打死了他！"接着他讲了所有的事情是怎么发生的。

那只渡鸦就说："干得好啊，还是一个像你这样小的人干的。我在这一带有个朋友，他听到这条蛇死了的消息一定高兴。我希望我能为你做点什么报答你。"

小男孩问："那就告诉我，为什么这条蛇死了你那么高兴？"

这只渡鸦说："唉，是个很长的故事。你没耐心听的。"

可是小男孩坚持说，他肯定有耐心听。于是，这只渡鸦就把卡尔和灰皮子和水游蛇"老无能"的全部故事讲了一遍。当他把故事讲完，小男孩

沉默着坐了一会儿，眼睛看着前面。然后他说："现在你该得到我的感谢。听了这个故事，我好像对这片森林懂得更多了。我真想知道这么大的'平安林'现在还剩下什么？"

巴塔基说："大部分已经被毁掉了。那些树看起来全都像被大火烧过似的。它们都得砍掉。还要等好多年，森林才能恢复原来的样子。"

小男孩说："这条蛇真是该死。不过，我想知道，难道这是可能的吗，他会那么聪明，他能把疾病传给毛毛虫？"

巴塔基说："也许他知道，毛毛虫通常是会那样生病的。"

"可能是这样吧，不过我得说，不管怎么样，他是一个非常聪明的动物。"

小男孩沉默下来。那只渡鸦没听他说话，而是转过头去听什么。他说："听！卡尔就在附近。等他看到'老无能'死了，一定会高兴。"

小男孩也把头朝声音传来的方向转过去。他说："他在和大雁们说话呢。是呀，他多半是打起精神跑到湖边来听听有没有关于灰皮子的消息。"

小男孩和渡鸦都跳下了石头，朝湖岸边赶过去。大雁们已经全都从水里上了岸，站在那里和一条老狗说话。那只狗那么老弱无力，让人觉得，他随时随地都可能倒在地上死去。

巴塔基对小男孩说："那就是卡尔。现在让他先听听大雁们有什么能告诉他的！然后我们再告诉他，那条水游蛇已经死啦。"

他们很快听到了阿卡对卡尔是怎么说的。这只领头雁说："那是去年，当我们正在做春季飞行的时候。有一天早晨于克西、卡克西和我一起飞出去。我们从达拉那的西丽安湖飞过达拉那和海尔星兰两地之间分界的那些大森林。我们下面看不到任何别的东西，只有墨绿色的针叶树林，树林之间的积雪还很厚，河流还结着冰，只有一两个黑色的冰洞，在河岸上有些地方已经没有雪了。我们几乎没见到什么村落和农庄，只有灰色的牧羊人住的小木房，冬天的时候是没人的。到处还会出现又细窄又弯弯曲曲的森林小路，冬天有人运送圆木。在河岸上就堆积着大堆大堆的圆木。

"我们正飞着的时候，突然看到三个猎人在下面的森林里赶路。他们脚蹬滑雪板快速前进，用绳子牵着猎狗，腰带上插着刀子，但是没有猎枪。积雪上有一层坚硬的冰壳，所以他们不用管怎么顺着歪歪扭扭的森林小路走，而是在冰上笔直往前滑。看样子，好像他们很清楚要去什么地方找到他们的猎物。

"我们大雁在高空往前飞，整个森林在我们下面都可以看得见。当我们看到了猎人的时候，就很想搞清楚他们的猎物是什么。我们就开始来回飞，在树木之间侦察。我们看到一处很密的灌木丛里有些什么，很像是巨大的长满了苔藓的石头。不过，也不太可能是石头，因为上面没有覆盖积雪。

"这时我们就快速飞下去，落在这个灌木丛中间。这时，三块石头一样的大东西就动起来了。原来是三头麋鹿，卧在森林里阴暗的地方：一只公麋鹿，两只母麋鹿。当我们落下去的时候，那只公麋鹿站起来，朝我们走过来。这是我们曾经见过的最大最漂亮的动物。不过，当他发现，把他吵醒的只是两三只微不足道的大雁，他就又卧倒睡觉了。

"这时我对他说：'不行呵，老伯伯，别卧在这里睡觉啦！逃，尽快逃跑吧！这片森林里来了猎人，他们的方向正是朝这个麋鹿过冬的地方来的！'

"那只麋鹿说：'得谢谢你，大雁大婶！不过，你们当然知道的，我们麋鹿在这个季节是受法律保护不准偷猎的。那些猎人们一定是出来打狐狸的吧。'看上去，他讲话的时候都要睡着了。

"'这片森林里充满了狐狸脚印，可是那些猎人不看着那些狐狸脚印走。

你们相信我！老伯伯，他们知道你们卧在这里。他们现在就是来杀你们的。他们出来都没带猎枪，只带了长矛和刀子，因为他们不敢在这个禁猎季节开枪。'

"'公麋鹿照样平静地卧着，不过母麋鹿变得不安起来。他们站起来说：'也许正是大雁们说的那样。'

"公麋鹿说：'你们只要卧着别动！没什么猎人会到这片灌木丛来。这个你们是可以放心的。'

"在这种情况下我们大雁什么也做不了，只好再飞上天空。不过我们继续在同样的地方上面飞来飞去，要看看这些麋鹿会怎么样。

"我们刚刚上升到我们平时的飞行高度，就看见那只公麋鹿从那个灌木丛里出来了。他嗅了嗅四周的气味，然后就正对猎人们来的方向走。他慢慢往前走，还用力踩地上的干树枝，所以干树枝就在断裂中噼啪作响。他走的地方有一大片空荡荡的沼泽地。他就走过去站在空荡荡的沼泽地正中间，那里没有任何东西把他隐蔽起来。

"那只公麋鹿就站在那里，一直到那些猎人来到森林边上。这时他转身就跑，朝着跟他来的时候不同的方向逃走。那些猎人把狗放开，自己也滑动滑雪板追赶他，用他们可能达到的那种迅猛速度。

"公麋鹿朝后背仰着头，用最快的速度奔跑。他刨起来很多雪，所以他周围就像有一团暴风雪一样。那些猎狗和猎人都远远落在后面。这时他又停下来，好像站在那里等他们，等到他们又到了能看到的地方，他就重新飞奔起来。我们明白了，他的用意就是把那些猎人从母麋鹿卧着的地方引诱开。我们觉得，他真是英勇，自己冒着生命危险，让他鹿群中的同伴平安无事。在能看到这一切如何结束之前，我们当中没一个愿意离开那里。

"这场追猎就用同样的方式进行了两三小时。我们也奇怪，那些猎人又没带猎枪，为什么还这么费劲地追赶公麋鹿。他们总不至于还相信，自己能成功地让像他这么善于奔跑的麋鹿也累趴下吧。

"可是我们看到，那头公麋鹿不再用同样快的速度逃开了。他往积雪里下脚的时候越来越小心了，而他把脚再提起来的时候，脚印上能看到血了。

"这时我们才明白，为什么那些猎人会一直那么耐心。他们算好了积雪会帮助他们的。这头公麋鹿很重，每跨出一步，脚都陷进积雪底部。不过，积雪上面那层坚硬的冰壳就会磨破他的脚，也会把他的腿毛刮掉，在皮上划出口子，所以每次他落脚的时候都要忍受折磨。

"猎人和猎狗都那么轻，就可以在冰壳上走，依然追赶着公麋鹿。那头公麋鹿逃呀逃呀，可是脚步越来越不稳，跟跟跄跄。他也用力喘气。这不光是他要忍受难熬的痛苦。他也被穿过深雪的奔波弄得筋疲力尽了。

"终于这头公麋鹿失去了耐心。他停下来，让猎人和猎狗过来靠近他，要和他们决一死战。他站在那里等待的时候，往天空看了一眼，当他看到我们这几只大雁在他头上盘旋，他就喊着：'停在这里吧，大雁们，直到一切结束！下次你们飞过考尔莫顿的时候，去找一下那条猎狗卡尔，告诉他，他的朋友灰皮子死得其所。'"

大雁阿卡讲到这里的时候，那条老狗站起来朝她走近了两步。他说："灰皮子过完了很好的一生。他了解我。他知道我是一只勇敢的狗，听到他死得其所，我也会高兴。现在告诉我怎么……"

他抬起尾巴，高昂着头，好像要让自己摆出一种有活力的和自豪的姿势，不过又趴下去了。

"卡尔，卡尔！"这时有一个男人从森林里喊叫着。

那只老狗很快站起来。他说："那是主人在叫我，我不愿意拖延下去不跟他走。我刚才看见他给猎枪装上了子弹，我要跟着他最后一次走过森林。我要感谢你，大雁。我想知道的我现在全都知道了，就可以心满意足地走向死亡了。"

译注：南姆兰（Sörmland），又可称为南曼兰（Södermanland），是瑞典东部一行政区划；达拉那（Dalarna）和海尔星兰（Hälsingland）是瑞典中部行政区划，三个地区在地理上属于瑞典中部的斯维亚兰（Svealand）。考尔莫顿（Kolmården）是瑞典著名森林区，现在已经是北欧最大的野生动物园。

# 23. 美丽的乐园

　　第二天，大雁们往北飞过南姆兰。小男孩坐在鹅背上往下看当地的风景，心里想着，这里的风景同他早先见到的地方没有一个是一样的。这里没有像斯郭纳和东约特兰那样的大平原，也没有像斯莫兰那样连绵不绝的大森林，而是各种可能的风景的大杂烩。他想："这个地区得到了一个大湖、一条大河、一个大森林和一座大山，再把它们剁成碎片，然后互相搅拌在一起，把它们铺在大地上，没个秩序。"这是因为他除了小山谷、小湖泊、小丘陵和小树林之外，其他什么都看不到。没有什么地形可以真正伸展开。一旦有某块平原要发展得更大，就会有一个丘陵挡住它的路，而如果这个丘陵要延伸出去成为一座山岭，又被这个平原占了地方。一旦某个湖泊大到了要往外扩大一点，马上被挤扁成了一条河流，而这条河流也没流很长距离，又扩大成了一个湖。大雁们飞到靠近海岸的地方，能让小男孩望见大海。他看到，连这里的大海也没能展开自己辽阔的海面，而是被大量的岛屿弄碎了，而那些岛屿也没有长得特别大就被海洋占据了地盘。风景总

是变换中。针叶树林变换成阔叶树林；耕地变换成沼泽地；贵族庄园变换成农民棚屋。

农田里还完全没人干活，不过大路上小径上却有人赶路。他们是从考尔莫顿山坡上那些小小的森林棚屋里走出来的，身穿着黑色的衣服，手里拿着书和手绢。小男孩想："今天肯定是礼拜天了。"他就骑在鹅背上往下看那些上教堂的人。在两三个地方，他看到去结婚的人，坐着车到教堂去，后面跟着大队的人，而在另外一个地方，他看到一支送葬队伍在路上慢慢前进。他看到贵族人家的大马车，也看到农民的两轮手推车；他也看到湖里的船，全都在去教堂的路上。

小男孩飞过了桦树湾镇的教堂，又飞过了贝特奈、布莱克斯塔、瓦德斯桥，然后飞向舍尔丁厄和弗鲁达。到处都能听到教堂钟声在敲响。从高空听起来更奇妙好听。那就好像整个晴朗的天空都响彻了钟声。

小男孩说："瞧，有件事情是确定无疑的啦，那就是在这个国家里，不管我到了什么地方，我都会看到这样的发出钟声的钟。"这样的想法让他感到心里安定，因为虽然他现在到了另一个世界，但只要教堂钟声能用它们巨大的声音召唤他回去，那就好像他不会真的迷失方向。

他们已经飞进南姆兰有很长一段路了，这时小男孩看见地面上有个黑点，在他们下面的地面上移动。他起初以为那是一只狗，如果不是那个黑点紧紧跟着他们，和大雁们方向一样，他也不会去多想。那个黑点冲过了开阔的地面，穿越过小树林，跳过了沟渠，翻过地里的石头围墙，不让任何东西阻挡他。

小男孩说："看样子几乎像是狐狸斯密尔又追来了。不过，不管怎样，我们很快就能飞走躲开他的。"

紧接着大雁们马上就使出了全力，用他们能达到的最快速度飞，而且只要狐狸还在看得见的范围里就保持这个速度。当狐狸再也看不到他们的时候，他们就掉转头拐了一个像拉开的弓一样的大弯朝西南飞去，几乎好像是他们打算飞回东约特兰去。小男孩想："不管怎么说，那多半是狐狸斯密尔，所以连阿卡都这么朝旁边绕了大弯，走另外一条路了。"

　　那天将近傍晚的时候，大雁飞过一个古老的南姆兰园林，叫作大尤尔厄。那座高大的白色住宅后面有一个长着阔叶树的花园，而前面有大尤尔厄湖，那里有突出的岬角和丘陵起伏的湖岸。房子看上去是老式风格，很吸引人，当小男孩从庄园上飞过的时候也不是没有长叹一口气。他很想知道，在结束这天的飞行之后，如果不去一个泥泞沼泽地或者一片寒冷的冰层上落脚，而是能进一个这样的地方，感觉会怎么样。

　　可是，这样的好事当然是想都不用想的。大雁们没有在那里降落，而是落脚在这个庄园北面一段距离外的一个林间草地上。那里的地面差不多被水淹没了，只有零星几个草丘突出在水面上。那地方差不多是小男孩这次旅行中停留过的宿营地里最最糟糕的。

　　他在公鹅背上又坐了一会儿，不知道自己该怎么办才好。后来，他一个长跳跳下来，又从一个草丘跳到另一个草丘，一直到踩上坚实的土地为止，然后朝那个古老庄园所在的方向跑过去。

　　现在发生了这么一件事，就在这天晚上，有几个人坐在大尤尔厄庄园下属的一个佃农家里围着炉火聊天。他们谈到了布道，谈到了开春的农活，谈到天气好坏等等，不过等到他们开始缺少话题的时候，他们就求一个老婆婆，就是那个佃农的妈妈，给他们讲些鬼故事。

　　差不多人人知道，在这个国家，没有一个别的地方像南姆兰这样，能

找到这么多大庄园和鬼故事。那个老婆婆年轻的时候曾经在很多大户人家里当过女佣人，知道那么多奇怪的事情，可以一直讲到天亮。她讲得那么可信生动，坐在那里听的人，几乎都会入迷，都把她说的事当真。当她在讲故事当中有两三次打断自己的话，问大家是不是听到沙沙的声响，大家都会惊慌得缩起来。她说："你们没听到吗，有啥东西在这个屋子里面到处转悠呢！"可是，其他人什么也没有听到。

　　当老婆婆讲了来自埃利克山和维比岛的故事，来自朱里塔和拉格曼岛的故事，还有好几个其他地方的故事，有人就问，在大尤尔厄有没有发生过什么事情，也是这么奇怪的故事。老婆婆说："当然有呀，不会真的没有啊。"大家马上就想听听，有关他们自己的庄园，有什么传说。

于是老婆婆就说起来，从前在大尤尔厄北面的一个山坡上有一座宫殿，现在那个山坡上除了森林已经没有别的东西了。在那个宫殿前面是一个很美丽的乐园。曾经发生过这样的事，有个叫作卡尔君的王侯，当时统治着整个南姆兰。他出巡的时候曾经来过那个宫殿。他吃饱喝足了以后，就走进乐园里，在那里站了很久，也很开心，眺望着大尤尔厄湖，还有那些美丽的湖岸。正当他站在那里为他看到的风景感到高兴，心里想着，再也找不到比南姆兰还美的地方了，这时他听到，就在他背后有人深深地长叹了一口气。他转过身，看到一个上了年纪的雇工，弯腰支着铁锨站在那里。卡尔君就说："是你在这儿深深叹气吗？你是为了什么要叹气呢？"

　　这时那个雇工回答："我当然得叹气啊，我到了这世上就是日日夜夜干活。"

　　不过，卡尔君脾气暴躁，不喜欢听人抱怨诉苦。他大叫着："你没有别的事情可抱怨吗？我告诉你，要是我能来南姆兰永生永世挖土，我都心满意足了。"

　　那个雇工就回答："那就祝大人实现您的愿望吧。"

　　不过，后来有人说，卡尔君就因为这次谈话的缘故，死了以后在坟墓里也不得安宁，每天晚上要到大尤尔厄来，在他的乐园里挖土。是呀，现在那边既没宫殿也没乐园了，原先他们所在的地方，现在只是一块平常的森林坡地。不过，要是有人在一个黑夜里从那片森林走过的话，可能发生那样的事，他还能看到那个乐园。

　　讲到这里老婆婆停了下来，朝屋里的一个昏暗角落里看。她问："是不是有啥东西在动呀？"

　　她的儿媳妇就说："嘻，没什么，妈妈，您就讲吧！我昨天看见那个

屋角里有个老鼠打的大洞，不过我有太多别的事要做，就忘了把洞堵上了。您就说说，有没有人看见过那座乐园。"

老婆婆说："有哇，这个我要讲给你们听听。我自己的爸爸就见过一回。有个夏天的夜里，他穿过那个森林，正那么走着，突然就看见旁边有一堵很高的花园围墙，在围墙上面他还瞅见了那些最稀有名贵的树，那些树上的花呀果子呀都沉甸甸的，把长长的枝条都压得垂到围墙外边了。我爸爸就慢慢往前走，想看看这个花园是从哪里来的。这时候呢，围墙上突然就打开了一个大门，一个管园子的就出来了，问我爸爸愿不愿意看看他的乐园。那个人手拿着铁锹，穿着大围裙，就跟其他管园子的一样。我爸爸正要跟着他进去，这时他瞅了一下那个人的脸。就这一下子，我爸爸认出那人了，他前额上有一绺尖尖的头发，下巴有一撮山羊胡子。那正是卡尔君呀，跟我爸爸在所有大庄园里看到的画上画的一模一样，我爸爸在那些庄园干过活的……"

故事讲到这里又一次中断了。现在炉火里木柴在噼噼啪啪地燃烧，火星和炭粒溅到了地板上。屋子里所有昏暗角落一瞬间都被照亮了，老婆婆觉得自己看见一个小小的小精灵的身影，就坐在老鼠洞旁边，也在听她讲故事，不过又急忙闪开了。

儿媳妇拿起扫帚和铁铲把炭粒打扫干净，又坐下来。她说："妈妈，您可以继续讲啦。"可是老婆婆不愿意讲了。她说："今天晚上就算讲够了。"她的声音听起来有点奇怪。其他人愿意听更多故事，不过儿媳妇看到，老婆婆脸色苍白，双手发抖。她就说："别讲了，妈妈累了，得去睡觉了。"

过了一会儿，小男孩又回到了森林里去找大雁。他边走边嚼一根胡萝卜，那是他在地窖外面找到的。他觉得，他吃到了一顿可口的晚饭，而且他很满意，能在那个温暖的屋子里坐了几小时。他想："现在我只要有一个过夜的好地方就行了！"

这时他有了个想法，最好的是在路边一棵浓密的云杉树里找个睡觉的地方。他就爬上这棵树，把两三根细树枝编织起来，这样他就有一张可以睡觉的床了。

他在那里躺了一会儿，想着他在那个屋子里听到的故事，特别是那个卡尔君，至今还会在这个尤尔厄森林里游荡，不过他很快就抛开了这一切，呼呼睡着了。要不是刚好在他下面有两扇大铁栅栏门，吱吱响着被打开，让他醒了过来，本来他是可以一直睡到天亮的。

小男孩就在那一刻醒了过来，揉揉眼睛赶走睡意，朝四周张望。就在他身边有一堵一人高的墙，墙头上瞥见里面的树，树枝都被果子压弯了。

起初他觉得，这可太奇怪了。他睡着的时候，这里并没有什么果树呀。不过，只过了几秒钟，他就记起来了，于是他就明白这是一个什么花园了。

最奇怪的也许是他一点也不害怕，相反，感到一种无法形容的强烈欲望，要进到那个花园里面去。他躺在云杉树上的这个地方又暗又冷，可是在花园里面却是一片光明，他觉得他看到果子和玫瑰花都在强烈的阳光中发光。他已经在寒冷和恶劣天气中四处游荡了那么久，所以能感受到一点夏天的温暖，对他来说就太好了。

要走进这个花园看来一点都不难。小男孩睡觉的那棵云杉树边上有堵高墙，高墙上就有个大门。一个老园丁刚把那两扇大铁栅栏门推开。现在他站在门口朝森林里面张望，完全像是他在等什么人到来。

一转眼小男孩已经从树上爬下来了。他朝那个老园丁走过去，小尖帽拿在手里，鞠了个躬，就问到花园里去看看行不行。

老园丁用很生硬的口气说：“行啊，可以啊。你只管进去吧！”

然后他又把铁栅栏门拉起来，还用一把很重的锁把门锁好，那把钥匙就插在他的皮带里。这段时间里小男孩站在那里打量他。他有一张粗糙的脸，尖尖的山羊胡子，尖尖的鼻子。如果他身上没有系着园丁的蓝色大围裙，手里没拿着一把沉重的铁锹，那么小男孩会把他当作一个老军人。

老园丁朝着花园里面大步走去，步子大得小男孩得奔跑着才跟得上。他们在一条很窄的路上走，小男孩不小心就踩到草坪边缘了。不过他马上就会得到一顿训斥，不许他踩踏草坪，后来小男孩就跟在这个带路人后面跑。

小男孩能感觉到，老园丁一定觉得自己是大材小用了，带他这么个被魔法变成的小把戏去参观花园，他就什么都不敢问了，只顾跟着奔跑。时不时老园丁会扔给他一两句话。一到围墙里面就有一道浓密的树篱笆，他们穿过这道树篱笆的时候，老园丁就说，他把这里叫作考尔莫顿。小男孩回答说："是啊，它那么大，用这个名字是有理由的。"可是老园丁根本不在乎他说什么。

他们从那些树篱笆里走了出来，小男孩就可以放眼看到一大部分花园了。他马上注意到，这个花园并不是特别宽大，只有两三亩地。那堵高围墙在南面和西面护卫着它，不过北面和东面被水围绕着，所以那里就用不着什么围墙了。

老园丁停了下来，去把一根藤蔓扎好，小男孩这才有时间往四周看看。他这一生中还没见过很多花园，不过他能感觉到，这个花园是和所有其他花园都不一样的。它多半是用一种老式的风格来铺设的，因为这样密集成群数量很多的小丘陵、小花圃、小树篱笆、小草坪和小庭院，现在是见不到了。还有，这个花园往四处看都能看到成群的小池塘和弯弯绕绕的小水渠，这也是现在少见的。

到处都是最名贵的树木和最奇异的鲜花。小水渠里的水清澈碧绿，像镜子一样照人。小男孩觉得，所有这一切就像是一个天堂。他双手合十赞叹起来："我从来没见过这么美丽的花园！这里会是一个什么样的花园呢？"

他简直是高声叫喊，老园丁马上转过身来，用生硬的口气说："这个花园叫作南姆兰。你是个什么人哪，这么孤陋寡闻？这个花园从来都算得上是本王国最美丽的花园之一。"

对这个回答小男孩沉思了一会儿，可是他有那么多的东西要看，来不及确定这里面会有什么意思。所有的鲜花，曲折的水流，就已经是这么美

了，然而还有其他的东西，也是小男孩更喜爱的，那就是这个花园里还有许多小游乐室和玩具室。它们到处都有，不过多半是在那些小池塘和小水渠旁边。它们不是真正的房子，很小，好像就是专为小男孩这么大的人建造的，不过它们不可思议地整齐和精巧，有各种深思熟虑的式样：有些像宫殿，带有塔楼和两侧偏屋；另一些看上去像是教堂；还有的像磨坊和农舍。

这些小房子都那么美，所以每一个房子小男孩都很愿意停下来更仔细地看看，可是他除了跟着老园丁走，不敢做别的事情。不过，他们很快来到一个地方，要比他们之前碰见的什么地方都大，也更壮观。这个地方建有三层楼，有突出的前门楼和往两个侧翼展开的附属建筑。它坐落在一座土丘上的一个花坛的正中央，而通往这栋楼的道路上有小巧精致的桥，跨越了一条接一条水渠。

除了在老园丁脚跟后面跑，小男孩不敢做其他的事情，不过，当他必须走过所有这些地方，又不能停下来，他不由沉重地叹了口气，连那个严厉的老园丁也听见了，停下了脚步。老园丁说："我把这个地方叫作埃利克山。如果你想进去，你可以进去看看，不过你要小心平托巴夫人！"

小男孩一点没迟疑，马上就遵照这个吩咐做了。他穿过两边都是树木的林荫道往前跑，跑过那些小桥，上坡穿过花坛，穿过大门走了进去。所有这一切看起来都正好是为他这样的人调整过的。台阶不高不矮正好，他也可以打开每一把门锁。他绝对不敢相信，他会看到这么多美丽的东西。橡木地板闪光发亮，是打过蜡的。抹过灰的天花板上画满了图画。沿着墙壁挂着一幅接一幅画框，家具都有镀金的边脚扶手和丝绸衬面。他看到满墙都是书籍的房间，也看到桌子上和柜子里摆满珍宝的房间。

不管他怎么抓紧，他连那栋房子一半都来不及看完，那个老园丁就在

喊他了，等他出来的时候，老园丁已经不耐烦地吹胡子瞪眼睛了。

老园丁问："哎，怎么样？你看见平托巴夫人了吗？"可是小男孩连一个活生生的生物都没见到过，当他这么回答的时候，老园丁气得脸都扭歪了。他说："平托巴夫人都已经得到安息了，就我没得到！"小男孩从来没想到过，这样的绝望可以在一个男人的声音里发抖。

然后老园丁又迈着大步走在前头，小男孩跟在后面跑，一边还试着尽可能多看看所有那些奇异的东西。他们沿着一个池塘走，这个池塘要比其他池塘略微大一些。长长的白色亭子，和贵族庄园的房子一样，到处都是，从灌木丛和鲜花丛中露出头来。老园丁一步都不停，不过，在往前走的时候会时不时给小男孩扔下一两句话。他说："我把这个池塘叫作云嘎伦，那边是丹比岛，那边是哈格比山，那边是胡佛斯塔，那边是奥格莱厄。"

然后，当老园丁跨了两三大步，走到一个他叫作博文的新的小池塘，不过在这里他听到小男孩又发出一声惊叹，他就停了下来。小男孩已经站在一座小桥前面，那座桥通到池塘中央一个岛上的一座宫殿。

老园丁说："如果你乐意的话，你可以跑过去，到维比岛上去看看。不过你要小心白衣夫人！"

小男孩自然马上听从老园丁说的话跑了过去。那里面的墙上挂着那么多肖像画，他觉得那房子就像是一本巨大的图画册。他感到那么快乐有趣，真愿意整个夜晚都在那里面走走。可是没过多久，他就听到老园丁在喊他了。

他叫喊着："出来吧！出来吧！我还有别的事要做，不能光是站在这里等你啊，你这个小鬼头。"

小男孩刚跑过桥，老园丁就问他："哎，怎么样？你看到白衣夫人了吗？"

小男孩没看到一个活生生的生物，也如实说了。这时那个老园丁就把铁锹劈在一块石头上，他用那么大力气，石头被一劈两半，然后他用从心底最最可怕的绝望中深深发出来的声音说："维比岛的白衣夫人也得到安息了，就我得不到！"

一直到这个时候，他们都是在这个花园的南部走动，不过现在老园丁带他朝着西部走去。这里的布置是另外一种样子。土地平整成了宽广的草坪，草坪又被草莓地、圆白菜地和醋栗树丛分开。那里也有小游乐室，不过它们常常是油漆成红色的，更像是农民住的屋子，而且被种啤酒花的园子和樱桃树林包围着。

老园丁在这里停留了一会儿，而且对小男孩扔下几个词："我把这块地方叫作飞翼田。"

紧接着他又指着一栋要比其他房子建造得简单得多、基本上像铁匠铺的房子说："那里是一个众多的工具维修厂。我把它叫作艾斯基斯图纳。如果你乐意，可以进去看看。"

小男孩走进去，看见数量众多的轮子在转动，铁锤在锤打，车床在切削。有那么多的东西值得看，如果不是老园丁在召唤他的话，他很愿意整个夜晚在那里走走。

随后他们沿着这个花园北边的湖走。这里的湖岸时而凸出时而凹入：总是岬角连着湖湾、岬角连着湖湾，沿着整个花园接连不断。岬角外面还有许多小岛，是由狭窄的湖峡和陆地分开的。那些小岛也是属于这个花园的，岛上也和所有其他地方一样，同样精心种植了花草树木。

小男孩走过了一个又一个美丽的地方，可是没停下来过，直到他来到了一座宏伟的红色教堂。这座教堂是矗立在一个湖岸岬角上，相当引人注目，而岬角完全处在果实累累的果树的浓荫之中。老园丁还像通常的情况

那样，经过教堂继续往前走，但是小男孩鼓起勇气，请求允许他进去看看。老园丁回答说："好吧，那就进去吧。可是你要小心鲁哥大主教！很有可能，他现在还在斯特伦格耐斯这一带游荡呢。"

于是小男孩跑进教堂去，看了古老的墓碑和美丽的祭坛神龛。和所有其他东西相比，他最赞叹的还是在前厅旁边一个房间里发现的一尊披挂镀金铠甲的骑士塑像。这里要看的东西也太多了，他要是能停留整整一夜就好了，不过他必须离开，免得让老园丁等他。

他再走出来的时候，注意到老园丁站着观看一只猫头鹰，那只猫头鹰正在空中追捕一只红尾鸲。老园丁对那只红尾鸲吹了几声口哨，那只红尾鸲就安全地落在他肩膀上，而当猫头鹰追赶过来的时候，老园丁就用铁锹把她赶走了。当小男孩看到老园丁那么温情，保护了那只可怜的会唱歌的鸟儿，他心想："老头子倒并不像看上去那么凶。"

不过，老园丁一见到小男孩，就转过身来，问他有没有见到鲁哥大主教。而当小男孩回答说没有的时候，他用极度悲愤的口气说："连鲁哥大主教都得到安息了，就我没得到。"

过后不久，他们来到数量很多的那些玩具室当中最引人注目的一栋。那是一座红砖砌墙的城堡，带有三个坚实的圆形塔楼，用长长的楼房连接在一起。

老园丁说："如果你乐意的话就进去看看吧！这是格里普斯岛王宫，你要小心，别惹恼了埃利克国王。"

小男孩穿过一个很深的拱形大门，进入了一个很大的三角形院子，它被低矮的房子环绕着。那些房子看上去不是特别起眼，小男孩也就不在乎进去看了。他只是跳木马一样在院子里的几尊长长的大炮上跳了一会儿，又继续往前跑。他穿过又一个很深的拱形大门，进入了城堡里又一个院子，它是被漂亮的建筑环绕着，他就走了进去。他来到一个很大的古色古香的房间，天花板上的横梁是裸露着可以被看见的，所有的墙上都挂满了高大而颜色晦暗的画，画上画的全都是一本正经的绅士淑女，身穿奇特而笔挺的服装。

再上一层楼，他发现一间更明亮、也让人更愉快的房间。现在他确实明白了，他是在一座王宫里，因为这里的墙上全是华美的国王和王后的肖像画，没有别的。不过，再上一层楼是一个宽大的阁楼，围绕这个阁楼是各种各样的房间。有光线明亮的房间，配备白色而漂亮的家具，还有一个小的剧场，而紧挨着的房间是一间真正的牢房：一个只有光秃秃石头墙壁的房间，牢门是粗大的铁栅栏，石头地板也被囚徒的沉重脚步磨平了。

那里值得看的东西实在太多了，小男孩觉得，他愿意在里面走上几天几夜，可是老园丁已经在召唤他了，小男孩不敢不听。

当小男孩走出来的时候，老园丁问："你见到埃利克国王了吗？"不过小男孩什么人都没看见，这时那个老头子就像往常那样抱怨着，不过带上了更深的绝望："连埃利克国王都得到安息了，就我没得到！"

于是他们又来到了这个花园的东部。他们经过了一个浴室，老园丁把它叫作南泰利耶，还走过了一个古老的王宫，他把它叫作荷尔宁岛王宫。除此之外，这里没有多少可看的，到处是悬崖和岩礁，而且到了越远的地方就越荒凉。

现在他们转身往南走，小男孩认出了那排叫作考尔莫顿的树篱笆，就明白他们已经接近入口了。

他为了他能看到的一切而感到高兴，当他现在走近那个巨大铁栅栏的

时候，他很愿意感谢一下老园丁。可是老园丁根本不听他说话，只顾正对着大门走去。到了大门口，他朝小男孩转过身来，把自己的铁锹递给他。他说："瞧这里，在我去把铁栅栏打开的时候，你把这个铁锹拿好了。"

可是，小男孩已经很不好意思了，因为他给这个严厉的老头子已经带来了所有这些麻烦事，他愿意自己走出去，省得老园丁花费更多工夫。

他说："您不需要为我的缘故去打开这个沉重的大铁栅栏呀。"同时就穿过铁栅栏的空隙溜了出去。这对他那么小的人来说，这是完全没有什么困难的。

他这样做是出于最大的好意，而他十分吃惊的是，这时他听到老园丁

在他背后气得吼叫，脚跺着地面，手猛烈摇晃铁栅栏。

小男孩说："怎么啦？怎么啦？我只是不愿意再麻烦您了，您为什么这么发火呀？"

那个老头子说："我当然要发火啦。我不需要你做更多的事情，只要把我的铁锹接过去，那就是你该留在这里照管花园了，而我就被替换掉了。现在我就不知道我还要在这里留多久了。"

他站在那里摇晃铁栅栏，看上去愤怒到了可怕的地步，小男孩倒于心不忍了，他觉得老头子太可怜了，他愿意安慰他。

小男孩说："您不要为此难过呀，南姆兰的卡尔君。因为没有一个人能像您做的这样，把这个花园照管得这么好啊！"

等小男孩说了这句话以后，这个老园丁完全安静下来了，动也不动一声不吭，而小男孩觉得，就像有一道光，从老园丁坚硬的表情上照过去。可是小男孩无法看得很真切，因为同时老园丁整个形象也苍白起来淡出了，就像一丝雾气一样消失了。不仅老园丁消失了，整个花园也苍白起来淡出了，连带那些鲜花、果实还有阳光都一起消失了，那个曾经是花园的地方，现在除了荒芜贫瘠的森林土地，什么都没有了。

译注：大尤尔厄（Stora Djulö），位于南姆兰的卡特林霍尔姆市（Katrineholm）郊区，曾是中世纪贵族庄园，现已成为市立博物馆。艾斯基斯图纳（Eskilstuna）和斯特伦格耐斯（Strängnäs）均为瑞典中部属南姆兰的历史名城；格利普斯王宫（Gripsholmslott）也是著名古迹，收藏有齐全的瑞典著名历史与文化名人肖像。平托巴夫人（Pintorpafrun）和白衣夫人（Vitafrun）都是北欧民间传说中常见的鬼魂，性格凶残或暴戾；鲁哥大主教（Kort Rogge,1425—1501）曾是斯特伦格耐斯教区大主教；埃利克国王（Erik Eriksson,1216—1250）是实有其人的瑞典国王。

# 24. 在奈勒克

## 于塞特的卡伊萨

在奈勒克，以前有一样东西独一无二，是其他地方没有的。那是一个女山妖，叫作于塞特的卡伊萨。

她得到卡伊萨这个名字，是因为她和风暴还有刮风很有关系，这类跟风有关系的山妖妖术通常总是这么称呼的。至于她前面的名字，那是因为她来自阿斯克尔小社区的于塞特沼泽地。

看来可以这么说，好像她的老家在阿斯克尔，不过她也常常在别处出现。在整个奈勒克地区，没有一个地方可以保证碰不到她。

她不是什么性格忧郁阴沉的山妖，而是快活而风趣，所有的事情里她最喜欢的，就是一个实实在在的大风天气。一到了风足够大的时候，她就会跑出去，在奈勒克平原上跳一个舞。

奈勒克实际上没别的，就只是一个大平原，四周都被覆盖着森林的山

区围绕着。只有在东北角上，在耶尔玛湖流出这个地区的地方，那个长长的山峰围墙上才有了一个空当。

当风在某个早晨在波罗的海上积聚了力量，现在朝内陆吹过来，它是相当顺利无碍地从南姆兰的丘陵之间进来的，也没有很大麻烦就从耶尔玛湖地区那个空当吹进了奈勒克。然后它横扫过奈勒克平原，不过就在西面它碰到了基尔斯山脉的高大峭壁，就被抛了回来。于是这风就像一条蛇一样弯曲着身体，朝南面吹去。可是在那边有蒂维登大森林和它相遇，又推了风一下，这样它又往东冲过来。不过，东面也有蒂罗大森林，它把风朝北送到了谢格兰山脉。而从谢格兰山脉那里，风再次被带向基尔斯山脉，接着又是蒂维登大森林和蒂罗大森林，这样又转了一次。风就这么转呀转的，可是转的圈子越来越小，直到最后就站立在平原中央像个陀螺一样，只是转个不停。不过，旋转的暴风刮过平原的这种日子，风妖于塞特的卡伊萨会过得很开心。那时她站在旋涡的中心旋转。她的长发在她四周飘荡起来到了天空的云间，她的长裙裙裾拂扫过大地像是一团尘雾，而整个平原在她脚下就像一块巨大的舞池地板。

早晨的时候，于塞特的卡伊萨常常坐在一个悬崖顶上的大松树上眺望整个平原。如果那是冬天，雪况很好，她看到很多人在路上滑雪，她就赶紧刮起一场暴风雪，堆起那么高的雪堆，所以人们几乎要晚上才能赶回家里。如果那是夏天，收割庄稼的好天气，于塞特的卡伊萨就坐着不动，直到第一批运送干草的大车装满，这时她就跑来下一两场阵雨，让这一天的劳动全完蛋。

千真万确，除了想着给人烦恼之外，她极少想到别的事情。基尔斯山上的烧炭工人几乎不敢打一个盹，因为她一看到一个没人照看的炭窑，就

会蹑手蹑脚溜过去，往里吹上一口气，这样炭窑就开始燃烧起高高的火苗。如果来自鲑鱼河和黑河的矿石运输车队在某个夜晚出来很晚的话，于塞特的卡伊萨就把道路和那个地带笼罩在那么昏暗的雾霾里，以至于人和马匹都会迷失方向，把沉重的雪橇驶进了泥潭和沼泽。

如果在夏季的某一个星期天，格兰哈马尔教堂的牧师太太在自己的花园里布置好了喝咖啡的桌子，这时来了一阵风，把桌布掀了起来，把杯子盘子都掀倒，人人都明白谁在拿他们开玩笑。如果厄勒布鲁市市长的礼帽被风刮掉了，所以他不得不跑过整个中心广场去追自己的帽子；如果维恩岛上的人运蔬菜的驳船搁浅在耶尔玛湖上；如果洗好了晾在外面的衣服被

刮到地上沾满了尘土；如果某个晚上浓烟看来完全找不到通过烟囱出去的路，倒灌进屋子里，那时大家都不难知道是谁出来给自己找乐子。

不过，尽管于塞特的卡伊萨喜欢各种各样令人恼火的恶作剧，其实她并没有什么真的坏心。大家注意到，她对那种好吵嘴的、吝啬的和不安好心的人最不客气，可是把那些正派的人和穷孩子经常置于自己的保护之下。老人们说，从前，阿斯凯尔的教堂就要着火的时候，于塞特的卡伊萨就赶来了，降落在教堂屋顶上的火和烟中间，解除了这个危险。

无论如何，奈勒克的居民已经好多次对于塞特的卡伊萨相当厌烦了，可是从她那方面看，她对捉弄他们从来不厌烦。当她高坐在一块云边上，俯视下面的奈勒克，这个地区展现着繁荣的气象，平原上有漂亮的农庄，山区里有富足的矿产和冶炼厂，有缓缓流动的黑河和水浅鱼多的平原湖泊，有美好的都市厄勒布鲁，它是围绕着带有坚固角楼的那座庄严而古老的王宫扩展出来的，她多半会这么想："要是没有我在，人类在这里过得就太好了。他们会又没精神又不愉快。这里必须有一个我这样的，让他们打起精神，让他们保持好脾气。"

于是她就狂笑起来，像一只喜鹊一样让人难以捉摸，飞舞旋转着飞来飞去，从这个平原的一个角落飞舞旋转到另一个角落。当奈勒克人看到她怎么样把自己裙裾下的尘雾带过奈勒克平原，就禁不住微笑起来。要说捉弄人让人讨厌，这是她，但是她有好脾气。农民们和于塞特的卡伊萨的关系，就和这个平原被暴风鞭挞一样，是一样让人神清气爽的事情。

现在大家都说，于塞特的卡伊萨已经死了，不在了，她和所有其他山妖一样，全都不见了。但是这种看法几乎是不可信的。这就好像有人出来说，从今以后空气在这个平原上永远静止不动了，大风也永远不会在平原上飞

舞旋转着刮过去了，还带着嗖嗖和呼呼的声音，带着清新的空气和阵雨。

此外，以为于塞特的卡伊萨已经死了和不在了的人，可以听听尼尔斯·霍尔格松路过奈勒克地区的那一年，这个地区情况怎么样，然后让他自己说说他相信什么。


# 集市前夕

四月二十七日　星期三

那是厄勒布鲁市牲口买卖大集市的前一天，雨下得那么大，雨点就跟鞭子一样抽打人。这是一场没人能够对付得了的大雨。从云端里倒出来的是真正的激流，许多人心想："这完全就和于塞特的卡伊萨的时代一样了。她搞的恶作剧从来没有像集市的时候那么多。在集市前夕弄出这么一场大雨，这就是她的做法。"

雨下的时间越长，就变得越大。到了晚上，下起了真正的倾盆大雨，把道路完全变成了无底的水沟。那些一大早就牵着牲畜离开家上了路的人，为的是第二天早上能及时赶到厄勒布鲁集市，这下可遇到大麻烦了。母牛和公牛都那么不耐烦，所以不肯再迈一步，还有许多可怜的牲口就倒在道路中央，表示他们实在没力气再走下去了。所有住在路边的人家，不得不打开家门让那些赶集的人进来，根据经济条件和地方大小为他们提供过夜的住房。不光住房都满了，连牲口棚和仓库也是满满的。

但是那些出得起钱找客栈的人，还是想办法赶到客栈去，不过他们到了那里就几乎要后悔了，后悔他们没有留在路边的什么人家。因为客栈牲

385

棚里的所有隔栏，马厩里的所有圈房，全都已经被占据了。没有任何别的法子，只能让马和母牛站在外面的雨地里。而这些牲口的主人也只是刚刚凑合着，才能够进入屋顶下面。

客栈的院子里又湿又脏又拥挤，一片狼藉，乱得可怕。有些牲口站在名副其实的水塘里，甚至都不能卧下去。有些农庄主为自己的牲口找来干草让牲口躺在上面，还把被子盖在牲口身上，不过也有那种农庄主，只管自己坐在客栈里面喝酒打牌，完全忘记了应该照料一下牲口。

小男孩和大雁们那天晚上来到了耶尔玛湖的一个小岛上。那个小岛和

陆地之间只隔开一条又窄又浅的水道，人们完全可以想象，在退潮水浅的时候，甚至可以走过去都不弄湿鞋子。

这个小岛上也和别的地方一样下雨下得疯狂。小男孩睡不着觉，因为落在自己身上的雨点叮叮咚咚响个不停。最后他就在岛上四处游荡起来。他觉得，当自己走动的时候，就感觉雨小了一点。

他几乎还没绕完小岛，就听见小岛和陆地之间的水道里传来水溅起来的声音。紧接着他就看到一匹孤零零的马儿从灌木丛之间走出来。那是一匹又老又可怜的瘦马，那么狼狈那么凄惨，小男孩还真没见过同样的。那

匹马骨瘦如柴，如此干瘦，每个骨关节都在皮下看得见。他身上既没有拉车的挽具又没有人骑的马鞍，只有一个老旧的马嚼子，上面垂着一段半烂了的缰绳。很明显，他没有什么困难就挣脱了出来。

那匹马直接朝着大雁们站着睡觉的地方走去。小男孩害怕起来，怕他会踩到他们身上。小男孩就叫起来："你到哪里去？你可看好了！"

那匹马说："哎呀，你在这里啊。我走了整整二十里路就是来找你的。"说着走到小男孩的前面。

小男孩惊讶地问："你听说过我吗？"

"我虽然老了，也还长着耳朵呢。现在有许多动物在谈论你呀。"

他说话的时候把头低下来，为的是能看得清楚一些。小男孩注意到这匹马的头很小，有漂亮的眼睛，柔和秀气的鼻子。小男孩想："当初这肯定是一匹骏马，尽管晚年的遭遇很不幸。"

那匹马说："我想请你跟我走，去帮我做一件事情。"小男孩觉得，跟一匹看上去这么凄惨的马走是不太安全的，就抱歉说天气不好。

那匹马说："如果你骑到我背上来，不会比你躺在这里差的。不过，你大概是不敢跟着我这样一匹让人见了好笑的老马走吧！"

小男孩说："怎么不敢啊，我还是敢的啊。"

那匹马说："那就把大雁们叫醒吧，我们就可以跟他们讲好，明天一早他们到什么地方接你！"

这之后小男孩就很快骑在了马背上。那匹老马快步小跑起来比小男孩原来想的要好得多，不过这依然是穿越黑夜和恶劣天气的一次长久旅程，最后他们才在一个大客栈门口停下来。这里看上去也是一片狼藉，情形很糟。路上有车轮留下的车辙，因为车辙那么深，所以小男孩相信，如果他

掉进去就会淹死。围绕着客栈的栏杆上已经拴着三四十头马和牛，但没有什么挡雨的东西，客栈里面停了不少手推车，上面高高地堆着笼子，里面关着羊、牛犊、猪和母鸡等等。

那匹马走到栏杆旁边。小男孩仍旧骑在马背上，用他具有的夜里还能看到东西的眼睛，能清楚看到那些牲口多么受罪。

小男孩问："怎么回事，为什么你们都站在外面淋雨呢？"

"我们是在去厄勒布鲁一个集市的路上，不过，因为下雨的缘故，我们不得不到这个客栈里面来。可是来的旅客太多了，我们没得到屋里的地方。"

小男孩什么都没回答，只是沉默地坐着，看看周围。睡得着的牲口没几头，而从各个方向他都能听到抱怨和不满。他们当然有理由抱怨，因为这时候天气比白天还要糟得多。已经开始刮起冰凉的寒风，雨水像刀一样锐利，像鞭子一样抽打他们，还掺杂着雪珠。也不难理解那匹马想做什么，他要小男孩帮他忙。

那匹马问："你看见吗，客栈正对面有个很气派的农庄？"

小男孩说："嗯，我看见了，而且我搞不懂，你们的主人为什么不去那里为你们求借里面的房屋。说不定那里面也已经住满了吧？"

那匹马说："不，那里面根本就没有陌生人。住在那个农庄里的人非常吝啬，不乐意帮助别人，所以什么人去求他们给个房间都没有用的。"

"哦，是这么回事啊？那么你们只好现在站哪里就站哪里了。"

那匹马说："不过我正是这个地方出生长大的。我知道，那里有很大的马厩和很大的牛棚，有很多空着的圈房和隔栏。我在想，你有没有什么办法，让我们进到那里面去。"

小男孩说："我想我不敢那么做。"不过，他觉得那些牲口太可怜了，

所以他无论如何要试试。

他跑进那个陌生的农庄里，马上看到所有厢房都上了锁，所有钥匙都被拔掉了。他站在那里进退两难无可奈何，不过却从意料不到的方向得到了帮助。那是一阵风，以让人恐怖的速度嗖嗖吹来，就把他面前的一个大仓库门一下子掀开了。

小男孩当然一刻都不拖延就转身回到那匹马身边去了。他说："马厩还是牛棚不可能进去啦，不过有个又大又空的干草仓库，他们忘了关门了，那里我可以把你们带进去。"

那匹马说："谢谢啦！又一次能在老地方睡觉真好啊。这是我这一生中能得到的唯一的快乐。"

那个正对着客栈的富裕农庄上的人，今天晚上却无论如何要比往常都晚得多才去睡觉了。

那个农庄的男主人是个三十五岁的汉子，身材高大魁梧，有一张漂亮的，不过正在发愁的脸。白天的时候他也一直在外面的大雨里奔走，像别的人一样淋得湿透。到了吃晚饭时候，他就求那个还是农庄女主人的老妈妈在炉子里生上火，这样他就可以烘干自己的衣服。然后他的老妈妈就烧起一小堆不算很旺的火，因为这户人家平常是不舍得多用柴火的。农庄男主人把外套搭在一把椅子上，把椅子放在炉火前面。然后他一只脚架在炉台上，一条胳膊支在膝盖上，他就这么站在那里盯着炉火看。他站了有两三个小时，除了时不时往火炉里扔进一根木柴之外，一直一动不动。

女主人已经把吃剩的晚饭收走，还为儿子铺好了床，然后就进了自己的小房间里坐下来。她有时走到门外来看看，带着疑问看着他，而他就站在炉火边，不去睡觉。他说："没什么事，妈妈。我想的只是一些过去的事情。"

事情是这样的，他刚刚走过客栈的时候，有个马贩子走上来，问他愿不愿意买一匹马，还指给他看一匹年老的驽马。那匹马已经衰老得不成模样了，他就问马贩子是不是疯了，竟敢用这样一种次品来骗他。马贩子说："不是啊，不过，我只是想，因为这匹马以前曾经是您的财产，所以您也许愿意给他一个安定的晚年吧，因为他也需要。"

这时他好好瞧了瞧这匹马，果然认出来了。那是一匹他自己喂养大的，还训练得能拉车的马。不过，就为了这个缘故，买下一匹这么老而不中用的牲口，他是不会上这个当的。不行，当然不行。他不是那种把钱白白扔掉的人。

不过，无论如何，当他见过了那匹马，就勾起了他对很多往事的回忆。正是这些回忆让他一直醒着，无法上床去睡觉。

是呀，那匹马早先曾经是一头非常健美的好牲口。他爸爸让他从头开始就照管这匹马。是他教会了那匹马拉车。他对那匹马的喜爱曾经超过了其他一切。他爸爸常常埋怨他给那匹马喂的饲料太好太多，所以他经常得偷偷给那匹马喂燕麦吃。

自从有了那匹马以后，他就不再步行上教堂了，而总是驾着马车去。那只是为了能炫耀一下那匹年轻的马，而他穿的是家里自己纺织自己缝制的衣服，马车也是简陋的，连油漆都没有涂过，可是那匹马却是爬上教堂高坡的最漂亮的骏马。

有一次他大着胆子对爸爸开口，要为自己买正经的西服，还要给马车涂油漆。他爸爸站在那儿好像变成了石头。儿子甚至以为老头儿要中风了。那时他努力要让爸爸明白，当他有一匹这么漂亮的骏马在前面拉车，他当然应该自己也穿得体面一点。

他爸爸什么都没回答，不过两三天之后就把那匹马牵到厄勒布鲁去卖了。

这是残忍的，不过也很清楚，爸爸害怕那匹马会引诱儿子变得虚荣和浪费，而现在，这么长时间过后，他不得不承认爸爸这样做是对的，一匹这样的好马确实会成为一种诱惑。不过，当时他一开始还真是悲痛欲绝。有时候他还跑到厄勒布鲁城里去，只为了站在街角看那匹马拉着车走过，或者溜进人家马厩里去塞给那匹马一块糖吃。

他曾经想："等爸爸死了，我接管了农庄。我要做的第一件事，就是把我的马买回来。"

如今爸爸已经死了，他自己接管农庄也两三年了，可他没有做过哪怕一次尝试去把那匹马买回来。直到今天这个晚上，他已经有很长时间没想过那匹马了。

这真是件奇怪的事情，他居然会把那匹马完全忘记了。不过爸爸是个非常专制和独断专行的人，儿子长大成人以后，他们父子俩总是一起出去干活，爸爸对他有很大的权力。那时他会认为，无论爸爸做什么，他做的一切都是对的。自从他自己接管农庄以来，他也只是努力按照爸爸办事的方式来办理一切事情。

他当然知道，有人说他爸爸太吝啬，不过，把钱袋捏紧一点，没有必要的时候不乱花钱，那也没错呀。好的东西得来也不容易，当然不能随随便便糟蹋了。就算被人说成吝啬鬼，他坐在一个不欠债的农庄上，总比其他农庄主总是拖欠着一大笔债要好得多吧。

他想了这么长时间，这时突然一惊，因为他听到了什么奇怪的声音。那好像是一个尖锐而又嘲弄他的声音在重复他的想法："最最好的是捏紧钱袋。就算被人说成吝啬鬼，坐在一个不欠债的农庄上也比其他农庄主欠债好。"

听起来好像是有什么人想拿他的聪明智慧取乐，他正要发火，这时他注意到，这一切全都是个错误。现在已经起风了，而他已经站在这里面很久，迷迷糊糊想睡了，所以这才把烟囱里呼呼的风声当作了真有人在讲话。

他转眼看了一下墙上的挂钟，挂钟这个时刻正好重重敲了十一下。原来已经这么晚了。他想："是时候了，该上床睡觉啦。"不过他又记起来，他还没有在农庄上巡视一下，这是他通常每天晚上都要做的事，看看所有的门和盖子是不是都关好了，所有的火烛是不是都熄灭了。自从他成了这个农庄的主人，他从来没疏忽过。他穿上外套就走到外面的风雨里。

他发现一切都是应该的样子，只有一个空的干草仓库的门被大风掀开了。他进屋子里找来钥匙，把干草仓库的门锁好，把钥匙放在外套的衣袋里。然后他回到大房子里，脱下外套，把它挂在炉火前面。不过他现在还是没上床去睡觉，而是在屋子里来回踱起步来。外面是一种可怕的天气，寒风冰凉刺骨，下着夹杂雪片的大雨。他的那匹老马站在外面这种恶劣天气里，没有什么东西比如一条被子来保护自己！当他的老朋友到了这个地方，他还是应该让他的头顶上有个房顶吧。

在正对面的客栈里，小男孩也听到一个旧挂钟叮叮当当敲了十一下。这时候他正在解开牲口的缰绳，准备把他们领到那个农庄的干草库房里去。他用了相当长时间才把他们弄醒和安排好，不过最后他们总算都准备好了，他们排成一个长队，由小男孩当带路人，朝着那个吝啬的农民家的农庄走去。

不过，就在小男孩安排这些事的时候，那个农庄主已经在院子里巡视了一圈，把干草仓库的大门锁住了，所以当牲口排着队到那里的时候，那

扇门锁起来了。小男孩站在那里完全怔住了。不行，他不能让牲口们站在这里！他必须到那个正房里去，把那把钥匙找来。

小男孩对那匹老马说："让他们安安静静等在这里，我去拿钥匙！"说完他就跑走了。

他跑到院子中央停了下来，考虑着他怎么才能进那个房子里去。正当他站在那里的时候，他看到两个赶路的小孩从路上走过来，停留在客栈前面。

小男孩马上看清楚了，那是两个小女孩。他跑得靠近一些，因为他想着，他也许能得到他们的帮助。

一个女孩说："瞧瞧吧，布丽塔·玛雅，现在你不要再哭啦！现在我们已经到客栈啦。这里我们应该可以进去啦！"

那个女孩子话刚说完，小男孩就朝她喊着："不行啊，你们别想着进客栈啦，那里根本不可能了。不过，那个农庄里还没一个客人。你们到那里去吧！"

那两个女孩子清楚地听到这些话，却看不见和她们说话的人。不过，她们也没怎么感到奇怪，因为那是一个漆黑的夜晚。那个大一点的女孩子马上回答说："我们不愿意到那个农庄里去，因为住在那里的人又小气又没好心肠。就是因为他们的缘故，我们俩才不得不到路上讨饭的。"

小男孩说："就算是这样吧。不过你们无论如何要去那里。你们会看到，对你们来说会行得通的。"

两个小女孩就说："好吧，我们可以去试试看，不过，我们肯定是不会被放进去的。"她们走到那个住房的门前，敲了敲门。

农庄主听到有人敲门的时候，还是站在炉火前面，在想着那匹马。他走出去看看出了什么事情，同时他也在自己心里想好了，不要让自己上什

么当，把什么过路人放进屋子来过夜。不过，正当他推开门的时候，来了一阵风，趁机刮进来了，还刮得那扇门挣脱了他的手，猛一下子打开，撞到了外面墙壁上。他不得不走出去，到外面的台阶上把门拉回来，当他再回到屋子里的时候，两个小女孩已经站在屋子里了。

那是一对可怜的讨饭小姑娘，衣服很破烂，肚子很饿，身上很脏，弯着腰背着口袋，那口袋和她们身材一样长。

农庄主不客气地问："你们是什么人，深夜还在外面乱跑？"

那两个孩子没马上回答，而是先把口袋放下来。然后她们朝他走过去，伸出她们的小手来打招呼。那个大女孩说："我们是从恩亚德特的玛雅家来的安娜和布丽塔。我们来请求在这里过夜。"

他没有去握那两只伸出来的小手，正准备把那两个小乞丐赶出去，这时一个新的记忆出现在他脑海里。恩亚德特，不就是那个小木屋，里面有个穷寡妇带着自己五个孩子住的地方吗？不过那个寡妇欠了他爸爸几百克朗的债，而他爸爸为了讨这笔钱，强迫她卖掉了小木屋。后来那个寡妇带着三个大的孩子到诺尔兰去找工作，不过两个小的就留在教区里。

他记起这件事，心里感到痛苦。他知道，他爸爸曾经受到很多指责，因为他硬把那些钱讨回来，但那些钱总归还是他爸爸的正当财产啊。

他用严厉的声调对两个孩子说："你们现在靠什么过日子？贫民收养所没有照顾你们吗？为什么你们要到处流浪讨饭？"

那个大一点的女孩说："这不是我们的错。是我们现在来到的这户人家，把我们赶出去讨饭的。"

那个农民说："行了，我看你们的口袋都装满了，你们就不能抱怨了。现在最好还是把你们带来的东西拿出来，吃饱了再说，因为这里你们可得

不到什么吃的。所有女人全都已经去睡觉啦。然后你们可以在炉子旁边的角落里躺下，这样你们就不会挨冻了。"

他摆了摆手，就像是告诉她们从他这里走开，他的眼睛里有了一种几乎冷酷的表示。他不得不感到高兴，因为自己有一个对财产非常仔细的爸爸。否则的话，说不定他自己在孩提时代也像眼前这两个孩子一样，要拎着讨饭口袋四处乞讨。

他刚刚想到这里，今天晚上他已经听到过一次的那个尖锐而又嘲弄他的声音又重新响了起来，一字一字地重复了一遍。他听了听就马上明白了，那不是任何声音，只是风，在烟囱里发出的噪音。可是，奇怪的是，当风这样重复讲出他的想法的时候，给他的感觉是这些想法出奇地愚蠢、残忍和虚伪。

不管怎么样，那两个女孩子已经在硬硬的地板上并排躺下。她们并不安静，而是躺着咕咕哝哝说话。

他说："你们就安静点吧！"他的脾气变得暴躁起来，到了想揍她们的程度。

可是，尽管如此，她们咕咕哝哝的说话还在继续，于是他又对她们叫喊了一次，要她们安静下来。

这时一个幼小而清楚的声音回答他："我妈妈离开我的时候，她要我保证，每天晚上都要读晚祷文。这个我必须做，布丽塔·玛雅也一样。只要等我们念完了《上帝爱孩子》，就不再说话了。"

农庄主坐在那里一动不动，听那两个小孩子念他们的晚祷文。然后他开始在屋子里迈着大步子走过来走过去，走过来走过去，一边走一边还扭动着双手，好像他遇到了巨大的苦恼。

那匹马被卖掉而且受到摧残，这两个孩子被弄成了四处流浪的乞丐！这件事情都是他爸爸干出来的！他爸爸做的事情也许并不总是对的。

他又在一张椅子上坐下来，低下脑袋用双手支撑着。突然间他的面孔开始抖动抽搐起来，眼睛里涌出了泪水，他慌忙用手擦掉。新的泪水又涌了出来，他又同样慌忙擦掉他，可这没有用。眼泪只越来越多。

这时他的老妈妈推开了小房间的门，他赶紧把椅子转开去，让自己背对着她。不过她肯定已经注意到了什么不寻常的事，所以一动不动站在他身后站了很长时间，好像在等着他对她说点什么。于是她想到了，男人们要开口说这样的事情，能进入他们内心最深处的事情，总是多么难。她得帮帮他。

她从自己的小房间里已经看到了正屋里发生的一切事情，所以她什么都不需要问了，只是悄悄地走到那两个已经睡熟的孩子身边，把她们抱起来，放到小房间里自己的床上。然后她又走出来，走到儿子身边。

她并不想假装她没看见他在哭，她说："你听着，拉什，无论怎么着，你也要让我把这两个孩子留下。"

他问："什么，妈妈？"他努力止住自己的哭泣。

"自从你爸爸从她们的妈妈手里拿走了那个小木屋，这几年来我一直为她们难过。你也是难过的。"

"是的，不过……"

"我愿意让她们留在这里，让她们成为好人。她们是好孩子，不该出去讨饭！"

他什么也不能回答，因为泪水止不住地流，不过他握住老妈妈那只干枯的老手，轻轻拍着。

不过他突然站起来，好像是被什么吓了一跳。"这件事爸爸会怎么说呢？"

他妈妈就说："你爸爸有过他当家的时候。现在是你当家了。只要你爸爸活着，我们都得听他的。现在是听你的，可以让人家看看你是什么人了。"

她儿子对这些话那么诧异，甚至停止了哭泣。他说："我就是让人家看看我是什么人啊。"

他妈妈说："不对。你没这么做。你只是试着跟你爸爸一样。要知道，爸爸有过很穷苦的时候，把他吓怕了，就怕变穷。他觉得，他是被迫首先为自己着想。可你从来没有过什么困难的事，会逼得你心肠那么硬。你拥有的家产超过你的需要，如果不想着点别人，那就太没人情味了。"

就在那两个小姑娘走进这个屋子里的时候，小男孩也跟在后面溜了进来，后来他就一直躲在一个黑暗角落里。没过多久，他就看到了干草仓库的钥匙从那个农民的外套口袋里露了出来。他这样想过："等到那个农庄主把那两个孩子赶出去的时候，我就拿了钥匙往外跑。"

但是那两个孩子没有被赶出去，小男孩留在那个角落里，不知道该怎么办。

老妈妈跟自己的儿子谈了很久，她谈着，他就慢慢停止了哭泣，到最后他坐在那里，脸上有了美好的表情，看起来成了另外一个人。他一直拍着妈妈干枯的手。

老妈妈看到儿子已经平静下来，就说："好了，现在我们该去睡觉了。"

他匆忙站起来说："不，我还不能去睡觉。还有个外乡来的，今天晚上我要让他留在家里过夜。"

他没再多说什么，只匆匆忙忙披上外套，点亮一盏马灯，就走了出去。外面还照样刮着风，照样很寒冷，不过他走到门前的台阶上，开始轻轻哼起歌来。他想知道那匹马是不是还认识他，那匹马还乐意不乐意住进自己的老马厩。

他从院子里走过的时候，听见有一扇门被风吹得哐当哐当直响。他想："是那个干草仓库，门又被风吹开了。"于是走过去关门。

只过了片刻，他就到了干草仓库门口，正要把门关上的时候，他觉得他听见里面传出一种沙沙的声音。

事情原来是这样的：农庄主从正房里走出来的时候，小男孩趁着机会也同时跑出来了。他马上跑到了干草仓库，也就是他把领来的那群牲口留下的地方。不过，牲口们已经不站在外面的大雨里了。有一股强劲的风早已经把干草仓库的门掀开，帮助他们到了里面，到了有屋顶的地方。不过，那个农庄主听见的沙沙声音，是小男孩跑进干草仓库里的脚步声。

这个农庄主提起马灯朝干草仓库里一照，看到整个地板上都躺着睡觉的牲口，却看不到一个人影。那些牲口都没用绳子拴着，而是胡乱躺在干草堆里。

他对牲口闯进家里来感到恼火，开始叫着喊着弄出声音，要把睡觉的牲口喊醒，统统赶出去。可是牲口们都安静地躺着不动，就好像他们根本不愿意被人打扰。唯一站了起来的，是一匹老马，慢吞吞地朝他走了过来。

农庄主一下子就安静下来了，他马上从那匹马走路的样子就认出他来了。他朝那匹马举起马灯，那匹马走过来，把头靠在他的肩膀上。

农庄主开始抚摸那匹马。他说："你是我的马啊！你是我的马啊！他们做了什么把你弄成这样？是的，亲爱的，我要把你买回来。你再也用不

着离开这个农庄啦。我的马啊，你想要怎么样就怎么样。你带来的其他牲口，可以留在这里。不过你要跟我到马厩里去住。现在我可以给你吃燕麦，你要吃多少我就给你多少，不用再偷偷摸摸去拿了。你的身体还没有完全毁掉吧。你会再次成为教堂山坡上最漂亮的骏马，你一定会的。就该这样！就该这样！"

译注：奈勒克（Närke），是瑞典中部一行政区划名称，其首府厄勒布鲁（Örebro）是瑞典古都之一，近代也以制鞋业闻名。奈勒克境内的耶尔玛湖（Hjälmaren）为瑞典第四大湖。诺尔兰（Norrland）泛指瑞典北部地区，面积约占瑞典一半，也包括数个行政区划。

# 25. 解冻

第二天是个大晴天。虽然从西边还刮来相当大的风，不过这让人只有高兴，因为风把路吹干了，否则这路被昨天的大雨弄得实在是太泥泞了。

大清早，两个斯莫兰的孩子，放鹅丫头奥萨和小马兹，就在一条乡间大路上走着，这是从南姆兰通到奈勒克的路。那条路是沿着耶尔玛湖的南岸往前伸展，两个孩子一边走一边看着还覆盖着大部分湖面的浮冰。朝霞把清亮的光投射在浮冰上，它就不像春天的冰常见的那样看上去又灰暗又难看，而是闪耀白光，引人注目。他们可以从浮冰上望出去那么远，而浮冰又坚固又干燥。雨水早就流到冰上那些孔洞和裂缝里去了，或者也是被浮冰吸收了。他们只看到了最壮观的浮冰，其他全没看到。

放鹅丫头奥萨和小马兹正在往北流浪，他们忍不住想着，如果不绕着湖岸走，而是从冰上直接穿过这个大湖，不知能少走多少步路。他们当然明白，春天的浮冰是危险的，可是这个湖上的浮冰看上去非常安全。他们看到，靠湖岸的浮冰还有十几公分厚，还看见浮冰上有人走出来的一条路，是他们可

405

以跟着走的，而且对岸看来很近，他们用一个小时就可以到那边了。

小马兹说："来吧，咱们去试试。只要咱们看好了，就不会掉进冰窟窿里去，那咱们就能走过去。"

于是他们就走到湖面上去了。冰并不特别滑，走在上面非常轻快。冰面上的积水比他们刚开始看到的要多，一会儿这里一会儿那里冰上还有很多孔洞，里面有水涌上来又漏下去。这样的地方要十分小心，不过大白天里阳光灿烂，也不难看

清楚。

两个孩子轻快地边走边说，他们讲的没有别的，都是说他们多么聪明，从冰上走了过来，没有继续走那条被大雨冲坏了的大路。

当他们走了一会儿，就到了维恩岛附近。岛上有一个老婆婆从自家的窗户里看见了他们，就从屋子里奔出来，朝他们挥舞胳膊，还叫喊着什么，可惜他们听不见。他们当然很明白，她是警告他们不要继续往前走。不过，他们已经走在冰上，也看到眼下没有一点危险。一切都这么顺利的时候，反要离开冰面，那就太愚蠢了。

他们就这样经过了维恩岛，现在他们眼前是一块十公里宽的冰面。这块冰面上有着大片的积水，孩子们就不得不绕着走比较长的路。不过这只会让他们开心。他们俩还比赛，要找出来哪里的冰最好走。他们既不累也不饿，又有一整天时间，所以碰到新的障碍的时候，他们只是嘻嘻哈哈笑。

有时候，他们也抬起眼睛来望望对岸。尽管他们已经走了足有一个小时，但是对岸看起来还是非常遥远。他们有点吃惊，因为这个湖那么宽阔。小马兹说："好像对岸在移动，躲开我们。"

在这个湖上，他们没有什么可以抵挡西风保护自己的东西。而西风每分钟都刮得越来越厉害，刮得他们的衣服都紧贴在身上，他们就难以活动。这么寒冷的大风当然是他们两在流浪中遇到的头一位的不愉快的事情。

有件事让他们很惊讶，那就是大风里还夹带着强烈的轰鸣声，就好像它带着来自一个大磨坊或者五金工场发出的噪音。可是在茫茫的浮冰上又不会有这种场所的。

他们走到了一个很大的岛瓦伦岛的西面，现在他们觉得，他们真的接近北岸了。不过，与此同时大风也越来越麻烦，随风而来的那种强烈轰鸣声也增强到了让他们开始感到不安的程度。

他们忽然明白了，他们听到的这种轰鸣声是来自波浪，是波浪带着泡沫和巨响扑打湖岸的噪音。不过这好像也是不大可能的，因为这个湖上还覆盖着浮冰。

不管怎么说，他们还是停下来朝四周看。这时他们注意到，西面很远的地方，对着熊岛和布谷鸟岛的陆地，有一道白色堤坝横穿过这个湖。起初他们还以为那是道路边堆积起来的雪，不过他们最后看明白了，那是冲

击冰块的波浪飞溅起来的泡沫。

当他们看到这种情景，就互相拉着手开始奔跑，没说一句话。湖的西面是开放没有结冰的，他们觉得自己看到那道泡沫飞溅的白线正在飞快地朝东移过来。他们不知道浮冰会不会到处裂开，或者发生什么别的事情。不过他们感觉得到，他们已经处在危险的境地里了。

一转眼，他们觉得就在他们奔跑的地方浮冰被掀了起来，掀起来，又沉下去，就好像有人从底下顶了浮冰一下，然后就听到浮冰里有一阵沉闷的声音，裂缝就在浮冰上朝四面八方裂开来。两个孩子可以看到，裂缝多么飞快地穿过浮冰。

现在浮冰平静了一小会儿，可是很快能感觉到又一次上升和下沉。这之后，裂缝就扩大成了裂口，通过裂口可以看到水涌上来。紧接着，裂口又成了深沟，浮冰开始分成巨大的碎块。

小马兹说："奥萨，一定是解冻了。"

奥萨说："是，是这么回事，小马兹。不过我们还来得及上岸。只要快点跑！"

实际上，大风和波浪要把浮冰从湖上去掉还有很多工作要做。最难的工作算是完成了，浮冰已经分裂成碎块，不过所有这些大的碎块还要重新再分裂，要彼此冲撞破碎，再磨碎，融化成水。还是有很多坚硬牢固的冰块留了下来，构成了一块块很大的还没损坏的场地。

不过对这两个孩子来说，最要命的危险是他们对浮冰没有全面的观察。他们看不清哪里有宽大的裂口，根本不可能跨过去。他们也并不知道哪里有大块的浮冰，可以托得住他们。所以他们一会儿这里、一会儿那里四处来回乱跑。他们往湖中心走，而不是靠近岸边。在裂开的冰块

上他们变得那么不知所措，心惊胆战，以至于到了最后他们只是站着不动放声大哭。

这时来了一队大雁，呼啸着掠过他们头顶。大雁们高声而有力地大叫着，而奇怪的是就在大雁的叫喊声中孩子们听到了这样的话："你们要往右边走，往右边走，往右边走！"

他们马上行动起来，遵照这个建议做了，可是没过多久，前面又是一个很宽的深沟，他们又站在那里束手无策了。

他们又一次听见大雁在他们头顶上叫喊，在叫喊声中他们又听清一两句话："站在原地别动！站在原地别动！"

对他们听到的这个建议，孩子们互相一句话也没说，不过听从了，站在原地不动。随后这几块浮冰很快就滑到了一起，这样他们就越过了深沟。于是他们又手拉手飞奔起来。他们心里很不平静，不光是因为危险，也是因为得到了这种帮助。

很快他们又因为新的难题犹豫不决而不得不停下来，但是马上就听到有个声音从上面传下来对他们说："往前直走！往前直走！往前直走！"

这样持续了半个多钟头，不过这时他们已经来到了狭长的伦格尔岬角，能够离开冰块，蹚着水走上陆地了。可以看得出，他们曾经是多么害怕，因为当他们已经踏上了坚实陆地的时候，只顾往前走，没有停下来一次回头看看湖，那里的波浪现在正开始越来越有力地把冰块翻来倒去。不过，当他们在岬角上走了一段路之后，奥萨突然停下来。她说："在这儿等着，小马兹。有件事情我忘记了。"

放鹅丫头奥萨再次走下湖岸，在那里她把手探进自己背的口袋摸来摸去，最后掏出一只很小的木鞋。她把小木鞋放在一块石头上，这样的话木

鞋就可以非常清楚地被人看到。然后她就回到了小马兹身边，一次都没回头看一下。

　　不过，其实还没等她转过身，一只白色的大公鹅就像闪电一样从空中飞来，叼住木鞋，然后又用同样快的速度飞上了天空。

# 26. 分遗产

四月二十八日  星期四

当大雁们帮助放鹅丫头奥萨和小马兹走过了耶尔玛湖，他们就笔直朝北飞，一直飞到西曼兰。他们降落在费灵布鲁教区大片耕地中一块耕地上休息和吃东西。

小男孩当然也很饿，可是看来要找到什么可以吃的东西全是白费力气。正当他四处张望的时候，注意到旁边那块地里有两个男人在犁地。突然他们把犁停了下来，坐下来吃他们带的早饭。小男孩马上赶紧往那边跑，轻手轻脚地靠近那两个男人。也许有这种可能吧，在他们吃完之后，他能找到一些碎屑或者一块面包皮。

有一条路从这块地旁边经过，路上有个老头走过来。当他看到那两个犁地的人，就停下来，跨过石头垒的矮围墙，走到他们面前。他说："我也该吃早饭了。"说着就把肩上的挎包取下来，掏出了黄油和面包。他接着说："真不错，用不着独自一人坐在路边吃了。"

他就同那两个犁地的人聊起天来，他们很快就知道，这个老头是来自北山矿区的一个矿工。现在他不干活了，因为年纪已经太大，爬不了矿井里的梯子了，不过他还住在离矿井很近的一个小木屋里。他有一个女儿，嫁给了这边的费灵布鲁镇上的人。他刚去探望过女儿，女儿想叫他搬到这边来，可是他说服不了自己。

两个农民就说："是吗，你不觉得这里过日子跟北山一样好啊！"他们说着还撇撇嘴，因为他们很清楚，费灵布鲁是全地区最大最富的教区之一。

老头儿说："难道我会留在这么一块平原上吗？"说着摆摆手，好像这类事情是想都不用想的。现在他们开始争论起来，不过都是友好的口气，争论的是在西曼兰居住在什么地方最好。犁地的人中间有一个是在费灵布鲁出生的，说了这片平原很多好话。另一个是从韦斯特罗斯地区来的，他认为这个地区最好的地方是梅拉伦湖畔，那里有长阔叶树木的小岛和美丽的岬角。不管怎么说，老头对这些都不服气，为了向他们证明，他的想法才是对的，就请他们允许他讲一个故事，是他小时候从老年人那里听来的：

"在西曼兰这里，很久很久以前住着巨人家族的一个老婆婆，她那么富裕，整个地区都归她所有。所有漂亮的东西她当然都有，不过她的生活里还是有很大的烦恼，因为她不知道怎样把家产分给三个儿子。

"你们看，事情是这样的，那两个大的儿子她并不太在乎，不过那个最小的是她最疼爱的宝贝疙瘩。她愿意让他得到最好的一份遗产，可是她同时也担心，要是老大老二发觉她分得不公平，就会成为小儿子和兄长之间的争斗。

"好吧，有一天她觉得自己离死神不远了，没时间再考虑了。她就把

三个儿子全都叫到身边，开始跟他们讲遗产的事情。

"她说：'现在我把我的家产分成了三份，让你们在其中挑选。在第一份里，我放进去我所有的橡树林、长着阔叶林的小岛、鲜花满地的草场，都收拾在一起放在梅拉伦湖周围。谁挑选了这一份，就有了湖岸草场上供绵羊、母牛吃的好草，在那些小岛上，如果他不愿意用来做果园，也可以收集树叶喂养家禽。那里还有许多深入内陆的湖湾和水道，所以有好机会经营货运和各种交通运输。在河流流入湖海的地方他有很好的码头，所以我相信，在他分到的这块地方会有乡镇和城市发展起来。他也不会缺少耕地，尽管耕地是分散零碎的。他的儿子们从一开始就学会了从这个岛航行到那个岛，这就会使得他们成为优秀的航海家，可以航行到外国去为自己创造财富，这个只有好处没坏处。是的，这就是第一份遗产。对这份遗产，你们有什么可说的？'

"是啊，三个儿子都同意，这份遗产丰厚极了，不论谁分到这份，都一定会过得很幸福。

"那位年老的女巨人说：'是呀，这一份是无可挑剔的。第二份也不错。在第二份里，我集中了我所有的平坦原野和开阔耕地，把它们一块接一块排列起来，从梅拉伦湖地区一直排到北部的达拉那。我相信，选中这一份遗产的人不会后悔。他想种多少庄稼就可以种多少庄稼，可以为自己建立很多大农庄，他和他的后代连一天都不用为过日子操心。为了这个平原不被水淹，我已经在这个平原上挖通了几条大沟。在那些大沟里还有几个瀑布，在那里可以修建磨坊和铁工场。沿着这些大沟我还安排了几个沙砾的蓄水坝，那里可以生长出森林，提供柴火。是的，这就是第二份，我觉得，得到这一份的人，也有所有理由感到满意。'

"三个儿子全都表示同意，还感谢她为他们做了这么好的安排。

"老婆婆说：'我当然想尽力做到最好啦。不过，现在我要说到最让我烦恼的那一份了。因为你们也看到了，我已经把所有的阔叶林草地、牧场和橡树林都放在第一份遗产里了，把我所有的耕地和新开垦的土地都放在第二份遗产里了，我要开始收集一点东西给第三份遗产，这时候我才注意到，我的财产里已经没有什么别的东西，只剩下了一些松树林、云杉树林、悬崖、灰石板、贫瘠的杜松树丛林、穷苦的桦树林地和小湖泊。我可以理解，第三份你们中间没一个会高兴要。不管怎么说，我把所有那些没人要的东西放在这块平原地带的北面和西面。可我真的害怕，选了这一份遗产的人，将来等待他的只有贫穷，没有别的。他能养的家畜只有绵羊和山羊。他得划船到湖里去打鱼或者到森林里去打猎，这样才能给自己弄来食物。那里当然有不少激流和瀑布，所以还能盖很多磨坊，随便他盖多少，可是我怕他没有什么东西可以拿到磨坊里去磨，只有些树皮。狼和熊也会给他带来很多麻烦，因为这类野兽肯定会出没在荒野里的。是啊，这就是第三份遗产。我很明白，这一份跟其他两份没法比，要不是我这么老了，我本来可以再重新分配一下，不过这是不可能了，现在我到了生命的最后时刻，心里还不安，因为我不知道能把那份最坏的遗产给你们当中哪一个。你们三个全都是我的好儿子，对你们当中哪一个不公平，都不容易。'

"当这个巨人老婆婆说完了这件事的情况，就很焦急地看着儿子们。现在他们不像刚才那样说她分得好、为他们想得周到了。他们站着不说话，样子能让人看出来，不管谁分到最后一份，都会不满意。

"是啊，老婆婆躺在那里焦急不安，儿子们能看出来，他们的妈妈正在提前忍受死亡的痛苦折磨，因为正是她必须把三份遗产在他们之间分好，而她简直不知道把最坏的一份遗产分给儿子中的哪一个，因此就会让这个儿子不幸福。

"不过，那个最小的儿子还是最爱妈妈的，不忍心看到妈妈那么苦恼，于是就说：'妈妈，现在您再也不要为这件事情烦恼自己了，您安心躺着，让上帝接您去天堂吧！那份不好的遗产您就留给我吧！我当然会努力在那里生存下去，不管过得好不好，我都不会因为其他兄弟比我过得好而埋怨您的。'

"他一说完这些话，老婆婆就安心了，就感谢他称赞他。然后，怎么分其他两份遗产的事情就一点也不让她烦恼了，因为那两份是同样好的。

"等一切都分好了，老人家再次感谢了最小的儿子，说她本来就希望是他来帮她解决这个难题。她请求他在搬到荒原上去之后，一定要记住她给他的伟大母爱。

"然后她就闭上眼睛告别人世了，他们兄弟三个让妈妈入土安葬之后，就去看各自分到的财产。两个大的儿子当然不会有别的意见，只有感到满意。

"那个老三来到他的荒野上，他看到，老妈妈说的全是真话，那里大部分是山峰、悬崖和小湖。他完全明白，当妈妈把这一份遗产为他安排好的时候，妈妈是带着母爱考虑到他的，因为虽然她没有什么别的留给他，只有这些不好的东西，但是妈妈安排得那么井井有条，所以这里成了一块最美丽的土地。有些地方又可怕又荒凉，但不管怎么说是美丽的。他喜欢观赏这个地方，不过他还是不能说他很高兴。

"可是他开始注意到，这些山的山脚时而那里时而这里都有一种奇怪的外观。当他更仔细去看的时候就发现，这里几乎到处都贯穿着矿脉。在

他的这部分财产里，有很大部分是铁矿，不过也有足够多的银矿和铜矿。他料想到，他得到的财产其实要比他两个哥哥随便哪一个都多得多，这时他才开始明白，他的老妈妈在分遗产的时候是什么意思。"

译注：梅拉伦湖（Mälaren）是瑞典第三大湖，首都斯德哥尔摩（Stockholm）即位于此湖出海口。西曼兰（Västmanland）是瑞典中部行政区划。

# 27. 在矿山区

四月二十八日　星期四

大雁们有过一次很麻烦的飞行。自从他们在费灵布鲁的田地里吃过早饭以后，他们的打算是直接朝北飞越过西曼兰，但是西风越刮越大，把他们刮向东面，一直刮到乌普兰的边界。

他们在高空飞行，风用强劲的速度把他们往前抛。小男孩骑在鹅背上想朝下看看西曼兰是什么模样，但是看不太清楚。他当然注意到了，这个地区的东部非常平坦，但他不明白那些从北到南横穿平原的沟垄和直线是些什么东西。它们看上去很特别，因为所有那些线条都是笔直的，间距也都是一样的。

小男孩说："这块地像我妈妈的围裙一样都是方格子。我不明白的是上面划过的那些条纹是什么东西。"

大雁们回答："河流山岭，公路铁路。河流山岭，公路铁路。"

这还确实是真的，因为当大雁们被风刮到东边去的时候，他们先飞过海德斯特罗姆河。那条河是在两道山岭之间流动，与一条铁路同行。然后

420

他们又经过了库尔拜克河，那条河一边是一条铁路，另一边是一道山岭，上面有条乡间大路。后来他们与黑河相遇，也是有山岭和公路伴随的；然后是有巴德隆德山岭伴随的丽尔河，最后是萨格河，它的右岸既有公路又有铁路。

小男孩想："我以前从来没见过那么多路是朝一个方向的。一定有许多货物要从北方运来，经过这个地区运出去。"

同时他觉得，这是很奇怪的，因为他一直以为到了西曼兰以北就差不多到了瑞典的尽头了。他的意思是说，这个国家剩下的地方，除了森林和荒原之外，就不会有什么别的东西了。

当大雁群被风一直赶到了萨格河，阿卡大概也明白了，他们已经是朝另一个完全不同的方向飞，不是她希望的方向，因此她领着大雁群在这里掉转头，开始顶着大风努力往西飞。也就是说，他们又一次飞过那块方格子图案的平原，然后继续飞入这个地区森林密布的西部山区。

只要是在平原上空飞的时候，小男孩就朝前探着身子，从鹅脖子上往下张望，不过当平原过去之后，他看见前面出现了大片的森林，就坐直了，想让眼睛休息一下，因为地面都被森林覆盖着，通常是没太多东西可看的。

当他们在覆盖森林的山岭和林间小湖上空飞行了一段时间之后，小男孩听到了下边的地面上有什么吱吱的声音，又像是有人在哭号。

这时他当然是要往前探出身子看看的。大雁们现在费力地顶着风飞行，也不是飞得特别快，所以他能把下面的地面看得非常清楚。他注意到的第一样东西是一个黑色大洞，笔直地深入到地底下。在洞口上搭着一个粗大圆木做的升降机装置，这个升降机正带着吱吱声和哭号声把一个装满石块的大圆桶提升上来。洞口四周也都是大堆大堆的石块；有一台蒸汽机在一

个小棚子里呼哧呼哧地响；女人和孩子们在地上围坐成一圈清理着石头；在一条狭窄的马车路上，有几辆装满灰色石块的大车在滚动。森林的边缘有些矿工的住房。

小男孩不能理解这是个什么地方，于是他张大嗓门对着下面的地面大喊："这是一个什么地方，从地下取上来这么多灰石头？"

家住在这个地方、对这里什么都知道的麻雀们就叽叽喳喳地说起来："听听这傻瓜！听听这傻瓜！他分不清铁矿石和灰石头。他分不清铁矿石和灰石头。"

这下小男孩明白了，他看见的是一个矿井。他相当失望，因为他一直以为矿井都是在高山上的，没想到这个矿井就在两三座山岭之间的平地上。

很快他们就把这个矿井抛在了后面，小男孩又坐直了身子，眼睛朝前看，因为下面又只是云杉林覆盖的山岭和桦树丛林了，他觉得这些以前见过太多次了。这时他感觉到有一股强烈的热气从地面朝他冲上来，他马上又得往下看，要知道是怎么回事。

在他下面是大堆的煤和矿石，就在这些煤堆矿石堆中间有一座高耸的八边形的涂成红色的建筑，正把整整一束的火焰送上天空。

起初小男孩只以为这是火灾，不会是别的，可是他看到地面上的人走来走去，一点都不把大火当回事，他又不懂这是为什么了。

小男孩对着下面的地面叫喊："这是一个什么地方啊，一个房子火光冲天了，也没一个人过问？"

家住森林边上、对周围发生的事了解得很清楚的苍头燕雀就叽叽喳喳地说："听听这人，他害怕火焰！他不知道铁是怎么从矿石里熔化出来的。他分不清楚高炉的火焰和火灾。"

很快大雁们又把那座高炉抛在了后面。小男孩又坐直了朝前看，因为他认为，在这个森林地带不会有很多可看的东西。可是他没有飞多远，就听见从下面的大地上传来一种可怕的噪音和喧闹声。

于是他又往下看，首先注意到一条小溪从山的峭壁上冲下来，成了有力的瀑布。瀑布旁边是一座大建筑，有黑屋顶和高耸的烟囱，烟囱里冒出混杂火星的浓烟。在这座建筑的外面堆着铁块、铁条和真正的小煤山。周围的广大地面都是黑色的，还有黑色的道路伸向四面八方。从那座建筑里可以听到一种无法形容的噪音，又是隆隆的轰鸣又是机器的吼叫，听起来就好像有什么人面对一头咆哮的野兽在拼死搏斗。不过奇怪的是没人过问所发生的这些事情。离那里不远的绿树荫下有工人住房，再远一点的地方还有一座很大的白色的贵族庄园建筑。可是在工人住房外的台阶上，有孩子非常安心地在玩耍，而在贵族庄园的林荫道上有人在悠闲地散步。

小男孩朝地面上尖叫着：“这是一个什么地方，怎么那座房子里打架要打死人了也没人过问？”

一只喜鹊笑起来：“咯咯，咯咯，咯咯，咯咯！那儿飞来个自作聪明的。咯咯，咯咯，咯咯，咯咯！哪有人在打架啊。那是铁块，放在铁锤下锤打的时候冒出火星发出声音。”

很快大雁们把炼铁厂也抛在了后面，小男孩又重新坐直了往前看，因为他认为，在这森林地带没有很多可看的。

当大雁们又飞了一会儿，小男孩听见下面有一个大钟敲响起来，就必须又一次往下看，为了搞清楚这钟声是从哪里来的。

这时他看到下面有一个农庄，一个和他以前见过的农庄都不一样的农庄。住房是一长排红色的平房，并不特别大，但是，让他惊讶的是住房旁

边所有那些巨大的建筑完美的附加的房子。小男孩知道，一个农庄大约有多少附加的房子就够用了，不过这里的附加的房子数量却要翻了一倍甚至两倍。房子过分多了，这是他从来想不到的。他也盘算不出来，这些房子里会存放什么东西，因为这个农庄附近也几乎看不到什么田地。当然他看到森林里有几块小片的田地，不过，一方面它们那么小，所以他几乎都不愿意把它们叫作田地，另一方面，每块田地旁边都已经有了一个小库房，能收获的粮草全都可以存放在里面了。

在马厩的一个屋檐下面挂着农庄开饭的大钟，钟声就是从那里传来的。农庄主正领着他雇用的长工们朝厨房走去。小男孩看见他手下有很多很气派的人。

小男孩朝着地面喊着："这都是些什么人啊，在没什么耕地的森林里，还造了这么大的农庄？"

走在垃圾场上的一只公鸡马上就回答了。他喔喔叫着说："老矿主们的庄园。老矿主们的庄园。田地在地下啊，田地在地下啊！"

小男孩现在开始明白了，这里不是那种平常的森林地带，可以走过去而不用对它看一眼。当然这里也到处都是森林和山岭，但是在它们中间却藏着这么多值得注意的地方，多得让人难以置信。

有的矿区，那里的升降机架子都要倒塌了，那里的地面都被矿坑挖穿了；还有的矿区，那里的开采工作依然在继续，矿井里沉闷的爆破声能传到天上的大雁们那里，那里的森林边缘上还有矿工住房形成的完整村落。也有些陈旧的、废弃不用了的铁工厂，小男孩能透过坍塌的屋顶看到里面巨大的箍着铁条的锻锤杆，很笨拙地砌起来的熔炉；也有些大型的新建的炼铁厂，那里冶炼工作正在进行中，在锻压锤打，所以地面都在颤抖。在

荒野上也有一些小村镇，安静无声，看上去对周围所有的噪音都无动于衷。也有索道穿过空中，索道上有装满矿石的筐子在缓缓移动。在每条激流上都有轮子在转动，电线穿过安静的森林伸展开去，非常长的货运列车转动着车轮开来，拖着六十节甚至七十节车皮，有的装满矿石和煤炭，有的装着铁锭、钢板和钢丝。

当小男孩看了一会儿，看到所有这一切，就无法保持沉默了。尽管他知道，地面上的鸟儿会取笑他，他还是问："这个只长出铁来的地方，它叫什么啊？"

这时，正在一座被废弃的炼铁炉里睡觉的一只上了年纪的鸱鸮猛然一惊，从睡梦里醒过来了。他伸出圆圆的脑袋，用可怕的声音叫着："呵呵，呵呵，呵呵。这个地方叫矿山区啊。要是这里没长铁，那现在只有鸱鸮和熊还住在这里啦。"

译注：矿山区（Bergslagerna）并非行政区划名，泛指西曼兰西北部和达拉那南部的矿山群，自中世纪开始就是瑞典采矿、炼铁的重要基地。乌普兰（Uppland）为瑞典中部行政区划。

# 28. 钢铁厂

　　大雁们飞过矿山区这天，一整天几乎都在刮强劲的西风，只要他们试着往北飞，就会被刮到东边去。不过阿卡认为，狐狸斯密尔会从这个地区的东部跑上来。因为这个缘故她不愿意朝那个方向飞，而是一次又一次掉转头，竭尽全力回到往西的方向。这样的飞法，大雁们只能慢慢前进，直到下午还在西曼兰的矿山区。将近晚上的时候风突然减弱了，这些已经飞得疲倦的大雁就希望在太阳落山之前会有一段时间轻松地飞行。不过，这时吹来了一股猛烈的狂风，把大雁们刮得像球一样团团转，无忧无虑地坐在鹅背上的小男孩没想到什么危险，被这股风从鹅背上刮起来，抛到了空荡荡的天空里。

　　小男孩那么小那么轻，在这么猛烈的风里就不会笔直落到地面上，而是先随着大风飘了一段路，然后慢慢地晃晃悠悠地飘落下来，就像一片树叶从一棵树上飘落下来一样。

　　小男孩还在晃悠着落下去的时候就想："哈，这不那么危险啊。我这么慢

悠悠地落到地上，就好像是一张纸片。公鹅莫顿马上会赶来把我捡起来的。"

他飘落到地上以后，做的第一件事就是把小尖帽从头上扒下来，拿着帽子挥动，为了让大白公鹅看见他在哪里。他还叫喊着："我在这里，你在哪里？我在这里，你在哪里？"让他非常吃惊的是，公鹅莫顿并没有出现在他身旁。

他看不见大白公鹅的影子，也看不见那些在天空中摆出队形的大雁群。这群大雁完全从天空中消失了。

他觉得这件事有点奇怪，不过没有害怕或者不安。他一刻也没有那样的念头，以为阿卡和公鹅莫顿这样的朋友会丢弃他。一定是那股大风把他们刮走了。一等到他们能够转身了，就会飞回来找他的。

不过，这里是什么地方？现在他到底是在哪里？直到这时候，他都只是站着朝天上看，要找大雁，但是现在他扫视了一下自己周围。他没有落在平地上，而是落在一个又深又宽的山沟里，或者算是山沟的什么地方。这里就像是一个房间，大得像一个教堂，四面都是几乎垂直的陡壁，但根本没有屋顶。地面上有几块大石头，石头之间长着苔藓、越橘树丛和矮小的桦树。陡壁上一会儿这里一会儿那里有些凸出部位，从这些部位垂挂下来几架破烂的梯子。有一边的陡壁上还打开了一个黑黑的拱洞，看起来是通往这座山内部的。

小男孩总算没有在矿山区上空白白飞了一整天。他马上就明白了，这个大沟是从里往外挖出来的，过去人们就从这个地方把矿石运出去。小男孩想："不过我得马上爬到地面上去。要不然我怕我的旅伴们就不知道我到哪里去了。"他刚要朝陡壁那边跑过去，这时有人从后面抓住了他，一个粗鲁的声音就贴在他耳边吼叫着："你是什么人？"

小男孩马上转过头去看，一开始吃了一惊，觉得他面前是一块巨大的石头，上面覆盖了灰褐色的长长苔藓，不过他也注意到，这块石头有宽厚的脚掌用来走路，有头有眼睛和一张吼叫着的大嘴。

他一时想不出可以回答什么，看来那头大野兽也不等他回答，把他推倒在地上，用脚掌把他在地上滚来滚去，还用鼻子嗅他，看起来正准备把他一口吞下去，不过又改变了这个想法，叫喊着："姆勒和布鲁默，我的孩子们，到这儿来吧，你们会有好吃的东西尝尝！"

很快奔跑过来一对毛茸茸的小野兽，脚还站不稳当，皮毛柔软像小狗一样。

小野兽叫着："熊妈妈，您弄到什么啦？让我们看看，让我们看看！"

小男孩想："噢，我是碰上熊了。这下我怕狐狸斯密尔就不需要给自己添麻烦来追我啦。"

熊妈妈用前掌把小男孩朝小熊推过去。其中一只小熊叼住小男孩就跑开了。不过他咬得并不太紧，因为他好玩，在把拇指头干掉之前，想先拿他给自己取乐。另外一只小熊跟着追了过来，想把小男孩抢过去，他跑起来那么歪歪扭扭，一跤正好撞在叼着小男孩的那只小熊脑袋上。于是两只小熊就滚在一起，又咬又抓又是吼叫。

这个时候小男孩趁机挣脱开了，奔到山崖陡壁前开始往上爬。这时两只小熊都冲过来追他，他们轻巧灵活地爬到峭壁上，追上了他，把他像一个皮球一样地扔在苔藓上。小男孩想："现在我可知道，一只可怜的小老鼠落到猫爪子底下的时候是什么感觉啦！"

他试了好几次要逃走。他跑进旧矿井坑道里很深的地方，躲藏在岩石背后，还爬到过桦树上去，不过，无论躲到哪里，那两只小熊总有办法把

他抓回来。他们一抓到他，又把他放开，让他重新逃跑，这样他们就又可以来抓他，给自己取乐。

最后小男孩被所有这些折腾弄得又累又烦，就倒在地上不动了。两只小熊就吼叫起来："快跑走呀！要不然我们就把你吃掉！"

小男孩说："好吧，你们就吃吧！我再也跑不动了！"

两只小熊马上都连滚带爬到熊妈妈那边去，抱怨着说："熊妈妈，熊妈妈，他不想再玩下去啦！"

熊妈妈说："那你们俩就把他平分了吃掉吧！"不过，当小男孩听到这句话，他是那么害怕，就不得不再陪小熊玩下去。

后来到了睡觉的时候，熊妈妈就把小熊叫回来，这样他们就可以紧挨着她睡觉，这时小熊已经玩得很开心，愿意第二天再继续玩同样的游戏。他们把小男孩夹在他们中间，还把爪子放在他身上，这样小男孩就不能动，一动就会把他们惊醒。两只小熊很快睡着了，小男孩想等一会儿就尝试从他们这里溜走。可是他这辈子还从来没被这么抛来抛去、滚来滚去、追来追去、转来转去，他已经累到极点，所以也睡着了。

过了一会儿，熊爸爸从峭壁上爬了下来。当他往下滑到这个老矿坑里的时候，他扒松掉落了的石头和沙砾哗啦哗啦响，把小男孩吵醒了。小男孩不敢有太大的动作，不过还是伸直脑袋转过去看，所以能看到那头公熊。那是一头身材魁梧、粗壮得可怕的老公熊，有巨大的脚掌，巨大而闪闪发亮的利牙，小小的凶恶的眼睛。当小男孩看见这头年老的山林之王的时候，不禁浑身哆嗦了几下。

老公熊一走到熊妈妈身边就说："这里有人的气味。"他的低吼就像是雷声。

熊妈妈还是安静地躺在自己的地方，说道："你怎么会有这么愚蠢的幻觉？我们已经说好了，现在我们不要再伤害人类了。不过，要是他们中间有一个在我和孩子们住的地方出现，那也不会有什么吃剩下来的东西，让你还能闻到什么气味。"

　　老公熊在熊妈妈身边躺下来，不过看起来对熊妈妈的回答不那么真心满意，因为他还是忍不住要嗅嗅闻闻。

　　熊妈妈说："别那么嗅来嗅去！你应该对我很了解吧，知道我不会让什么危险的人接近孩子们的。还是给我讲讲你干了些啥吧！整整一星期我没见到你啦！"

　　老公熊说："我是去找一个新的住处。我先到了瓦勒姆兰，想跟艾克斯县的那些亲戚打听一下他们在那里过得怎么样，不过我白跑了。他们全都不在了。整片森林里连一个熊窝都没有了。"

　　熊妈妈说："依我看，人类就想独自住在地球上。即使我们不再去碰牲口和人，只靠吃越橘、蚂蚁和青草过日子，他们还是不让我们在森林里住下去。我不知道我们要搬到哪里才能平安。"

　　老公熊说："在这个矿坑里我们过了好多年不错的日子。可是，自从那个轰轰闹腾的大工厂在我们附近盖起来以后，我就在这里待不下去了。最近我到过达拉河东面去看了看，就是往加尔朋山去的那个地方。那里也有不少老矿洞，还有其他好的藏身地方，所以我觉得，看来好像要到那里，才能比较平安，躲开人类……"

　　老公熊说着这些的时候站了起来，又嗅着自己四周的气味。他说："也真奇怪，我说到人类，就又闻到了人的气味。"

　　熊妈妈说："要是你不相信我，那就自己去找吧。我正想知道，在这个矿坑里，一个人还能藏到什么地方去。"

老公熊在整个矿坑里转了一圈，嗅过闻过了，最后又躺下来，没说一句话。熊妈妈就说："不就是我早知道的吗？可是你当然认为，除了你，别人都是不长眼睛和鼻子的。"

老公熊非常平静地说："我们有这样的邻居，就不能不多加小心。"可是他又咆哮着站了起来。也就是那么不巧，有一只小熊把前掌移到了尼尔斯·霍尔格松脸上，让他这个可怜虫没法呼吸，开始打起喷嚏来。现在熊妈妈就没法再让老公熊安静了。老公熊把两只小熊一左一右朝两边拨开，就看到了小男孩，而小男孩都没来得及站起来。

要不是熊妈妈赶紧挡在老公熊和小男孩之间，老公熊本来张口就要把小男孩吞下去的。熊妈妈说："不许动他！这可是孩子们的玩具！他们跟他玩了整整一晚上，玩得那么开心，都没舍得把他吃掉，要留到明天再玩。"但是老公熊把熊妈妈一下子推开了。他咆哮着说："你不懂的事情，你就别插手！难道你没闻到他有人的气味，老远就能闻到了？我要把他马上吃掉，要不然他会玩什么诡计害我们的。"

他重新张开大口，可是现在小男孩得到了一点点时间，已经飞快地从背包里掏出了他的火柴棍，这也是他拥有的唯一自卫手段了。他在皮裤上把一根火柴划着了，把燃烧着的火柴棍塞进老公熊张开的嘴里。

老公熊闻到火柴的硫黄气味就哼了一下，哼出的气就把火苗熄灭了。小男孩站在那里准备好了一根新的火柴棍，不过，也真奇怪，老公熊不攻击他了。

老公熊问："你也会点着很多这样的小蓝玫瑰花吗？"

小男孩回答："我会点着很多啊，多得能把整片森林烧掉。"因为他以为，

433

用这种法子可以吓唬住公熊。

老公熊说："也许你还能放火点着房子和农庄啦？"

小男孩自吹自擂起来："这对我根本不算什么。"他是希望，这样的话老公熊会对他产生敬意。

老公熊说："那太好了。那你要帮我一个忙了。现在我真的很高兴，刚才我没把你给吃了。"

于是老公熊就非常小心翼翼地把小男孩叼在牙齿中间，开始往上爬，从这个矿坑爬出去。尽管他那么大那么重，但是爬起来却不可思议地轻快自如。他一爬上去，就开始朝着森林里奔跑。跑的速度也很快。可以看出来，老公熊生来就是能在茂密的森林里奔跑的。沉重的身体飞快地穿过灌木丛，就像一条船滑过水面一样。

老公熊不停地跑，一直来到森林边的山坡上，从那里能够看到那个大钢铁厂。他自己在那里趴下来，把小男孩放到自己面前，用两只前掌抓紧他。

他对小男孩说："现在你往下看看那个闹腾的大工厂。"

那个大钢铁厂耸立在一个瀑布边上，有很多高大的建筑。高耸的烟囱冒出黑色的烟雾，高炉里火焰燃烧，所有的窗户和门洞里都亮着灯火。那里面，锻压机和轧钢机正在运转，它们用那么大的力量工作，整个天空里都充满着嘎嘎嘎和轰隆隆的巨响。围绕厂房的是巨大的煤库、巨大的渣滓堆、包装场、木料场和工具房。距离更远一点的地方是长排的工人住房、美丽的别墅、学校校舍、集会的会堂和商店等等。不过所有这些厂房之外的建筑都很安静，看来是在睡觉。小男孩没有朝那边看，而是只想仔细看看钢铁厂的建筑。厂房周围的地面全是黑的，在高炉上面像拱顶一样的天空是深蓝色的，流过他们旁边的瀑布白色泡沫翻滚，而厂房本身散发着灯

光、烟雾、火焰和火星。这是小男孩曾经见过的最壮观的情景。

老公熊说："你不会夸口说，你还能把一个这么大的工厂也点着吧？"

小男孩站在那里，被挟持在老公熊的前掌之间。他相信，能救他自己的唯一办法，就是让那头公熊对他的力量和本事深信不疑。因此他说："大的还是小的，对我来说都一样，不管怎么样我都能把它烧掉。"

老公熊说："那我要告诉你一些事情。打从这片土地长出森林来，我的祖先就居住在这一带了，我从他们那里继承了猎场、草场、冬眠的洞穴和藏身的地方，我这辈子一直住在这里，日子过得非常安逸。开始的时候我很少被人类打扰。他们进山里来砍一点树，刨出来一点矿石，在下面的这个瀑布边上他们有过一个冶炼作坊和一个小高炉。不过，那个冶炼作坊打铁每天只有两三次，那个小高炉点火每次也不超过两三个月。这些都没超过我能忍受的程度。可是最近这几年，自从他们造起了这个闹腾的大工厂，日日夜夜都是同样速度运转，我就没法再好好过下去了。再说，早先只有一个作坊老板和两三个铁匠住在这里，可是现在住满了人，因为他们，我就再也没法安生了。我想我不得不从这里搬走，不过现在我找到了更好的办法。"

小男孩心里琢磨着老公熊到底找出了什么好办法，不过他还没机会张口问问，因为现在老公熊把他重新叼在牙齿之间，带着他往山下脚步咚咚地跑去。小男孩什么都看不见，可是他从周围越来越响的噪音中知道，他们正走近钢铁厂。

老公熊很熟悉钢铁厂的情况。他曾经在很多漆黑的夜晚到工厂周围走动，观察里面的动静，想知道那里面怎么会一刻不停地工作。老公熊曾经试着用前掌去推那些墙壁，希望靠他那么强大的力气可以把整座建筑一下

子就推倒在地。

老公熊和漆黑的地面不大容易区分开来，当他站在墙角下的阴影里的时候，就没有多大被人发现的危险。现在他毫无畏惧地在厂房之间走过去，爬到一堆矿渣上，站直起身体，把小男孩夹在两只前掌中间高举起来。他说："你试试看，能不能看到房子里面！"

钢铁厂里人们正在用贝塞麦转炉吹气法炼钢。在屋顶下安装的一个巨大的黑色圆球里灌满了熔化的铁水，人们正把一股强劲的气流压进去。当那股气流以可怕的轰鸣声压进铁水里去的时候，铁水就往外喷出大团大团的火花。火花散开，好像扫帚，好像花束，好像长串的珍珠；火花五颜六色，有大有小，朝一堵墙飞过去，也飞溅到整个巨大房间里。老公熊让小男孩

看着这场美丽的戏剧，一直到吹气结束，通红的、流动的、美丽闪光的钢水从那个圆球里倒出来，倒进了几个大缸里。小男孩觉得，他刚才看到的场面真是太壮观了，让他完全迷住了，几乎忘了自己还被挟持在一对熊掌之间。

老公熊也让小男孩看了轧铁车间里的情况。那里有个工人从打开的炉门里取出一块又短又粗、散发着炽热白光的铁块，把它塞进一台轧辊底下。当这个铁块从这个轧辊下面再出来的时候，已经被轧扁而且拉长了。马上有另一个工人把它放到另一台间隙更狭窄的轧辊底下，它就被轧得更长更细窄了。就这样，它被从一个轧辊再传到另一个轧辊，被拉扯被碾轧，最后绕成了好几米长的发散红光的铁条窜过了地面。就在第一个铁块正在碾轧出来的时候，已经有一个新的铁块从炉门里取出来，放到了这些轧辊下面碾轧，当这个铁块上了路之后，又取出来了第三个铁块。不停地有新的烧红的铁条扭动着窜到地面，像是嘶嘶叫唤的蛇一样。小男孩觉得，这些铁块铁条就已经很美丽了，但是更好看的是那些工人们，他们动作灵巧、技术娴熟，把那些白炽的火蛇用铁钳钳住，把它们塞进轧辊下面。对于他们来说，摆弄这些嘶嘶叫喊的铁块就像游戏一样。小男孩对自己说："我不得不说，这才是真正男子汉干的活儿！"

老公熊也让小男孩看了铸造车间和熟铁车间里面的情况，让他看工人们如何摆弄火与铁，他就变得越来越钦佩了。他想："这些人一点都不怕热和火"。他们也都沾满烟灰浑身漆黑。他觉得，他们就像是一种火族的人，所以能随心所欲，把铁弯来扭去做成各种形状。他相信他们不是一般的人，所以会有这样大的本事。

老公熊趴到了地上说："就是这样的，他们没日没夜地干。你可以明白了吧，这样吵闹没人受得了。这下就好了，我现在可以叫它完蛋了。"

小男孩说："是吗，您可以叫它完蛋？您打算怎么干呢？"

老公熊说："对啊，我想，你可以放火把这些厂房烧掉啊。用这个办法，我就安生了，不再被这些不停干活的声音打扰了，我就可以在家乡住下去了。"

小男孩就像全身被浇了冰水一样凉透了。原来是这样啊，是为了这个，老公熊才把他带到这里来的。

老公熊说："如果你把这个闹腾的工厂点火烧了，那我保证，你可以留条活命。不过，如果我要你做的事情你不做，那你马上就没命了。"

那些巨大的厂房都是用砖砌成的。小男孩心里想，老公熊可以命令他做，想怎么样就怎么样，但照他要求的去做也是不可能着火的。不过，然后他很快看到，也许还真不是不可能的呢。紧靠他身旁就有一大堆干草和刨花，很容易就能点着，那堆刨花旁边有一垛木板，而这垛木板就在大的煤库房前面。不过煤库房就连着厂房了。如果煤库房失火，那么火苗马上就会飞蹿到钢铁厂厂房的屋顶上。所有能燃烧的东西都会烧起来，砖墙会被烈火烧得倒塌下来，机器就会烧毁。

老公熊说："哎，你是愿意，还是不愿意？"

小男孩知道，他应该马上回答，说自己不愿意，可是他也知道，那样的话，夹住他的那两只熊掌只要一掐就把他掐死了。因此他说："让我再想一想吧。"

老公熊说："好吧，可以让你想一想。不过我告诉你，就是这些铁，让人类占了我们熊类的上风，所以就为这个缘故，我也要让他们的工作完蛋。"

小男孩想，他要利用这点拖延下来的时间想出什么办法逃走。可他太

着急了，没法控制自己的想法，让思路往他需要的方向走，反而开始想到人类得到了铁多么好的帮助。人类需要铁来做一切事情。铁用在犁上，犁出耕地；用在斧子上，盖起屋子；用在镰刀上，收割庄稼；用在刀子上，几乎能用来做任何事。铁用在马嚼子上可以控制马，用在锁上可以锁门，用在钉子上拼成家具，用作铁皮可以当屋顶。消灭野兽的火枪也是铁做的；还有开凿矿山的锄头也是铁打成的。他在卡尔斯克鲁纳见到的那些战舰都是身披铁甲的；而在铁轨上转动的火车头可以通到全国。铁还做成针，可以缝衣服；做成剪刀，可以剪羊毛；做成锅子，可以煮饭。不论大小，一切有用的不可缺少的东西，都是铁做的。老公熊讲得对，正是有了铁，让人类对熊类占了上风。

老公熊说："哎，你是愿意，还是不愿意？"

小男孩从自己的思想中猛醒过来。他站在这里想着完全没必要的事，还没想出办法来救自己的命。小男孩说："您别那么不耐烦啊。这对我来说是件重要的事情，您得给我点时间好好想一想。"

老公熊说："好吧，就让你再想一会儿！不过我要告诉你，就是因为铁的缘故，人类变得比我们熊类聪明多了，就为这个，我也要让他们的工作完蛋。"

当小男孩得到了新的拖延的时间，他要用这段时间想出一个救命的计划。可是这个晚上，他的思想自己想到哪里就到哪里，他的思想又回去想有关铁的事情了。他觉得自己渐渐明白了，人类在找到从矿石里把铁炼出来的办法之前，想过什么，琢磨过什么；他觉得自己能看到那些浑身黑灰的老铁匠趴在炼铁炉上，苦苦思考他们该怎样处置铁才对。也许就是因为这些老铁匠对铁的事情苦苦思考了那么多，人类对铁的理解发展起来，直

到最后发展到这么高级的程度，能建立起这样大的工厂。肯定是这样的，人类要感谢铁的事情还很多，比人类自己知道的还多得多。

老公熊说："哎，想好了吗？你是愿意，还是不愿意？"

小男孩吃了一惊。他还是站在那里想那些没必要的想法，还不知道该怎么办才能逃脱。小男孩说："要做出抉择不像您想的那么容易啊。您得再给我一点时间好好想一想。"

老公熊说："我可以再等你一会儿。可是，之后你不能再拖延更多时间了。你要知道，这都是铁的过错，所以人类才能到我们熊类的地盘来生活，那你就可以明白，我要让他们在这里的工作完蛋。"

小男孩打算利用最后这点拖延的时间想出什么救命的办法。不过他那么着急那么茫然，他的思想自己想到哪里就到哪里去了。它们现在开始去想到他飞过这个矿山区的时候看到的一切。这真是很奇妙的事，就在荒山野林里，还有那么多生命和活力，还有那么多人在干活。想想吧，要是没有发现铁的话，这里该多么贫困和荒凉！他想到了这个大工厂，自从它开始建造以来，给那么多人带来了工作，在周围集中起来那么多的房子，住满了人，还把铁路和电报线都拉到这里，还从这里送出去……

老公熊说："哎，想好了吗？你是愿意，还是不愿意？"

小男孩用手摸摸前额。他没想出什么救命的办法，可是，这点他很明白，他不愿意做什么对铁不好的事，铁对富人穷人都有这么好的帮助，为这个国家的那么多人带来了面包。

小男孩说："我不愿意。"

老公熊把小男孩在两只熊掌之间夹紧了一点，但没有说什么。

小男孩说："您不能逼我去烧毁一个炼铁厂。因为铁实在是上天给的

大恩惠，是不可以毁掉的。"

老公熊说："那么你是不想再活下去了？"

小男孩说："没错，我不想了！"他直视着老公熊的眼睛。

老公熊把两只前掌夹得更紧了，痛得小男孩眼泪汪汪，不过他沉默着，什么话都没说。

老公熊说："好吧，那就这样吧！"他慢慢举起一只前掌，因为他在这最后关头还希望小男孩能屈服。

就在同一时刻，小男孩听见就在他们旁边很近的地方有咔嗒一声响，还看见一个发亮的猎枪枪口在几步开外的地方闪光。他和公熊都一直忙着自己的事情，没有注意到有一个人悄悄走近了他们。

小男孩叫喊起来："熊爸爸！您没听到猎枪扳机的声音吗？跑吧！要不然您就被打死了！"

老公熊急忙逃跑，不过还抓紧时间把小男孩带走了。在他飞快逃走的时候，砰砰几声枪响，子弹从他耳边掠过，不过他很侥幸地逃脱了。

小男孩吊在老公熊大嘴外边，心想着，自己可从来没有过像今天晚上这样傻。只要他不叫出声音来，那老公熊已经被猎枪射死了，自己也就脱身了。可是他已经习惯了帮助动物，这么做的时候是不会考虑到自己的。

老公熊跑进森林里有了一段路之后，停下来把小男孩放到地上。老公熊说："你应该得到我的感谢，小毛头！要不是你的话，那些子弹肯定要打中我了。那现在我也愿意报答你一下。如果你下次碰上一头熊，只要你对他说我现在对你耳边悄悄告诉你的话，他就不会碰你一下！"

然后老公熊凑近小男孩耳边悄悄说了几个字，说完就赶紧跑了，因为他觉得自己听到有狗和猎人在追赶他。

但是小男孩还留在森林里，又有了自由，又没受伤害，自己都几乎无法理解怎么会有这样的可能性。

*

大雁们整个晚上都在飞来飞去，搜索和呼喊，但是没能找到拇指头。太阳下山以后很久他们还一直在寻找，最后天已经那么黑了，他们才不得不去睡觉，可是大家都非常灰心丧气。他们当中没有一个不相信，小男孩已经在掉下去的时候摔得粉碎，现在躺在森林深处死去了，躺在他们看不见他的地方。

但是第二天早上，当太阳从山上升起来把大雁们唤醒的时候，小男孩像平常一样躺在他们中间睡觉。等他醒过来，听到大雁们在惊讶中如何嘎嘎叫喊乐得合不拢嘴，他也忍不住哈哈大笑。

他们那么急于知道小男孩遭遇了什么事情，都不愿意飞出去觅食，先要听他讲完整个故事。小男孩也急忙把他自己在熊一家子那里遇险的事情全说了一遍，不过后来的事看起来他不愿意继续说下去了。他说："我是怎么回到你们身边来的，你们已经都知道了。"

"不，我们什么都不知道。我们以为你已经摔死了。"

小男孩说："那就奇怪了。是这样，老公熊从我身边跑开以后，我就爬上一棵云杉树睡着了。可是天刚亮我就被惊醒了，有一只大老鹰呼啦啦飞到我头顶上，用爪子抓起我就把我带走了。我当然这么想，现在我完蛋了。

可他一点也没伤害我，直接就飞到你们这里，把我扔在你们中间。"

大白鹅问："他没说他是谁吗？"

"我还没来得及谢他一声，他就不见了。我以为是阿卡大妈派他来接我的。"

白公鹅就说："这真是奇妙的事。你肯定那是一只大老鹰吗？"

小男孩说："我以前还没有见到过大老鹰哪。不过他那么高大，我没法给他一个小气的名字。"

公鹅莫顿朝大雁们转过头去，想听听他们有什么意见。可是他们都站在那里朝天上看，看起来好像他们都想着什么别的事情。

阿卡说："我们今天可千万不要忘记吃早饭。"说完就迅速伸开翅膀飞起来。

译注：瓦勒姆兰（Värmland）属于瑞典中部斯维亚兰的一个地区，西面与挪威接壤，南部为瑞典第一大湖维纳恩湖（Vänern）。瓦勒姆兰也是作者拉格洛夫的家乡，可参见第49章"一个小庄园"。贝塞麦转炉炼钢法（bessemerblåsning）是更先进的平炉炼钢法发明之前从生铁中大规模生产钢的工艺，用英国发明家亨利·贝塞麦（Henry Bessemer，1813—1898）的名字命名。

# 29. 达尔河

四月二十九日　星期五

这一天尼尔斯·霍尔格松看到了达拉那南部。大雁们的飞行经过了格连厄斯山的巨大矿区，经过了卢德维卡城的巨大建筑，经过了沃尔夫炉钢铁厂和格连厄斯哈马尔的老旧而废弃的矿场，一直到了斯杜拉图纳大平原和达尔河。旅行一开始，当小男孩看到工厂烟囱在每一个山岭后面冒出头来的时候，觉得一切都和西曼兰那边一样，不过当他来到这条大河，有了新的东西可看。这是小男孩见过的第一条真正的河流。当他看到这么巨大宽阔的河水流动着穿过这个地区，惊奇得倒吸了口气。

当大雁们飞到图尔桑的浮桥，转头沿着这条河朝西北方飞去，好像把这条河当作了路标。小男孩朝下观看那些河岸，那里往前很长一段都完全布满了建筑。他看到了杜姆埃尔维特和磨坊林那里的巨大瀑布和瀑布驱动的大工厂，看到了架在这条河上的不少浮桥，看到了这条河托着的渡轮，看到了这条河里往前滚动的圆木木排，看到了沿着这条河和横跨这条河的铁路。他开始有点明白了，这是多么伟大多么特殊的水流。

达尔河往北拐了一个长长的弯。河湾里很荒凉，没有人烟，大雁们降落到一片草地上吃草。小男孩离开了大雁，跑到河岸的高坡上，要看看下面那条河，那条在他下面很深处一个宽阔河沟里奔流的大河。就在近旁有一条乡间大路直通河边。那些旅行的人就上了一个渡轮渡过河去。这对小男孩是新鲜事，看这些事让他很开心。不过忽然间一阵非常疲倦的感觉压倒了他。他想："我得睡一会儿了。昨天晚上我差不多就没合眼。"于是他钻进一个浓密的草丘里，在干草下面尽力把自己藏好，就睡着了。

他被几个坐在旁边聊天的人吵醒了。那是乡间大路上旅行的人，因为河上有大块浮冰漂下来阻挡了渡轮，没法坐渡轮过河去。他们等着的时候，就爬上河岸的高坡，坐在那里讲起这条河给他们带来的困难。

其中一个农民说："我不知道今年会不会像去年那样发大水。在我老家，去年洪水涨到电线杆子那么高，整座浮桥被水卷走了。"

另一个说："去年我们教区发大水倒没造成太大损失。可是前年的大水把我一个装满干草的仓房冲跑了。"

有个铁路工人插进来说："我永远忘不了那个晚上，就是大水冲击杜姆埃尔维特那座大桥的晚上。全路段就没一个人能合一下眼。"

一个高大魁梧的男人说："是啊，这条河可能是一个很难对付的破坏者。可是，当我听你们坐在这里说这条河做的坏事情，就忍不住想到我老家那位牧师。那是在牧师家的一个宴会上，很多人就像你们现在做的这样，坐在一起说这条河的很多不是，不过这时候牧师愤愤不平，说要给我们讲个故事。等他讲完了，就没有人再说达尔河一句坏话了。我不知道，要是你们那天也在的话，会不会也是这种结果。"

那些等待渡河的人听了他这些话，都愿意听听有关这条河那个牧师讲了些什么，于是这个男人就讲了那个故事，把自己记得住的全讲了。

"在瑞典与挪威交界的山上有一个高山湖。从那个湖里流出来一条河，它从一开始就又快又急。那条河那么小，却叫作大河，因为看起来它是会有点作为的。

"当那条河刚从那个湖里出来，往四周望了一眼，要看看自己应该朝哪个方向来把握流向，那时它面对的根本不是让它感到鼓舞的景象。它的右面、左面和正前方没有别的，只有长着森林的山坡，渐渐转变成了光秃秃的山岭，再由山岭逐渐耸立起来成了高大的山峰。

"大河把目光又转向西边。那边是长山山脉，上面矗立着深陵岭、种子峰和大神峰。它朝北看，那里是鼻子山脉，朝东看是尼普山脉，朝南看是斯戴疆山脉。大河当然就要考虑，是不是流回到湖里去的话会更好。可是它也觉得，至少应该试一试，找出一条通到大海去的道路，于是它就出发了。

"对于大河来说，要闯出一条穿过高山的河道是很艰巨的工作，这个我们容易理解。就算没有别的障碍，至少有森林挡在它的路上。为了得到自由通畅的河道，它必须把松树一棵一棵推倒。春天是它最有威力最强大的时候，这时先是本地的河流汇集过来，给大河加满来自附近森林里的融化的雪水，然后是高山河流带来的水。于是它就抓紧机会带着巨大力量往前推进，冲走石头和泥土，穿过沙质的山坡，为自己挖出河道来。到了秋天，秋雨之后它的水位升高了，也同样能干得很出色。

"有一个天气美好的日子，大河像平常一样在开挖自己的河道。它忽然听见右面很远处的森林里有一种流水轰鸣和喧哗的声音，就很急切地听起来，自己就几乎停下来不动了。它说：'这到底会是什么啊？'站在它

周围的森林忍不住就要拿这条河来取笑了。森林说：'你一定以为你在这世界上是独一无二的吧。不过我要告诉你，你听到的流水轰鸣的声音，那不是别的，而是从格勒维尔湖流来的格勒维尔河。现在它正好挖通了一个美丽的山谷，它会和你同样快地流到大海。'

"但是大河是自以为是的，听到这些话，就一刻都不考虑地对森林说：'那条格勒维尔河多半只是个可怜虫，顾不了自己。你去对它说，来自沃恩湖的大河正在去大海的路上。如果它愿意跟我并在一起走，我就带它走，帮它流到大海去。'

"森林说：'你真是过于自信啊，因为你自己那么小。不过，虽然我不信格勒维尔河会对你的话感到满意，我还是可以转告你的话。'

"但是到了第二天，森林却站在那里转告了格勒维尔河的话，说那条河一直有那么多困难，很高兴得到帮助，它要尽快过来和大河汇合。

"这次汇合之后，大河当然往前推进得更快了，过了一段时间，就已经推进得那么远，能看到一个苗条而美丽的湖，那个湖上倒映着伊德热山和斯戴疆山脉。

"大河又一次惊讶得停了下来，它就问：'那是一种什么湖啊？我绝对不会走错到这种地步，又回到沃恩湖来了吧？'

"不过，那个时候森林是到处都在的，马上就回答：'哦，不是的，你没有回到沃恩湖。这里是伊德热湖，是瑟尔河用自己的河水灌满的。它是一条很能干的河，现在它刚把这个湖造好，正在为自己造一个从这个湖出去的出口。

"当大河听到这些，马上对森林说：'你啊，你不是到处都能去吗，可以去告诉瑟尔河，就说沃恩湖的大河来了。如果它让我穿过这个湖往前走，

那么作为报答，我就带它到大海去，它就不用再为怎么往前走费什么心了，那个我来考虑。'

"森林说：'我当然可以转告你的建议，不过我想瑟尔河不会同意的，因为它跟你一样强大。'

"可是第二天森林来告诉大河说，瑟尔河也已经厌倦了独自开路，它已经准备好跟大河汇合在一起了。

"大河现在就从这个湖直穿过去，然后就用和以前一样的办法，开始跟森林和山岭斗争。这么前进了一段时间，突然间它落到了一个山谷里，这个山谷那么封闭，根本就找不到出路。大河气得大发脾气。森林听到了大河那么狂怒，就问：'是不是你现在不管怎么样都要完蛋了呢？'

"大河说：'我才不完蛋呢。我正在做一项大工程。我要造一个湖，我和瑟尔河一起造。'

"于是它就开始造塞尔纳湖，把它灌满水，这成了整整一夏天的工作。随着这个湖里的水越涨越高，大河也提高了高度，最后找到了一个出口，就朝南冲出去了。

"当它兴高采烈，走出了那种烦恼的困境的时候，有一天它听见左边有一种强劲的流水哗啦哗啦的声音。这么强劲的水声它过去从来没在森林里听见过，所以马上就问那是什么。

"森林像平常一样准备好了回答。森林说：'那是费耶特河。你听到了它是怎么哗啦哗啦流个不停，它正为自己开出河道到大海去呢。'

"大河说：'要是你能到那么远的地方去，能让那条河听到你说的话，那你可以代我问候那条可怜的河，就说沃恩湖的大河愿意效劳，带它到大海去，条件是它用我的名字，听话地顺着我的河道走。'

"森林说：'我不相信费耶特河愿意放弃独自开路。'但是第二天森林就不得不承认，费耶特河对挖自己的河道也已经厌倦了，它已经准备好和大河合伙。

　　"大河继续往前走。它已经拉进来不少帮手，但还是不像原来期待的那么庞大。不过它反而自以为了不起，几乎一直在激流中前进，带着强烈的轰鸣声，把森林里一切流着的和涌出来的水，哪怕只是一条春水的小溪，全都召集到自己的河里来。

　　"有一天大河听到西边很远很远的地方有条河在哗哗地流。当它问森林那是谁，森林就回答，那是从弗吕山得到水源的弗吕河，它已经为自己挖好了一条又长又宽的河道。

　　"大河一知道这个情况，它就给那条河送去了往常那样的问候，而森林和往常那样去转告。第二天森林带来了弗吕河的答复。那条河是这么回答的：'告诉大河，我根本不愿意要谁帮忙！这种谁帮谁的话，更适合我来说，不是大河，因为我们这两条河里我是最强大的，应该是我会先到大海。'

　　"大河一听完这些话就准备好了回答。大河对森林喊叫着：'现在马上去对弗吕河说，我向它挑战，我们比赛一下！要是它自以为比我强大，那么它必须追得上我才能证明。谁先到大海，谁就是胜利者。'

　　"当弗吕河听到这个挑战的时候，它回答说：'我跟大河没什么纠纷，我更高兴平安地走自己的路。不过我等着从弗吕山得到那么多援助，不接受比赛就胆小了。'

　　"从此以后两条河就开始比赛，它们比以前更加着急地往前奔流，不论夏天还是冬天都没一点安宁。

　　"不过，看来大河马上就要因为自己挑战弗吕河的鲁莽而后悔了，因为它碰到了一个障碍，也正在成为决定胜负的障碍。那是一座高山，正好挡在它的路上。它没有别的办法绕过去，只有通过山里一条很狭窄的裂缝。它就缩紧身子，用迅疾的激流闯过去，不过，它必须用很多年时间去磨去冲刷，才能把那条裂缝扩展成稍宽一点的峡谷。

"在那段时间里，大河至少每半年就要问问森林弗吕河的进展情况怎么样。

"森林回答：'那条河的进展好得没法说。现在它和岳尔河汇合在一起了，岳尔河是从挪威那边的山脉得到水源的。'

"另外有一次，当大河问起那条河的情况的时候，森林回答说：'弗吕河你就用不着替它操心了。它最近刚刚把霍尔蒙德湖吞并了。'

"不过，霍尔蒙德湖是大河自己早就想吞并过来的。当它听到霍尔蒙德湖加入了弗吕河，就变得那么愤怒，一气之下终于冲破了特兰斯列特峡谷，非常狂野地呼啸着从那里冲出去了，也带走了过多森林和土地，大大超过它实际上需要的。那时候正是春天，它淹没了希克耶山和维萨山之间的整个地区，在它平静下来之前，它已经创造出了叫作大河谷的这个地区。

"大河对森林说：'我想知道弗吕河对这件事会说什么。'

"而弗吕河那时候也已经开挖出了特朗斯特兰德和利马两个地区，不过现在它在利麦德这个地区的前面停留了很长时间，想找一条路绕过去，因为它不敢从那里陡峭的山上往下跳。但是，当它听说大河已经冲出了特兰斯列特峡谷而且开挖出了大河谷地区的时候，它就说，现在要怎么样就怎么样吧。它不能再站着不动了，就从山上跳下去，成了利麦德大瀑布。

"那个地方很高，但是弗吕河从那里跳下去还保持得很好，然后就用很快的速度飞跑，开挖出了马隆和耶尔纳地区，在那里还成功说服了瓦纳河和自己合并，尽管瓦纳河自己也有整整一百公里长，靠自己的力量就开挖出了万延湖那样的大湖。

"弗吕河觉得自己不时听到一种特别强劲的流水哗哗的声音。

"弗吕河说：'我想，我现在听到的是大河正在跳到大海里的声音。'

"森林说：'不对，你听到的确实是大河，不过它还没到达大海。它现在已经吞并了斯卡图根湖和乌尔萨湖，所以它变得那么自以为是，居然打算好了去灌满整个西丽安峡谷呢。'

"这对弗吕河来说是个让它快乐的消息。它明白，如果大河糊里糊涂掉进了西丽安峡谷，就像进了监狱一样被关起来了。现在它可以确信，它会比大河先到大海。

"在这以后，弗吕河就开始比较慢慢悠悠地前进了。每年春天它完成的都是它最出色的工作。它会涨得很高，漫过一些森林的树梢和沙丘，在它到过的地方就会留下一道被清理干净的峡谷。就用这样的办法，它从耶尔纳缓缓流到了诺斯，再从诺斯流到了富卢达，又从富卢达到了嘎格涅夫。这里的地势原来就很平坦，山峰已经移到远处去了，弗吕河就很容易前进，于是把着急的事全放在一边，开始调皮地扭来扭去，拐成大弯和大肚皮，几乎好像它一直是一条小小的年轻的溪流。

"不过，如果说弗吕河忘记了大河，那么大河可不会忘记弗吕河。每天大河都努力干活，用河水灌满这个峡谷，为的是在某个地方能够从这个峡谷里冲出去，不过，它前面的这个峡谷就像一个巨大的水缸，看来是永远灌不满的。大河有时认为，它不得不把叶松孙达山推倒到水下面，这样才能从这个监狱里冲出去。它尝试过在莱特维克湾那里冲破一个口子，可是那里矗立着莱尔达尔山挡住了去路。所以，最后大河是到达了莱克桑德

附近才流了下去。

"大河对森林说：'我已经逃脱的事，你对弗吕河不要说一个字！'森林保证，它不会说出去。

"大河先顺路吞并了英舍湖，于是得意扬扬、威风凛凛地前进，穿过了嘎格涅夫。

"大河来到嘎格涅夫的米耶尔根附近，看到一条河正流过来，水面宽阔，水光潋滟，非常有气势。这条大河把挡在自己前进道路上的森林和沙丘全都推开，如此轻而易举，就像是在做游戏一样。

"大河就说：'那边的一条漂亮的河是什么河呀？'

"不过，现在发生了这样的事，弗吕河也在问同样的问题：'从北面来的那条得意扬扬很了不起的河，那是一条什么河呀？我从来没想到，我会看到这么一条河，能穿越整个地区，还有这么大的力量和威风。'

"这时森林高声说话了，那么高声，所以两条河都能听到：'大河和弗吕河，因为你们现在都说了赞美对方的好话，在我看来，你们没什么理由不汇合在一起，去共同开挖通往大海的道路。'

"这些话看来让两条河都很愉快。可是，它们之间的问题是，它们谁也不肯放弃自己的名字，改用对方的名字。

"由于这个缘故，要不是森林出来建议，它们应该采用一个新名字，一个不属于两方里哪一方的名字，也许就不会达成它们之间的联合了。

"森林的建议两条河都赞成，它们就请森林来取名字。森林这时就决定，大河放弃自己的名字，改名为东达尔河，而弗吕河放弃自己的名字，改名为西达尔河。它们汇合成一条河以后，就简单明确地叫达尔河。

"现在，当两条河汇合在一起以后，就开始以一种宏大的气势向前推进，

没有什么可以阻挡它们了。它们平整了大图纳的土地，让它像一个农庄的院子一样平。它们毫不犹豫地在磨坊林和杜姆埃尔维特勇猛地跳下去形成了大瀑布。当它们来到伦恩湖附近的时候，就把那个湖吸收进来，迫使附近的水流都和它们汇合，然后就往东朝大海流去，没有遇到大的抵抗，还像湖泊一样扩展开来。它们在南瀑布赢得了很大荣誉，在埃夫卡勒比也赢得了很大荣誉，最后终于来到了大海。

"当它们就要跳进大海的时候，都想到了这场长久的比赛，想到了它们经历过的所有艰难困苦。

"它们现在觉得自己疲倦了，衰老了，也困惑起来，为什么在自己的青年时代竟然这么乐意逞强斗勇比试高低。它们在疑问，所有这些到底有什么好处。

"在这个地方它们已经得不到森林的回答了，因为森林停留在高高的海岸上。而它们也无法顺着自己的河道返回去，看看它们清理过的地方人类怎么发展推进，看看建筑物怎样沿着东达尔河的湖泊和西达尔河的河谷兴建起来，看看整个地区除了它们在激烈比赛中流过的地方之外，再没有别的，只有荒凉的森林和山脉了。"

译注：达尔河 (Dalälven) 是瑞典中部大河，由西达尔河与东达尔河汇流而成，两支流均发源于瑞典西部和挪威交界处的高山，流经达拉那、西曼兰、叶斯特利克兰 (Gästrikland) 和乌普兰，注入波罗的海北部的波的尼亚湾 (Bottniskaviken)，河道全长 542 公里，为瑞典长度第三的河流，以河上多瀑布而闻名，并有水电站四十多处。西丽安湖 (Siljan) 为瑞典第七大湖。

# 30. 长子遗产

## 古老的矿镇

四月二十九日　星期五

在瑞典再也没有什么地方像法伦一样，成了渡鸦巴塔基最喜欢待的地方。每年春天，只要有一点点地方冰雪消融露出了地面，他就会到那里去，在这座古老的矿镇附近逗留几个星期。

法伦位于一个山谷谷底，有一条不长的河穿过全市。山谷的北端有一个小湖叫作瓦尔邦湖，湖水清澈，风景秀丽，湖岸草木葱茏，有很多岬角。南端是伦恩湖的一个水湾，本身像个湖，叫作蒂斯根，水又浅又不干净，岸边像沼泽地，十分难看，还凌乱地堆积着所有可能扔掉的垃圾。山谷东面延伸开一片风景优美的高地，高地顶部有庄严的松树林和多汁液的桦树，整个山坡上都装点着枝叶茂盛的花园。这个城市的西面也是一个山坡。最高处生长着稀疏的针叶林，而整个山坡是光秃秃的，裸露的，没有树也没有草，就像一片真正的沙漠。唯一遮盖着地面的是又大又圆的石头，四处

散落在山坡上。

　　法伦的市区位于山谷谷底那条河的两边，看起来是适应了所在的地势而建造的。在山谷草木葱茏的那一侧是所有的外观美丽整洁庄严气派的建筑。那里耸立着两座教堂、市政厅、省督府、矿产公司办公大楼、银行、酒店、很多学校、医院、所有漂亮的别墅和居民大楼。而在山谷发黑的另一侧，不论上坡街道还是下坡街道，都只有小小的红色的平房，长长的少有人气的木板墙，巨大而笨重的工厂厂房。到了街道尽头外面，在那片巨大的石头荒漠正中，就是法伦矿的所在，这里有矿井排水装置、升降机和泵房，也有年代已久的建筑，歪歪斜斜矗立在已经被挖过的地面上，还有黑色的陡立的矿渣山和长排长排的烤炉。

　　说到渡鸦巴塔基，通常他从来不对这个城市的东部看上一眼，也不朝那个美丽的瓦尔邦湖看一眼。他更喜爱的是这个城市的西边和那个小小的蒂斯根湖。

　　渡鸦巴塔基喜欢一切奥秘的事情，一切提供了理由让他去琢磨、去思考、去开动脑筋的事情，而这样的事情他发现在这个城市发黑的那一边特别多。可以这么说，去琢磨一下，为什么这个古老的红色木板房市区没有像这个国家其他城市的红木板房市区那样被大火烧光，这种思考对他来说是一种极大的乐趣。同样，他会考虑，在矿区旁边那些歪歪斜斜的房子还能立在那里多长时间。他还琢磨过那个大矿坑，就在矿区地带中央的土地里的那个巨大的洞，甚至飞到大洞底部去研究，想知道这个巨大的空间到底是怎么形成的。他还对那些陡立的矿渣堆感到惊讶，这些矿渣堆包围在大矿坑和厂房四周就像围墙。他还想找到解释，那个小小的信号钟是在说什么，一年到头这个钟都以平均的间隔时间敲出一个短促而阴沉的钟声。

462

当然他最想知道的是现在地底下看上去会怎么样，因为那里的铜矿石经过了好几百年的采掘，地下布满坑道也和蚂蚁窝一样了。当渡鸦巴塔基终于对所有这一切成功地得到某种很好的了解之后，他就飞到那片可怕的石头沙漠上去，想要搞清楚石头之间为什么不长青草，或者飞到蒂斯根湖那边去。他觉得这个湖是他曾经见过的最美妙的湖。那么，这个湖怎么会是完全没有鱼的呢？为什么当风暴来搅动湖水的时候，水就完全变成了红色？更加奇怪的是从矿里流出一大股水，流入到湖里，那股水竟是闪闪发光的、淡黄色的。他研究过湖岸上那些毁坏的房子留下的断壁残垣，也研究过那个小地方蒂斯克锯木厂，这个厂竟然能够处在被草木葱茏的花园地带包围的地方，也被荒凉的石头沙漠和那个奇怪的湖之间的树木掩盖在树荫里。

在尼尔斯·霍尔格松跟随大雁飞过这个地区的那一年，在法伦城外有一段距离的蒂斯根湖岸上还有一栋老房子，叫作硫黄锅，因为每隔一年，人们就要在这里熬一两个月硫黄。那是一栋旧的木板房，曾经是红色的，后来逐渐变成了灰褐色。房子没有窗子，只有一排方孔，用黑色木盖子盖着，而房子几乎总是紧紧关着的。巴塔基还从来没能往房子里看上一眼，所以这栋房子比其他事情都更能勾起他的好奇心。他在房顶上四处跳来跳去，想找一个洞钻进去，他也常常蹲在那个高高的烟囱口上，通过那个狭窄的出烟口往里面窥探。

有一天渡鸦巴塔基遇到大麻烦了，那天刮着大风。那栋旧的叫硫黄锅的房子的一个方孔木盖板被大风掀开了，巴塔基趁机从这个方孔里飞了进去，想看看房子里的情况。可是他刚飞进去，方孔上的木盖板在他后面又盖上了，巴塔基就被关在里面。他等待着大风再把那个木盖板掀开，可是看来大风根本没这么做的打算。

透过木板墙上的缝隙有很多光线照进房子里来，巴塔基至少得到了他的快乐，那就是他了解到了房子里的情况。那里面只有一个砌着两口大锅的灶台，其他什么都没有了，他很快就看够了。不过，当他要再出来的时候，才发现这仍然是不可能的。大风没有把那个木盖板掀开，没有哪怕是一个方孔或者门是开着的。渡鸦巴塔基简直就是被关在监狱里了。

巴塔基开始尖叫着求救，叫了整整一天。世界上恐怕没有什么动物能像渡鸦这样持续不停地发出噪音，所以周围一大片地方很快就都知道渡鸦巴塔基不幸被关在房子里了。从蒂斯克锯木厂来的灰条纹的猫最先知道了这个事故。他把这个事故告诉了一群母鸡，母鸡又高叫着告诉了过路的鸟。很快法伦市所有的寒鸦、鸽子、乌鸦和麻雀就全知道了这个事故。他们马上都飞到这栋老旧的叫硫黄锅的房子来了解进一步的情况。他们都非常同情渡鸦，可是他们当中谁也想不出办法把他救出来。

巴塔基突然用他尖厉乖张的声音对那些鸟叫喊："你们外面的，静一下听我说！因为你们说，你们愿意救我出去，那就飞出去找那只凯布讷山来的老大雁阿卡和她的大雁群！我想每年这个季节里他们是应该在达拉那的。把我的情况告诉阿卡！我相信她会把那个唯一能救我的人带到这里来。"

信鸽阿嘎尔是全国最棒的信使，她在达尔河岸边找到了大雁群，当黄昏到来的时候她和阿卡已经飞来降落在硫黄锅的房前。拇指头骑在阿卡背上，不过其他大雁都留在伦恩湖的一个小岛上，因为阿卡认为，如果其他大雁也到法伦来，没有什么好处，倒可能带来什么伤害。

阿卡先和巴塔基商量了一会儿，然后背着拇指头飞往离硫黄锅很近的一个院子。她慢慢飞过包围这个小地方的那些花园和长着桦树的草场，同时她和小男孩都盯住地面看。他们注意到，这里住着孩子，在房屋外面玩耍过，而没过多久他们就找到了他们需要的东西。在一条春水欢快流淌的小溪边上有一排小小的水轮推动的锤打装置在咚咚作响，小男孩在那个地方的附近找到了一把凿子。在两个木架子上放着一条尚未完工的独木舟，在独木舟旁边他找到了一小团捆帆布用的绳子。

他们带着这些东西回到硫黄锅。小男孩先把绳子一端绕在烟囱上固定好，随后就把另一端扔下烟囱深深的出烟口里，他自己抓住绳子滑了下去。他先和渡鸦巴塔基打过招呼，巴塔基用了许多美丽的字眼来感谢他赶到这里来。然后小男孩就开始用带来的凿子在墙上凿一个洞。

硫黄锅的房子并没有很厚的墙壁，可是小男孩每凿一下都只能凿下一小片木头，又小又薄，就是一只老鼠用门牙啃也能啃下来同样多。很明显，他不得不干上一个通宵，也许还要更长时间，才能凿出一个足够大的洞，

能让巴塔基钻出去。

巴塔基那么急于得到自由，睡不着觉，就站在小男孩身边看着他干活。一开始小男孩干得非常卖力，可是过了一段时间，渡鸦就注意到，小男孩每凿一下之后停顿的时间越来越长了，最后干脆就停止了。

渡鸦说："你肯定是累了，大概没力气干下去了？"

小男孩又拿起了凿子说："不，我不是累了。不过我好久没好好睡一个晚上了，我不知道怎样才能让我自己保持清醒不打盹。"

现在他又动作轻快地凿了一会儿，可是凿动之间的间隔时间又越来越长了。渡鸦把小男孩重新叫醒，不过他心里明白，如果他不想个办法让小男孩保持清醒的话，那他就得留在这个房间里很长时间，不光是今天夜里，还要第二天白天一整天。

渡鸦说："要是我讲个故事给你听，也许干起活来会好点吧？"

小男孩说："是呀，也是一种可能性吧。"不过他边说边打哈欠，困得都捏不紧凿子了。

# 法伦矿的传说

巴塔基说："我要告诉你，拇指头。我在这世上已经活了很久了，有过好日子，也遇到过大麻烦。我曾经有好几次被人类捉住。由于这样的原因，我不但学会了听懂他们的语言，而且还获取了很多他们的知识。我敢这么说，在这个国家，再没有一只鸟比我更了解你的同族了。

"有一段时间里，我被关在法伦这里一个矿山督察官家的笼子里，连续关了好多年。我现在要给你讲的这个故事就是在那家人家里听来的。

　　"很久很久以前，在达拉那这个地方住着一个巨人，他有两个女儿。当这个巨人老了，感到自己快死了，他就把两个女儿叫到身边，要把自己的财产分配给她们。

　　"他最贵重的财产包括几座满满地储藏了铜的大山，这几座大山他想赠送给女儿们。巨人说：'不过，在我把遗产交给你们之前，你们必须答应我，要是有陌生人碰巧发现了你们的铜山，你们必须在这个陌生人还没告诉别人之前就把他打死。'巨人的大女儿本来就残忍粗野，她毫不迟疑地答应听从爸爸的意愿。二女儿性情温和，她的爸爸看到，她在答应之前做了思考。所以他只留给二女儿三分之一的财产，而大女儿得到的正好是二女儿两倍那么多。巨人说：'我知道你是我可以信得过的，就好像你是一个男子汉一样。所以你得到长子遗产。'

　　"分完遗产之后老巨人就去世了，以后很长一段时间里两个女儿都很仔细地信守自己的诺言。不止一次发生这样的事，一个贫苦樵夫或者猎人看到了露在大山表面好几个地方的铜矿石，但他还没来得及回家说起自己见到了什么，就会遇到灾难。或者是一棵枯树倒下来把他砸死，或者是他遇到了山体滑坡被活埋。他从来没有时间去告诉别人，这些宝藏是蕴藏在荒野的什么地方。

　　"那个时候这一地区有一种到处常见的做法，就是农民们到了夏天就把自己的牲口赶进森林里很远的地方去吃草。放牧的人跟着牲口一起走，收集牲口的奶，做成奶酪和黄油。为了让放牧的人和牲口在荒野上有个躲避风雨的地方，农民们会在森林里清理出一小块平地，在那里建造起两三间小木屋，他们把这种房子叫作放牧屋。

"现在发生了这样的事情，有个住在靠近达尔河的图尔桑教区的农民，在伦恩湖岸边造了自己的夏季用的放牧屋。那里的地面都是石头，所以没有人尝试过在那里种庄稼。有一年秋天，那个农民牵了两三匹能驮东西的马到了自己的放牧屋，要把自己的牲口、黄油桶和奶酪都送回家去。当他清点牲口的时候，他注意到有一头公羊的角完全是红的。

"那个农民对放牧的女人说：'公羊科尔的角弄成这样，是怎么回事？'

"她回答说：'我也不知道呀。今年夏天这头公羊每天晚上回来的时候角总是红红的。他肯定觉得这很好看吧。'

"那个农民说：'是吗，你相信是这么回事啊。'

"'这头公羊还是很有自己个性的，要是我把他角上的红颜色擦洗掉，他马上就去重新弄红了。'

"那个农民说：'那你把红颜色再擦洗掉。让我看看他是怎么弄成红颜色的。'

"公羊角上的红颜色刚刚擦洗掉，他就马上朝森林跑去。那个农民跟在他后面，他追上公羊的时候，这头公羊正站着用角在几块红色的石头上擦来擦去。农民捡起石头闻闻，又舔舔。他相信自己明白了，他无意中找到了几块矿石。

"正当他站在那里思考的时候，有一块大石头从他身边的峭壁上滚了下来。他跳到旁边，救了自己，可是公羊科尔正好压在石头底下，被砸死了。那个农民抬头往峭壁上看，看到一个高大强壮的女巨人，正准备把另一块石头朝他滚下来。那个农民就叫喊：'你要干什么？我没做什么伤害你的事，也没伤害过你家的人。'

"女巨人说：'没错，这我知道。不过我必须砸死你，因为你已经发现了我的铜山。'这些话她是用悲痛的声音说的，好像她很不情愿打死他，因此他也有了勇气跟她说理。这时她就给他讲了那个老巨人的事，讲了她做的承诺，也讲了她的姐姐，是她分到了长子遗产。她说：'我很难过，要把知道了我的铜山的所有那些无辜可怜的人打死。我真希望，我从来都没接受过这份遗产。可是我已经答应的事情，那我就得做到。'说着她又开始去撬动那块大石头。

　　"那个农民说：'别着急嘛！你用不着为那个承诺的缘故就砸死我呀。不是我发现铜的，是那头公羊啊，你已经砸死他了！'

　　"巨人的女儿犹豫起来，她说：'你的意思是说，我可以免掉这件事了？'

　　"那个农民说：'没错，我就是这个意思。你那么好地信守了诺言，没人可以要求你做得再好了。'

　　他对她说的话这么通情达理，因此保住了自己的性命。

　　"那个农民现在先把母牛等牲口赶回家，然后就下山到矿区去，雇用了懂得开矿的长工。那些雇工帮他在公羊丢了性命的地方开出了一个铜矿。起初他很害怕会被打死，不过情况看来是这样，巨人的女儿已经厌倦了看守自己的铜山。她再也没找那个农民的麻烦。

　　"那个农民发现的矿脉本来就是暴露在山表面的，所以开采起来既不难也不费工夫。他和雇来的长工从森林里拖来木柴，在有矿石的山上堆起大堆的柴火，点起火来燃烧。当石头被烧热而爆裂得粉碎，他们就取到了矿石。然后他们让矿石经过一次又一次烈火的冶炼，直到他们获得纯铜，能把纯铜与矿渣分离开。

　　"从前，人们日常使用的铜器几乎比现在使用的还要多得多。铜是一

种需求很大很有用的商品，拥有这个铜矿的那个农民很快就发了大财。他在铜矿附近建造了一个巨大而漂亮的庄园，根据公羊的名字把这里叫作科尔遗产庄园。他骑马到图尔桑去参加教堂礼拜的时候，他的马蹄上钉的是银马掌，而当他女儿举行婚礼的时候，他让人酿造了二十大桶啤酒，烧烤了十只大公牛。

"那时候人们通常大都是待在自己家乡不动的，消息传播不如现在这样方便。不过，发现了一个大铜矿的传闻还是传到很多人那里，那些没什么更好工作可干的人就赶到达拉那这里来。所有贫苦的徒步走来的外乡人在科尔遗产庄园都得到了很好的接待。那个农民雇用了他们，给他们很好的薪水，让他们去为他挖矿石。那里有足够的矿石，过分多的矿石，他能雇来干活的人越多，他就越有钱。

"但是有一天晚上发生了这么一件事，有四个精神抖擞的男人肩扛着矿工用的尖嘴锄徒步来到了科尔遗产庄园。他们也像其他人一样得到很好的接待，但是当那个农民问起他们是否愿意在他那里做工的时候，他们却一口谢绝了。他们说：'我们想去自己挖矿石。'

"那个农民说：'可不管怎么说，这座矿山是我的呀。'

"那些陌生人回答：'我们并不想在你的矿山挖矿。这座山大得很，荒野里自由开放的没圈起来的地方，我们有和你一样多的开采权。'

"这件事情没有再多谈，那个农民依然很慷慨大方地对待这些新来的人。第二天清早，那四个人就出去干活了，在有一段路的较远的地方找到了铜矿石，就开始挖掘起来。当他们这么干了几天之后，那个农民到了他们那里。

"他说：'这座山里有的是矿石呵！'

"四个外乡人里有一个说：'是呀，这需要更多人来干，才能把这个宝藏挖出来。'

"那个农民说：'这个我很明白。不过我还是觉得，你们应该为你们开采出来的矿石向我缴税，因为这是我的功劳，才能在这里开矿。'

"那些男人说：'现在我们可不明白你这话什么意思了。'

"那个农民说：'对啊，是我通过我的智慧才把这座矿山解放出来的。'于是他就给他们讲了那两个巨人女儿的故事，还提到了那份长子遗产。

"他们很仔细地听他讲这个故事，不过，看起来他们都对故事里另外一件事更加着迷，这是农民意料之外的事情。他们问：'肯定是那样吗，另外那个女巨人要比你碰到的这一个还危险得多？'

"那个农民回答：'我相信，她是不会对你们流露多少慈悲之心的。'

"说完那个农民就离开了他们，不过他还是暗暗注意他们。过了一会儿，他看见他们中断了自己手边的活儿，往森林里面走去了。

"那天在科尔遗产庄园里，当人们坐在晚饭桌边的时候，他们听见从森林里传来了一阵可怕的狼嚎。在这种野兽的嚎叫声中还听到人的惨叫。那个农民马上站起来，但是长工们都不乐意跟他走。庄园上的人说：'让那帮偷鸡摸狗的家伙都被狼撕碎了才好呢。'

"那个农民说：'我们还是得援救他们，他们遇到危急情况了。'他就带着庄园上的全部五十个长工出发了。

"他们很快就看见了多得可怕的一大群狼，互相翻滚在一起，在撕咬一份猎物，长工们把狼群撵跑了，发现地面上有四具人的尸体，已经遍体鳞伤血肉模糊，如果他们没有看到尸体旁边的四把尖嘴锄，就不会明白这些是什么人了。

"从此之后这座铜山就依然归一个人所有，直到那个农民去世为止，这时他的几个儿子接管了矿山。这些儿子共同在矿山上干活，不过，一年中开采出来的矿石都分成堆，抽签分配，然后在各自的炉子里冶炼出铜来。他们都成了有钱有势的矿山主，都建造了自己的可观的大庄园。他们去世之后，他们的继承人接管了工作，开辟了新的矿井，增加了矿石开采量。一年又一年，矿山的规模扩大了，有越来越多的矿山主分享了所有权。其中有些人就住在矿山很近的地方，另一些人的庄园和冶炼炉是分散在这一带其他地方。一大片建筑矗立起来，这个地区就叫作大铜山矿区。

　　"现在要注意，那些埋藏得浅的，可以像采石场采石一样露天开采的矿石，开始挖光了，矿工们就不得不到地下很深的地方去寻找矿石。他们必须通过狭窄的矿井井口和又长又曲折的坑道费力地进入地球黑暗的内部，为的是去点火放炮，炸碎这座矿山。开山一直就是一种笨重而困难的工作，不过还要加上烟雾熏人的痛苦，烟雾找不到出路排到空气里去，还要加上从陡立的梯子上把矿石运到地面上来的困难。他们钻到地底下越深，开矿的风险就越大。有时候会从一个矿井角落里哗哗地冒出强有力的水流来，有时候会发生这样的事情，矿工头顶上的坑道顶部塌方。这些情况使得在大铜矿里干活变成了让人害怕的事情，所以没有人自愿去干这种活了。于是，被判了死刑的罪犯和在森林里横行不法的男人都会得到这样的许诺，只要他们愿意到法伦矿区去当矿工，刑罚都可以得到赦免。

　　"有很长一段时间，再也没有人想着去寻找那份长子遗产了。可是在去大铜山矿区的那些罪犯当中有好几个人并不把生命看得高于冒险，这些人开始彻底踏勘整个地区，希望找到这个宝藏。

　　"所有那些找矿的人的下场怎么样，没人能说清楚。但是有一个说法

477

留下来了，说的是两个矿上的长工，一天晚上很晚的时候跑到主人家里，说是他们在森林里找到了一个很大很可观的矿脉。他们还把通到那里的路做了记号，想第二天带主人去看。可是第二天是个星期天，主人不愿意在这天到森林里去找矿，反而要带领庄园里所有人到教堂去做礼拜。那时还是冬天，他们徒步从冰上横穿瓦尔邦湖到教堂去。去的路上一切都很顺利，但是在回家的路上那两个长工都掉进一个冰窟窿里淹死了。于是人们又开始想到了那个有关长子遗产的古老传说，大家都说，这两个长工发现的肯定是这个。

"为了找到解决矿山所有问题的办法，矿业主们特意召集来了精通采矿工作的外国人。那些外国大师教会了他们建造矿山排水装置，可以把水抽上来排出去，也能把矿石运到地面来。这些外国人不愿意相信有关巨人女儿的传说，不过他们非常相信，在附近这一带的什么地方有一条非常大非常可观的矿脉，这是非常可能的，他们带着巨大的热心寻找它。有一天晚上，一个德国工头回到矿山旁边的住地，说是他已经找到了那份长子遗产。但是，有关现在他会赢得的这笔巨大财富的想法，让他完全晕头转向要发狂了。同一天晚上他就大摆宴席请客，喝酒跳舞，掷骰子赌钱，最后他和那些酒肉兄弟里的一个人争吵起来，打架斗殴，结果被人一刀捅死了。

"从大铜山矿区依旧能开采出如此大量的矿石，无论在什么国家这个矿都可以算得上是最富的铜矿。它提供了巨大的财富，不但提供给周边地区，而且从这里收的大量税款，对瑞典王国度过经济拮据的岁月也大有帮助。由于这个缘故，整个法伦城才建立起来，而这个铜矿被认为是值得重视的、非常有用的，国王们通常都会驾临法伦参观这个矿，把它叫作瑞典的福祉和瑞典王国的国库。

"当人们想到，从这座老矿山里已经获取了如此多的财富，也就没有人奇怪，那些相信附近还有一个财富翻倍的铜矿的人，会很恼火这个矿是不能碰的。很多人冒着生命危险去寻找，不过都一无所获。

"最后看到过那份长子遗产的人之一，是个出身富贵家族的年轻的法伦矿山主，在城里拥有庄园和冶炼厂。他很想娶莱克桑德的一个农民的漂亮女儿，就徒步到那里去向她求婚，但是她拒绝嫁给他，因为她不愿意搬到法伦城里去，那里的烤炉和熔炼炉冒出的烟雾浓重地压在城市上空，她只要一想到这种烟雾心里就烦。

"这个矿山主非常爱她，当他回家的时候，真是深深地悲哀。他这一生都是住在法伦城里，从来没想到过在那里生活会有什么困难。可是现在当他走近这个城市的时候，他感到了恐惧。从那个巨大的矿坑里，从围绕矿坑的上百个烤炉里，正冒着浓重的刺鼻的硫黄烟雾，把整个城市都包裹在一片雾霾里。这种烟雾妨碍了植物在这里健康生长，所以周围很大范围的土地已经光秃秃的寸草不生。到处他都看见冒着火焰的冶炼炉被包围在黑色的矿渣堆里，不仅在城里和城郊，而且整个地区都是这样。这种高炉矗立在格里克斯堡，在本特遗产庄园，在拜利耶庄园，在斯腾地峡，在库尔地峡，在维卡村，甚至还延伸到阿斯帕布达。他明白了，那个习惯住在湖光明媚的西丽安湖边和明亮天空下青翠草木中的心上人，不可能在这个城市里愉快生活。

"这个城市的景象让他比之前还要心情郁闷，他不愿意马上就回家去，而是拐弯离开了大路，走进了森林地带。他在森林里随便转悠了一整天，也没考虑过他是朝什么地方走。

"接近黄昏的时候发生了这样的事，他无意中看到有一处山的表面像

金子一样在闪光。当他再仔细看，就注意到那是一条巨大的铜矿石矿脉。他先是为这个发现感到惊喜，不过马上想起来这个就应该是让很多人毁灭的那份长子遗产，这时他就害怕起来了。他想：'今天真是灾祸盯上我了。说不定我现在会丢了性命，就因为我发现了这份财宝！'

"他马上转身往回家的路上走。走了一会儿，碰到了一个身材高大的女人。她的样子完全像是一个威严的矿山主的母亲，不过他记不起来，以前他是否见过她。

"这个女人说：'我想问问，你到森林里来是打算干什么？我已经看见你在这里四处转悠了一整天了。'

"矿山主说：'我来这里是想找一个可以居住的地方，因为我爱上的那个姑娘不愿意住在法伦。'

"她进一步追问：'难道你不想在你刚才发现的那座铜山里开采矿石吗？'

"'才不呢，我得停止采矿了，要不然我就娶不到我心爱的那个姑娘了。'

"那个女人就说：'好吧，只要你说话算话，那你就不会遇到什么灾祸。'

"说完这些她马上就离开他了。不过这个年轻矿山主就赶紧照自己因为这种紧急情况而说的那些话做了，让这些话成了真的事情。他停止了开矿，在离法伦很远的地方建造了一个庄园。后来他心爱的那个姑娘就一点不反对搬到他那里去了。"

说到这里渡鸦巴塔基就结束了他的故事。在这段时间里，小男孩真的一直保持清醒，不过他也没有用特别快的速度使用他的凿子。

当渡鸦不再说话的时候，小男孩就问："哎，以后怎么样了？"

"哦，从那时候开始，铜的生产就走下坡路了。法伦城，这个还在。不过所有那些老旧的冶炼炉都没有了。整个地区都分布着老旧的矿山主

庄园，不过居住在里面的人却去从事农业或者林业了。法伦铜矿里的矿石快要开采完了。看来现在比过去任何时候都更加迫切需要找到那份长子遗产。"

小男孩问："我想知道，那个矿山主是不是看到那份遗产的最后一个人？"

巴塔基说："等你在墙上凿好了窟窿，把我放出去以后，我就会告诉你谁是最后一个。"

小男孩愣了一下，开始干得快了一点。他觉得，渡鸦巴塔基在讲刚才这句话的时候，用了一种奇怪意味的语调。听起来巴塔基好像要让小男孩明白，他这个渡鸦自己就亲眼看到过那条大矿脉。那么，渡鸦把这个故事讲给他听，难道会有什么特别的用意吗？

为了把这件事弄清楚一点，小男孩就说："你在法伦这一带肯定也四处转悠过很多次了。你在这一带的森林和山岭上盘旋的时候，你多半也找到了什么吧？"

渡鸦说："我肯定会让你看到很多奇怪的东西，只要你干完你的活儿。"

小男孩开始急切地凿起来，碎木屑在他四周飞舞。现在他真的确信，渡鸦已经找到了那份长子遗产。小男孩说："太可惜啊，你只是一只渡鸦，也不能用你找到的那笔财富来让你自己高兴。"

渡鸦说："在我看到你能在墙上凿个窟窿把我放出去之前，我不愿意再多讲这件事了。"

小男孩凿啊凿，干得连凿子都烫手了。他觉得自己很容易就猜到巴塔基的意思。渡鸦反正自己没法采矿，所以他的打算肯定是把自己的这个发现赠送给尼尔斯·霍尔格松。这是最让人可信的，也是最合乎情理的。不过，要是小男孩现在知道了这个秘密，那么一等他再变成人，他就要回到

这里来，找到这份巨大的财富。当他赚到了足够多的钱，他就要把整个西维门赫格教区买下来，也建造起一座宫殿，大得跟威特舍弗勒那座宫殿一样。总有一天他要把家里的男主人霍尔格·尼尔松和他的太太邀请到自己的宫殿里来。当他们徒步走来的时候，他就要站在台阶上说："请进来吧，就像这里是自己家里一样！"而他们当然认不出他来了，而是感到奇怪，这个邀请他们来的体面绅士到底是谁。那时候他会这样说："你们不喜欢住在这样一个地方吗？"

他们会回答："这还用说，不过，这不是什么适合我们的地方。"

他会说："当然是，就是适合你们的地方。本来就是这个意思，你们可以得到这栋房子，算是赔偿你们去年飞走的那只大白公鹅。"

小男孩使用凿子用得更加灵活了。他要花钱去办的第二件事情，是在孙内尔布那片石南荒原上为放鹅丫头奥萨和小马兹建造一栋新房子。当然要比原来的屋子大得多也好得多。他还要把整个托肯湖买下来送给那些野鸭，还要……

渡鸦说："现在我得说，你干得好快。我相信这个窟窿已经足够大了。"

渡鸦真的成功地钻了出去。小男孩跟着钻了出去，看到巴塔基站在几步之外的一块石头上。

巴塔基一本正经地说："现在我要履行我对你的允诺，拇指头。我要告诉你我自己看到过那份长子遗产。不过我不愿意建议你开始去寻找它，因为我是花费了好多年努力之后才找到它的。"

小男孩说："我想，你应该告诉我这份宝藏在哪里，作为你对我的报答，是我帮你从这个监狱里出来的。"

巴塔基说："我讲这个长子遗产故事的时候，你一定是很困了没听清。

要不然不会指望这样的结果。你难道没注意到，所有披露了长子遗产藏在什么地方的人全都要遇到灾祸吗？不行啊，拇指头！我巴塔基在这个地球上已经活了那么长久，已经学会闭住嘴了。"

说完他就抬起翅膀飞走了。

大雁阿卡站在硫黄锅旁边的地上睡着了，不过要拖延了很长时间之后，小男孩才走过去把她叫醒。他很气馁和难过，因为错过了这么一份巨大的财富，觉得没任何事情能让他高兴起来。小男孩对自己说："我不相信什么巨人女儿的故事是真的，我也不相信什么狼，什么冰窟窿，不过我相信，那些穷苦矿工在荒野森林里找到那条大矿脉的时候，一定是高兴得晕头转向了，后来也没能再找到它。我相信，这个错误对他们来说是太难忍受了，他们就没法再活下去。因为我现在的感觉就是这样的。"

译注：法伦（Falun）是瑞典中部的铜矿重镇。

# 31. 瓦尔普吉斯之夜

四月三十日　星期六

有那么一天，是达拉那的所有孩子几乎像盼望圣诞节一样盼望的。那就是瓦尔普吉斯之夜，在这个夜晚，会允许孩子们在露天里点燃篝火。

这天前的几个星期里，男孩子女孩子们就不想别的，只想为瓦尔普吉斯之夜的篝火收集柴火。他们到森林里去拾枯树枝和松果，到木匠家里去收集刨花，到砍柴人家里去收集木棍、树皮和枝条。他们每天都到商贩那里去讨要装货的旧木箱，要是有人成功地弄到一个空沥青桶，就把它当作最好的宝贝藏起来，直到就要点篝火的最后一刻才拿出来。那些用来支撑豌豆苗青豆蔓生长的细木杆都有不见的危险，同样遭殃的还有老旧的被风刮倒的围栏，被留在田地里忘记拿回来的所有断裂的木制农具和所有晒干草的木架。

当那个奇特的夜晚到来的时候，每个村里的孩子们都已经堆起一大堆树杈、枝条和所有可能燃烧的东西，不是堆在小山丘上，就是堆在一个湖岸边。有些村庄不只堆一堆，而是堆两三大堆的树枝。可能出现这种情况，

485

男孩子女孩子们对收集篝火材料没能达成一致意见，或者是因为住在村南头的孩子想把篝火安排在自己这一端，而住在村北头的孩子不同意，不得不自己堆起一堆篝火。

篝火堆往往早早在那天下午就安排好了。然后所有的孩子就在周围转来转去，个个口袋里装着火柴，等待着黑夜到来。每年这个时候达拉那的白天还特别长。到晚上八点的时候，天还没开始暗下来。因为还只是冬末初春季节，到外面去等待也是又冷又不愉快的事。所有开垦过的空旷的田地上积雪已经融化掉了，到了正午太阳当空高照的时候，还真感到很热，不过在森林里仍然有很深的积雪，湖面上还覆盖着冰。快到夜深的时候有时会冷好几度。因此可能在天还没全黑的时候，就有一两堆篝火已经点起来了。不过只有最幼小的和最没耐心的孩子才会这么着急。大一点的孩子会等着，直到天黑得很合适了，篝火能明亮好看的时候才点火。

终于到了正确的时刻。每个人，就是给篝火堆只带来了一根从未有过的细小木棍的人，也都到场了。那个年纪最大的男孩子点燃一束干草，塞到篝火堆底下。火焰马上开始工作，枯枝里发出嘶嘶冒气和噼噼啪啪爆裂的声音，那些最细的枝条被烧得炽热通红，烟雾涌上来，又黑又吓人。最后火焰终于从树枝堆的顶上窜了出来，又高又分明，一下子达到几米高的地方，整个地区都能看得见。

当一个村庄的孩子让自己的篝火实实在在烧起来以后，他们会花点时间看看周围的地方。瞧，那边有一堆火在烧，那边还有一堆，现在小山丘上有一堆点着了，山上最高的地方也有一堆！他们全都希望自己的那堆篝火是火势最大的、最分明的，他们都那么害怕自己的火堆盖不住别人的。他们就在这最后关头，还冲回家里的农庄，求爸爸妈妈再拿出几块木疙瘩

或者劈柴。

当篝火燃烧了一会儿，成年人和老年人也都走来看篝火了。不过篝火不仅美丽和辉煌，它还向周围散发出一团美好舒适的热气，吸引人们在篝火周围的石头和草墩上坐下来。他们坐在那里盯住火焰看，直到其中一个人有了个想法，当有这么旺的一堆火的时候，他们应该煮一点咖啡。在咖啡壶咕噜咕噜煮着咖啡的时候，可能就有人开始讲故事了，当第一个人讲完，另一个就马上接下去讲。

成年人想着的多半是喝咖啡和讲故事。孩子们想的是让篝火堆的火焰更高，烧得时间更长。春天的脚步在解冻和融化积雪的时候实在是慢得可怜。如果他们能用篝火给春天一点帮助，当然也是好事。要不然就不可想象，春天什么时候能准备好，让树木抽芽长叶。

\*

大雁们已经安顿好在西丽安湖的浮冰上睡觉。因为从北边刮来一阵让人难以忍受的寒风，小男孩不得不钻到白公鹅的翅膀底下去睡。不过他在里面没睡多久，就被一声枪响惊醒了。他马上从翅膀底下溜出来，惊慌不已地往四周看。

在大雁们附近的浮冰上毫无动静。无论他怎么仔细观察，也看不到什么猎人。但是他朝湖岸上一看，却看到了什么非常奇特的景象，以至于他以为那是一种鬼魂景象在显示自己，就像那个海底城市威尼塔或者大尤尔

489

厄晚上闹鬼的花园。

那天下午，大雁们曾经在这个大湖上来回飞了好几次，然后才能决定在什么地方降落下来过夜。他们一面飞一面让小男孩看看那些坐落在湖岸上的大教堂和村庄。他已经看到了莱克桑德、莱特维克湾、莫拉、苏莱尔岛等等。最接近教堂的村子大得就像小城镇，小男孩感到很惊讶，没想到在北方也会有这么多建筑。在整个地区他只看到了光明和微笑，远远超出他的意料。他没有看到什么可怕的或者陌生的事情。

不过，现在到了黑暗的夜晚，就在白天见过的同一湖岸上，点燃起了高高的篝火构成的一个长长的花圈。他看到了篝火在大湖北端莫拉村附近燃烧，在苏莱尔岛岸边燃烧，在魏卡尔比村燃烧，在舒尔岭村的高地上燃烧，在莱特维克湾村旁边那个有教堂的湖岬上燃烧，在莱尔达尔岭村燃烧，就这样连续出现在更多岬角和土丘上，一直延伸到莱克桑德村那边。他可以数出一百多个火堆，对他来说，如果这不是山妖的妖术或者鬼魂在作怪，就完全不可能理解这些火堆是从哪里来的。

枪声响起的时候大雁们也醒过来了。不过阿卡很快朝湖岸上望了一眼就说："那是人类的孩子们，是他们在玩呢。"她和其他大雁马上又把脑袋缩到翅膀底下，重新呼呼大睡起来。

可是小男孩不睡，站在那里看着那些火堆，这些火堆把湖岸装点成一条长长的金项链。他很像一只小蚊子受到光和热的吸引，很愿意走近一点，但是不知道自己敢不敢离开大雁们。他又听到了一声接一声的枪声，当他现在知道这其实没什么危险，也受到这些枪声的吸引。看起来，那些围在篝火边的人们很高兴，光是欢笑和喊叫对他们来说还不够，必须拿出猎枪来放几枪。在一个山上燃烧的一堆篝火旁边，现在还往空中施放了火箭。

那里已经有一堆大火，而且在那么高的地方，但是这还不够。他们还想要让火更美更漂亮。就是在天空的云端也能看到他们是多么欢乐。

小男孩已经慢慢走近了湖岸，不过这时有些歌声传到他耳边，于是他就开始朝陆地上奔跑，这是他说什么也要参加的。

在莱特维克湾最里面，从岸边伸出一个让小火轮停靠的极长的浮码头。在浮码头的最前端站着一群唱歌的人，对着深夜的湖唱出他们的歌声。看起来，好像他们的用意是，因为春天也像大雁们一样在西丽安湖的浮冰上呼呼大睡，他们想用歌声把春天唤醒。

那群歌手开始唱的是《我知道遥远的北部高原上的一片土地》，接着唱的是《在达拉两条宽阔的河边，到了美丽夏天，这时大地乐开颜》，然后是《走向图纳的进行曲》《男子气，勇敢自信的男人》，最后是《我住过达拉那，我住在达拉那》。这些全都是有关达拉那的歌。在浮码头上当然没有篝火，歌手们不能看到自己周围很远处的景物。但是随着歌声，他们家乡的图景展现在他们眼前，展现在所有听着歌声的人眼前，比白天的景色还要更明媚和可爱。那就好像他们要说服春天："瞧啊，一片这样的土地，在这里盼望你的来临！难道你不要来帮助我们吗？难道你要让冬天更长久地压迫如此美丽的地方吗？"

只要有歌曲在唱，尼尔斯·霍尔格松就站着倾听。不过当歌声中断的时候，他就赶紧往陆地那边走。湖湾最里面的浮冰已经化掉了，但是这个湖湾的水底已经被沙子堆积得很高，无论如何他还是可以成功地走到湖岸防波堤上的一堆篝火前面。他非常小心地轻手轻脚地靠近，连篝火旁边坐着站着的人他都能看清楚了，还能听到他们说的话。他又一次开始对自己看到的事惊讶起来，怀疑自己看到的只不过是一种幻觉。他以前从来没见

到过有人这样打扮：女人们头戴着黑色尖顶帽，身穿小小的白色皮夹克，脖子上系着有玫瑰图案的围巾，还有绿色的绸缎束腰，黑色长裙有一块前衬，上面有白红绿黑的条纹。男人们头戴着圆形低帽筒的帽子，蓝色外套有红色绲边的缝合部，黄色皮裤只到膝盖，裤腿用红色的装饰着羽毛的袜带固定。不知道是否只因为这种穿着打扮的缘故，反正他觉得这些人看上去和其他地方的人完全不一样，更加漂亮也更加高贵。他听到他们在互相交谈，但他听了很长时间，也没听懂一句话。他想起了妈妈收藏在她那个箱子里的漂亮衣服，如今再也没人想利用它们。他也在想，这是不是某一种古老民族，而他碰巧看到了其中的几个人，他们已经有好几百年没像活人那样在地球上行走过了。

不过，这只是那种在他头脑里一闪而过的念头，然后就很快消失了，因为他当然看得清楚，在他面前的全是真实的人。他会有那种念头，是因为在西丽安湖边居住的人在语言上、服装上和气质上都要比其他地方的人保留了更多过去的传统。

小男孩很快注意到，坐在篝火边的人是在谈论过去的事情。他们谈到自己年轻的时候过得怎么样，那时他们不得不徒步走很远的路，到达拉那之外的地区去找工作，借此挣来家里吃的面包。小男孩听到了好几个人讲的往事，不过，他后来记得最牢的，是一个老年妇女经历过的事情。

## 米尔·谢斯娣讲述的事情

"我父母在东毕约尔卡有个小农庄，不过我家兄弟姐妹多，那时也是日子艰难的时代，所以我满了十六岁的时候就不得不徒步离开家出门谋生去了。我们一起出发的有二十个年轻人，都是莱特维克湾这里的。那是1845年4月14日，我第一次到斯德哥尔摩去。我的干粮袋里装的是几个干面包、一个小牛腿和一点奶酪。全部的路费是二十四先令。在皮背囊里我还放了能带的其他食物，这个背囊托一个赶车的农民提前带走了，还一起带走了干活穿的衣服。

"就这样，我们二十个人一起徒步走到法伦去。我们通常一天要走上三十或者四十公里，到斯德哥尔摩我们走了七天。那可是不一样的，不像现在的达拉那姑娘，只要坐上火车，坐八九个小时就到了，又舒服又方便，太不公平合理了。

"我们走进斯德哥尔摩的时候，城里人就互相呼喊起来：'瞧啊，达拉那兵团现在进城了！'因为我们的高跟鞋子走在街道上的时候，听起来也好像是整整一个兵团在列队前进，因为鞋匠在我们的鞋跟上钉了至少十五个大钉子。还发生过这样的事情，我们当中好几个人摇摇晃晃摔倒在地上，因为我们不习惯在鹅卵石铺的街道上走。

"我们住进了一个名叫'白马'的达拉那同乡会馆，那是在南城的大浴室街上。在同一条街上还有莫拉人的一个同乡会馆，名叫'大王冠'。是我这么说的，现在得赶紧找工作挣钱了，因为我从家里带出来的二十四个先令，只剩下十八个了。其他达拉那姑娘里有一个告诉我，我应该到住在城关牛角关附近的一个骑兵上尉那里去，问问有没有活儿干。我去了，就被留在他那里了，在他的花园里挖土种花种草四天。每天的工钱是二十四先令，吃饭是我自己负责。我只买得起一点点东西，可是老爷家的小女孩看到我吃的东西太少了，就跑到厨房里给我要来吃的东西，所以我还能吃饱。

"后来我到了北方大街的一位贵夫人家做工。我在那里的住处很糟糕，老鼠把我的帽子和围巾都拖走了，还把我的皮背囊咬了个洞，我不得不跟人要了只破靴筒，用上面的皮子去修补。我在那家人家里只干了两星期，然后又得徒步回家去了，身边只有两块银圆。

"我走的是经过莱克桑德的那条路，在一个名叫热奈斯的村子里住了两三天。记得那里的人用连麸皮带草叶一起磨成的燕麦粉熬粥喝。他们没有别的东西，在饥荒的日子里就吃那个。

"是啊，那年就没什么可多说的了，可是第二年我的日子更难熬了。瞧，我又得出去谋生，因为家里也没什么收成，没法养活自己。我得到允许跟着两个达拉那姑娘到霍迪斯瓦尔去，到那里的路是二百四十多公里。

一路我们都得自己背着皮背囊徒步走，因为这次没有顺便的车给我们捎带行李。我们原来打算，去了那里可以找到花园里的活儿干。可是等我们到了那里，到处都还是高高的积雪，根本没有这样的活儿。于是我就跑到城外的乡下去，到农庄上跟人家说尽好话，求他们给我点活儿做。天可怜见的，在我走到了一家农庄之前，我真是要累死了饿死了，总算那家人把我留下来了，梳理羊毛一天才挣八个先令！不过，瞧，入春再长一点的时候，我得到了城里人家的花园里的活儿，一直干到七月份。不过那时想家的念头就越来越强了，就动身回莱特维克湾。要知道我那时才十七岁哪。鞋都被我穿烂了，我只好光着脚走了二百四十公里路。可我心里还是很高兴的，因为现在我存了整整十五块银圆，还给我的小弟弟小妹妹带了几个小麦粉做的圆面包和我积攒起来的一包糖块。那是喝咖啡的时候，每人有两块方糖，我总是藏起来一块。

"姑娘们哪，你们现在坐在这里，都不知道你们该怎么感谢上帝，是上帝让我们过上了好一点的日子啊。过去可是那样的，一年饥荒接着一年饥荒。达拉那的所有年轻人都被迫出去挣钱。到了下一年，也就是 1847 年，我又去了斯德哥尔摩，在大角山的花园里干活。那里干活的有好几个是达拉那姑娘，每天的工钱也多了一点，不过无论如何我们也得攒钱。我们把花园的土里翻出来的旧钉子和骨头都收拾起来卖给收破烂的小铺。卖的钱我们就去买那种硬得像石头一样的干面包，那种本来是国家面包房烤了给士兵吃的面包。到了七月底我又回家了，要回去帮着收割庄稼。这次回家我存下了三十块银圆。

"再下一年我又不得不出门去挣钱。这回我到了斯德哥尔摩城外那个名叫'王家马厩总管庄园'的饭店干活。那年夏天，就在饭店不远叫雅戴特的那片大草场上有野战演习。饭店老板在一辆很大的军用大车上架了一个临时厨房做饭，派我去照管。就算我能活到一百岁，我也忘不了这回遇到的事情，当时我就在雅戴特的草场上为国王奥斯卡一世用牛角号吹了几支曲子。国王赏了我整整两块银圆。

"后来我连续好几个夏天在斯德哥尔摩城北的布隆湾上当游船女划船手，在阿尔巴奴和哈嘎王家花园之间划船。那是我生活最好的时候。我们的船上还带着牛角号，有时候乘客们拿过桨去自己划，这样我们就可以吹牛角号给他们听。到了秋天划船工作结束的时候，我就北上到乌普兰去，到各个农庄的打谷场上干活。快到圣诞节的时候我通常会赶回家去，就能带上大概一百块银圆了。我帮人家在打谷场干活还能挣到一点粮食，我爸爸以后会赶着马拉雪橇来取回去。是啊，你们看看，如果不是我和我的兄弟姐妹在外面挣钱带回家，那就没什么东西可以维持生活了。因为我们自己家的地里收来的粮食，到圣诞节大都吃光了，那时候种土豆也还很少。自己没粮食了就都向商人买，黑麦要卖到四十块银圆一桶，燕麦要卖到二十四块银圆一桶，那就人人都得精打细算过日子了。我记得，我们家有好几回是用一头奶牛去换一桶燕麦的。那时候我们的燕麦面包里还拌了切细的干草。我不得不说，那样的面包难以下咽。每嚼一口就要喝水，那才能咽下去。

"就那样我一直跑来跑去，一直到我嫁人的那年，也就是 1856 年。瞧，雍和我，我们是在斯德哥尔摩成了对象的。我每年回老家的时候，心里总是有点害怕的，怕斯德哥尔摩的姑娘会把他的心思从我这边转走。她们叫他'帅哥米尔·雍'和'那个健美的达拉那男子汉'，这我都知道。不过，雍对我一点都没有虚情假意，等他把钱攒够了我们就办了婚礼。

"后来有那么几年家里只有愉快没一点悲伤，但是好日子并不长，1863

年雍就去世了，我独自带五个小孩子过日子。不过，对我们来说情况还不算太坏，因为现在达拉那的年景已经开始好起来了。现在已经有的是土豆，有的是粮食。这和早先就大不一样了。我独自照管我继承来的那几小块土地，我有自己的房子。就这么一年一年过去，孩子们也都长大了。他们中还活着的，都是很富裕的，上帝保佑！他们真的不会想到，他们的妈妈年轻的时候，达拉那人多么穷，连面包都不够吃。"

那个老人沉默下来。在她讲的时候，篝火也已经灭了，现在大家都站起来说，到了该分手回家的时候了。小男孩就往湖里的浮冰那边跑，去寻找他的旅伴，不过，当他一个人在黑暗中奔跑的时候，他耳边又响起刚才在浮码头上听到的那首歌的歌词："我住过达拉那，我住在达拉那，即使贫穷，依然忠诚光荣……"后面的歌词是什么他记不住了。但是歌词的结尾他还记得："他们在面包里常常掺进树皮，可是有权有势的老爷们在贫穷的达拉那人这里还是能得到支持。"

小男孩还没完全忘掉他听说过的关于斯图拉家族和古斯塔夫·瓦萨国王的传说，他一直想知道为什么这些王公贵族要到达拉那人这里来寻求支持，不过现在他明白过来了。因为在这一片土地上，有像那边篝火旁的老人那样的女人，那么这里的男子汉也一定是不可能屈服的。

译注：瓦尔普吉斯之夜（Valborgsmässoafton）起源于中世纪英国宗教活动，现成为流行北欧的传统春季庆祝活动，以每年4月30日夜点燃篝火并歌舞为主要形式。古斯塔夫·瓦萨（Gustav Vasa，1496—1560）曾在1521年获得达拉那人的支持，组建起义军推翻丹麦国王克里斯蒂安二世（Kristian II）对瑞典的统治，创建了统一瑞典的瓦萨王朝，被称为瑞典国王古斯塔夫一世（在位时间为1523年至1560年）。

# 32. 在教堂边

五月一日　星期日

小男孩第二天早上醒来，滑下鹅背到了冰上，忍不住就笑起来，因为夜里下了很大的雪，而且还在下。漫天都是大片的洁白雪花，大得让人以为是冻死的蝴蝶的翅膀在飘落。西丽安湖面上已经有好几公分厚的雪，湖岸也是白茫茫的。大雁们身上落满了雪，看起来像一个个小雪堆。

阿卡、于克西和卡克西时不时会动一下，不过当他们看到大雪继续在下，就赶紧把头重新藏到翅膀底下。他们可能认为，在这种天气里除了睡觉之外没什么更好的事情做了，小男孩觉得他们很对，自己也又睡了。

几个小时以后，小男孩被莱特维克湾教堂做礼拜的钟声叫醒了。现在雪已经停下来了，但是刮着很大的北风，湖上冷得刺骨。当大雁们终于抖掉身上的雪，飞到陆上去找吃的，他也高兴起来。

那天莱特维克湾教堂在举行坚信礼。要参加坚信礼的已经上过课的孩子早早来到教堂，三三两两站在教堂外的坡地上说话。他们都穿着本地的传统服装。当大雁群飞近教堂的时候小男孩叫起来："亲爱的阿卡大妈，

这里飞慢一点，这样我能看看这些年轻人！"领头雁当然觉得这个要求有道理，她就尽量飞低些，绕着教堂飞了三次。不太好说凑近了看这群年轻人是什么模样，不过，当小男孩从高处往下看这些少男少女，他觉得自己从来没见过这么一群可爱的年轻人。小男孩对自己说："我相信王宫里的王子公主也不会比他们更好看。"

雪下得可不小。莱特维克湾所有的田野都被雪盖住了，阿卡找不到一块她能落下去的地方。这时她也没有思考很久，就往南朝莱克桑德飞去。

在莱克桑德，像每年春天通常的情况那样，年轻人大多出门去打工了。留在这个教区里的大多是老年人，当大雁们飞来的时候，有一长队老婆婆正穿过那条通向教堂的漂亮的桦树林荫道走着。她们走在白色枝干的桦树之间白色的路面上，身穿的是雪白的羊皮开襟小袄，白色皮长裙，前面还有黄白条纹或黑白条纹相间的围裙，白色的帽子紧裹着白发。

小男孩说："亲爱的阿卡大妈，这里飞慢一点，这样我就能看看这些老人家！"领头雁当然觉得这个要求有道理，她就尽量飞低些，在桦树林荫道的上空来回飞了三次。不太好说凑近了看那些老年妇女是什么模样，不过小男孩觉得，自己从来没见过看上去这么智慧这么尊贵的老年妇女。小男孩对自己说："这些老太太看起来都像王太后，儿子当了国王，女儿当了王后！"

不过莱克桑德的田地里的情况也不比莱特维克湾好。到处都是厚厚的雪，阿卡想不出别的办法，只得继续朝南往嘎格涅夫飞去。

在嘎格涅夫，那天教堂做礼拜之前要先为一个死者举行葬礼。送葬的队伍到教堂已经晚了，后来入土下葬又拖延了时间。当大雁们飞来的时候，并不是所有人都来得及进教堂里去，有好几个妇女还在教堂外的墓园里探望自家人的坟墓。她们身穿有红色长袖的绿色紧身束腰，头上扎着带有五彩穗子的彩色围巾。

小男孩说："亲爱的阿卡大妈，这里飞慢一点，这样我就能看看这些农庄上的女主人啦。"这只大雁觉得这个要求有道理，她就尽量飞低些，在教堂的墓园上空来回飞了三次。不太好说凑近了看那些农庄女主人是什么模样，但是当小男孩在高处往下看她们在墓园树林之间的身影，他觉得她们都像温馨的鲜花。他就想："她们全都好像是在国王御花园的苗圃里

长大的。"

可是在嘎格涅夫也找不到哪怕一块没有雪的裸露的田地，大雁们没有别的办法，只好继续朝南往弗鲁达飞。

大雁们飞到弗鲁达的时候，那里的人都坐在教堂里，不过那天的礼拜结束以后还要举行婚礼。新娘新郎和伴送他们的人已经在教堂前的坡地上排好队。那个新娘站在那里，一头披肩长发上戴着金冠，身上挂着首饰、鲜花和彩带，看上去全都那么美，所以看着她的人眼睛都不想眨一下。那位新郎身穿蓝色长外套和长到膝盖的裤子，头戴红帽子。伴娘们的束腰和长裙裙边上都绣着玫瑰花和郁金香。新郎的父母和邻居也都排在队伍里，身穿各自的五彩的本地传统服装。

小男孩说："亲爱的阿卡大妈，这里飞慢一点，这样我就来得及好好看看这些年轻人了。"领头雁又尽量飞低些，在教堂前的坡地上空来回飞了三次。不太好说凑近了看这个新婚队伍的人会是什么模样。但是，当小男孩从高处往下看他们，他觉得新娘那么妩媚，新郎那么自豪，伴送新人的队伍里的人全都那么尊贵，这样的人在别的地方是找不到的。他心里想："我真不知道，国王、王后在他们的王宫里走着的时候，是不是会更加优雅。"

不过，在弗鲁达这里，大雁们终于找到了没有雪的赤裸的田地，他们就不用为了找食物再往远处飞了。

# 33. 洪水

五月一日至四日

一连好几天，梅拉伦湖北边那些地区都是一种恶劣天气。天空一片灰色，风飕飕刮个不停，雨好像鞭子抽人。虽然人和牲口都很清楚，春天并不会不来，但他们还是觉得，这天气几乎不可忍受。

当大雨下了一整天以后，云杉树林里的积雪就开始实实在在地融化了，春天的涓涓溪流就开始了。农庄上所有水坑里的积水，田野沟渠里滞留的水，在沼泽地和洼地的草丘之间咕嘟嘟冒出来的水，全都流动起来，都设法找到路流进溪流里去，好让溪流带到大海去。

溪流里的水尽可能快地奔跑，流进通往梅拉伦湖的各条河，而这些河也尽最大努力把大量的水往下送到梅拉伦湖。不过，这时在乌普兰和矿区的所有小湖在同一天里抛出了它们的浮冰，所以各条河里充满了冰的碎块，河水就突然高涨，甚至涨到了河沿。这些河现在一下变得那么巨大，一齐涌进梅拉伦湖里，一瞬间里这个湖里就接收了那么多水，倒也是它很方便地就能容得下的。湖水就形成了巨大的水流朝出海口冲去，不过，这个湖

506

出海有几条水流，其中北水流是一条狭窄的水道，无法把那么多需要快速释放的水很快释放出去。此外有强烈的东风，东边的海水朝西边的陆地涌来，当出海的水流要把湖水释放到波罗的海去的时候，海水在湖水出海的路上构成了一道屏障。因为通梅拉伦湖的各条河不停地往湖里灌进新的水，而出海的水流来不及释放它，那个大湖就没有别的办法，只能让湖水溢出湖沿。

湖水上涨得非常慢，好像它并不愿意损害自己美丽的湖岸。不过湖岸几乎到处都很低，斜坡很长，所以用不了多久，湖水就已经上涨到了陆地内几米远的地方，而且也不需要再多，就足以引起很大的骚动了。

梅拉伦湖有些独特的地方。它仅仅包括狭窄的水道、湖湾和湖峡，没有什么地方会扩展出开阔的、会有风暴席卷的湖面。它好像就是一个专为游览、扬帆驾船和愉快地钓鱼而创造出来的湖。这个湖拥有许多环境宜人、树木葱茏的岛、岩礁和岬角，没有任何地方它会展示光秃秃的、荒凉的和被风席卷过的湖岸。那就好像这个湖从来不想承受别的建筑，只想托举起行宫、消夏别墅、贵族庄园和娱乐场所。不过，也许正因为如此，这个湖通常会显示自己那么友好温和、和善可亲，所以当它有时候在春天里把微笑的面容放在一边，显示出它也会真的变得危险可怕的时候，那就会成为一场骚动了。

当这个湖现在看起来要掀起一场洪水的时候，人们就赶紧给冬天拉到岸上停放的所有船和划艇补漏和涂黑油，为了能让它们尽快下水。洗衣服用的木码头也被抽到了岸上。公路的桥梁做了加固。养护那种沿湖铁路路段的铁路养路工，在路基上不停地来回巡视，不管白天还是黑夜都不敢睡觉。

农民们把存放在低矮小岛上的库房里的干草和干树叶赶紧运到岸上。

渔民们收拾起了围鱼的拉网和拖网，以免它们被洪水冲走。各个轮渡码头都聚集着旅客。所有要回家或者出门办事的人都必须抓紧时间，同时还要确认渡轮旅行不会被洪水阻碍。

在斯德哥尔摩地区，那里的湖岸上夏季住房一栋接着一栋，也是最忙乱的地方。大多数别墅坐落在陆地上较高的地方，它们不会有什么危险，但是每一栋别墅旁边都有停船的栈桥和下湖洗澡的更衣木房，这些得运到安全的地方去。

但是，因为梅拉伦湖水要溢出湖岸而惶恐不安的不仅仅是人类。在湖岸灌木丛里生了蛋的野鸭，靠湖岸边筑窝而且窝里还有幼小无助的小崽的田鼠和鼩鼱，他们也都会极度担忧。甚至高傲的天鹅也感到不安，担心他们的窝和鹅蛋会被毁掉。

所有这些烦恼忧愁都不是多余的，因为梅拉伦湖湖水每时每刻都在上涨。

长在湖岸上的柳树和花楸树树根已经被湖水淹没了。水已经漫进花园里，用自己的方式掺和栽种调料的地里的泥土，而在黑麦地里，因为地势低，水能淹到黑麦，造成了最惨重的损害。

一连好几天湖水连续上涨，格里普斯岛王宫周围有沼泽的草地都被水淹没了，所以岛上那座大宫殿和陆地完全隔开了，不是被一个小水坑隔开，而是被一条宽阔的湖峡隔开。在斯特伦格耐斯，那条美丽的人们散步的湖滨大道已经变成了一条水势湍急的激流。在韦斯特罗斯，人们已经准备在街道上用船代步。在梅拉伦湖里一个小岛上过冬的一对大角鹿，过夜的地方都被水淹没了，只好游到陆地上来。整个的劈柴堆、大量的圆木和木板、一大堆酿酒桶和木盆都漂浮在水面上，到处都有人坐着船在外面打捞东西。

在这个困难的日子里发生了这样的事，有一天狐狸斯密尔轻手轻脚地穿过梅拉伦湖北边有一段距离的桦树林。像往常一样，他一边走一边想着大雁和拇指头，不知道怎样才能找到他们，因为他完全失去了线索。

他一边走，一边感到心情到了最糟糕的地步，这时候忽然看见信鸽阿嘎尔降落在一根桦树枝上。斯密尔说："真太巧了，阿嘎尔，我能碰到你。你也许能告诉我，凯布讷山来的阿卡和她的大雁群现在在什么地方吧。"

阿嘎尔说："这是可能的，我知道他们在什么地方。不过我不会告诉你的。"

斯密尔说："告诉不告诉都一样。我有个口信对他们说，只要你把这个口信捎给他们就行啦。你一定知道，这些天梅拉伦湖情况有多糟。那里正在发大水。住在耶尔斯塔湾的许多天鹅也遭殃了，他们的窝和鹅蛋快要被毁掉了。天鹅王大晴天听说过那个跟大雁一起飞行的小毛头什么问题都能解决，他就派我去问问阿卡，是不是愿意带拇指头到耶尔斯塔湾去帮忙。"

阿嘎尔说："我当然可以转告这个口信。但是我不明白那么一个小小的小毛头怎么能帮助天鹅。"

斯密尔说："我也不明白呀。不过，随便什么事情他都能办得到。"

阿嘎尔批评着："我也奇怪，天鹅王大晴天会派一只狐狸给大雁送口信。"

斯密尔用温和的口吻说："你当然说得对，要不然我和天鹅是冤家对头。不过，在这么大难当头的时候，大家都得互相帮忙啊。不管怎么样，你不用对阿卡说，你是通过一只狐狸得到这个口信的，因为她听了不会不疑心的。"

# 耶尔斯塔湾的天鹅

在整个梅拉伦湖地区能找到的对水禽来说最安全的庇护场所是耶尔斯塔湾，它是埃考尔松德湾最里面的那个部分，埃考尔松德湾又是北桦树岛湖湾的分叉部分，而北桦树岛湖湾又是梅拉伦湖伸入到乌普兰里面的那些长长的大湾中第二大的。

耶尔斯塔湾有平坦的湖岸，很浅的水，大片芦苇荡，跟托肯湖完全一样。这个湾的大小和那个闻名的鸟湖当然还差得远，不过它依然是个优良的鸟类家园，所以它很多年前就被列为法定禁猎地区。也就是说那里是一大批天鹅的庇护所。而就在附近的古老御花园埃考尔松德，那里的主人也禁止在这个湖湾里的一切狩猎活动，为的是不让天鹅受到打扰和惊吓。

阿卡一接到那个口信说天鹅需要她的帮助，就赶紧飞到耶尔斯塔湾来了。她在一个傍晚带领着雁群到了那里，马上就看到这里确实发生了大灾难。那些巨大的天鹅窝已经从本来固定的地方被扯开了，在狂风中被刮过了湖湾。有些天鹅窝已经坠毁了，有两三个被翻得底朝天，这些窝里的天鹅蛋沉到了湖里，在水底闪着白光。

阿卡在这个湖湾里落下来的时候，居住在这里的所有天鹅都聚集在湖湾东岸的水里，在这里他们可以得到最好的庇护避开大风。尽管他们遭受到洪水不少折磨，不过他们还是太高傲自负，不露出悲伤模样。他们说："根本不值得伤心！这里有的是根茎和枝干。我们很快就可以给自己又筑好新的窝。"他们当中谁也没有过什么念头，要一个陌生人来帮忙，他们一点都不知道狐狸斯密尔把大雁们给叫来了。

他们有几百只，已经根据级别和顺序排好位置：年幼的和没经验的排在这个圈子的最外面，年长的和智慧的排在最里面。在最中心的地方是天鹅王大晴天和天鹅王后雪安，他们俩比所有其他天鹅年纪都大，把人多数天鹅都当作自己的后代。

天鹅王大晴天和天鹅王后雪安能够讲述他们这个家族的天鹅还没有在瑞典任何地方过野外生活的那些日子，那时只有饲养在王宫的护城河和池塘里的天鹅。但是有一对天鹅逃脱了王宫里牢笼般的生活，在耶尔斯塔湾这里定居下来。从这两只天鹅繁衍出了所有住在这里的天鹅。如今在梅拉伦湖的很多湖湾里都有野天鹅，在陶根湖、大角城堡湖也一样。不过所有这些新开辟天地的天鹅起初都是来自耶尔斯塔湾，所以这个湾里的天鹅都很自豪，因为他们家族能够从一个湖到另一个湖不断扩展。

大雁们不巧落到了湖湾西岸的水里，不过当阿卡看到天鹅们在什么地方，就马上朝他们游过去。她自己对天鹅找她求助感到非常奇怪，不过她把这当作一种荣誉，她愿意一刻都不疏忽地为他们出力。

当阿卡游到了天鹅附近的时候，她停下来看看跟在后面的大雁们是不是排成了一条直线，间隔距离匀称。她说："现在要游得轻快优美！别盯着天鹅看傻了，好像你们从来都没见过什么美丽的鸟，不管他们对你们说什么都不要在乎。"

阿卡拜访这对年迈的天鹅王室夫妇已经不是第一次了。他们总是以接待一个最有智慧最德高望重的鸟的规格来接待阿卡，而阿卡也有权要求这样的规格。但是她不喜欢在所有那些围绕大雁们的天鹅之间游过去。只有在偶尔到了天鹅们中间的时候，她才会觉得自己那么小和那么灰。天鹅们

513

中间也总有一两只天鹅会扔出几句挖苦话，什么"灰不溜秋"或者"穷光蛋"等等。不过对于这种挖苦，最聪明的办法就是假装没听见。

这一次看来一切都不同寻常地顺利。天鹅们非常安静地挪到两边，大雁们就像穿过一条大街向前游，两边还有巨大的闪着白光的鸟夹道欢迎。为了向这些陌生来客显示自己的美丽，天鹅们把翅膀像船帆一样伸展开，看着真是漂亮。他们连一句挖苦话都没说出口，阿卡都非常惊讶。这只领头雁想："天鹅王大晴天肯定是知道了他们的坏毛病，关照过他们要举止得体注意礼节。"

可是，正当天鹅们这么努力遵守礼仪注意仪表的时候，他们看见了在长长的大雁队列最后面游着的白公鹅。于是天鹅群里顿时一片惊呼和嗤之以鼻的声音，那种彬彬有礼的样子也就马上完蛋了。

有一只天鹅高喊："怎么啦？难道大雁也打算给自己装上白羽毛吗？"

四周传来叫喊："他们可别妄想这样就能成了天鹅！"

他们开始用自己音量充沛、强烈震耳的嗓音彼此呼应，到处在大呼小叫。要向他们说明白，跟在大雁队伍里的是一只家养的公鹅，那是不可能的。

他们嘲笑着："那一定是家鹅国王陛下光临了！"

"他们厚颜无耻没了边了。"

"那根本不是鹅，只是一只家养的鸭子。"

大白鹅记住了阿卡的吩咐，无论听到什么都假装没听见。他保持沉默，尽自己力量轻快地往前游，不过这也没用。天鹅们越来越粗鲁无礼。

有只天鹅问："他背上驮的是一只什么青蛙？嘿，他们肯定以为，因为他穿得像一个人，我们就看不出来他是只青蛙啦。"

刚才还排得那么整齐规矩的天鹅现在一窝蜂拥上来，争先恐后地往前

游。大家都要挤到前面看看那只公鹅。

"那只白大雁至少应该被羞辱一番，因为居然敢到我们天鹅当中来亮相。"

"他多半跟其他大雁一样灰。他只是在农民家的白面缸里打了个滚。"

阿卡刚好游到天鹅王大晴天前面，正要问他需要她提供什么样的帮助，这时天鹅王注意到了天鹅群里的骚乱。看起来他很不满意，说道："出了什么事？难道我没有下令，你们对客人要彬彬有礼吗？"

天鹅王后雪安游过去想制止她的天鹅，大晴天又朝阿卡转过身来。这时雪安游回来了，看起来非常生气。天鹅王对她喊道："你就不能让他们静下来吗？"

雪安回答说："那边有一只白色的大雁。一看就是件丑闻。我一点也不奇怪他们会生气。"

大晴天说："一只白色大雁！这可太离奇了。这样的事是不会有的。你一定看花眼了。"

围绕着公鹅莫顿的天鹅挤得越来越厉害了。阿卡和其他大雁试图游到他身边去，但是他们被其他天鹅推来推去，根本没法游到他那里。

那只老天鹅王比其他天鹅力气都大得多，这时他赶快游过去，把所有其他天鹅都推到旁边，给自己打开通到白鹅那里去的路。不过当他看到，确实是一只白色的大雁游在水面上，他也像别的天鹅一样勃然大怒。他愤怒地吼叫着，笔直扑到公鹅莫顿身上啄掉了他几根羽毛。他说："我要教训你，大雁，这么一身打扮到天鹅群里来。"

阿卡喊着："飞呀，公鹅莫顿，飞，飞！"因为她明白，天鹅们会把大白鹅的每一根羽毛都啄光。拇指头也喊起来："飞呀，快飞！"但是公

鹅被夹在天鹅中间，没有空间张开翅膀。从四面八方都有天鹅们伸过来有力的喙啄他的羽毛。

公鹅莫顿也拼命反抗天鹅，使出了最大力气又咬又啄，其他大雁也投入战斗，与天鹅对抗。不过，要是他们没有得到出乎意料的帮助，那么这场拼斗会怎么结束是很清楚的。

那是一只红尾鸲，注意到大雁们在天鹅们那里遇到了大麻烦，他马上叫喊出那种尖声的召集鸟群的叫声，那是小鸟们中间在需要驱赶一只老鹰或者一只鸶的时候使用的叫声。刚叫了三次，这个地区所有的小鸟都箭一样飞快地会合成一个巨大的、喧闹的鸟群朝耶尔斯塔湾飞过来。

这些小小的没有力量的可怜的鸟儿朝天鹅扑去。他们在天鹅的耳边尖叫，用自己的翅膀遮挡住天鹅的视线，鼓动着翅膀把天鹅搅得头晕眼花。他们还呼喊着："不害臊，不害臊，天鹅！不害臊，不害臊，天鹅！"因此让天鹅失去理智。

小鸟们的袭击只是一两分钟，但是当小鸟已经飞走，天鹅们恢复了神智，他们看到大雁们早都已经飞起来，飞到湖湾的对面去了。

# 新来的看门狗

这至少是天鹅们好的一面，他们太骄傲了，当他们看到大雁们逃脱了的时候，也不会再去追赶他们。这样大雁们就可以非常安心地站在一个芦苇荡里睡觉了。

至于尼尔斯·霍尔格松，他肚子太饿了，所以睡不着。他想："我必须想办法，一定要到什么人家去，给自己找点东西吃。"

那些日子里，这个湖上到处漂着各种各样的很多东西，对一个像尼尔斯·霍尔格松这样的人来说，要想找个运输工具并不是难事。他没有思考很久，就跳到一块晃荡到了芦苇荡里来的小木板上，又从水里捞起了一根小木棍，开始在这片浅水上撑着木板到对岸去。

他刚到了湖对岸，就听到自己旁边的水里有扑通一下水溅起来的声音。他站住不动往四周看，先看见一只母天鹅，就卧在离他只有几米的一个大窝里睡觉，接着看到一只狐狸，已经跳到水里走了一两步，要悄悄地走到天鹅窝那里去。小男孩马上叫喊起来："喂，喂，喂！站起来！站起来！"一面叫一面用手里的木棍拍打着水面。母天鹅终于站立起来，但是动作并不比狐狸快，如果狐狸愿意的话，还来得及扑到她身上去，可是那只狐狸没那么做，而是赶紧朝小男孩扑过来了。

拇指头看见狐狸追来，就朝陆地上奔跑。他面前是一片开阔平整的草地，看不到什么可以爬上去的树，也没什么可以躲藏的洞，他只能拼命跑开。小男孩是个奔跑的好手，但是，当然还不能和一个狐狸赛跑，尤其是当这只狐狸轻松自在没有什么东西拖累的时候。

离湖边一段路的地方有几个佃农住的小木屋，窗户还亮着灯光。小男孩当然朝那个方向跑，不过他自己得承认，等到他跑到那些屋子，狐狸都能追上他好几回了。

狐狸一度离小男孩那么近，都觉得自己肯定能抓到小男孩了，可这时小男孩往旁边飞快地一闪，掉头又朝湖湾跑。狐狸转身的时候失去了一点时间，等他重新追上小男孩的时候，小男孩已经赶紧跑到了两个男人身边。

这两个男人整整一个白天一个晚上都在湖面上打捞四处漂浮的东西，现在才回家。

那两个男人又累又困，尽管小男孩和狐狸就在他们眼皮底下跑，他们也没看见。小男孩也没顾上跟他们说话要求帮助，只觉得紧靠他们身边走就够了。

他想："狐狸当然还不敢窜到人面前来吧。"

但是他很快听到了狐狸爪子抓着地跑来的声音。狐狸估计那两个男人会把他当成一只狗，因为他敢跑到离他们那么近的地方。两个男人中的一个就说："这是一条什么狗呀，偷偷摸摸跟在我们后面？还跟得这么近，好像是要咬人呢。"另一个男人就停下来看看四周，喊道："滚开！你在这里干什么？"说着就一脚把狐狸踢到路对面去了。后来狐狸就保持在两三步距离之外，不过他一直跟着。

男人们很快就走到了佃户们住的地方，随后就朝其中一个小木屋走过去。小男孩本来是打算跟着他们进去的，但是当他走到屋子前面的台阶上，看到有一只又高大又威风的长毛狗从狗窝里蹿出来跟主人亲热。这时小男孩很快改变了主意，站在外面不进去了。

一等到两个男人把门关上，小男孩就低声对狗说："听着，看门狗，你今天晚上肯不肯帮我逮一只狐狸？"

那只看门狗视力不太好，还因为总是被狗链子拴着，变得脾气暴躁，容易发怒。他怒气冲冲地叫着："要我去逮狐狸？你是什么东西，来这里取笑我？只要你走到我够得着的地方，你就知道跟我开玩笑会有什么教训了。"

小男孩说："我可不怕走近你，这个你可以相信。"他就朝狗跑过去。当这只狗看到他的时候，惊奇得连一句话都说不出来。

小男孩说："我就是那个叫拇指头、跟着大雁到处飞行的。你没听说过我吗？"

那只狗说："麻雀有时候叽叽喳喳说过你。你人那么小，却干了不少大事。"

小男孩说："直到今天我还算相当顺利，但是，如果你不肯帮我的忙，那我现在就要完蛋了。有一只狐狸紧跟在我后面，这会儿就埋伏在那个墙角后面呢。"

看门狗说："没错，我真能闻到他的臊味。那我们很快就叫他滚蛋！"看门狗就蹿了过去，一直到被狗链子拉住不能再跑的地方，汪汪吠叫了好长一会儿。

看门狗说："现在我相信，他今天晚上不敢再露面了。"

小男孩说："要把这只狐狸吓跑，光大叫一阵是不够的。他很快就又来了。我已经想好了，只有你把他逮住才好。"

看门狗说："你现在又开始拿我开玩笑了！"

小男孩说："带我到你的狗窝里去吧，这样狐狸就听不见我们说什么，我会告诉你怎样做。"

小男孩和看门狗爬到狗窝里，在里面悄悄说着话。

过了一会儿，狐狸鼻子就从墙角后面伸了出来。当发现一切都很安静，他就慢慢走进了院子里。他嗅着跟踪着小男孩的气味，一直跟到狗窝这边，就在距离合适的地方蹲了下来，考虑着怎么才能把小男孩引诱出来。突然看门狗伸出脑袋，对他大叫："快滚开吧！要不然我来抓你啦。"

狐狸说："我就坐这里不走，想坐多久就多久，看你能怎么样。"

看门狗又一次用威胁的语调说："快滚开吧！要不然今天晚上就是你

521

最后一次出来狩猎了。"

但是狐狸只狞笑了一声,在原地一动不动。他说:"我完全明白你的狗链子有多长。"

看门狗从狗窝里钻了出来,说:"我警告你两次了。现在要怪你自己了。"

就在同一时刻,他纵身往前一个长跳扑到狐狸身上,毫不费事就把他扑倒了,因为看门狗没被拴住。小男孩早已经把狗脖子上的链子解开了。

出现了几个回合的格斗,不过很快就决出了胜负。看门狗作为胜利者挺立着,而狐狸趴在地上不敢动一动。看门狗说:"对啦,现在你就别动了。要不然,我就把你咬死。"他咬住狐狸的脖子,把狐狸拖到狗窝里,小男孩拿着狗链子走过来,把链子在狐狸脖子上绕了两圈,再拉紧,紧到确定无疑狐狸被牢牢拴住。小男孩这么做的时候狐狸不得不静静趴着,一动都不敢动。

等小男孩拴好狐狸,他就说:"现在我希望,狐狸斯密尔,你会成为一条优良的看门狗。"

# 34. 有关乌普兰的传说

第二天雨停了，但是整个上午风暴还继续着，洪水依然在扩展。可是一过中午天气大变，一下子成了最美好的天气：温暖、安宁、舒适。

小男孩心满意足地躺在一个正开放着美丽的金盏花的大花丛中间仰望着天空，这时有两个小学生带着书本和午饭篮子，从一条沿着湖岸蜿蜒伸展的小径走过来。他们走得很慢，看起来非常难过。当他们走到尼尔斯·霍尔格松前面的时候，他们在两块石头上坐下来，开始谈他们的不幸。

其中一个孩子说："等妈妈听到我们今天又没做好功课，她会发火的。"

另一个说："是呀，然后爸爸也发火。"于是悲哀就压倒了他们，他们开始大哭起来。

小男孩正躺在那里琢磨，他要不要用什么办法安慰他们，这时从小径上走来一个驼着背、面容和善慈祥的小老婆婆，在他们旁边停住了。

老婆婆问："你们这些孩子为什么哭呀？"于是那两个小孩就告诉她说，他们没有做好学校里的功课，现在他们那么惭愧，都不敢回家去。

老婆婆说："那是什么功课呢，会这么难，你们都学不会？"孩子们就告诉她，他们的功课，就是关于整个乌普兰的知识。

老婆婆说："是啊，根据书本学习这门课也许是不容易的。不过，现在你们可以听听有关这个地区我妈妈有一次对我讲了什么。我嘛，没上过学，所以没什么正经学问，不过我妈妈讲给我听的事，我这一辈子都记得。"

老婆婆在孩子们旁边的石头上坐下，开始说起来："是的，我妈妈说，在很久很久以前乌普兰是全瑞典所有地区里最穷最没地位的地区。这个地区只有贫瘠的黏土地和又小又矮的石坡，一直到今天这个地区的许多地方还是这样，虽然我们住在梅拉伦湖这边的人见得不太多。

"就这种情况，不管这是什么原因，反正这地方肯定是又穷又苦。乌普兰觉得，其他地区把他看作了一个废品，这样的看法长久下来也是很让人恼火的。有一天他对这种苦日子腻味透了，就背起口袋手拿棍子出去了，要到那些日子过得比较好的地方去乞讨。

"乌普兰先朝南走，一直走到斯郭纳，当他到了那里，就抱怨说自己是多么穷，要讨点土地。斯郭纳说：'还真不好知道，我能找到什么可以给所有来讨东西的。不过让我看看！我正好在挖两三个泥灰岩坑。我在那些坑边上扔了几块泥土，如果你觉得它们有点用的话，你可以把它们拿走。'

"乌普兰谢过了也拿走了，然后又到了西约特兰。在那里他也抱怨自己多么穷，要讨点土地。西约特兰说：'土地我是不会给你的。我不愿意把我随便哪块肥沃的耕地给乞丐。不过，平原上流过的那些小河，要是你可以派上什么用场，你就从里面拿走一条吧。'

"乌普兰谢过了也拿走了，现在他拐弯到了哈尔兰。在那里他也重新开始抱怨自己是多么穷，要讨点土地。哈尔兰说：'我嘛，我也并不比你富，

因为这个缘故我不应该给你什么。不过，要是你觉得辛苦一点还有好处的话，你可以从地里挖几个石丘带走。'

"乌普兰谢过了也带走了，然后又不辞辛苦到布胡斯兰。他在那里得到允许往自己口袋里装很多光秃秃的小岩石岛。布胡斯兰说：'那些小岛看起来没什么，可是用来挡挡风还不错。因为你和我都靠海，那你就和我一样，能利用它们做点什么。'

"乌普兰感谢了所有送给他东西的地区。虽然他在各地得到的，全都是别人觉得最好扔掉的东西，他也什么都不拒绝。瓦勒姆兰扔给他一块山地。西曼兰给了他一段山岭。东约特兰给了他荒野的考尔莫顿大森林的一块。斯莫兰用沼泽地、石头堆和石南山坡几乎塞满了他的口袋。

"南姆兰不肯给别的，只给了梅拉伦湖的一两个湖湾。达拉那也同样觉得，不能拿出好的土地，只问乌普兰愿不愿收下一段达尔河。

"最后他从奈勒克那里得到了几块耶尔玛湖岸上被水淹没的草地，有了这些他的口袋已经装得满满的，他觉得不用再去更远的地方了。

"当乌普兰回到家里，就把自己收集来的所有东西都拿出来看看，不由得叹气，因为他得到的是可怕的一大堆废物，他不知道自己怎么才能利用这些东西。

"一年接着一年过去了，乌普兰在家里整理他讨来的东西，最后总算把什么都安排到了自己想放置的地方。

"那时候瑞典到处在谈论国王应该住在哪里，首都应该设在什么地方，各个地区聚集起来商量这件事情。显然每个地区都愿意让国王住到自己那里去，这就成了长时间的争执。乌普兰说：'我认为，国王应该住在一个最精明、最能干的地区。'大家都觉得这是个很明智的建议。他们决定，

哪个地区能证明自己最精明最能干，就可以得到国王和首都。

"所有的地区刚回到自己家里，就来了乌普兰的信使，邀请他们去那里做客。各个地区都说：'这个贫穷的地区有什么可以招待客人呢？'不过，他们还是都接受了这个邀请。

"当他们来到了乌普兰，都对自己看到的事物大吃一惊。乌普兰已经到处都是建筑，内地是壮观的庄园，沿海是许多城市，境内各条水道都停满了船只。

"其他地区都说：'生活这么好，还出去乞讨，这是一种耻辱。'

"乌普兰说：'我请你们到这里来，就是为了感谢你们送的礼物。因为就是你们的功劳，我现在过上这样的日子，可以维持生活了。'

"他继续说：'自从我回到家里，做的第一件事情就是把达尔河引进到我的地区里来，我是这么安排的，那条河必须做成两个可观的瀑布：一个叫南瀑布，一个叫河套瀑布。在河的南岸，达讷莫拉附近，我安置了从瓦勒姆兰那里得到的那块山地，这时我才注意到，瓦勒姆兰没有好好看过他要送人的东西，因为那块山地里有最好的铁矿石。在这块山地周围我栽种了从东约特兰得到的森林，当一个地方现在又有矿石又有烧木炭用的森林又有瀑布的水力，就不用多说，那里成了一个富饶的矿区。'

"'自从我把北面安排得很好了以后，就把西曼兰给我的那些山岭也拿出来，把它们拉拉长，让它们延伸到梅拉伦湖，形成了很多岬角和小岛。当它们穿上青翠的树林的衣服，就变得跟乐园一样宜人。不过南姆兰送给我的那些湖湾，我把它们拉到了内地很远的地方，所以内地也能打开水上航运，就能同世界交往了。'

"'当我把北面和南面全都安排好之后，我就来到东部沿海，现在我把

你们送给我的所有那些光秃秃的小岩石岛、石坡、石南山坡和光秃秃的土地统统扔进大海，就成了我现在拥有的大小岩石岛屿，在渔业和航运上都给我带来了很大好处，我把它们算作我最珍贵的财产。'

"'然后，你们送给我的礼物就没剩下多少了，只剩下从斯郭纳得到的那几小块土地，我就把它们放在属于肥沃的瓦克萨拉平原的那个地区的中间。而我从西约特兰得到的那条流得很慢的小河，我就让它流过那个平原，这样它和梅拉伦湖湖湾就连通起来了。'

"现在其他地区都明白这一切是怎么回事了，虽然他们有点生气，但是不得不承认乌普兰把一切安排得很好。

"这些地区就说：'你用很少的资源做出了很多事情。你当然是我们中间最聪明最能干的。'

"乌普兰说：'多谢你们这些夸奖的话。你们这么一说，那就是我可以把国王和首都都接到我这里来了。'

"其他地区又要生气了，不过已经说好的事情，他们也就必须遵守了。

"乌普兰就得到了国王和国都，成了所有地区中最重要的地区。这是再公道不过的事情，是聪明和能干让乞丐变成了王侯，一直到今天还这样。"

# 35.在乌普萨拉

## 大学生

尼尔斯·霍尔格松跟着大雁周游全国的那个时候，乌普萨拉有个很优秀的年轻大学生。他住在一间小小的阁楼房间里，生活非常节俭，所以人们说他什么钱都不花也能生活着。学习上他非常用心，兴趣很高，因此也比其他人更快完成学业。但是他并没因为这个缘故就成了个书呆子或者令人讨厌的人，而是懂得和同学们相处，一起开心娱乐。他真的是一个大学生应该有的样子。要不是他总是一帆风顺被宠坏了，他身上几乎没一点缺点。这样的事情是会发生在最出色的人身上的。幸运不容易承担，特别是在人还年轻的时候。

有一天早晨，这个大学生刚醒来，躺在那里想着自己过得多么好。他对自己说："所有人都喜欢我，同学和老师都这样。我的学习成绩如此优良！今天我要参加最后一门考试，然后我很快就毕业了。只要一毕业，我马上

会得到一个高薪的职位。我有如此好运，真是奇特。不过我对自己的一切事情处理得都那么好，所以对我来说不可能有其他结果，只有幸运和成功。"

乌普萨拉的大学生不像小学生那样许多学生坐在教室里一起念书，而是各自在自己的房间里学习。当他们学完一门课的时候，就到他们的教授那里去，对整门课内容一次性接受询问。这样的询问就叫作一次考试。这个大学生今天要去参加的也就是这种最后的最难的考试。

他一穿好衣服吃完早饭，就在书桌前坐下，准备把他的书再最后看一遍。他想："其实我相信，这是多余的，因为我准备得非常好了。不过我要尽可能多学一点，这样我就不会有什么可指责自己的了。"

他还没看很长时间，就听到有人敲门，另一个大学生走了进来，胳膊下面还夹着厚厚一沓纸。和坐在书桌前的这个大学生相比，那是一个完全不同类型的大学生。他很内向，很羞怯，穿扮看上去也很破很穷，是那种只懂得埋头读书，不过问其他事情的人。人们谈到他，都说他学识非常渊博，不过他太羞怯太内向了，从来不敢去参加一次考试。大家都认为，他有可能成为那种老毕不了业的大学生，那种学生一年又一年待在乌普萨拉，念呀念呀，但是从来毕不了业。

现在他是有事来找他的同学，请他通读一本书。那本书是他自己写的，还不是印好的书，只是手稿。他说："要是你肯看看这个，告诉我写得行不行，就是帮了我一个大忙了。"

这个自己万事顺心总有好运的大学生心想："我说人人都喜欢我，难道不是真的吗？这个从来都不敢把自己的著作给别人看的隐士，现在也来要我评判。"

他答应尽快把手稿看完，另一个大学生就把手稿放到他面前的书桌上。

那个大学生说："请你保管好了。我用了五年时间才写出这本书。要是丢失的话，我是不可能重写出来的。"

这个大学生说："放在我这里的手稿，是不会有什么问题的。"然后那个外来的客人就走了。

这个大学生把那沓厚厚的手稿拉到自己面前。他说："我倒想知道他成天坐着拼凑出了什么东西。哦，原来是乌普萨拉城的历史啊！这听起来倒还不错。"

这位大学生现在喜爱乌普萨拉胜过所有其他城市，所以他很好奇，要读读这个老毕不了业的大学生写了有关这个城市的什么事情。他嘟哝着说："仔细想想这件事，我倒很愿意马上就读他这部历史书。在最后一分钟坐下来复习功课是没一点好处的。到了教授面前，也不会因此考得好一点。"

大学生就读起来，眼不离那些稿纸，一口气读到最后一页。当他读完，真的感到极为满意。他说："看不出啊！真是一个有学问的人。这本书出版的时候，他也就功成名就了。能告诉他这本书写得那么好，这也是一种快乐啊。"

他把上面都是手写文字的所有散乱稿纸收拾起来，整整齐齐放在书桌上。当他正在做这些事的时候，他听见一个时钟在敲响。

他说："啊呀！到了该去见教授的时候了。"他赶紧就去拿他挂在阁楼上一间办公室里的黑制服。就像经常会发生的情况，越是人手忙脚乱的时候，越是会出问题，锁和钥匙就都对不上了，这样耽误了一会儿，他才回到自己的房间。

他一走进门就惊叫了一声，因为他刚才出去的时候匆忙中让门大开着，而书桌前的窗户也是开着的。这时刮来一股强大的穿堂风，现在大学生就

眼见着手稿一页一页飘出了窗外。他只一大步就跨过地板，用手压住手稿，但是能抢救下来的手稿已经不太多了，只有十张或者十二张还留在书桌上。其他稿纸全都在外面的风中飞舞，飞到了院子里和屋顶上。

这个大学生把头探到窗外去查看稿纸的去向。有一只黑色的鸟正站在这个阁楼房间窗外的房顶上。这个大学生想："那不是一只乌鸦吗？正是人们常说的，碰到乌鸦就会倒霉。"

他看到有几张稿纸还在屋顶上，要不是他还有毕业考试要考虑，肯定还能把遗失的稿纸起码找回一部分来。不过他觉得，首先还是要办好自己的事情。他想："这可关系到我自己的整个未来啊。"

他穿上衣服就冲到教授那里去，但一路上只想着丢失手稿的事情。他想："这真是一件叫人恼火的事。我怎么会这么慌里慌张，真倒霉。"

教授已经开始对他提问，但是他无论如何没法让思路离开那部手稿。他想："那个可怜的家伙说什么来着？不是说他用了五年时间才写出这本书，已经没力气重写出来了吗？我真不知道自己怎么鼓起勇气去告诉他，这部手稿丢失了。"

他对这件发生在自己头上的事情那么恼怒，思想就不能集中。所有他学到的知识好像都被风刮走了。他听不到教授问的是什么，也简直不知道自己回答了什么。教授对他这样的无知非常惊讶，但没有别的办法，也只好给他不及格。

当大学生从教授那里出来，又来到大街上，他感觉自己太悲惨太不幸了。他想："现在我的职位也完蛋了。这都要怪那个老毕不了业的大学生，为什么偏要在今天拿来他的手稿？好心没有好报，当你好心帮助人的时候，结果成了这样。"

535

就在这时候，他看见他正在想着的那个毕不了业的大学生朝他迎面走来。他不愿意在尝试找到手稿之前就告诉那个大学生手稿已经丢了，所以他打算沉默着从那个大学生旁边走过去。但是那个大学生本来就很苦恼和不安，不知道这个大学生对自己写的书稿会有什么意见，当他看到这个大学生只是不友好地点点头就匆匆走过去，他就更加恐慌了。他上前一把拉住这个大学生的胳膊，问他是否已经读过一点手稿。这个大学生就说："我去参加考试了。"说着想赶紧继续走开。但是那个人以为，这个大学生避开他，是想避免当面告诉他，他对那本书不满意。他觉得，自己的心都要碎了，因为那部著作是他用整整五年的漫长时间写出来的，却没有什么价值，他就在极大的悲哀中对这个大学生说："请记住我对你说的话！如果那本书不怎么样，我就不愿意再看到它了。所以，请你尽快看完，告诉我你觉得那本书怎么样！不过，如果那本书实在不行，你可以把它烧了，我再也不想看到它了。"

他说完就匆忙走开了。这个大学生盯着他的背影，好像很想把他叫回来，但是又改变了主意，还是回自己的房间去了。

回到自己的房间里以后，这个大学生赶紧换上日常的衣服，跑出去寻找那些失落的手稿。他在大街上、广场上和路边种植的树木花草里寻找。他也进了人家的庭院里寻找，甚至跑到了郊外，可是他连一页手稿都没找回来。

他找了两三个小时以后，感觉肚子很饿，就去吃晚饭，但是在食堂里他不巧又碰到了那个老毕不了业的大学生。那个大学生就马上走过来问他对那本书的看法。他非常干脆地拒绝现在谈，只说："我今天晚上去找你谈这本书。"在百分之百确定手稿已经无法找回来之前，他不愿意承认自己弄丢了手稿。那个大学生的脸色就变得苍白，他说："你只要记住，要是那本书写得不行，你就把它销毁好了！"说完就走开了，而那个大学生现在完全相信，这个大学生对他的书很不满意。

这个大学生又赶紧到市区去找，一直找到天黑，也没什么收获。在回家的路上他碰到了两三个同学。他们说："你到哪儿去了，连迎春集会都没来呀？"

这个大学生说："哎呀，已经是迎春集会啦？我完全忘了。"

当他站着和这些同学讲话的时候，一个他喜爱的年轻姑娘从旁边走过。她没有看他一眼，而是走到另一个大学生那边去谈话，还对那个大学生非常亲切地微笑。于是这个大学生才想起来，他曾经请她来参加迎春集会，他要和她在那里见面，而现在他自己都没去参加。她对他还会怎么想呢？

他感到心里像被扎了一刀一样痛苦，赶紧想去对她解释，可是这时他的同学中的一个说："那个叫石山的，你知道的，老毕不了业的大学生，他情况很糟。他今天晚上生病了。"

这个大学生忙问："不会有什么危险吧？"

"是心脏的什么问题。他已经有过一次严重的发作，随时都可能再犯病。医生认为是有什么悲伤的事让他感到心情沉重。他是不是能康复，就要看这件悲伤的事是不是能够排除。"

过了一会儿，这个大学生就到了那个毕不了业的大学生的房间里。他躺在床上，面色苍白，有气无力，在那次严重发作之后几乎还没真正恢复神智。这个大学生说："我来就是为了和你谈谈那本书。你知道吗，那是一部优秀的作品。我很少读到过这么好的作品。"

老毕不了业的大学生坐起来，眼睛盯着这个大学生说："那你今天下

午为什么那么言行古怪？"

"我心情很不好，因为这次考试没及格。我没想到你会那么在乎我说的话。我对你的书真的非常满意。"

病人用探究的眼神看着这个大学生，更加确信这个大学生有什么事情要瞒着他。他说："你说这些话只是因为你听说我病了，要来安慰我。"

"肯定不是这样。那是一部杰出的作品，这个你可以确信。"

"你真的没照我要你做的那样，把手稿毁掉吗？"

"我还没有发疯吧。"

病人说："那就把书拿到这里来！让我看看，你真的没有把它毁掉，那我就可以相信你。"他说完又倒在枕头上，那么虚弱而有气无力，所以这个大学生很怕他又会有一次心脏病发作。

这个大学生感到非常非常痛苦。他双手握住病人的手，告诉他，他那部手稿已经被风刮跑了，告诉他，自己整整一天都感到非常难过，因为自己给他造成了这么大的伤害。

等他说完，躺着的病人轻轻拍着他的手说："你很好，真好。可是别费心思编一个故事来安慰我！我理解，你已经照我的话做了，把那部手稿毁掉了，因为那部书太糟糕了，但是你现在不愿意承认。你认为我会承受不了。"

这个大学生又是发誓又是保证，他说的是真话，可是另一个人也固执己见，不愿意相信他。他说："如果你能还给我手稿，我就相信你。"

这个人的病越来越重，这个大学生最后也不得不离开了，因为他看出来，他留下只能让病人的情况越来越糟。

这个大学生回到家里，感到那样心情沉重和疲惫，几乎没法坐立。他

煮了茶喝了以后就躺下了。当他拉过被子盖住自己的时候，想到今天早上自己还感到那么开心，现在却把自己的事毁掉了大半。不过这是他能够承受的。他说："最糟糕的是，我这一辈子都会想着，我给一个人造成了不幸。"

他以为那个夜晚他会睡不着的。不过，奇怪的是，他把头一靠住枕头就睡着了。在他睡着之前，甚至没来得及关掉旁边床头柜上的灯。

# 迎春集会

不过，现在发生了这样的事，当这个大学生睡着的时候，有一个身穿黄皮裤绿背心、头戴白色尖顶帽的小毛头，站在大学生住的阁楼房间窗外的屋顶上。他在想，要是他和这个大学生换了个位置，是他在里面的床上睡觉，那他真会高兴死了。

尼尔斯·霍尔格松两三个小时前还躺在埃考尔松德湾一个金盏花的花丛里休息，现在却到了乌普萨拉，这是因为渡鸦巴塔基引诱小男孩跟着他出来冒险。

小男孩自己本来没这样的想法。他躺在花丛里仰望着天空，这时他看到渡鸦巴塔基从那些被风吹走的云里飞了出来。小男孩更愿意躲起来避开他，但是巴塔基已经看到他了，一转眼就落在金盏花花丛中间开始说起话来，就好像他和拇指头是最好的朋友一样。

巴塔基看起来非常严肃庄重，但小男孩注意到，巴塔基眼睛里还是闪烁着一种恶作剧的神采。他有一种预感，巴塔基来找他，不是这样就是那样，

要拿他弄出点让自己开心的事，他已经做好决定，巴塔基说什么，他都不要相信。

渡鸦说，他一直在想，他还欠着拇指头什么需要补偿，因为他不能告诉拇指头那份长子遗产在什么地方，所以他现在来告诉他另外一个秘密。也就是说，巴塔基知道拇指头变成了这种模样的小精灵以后，怎么样再变回去，变成人。

毫无疑问，渡鸦以为，在他抛出这么一个诱饵的时候，小男孩马上就会上钩了。但恰恰相反，小男孩的回答是完全拒绝听，说他知道，只要他能带着白鹅毫无损伤地先飞到拉普兰，然后再回到斯郭纳，他就可以再成为人了。

巴塔基说："你要知道，带一只公鹅飞过整个国家，还要安然无恙，那不是一件容易的事。如果这条路出了问题，你当然可能需要知道另一条出路吧。不过，如果你什么都不想知道，那我也就不说了。"这下子小男孩改口了，他说，要是巴塔基愿意告诉他这个秘密，他没什么可反对的。

巴塔基解释说："我会告诉你的，不过要等到适当的时机。你骑到我背上来，跟我出去走一趟，让我们看看会不会有个合适的时机冒出来！"这下子小男孩又起了疑心了，因为他真不知道巴塔基什么意思。

渡鸦说："你多半是不敢对我放心。"可是小男孩最受不了听人说他害怕什么，所以一转眼他已经骑到渡鸦背上了。

然后巴塔基把小男孩带到了乌普萨拉。他把小男孩放在一个房顶上，叫他朝四周看看，然后问他，他认为是谁居住和管理着这座城市。

小男孩眺望着这座城市。城市相当大，也很壮观，坐落在一片广大的种植庄稼的平原中央。城里有很多房子，看上去都很气派很高贵。在一个

山坡上矗立着一座坚固的红砖砌墙的宫殿，带有两座粗大的塔楼。他说："大概是国王和他手下的人住在这里吧？"

渡鸦回答说："猜得不错啊，这里过去曾经是国王居住的王城，不过现在这种盛况已经结束了。"

小男孩又一次朝四周看了看，这时他首先注意到了那座在晚霞中闪光的大教堂，它有三个高耸的塔尖、美丽的大门和装饰过的墙壁。他说："也许是一位大主教和他手下的牧师住在这里吧？"

渡鸦回答说："猜得不错啊。这里曾经住过大主教，他们跟国王一样有权有势。一直到今天还有个大主教住在这里，不过现在已经不是他在管理这里了。"

小男孩说："那我就不知道我还能想出什么来了。"

渡鸦说："还有呢，还有知识呀，现在是知识居住和管理着这座城市。你朝四面都能看到的那些大房子，都是为了知识和有知识的人建造的。"

小男孩根本不愿意相信这些话。渡鸦说："跟我来吧，你自己来看看！"他们就去看那些大房子。一会儿这里一会儿那里，不少地方的窗户是开着的，小男孩可以看到房子里面。他看到了，渡鸦是对的。

巴塔基带小男孩看了那个大图书馆，里面从地下室到屋顶阁楼都放满了书。他还把小男孩带到那座让人自豪的大学主楼，给他看了那些漂亮的演讲大厅。他也飞过那座名叫古斯塔夫馆的老房子，小男孩透过窗户看到里面陈列的动物标本。他们也飞过那些巨大的温室，里面有很多外来的奇花异草。他们还从天空往下看那个天文台，那里有长长的望远镜筒指向天空。

他们也从许多窗户旁边飞过，看到老学者们鼻梁上架着眼镜端坐在房间里写着或者读着什么，这些房间四壁都是书籍堆成的墙。他们还飞过阁

543

楼房间，那里面大学生们伸展着身子躺在沙发上，苦读着那些厚厚的书本。

最后渡鸦降落在一个屋顶上。他说："你看看，这都是真的，正像我说的，这座城市的主人就是知识。不对吗？"小男孩只得承认，渡鸦是对的。

巴塔基继续说："如果我不是一只渡鸦，而是像你一样的人，那我就要在这里住下来。我要坐在一间充满书的房间里，从早读到晚，让我自己学到书里的一切知识。难道你对这样的事不乐意，还是你也跟我一样？"

小男孩说："不乐意，我完全相信，我更愿意跟着大雁到处旅行。"

渡鸦问："难道你不乐意成为一个那样的人，能够治好疾病？"

"哦，那我是乐意的。"

渡鸦说："难道你不乐意成为一个那样的人，能知道世界上发生的一切事情，能够讲所有的语言，能够讲得出太阳、月亮、星星在天空外面什么轨道上运行？"

"哦，那也很有意思。"

"难道你不乐意教会你自己分清楚善和恶、对和错吗？"

小男孩说："那倒是需要的。这个我已经注意到很多次了。"

"难道你不愿意学习当牧师，在家乡的教堂里布道？"

小男孩回答说："要是我那么长进，爸爸妈妈可高兴了。"

用这样的方式，渡鸦让小男孩懂得了，能住在乌普萨拉大学学习的人是幸福的，不过那时候拇指头还没有那样的愿望，要成为他们当中的一个。

不过，那么凑巧，乌普萨拉大学每年举行的迎春集会正好是在那天晚上。

所以尼尔斯·霍尔格松能看到很多大学生，这时他们正排着队到植物园去，集会就是在那里举行的。他们排成一个又宽又长的队列走来，都身穿黑色礼服，都头戴着白色的大学生帽，整个街道就变成了一条黑暗的溪流，上面漂满白色的睡莲。他们的队伍前面举着白色的金线绣花的丝绸旗子，他们在行进中也唱着春天的歌曲。不过尼尔斯·霍尔格松觉得那不是大学生们自己在歌唱，而是歌声跟在他们的头顶上飞翔。他想，那不是大学生们在为春天歌唱，而是春天正藏在什么地方为大学生们歌唱。他没想到，人类的歌声竟会是这样美妙的声音。那就像云杉树梢里树叶的沙沙声，就像钢铁发出的声音，也像海岛上野天鹅的歌唱。

当大学生们进入植物园，那里的草坪明亮幼嫩，一片春天的青翠，树上的叶子也正要从芽苞中绽出。大学生们就停留在一个讲台前面，一个英俊的年轻人就走到讲台上对他们讲起话来。

讲台就安排在大温室前的台阶上，渡鸦已经把小男孩放在温室房顶上。他就安安心心坐在那里，听着一个又一个发言。最后是一位老人占据了讲

台。老人说，人生最美好的就是年轻，在乌普萨拉度过青春时光。他讲到了在书本旁的美好安宁的工作，和丰富而光明的青春的快乐，这种快乐在这个大学同学圈子里利用得那么好，在别的地方从来不能。他一次又一次回到这个话题，巨大的幸福就是生活在快乐的、高尚情操的同学们中间。正是这一点，能让艰辛的劳动那么快乐，让悲哀那么容易忘记，让希望那么光明。

小男孩坐在那里看着下面的大学生，他们在讲台下面站成半圆形，他开始明白过来，一切事情中最美好的就是能属于他们这个圈子。那是一种崇高的荣誉和幸福。这里的每个人都会拥有更多东西，比他如果单独一人的话会成为的人要多，就因为他属于这样一个群体。

每次有人发言之后歌声就再次响起来，歌声一落就有一个新的人开始发言。小男孩从来没想到或者理解，语词能这样组合到一起，就获得了一种力量，可以感动人、鼓舞人、让人快乐，就像眼前这些人那样。

尼尔斯·霍尔格松多半是在看那些大学生，不过他也注意到，植物园里并不仅仅有大学生。那里还有不少年轻姑娘，穿着艳丽服装，头戴漂亮的春天的帽子，还有很多其他的人。不过看起来他们和他自己一样，到那里来就是为了看看大学生。

有时候发言和歌唱之间会有停歇的时间，那时人群就会分散到整个花园。不过一有新的发言者登上讲台，听众们马上聚集到他的周围。集会就这样继续着，一直到了晚上。

当一切全都结束了，小男孩深呼吸了一下，揉揉眼睛，就像人们从梦中醒来的时候那样。他好像刚去过了一个他过去从来没拜访过的国度。从所有那些快乐生活又对未来充满必胜信念的大学生身上，欢乐和幸福感就

像一种传染病散布开来，小男孩和他们一样也进入了欢乐的国度。可是当最后那首歌的歌声消失之后，小男孩感觉到自己的生活是那么痛苦，都不愿意在这个集会之后再回到自己可怜的旅伴那里去了。

渡鸦一直在他旁边，现在开始在他耳边呱呱地说："拇指头，现在我可以告诉你怎样再成为人了。要是你碰到什么人对你说，他很愿意穿上你的衣服，跟着大雁们去四处旅行，这时你就趁机对他这么说……"巴塔基这时教给小男孩两三个词，那些词非常厉害和危险，所以不能高声说出来，而是必须轻声耳语，这样表示不是真正在使用这些词。巴塔基最后说："好了，你要再成为人，别的都用不着了，这些词就足够了。"

小男孩说："不会吧，我认为我永远也不会碰到什么人愿意穿上我的衣服。"

渡鸦说："那也不是绝对不可能呀。"然后渡鸦就把小男孩带到城里，放在一个阁楼房间窗外的屋顶上。这个房间里有一盏灯亮着，窗户半开着，小男孩在那里站了很久，心想着那个躺在里面睡觉的大学生是多么幸福。

# 考　验

大学生从睡梦中突然惊醒，看见床头柜上那盏灯还亮着。他想："瞧，我连灯都忘了关了。"就用胳膊肘撑起身子，想把灯关掉。不过，在他来得及这么做之前，就看到书桌上有个什么东西在动。

那个房间很小。床和书桌之间距离不远，他可以清楚看到书桌上散乱

堆放的书、纸、笔和照片。酒精炉和茶具他也留在了桌上，这个他也看到了。不过，奇怪的是，也像他看别的东西那样清楚的是，他还看见一个很小的小男孩，趴在黄油盒子上，正在往一片面包上抹黄油。

大学生在之前的那个白天里经历了太多的事，所以他几乎对发生在他头上的事情已经麻木了。他既不害怕，也不奇怪，而是觉得，这个小男孩进来找点东西吃是非常自然的事情。

他又躺下来，没有关灯，用半睁半闭的眼睛观察那个小男孩。现在小男孩在一块镇纸上找了个地方，非常满意地坐在那里，吞食着大学生晚饭后剩下的东西。可以注意到小男孩尽可能拉长时间细嚼慢咽。他坐在那里转动着眼睛，用舌头品尝着。那些干面包头和放久了的奶酪对他来说肯定也是少见的美味。

只要那个小男孩在吃东西，大学生就不愿意去打扰他。不过，当小男孩看起来吃不了更多的时候，大学生开始跟他说起话来。

大学生说："喂！你是什么人？"

小男孩吃了一惊，朝窗口跑去，但是当他注意到，那个大学生一动不动躺在床上没来追他，就停了下来。

小男孩说："我是西维门赫格的尼尔斯·霍尔格松。我也是一个人，就跟你一样，不过我已经被变成了一个小土地神，从此以后我就跟着一群大雁四处旅行。"

大学生说："这真是一个稀奇的故事。"他就开始询问起小男孩来，直到他了解了差不多所有的事，小男孩离家出走以来的所有经历。

大学生说："你过得真不错啊。谁要是能穿上你的衣服，离开所有烦恼去外面旅行就好了！"

渡鸦巴塔基就站在外面的窗台上，当大学生说这些话的时候，他就用喙去敲窗玻璃。小男孩明白，渡鸦是要引起自己注意，那么，如果大学生说出了正确的话，他自己就不要错过机会。小男孩说："哦，你是不肯跟我更换衣服的。谁要是大学生，当然不肯成为别的人了！"

大学生说："今天早上我醒过来的时候，我也是这么想的。但是，只要你知道今天我出了什么事就明白了。我真的完蛋啦。如果我能跟着大雁

飞走，那对我来说真是最好了。"

小男孩再次听到巴塔基在敲窗玻璃，而他自己脑袋发晕，心跳加快，因为听起来那个大学生就要说出那些正确的话了。

小男孩对大学生说："我已经告诉你我经历了什么事。那么你也告诉我你经历的事情吧！"大学生也很高兴，得到可以信任的知己，就诚实地把发生在他头上的事情讲了一遍。大学生最后说："其他的事情都能过得去。我根本无法忍受的是，我给一个同学带来了不幸。如果我能穿上你的衣服，能跟着大雁去四处旅行，那对我真是好多了。"

巴塔基用力敲打着窗玻璃，但是小男孩坐着不动，沉默了很长时间，只直愣愣看着自己前面。

　　小男孩用很低的声音对大学生说："你等一下！你马上会听到我的消息。"然后他用有点慢吞吞的步子走过桌面，穿过窗户走了出去。正当他走到阁楼窗户外那个房顶上的时候，太阳在升起来，红色的朝霞洒满了乌普萨拉，所有的尖顶和塔楼都闪射出光辉，小男孩又一次不得不承认，这是一个真正的欢乐的城市。

　　渡鸦说："你是怎么啦？现在你已经错过了再成为人的机会。"

　　小男孩说："我并不在乎让那个大学生换我。我只是为了那些被风刮走的稿纸的缘故感到难受。"

　　巴塔基说："为那些稿纸你就根本用不着烦恼。那些稿纸我能弄回来。"

　　小男孩说："我当然相信你能弄回来。可我不能确定你会那么做。我首先要确定的就是这件事。"

　　巴塔基没有再说一句话。他张开翅膀飞走了，很快就衔回来两三张稿纸。他飞来飞去飞了整整一个小时，就像一只燕子衔泥做窝那样勤奋，把一张又一张手稿带给小男孩。最后他站在窗台上大喘着气说："好啦，我相信现在，你差不多得到了所有的稿纸。"

　　小男孩说："太感谢你了！现在我要进去跟那个大学生说几句话。"这时渡鸦巴塔基朝房间里瞥了一眼，看见那个大学生正站在桌前把那些稿纸整理好铺平。他对着小男孩发火了："你真是我碰到过的最大最大的大傻瓜！你怎么把手稿都给了那个大学生？那你就用不着换他了。他再也不会说，他愿意成为你这样的了。"

　　小男孩也站在那里盯着这个大学生看。这个大学生现在乐坏了，只穿了件衬衫就在自己小小的房间里转着跳舞。小男孩就回过头对渡鸦巴塔基说："巴塔基，我什么都明白，你是想让我经受一下考验。你肯定在想，我一旦自己能过上好日子，就会扔下公鹅莫顿，让他独自去应付这次艰难的旅行。可是当那个大学生讲起他的经历，我就想到，背弃一个朋友是多么丑恶，所以我不愿意做那样的事情。"

渡鸦巴塔基开始用一只脚爪搔着自己的脖子，看起来几乎是不好意思了。他什么也没打算多说，带着小男孩就直接飞回大雁们那里去了。

译注：乌普萨拉（Uppsala）是瑞典最古老的大学乌普萨拉大学所在的大学城，距离斯德哥尔摩七十公里。这里的植物园，以提出动植物双名命名法（binomialnomenclature）的瑞典著名生物学家林奈（Carl von Linné，1707—1778）的名字命名。

# 36. 羽佳

## 游在水上的城市

五月六日　星期五

　　没有谁能比小灰雁羽佳更温柔更善良。所有的大雁都非常喜欢她，白公鹅甚至能为她献出生命。羽佳提出什么要求，阿卡都没拒绝过一次。

　　羽佳一到梅拉伦湖，就开始认出这个地方了。这里的外面就是大海，有一个巨大的沿海群岛，她的父母和兄弟姐妹就住在那里的一个岩礁上。于是她去央求大雁们，在继续朝北旅行之前，先到她家里去一趟，这样她可以让自己的亲人知道她还活着。对他们来说这一定是件大喜事。

　　阿卡坦诚地说，她觉得，当羽佳的爸爸妈妈和兄弟姐妹把她遗弃在厄兰岛上，他们根本没有表现出对她的疼爱。可是羽佳在这点上不赞成阿卡的话。她说："当他们看到我不能飞了，有什么别的办法呢？不能因为我的缘故就留在厄兰岛上呀。"

　　为了让大雁们能做这次旅行，羽佳就开始对他们讲了自己在群岛那边

的家。那是一个很小的峭壁岩礁。如果从远处看去，人们会相信那里除了石头之外没有别的，可是到了那里就会发现，在深沟和山坳里都有最优良的草场。那里的岩石缝里或柳树丛之间都有孵蛋繁殖的好地方，比这还好的地方是难找的。但是一切美好的事物中最好的是住在那里的那个老渔民。小灰雁羽佳听说过，他年轻的时候是一个好射手，一天到晚都在群岛上打鸟儿。不过到了老年，自从妻子去世，孩子离开了家，家里剩下他一个人，他就开始保护自己那个岛上的鸟类了。他自己对鸟儿不放一枪，也不许别人那么做。他会四处去照看鸟窝，当母鸟孵蛋的时候，他就给她们找来食物。没有一只鸟儿会害怕他。羽佳曾经到他的茅屋里去过好多次，他用面包屑喂她。不过，就因为老渔民对鸟儿实在太好了，大量的鸟儿迁移到这个岛上，那个地方就开始拥挤起来。要是哪只鸟儿春天回来迟了，所有孵蛋的地方就可能都已经被占用了。就是因为这个缘故，羽佳的爸爸妈妈和兄弟姐妹才被迫匆匆离开她的。

小灰雁羽佳恳求了很久，虽然大雁们觉得，他们已经迟到了，完全应该直接朝北飞，但羽佳终于如愿以偿。不过，这样一次到群岛去的旅行，也不会拖延他们的行程超过一天时间。

他们是在一个早晨出发的，大雁们先好好吃了一顿，然后就朝东飞过梅拉伦湖。小男孩不大清楚他们现在要飞到哪里去，不过他注意到了，越往东飞，湖面上的航运就越繁忙，湖岸上的建筑就越密集。

满载货物的平底货船和驳轮，帆船和渔船，都在往东航行，他们会迎面遇到或者超过很多漂亮的白色蒸汽船。湖岸上伸展着公路和铁路，全都奔向一个目标。在东面有个什么地方，所有人都愿意现在一大早就赶到那里去。

他在众多岛屿中的一个岛上看到一座白色的大宫殿，而从这里再往东一段路的湖岸就开始用别墅来装扮自己了。起初别墅之间相距比较疏远，后来就越来越密集，很快沿着整个湖岸就都是别墅挨着别墅了。那些别墅各种各样。这里是一座宫殿，那里是一个小木屋。这里立起一排又长又矮的庄园平房，那里是一座带有很多小尖塔的别墅。有些别墅是在花园里，不过大多数别墅坐落在沿湖的阔叶树林里，没有进一步栽种花草。不过，尽管这些别墅各不相同，但也有一个共同之处，那就是它们都不像其他建筑那样严肃和简单，而是很漂亮地、耀眼夺目地油漆成了绿色、蓝色、白色和红色，像儿童游戏室那样。

小男孩正在往下看那些有趣可爱的湖岸别墅，这时小灰雁羽佳叫了一声："现在我真的认出来啦。那边就是那座城市，游在水上的城市。"

小男孩就往前看，首先注意到的不是别的，只是水面上翻卷而来的薄雾和烟波。不过，他也朦朦胧胧看到了那些高耸的尖塔和一两座有很多排窗户的楼房。它们时现时隐，都是因为薄雾忽而这里忽而那里在移动。可是他看不到什么湖岸浅滩。那边所有的建筑看来都是漂在水面上。

当小男孩接近那座城市的时候，他就再也见不到刚才沿湖看到的那种活泼的游戏室那样的房子了。相反，湖岸上密布着黑乎乎的厂房。在高高的板墙后面排放着大堆大堆的煤和木板。乌黑肮脏的码头前面停靠着笨重的蒸汽货轮。不过那些淡淡发光的透明的薄雾在这上面铺开，使得所有的东西看上去都很大很雄伟很奇特，几乎成了美丽的图画。

大雁们飞过那些工厂和蒸汽货轮，接近了那些薄雾围绕着的尖塔。这时所有的烟雾突然沉向水面，只有几缕飘逸轻盈的烟云在他们的头顶上飞舞，美丽地染上了粉红色和淡蓝色。其他的烟雾在水面和陆地上翻卷。它

们完全遮掩了房子的基础和下部，不过上面的几层，屋顶、塔楼、山墙和门楣依然是看得见的。有的房屋因此就显得分外高大，就像它们是真正的巴比伦空中楼阁。小男孩能想得到，这些房子是建造在山丘和高地上的，不过他看不见山丘和高地，只看到房子，这些房子就像从烟雾里飘起来的。烟雾四处流动，清亮发白，而那些房子倒是黯淡和黑乎乎的，这是因为太阳在东面，还照不到它们。

小男孩明白，他正在一个巨大的城市上空飞过，因为他看到四面八方都有屋顶和尖塔从云雾中钻出来。有些瞬间里，他周围缭绕的云雾中会出现一些空隙，他能瞥见一条奔腾咆哮的激流，但是任何地方他都看不到陆地。所有这些看着都非常美丽，不过他也几乎感到不高兴，这是当人们碰到无法理解的事情的时候都会感到的。

他一飞过这个城市，就看不到烟雾遮掩的地面了，而是又能清楚地看到海岸、海水和海岛。这时他转过头来，想要再更好地看看那座城市，但是却没有成功。现在这座城市看上去更被魔法弄得变幻莫测。薄雾从阳光中接受了不同颜色，在最明亮的红色、蓝色或黄色中向前飞舞。房子成了白色，好像它们是光建造成的，但是窗户和塔尖像火一样闪光。而一切都和以前一样，是漂在水面上的。

大雁们笔直朝东飞行。起初那里看起来几乎和梅拉伦湖边差不多。他们先飞过很多工厂和维修站，然后是一座座别墅开始排列在海岸边。蒸汽轮船和驳船成群开来，不过现在都是从东面开来，朝西驶向那座城市。

他们继续朝前飞，下面展开的现在已经不再是那些狭窄的梅拉伦湖湖湾和小的岛屿了，而是广阔得多的水面和大得多的岛屿。大陆的陆地朝两边分开，很快就看不到了。植被越来越稀少，阔叶树林已经很少见，松树

林取得了支配权。别墅已经见不到了，只有农民的木屋和渔民的茅屋还零星看得到。

他们再往前飞了一段，现在连有人居住的大岛屿也看不到了，只有无数小的岩礁散落在水面上。海湾不再被土地挤压。在他们的前面现在是大海，辽阔无边。

大雁们降落在这里的一个峭壁岩礁上，当他们站在地面上的时候，小男孩转过身来对小灰雁羽佳说："我们刚才飞过的那个大城市，那是什么地方？"

羽佳说："我不知道在人类中间它叫什么。我们灰雁都把它叫作'游在水上的城市'。"

# 姐妹们

小灰雁羽佳有两个姐姐：一个叫美翼，一个叫金目。她们都是强健聪明的鸟，不过她们没有羽佳那样一身柔软的闪光的绒毛，也没有她那样温柔快乐的性格。从她们还是黄毛小丫头的时候开始，爸爸妈妈和亲戚朋友，没错，甚至那个老渔民，都让她们处处感觉到，他们喜欢羽佳胜过她们俩，所以这对姐妹就一直嫉恨她。

当大雁们在岩礁上降落下来的时候，美翼和金目正在离海岸有一段路的一小块青翠的草地上吃草，她们马上看见了这些外来的客人。

美翼说："瞧啊，金目妹妹，这些英俊的大雁，落到我们岛上了！我

还很少看到过这样风度翩翩的鸟。你瞧，他们当中还有只白公鹅！你见过一只更漂亮的鸟吗？几乎能把他当作一只天鹅！"

金目觉得姐姐说得对，这是毫无疑问的，是非常杰出的客人来到了这个岛上。不过她突然打断了自己的话，惊叫起来："美翼姐姐，美翼姐姐！你没看到吗，他们把谁带来了？"

同一时刻美翼也看到了羽佳，惊讶得很长时间张着嘴站着嘶嘶吸气。"这是绝不可能的，这竟是她？她怎么会混到这样的贵客里去了呢？我们扔下她是要让她活活饿死在厄兰岛的。"

金目说："最糟糕的是，她会在爸爸妈妈那里说，是我们飞着用力去撞她，才让她的翅膀脱臼的。你等着瞧，结果是我们俩都被从这个岛上赶走。"

美翼说："这个被宠坏的小东西一回来，我们就没别的，只等着受气了。不过现在我认为，最聪明的是一开始我们要对她回来尽最大力气表现得高兴。她是傻瓜，也许从来没注意我们是存心撞她的。"

当美翼和金目这么商议的时候，大雁们已经站在海滩上整理好了飞行后凌乱的羽毛。现在他们排成一个长队爬上岩石的海岸朝一条石缝走去，小灰雁羽佳知道，她爸爸妈妈通常是居住在那里的。

小灰雁羽佳的爸爸妈妈都是优秀的鸟类。他们在这个岛上居住的时间比别的鸟都长久，他们通常对所有新来的鸟都会提供建议和帮助。他们也看到大雁群来了，不过他们还没看到其中也有羽佳。公灰雁说："真奇怪，会看到大雁降落在这个岩礁上。这是一个优秀的鸟群，从他们的飞行就看得出。不过，要为这么多大鸟找吃草的地方可不容易。"

他的妻子也和羽佳一样温柔善良，她说："我们还没到过分拥挤不能接待他们的地步。"

当阿卡带着队伍走过来，羽佳的爸爸妈妈走上前去迎接，正要表示欢迎阿卡和大雁来到岛上，羽佳从排在队伍最后的位置飞过来，落在爸爸妈妈中间。她叫着："爸爸，妈妈，我回来啦！你们不认识羽佳了吗？"起初两只老灰雁还真不明白他们看到了什么，不过他们很快认出了自己的女儿，当然格外高兴。

就在大雁们、公鹅莫顿和羽佳自己都争先恐后讲述羽佳怎么被救的时候，美翼和金目也奔跑过来。她们俩从很远的地方就呼喊着欢迎，表现出对羽佳回家那么高兴，让羽佳真的非常感动。

大雁们觉得在这个岩礁上很舒适，就决定等到第二天早上再继续飞行。过了一会儿羽佳的两个姐姐问她愿不愿意跟她们去看看她们打算在哪里做窝。她马上就跟她们去了，看到她们已经选好很隐蔽很安全的孵蛋的地方。她们问："羽佳，你要在什么地方住下来呢？"

羽佳说："我？我不想留在这个岩礁上。我要跟大雁们飞到拉普兰去。"

两个姐姐说："那太遗憾了，你要离开我们。"

羽佳说："我是很愿意留下的，跟你们和爸爸妈妈在一起。可是我已经答应了大白鹅……"

美翼惊叫起来："什么？你要嫁给那只漂亮的公鹅？那可是……"不过这时候金目用力推了她一下，她就打断了自己的话。

这两个坏心眼的姐妹整整一上午说了很多羽佳的坏话。羽佳有大白公鹅那样一个追求者，让她们气疯了。她们自己也有追求者，不过那都只是普通的灰雁。自从她们看到公鹅莫顿，就觉得自己的追求者太丑陋粗俗了，都不愿意朝他们看一眼了。金目说："这要把我气死了。美翼姐姐，能配得上他的，起码应该是你啊。"

美翼说："我宁愿他死了才好，也不愿整个夏天我都要在这里想着羽佳居然嫁给了一只白鹅！"

两个姐妹对羽佳当然继续摆出非常亲热的样子，到了下午金目带羽佳去看看她自己想嫁给的那只公灰雁。金目说："他长得可不如你要嫁的那位漂亮。不过作为回报嘛，就是你可以很放心，他就是他，不会变。"

羽佳问："你这是什么意思，金目姐姐？"金目刚开始不想解释她说的意思，可是慢慢又说出来，她和美翼都有点疑问，那个大白鹅是不是真心的。这个姐姐说："我们从来没见过有一只白鹅跟着大雁，我们怀疑他是什么魔法变成的。"

羽佳有点生气地说："你们真傻！他是一只家鹅。"

金目说："那只公鹅带着的那个小毛头，他就是魔法变成的，那他自己当然也会是魔法变成的。你不害怕吗，他本来可能是一只乌黑的老鸭子呢？"

她的话说得似乎很有道理，把可怜的羽佳吓坏了。那只小灰雁就说："你说的不是这个意思吧。你只是想吓唬我。"

金目说："我都是为了你好，羽佳。我想不出还有什么比看着你跟一只乌黑的老鸭子飞走更可怕的事了。不过我可以告诉你有什么办法。这里有我采来的一些草根，你想办法让他吃一两根！如果他是魔法变来的，吃了就必定显出原形。如果他不是魔法变来的，他就还是现在这个样子。"

小男孩正坐在大雁们中间听阿卡和那只老公灰雁交谈，这时羽佳飞了过来。她叫喊着："拇指头！拇指头！公鹅莫顿要死了！我要把他害死啦！"

小男孩叫着："让我骑到你的背上，羽佳，把我带到他那儿去！"他们刚飞走，阿卡和别的大雁就跟着飞来了。他们到了公鹅那里，公鹅已经躺在地上，话都说不出来了，只能大口喘气。阿卡说："搔搔他的喉咙下面，再捶捶他的背！"小男孩就这么做了，大白鹅马上咳出了一大段卡在他喉咙里的草根来。阿卡指着放在地上的几段草根说："你吃下去的是这样的草根吗？"

公鹅说："是呀。"

阿卡说："那就还好，草根在你喉咙里卡住了。这些草根是有毒的。如果你把它们咽下去了，那你就已经死了。"

公鹅说："那是羽佳求我，要我吃下去的。"

羽佳说："我是从我姐姐那里得到的。"她把事情全都讲了出来。

阿卡说："你要小心你的两个姐姐。因为她们对你肯定没安好心。"

可是羽佳有一种那样的天性，不会相信谁有坏心。过了一会儿，美翼过来，要领她去看看自己的追求者，她又马上跟着去了。这个姐姐说："是啊，他不那么漂亮，比不上你要嫁的那位。不过他勇敢得多，无畏得多。"

羽佳说："你怎么知道的呢？"

"是这样，近一段时间这个岩礁上的海鸥和野鸭中间出了悲惨的大事，因为每天清晨天一亮，就会有一只陌生的食肉猛禽飞到这里来，从他们当中叼走一只。"

羽佳说："那是一只什么鸟儿呀？"

这个姐姐说："我们也不知道。像他那样的鸟以前从来没在这个岩礁上出现过，奇怪的是那只鸟从来不攻击我们灰雁。不过，现在我的追求者下了决心，要在明天早晨跟那只鸟格斗，把他赶走。"

羽佳说："那就祝他顺利！"

这个姐姐说："不会的，我几乎不相信他会顺利。如果我的公雁跟你那位一样高大和强壮，那么我还能有点希望。"

羽佳说："你是想让我去请公鹅莫顿对抗那只陌生的鸟吗？"

美翼说："是啊，我当然愿意啊。不会有再大的忙需要你帮我了。"

第二天清早公鹅在太阳出来之前就醒来了。他站在这个岩礁的最高处朝所有方向侦察。很快他就看见一只黑色的大鸟从西面飞过来。那只鸟的翅膀巨长，很容易就可以明白这是一只老鹰。公鹅本来以为自己的对手就是一只猫头鹰，根本没想到还有比猫头鹰危险得多的对手，现在他明白，自己不会活着离开这里了。但是他也绝没有退缩的念头，要逃避和一只鸟的格斗，就算这只鸟比自己强大很多倍。

这只老鹰朝一只海鸥俯冲下来，用利爪抓住他。就在他要飞走之前，公鹅莫顿就冲到了他面前。公鹅叫喊着："把他放下！再也不许回到这里来，要不然你就要知道我的厉害了！"

那只老鹰说："你是哪里来的疯子？算你运气，我从来不跟鹅和雁斗。要不然你就完蛋了。"

公鹅莫顿以为那只老鹰是太骄傲不屑于跟他格斗，他就愤怒地朝老鹰冲过去，咬他的喉咙，用翅膀抽打他。那只老鹰当然不能忍受，他也开始格斗，不过没有用全部力气。

小男孩正躺在阿卡和大雁睡觉的同一个地方睡觉，这时听到小灰雁羽佳在呼叫："拇指头！拇指头！公鹅莫顿要被一只老鹰撕碎啦！"

小男孩说："让我坐到你的背上，羽佳，带我到他那里去。"

小男孩到那里的时候，公鹅莫顿已经被撕咬得浑身是血，羽毛纷乱，不过还在格斗。小男孩当然打不过老鹰，没别的办法只能求救。他喊着："羽佳，快去！把阿卡和大雁统统叫来！"小男孩这么喊的时候老鹰就不

566

格斗了。他问："是谁啊，提到阿卡的名字？"这时老鹰也看到了拇指头，也听见了大雁们嘎嘎的叫声，他就展开翅膀做出要飞的样子。"告诉阿卡，我从来没料到，会在这么远的大海上碰到她和她带领的大雁！"说完他就动作优美而快捷地飞走了。

小男孩惊讶地看着老鹰飞走，说道："这就是上次把我送回到大雁身边的同一只老鹰呀。"

大雁们打算及早离开这个岩礁，不过要先吃一会儿草。他们去吃草的时候，有一只斑背母潜鸭来找羽佳。她说："我是来替你姐姐们送口信的。她们自己都不敢在大雁们这里露面，不过她们叫我提醒你，你应该去探望一下那个老渔民，不然就不应该离开这个岛。"

羽佳说："这倒也是真的。"不过现在她已经被惊吓得够呛，不愿意单独去，就求公鹅和拇指头跟她一起到渔民的棚屋去。

那里的门是开着的，羽佳走了进去。公鹅和拇指头两个留在外面，不一会儿他们就听到阿卡发出了动身的信号。他们俩就叫羽佳。那只灰雁从棚屋走出来，他们便跟随着大雁们飞离了那个岩礁。

他们朝着那片群岛内飞了相当长一段时间以后，小男孩开始感觉到跟在后面的那只灰雁有点奇怪。小灰雁羽佳通常飞起来没有声音，很轻快。而那只灰雁往前飞的时候翅膀呼啦啦扇动，很沉重。小男孩匆忙叫喊起来："阿卡，掉头！阿卡，掉头！我们搞错伙伴了！跟着我们飞的是美翼！"

他刚说完，那只灰雁发出一声难听和愤怒的尖叫，大家就都知道她是谁了。阿卡和其他大雁就转过身来朝她飞去，不过那只灰雁没有马上逃走。相反，她朝大白鹅冲过去，用喙叼住了拇指头才逃走。

这成了群岛的海面上的一场追逐。美翼飞快地逃，不过大雁们就要追

567

上她了，她根本就没希望逃脱。

忽然间他们看到一小团白烟从下面的海面升起来，还听到了一声枪响。匆忙中他们没有注意到他们正好在一只小船上空飞过，船上坐着一个孤零零的渔民。

没有一只鸟被子弹打中，不过就在那里，在小船的正上方，美翼张开嘴，让拇指头掉进了大海里。

# 37. 斯德哥尔摩

斯德哥尔摩城外有个大公园斯康森，那里收集了很多有民间特色的东西。几年以前那里有一个小老头，名叫克莱门特·拉尔森。他是海尔星兰人，到斯康森公园来是为了用他的小提琴演奏民间舞曲和其他古老的歌曲。不过，自然也多半是在下午他才出场演奏，上午他通常是坐在那里照看几栋漂亮的农家屋，那是从全国各地运到斯康森公园来的。

一开始克莱门特觉得他晚年的日子好过了，比他曾经敢梦想的还要好。但过了段时间，他就开始感到无聊得可怕，特别是照看农家屋的时候。有人进农家屋里来参观的时候还算可以，不过有时候克莱门特坐了几个小时就独自一人。这时他就会想念家乡了，甚至到了那种程度，让他害怕，他会不得不辞去自己的职位。他非常穷，知道回家后自己就会成为教区的负担。因此，他就尽力忍受，尽力忍到最长的时间，尽管他感觉自己一天比一天更不幸福。

五月初的一个天气美好的下午，克莱门特有两三个小时的空闲，他从斯康森公园走出来，顺着那个陡坡上的路往下走，这时他遇到了一个在城外群岛上打鱼的渔民，正背着个袋子走过来。这是个年轻活泼的小伙子，常到斯康森公园来出售他成功地活捉到的海鸟，克莱门特已经见过他好多次了。

这个渔民拦住克莱门特，问他斯康森公园的总管是不是在家，当克莱门特回答了他的问题之后，反过来问他背的袋子里装的是什么好东西。渔民就说："我可以让你看看我抓到了什么，克莱门特，不过你作为感谢，要给我出个主意，告诉我能为这样的东西要求什么价钱。"

他递过袋子给克莱门特看。克莱门特朝袋子里看了一眼，然后又看了一眼，就飞快地后退了几步。他说："我的天哪，奥斯比雍！你怎么抓到这个的？"

他记得，他还是小孩子的时候，妈妈就常给他讲那些住在木屋地板下面的小毛头的故事。所以他不能喊叫，也不能淘气，这样就不会惹那些小毛头生气。长大成人以后，他以为那些小毛头的故事都是妈妈编造出来的，就是为了让他听从管教。不过，现在看来这不是妈妈编造的，因为奥斯比雍的那个袋子里就躺着一个这样的小毛头。

儿童时代的恐惧感在克莱门特身上还有一点，当他看到那个袋子，就感到顺着脊梁骨透过一股不寒而栗的凉气。奥斯比雍感觉到他害怕了，就开始大笑起来，但是克莱门特把这件事看得非常严重。他说："你得告诉我，奥斯比雍，你是从哪里弄到他的！"

奥斯比雍说："你得相信我，我不是埋伏在什么地方特地抓他的。是他自己落到我手里的。今天一大早我就出海了，船上还带着猎枪。我刚离开陆地，就看到一群大雁从东边飞过来，还可怕地叫喊着。我就朝他们开

了一枪，不过一只也没打中。倒是这个小东西掉了下来，掉在离我的船很近的水中。我只一伸手就把他抓住了。"

"你没打中他吧，奥斯比雍？"

"当然没有啊，他又健康又完好。不过他刚掉下来的时候，还不知所措，摸不着头脑，我就趁机用一两段系帆的绳头把他的手脚给捆起来了，这样他就逃不了啦。你看，我马上想到，这可能是适合斯康森公园的东西。"

当这个渔民在讲这些的时候，克莱门特变得莫名其妙地烦恼。他小时候听说过所有关于小毛头的故事，他们喜欢报复敌人和帮助朋友等等，这些全都出现在他眼前。那些试图捕捉他们的人从来就没什么好下场。他说："你应该马上把他放了，奥斯比雍。"

这个渔民说："差一点我就不得不把他放了。可以让你知道，克莱门特，那些大雁一直跟着到我家里，整整一个早上围着我那个岩礁飞来飞去叫唤，好像他们想要回这个小毛头。这还不够，我家那边整个鸟群，那些不值得我费一发子弹的海鸥、燕鸥还有其他鸟，都飞来落在我的岩礁上，叽叽喳喳吵闹。只要我一走出门，他们就围着我扑扇翅膀，我就不得不转身又进去。我老婆也求我把他放了，不过我下决心了，得把他送到斯康森公园来。所以我把我小孩子的一个布娃娃放在窗户前面，把这个小毛头藏在袋子最深的地方里，这才上路。那些鸟肯定以为就是他站在窗户前面，因为他们让我出来，没来追我。"

克莱门特问："他什么都没说吗？"

"说了，一开始他就试着对那些鸟儿们叫唤，但是我不愿意让他这么做，就把他的嘴给堵住了。"

克莱门特说："可你怎么能这样对待他，奥斯比雍！你不明白，他是一种超自然的东西吗？"

奥斯比雍平静地说："我不知道他是一种什么东西。这让别人去考虑吧。我只要能用他卖一笔好价钱，我就满足了。你现在告诉我，克莱门特，你认为斯康森公园的总管愿意给我多少钱？"

克莱门特拖延了很长时间不回答。不过，因为这个小毛头的缘故，有一种那么强烈的不安压倒了他。他真的觉得，妈妈就站在他身边对他说，他要永远好好对待这些小毛头。他说："我不知道上面的总管愿意给你多少钱，奥斯比雍。不过，如果你肯把他交给我，我会给你二十克朗。"

奥斯比雍听到这么大的一笔钱，带着巨大的惊讶看着这个拉提琴的老头。他想，克莱门特一定以为这个小毛头有某种秘密的权力，会给他带来好处。对那个总管是不是这么重视这个小毛头，愿意出这么高的价钱，他确实没有把握。于是，他就接受了克莱门特开出的价钱。

拉提琴的老头把刚买来的小毛头放进一个宽大的衣袋里，转身回到斯康森公园，进了一个夏季放牧人住的小木屋，现在这里既没有游客也没有看管的人。他把身后的门又关上，把小毛头掏出来，小毛头手脚还被绑着，嘴里还塞着东西，他小心翼翼地把小毛头放在一条凳子上。

克莱门特说："现在听好我说的话！我是知道的，你这样的小毛头不喜欢被人类看见，而是愿意自己行动，做自己想做的事。因此，我已经想好了给你自由，不过这是需要一个承诺为条件的，就是说你承诺留在公园里，直到我答应你离开这里为止。你要是同意这个，就点三下头！"

克莱门特满怀期望地望着小毛头，可是这个小毛头一动不动。

克莱门特说："你不会有什么困难的。我会每天给你送饭，而且我相信，你在这里有那么多事情可做，就不会觉得时间很长。不过，在没有得到我

的同意之前，你不能到其他任何地方去。我们说好一个暗号吧。只要我把你的饭放在一个白碗里，你就留在这里。当我把饭放在一个蓝碗里，你就可以走了。"

克莱门特重新沉默下来等待着小毛头做出表示，可是他还是一动不动。

克莱门特说："你不肯啊，那就没别的办法了，我只好带你去见这里的总管。那你会被放在一个玻璃柜子里，斯德哥尔摩这个大城市里的所有人都会来看你。"

不过，这看来把小毛头吓坏了，克莱门特的话刚说完他就马上点头同意了。

"这就对了。"克莱门特边说边掏出他的刀子，把绑住小毛头双手的绳子割断，然后就匆忙走出门去。

小男孩在考虑别的事情之前，先解开绑在脚上的绳子，拿掉塞在嘴里的东西。当他转过身来想对克莱门特·拉尔森表示感谢的时候，克莱门特已经走掉了。

\*

克莱门特刚来到门外，就遇见了一位仪表堂堂、风度翩翩的老先生，正朝一处风景美丽的观景点走去。克莱门特不记得他以前是不是见过这位仪表堂堂的老先生，但是老先生肯定在克莱门特演奏小提琴的某个时候看见过他，所以就停下来开始和他说起话来。

老先生说："你好，克莱门特！你最近怎么样？你不会是生病了吧？我觉得，你近来消瘦了。"

这个老先生表现出一种难以形容的亲切友好，所以克莱门特鼓起勇气对他讲了自己的怀乡病，是这种怀乡病又让他的日子多么难过。

这位仪表堂堂的老先生说："什么？你在斯德哥尔摩的时候还会想家？这绝对是不可能的。"

这位仪表堂堂的老先生看起来几乎被触怒了。但是他又考虑到，跟他说话的只是一个老迈无知的海尔星兰老头，因此又恢复了那种友好的样子。

老先生说："你肯定从来没听说过斯德哥尔摩是怎么诞生的，克莱门特。要是你听说过，你就会明白，你想离开这里回到家乡去，这只是你的一种幻觉。你跟我来，到那边的长椅上去坐一会儿，我要给你讲一点关于斯德哥尔摩的事情！"

这位仪表堂堂的老先生在长椅上坐下来，首先眺望了一会儿斯德哥尔摩，这个城市全部的秀丽景色正在他们的脚下铺开。他深深地吸了一口气，就好像他愿意把这个地区全部的美丽都吸进他的心肺，然后他才转向拉提琴的老头。

他边说边在他们前面的沙土地上用手杖画出一幅小地图："你看，克莱门特！这里是乌普兰，这里向南伸出了一个岬角，它被许多湖湾切得破碎。在这里南姆兰和另一个同样被切得破碎、向北伸展的岬角相遇。这里有一个从西边来的湖，湖上到处是小岛：这叫梅拉伦湖。这里是从东边来的另一片水域，它在众多岛屿和岩礁之间几乎挤都挤不进来：这就是波罗的海。这里，克莱门特，乌普兰和南姆兰相遇、梅拉伦湖和波罗的海相遇的地方，有一条很短的河，河的正中有四个小岛，把河分成了几条支流，

其中的一条现在叫作北水流，但是以前叫斯德哥峡。

"这些小岛最初只是一些普通的长着阔叶树的小岛，至今梅拉伦湖中还有的是这种小岛，很长时间都根本没人居住。你可以这么看，它们所在的位置很好，是位于两个水域、两个地区之间，但是以前从来没人注意到这个。一年又一年过去了，梅拉伦湖里的岛屿上和外面的群岛上都有人居住了，但是这条河流上的四个小岛上依然没什么居民。有时会发生这样的事情，一个在湖上或海上航行的人在其中某个小岛上登陆，支起帐篷过一夜。但是没有人在那里正式定居。

"有一天，一个住在盐湖区那边黎定岛上的渔民驾着船驶进了梅拉伦湖，他在那里打鱼的运气特别好，好到忘了及时赶回家。到了回家的时候他没能驶得更远，只到那四个小岛附近天就完全黑了，这时他觉得，也没更好的办法，只好先登上其中一个岛去，想等到再晚些时候有了月光再走，因为他知道那天夜里是会有月亮的。

"那时是夏天的末尾，虽然晚上已经开始变黑了，但还是很温暖很晴朗的好天。这个渔民把他的船拖上沙滩，就在船旁边躺下，头枕着一块石头就睡着了。等他醒过来的时候，月亮早就升起来了，就高高挂在他头顶上，月光非常辉煌，几乎就跟大白天一样。

"这个渔民跳了起来，刚要把船推下水，这时看见河流里有许多小黑点在移动。那是一大群海豹，正全速向这个小岛游过来。当这个渔民看到海豹们打算爬上岸来的时候，他就弯下腰去找他一直放在船上的鱼叉。不过，当他直起腰来的时候，却再也看不见海豹了，相反倒有一群美丽无比的少女站在岸上，她们身穿着绿色的拖地丝绸长裙，头戴珍珠金冠。这时渔民就明白了，这些是居住在大海上那些遥远荒凉岩礁上的海上仙女，她

们现在披着海豹皮是为了能够游到陆地上来，为了在月光下在这些青翠的岛上娱乐。

"这个渔民悄悄放下鱼叉，当这些仙女们到了岛上来游戏的时候，他就偷偷跟在后面，细细观察她们。他听说过，海上仙女都那么俏丽甜美，没有人看到她们而不被她们的美丽征服，而他不得不承认，这种说法一点也不过分。

"她们在树下面跳舞，他先看了一会儿，然后悄悄走到沙滩上，拿走了一张她们放在那里的海豹皮，把它藏在一块石头底下。然后他又悄悄回到自己的船边躺下，假装睡着了。

"后来他看见这些仙女回到沙滩上，又要穿海豹皮游走了。起初还是嬉戏谈笑的声音，不过又成了唉声叹气和埋怨的声音，因为她们中间有一

个仙女找不到她的海豹皮了。仙女们在岸边来回奔跑帮助她寻找，但什么也没找到。就在寻找的时候，她们注意到天空已经发亮，白天就要来到了。这时她们觉得不能再待下去了，就全都游走了，只留下那个丢了海豹皮的仙女坐在岸边哭泣。

"这个渔民当然觉得她很可怜，但是他强迫自己躺着不动，一直等到天色大亮。这时他就站起来，把船推到水里，看起来好像是他要举起桨来划走的时候才偶然看到了她。他就喊着：'你是什么人？是不是船沉了逃到这里的人？'

"她就朝他跑过来，问他有没有看见她的海豹皮，但是这个渔民假装没看见，好像自己根本不明白她问的是什么。于是她又坐下去哭起来。不过这时他就建议她上船跟他一起走。他说：'跟我到我家的木屋去吧。我妈妈会照顾你的！你总不能老坐在这个小岛上吧，你在这里既没一张床可以睡，也没一顿饭可以吃。'

"他说得不错，所以能说服她上船跟他走。

"这个渔民和他妈妈对那个可怜的海上仙女真的非同一般地好，她也觉得和他们在一起很愉快。她一天比一天高兴，也帮助老妈妈做家务，完全就像一个在群岛上土生土长的姑娘，只有一点不同，就是她比其他所有姑娘都漂亮。一天这个渔民问她愿意不愿意做他的妻子，她一点也没有反对，马上就同意了。

"于是他们就筹办婚礼。当海上仙女要打扮成新娘的时候，她穿上了那件绿色的拖地丝绸长裙，戴上了那个亮闪闪的珍珠金冠，就是渔民第一次见到她的时候穿戴的。不过，那个时候群岛上既没有牧师也没有教堂，新郎新娘和参加婚礼的人都坐上船往梅拉伦湖里划来，到他们遇到的第一

座教堂里去举行婚礼。

"这个渔民和他的新娘还有老妈妈坐在他的船上。他驾船非常熟练，把所有其他人都甩在后面。当他划了很远，看见北水流河里那个小岛，就是在那里他赢得了现在坐在他身边的这个让他骄傲的、打扮得如此漂亮的新娘，他就禁不住微笑起来。新娘就问：'什么事让你笑呀？'

"这个渔民感觉自己现在对她可以很放心，不需要再隐瞒什么了，他就回答说：'哦，我是在想那个晚上，我把你的海豹皮藏起来了。'

"新娘说：'你说的什么呀？我从来没有过一张海豹皮。'看起来，她好像把所有这些事情全忘了。

"他又问：'你不记得你怎么和海上仙女们跳舞吗？'

"新娘说：'我不知道你什么意思。我想你昨天夜里肯定做了个奇怪的梦。'

"这个渔民说：'要是我给你看看你的海豹皮，你就会相信我了吧？'他说着马上掉转船头朝这个小岛划过去。他们上了岸，他就从他藏了海豹皮的那块石头下面找出了那张海豹皮。

"但是，新娘一看见那张海豹皮就抢了过去，把它套在头上。那张海豹皮就好像有生命一样，马上把她包裹了起来，而她马上跳进了北水流河。

"新郎一见她溜走了，也跟着跳进水里去追她，不过没法追得上。在绝望中，当他看到没有别的办法阻挡住她的时候，他抓起鱼叉就朝她投了过去。他投得比他打算的还要准，因为那个可怜的海上仙女发出一声痛苦的叫声，消失在深深的海水里。

"这个渔民还站在岸边等着，希望她会重新露面。不过这时他注意到了，他周围的水开始放射出一种柔和的光芒。在这片水上出现了一种他以前从来没见过的美丽，闪烁着粉红色和白色的光芒，好像这些颜色在贝壳的内

壁上游戏。

"当闪烁光芒的水朝岸上涌来的时候，这个渔民觉得岸上也变了。岸上开始盛开鲜花，散发花香。一切都披上一层柔和的光彩，于是岸边都有了一种过去没有的快乐美妙的特色。

"他明白这一切都是怎么回事了。因为跟海上仙女们相处就是这样的，能看到她们的人一定会发现她们比其他任何人都更美丽，那么现在当那个仙女的血和水混合在一起，还沐浴着岸边的时候，她的美丽也就传给了这些岸边，这就成了它们继承的遗产，所有能见到这些岸的人都会热爱它们，在思念中被它们吸引过去。"

那位仪表堂堂的老先生的故事讲到了这里，他朝克莱门特转过身，望着他，克莱门特很严肃地向他点着头，不过克莱门特什么也没有说，为了不打断这个故事。

这时老先生的眼睛里闪现出一点谐谑的光彩，他继续说："现在你该注意到了，克莱门特，从那个时候开始，人们就搬到这些岛上来住了。起初只是渔民和农民在那里定居下来，不过其他人也被吸引到那里去了，于是到了一个美好的日子，国王和他的宫廷大总管也坐船穿过北水流河。他们马上开始谈论起那些小岛来。他们都认定了，这些岛的位置这么好，每一条要进入梅拉伦湖的船都必须经过它们。宫廷大总管就认为，在这里应该设立一个航道的锁，根据需要来开启和关闭：让商船进来，把强盗的船队关闭在外面。后来就真的成了那样了。"

那位老先生说着又站起来，重新开始用他的手杖在沙土上画起来，边画边说：

"在其中最大的岛上，你看，就是这儿，大总管建造了一个城堡，有

一个非常坚固的主塔楼，叫作核心楼。在这个岛的四周，岛上的居民还用这种方式修筑起了城墙：在这里，朝南和朝北的城墙上，他们都造了城门，上面还有坚固的城楼。他们在这些岛之间造起了桥梁，把各个岛屿连接起来，在这些桥上也造了高高的塔楼。在所有岛周围的水里，他们打下了一圈木桩，带有栏杆，能开能关，这样任何船只没有许可就不能通过了。

"这样你就看到了，克莱门特，这四个长时间没人注意的小岛很快就成了强大的防御工事。可这还不够。这些连接湖和海的河岸边和水道也都吸引着人们，很快就有人从四面八方到这里来，都愿意居住在这些岛上，还开始为自己建造一座教堂，后来被称为大教堂。它就在这个位置，紧挨着那个城堡，而这里呢，在城墙里面，是新来的居民为自己盖的小木屋。这些房子不算什么，但是当时不需要太多的建筑也可以算作是一座城市了。这个城市的名字就叫作斯德哥尔摩，一直到今天还这么叫。

"又到了一天，克莱门特，启动建城工作的那位宫廷大总管辞世长眠，但是斯德哥尔摩并没有因为这个缘故而缺少了负责建城的建筑师。那时候有些天主教的修士来到了这个国家，他们被人称为'灰衣兄弟'。是斯德哥尔摩把他们吸引来的，于是他们也提出要求，要在城里建造一座修道院。于是他们从国王那里得到了一个小岛，比较小的岛屿中的一个，就是在这里，这个面对梅拉伦湖的岛。他们在这个岛上修建了修道院，因此这个岛也被称为灰衣修士岛。不过，也有其他修士来了，他们叫'黑衣兄弟'。他们也要求得到在斯德哥尔摩建造修道院的权利，他们的修道院就建造在城市岛上，从南城门出去就一段路。在这个岛上，也是城北的一个比较大的岛上，建造了圣灵院，或者叫医院；在另一个岛上，勤劳的男人们建造了一个磨坊，在它里边的那个岩礁上修士们还钓过鱼。你知道，那里现在

只剩一个岛了，因为原来在两个岛之间的运河现在已经被填平了，不过这个岛一直到今天还叫圣灵岛。

"现在，克莱门特，那些原来长满了阔叶树林的小岛都已经盖满了房子，但是人们还是源源不断地涌到这里来，你知道，这都是由于这里的岸和水是那种吸引人的，你知道吧，能把人们吸引过来的。圣克拉拉教会的虔诚的女教徒也来到这里，也请求建筑的地皮。对于她们来说，已经没有别的选择，只有在北岸住下来，就是那个叫北城的地方。她们对那个地方肯定是不太满意的。因为在北城上面有一块高的山坡，这个城市处死人的刑场就在那个高坡上，因此那里就成了被人瞧不起的地方。不过，圣克拉拉教会的修女们在高坡下面的海滨还是造了她们的教堂和长长的修道院的房子。自从她们在这块地区定居下来以后，她们很快也得到了追随者。在往北很远的地方，也就是在高坡上面，建造起了一座带教堂的医院，是献给圣约然的，而在高坡下面这块地方，又建造了一座教堂献给圣雅各布。

"就是在南城，山岗就贴着河岸直立着拔地而起的地方，人们也开始造房子了。在那里建造了一座教堂献给圣母玛利亚。

"但是，克莱门特，你可不要以为只有修道院的修士修女搬到斯德哥尔摩来，还有好多其他的人呢。首先是大批的德国商人和手艺人，他们比瑞典的同行更能干，很受欢迎。他们在城墙里面的地区住下来了，把原来盖在那里的那些矮小简陋的房子都拆掉了，建造了高大华丽的石头房子。不过，城里缺少空地，他们就得把房子紧挨着盖在一起，山墙都朝着那些狭窄的街道。

"是啊，你看到了吧，克莱门特，斯德哥尔摩是能吸引人的。"

这时有另一位先生快步从这条路上朝他们走过来了。不过，和克莱门

特说话的这位老先生摆摆手，另一位就在远处站住了。这位仪表堂堂的老先生现在又走到拉提琴的老头身旁的长凳上坐下来。

他说："现在我要请你帮我一个忙，克莱门特。我没有机会跟你多谈了，不过我会让人带给你一本有关斯德哥尔摩的书，这本书你要从头到尾读一遍。可以这么说，克莱门特，现在我已经为你打下了理解斯德哥尔摩的基础。你自己进一步学习，了解这个城市怎么发展变化的！读一读，关于这个狭小的、城墙围起来的、建造在几个小岛上的小城市是怎么扩展开来的，怎么成了我们现在看到的在我们脚下的这个房子组成的巨大海洋！读一读，在那个幽暗的塔楼核心楼所在的地方怎么会矗立起了现在在我们下面的那座美丽而堂皇的宫殿，还有灰衣修士的教堂怎么会成为瑞典王室的墓地！读一读，一座又一座小岛怎么会充满了建筑作品！读一读，关于南城和北城的那些种香料的园子怎么会变成了漂亮的公园和居民区！读一读，一个个高坡是怎么会被铲平的，一个个水道是怎么会被填平的！读一读，本来国王们对外关闭的狩猎场怎么会成为人民最喜爱的郊游胜地！你要把这里当作你的家乡，克莱门特。这个城市不仅仅属于斯德哥尔摩人，它也是属于你的，属于全瑞典人民的。

"当你读关于斯德哥尔摩的书的时候，克莱门特，要记住，我说的全是真的，它有力量把所有人吸引来！先是国王搬到这里，于是那些王公贵族也在这里建造了他们的宫殿。然后是各种各样的人被吸引到这里来，所以现在你看，克莱门特，斯德哥尔摩已经不再是一座只为自己或者为最近的地区服务的城市。这已经是为全国服务的一座城市。

"你知道的，克莱门特，每个教区都举行自己教区的议事大会，但是在斯德哥尔摩举行的是全国人民的国会会议。你知道的，全国各地每个司

法行政区都有法官，但是在斯德哥尔摩有一个最高法院，可以对所有其他法院做判决。你知道的，全国各地到处都有兵营和部队，但是在斯德哥尔摩坐着指挥全国军队的那些将领。全国各地到处有铁路，但是在斯德哥尔摩有管理全国铁路的机构。这里还有管理牧师、教师、医生、税收人员和行政机构人员的委员会。这里是我们这个国家的中心，克莱门特。你放在衣袋里的钱是从这里发行的，我们贴在信封上的邮票也是从这里发行的。从这里拿出来的东西是提供给所有瑞典人的，所有瑞典人在这里总有什么可以预订。在这里没有人会感到陌生和想家。这里是所有瑞典人的家。

"当你读关于集中到斯德哥尔摩这里来的所有东西的时候，克莱门特，最后还要想一想吸引人到这里来的那些东西！那就是斯康森公园这里的古老的农家屋。那些古老的舞蹈、古老的服装和古老的家庭用品，那些拉提琴的人和讲故事的人。斯德哥尔摩把所有美好的和古老的东西都吸引到了斯康森公园这里，是为了表彰它们，为了让它们在人民中间得到新的荣耀。

"但是，最重要的是，克莱门特，要记住，当你读关于斯德哥尔摩的书的时候，你必须坐在这里这个地方！你要看波浪怎么样在嬉戏的欢乐中闪射光彩，看那些海岸湖岸怎么放射美丽的光芒。你要让你进入着魔的境地，克莱门特。"

那位风度翩翩的老先生提高了声音，这样就让他的话听起来是强有力的命令，他的眼睛也在闪光。他站起身来，手做了个小小的动作，就从克莱门特这里走开了。克莱门特此刻也明白了，这个跟他说话的人肯定是一位高贵的先生，所以他对着这个人的背影深深鞠了一躬，能多深就多深。

*

第二天，一个王宫里的男仆人给克莱门特送来了一本大的红色的书和一封信，信中说，书是国王送给他的。

这件事发生以后，小老头克莱门特·拉尔森有好几天晕头转向，几乎不可能让他说出一个聪明的字眼。一个星期过去以后，他就到总管那里去辞掉自己的工作。他实在是不得不回家乡去。总管说："你为什么要回家？你不能教会你自己在这里愉快地生活吗？"

克莱门特说："哦，我在这里过得很愉快。怀乡病现在已经不再那么要紧了，但是不管怎样，我必须回家。"

克莱门特已经处在一种进退两难的境地好久了，因为国王对他说过，他应该去了解斯德哥尔摩，在这里愉快地生活。但是克莱门特迫不及待要先回家去，要把国王对他说的这些话在家乡说出来，在说出这些话之前他是不能安定下来的。他不能放弃这样的机会，能站在家乡的教堂门外的山坡上，向家乡的所有人，无论地位高贵还是低微的人，讲述国王对他多么好，国王同他肩并肩坐在一条长椅上，还送给他一本书，还用那么多时间来跟他，一个老迈贫穷的拉提琴的人谈话，用了整整一小时来医治他的怀乡病。克莱门特当然能在斯康森公园里向拉普兰来的老头和达拉那来的妇女讲这件事，但是这怎么可以和在家乡对人们讲做比较呢？

就算克莱门特回家乡以后得住进贫民救济所，但是在有了这件事之后，那日子也就不会太难过了。他现在是一个跟以前完全不一样的人了，会以完全不同的方式得到尊敬和荣耀。

克莱门特被这种新的怀乡病压倒了。他不得不去找总管，向总管说明，他无论如何得回家乡去。

译注：斯康森（Skansen）是瑞典首都斯德哥尔摩东南部动物园岛上的民俗博物馆，陈列瑞典各地搬来的建筑、移植来的树木和捕捉来的动物。

# 38. 老鹰果尔果

## 在峡谷里

在遥远的北方，拉普兰的群山里，有一个古老的老鹰巢，筑在从一个峭壁上突出的一块岩石上。鹰巢是用松枝一圈圈互相叠起来筑成的。在很多年里，这个鹰巢又经过了扩建和加固，如今架在悬崖壁上已经有两三米宽，几乎和拉普人住的圆锥帐篷一样高了。

鹰巢所在的悬崖峭壁矗立在一个相当大的峡谷之上，每年夏天峡谷里就住着一群大雁。这个峡谷对大雁是一个理想的庇护所。它是掩藏在山峰之间，所以没有多少人知道它，甚至拉普人中间也很少人知道。峡谷中间有一个圆形小湖，那里有很多小幼雁可以吃的食物，而湖岸上覆盖着柳树丛和矮小桦树，又有很多草丛，是鸟类孵蛋最好的地方，这些正是大雁们所希望的。

在所有的时代里，都是老鹰住在上面的悬崖上，大雁住在下面的峡谷

593

里。每年老鹰总要掳走几只大雁，不过他们能小心做到不掳走太多，那样的话大雁就不敢再住到峡谷里来了。而从大雁那方面来说，他们从老鹰那里得到的也不是一点好处，虽然老鹰是强盗，但是他们也能让其他强盗远离这个地方。

在尼尔斯·霍尔格松跟随大雁们周游各地那年之前的两三年，有一个夏天的早晨，从凯布讷山来的老领头雁阿卡站在这个峡谷的谷底，向上朝老鹰巢望去。老鹰通常是在太阳升起了一会儿之后就会外出捕猎的。在阿卡住在峡谷的那些夏天里，她每天早晨都是这样等着老鹰们出来，要看看他们是留在峡谷里捕猎还是飞到其他捕猎的地方去。

她用不着等多久，那两只威风的老鹰就会离开悬崖。他们在天空中盘旋着，很漂亮，但是也很可怕。当他们把方向对准山下的平原地带，阿卡就会轻松地叹一口气。

这只老领头雁自己已经不再生蛋和养育幼雁了，在夏天里她要打发时间的时候，通常就是从一个大雁窝走到另一个大雁窝，向其他大雁提供生蛋和哺育幼雁的经验。此外，她还注意外面的情况，不但提防老鹰，还要提防北极狐、猫头鹰，以及会威胁大雁和幼雁生命的其他所有敌人。

正午的时候，阿卡会重新开始监视老鹰。同样的事情她住在这个峡谷时的所有那些夏天里每天都这么做。阿卡看着老鹰飞回来的样子，就马上知道，老鹰们今天早上是不是有过一次收获很好的捕猎。如果是好捕猎，她就会替她自己也是其中一员的这群大雁感到安全了。但是这一天她没有看到老鹰们飞回来。当她等了好一会儿还不见老鹰，就想："我真是年老迟钝了。现在老鹰们肯定老早就回家了。"

到了下午她又抬头朝峭壁上看，等着老鹰出现在那块尖利而突出的岩石上，那里是老鹰经常在下午休息的地方，到了傍晚当老鹰通常要到高山湖里洗澡的时候，她也会在那里看到他们，但是这天她还是没看到他们。她又一次悲叹自己老不中用了。她已经习惯了老鹰出现在她上面的石崖上，她不能想象他们还没回来的可能性。

第二天早晨，阿卡又早早醒来监视老鹰。不过这一次她还是没看见他们。相反，在清晨的寂静中她听见一声声悲愤而凄惨的哀鸣，是从上面的鹰巢里传来的。她想："上面的老鹰真的会出什么事了吗？"她迅速飞起来，飞到很高的地方，能往下看到鹰巢里的情况。

她从高处往下看这个鹰巢，既没看到母鹰也没看到公鹰。鹰巢里现在没别的，只有一只半裸的羽毛未长全的幼鹰，匍匐在那里喊叫着要食物。

阿卡慢慢地犹豫不决地朝鹰巢降下去。这里是一个可怕的地方，能让你懂得盘踞在这里的强盗是多么凶残。鹰巢里和悬崖上到处散落着发白的骨头、带血的羽毛和碎皮、兔子的头、鸟的喙、带毛的鸟爪子。就是那只匍匐在所有这些东西当中的幼鹰也是叫人看了反感的，他有很大的张开的喙，笨拙的只有绒毛的身子，还没长好的翅膀，翅膀上将要长成的廓羽已经像刺一样钻了出来。

最后，阿卡克服了自己的厌恶心理，落在了鹰巢边上，不过她同时又不安地朝四周看，因为要时刻提防那两只年老的老鹰回到家里来。

幼鹰叫着："这下好了，终于有谁来了。赶快把吃的东西给我弄到这里来！"

阿卡说："慢点慢点，别着急呀！先告诉我，你爸爸妈妈去哪里了！"

"嘻，谁知道啊！他们昨天早上就出去了，只给我留下了一只旅鼠，他们不在的时候我就靠他活命的。你当然可以明白，旅鼠老早就被我吃光

了。让我这样挨饿，做爸爸妈妈的太可耻了。"

阿卡现在开始相信，那两只年老的老鹰真的已经被人类枪杀了。她在想，如果她让这只幼鹰饿死的话，她也许就可以永远免除这种强盗行径的危害了。但同时，不帮助一只被遗弃的幼鸟，又是她很不愿意的，因为很显然，她有可能帮助他。

幼鹰说："你还站着看什么？你没听见我要吃的东西吗？"

阿卡张开翅膀，下降到峡谷谷底的小湖。过了一会儿，她又飞回了鹰巢，嘴里叼着一条小鲑鱼。

当她把鱼放在幼鹰面前的时候，这只幼鹰勃然大怒。他把鱼往旁边一推，说道："你以为我会吃这样的东西吗？你听着，去给我弄一只雷鸟或者旅鼠来！"边说边试着用喙去咬阿卡。

这时阿卡伸长了头，在幼鹰脖子上结实地啄了一下。这只老大雁说："我要告诉你，如果要我给你弄吃的来，我能弄到什么你都得知足。你爸爸妈妈都死了，从他们那里你再也得不到什么帮助了。不过，如果你愿意等着吃雷鸟和旅鼠，你就躺在这里饿死吧，那我是不会阻止你的。"

阿卡说完这些就立刻飞走了，过了好大一会儿才又到鹰巢这里露面。幼鹰已经把那条鲑鱼吃掉了，当阿卡把又一条鱼放在他面前，他马上又把鱼吞下去了，虽然也可以看得出，他是非常勉强的。

阿卡得到了一个繁重的工作。那两只年老的老鹰再也没露面，她不得不独自为幼鹰弄来他需要的食物。她给他弄来鱼和青蛙，不过这只幼鹰看来也没因为吃这种饭食而发育不良，相反长得又大又壮。他很快就忘了自己的爸爸妈妈，那对年老的老鹰，而以为阿卡就是他真正的妈妈。从阿卡这方面来讲，她也很疼爱他，就好像他是自己的孩子一样。她尽力给他良好的教养，让他戒除自己的野性和傲慢。

两三星期又过去了，阿卡开始注意到，她自己换毛的时候快到了，那段时间里她就不能飞。在整整一个月里她不能送食物上来给幼鹰吃，幼鹰就肯定会饿死。

所以有一天阿卡对幼鹰说："果尔果，这段时间里我不能再给你送鱼来吃了。现在的关键问题，就看你敢不敢跳到下面的峡谷谷底去，这样我就能继续给你弄吃的。你可以选择留在上面饿死，或者往下面的峡谷跳，不过跳不好也可能让你丧命。"

幼鹰没有片刻思考，就走到鹰巢的边上，也几乎不先考虑用目光测量一下到下面峡谷谷底的距离，张开他的小翅膀就跳出去了。他在空中翻滚了几下，不过还是很好地利用了自己的翅膀，落到了地面上而基本没有受伤。

在下面的峡谷里，果尔果和那些幼雁一起度过了夏天，成了他们的好伙伴。因为他把自己也看作一只幼雁，尽力用同样的方式生活，当幼雁到

湖里去游泳的时候，他也跟着去，结果差点儿淹死。学不会游泳让他感到非常耻辱，就到阿卡那里去埋怨自己。他说："我为什么不能游泳呢，就像其他幼雁那样？"

阿卡说："那是因为你躺在悬崖上的时候，爪子长得太弯，脚趾也长得太大了。不过，你不要因为这个就难过！无论如何，你会成为一只优良的鸟。"

幼鹰的翅膀很快就长得那么大，能把他托起来了，但是一直到了秋天，当幼雁要学习飞行的时候，他才想到自己也能利用翅膀去飞行。现在到了一个让他感到自豪的时刻，因为在这项运动里他马上成了最优秀的。他的小伙伴们从来不能在空中停留很长久，不能超过他们不得不停留的时间，而他却几乎整天在空中飞翔，练习各种飞翔技巧。直到这个时候他还没想到自己属于和大雁不同的鸟类，但是他也不可避免地注意到了很多让他感到非常奇怪的事情，所以不停地向阿卡提出问题。他问："为什么我的影子落到山上的时候雷鸟和旅鼠就跑开躲起来呢？对其他幼雁他们从来不这样害怕呀。"

阿卡说："你躺在悬崖上的时候，翅膀长得太大了。就是这个吓坏了那些可怜的小动物。不过，你不要因为这个就难过！无论如何，你会成为一只优良的鸟。"

自从幼鹰能很好地飞行，就学会了自己抓鱼和捕捉青蛙吃，不过他很快又开始琢磨起这件事来了。他问："怎么会这样，我是靠吃鱼和青蛙生活的呢？而其他幼小的大雁都不这样呀。"

阿卡说："原因是这样的，你躺在悬崖上的时候，我弄不到别的食物给你吃。不过，你不要因为这个就难过！无论如何，你会成为一只优良的鸟。"

当大雁们要在秋天飞走的时候，果尔果也跟着他们这个大雁群一起走。他仍然把自己看作他们当中的一个。但是，天空中充满了要到南方去的各种候鸟，当阿卡领队的大雁群中出现了一只老鹰的时候，在鸟群中就引起了很大的骚动。大雁群四周总是围着一群群好奇的鸟类，而且大声表示惊讶。阿卡请他们安静，但是要把那么多饶舌的舌头都绑起来是不可能的。果尔果就越来越生气，还不停地问："他们为什么把我叫作老鹰？难道他们看不见我也是一只大雁吗？我根本不是吃鸟的猛禽，会吞吃跟我一样的鸟。他们怎么敢给我一个这么难听的名字呢？"

有一天他们飞过一个农庄，那里有很多母鸡正在一个垃圾堆上啄食吃。"一只老鹰！一只老鹰！"母鸡们惊叫起来，四处奔跑找躲藏的地方。但是，果尔果总是听说老鹰是野蛮的歹徒，母鸡说他也是老鹰，就再也控制不住自己的怒火。他夹紧翅膀，箭一样往下冲到地面，用爪子抓住了一只母鸡。"我要教训教训你，我可不是一只老鹰！"他一边愤怒地喊一边用喙去啄她。

就在这个时刻他听见阿卡在上面的天空中呼喊他，他很听话地飞起来。那只大雁朝他飞过来，还开始训斥他。她叫喊着："你干什么去了？也许你就是打算把那只可怜的母鸡撕碎？你应该感到羞耻！"一边喊一边还用喙去啄他。不过，当老鹰对这只大雁的训斥不做任何反抗的时候，围着他们的巨大鸟群里就爆发出了一阵风暴一样的嘲笑和讥讽的声音。老鹰听到了这些声音，就转过身来用愤怒的目光盯着阿卡，就好像要向她发起攻击。但是他很快改变他的意图，有力地扇动着翅膀冲向高空。他飞得那么高，没有任何喊叫声能传到他那里。只要大雁们能看得见他，他就一直在上面盘旋着。

三天以后他又回到了大雁群里。

他对阿卡说："现在我知道我是谁了。因为我是一只老鹰，所以我必须过适合老鹰的那种生活。但是我觉得，不管怎么样，我们可以做朋友。你或者你的大雁当中的任何一只大雁，我都绝不会攻击。"

不过，阿卡已经把她的自豪感都放在她能成功地把一只老鹰教养成一只温和的没有危险的鸟，她不能忍受，这只老鹰还要按照自己的意愿去生活。她说："你以为我会愿意跟一只吃鸟的猛禽做朋友吗？照我已经教你的那样去生活，那你还可以和以前一样跟着我的大雁群！"

他们俩都很高傲和固执，谁都不肯让步。结果是这样，阿卡不准老鹰在她的附近出现，她对他的愤怒已经那么强烈，谁也不敢在她面前再提这只老鹰的名字。

从这时开始，果尔果就像所有江洋大盗一样，在全国四处游荡，独来独往。他经常情绪低落，肯定很多次渴望回到过去那段时光，那时他以为自己是一只大雁，能和快乐的幼雁一起玩耍。在动物当中他因为勇敢而名气很大。动物们常常说，他除了他的干妈阿卡之外谁也不怕。他们肯定也说起过，他从来没袭击过一只大雁。

# 在牢笼里

当果尔果有一天被一个猎人捕获卖到斯康森公园的时候，他才只有三岁，还没有考虑过娶妻成家和筑巢定居的问题。在他到斯康森公园之前那里已经有两三只鹰了。他们被关在一个用铁棍和钢丝做成的笼子里。笼子

是露天的，而且那么大，大到人们可以把几棵树移到里面，还在里面堆起一个相当大的石头假山，这样就能让老鹰感觉像在自己家里一样。不过，尽管有这一切安排，老鹰们还是讨厌这里。他们几乎整天蹲在同一个地方一动也不动。他们美丽、黑色的羽毛变得散乱而没有光泽。在毫无希望的渴望中，他们的眼睛只凝视着外面的天空。

果尔果被关到笼子里的第一个星期还是很清醒很活跃的，但是后来就有一种沉重的昏睡的感觉开始悄悄地控制了他。他也像其他老鹰一样蹲在同一个地方不动，双眼盯着前面却什么也没看，也不再知道一天天是怎么过去的。

一天早晨，当果尔果处在他平常的昏睡状态中的时候，他听见底下的地面上有人在喊他。他是那么困，几乎没力气往下看一眼。他问："谁叫我呀？"

"怎么，果尔果，不认识我了吗？我是拇指头，经常和大雁们到处飞的。"

果尔果用一种好像长久睡眠后正弄清思绪的语调问："是阿卡也被抓了吗？"

小男孩说："没有，阿卡和白公鹅还有整个大雁群这个时候肯定到了北方的拉普兰了，都好好的呢。只有我，被关在这里。"

小男孩说话的时候，他看到果尔果把目光又移开，开始直盯着外面的天空，就和以前一个样子。小男孩喊叫起来："老鹰之王！我可没忘记，你有一次把我背回了大雁群，你又饶了白公鹅一条命。如果我有什么办法可以帮助你，告诉我！"

果尔果几乎连头都没有抬一下，只说道："别打搅我，拇指头！我正在这里做梦呢，梦见我在高高的天空中自由自在地飞翔。我不愿意醒过来。"

小男孩劝告着："你必须活动活动，看看你周围发生的事情。要不然你很快就会看上去跟别的老鹰一样可怜悲惨。"

这只老鹰说："我真希望我能跟他们一样呢。他们都不在这里，而在自己的梦里，再也没什么事情能打搅他们了。"

到了晚上，所有老鹰都已经熟睡的时候，罩着他们的笼子顶部的钢丝网上发出轻微的锉东西的声音。那两只年纪大的反应迟钝的老鹰没有被这噪音干扰，但是果尔果却醒来了。他问："谁在那儿？是谁在笼子顶上走动？"

小男孩回答："是拇指头，果尔果。我坐在这里锉钢丝，好让你飞走。"

老鹰抬起头来，在明亮的夜色中看见小男孩怎样坐在那里锉紧绷在笼子顶部的钢丝。他感到片刻的希望，不过，灰心丧气的情绪又占了上风。他说："我是一只大鸟啊，拇指头。你怎么可能锉断那么多根钢丝，让我能飞出去呢？你最好还是停下来别再锉了，就让我安安生生待在这里吧。"

小男孩说："睡你的觉，别管我！今天夜里我干不完，明天夜里也还干不完，不过我还是要想方设法解放你，因为待在这里你就会被毁掉了。"

果尔果又沉入了睡眠，不过当他第二天早晨醒来的时候，他马上看到，好多根钢丝已经被锉断了。这一天他就感觉不像前些日子那样犯困了。他张开翅膀，在树枝上跳来跳去，要去除关节里的僵硬。

一天清早，在天空中刚点亮第一道霞光的时候，拇指头就把老鹰叫醒了。他说："果尔果，现在来试试！"

老鹰抬起头来看。小男孩真的已经锉断了那么多根钢丝，现在钢丝网上有了一个大洞。果尔果活动了几下翅膀，就朝那里飞上去。有几次他失败了，又掉回笼子里，但是最后他成功地飞到了大自然里。

他骄傲地飞上了天空。那个小小的拇指头坐在那里望着他离去，脸上

带着一种发愁的表情，希望有什么人来，也给他自由。

小男孩在斯康森公园已经像家里一样了。他认识了那里所有的动物，而且在他们中间有了很多朋友。他必须承认，这里确实有许多东西可看，能学到很多知识，也不难打发时间。但是他的思想当然天天都是盼望着回到公鹅莫顿和其他旅伴那里。他想："要不是我被自己的诺言约束，那我早就找一只鸟，把我带到他们那里去了。"

看来也奇怪，克莱门特·拉尔森怎么没有恢复小男孩的自由，不过也别忘记，当那个小个子的提琴手忙着要离开斯康森公园的时候，早已经晕头转向。他要走的那天早晨，他也确实想到了要用蓝碗给小毛头送饭，可实在不幸，他找不到一只蓝碗。这时斯康森公园所有的人，拉普人、达拉那妇女、泥水匠、园丁，全都来跟他告别，他来不及去弄那只蓝碗。到了最终必须动身的时候，他也没想出其他办法，只好请一个拉普族老头帮忙。克莱门特说："是这样，有一个小毛头住在斯康森公园。我通常在每天早上要给他一点吃的。你能不能帮我一个忙，把这些钱拿着，去买一个蓝碗，明天早上在碗里放一点粥和牛奶，放在勃尔岬农家屋的台阶下面？"那个拉普族老头看上去很惊讶，但是克莱门特没时间再详细解释了，因为他必须赶到火车站去。

拉普族老头也确确实实到动物园岛的镇上去买过碗，但是他没看见什么他觉得合适的蓝碗，就买了一个白碗。在这个白碗里他每天早晨都很尽责任地把饭送去。

就因为这样，小男孩还没有从那个承诺中解脱出来。他也知道，克莱门特已经走了，但是他自己还没得到离开那里的许可。

这个夜晚小男孩比平常更渴望自由，这是由于现在已经是真正的春夏

之交了。他在这次旅行中，已经多少次经受了严寒和恶劣天气的艰难困苦，他刚到斯康森公园的时候还想过，他被迫中断这次旅行也许是件好事，因为如果五月份到达拉普兰的话，他绝对会冻死了。但是现在天气已经暖和了，大地翠绿；白桦树和杨树披挂上了绸缎一样光亮的叶子；樱桃树，没错，还有其他的果树，都已经开满了花；长浆果的灌木丛枝杈上已经结满了小果子；橡树非常小心地张开了叶子；还有斯康森公园菜地里的豌豆、白菜和豆荚都已经发绿了。小男孩想："现在北方的拉普兰也一定是又暖和又美丽的。我也真愿意在一个这么美丽的早晨骑在公鹅莫顿背上，在暖和宁静的天空中四处飞翔，看着下面的大地，就像现在的大地，都是青草和美丽的鲜花装点打扮起来的，这会是多么快乐！"

他坐在那里想着这些的时候，那只老鹰从天空中笔直飞下来，落在笼子顶上小男孩的旁边。果尔果说："我愿意试试我的翅膀，看看它们是不是还能做点什么事。你大概不会以为我打算把你留在这个牢笼里吧？现在坐到我背上来吧，我要把你送回到你的旅伴那里去！"

小男孩说："不，这不可能。我已经承诺过留在这里，直到我被释放。"

果尔果说："你说什么傻话？首先他们把你弄到这里就是违背你意愿的；然后他们还强迫你承诺留在这里！你当然能理解，这样的承诺根本不需要遵守。"

小男孩说："是的，我全是被迫的。谢谢你的好意，但是你帮不了我的忙。"

果尔果说："我帮不了吗？那你很快就会看到了。"就在同一瞬间，他用他的大爪子抓起尼尔斯·霍尔格松，带着他飞上天空，消失在往北飞的方向里。

605

# 39. 飞越叶斯特利克兰

## 昂贵的腰带

六月十五日　星期三

那只老鹰继续飞着，一直飞到斯德哥尔摩北面相当远的地方，才落在一个森林里的山坡上，把抓得紧紧的小男孩放开。

不过小男孩一感到自己又自由了，就开始往城里跑回去，拿出了全部力气。

这时老鹰只长长地跳跃了一下就追上了小男孩，用爪子抓住了他。老鹰问："难道你打算回到那个牢笼里去吗？"

小男孩说："你跟我有什么相干？我想到哪儿就到哪儿去，你管不着！"同时他还试着逃脱。于是老鹰又用自己有力的脚爪把小男孩牢牢抓紧，展翅又向北飞去。

现在老鹰带着小男孩飞过了整个乌普兰，一路不停地飞到河汉村边的大瀑布。他降落在河中间的一块石头上，就在咆哮着的大瀑布下面，重新放开他的俘虏。

小男孩马上就明白，在这里就不可能从老鹰身边逃走了。在他们上面，瀑布的白色泡沫墙壁砸下来，而他们四周是河水的巨大激流在流淌。他非常恼怒，这样自己就成了不守信用的人。所以他背对着老鹰，不愿意对他说一句话。

不过，当老鹰现在把小男孩放到了这样一个无法逃走的地方，就告诉小男孩，他是凯布讷山上的阿卡抚养大的，但他不幸成了他干妈的仇敌。他最后说："你现在大概明白了，拇指头，我为什么愿意把你送回到大雁那里去。我听说了，你是阿卡非常宠爱的，我的意愿是求你在我们之间调解。"

小男孩一弄明白老鹰原来并不是只因为任性就把他抓走，对老鹰就友好起来。小男孩说："你求我的这件事，我很愿意帮你的忙，不过我还被

我的诺言约束。"

现在轮到他告诉老鹰，自己如何陷入了牢笼，而克莱门特·拉尔森离开了斯康森公园又没有给他自由。

可是老鹰无论如何不打算放弃自己的计划。他说："现在听我说，拇指头！不论你想到哪里，我的翅膀都可以带你去；不论你想找什么东西，我的双眼都可以发现。告诉我，让你承诺的那个人长什么模样，我就会找到他，把你送到他那里去！以后说服他给你自由，那就是你自己的事了。"

小男孩认为老鹰的这个建议很好。他说："我注意到了，果尔果，你不愧是有过一只阿卡那样聪明的鸟当你的干妈。"然后他把克莱门特·拉尔森的样子仔细说了一遍，还补充道，他在斯康森公园听说过，那个小个子提琴手是海尔星兰人。

老鹰说："那么我们就把整个海尔星兰都找遍，从林格布找到中湖，从大山镇找到牛角兰。不到明天晚上，你就能跟那个男人说上话了。"

小男孩说："现在你可是有点夸口了。"

果尔果回答说："要是我连这点都办不到，那我真是一只糟糕的老鹰了。"

果尔果和拇指头从河汉村出发的时候已经是好朋友了，小男孩从现在起就可以骑在老鹰背上飞行。这样的话，他又有机会看看他飞过的那些地方。之前当他被牢牢抓在鹰爪子里飞行的时候，他是什么都看不见的，都不知道自己经过了什么地方。这对他几乎不能算是坏事，因为如果他知道了那天早晨他飞越过的是乌普萨拉的陵墓、东村的大工厂、丹纳姆拉银矿和厄尔比胡斯王宫古迹，而这些他都没看见，那他肯定会非常难过的。

现在老鹰背着小男孩以很快的速度飞过叶斯特利克兰。在这个地区南部没什么能抓住人的目光的景物。那里展开的是一片平原，几乎到处都覆盖着云杉树林。但是从这里再往北，从达拉那边界到波的尼亚海湾，横跨整个地区伸展着一条美丽的地带，那里有长满针叶林的山丘、闪光的湖泊和湍急的河流。这里有人口众多的教区，都围绕着它们的白色教堂。公路和铁路互相交叉，房屋都很美丽地被青翠的草木包围着，花园盛开的鲜花在空气中散发出怡人的香气。

沿着河岸有好多座大钢铁厂，就像他曾经在矿山区见过的那样。它们间隔的距离几乎是平均的，排成一列一直延伸到海边，那里有一座大城市，铺展开了大批的白色建筑。在这片富裕的建筑群的北面又是大片黑幽幽的森林。不过森林底下的土地不再是平坦的，而是抬高成了山岭，降低成了山谷，就像一片波浪起伏的大海。

小男孩心想："这个地区穿的是云杉树枝裙子和花岗岩衬衫，腰里却系了一条无比贵重的腰带，因为腰带上绣了发蓝的湖泊和鲜花盛开的牧场，那些大钢铁厂就是装饰腰带的一串宝石，而做腰带带扣的是整整一座城市，那里有宫殿、教堂和大堆大堆的房子。"

当这两个旅行者在北面森林地带的上空飞了一段以后，老鹰果尔果就降落在一片光秃秃的山峰最高的山顶上。等小男孩一跳到地上，老鹰就说："这边的森林里有野味。我相信，我得先去捕猎一会儿，才能忘掉牢笼的滋味，真正感到自由。要是我离开你一会儿，你不害怕吧？"

小男孩说："不会的，我不会害怕的。"

老鹰说："你可以走走，你愿意去哪里都可以，只要太阳落山之前你回到这里就行。"说完就飞走了。

小男孩坐在一块石头上，眺望光秃秃的山岗，还有围绕这个山岗的那些大片的森林，感觉自己实在孤单寂寞，被人抛弃了。可是他在那里还没

坐多久，就听到下面的森林里传来歌声，看到什么鲜亮的东西在大树间晃动。很快他看清了，那是一面蓝底黄十字的国旗，从听到的歌声和快乐的嬉笑声他也明白了，国旗打头的是整整一大队的人，不过他等了好一会儿工夫，才能看到他们到底是什么人。那面旗子在曲折蜿蜒的山间小道上前进。他坐在那里，很想知道那些跟在旗帜后面的人要到哪里去。他绝对不敢相信，那些人会爬到他坐着的这个很难看的荒凉的山顶上来。但是他们还真的爬上来了。那面国旗从森林边冒出来，旗子后面是所有那些蜂拥而上的人，他们顺着旗子指引的小道爬上来。整个山头上就热闹起来，所以这一天小男孩看到很多东西，没有一时一刻感到无聊烦闷。

# 森林日

老鹰果尔果把拇指头留在那里的那个宽阔的山梁上，十年前曾经发生过一场森林大火。那些已经烧成木炭的树木被砍倒运走了。这片巨大的火场已经开始在边沿上，也就是跟完好的森林接壤的地方，又有了些植被。但是这个高地绝大部分仍旧是光秃秃的，荒芜得令人看来就不舒服。岩石之间残留的焦黑的树根，是以前这里有过壮观的大森林的明证，不过没有幼小的树从地里钻出来。

人们有了疑问，怎么那么慢才能让这片高山再覆盖上森林，可是他们没想到，当那里发生过了一场森林大火，那里的地面在长久干燥之后连一点点潮气都没有了。所以不光是树木都烧焦，所有地面植物：石南花、杜香、

苔藓和蔓越橘等等，也统统被烧死了，而且覆盖着山坡底层的土壤本身在大火之后也变得干燥松散，跟灰一样。每次刮风的时候这些灰土就会旋转到空中，而这个高地正好处在风口上，所以一个又一个石岗上的土都被风清除了。雨水自然也在帮着把土壤清除掉。这座山经过风吹雨淋整整十年下来，就变得这么光秃秃的，所以人们几乎相信，它会一直这样荒凉下去，直到世界末日。

可是这年夏天开始时的一天，被大火烧过的那个山峰所在的教区的所有孩子都集合在一个学校校舍的前面，每个孩子肩上都扛着一把铁镐或者铁锹，手里拎着食品袋子。等所有孩子都到齐了，他们就排成一个长长的队伍朝森林走上去。最前面是一面国旗，男老师和女老师走在队伍边上，队伍后面跟着两三个森林看守人和一匹马，马拉着一车松树苗和云杉树籽。

这支队伍没有在离村子最近的桦树林围绕的牧场停下来，他们当然不会，而是进入森林深处。他们顺着古老的夏季放牧人走出来的山间小道走。狐狸们从自己的洞里探出头来，很奇怪这是什么样的夏季放牧人。这支队伍也走过老的烧炭场，这里一到秋天通常就会搭起很多炭窑，那些交嘴雀就扭动他们弯曲的嘴喙，相互问现在钻到森林里的人是什么样的烧炭翁。

那支队伍最后来到了那一大片被大火烧光的山岗。那里的岩石都光秃秃地裸露着，没有了一度攀爬在上面的好看的北极花蔓草。大块岩石上的美丽的银针苔藓和白色而可爱的地衣也都被剥夺了。在石缝和深沟里积存起来的黑水四周也见不到酢浆草和马蹄莲了。还残留在石缝里和石块之间的小块泥土上也没有蕨类植物，没了七瓣莲，没了鹿蹄草，没了所有通常打扮森林地面的绿色和红色，轻盈、柔嫩和文雅的植物都没有了。

当教区里的所有孩子在那片灰色山岗上四散开来的时候，就好像有一

611

道光照亮了那里。这里又有了那种快乐和美好的气氛，有了新鲜和红润的色彩。这里又有了年轻的和成长着的生命。也许这些孩子会帮助这块被遗弃的可怜的地方再得到一次生命。

孩子们休息过了，也吃了点东西以后，就拿起铁镐和铁锹开始干活了。森林看守人向他们示范了怎么做。于是他们就在他们能找得到的所有小块泥土里都种上了一棵又一棵树苗。

孩子们一边栽树苗，一边貌似老练地互相谈话，谈到那些被他们种到土里的小苗怎么样会把土壤固定住，风就刮不走了。这还不够，树底下还会形成新的泥土，而这些土里会落下种子，过了几年他们就可以到这里来采覆盆子和蓝莓了，而现在那些地方只有光秃秃的石头。他们现在栽

下的小树苗慢慢也会长成高大的树。将来也许会用它们来建造大房子或者造大船。

不过，如果没有孩子们在石头缝里还有点泥土的时候来这里栽树，那么所有泥土都会被风刮走，被雨水冲走，这个山上就再也不会有森林生长了。

孩子们说："是啊，多亏我们来了这里。这是最后的机会啦。"于是他们都觉得自己做的事情惊人地重要。

孩子们在山上劳动的时候，他们的爸爸妈妈都在家里。过了一会儿他们就开始挂念孩子们干得怎么样了。这样的毛孩子去种树，当然只是场面好看而已，不过，无论如何，去看看他们干得怎么样也是一件有趣的事情。转眼间，爸爸妈妈们也都在爬上山来的路上了。当他们爬到夏天放牧人走的山间小道上，好多邻居就碰上了。

"你们要到火场那边去吗？"

"是呀，我们就是去那里。"

"上去看看孩子们吗？"

"是，上去看看他们干得怎么样。"

"只不过是来闹着玩吧。"

"这帮孩子，种不成多少树的。"

"我们还带了咖啡壶，这样孩子们可以喝点热的东西，因为这一整天他们也只好靠干粮活着啦。"

就这样，孩子们的爸爸妈妈也都上山来了。他们首先只想到，这些脸色红润的小孩子四散在灰不溜秋的岩石上，真是好看了不少。不过，他们也注意到孩子们怎么干活的，有些孩子栽树苗，有些孩子挖土坑埋种子，

还有些孩子把石南拔掉，不让它们窒息小树苗。他们看到，孩子们是把这项工作很当回事情的，也都那么热切，甚至都没时间抬头看他们一眼。

爸爸们站着看了一会儿，忍不住也开始动手，把石南拔掉。好像只是闹着玩，孩子们倒成了师傅，因为他们已经掌握了这门艺术，就来做给爸爸妈妈们看，应该怎么做才对。

结果呢，所有来看孩子们干活的大人也都参加了劳动。这下子，山上的气氛当然就比之前更加活跃愉快了。过了一会儿，孩子们还得到了更多的帮助。

山上需要更多工具，几个腿长的小男孩就被派到村里去拿更多铁镐和铁锹。他们跑过几栋农家屋的时候，还在家的那些人就出来问："怎么啦？出什么事故啦？"

"没有啊，不过全教区的人都上山到火场那边去种树啦。"

"全教区的人都去了，那我们也不能在家待着啊。"

于是人们像溪流一样爬上被火烧过的山岗。他们先是站了一会儿没动，只看着，然后也忍不住就参加进来干活了。因为这是有趣的事情，就好像春天耕地播种，能想到土地里会长出的粮食，而植树的劳动有更加吸引人的地方。

从这些树种里将来长出来的不光是什么软弱的麦秸而已，而是强壮有力的大树，有高耸的树干和巨大的树枝。植树不是只为了一个夏天的收成扎下了根，而是为了好多好多年的成长扎下了根。这是在荒凉的山岗上唤起昆虫的鸣叫、鸹鸟的歌唱、松鸡的嬉戏以及各种各样的生命。这就好像立一个纪念碑，是在将来的子孙后代前面立起来的。他们原本可以留给子孙们的遗产是一座光秃秃的不长草木的荒山，而现在呢，子孙们将会得到

一座让他们自豪的大森林。当子孙们事后想起这件事的时候，他们会明白，他们的祖先是一个优良和有远见卓识的民族，他们会带着尊敬和感激怀念他们。

# 40. 海尔星兰的一天

## 一片大绿叶

六月十六日　星期四

　　第二天小男孩就飞到了海尔星兰上空。在他下面是针叶树林的淡绿新芽，牧场边白桦树的新叶，草地上新绿的青草，耕地里刚破土而出的新苗。这里是一个地势很高而又多山的地区，不过中部贯穿着一条宽广而颜色明亮的峡谷，从这条峡谷往两边又扩展出其他峡谷，有些峡谷狭窄短小，有些宽阔深长。小男孩想："这个地区我肯定可以比作一片树叶。因为它绿得像树叶一样，而峡谷分叉的样子差不多就和一片叶子上的叶脉分叉一样。"

　　从那条大的主峡谷先是分出两条巨大的分支峡谷，一条向东，一条向西。然后它分出的只是一些小峡谷，直到它自己朝北方延伸到相当远的地方。在那里它又伸出两条强壮的胳膊。过了这个地带以后，它又向前延伸了很长一段，不过变得那么细，最后消失在没有人烟的荒原里。

　　在那条大峡谷当中奔流着一条宽广而壮观的大河，在好几个地方大河

还扩展成了大湖。最靠近河的地方有很多草地，草地上排列着矮小灰色的干草棚。草地外面是很多耕地，在峡谷边沿，也就是森林开始生长的地方，那里有很多农庄。这些农庄都很大，房屋建造得相当好，一个挨着一个几乎连续不断排成了行。一座座教堂在河岸上高高地耸立起来，周绕着教堂聚集了很多居民的院落，成了很大的村庄。同样，在火车站和锯木厂周围也有很多房屋挤在一起。锯木厂或这里或那里很分散，但都坐落在河边和湖边上，通常四周都堆积了锯成板的木材，所以容易辨认出来。

分叉的峡谷和中间那条大峡谷一样，也是布满了湖泊、耕地、村庄和居民院落。它们在两边那些黑幽幽的山峰之间悄悄带进了光明和微笑，直到它们渐渐地被两边的山峰挤压到了一起，变得越来越细，最后容纳不下别的，只留下一条小溪了。

峡谷与峡谷之间的高地是针叶林占据的地方。那些树木没有什么平地可以在上面生长，而是长在一大堆乱撒在山顶的峰峦上，但是森林还是覆盖了所有这一切，像是一块毛茸茸的兽皮，盖在骨节突出的身体上。

这是一个从空中往下看很美丽的地区。小男孩也能看到这个地区相当大的部分，因为老鹰在努力寻找年迈的提琴手克莱门特·拉尔森，从一个山谷飞到另一个山谷，到处侦察他的踪迹。

当早晨天已经亮了一会儿的时候，农庄的院子里就有了动静。这个地区的牲口棚都很大，用高大的圆木搭建起来，还有烟囱和又高又宽的窗子，门开在山墙上，这时门一打开，母牛被放了出来。这些奶牛都很漂亮很有光泽，长得个头小但很灵活，脚步稳健，因为很快活，所以她们会做出最有趣的奔跑动作。牛犊和绵羊也都出来了。不难看出，他们都是在心情最好的时候。

院子里每一刻都变得更加热闹。两三个年轻姑娘背着背包在牲口群里走来走去。一个男孩手里拿了一根长鞭子把羊群集中在一起。一只小狗在母牛群里乱窜，对那些愿意互相顶撞的母牛吠叫。农庄的男主人把一匹马套在一辆大车上，车上装满了大桶大桶的黄油、大块大块的奶酪和各色各样的食品。人们又是笑又是唱。人和牲口都很愉快，好像在等待一个真正的快乐的节日。

过了一会儿，人和牲口全都走上了进山到森林里去的路。姑娘中间的一个走在最前面，用美妙悦耳的呼叫声吸引着牲口。跟在她身后的牲口排成了一个长队。牧童和牧羊犬跑来跑去照管好牲口，不让任何一头走错方向。农庄主和他的长工们走在最后面。他们走在马车旁边，防止它翻车，因为他们走的这条路，是一条又窄又有很多石头的林间小路。

或许这是海尔星兰所有农民的习惯，在同一天把牲口都送到山上的森林里放牧，或许也只是这年正巧发生这样的事。反正小男孩看到从每个农庄都走出来了人和牲口的欢乐队伍，走进每个山谷，进入了荒芜的森林，让那里充满了生机。一整天小男孩都听到从那黑幽幽的森林里传来的放牧姑娘的歌声和母牛脖子上的铃铛丁零当啷的声音。大多数队伍都要走很长很难走的路。小男孩看到他们的队伍是怎么费了好大力气才走过潮湿的沼泽地，必须怎么绕路才能绕开被风刮倒在路上的大树，还有好多次马车怎么被路上的石头颠翻了，车上装的东西全撒在地上。可是，人们都用笑声和开心的心情对待这些麻烦。

到了下午，这些徒步走上山的人和牲口到达了森林里已经清理出来的地方，那里已经建造好一个低矮的牲口棚和两三栋灰色的小木屋。当母牛群走进木屋间的院子，都欢乐地哞哞叫，好像她们都认识这里，马上开始吃起嫩绿多汁的青草来。人们说着笑着，把马车运来的水和木柴还有所有其他东西都卸下来，送进那栋最大的木屋。很快从烟囱里就冒出了炊烟。放牧姑娘、牧童和成年人都围着露天里的一块扁平大石头坐下来开始吃饭。

老鹰果尔果很有把握，相信自己能在上山到森林里来的人中间找到克莱门特·拉尔森。他一看见上山放牧的队伍就降下去，用锐利的目光仔细查看。可是一小时又一小时过去了，他还是没找到。

经过长久的盘旋，老鹰在接近黄昏的时候来到了一个多山而荒凉的地带，这是在大的主峡谷东面。他又看到下面有一个夏季放牧营地。人和牲口都已经到了。男人们正站着劈柴，放牧姑娘们在挤牛奶。

老鹰果尔果说："瞧那里！我相信我们找到他了。"

老鹰就降落下去了。小男孩看了大吃一惊，因为老鹰说的没错。真的是小个子的克莱门特·拉尔森站在放牧营地上劈柴。

老鹰果尔果在离那些木屋有一段距离的密林里降落下来。他骄傲地昂起头说："现在我实现了我对你的承诺。现在该你赶快设法和他谈谈了。我就坐在这个浓密松树林的树梢上等你。"


## 动物的新年夜


夏季放牧营地上的活儿已经结束，晚饭也吃过了，不过人们还闲坐着聊天。他们在森林里度过一个夏夜还是很久以前的事，看起来好像他们舍不得把这个夜晚花费在睡觉上。天还完全是亮的，放牧姑娘还忙着做手工活，不过间隔着也会抬起头来朝森林深处看一眼，自己微笑起来。她们说："好啊，现在我们又到这里了！"村子和它的全部烦恼已经从她们的脑海里消失，森林用它的宁静安详包围了她们。当她们还在村子里的时候，一想到将要孤独寂寞地在森林里度过整个夏天，她们几乎不明白自己怎么能够忍受，可是一到夏季牧场，就觉得她们最好的时光还是在这里。

附近的两三个夏季牧场的年轻姑娘和男人来串门了，所以木屋前面的草地上坐了相当多的人，可是没人愿意开始谈什么。男人们第二天就要下山回家去。留下放牧的姑娘会托他们办点小事，托他们给村里的人带个好。说的话大概全是这些。

于是姑娘们当中年龄最大的那个放下手工活抬起头来，非常快活地说：

"我们今天晚上可用不着在夏季放牧营地上这么静悄悄的,因为我们有两个平常就喜欢讲故事的人。一个是坐在我身边的克莱门特·拉尔森,另一个是孙南湖来的伯恩哈德,正站在那边往布拉克山上看。现在我觉得我们应该请他们每人给我们讲个故事,我保证,讲的故事让我们最开心的人,我就把我正在编织的这条围巾送给他。"

这个建议得到大家的赞同。那两个要比赛讲故事的人自然要推辞一下,不过很快就同意了。克莱门特请伯恩哈德先讲,伯恩哈德也一点都不反对。他不太了解克莱门特·拉尔森,不过他估计着那个人会拿出什么鬼怪山妖的老故事,而他知道,大家很愿意听这类的故事,所以他认为最聪明的办法是选择什么同样的故事。

他说:"在好几百年以前,发生过这样的事情,戴尔斯布这个地方有个牧师,新年夜骑着马在密林中间赶路。他坐在马上,穿着皮大衣,头戴皮帽子,马鞍头上放着一个包,里面放着圣餐用的器皿、祈祷书和牧师法衣。他是白天被召到离这个森林教区本堂很远的一个居民点去的,他坐在病人身边谈话,一直到这天晚上很晚。现在他终于在回家的路上了,不过他认为要到半夜以后很久才能回到牧师庄园。

"他现在得骑在马背上,在森林里绕来绕去赶路,不能安静地躺在床上,不过他感到高兴的是这个夜晚在外面赶路没什么困难。天气相当温和,空气宁静没有风,天空布满云彩。云彩后面是一轮又圆又大的满月在行走,就是自己没露出来,也散射着月光。如果没有这点月光的话,那么他就连地上的小路都看不清了,因为那是没有雪的冬天,一切都是同样的土灰色。

"那天晚上牧师骑的是他非常珍惜的一匹马。这匹马很强壮,很有耐力,聪明得几乎像人一样了。别的不说,他从全教区随便什么地方都能找到回

623

家的路。这点牧师已经注意到很多次了，所以他非常信任这匹马，骑这匹马的时候，他就从来不用操心去考虑认路的事了。现在他也是这样，骑着马在灰蒙蒙的夜晚和辨不清方向的森林里前进，他连缰绳都不拉，心里只想的都是天边外的事情。

"牧师骑在马上，心里想着第二天要做的布道，还有很多其他事情。就这样过了很长时间，他才想起来要弄弄清楚，他在回家的路上已经走了多远。当他终于抬头看的时候，他注意到，他周围的森林还是和这趟行程开头的时候一样浓密，他就感到相当惊讶，因为他现在已经骑了那么长路，早就应该到教区里有耕地的地方了。

"当时戴尔斯布的样子和现在是一样的。教堂、牧师庄园、所有大农庄和大村庄都在教区北边，在戴尔伦周围的那些地方，南边只有森林和山地。当那个牧师看到他还在没有房子的地方，就知道自己还在教区南部，得往北走才能回家。不过他觉得他自己做的正好相反，不是往北。他没有月亮和星星来辨别方向，可是他是那种头脑里有方向感的人，有一种明确的感觉，自己是在往南或者可能往东走。

"他正打算马上掉转马头，可是又停住了。这匹马过去从来没迷过路，现在应该也没迷路呀。更有可能是他自己搞错了吧。他一直在想别的事情，没有跟着路走。于是他又让马儿继续朝原来的方向走，自己又去想自己的事了。

"可是之后不一会儿，有根大树枝用力扫了他一下，几乎要把他从马背上扫下来了。这下他知道了，他必须弄清楚自己到了什么地方。

"他朝地上一看就发现，马是走在松软的沼泽地上，不是什么踩出来的小路。而那匹马不管怎么样还是走得很快，没有显出一点犹豫的样子。

626

不过牧师就和刚才的感觉完全一样，确信那匹马走错路了。

"这一次他就毫不迟疑地干预了。他抓起缰绳，强迫马掉头，也成功地把马重新带回到林间小路上。可是那匹马刚到了路上，就又绕了个弯，重新照直往森林里跑。

"牧师确信那匹马是走错了，也不可能不信，不过，那匹马那么固执，他又想，那匹马有可能是自己要找一条更好的路，所以他还是让马继续走下去了。

"尽管地面上没什么小路可以跟随，那匹马走得还是非常好。如果前面有一个山岗挡路，那匹马就像山羊一样灵巧地蹿了上去，然后在下坡的时候，那匹马把四只蹄子收拢，就顺着那些大石头滑下去。

"牧师心想：'只要这匹马能在做礼拜之前找回家就行！要不然，如果我不及时赶回教堂，我就不知道我的戴尔斯布教区教民们会怎么想了。'

"他还没工夫让自己想太多，就很快来到一个他熟悉的地方。那是个小小的水色很暗的池塘，去年夏天他曾经来这里钓过鱼。现在他看明白了，事情就是这样，也正是他最害怕的。他现在还在森林地区的深处，而那匹马还在朝东南方向前进，看来真的要把他带到离教堂和牧师庄园远得不能再远的地方去了。

"牧师赶快从马鞍上跳下来。他不能让这匹马就这样把他带到荒无人烟的地方去。他必须赶回家，既然这匹马那么固执地朝错误方向走，他就决定自己步行牵着马走，一直等到他们走到熟悉的路上。他把缰绳绕在胳膊上就开始徒步走起来。穿着沉重的皮大衣徒步穿过森林不是什么容易的事情，不过那个牧师是一个很强壮能吃苦耐劳的人，不怕什么费力的事情。

"可是那匹马却给了他新的麻烦。那匹马不愿意跟他走，而是把蹄子

蹬住地面，拒绝前进。

"最后牧师也发火了。他过去从来没打过那匹马，就是现在也不愿意打他。相反他气得甩开了缰绳，从马身边走开了。他说：'既然你愿意走自己的路，那么我们就在这里分手吧！'

"他刚走了两三步，那匹马就追上来，小心地咬住他的大衣袖子，想拉住他。牧师回过头去，盯着那匹马的眼睛，想弄明白他的举动为什么那么奇怪。

"到后来牧师都没真正搞明白这是怎么可能发生的，不过千真万确的是，虽然当时那么黑，他还是能非常清楚地看到那匹马的表情，还能读得出那种表情里的意思，就好像那是一个人的表情。他理解了，那匹马是处在最可怕的不安和烦恼中。那匹马朝他看的目光，既是哀求又是埋怨。看起来那匹马在说：'我为你服务，天天做的都是你愿意的事情。你就不能跟随我，就这唯一的一个晚上吗？'

"牧师被他在那匹牲口的眼睛里读出来的哀求感动了。这是很明显的，那匹马在这个夜晚肯定有什么事情需要他帮助。他作为一个男子汉，马上决定要跟着马走。他也不再拖延，把马牵到一块石头边，好踏着石头跨上马去。他说：'走吧！既然你愿意我跟你去，我就不能抛下你。没人将来可以说戴尔斯布的牧师闲话，说他拒绝跟有危难的人走。'

"在这以后他就让马愿意怎么走就怎么走，自己只注意在马鞍上坐稳。这是一段危险而艰难的旅程，一直都是上坡。四周森林非常茂密，前面两步以外的地方他就看不见了，不过他能想到，他们是在爬上一座高山。那匹马自讨苦吃地爬着危险的陡坡。要是牧师自己能够控制，他绝不会让马走这样危险的地方。牧师说：'你不至于是打算爬上布拉克山吧？'说着

还笑了一下。因为他明白，布拉克山可是海尔星兰全地区最高的山峰。

"就在骑着马往前走的时候，牧师开始注意到了，那个晚上在外面赶路的并不只是他和他的马。他听到石头怎么滚下去，树枝怎么折裂，听起来就像是大动物在森林里开路的时候的声音。他也知道那一带狼很多，他有了疑问，那匹马会不会让他进入一场同野兽的格斗。

"他们向上爬着爬着，爬到的地方越高，那里的森林就越稀疏。

"终于他们爬上了一个几乎光秃秃的山脊，在那里牧师可以往四周所有的方向眺望。他看到无边无际的土地，高高低低起伏不平，悬崖峭壁层层叠叠，到处都覆盖着阴沉的森林。天色那么黑，他一时难以弄清楚这是什么地方，不过很快他就明白了自己在什么地方。

"他想：'对啦，对啦，这是布拉克山，我居然骑着马爬上来了。这不会是什么别的山。在西面我看到了耶尔夫瑟峰，在东面是阿格岛周围闪光的大海。在北面我看到什么地方在闪光，那多半是戴伦湖。而在我下面这个深谷里，我看到了尼安瀑布冒出的白色雾气。对啊，我爬上来的就是布拉克山。这也算是一次历险了。'

"当他们爬到这座山最高的山顶，那匹马就在一棵枝叶浓密的云杉树后面停了下来，就好像他愿意藏在那里。牧师弯着腰走到前面，拨开枝叶，这样他就有了毫无阻挡的视野。

"布拉克山光秃秃的峰顶就在他眼前，不过不像他原来想的那样空旷荒凉。在那片开阔地带的中央有一块大石头，围着这块大石头聚集了很多野兽。牧师觉得，看起来动物们好像是到这里来举行什么动物大会的。

"牧师看到在最靠近大石头的地方是熊，他们身材笨重结实，就像是穿了毛皮衣服的大石头。他们都趴在地上，不耐烦地眨巴着小眼睛。能看

629

得出来，他们从冬眠中爬起来就是为了来开会，但是还难以保持清醒。熊的后面是几百只狼紧紧挤在一起，他们可不瞌睡，而是相反，在冬季的黑暗中倒比夏天任何时候都更加有活力。他们像狗一样坐在后腿上，用尾巴抽打着地，用力喘着气，舌头长长地耷拉在张开的嘴巴外面。在狼群后面是猞猁们悄悄转来转去，骨头僵硬，笨腿笨脚，很像大的畸形的猫。他们看起来很腼腆，不愿意让其他动物看见自己，一有什么动物走近他们，他们就会发出嘶鸣的声音。排在猞猁背后的是貂熊，他们有狗的脸，熊的皮。他们不喜欢站在地上，不耐烦地用宽厚的脚掌跺着地，渴望着爬到树上去。从他们背后一直到森林边上，整块地方打滚的都是狐狸、黄鼠狼、貂鼠，全都是小巧而体态特别漂亮的，不过还是有一种比那些大的野兽更加野蛮凶残、嗜血成性的表情。

"所有这些，牧师都看得非常清楚，因为这块地方现在全被火光照亮了。也就是说，在中间那块高大的石头上站着森林女妖，她手里高举着一根很大的松树明子，上面正燃烧着蹿得很高的红色火苗。森林女妖很高大，跟森林里最高的大树那样高，她身上披着云杉枝条做的衣服，头上是云杉果做成的头发。她站在那里一动不动，面朝森林，正在查看和倾听。

"尽管牧师能完全清楚地看到这一切，他还是非常惊讶，甚至愿意抵抗，不相信他自己的眼睛可以证明的事情。他想：'这是根本不可能的事呀。是我骑马在森林的黑暗里转得太久了吧。这是一种幻觉，把我控制住了。'

"但是，不管怎么样，他还是带着最急切的愿望观察着这一切，很想知道他会看到什么，有什么事情将会发生。

"他不用等多久，山下的森林里就传来了一个小铃铛丁零零的响声。随后很快他还听到脚步声和树枝折裂的声音，是大群动物穿过荒山野林的

时候会有的声音。

"这是一大群家畜上山来了。他们排着队从森林里走出来，排的顺序就跟他们去夏季牧场的路上一样。走在最前面的是脖子上挂着小铃铛的领头母牛，然后是公牛，然后是其他母牛，再后面是幼畜和牛犊。绵羊紧紧挤成一团跟在后面，然后是山羊，最后是两三匹马和马驹。牧羊狗走在羊群旁边，但是这个队伍里既没有牧童也没有放牧姑娘在护送他们。

"牧师觉得，看着家畜排着队直接朝野兽走过去，心里真像刀割一样痛苦。他本来愿意站到家畜前面，对他们叫喊，让他们停下来，不过他也很明白，在这样一个夜里把这些家畜挡回去，这不是一个凡人的力量能做到的，所以他保持不动。

"很容易看出来，那些家畜面对他们就要遇到的灾难，内心正受着折磨。他们看上去都很痛苦和烦恼。甚至脖子上挂着小铃铛的领头母牛也垂头丧气地慢慢拖着有气无力的步子。山羊再没心思游戏或者相互顶撞。那些马努力要保持勇敢的样子，可是全身却因为恐惧而发抖。牧羊狗看起来是最可怜的，他把尾巴夹在后腿之间，几乎是在地上爬行。

"脖子上挂着小铃铛的领头母牛领着家畜队伍一直走到站在山顶那块大石头上的森林女妖面前。母牛绕着大石头转了一圈，就转身往森林那边走回去，那些野兽没有一只去碰她。所有的家畜也都照这个样子从野兽旁边经过，没有遇到阻挠。

"当家畜们走过去的时候，牧师看到，那个森林女妖会把手里的松树明子放低朝下，指点出家畜中的这一只或那一只。

"每次发生这种事情的时候，野兽们就会爆发出快乐的高声吼叫，特别是松树明子放下来点出一头母牛或者什么别的大牲畜的时候，但是那些眼看松树明子朝自己点下来的家畜，也会痛苦地高声惨叫，就像是有把刀刺进了他们的肉里，而这头家畜所属的整个家畜群，也会在怨恨中爆发哀鸣。

"现在牧师开始明白他看到了什么。他早已听说过这件事情，说是每年新年夜戴尔斯布的动物都要在布拉克山上集会，为了让森林女妖指示哪些家畜第二年里会落到野兽的暴力之下。牧师对那些可怜的牲畜感到极大的同情，尽管这些牲畜除了人类不应该还有别的主人，却被指定要由野兽支配。

"第一群家畜刚走完，山下的森林里又传来了领头母牛的铃铛声，另一个农庄的家畜也排着队爬上山顶来。他们排队的顺序和前面那群完全一样，也一样走到森林女妖面前。而森林女妖站在那里严酷无情地点出一只接一只家畜，判处他们的死刑。在这群家畜之后接连不断地来了一群又一群家畜。有些家畜群很小，只有一头母牛和几只绵羊。还有一些群只有两三只山羊。显然，这些家畜是来自贫寒的人家，不过他们还是不得不到森林女妖这里来，不管是他们还是别的动物都不能幸免。

"牧师想起了戴尔斯布教区的农民们，他们是那么疼爱自己的家畜。他想：'只要他们知道这件事，他们不会让这种事情继续下去的。他们敢献出自己的生命，也不肯让他们的家畜在熊和狼群之间走过去，接受森林女妖的死刑判决。'

"最后出现的这群家畜是从牧师庄园来的。牧师从很远就已听出了领头母牛的铃铛声，他的马肯定也听到了。那匹马所有关节都在抖动，浑身冷汗。牧师对马说：'原来是这样啊，现在轮到你走到森林女妖面前接受判决了。不过你别害怕！我明白了你为什么要带我到这里来，我不会抛

弃你的。'

"牧师庄园的那些健美的家畜排成一个长队从森林里走了出来，走向森林女妖和野兽。最后一个就是把自己的主人带到布拉克山的那匹马。那个牧师并没有下马，而是还骑在马上，让那匹牲畜把他带到森林女妖面前去。

"他既没猎枪也没刀子保护自己，但是，当他现在要和可憎的事情斗争的时候，他把祈祷书拿了出来，紧紧地按在胸前。

"一开始好像没有一只动物注意到他。牧师庄园来的家畜用跟别的家畜同样的方式从森林女妖面前走过。森林女妖没有放低松树明子点出其中任何一头家畜。一直等到那匹聪明的马走过的时候，她这才做了一个点的动作要判决他死亡。

"可是就在这个时刻，牧师把祈祷书高高举起。松树明子就落在祈祷书上的十字架上。森林女妖发出了高声凄惨的惊叫，火把也从手里掉到了地上。

"火苗马上就熄灭了，在这个突然从明亮变成黑暗的时刻，牧师什么都看不见，也什么声音都听不见。他的周围是那种深深的寂静，和冬天荒野里常有的寂静一样。

"这时候遮蔽着天空的浓重云彩迅速分开了，透过这个云缝出现了一轮满月，把月光投向了大地。现在牧师才看到，只有他和那匹马孤零零地站在布拉克山山顶。那么多野兽一只都不见了。地面上也没有家畜在上面踩过的脚印。但是他自己把祈祷书高举在面前，他坐着的那匹马还在发抖，浑身大汗。

"当牧师骑着马下山回到自己庄园的家里，他再也不知道自己见过的

这一切究竟是梦还是幻觉还是现实。不过这对他是一个劝诫，要他想到那些落到野兽暴力之下的可怜的家畜，他对这种暴力更清楚了。他为了戴尔斯布教区的农民讲道就非常努力，所以在他活着的时候，这个教区里所有的狼和熊就都绝迹了，不过自从他去世以后，狼和熊看来也回到了这一带。"

伯恩哈德的故事到这里就结束了。他得到来自四面八方所有方向的许多赞赏，看起来这已经是大局已定的事情，他能得到那个奖品。大多数人都以为，克莱门特不得不跟他比赛，有点可怜。

可是克莱门特一点没有害怕的样子，就开始讲起来。他说："那是有一天，我还在斯德哥尔摩城外斯康森公园干活，非常想家的时候……"他就讲起了他怎么买下来那个小毛头，不让他被关在笼子里让人们好奇地观看。他接着又讲到，他刚做了那件好事，就得到了好报。他讲着讲着，听众就越来越惊奇。当他最后讲到国王的男仆人送来那本漂亮的书的时候，所有放牧姑娘都把手工活放在膝盖上，一动不动地盯着克莱门特看，他居然亲身经历过那么奇特的事情。

克莱门特刚讲完，那个年纪最大的放牧姑娘就说，那条围巾会奖励给他。她说："伯恩哈德只讲了那种别人碰到的事情，可是克莱门特自己经历了一个真正的传奇，我觉得这个故事更动人。"

大家都赞同她的话。他们听到克莱门特和国王说过话，就对他刮目相看了，倒是那位小个子的提琴手生怕表露出自己多么骄傲。就在大家都大为高兴的时刻，有人问他把那个小毛头弄到哪里去了。

他说："我自己来不及去给他放个蓝碗。不过我请一个拉普族老头去放了。他后来放没放，我就不知道了。"

克莱门特刚说完，就有一个小松果飞过来，打在他的鼻子上。松果不是从树上掉下来的，也没人扔过松果。谁都搞不明白，松果是从哪里来的。

那个年纪最大的放牧姑娘说："哎呀，哎呀，克莱门特呀！看样子好像那个小毛头能听到我们在说什么。您真不应该让别人去放那个蓝碗呀！"

译注：森林女妖（Skogsrået）是瑞典古老民间信仰中的妖魔，根据有些传说，她是古代苏美尔神话和犹太教中的女妖莉莉斯（Lilith）的女儿。

# 41. 在梅德尔帕德

老鹰和小男孩第二天清晨很早就出发了，果尔果本想那天能飞很远，到达西波的尼亚。但是事情没他想的那么好，他只听到小男孩自言自语，说他们现在正在飞过的这个地区，人类就不可能生存。

小男孩说到的那个地区现在就在下面，是南梅德尔帕德，那里除了荒凉的森林简直就没有任何东西。但是当老鹰听到小男孩说的话，他马上就叫起来："在北方，森林也就是耕地啊。"

小男孩在想着两样东西，想着两样东西之间有什么差别，一样东西是金光闪闪的黑麦麦田，麦秆脆弱，一个夏天就长起来了，而另一样东西是幽暗的针叶树森林，树干坚硬，要好多好多年才能成熟收获。他说："在这样的耕地上要收获什么的人，那真是需要极大的耐心。"

他们没再多说什么，就飞到了一个地方，那里森林已经被砍伐光了，地上只残留着树根和砍下来的树枝。当他们从只有树根的地面上空飞过的时候，老鹰听到小男孩自言自语，说这里真是一个难看和贫穷的地方。

老鹰马上叫起来："这是去年冬天刚收割过的一块耕地。"

小男孩在想，在他老家，收割庄稼的人怎么样在美好的阳光灿烂的夏日早晨驾着他们的收割机出去，很短时间里就收割了一大片麦地。而森林里的耕地是在冬天里收割的。伐木工人来到荒野的深山，那里堆积了厚厚的雪，寒冷到了最严酷的程度。光是砍倒一棵树就是一件繁重的工作。要砍伐一片树林，就算眼下这块那么大的树林，他们也必须在森林里宿营好几个星期。他说："能在这样一种耕地上收割的人一定是能干的人啊。"

当老鹰扇动了几下翅膀再飞了会儿，他们就看到布满树根的那块林地边上有一个小棚子。这个棚子是用粗大的没去掉树皮的圆木搭起来的，没有窗户，只用两三块零散的木板当作门。棚顶上本来盖着树皮和树枝，但是现在已经垮掉了，所以小男孩能够看到棚子里面只有几块用来当炉灶的大石头和两三块宽木板做的长凳。当他们从棚子上空飞过的时候，老鹰听到小男孩在问是谁住过一个这么破烂的棚子。

老鹰马上叫起来："是在森林耕地上收割庄稼的人在这里住过。"

小男孩又在想，在他老家，收割庄稼的人干完活从地里回家是多么高兴快活，女主人会把食物贮藏室里最好吃的东西都端出来犒劳他们。而在这里呢，他们在紧张劳动之后是在小棚子的硬板凳上休息，这种小棚子比老家院子里的库房还要条件差。他们能吃到什么东西呢，他简直就不懂。小男孩说："我想，恐怕不会为这些伐木工人举行庆祝丰收的烤肉宴吧。"

再往前飞了一点，他们看到下面有一条蜿蜒曲折地穿过森林的非常糟糕的路。路又窄又歪，高低不平坑坑洼洼，到处是石头，有好几个地方还被溪流冲毁了。当他们飞过这条森林道路的时候，老鹰又听到小男孩在问，在这样的路上运过什么东西。

老鹰就说："就是从这条路上，收割下来的东西运到堆积场去的。"

小男孩在想，老家的生活是多么有趣。运送收割下来的庄稼的大车是用两匹强壮的马拉的，当大车把庄稼从田野里拉走的时候，驾车的车夫神气地坐在装满的庄稼最高的地方，连马也得意扬扬神气活现。村里的孩子得到允许爬到麦子堆上，他们坐在那里又是叫喊又是大笑，一半是高兴一半是害怕掉下去。可是在这里呢，笨重的圆木是在陡峭的山崖上忽上忽下地运送出去，马都肯定会被拖垮，赶车的车夫不知道有多少次陷入绝望的境地。小男孩说："我怕在这样的路上是不会听到很多笑声的。"

老鹰大幅度地扇动着翅膀向前飞，一会儿他们就到了一条河边。在这里他们看到一个地方，满地都是木屑、碎木头和树皮。老鹰听到小男孩在问，为什么下面这样乱糟糟的。

老鹰叫起来："这里就是收割下来的庄稼堆放的地方啊。"

小男孩在想，在他老家，收割下来的庄稼是怎么样堆放在场院里，堆得很紧密，就好像是主人们最好的摆设，而在这里呢，收获来的东西运到荒凉的河岸上，留着那里没人管。小男孩说："我不知道会不会有人到这么荒凉的地方来，数数他堆在这里的收成，还敢和邻居家的堆也比一比。"

又过了一会儿，他们来到了那条叫石南河的大河，这条河是在一条宽阔的山谷里向前流淌。这里的景色马上就全变了，他们会以为自己来到了另一个地区。幽暗的针叶树森林延伸到山谷上面的山崖前就停住了，下面的山坡上覆盖着树干光亮的白桦树和杨树。这个山谷如此宽阔，以至于这条河在很多地方扩展成了湖泊。在湖岸上有一个很大的很富裕的居民区，那里有很多漂亮的圆木建筑起来的农庄。当他们飞越山谷上空的时候，老鹰听到小男孩在问，山谷里那些草地和耕地够不够养活那么多的居民。

老鹰叫起来："这里住的是在森林耕地上收割庄稼的人。"

小男孩在想着斯郭纳老家那里低矮的农家屋和房子围起来的农庄，而在这里呢，农民是住在真正的贵族庄园才有的大房子里。他说："看起来，好像在森林里干活还是收入不错的。"

老鹰本来打算笔直往北飞的，不过当他飞过这条大河已经有段路的时候，听到小男孩在问，那些圆木堆在河滩上以后是谁在照看。这时老鹰果尔果就转弯向东往石南河下游飞去。老鹰叫着："是这条大河在照看那些圆木，把它们运到磨坊去。"

小男孩在想，老家的人是多么仔细，一粒粮食都不能浪费，而这里呢，大批大批的原木漂在这条河里，没有人去照管它们。他不能相信，会有一半以上的圆木能漂到它们应该到达的地方。有些在河流正中间漂的圆木，对它们来说一切都很顺利，可是有些是沿着岸边漂的圆木，它们会撞上突出来的地岬，或者停留在河湾的死水里。在有些湖泊里漂着的圆木数量那么多，甚至盖满了整个湖面。它们好像在那里想休息多久就多久。在有些桥边，圆木会被卡住，发生这种情况就会把圆木截断。在有激流的地方，它们会在石头前面停住，堆起很高的动摇不定的乱木堆。小男孩说："我真的有好多疑问，这些森林耕地收获来的东西，需要多少时间才能送到磨坊去。"

老鹰继续慢慢地飞向石南河下游。在很多地方，

他完全伸展开翅膀，使自己在空中保持不动，为了让小男孩有时间看清楚这样的收获工作是怎么进行的。

过了一会儿他们就来到一个帮助圆木调正漂流方向的人工作的地方。老鹰听到小男孩在问自己，那些正在沿着河岸奔跑的人是什么人。

老鹰叫着："他们嘛，就是照看所有那些在路上拖延着不走的收成的人。"

小男孩在想，在他老家，人们把粮食送到磨坊去的时候，是多么从容和安定。而这里呢，男人们手握着带钩的长木棍在河岸上跑着，要克服很多困难，费力地

把圆木拨正方向。他们在河滩的水里涉水奔走，所以从头到脚都湿透了。他们从这块石头跳到那块石头，可以跳得很远，到了激流中间。他们在晃荡的挤在一起的圆木上那么从容地走动，就好像走在平地上一样。这是些大胆而果断的人。小男孩说："当我看到这样的人，我就想到大矿区那边的铁匠，他们对付火就好像火是完全没危险的东西。这些把圆木漂流方向拨正的男人玩的是水，就好像他们是水的主人。看来他们已经征服了水，所以水就不敢伤害他们了。"

他们渐渐地已经接近了大河的出海口，波的尼亚湾就在面前。但是果尔果没有再继续沿着河飞，而是沿着海岸线向北飞行。他们没有飞多远，就看到下面有一个锯木厂，大得像座小城市。当老鹰在锯木厂上空来回盘旋的时候，他听到小男孩自言自语地说，这个地方好大，好漂亮。

老鹰叫着："这里就有你要看的磨圆木的大磨坊啊，它叫作黑湾。"

小男孩想到了他老家的那些风力推动的磨坊，它们那么安宁地矗立在葱茏的草木中间，叶轮那么缓慢地转动。而眼前这座要把森林里收获来的东西磨碎的所谓磨坊是紧靠着海岸的。在它前面的水里漂流着大量圆木，被铁链子一根接着一根地拖上一个斜桥，送进一个像是大干草棚的房子里。圆木到了房子里面会发生什么事，小男孩就看不见了，但是他听到强烈的吱吱嘎嘎和轰鸣的声音。从房子的另一边，满载着白色木板的小车驶出来。这些小车是在光亮的轨道上行驶到存放木板的场地，在那里木板会被垛成一个个方垛，像一个个城市里的房子，还形成了街道。有一个地方在垛新垛，而另一个地方在拆旧垛，拆下的木板就被装到停泊在那里等待装货的几艘大船上。那里全是工人，数量很多。在存放木板的场地后面，一直到山上的森林边，全都有工人们的住房。小男孩说："他们在这里这么工作下去，

肯定来得及把梅德尔帕德的所有森林都全部锯完了。"

老鹰扇动了几下翅膀，他们马上又看到了一个新的很大的锯木厂，差不多和上一个一样大，有锯木板的房子、存放木板的场地、装货的码头和工人们的住房。

老鹰说："这里你又看到一个大磨坊了，它叫作立方堡。"

小男孩说："我看到啦，从森林里收割来的东西比我想得到的还多。不过磨木头的磨坊大约看完了吧。"

老鹰慢慢地扇动着翅膀，又飞过了两三个锯木厂，来到了一座大城市。老鹰听到小男孩在问这是一座什么城市，他就叫起来："这是松兹瓦尔，是木材生产区的主要场地。"

小男孩想起了南方斯郭纳的那些城市，看上去都那么灰暗、陈旧、严肃。而在这里，阴冷的北方，松兹瓦尔城矗立在一个美丽的海湾最中心的地方，看上去新颖欢快非常灿烂。当他从空中向下看的时候，这个城市还有些特别有趣的地方，因为在市中心有一群高大的石头房子，非常壮观，连斯德哥尔摩几乎都没有同它们媲美的建筑。围绕这些石头房子有一片空地，然后是一圈木头房子，都是坐落在可爱怡人的小花园里，但是看来它们自己知道，它们比那些石头房子差远了，所以不敢靠近它们。小男孩说："这肯定是一座既富裕又宏伟的城市。难道会有这种可能，是那片贫瘠的森林地带为所有这些提供了资源吗？"

老鹰扇动着翅膀飞向正对松兹瓦尔的阿尔恩岛。小男孩无比惊讶，因为看到所有那些覆盖着海岸的锯木厂在阿尔恩岛上是一个挨一个，而对面的陆地上也一样，锯木房子一个接一个，存放木板垛的场地也是一个挨一个。他至少数到四十个，但是他也相信，肯定还有更多。他说："这真是

太美妙了，北方会是这个样子。有一种这样的生机，这样的活力，我在整个旅行中还没在其他什么地方看到过。我们的国家真是一个了不起的国家。不管我到了哪里，总有什么东西，人类可以靠它生存。"

译注：梅德尔帕德（Medelpad）整体上属于瑞典北部西诺尔兰（Västernorrland）的一个地区。松兹瓦尔（Sundsvall）市是瑞典北部的林业和造纸业重要基地。

# 42. 在翁厄曼兰的一个早晨

## 面　包

当老鹰第二天早晨往北朝翁厄曼兰飞了一段路之后，就说他今天肚子饿了，必须去找吃的。他把小男孩放在矗立在一座高山上的一棵大松树上，然后就飞走了。

小男孩在树杈上找了个能坐的好地方坐下来，眺望起山下翁厄曼兰的风景来。这是一个美好的早晨，阳光给树梢镀上了一层金色。一阵和风穿过这片针叶树林，最美的松针香气就从森林里散发出来。一种壮观的风景在他眼前展开。他感觉自己无忧无虑，快乐无比。他觉得，没有人能过得更好了。

朝所有方向他的视野都很好，没有任何阻挡。在他西面的地方都是崇山峻岭，越远的地方山峰就越高，也越荒凉。在他东面也有很多山，但是山的高度在下降，越来越低，直到在海边完全成了平原。到处都有闪着水

647

光的小河或大江，只要它们是在大山之间流动，前进就非常艰难，这里有很多激流和瀑布，但是当它们接近海岸，就变得开阔起来，水光发亮。小男孩也看见了波的尼亚湾。在这个海湾接近大陆的地方布满了岛屿，有犬牙交错的岬角，而更远的地方是一片湛蓝，就和夏日的晴空一样。

小男孩想："这个地区就像一个河滩，刚下过雨的时候，会有很多水流朝河里流下去，在河滩上冲刷出一条条水沟，弯弯曲曲的，绕来绕去的，汇集在一起，看起来好漂亮。我记得，斯康森公园那个拉普族老头常常说，瑞典在一个倒霉的时候上下摆颠倒了。别人嘲笑他说的话，可是他坚持说，要是他们看到北方景色多么漂亮，他们就会明白，最初不会是那么安排的，一个这么好的地区会放在远离世界的地方。我现在差不多可以相信，他是有道理的。"

当小男孩看够了风景，就把背囊从背上拿下来，摸出一片精白面粉做的面包吃起来。他想："我一定从来没吃过这么好吃的面包，还有这么多，够我吃两三天的。昨天这个时候我还不敢相信，自己会有这么大一笔财富。"

他津津有味地吃着，也回想着他是怎么得到面包的。他说："一定是因为我用这么美好的方式得到面包，所以我吃起来才这么香。"

老鹰王在前一天晚上就已经离开了梅德尔帕德。他刚飞过翁厄曼兰的边界，小男孩就看到一个河谷和一条河流，都很有气势，超过了小男孩在一路上已经见到的所有一切。

那个河谷夹在山脉之间，非常开阔，所以小男孩怀疑这个河谷是不是很久以前被另外一条河冲刷出来的，那条河肯定要比现在流过这里的这条河大得多宽得多。自从河谷冲刷成形了以后，它肯定又因为这样或那样的原因被沙子和泥土填塞起来了。当然没有完全被填塞，但往山上的地方被

填掉了好多。而现在流过河谷的这条河，就是穿过这片松软的填起来的泥土。这条河也很宽，水量也很丰富，它也挖开了一条很深的河道，也给自己冲刷出切割得很漂亮的河岸：有些地方是平缓的斜坡，开的花如此艳丽，那些红色、蓝色和金黄色的光芒甚至映照到天空里的小男孩；有些地方是突出的石坝，都非常坚硬，河水也不能把它们销蚀磨平，它们从河滩上突出来就像是陡峭的城墙和塔楼。

小男孩是在很高的地方飞，他觉得自己往下看同时能看到三种不同的世界。在最下面的河谷深处，也就是这条河经过的地方，是一种世界。那里漂浮着圆木，那里有小火轮从一个码头驶向另一个码头，那里有吱吱嘎嘎锯木头的锯木厂，那里有大货轮在装货，那里有人在捕鲑鱼，那里有人在划桨，那里有人在操纵帆船，那里有大群的燕子在飞，也已经在河滩上做好了窝。

但是在河谷往上更高一层的地方，也就是说在那个平坦的地带，一直伸展到山脚下，那是另一个世界。那里有农庄、村落和教堂，那里有农民在自己的小块田地里播种，那里有牲口在吃草，那里有草地在变绿，那里有妇女们在自己的小菜园里忙碌，那里有蜿蜒曲折的乡间公路，那里有火车在奔驰。

而在所有这些的外面，在生长着森林的山岭上，小男孩看到第三个世界。那里有母松鸡在孵蛋，那里有大角鹿躲在浓密的树丛里，那里有山猫潜伏着，那里有松鼠啃干果吃，那里有针叶树散发香气，那里有蓝莓枝杈在开花，那里有鸦鸟在扑打翅膀。

当小男孩看够了这个富饶的河谷以后，就开始哀叹自己肚子饿了。他说，他已经整整两天没吃到什么东西，现在简直要饿死了。

649

老鹰果尔果当然不愿意有谁说闲话，说小男孩跟他在一起要比跟大雁在一起日子过得差多了。他马上放慢了速度。老鹰说："为什么你早不说呢？你想要多少食物就有多少食物。当你有只老鹰和你做旅伴，你就用不着挨饿。"

然后老鹰很快看见有个农民走在离河岸很近的一块耕地上播种。那个男人把种子放在胸前挂着的一个篮子里，每次篮子里的种子撒完变空的时候，他就到田埂上放着的一个布袋里去再取新的种子。老鹰算计好了，那个布袋里装满了小男孩想要的最好的食物，于是他就朝那个地方飞下去。

可是老鹰还没飞到地面，他们周围就发出一片可怕的喧闹声。到处是乌鸦，到处是麻雀，到处是燕子，在用力尖叫着赶过来，因为他们以为老鹰要飞下来抓什么鸟儿。他们高叫着："滚开，滚开，强盗！滚开，滚开，残杀鸟的恶棍！"他们弄出了这么大的骚乱，那个农民就注意起来，赶紧跑过来。于是老鹰就不得不逃走。小男孩连一粒粮食也没弄到。

这些小鸟实在是太奇妙了。他们不但迫使老鹰逃走，而且还顺着河谷追了他很长一段路，人类到处都能听到他们的叫声。妇女们就走到院子里拍手，这样就发出放枪一样噼噼啪啪的声音，男人们也手里提着枪跑出来。

每次老鹰要朝地上飞下去的时候，都发生同样的情况。对老鹰能不能为他找到什么食物，小男孩已经不再抱希望。他过去从来没想到，老鹰果尔果居然这么被人仇恨和厌恶。他几乎要觉得，老鹰是很可怜的。

过了一会儿他们飞过了一个大农庄的上空，农庄女主人那天肯定是烤过面包了。她现在把满满一铁板的刚烤好的圆面包端到院子里冷却，她自己站在旁边看着，不让猫或狗来偷吃。

老鹰已经降低到农庄上面，但是还不敢就在那个女主人眼前飞下去。他飞过来飞过去，真不知道怎么办才好。有两三次他已经飞得那么低，飞到了烟囱上，但是没办法又重新飞上天。

不过那个女主人现在已经注意到了这只老鹰。她抬起头，目光跟踪着他。她说："这只老鹰行为真奇怪！我想，他是想要一个我的白面面包吧！"

那是一个非常漂亮的女人，高个子，金头发，一张快乐开朗的脸。她出自真心地大笑了起来，从铁板上拿起一个圆面包，举到头上。她说："如果你想要这个面包，就过来拿吧！"

老鹰当然听不懂她的话，不过他还是马上就明白了，她愿意给他这个圆面包。于是他用飞快的速度朝着面包飞下去，抓住面包，又飞上天空。

当小男孩看到老鹰抓到面包的时候，他的眼睛里涌出了泪水。他不是由于高兴而流泪，因为他可以有两三天不饿肚子了，而是因为他被感动了，那个女主人舍得把自己的面包给这只野蛮的猛禽。

现在他坐在松树树梢上，而就在这个地方，只要他愿意，还能看见那个高个子金头发的女主人站在农庄院子里高举着面包的样子。

她肯定是知道的，这只大鸟是一只老鹰王，是人类通常用尖厉的枪声来问候的一个强盗，而且她可能也看见了老鹰背在背上的那个小怪物，不过她没有去想一下他们是谁，而是一明白了他们在挨饿，就把她那么好吃的面包分给他们。

小男孩心想："要是我有一天重新变成人，我一定要到这条大河边来找这个漂亮的女人，感谢她，因为她对我们是这么好。"

# 森林火灾

当小男孩还在吃自己的早饭的时候，就感到从北边来了一股淡淡的烟味。他马上转身朝那个方向看去，看到一股小小的烟柱，白得和雾气一样，正从一个覆盖森林的山坡上冉冉升起。不是从离他最近的山坡，而是从他这里数起的第二个山坡。在这原始森林中间看见烟，看起来很奇怪，不过，也可能发生这种情况，那边有一个夏季牧场，姑娘们正忙着煮她们早晨喝的咖啡。

奇怪的是那股烟还扩散开来。那就不可能是从一个夏季牧场冒出来的了，不过也许是森林里有什么烧炭工吧？他在斯康森公园曾经看见过一个烧炭工住的小木棚和一个烧木炭的炭窑，他听说过这边的森林里也有这种烧炭的人。不过，大多数情况下，是在秋天和冬天里烧炭工人才会到炭窑干活。

每时每刻烟雾都在增加，现在已经弥漫到整个山脊上。从一个炭窑不可能冒出来那么多烟。这一定是某种火灾了，因为大批的鸟儿飞起来，转移到最近的山坡上。秃鹰和松鸡，还有其他小得从远处认不出来的鸟儿，都在逃离大火。

那股小小的白色烟柱已经长成为一片浓重的白云，翻卷过山坡的边缘，

往河谷里沉下去。从烟云里又冒出了火星和烟灰，有时候还有可能看到烟雾里面的红色火焰。这大概是一场大火灾正在那边点着了。可到底是什么着火了呢？不会是森林里还隐藏着一个大农庄吧？

造成这样一场大火的起因远不会只是一个农庄，而是要多得多。现在烟雾不但是来自山坡上，也来自山坡下的河谷里。他看不到河谷里的情况，因为河谷被离他最近的高地遮挡住了，但河谷里也冒出了大量的浓烟。不会有什么别的可能性，只能是森林本身在燃烧。

他难以想到，那些健康的、青翠的森林也会着火，可是不管怎么说，这样的事可能已经发生了。如果真的是森林着火了，那么大火也许会烧到他这里来吗？看起来还不大可能，不过他希望老鹰很快回来。最好还是离开这个地方。光是每次呼吸时他吸进大火的气味就是一种苦难。

他突然听到一阵可怕的火星迸发和树枝爆裂的声音。那是从离他最近的那个山坡上传来的。那里最高的地方也有一棵高大的松树，就和他自己坐着的这棵一模一样。那棵松树长得很高大，突出在其他树木上面。刚才它还在朝霞中染上了美丽的红色，现在所有的针叶一下子闪现出光芒，它着火了。这样的美丽它以前从来没有过，但这也是它最后一次展现自己的美丽。那棵松树是那个山坡上最早着火的树，叫人无法理解那火是怎样烧到它的。火是长着通红的翅膀飞过去的吗？还是像蛇一样从地面上窜过去的？是的，真是不好说，可是火反正烧到那里了。整棵松树就像一个树枝火堆。

现在全这样了！山坡上很多地方都冒出了烟。森林的大火大概又像鸟又像蛇，既可以通过空中长距离地飞过去跳过去，又可以在地面上窜过去。一下子大火就把整座山都点着了。

鸟儿们都急忙逃走。他们就像大片的烟灰一样从烟雾里飞起来，横飞过山谷到了小男孩坐着的这个山坡上。他坐的松树上有一只鸥鹣飞来落在他旁边，还有一只鹰就落在他头顶的一根树枝上。要是在另外一天，他们可完全是危险的邻居，但是现在他们连看都不看他一眼。他们只是盯着大火看，弄不懂森林里发生了什么事。有一只松貂也爬到松树树冠上，爬在一根树枝最顶端，用亮闪闪的眼睛盯着这片燃烧的森林。紧挨着松貂有一只松鼠，可是看起来他们都没有留意对方。

现在大火往下朝河谷斜坡快速冲来。它嘶叫着轰鸣着就像一场呼啸的风暴。透过烟雾可以看到火苗从一棵树飞到另一棵树。在一棵云杉树着火之前，它先被一层薄薄的烟雾包围，然后所有针叶一下子都成了红色，开始噼噼啪啪地燃烧起来。

在小男孩下面的山谷里有一条小溪，两边长着赤杨和小桦树。看起来，好像大火会停下来。阔叶树不像针叶树那样容易着火。森林大火就像是到了一堵墙前面，没法继续前进了。它散射出炽热火光，飞溅出火星，试图扑到小溪对面的阔叶树林上去，但是没能够扑到那里。

有那么一会儿，大火被挡住了，但是它又抛出一条长长的火苗，到达了这边斜坡上有点距离外的那棵干枯的大松树，马上那棵树就点起了明亮的火焰。这样大火就越过了那条小溪。热量变得如此之强烈，整个陡壁上每棵树都准备好了着火。就像最强大的风暴和最狂野的瀑布，森林大火呼啸着轰鸣着朝着山坡飞扑上来。

小男孩身边的苍鹰和鸥鹣都飞走了，松貂飞快地从树上溜下去逃开。用不了多少时刻，火头就会烧到这棵松树的树冠上了。小男孩也得逃走了。顺着这棵松树又高又直的树干往下爬也不容易。他尽力抱紧树干，在树节

之间滑了很长一段，最后手抱不紧了，就掉在地上。不过他也没时间摸摸自己有没有摔坏，只能赶紧逃走。大火就像呼啸的狂风暴雨从松树上扑下来，他脚下的地面也发烫，开始冒热气。他的一边是一只山猫在奔跑，而另一边是一条长长的蝰蛇在游动，紧挨着蛇的是一只母琴鸡咯咯叫着往前赶路，还带着她毛茸茸的小雏鸟。

当他们这些逃命的生物从陡坡上跑出来进入到山谷深处的时候，遇到了出来扑灭山火的人类。他们大概在那里已经有一段时间，不过小男孩之前只顾盯着火烧过来的那边看，没注意到他们。这个山谷底部也有一条小溪，溪边有一条宽阔的阔叶树带，那些人就在树带后面忙碌。他们把紧挨着赤杨的针叶树砍倒，又从小溪里取水倒在地面上，清除掉石南花和羊齿草，为了不让火焰从细小灌木丛里窜过来。

而那些人也是只想着正朝他们扑过来的森林大火，逃命的动物就从他们两脚之间跑过去，他们连看都不看。他们不追打蝰蛇，也不去抓那只母琴鸡，这时她在小溪上飞快地跑来跑去把小雏鸟接过来，他们对拇指头也一次都没注意。他们都紧握着在溪水里浸过的松树枝站着，看来是用它们做武器来抵抗大火。人不算特别多。当其他动物全都在逃命的时候，看到他们站在那里准备战斗，也真是奇特。

当大火冲出斜坡，带着轰鸣和崩裂声，还有不可忍受的灼热和让人窒息的烟雾，准备跃过小溪和阔叶树形成的墙，到达对岸而不要停留，那些人最初只能后退，好像他们无法抵抗了。但是他们后退了没多远，又转过身来。

森林大火以令人惊骇的力量发起攻势。火星像一阵阵火雨溅落在阔叶树上。从烟雾中冒出长长的火苗，就好像是对岸的森林自己把它们吸过来的。

但是阔叶树阻挡住了大火，而在它后面有人在劳作。地上开始冒烟气的地方，他们就用水桶提水来让地面冷却下来。当一棵树被浓烟包围起来的时候，他们就用斧头快速把它砍倒，把火焰扑灭。在火苗窜进了石南丛中的地方，他们就用那些浸湿的松树枝把火打下去，让火窒息。

烟雾变得如此浓密，把一切都包裹住了。已经看不到这场战斗是怎样进行的，不过也容易理解，这场战斗是艰巨的，有好几次都只差一点大火就要突破阻挡继续往前蔓延了。

但是想想吧，过了一会儿，森林大火强大的轰鸣声竟减弱了，浓烟也散开了！这时阔叶树已经失去了每一片树叶，树下的地面一片黑色焦土，人们也都被烟熏黑了，汗水淋漓，但是森林大火被制止了。它已经停止了冒出火焰，白烟轻轻爬过地面，而那里插着无数黑色的木桩。这片美丽的森林残留下来的一切就是这些。

小男孩早就爬上一块石头，一直站在那里看着大火怎么被扑灭。可是现在呢，当森林得到了拯救，危险就开始降临到他的头上。那只鸥鹩和那只苍鹰都马上把目光朝他转过来了。

这时他听到一个非常熟悉的声音在呼叫他。是老鹰王果尔果，正穿过森林呼啸着飞下来。于是小男孩很快就晃悠到了云端里，从一切危险中被解救了出来。

译注：翁厄曼兰（Ångermanland）是瑞典北部诺尔兰的一个行政区划，南接梅德尔帕德，西邻耶姆特兰（Jämtland），北接拉普兰和西波的尼亚，东面是波的尼亚湾。翁厄曼河（Ångermanälven）流经全境，是瑞典第三大河，全长460公里。境内的"高海岸"（Högakusten）属于世界著名风景区。

659

# 43. 西波的尼亚和拉普兰

## 五个侦察员

小男孩在斯康森公园的时候，有一次他坐在博尔奈斯农家屋的台阶底下，听克莱门特·拉尔森和拉普族老头怎么样谈论诺尔兰。两个人都同意诺尔兰是瑞典最好的部分，不过克莱门特·拉尔森最喜欢翁厄曼河以南的地区，而拉普族老头声称，这条河以北的地区才是最出色的。

他们谈论这些的时候，这才发现，克莱门特其实从来没到过海尔努桑德以北的地方，这下拉普族老头就不得不嘲笑他了，自己都没见过的地方，还那么振振有词地发表意见。老头就说："我必须给你讲一个故事，克莱门特，这样你就会知道，你没去过的西波的尼亚和拉普兰，也就是广大的萨米兰，是什么样子。"

克莱门特回答说："永远不会有人说我拒绝听故事，就像永远没人说你拒绝喝一小口咖啡。"拉普族老头就开始讲他的故事了：

"从前有个时候，克莱门特，住在瑞典南方的鸟，也就是住在这块广大的萨米兰以南的鸟儿，他们觉得自己住得太挤了，就想搬到北方来。

　　"他们集合起来讨论。那些年轻的和着急的鸟儿想马上就开始迁移过去，但是那些年老的和有智慧的鸟儿提议，他们先派侦察员到那个陌生的地方去调查一下。那些有智慧的鸟儿说：'这样我们大家就都知道在北方能不能找到居住、养育和藏身的地方！'

　　"他们的提议在鸟儿们的集会上通过了。五个大的鸟类就马上选派出了五只优秀聪明的鸟。森林鸟类选了一只松鸡，平原鸟类挑了一只云雀，

海洋鸟类选了一只海鸥，内湖鸟类选了一只潜鸟，高山鸟类选了一只雪鹀。

"当这五只鸟儿就要开始旅行的时候，个子最大、最成熟的松鸡说：'在我们前方是个广大辽阔的地方。要是我们一起走，那就会等很长时间，我们才能飞遍这个地区所有要调查的地方。相反，我们各自飞，分头去调查这个地区的一部分，那么这个任务两三天就能完成了。'

"其他四个侦察员都觉得这是个聪明的建议，愿意照这个做。他们讲好了，松鸡调查中间的地区，云雀要去靠东边一点的地方，海鸥到更加往东、陆地沉入大海的地方。潜鸟要飞到松鸡的地区再靠西边一点的地方，而雪鹀要飞到最西边，沿着国境线上的高山飞行。

"五只鸟儿就以这个顺序往北飞，都飞得很远，到了国土尽头的地方。然后他们就飞回来了，向那些集合起来的鸟儿讲述他们看到了什么。

"去大海这条路线调查的海鸥首先发言。

"他说：'北边是一个很好的地区。没有别的东西，只有一长溜沿海群岛。那里布满了鱼很丰富的海峡和长着森林的海岬和小岛，绝大多数都没有人居住，海洋鸟类在这些地方能找到足够的住处。人类在海峡里经营一点渔业和海运，但并不多到打扰我们鸟类的程度。如果海洋鸟类愿意听从我的意见，应该马上往北迁徙。'

"海鸥之后发言的是云雀，她是到紧靠海岸线内的陆地去调查的。

"她说：'我不明白海鸥说的岛和海岬是什么意思。我只飞过大片的田野和最美丽的开着花的草场。我以前也从来没有见过一个地区有那么多大河穿过。看着那些宽阔又浩浩荡荡的大河在平坦的原野上平稳从容地流过，对我真是一种快乐。在河岸上有密集的农庄，密得像排在一个城市街道上。大河的出海口有城市，不过除此之外这个地区人烟非常稀少。如果平原鸟

类愿意听从我的意见，应该马上往北迁徙。'

"云雀之后轮到松鸡发言，他是从中间飞过这个地区的。

"他说：'我既不明白云雀说的草场是什么意思，也不明白海鸥说的沿海群岛是什么。我一路上只看到松树林和云杉树林，没看到别的。大沼泽地也很多，也有很多激流和波涛汹涌的大河，不过，不是沼泽地和河流的地方，那就全是针叶林了。我没看见耕地，也没看见人类的住房。如果森林鸟类愿意听从我的意见，应该马上往北迁徙。'

"松鸡之后轮到潜鸟，他调查了森林地带西面的地区。

"潜鸟说：'我不明白松鸡说的森林是什么意思，也不知道云雀和海鸥的眼睛看到了什么。北边就几乎没什么土地。那里只有大湖。在美丽的湖岸之间是那些深蓝色的高山湖在闪光，湖水从咆哮的瀑布里流出去。在有些湖边上我看见了教堂和大的教区村，但是其他地方都没有人烟，安宁平静。如果内湖鸟类愿意听从我的意见，应该马上往北迁徙。'

"最后发言的是雪鹀，他是沿着国界飞行的。

"他说：'我不明白潜鸟说的湖泊是什么意思，也不懂松鸡、云雀和海鸥看到的是一个什么地区。我在北边只找到一大片山地，我没见过平原，也没见过大森林，但是看见一座山峰接着一座山峰，一块高原接着一块高原。我看见过冰川和积雪，看见水的颜色白得像牛奶的山涧溪流。既没有耕地也没有草场来迎接我的目光，不过有覆盖了柳树、侏儒北极桦树和石蕊的土地。我没发现农民、家畜和农庄，不过我看见了拉普人、驯鹿和拉普人的尖顶帐篷。如果高山鸟类愿意听从我的意见，应该马上往北迁徙。'

"当五个侦察员这样讲完以后，他们就开始互相把对方叫作撒谎的骗子，都准备好了扭在一起打架，好证明自己说的话才是真的。不过那些派

他们出去的年老而有智慧的鸟儿听到他们的发言都非常欢喜，要那些想打架的鸟安静下来。

"他们说：'你们都不要互相发火了。我们从你们的话里明白了，北边既有大片的高山地区，又有大片的内湖地区，还有大片的森林地区，还有大片的平原地区和大片的沿海群岛。这比我们期待的还要多得多。这比许多大王国可以夸耀的他们国界里拥有的东西还要多得多。'"

# 行走的大地

六月十八日　星期日

小男孩想到了拉普族老头讲的故事，是因为他自己现在来到了这个老头谈到的同一片土地。老鹰已经告诉他，在他们下面铺开的这块平坦的沿海地带是西波的尼亚，而西边那些遥远的发蓝的山岭是在拉普兰境内。

经受过了森林大火的所有惊恐以后，小男孩现在重新安安稳稳地骑在了老鹰的背上，光这点就是一种幸福了，不过这也是因为他们完成了一次美好愉快的旅行。早晨的时候风是从北边来的，但现在风向变了，他们是在顺风飞了，也就感觉不到空气流动了。这次飞行是那么从容，有时就感觉好像是他们停在空中不动。小男孩觉得，老鹰翅膀扇了又扇，却一点没动。相反，是他们下面的一切都在动。整个大地和大地上的一切，都在慢慢往南移动。森林、房屋、草场、围栏、河流、城市、沿海的群岛、锯木厂，一切都正在行走。他想知道那些东西是往哪里走。是它们站在这么遥远的北方站得厌倦了，也愿意搬到南方去吗？

所有这些向南移动和行走的东西当中，他只看到一样东西是站着不动的，那就是一列火车。那列火车就在他们下面，火车跟果尔果一样，一点都不能动。火车头冒着烟和火星，小男孩在空中都能听见车轮如何在铁轨上发出嘎嘎的声响，但是火车却没动。森林在火车旁边掠过，铁路看守人的小房子在火车旁边掠过，栅栏和电线杆在火车旁边掠过，但是火车站着不动。一条宽阔的河和一座长长的大桥朝火车迎过来，但是这条河和河上的大桥都从火车下面掠过去了，没有一点点困难。最后是一个火车站迎了过来。站长手举着红旗站在站台上，慢慢走向火车。当他挥动那面小旗的时候，火车头就冒出比之前更黑的一卷烟雾，还烦恼地鸣叫起来，好像在抱怨它站着不能动。不过就在这时候，火车开始动了。就和火车站以及其他所有东西一样也往南移动着。小男孩看到车厢门打开了，旅客从火车上走下来，这还全都是在火车和旅客向南移动的时候发生的事。不过这个时候小男孩抬起头，把目光移开地面，往正前方看。他觉得，看那一列古怪的火车，把他的头都看晕了。

不过，小男孩坐直了朝一朵小白云看了一会儿以后就看腻了，就又往下看。他还是觉得，他和老鹰是不动的，而所有其他东西都在往南移动。他坐在老鹰背上，没有什么好玩的，只有自己胡思乱想。他发现，设想整个西波的尼亚都动了起来，朝南进发，这是很有趣的。想想看，现在正在他下面掠过的这块耕地，也就只是刚刚新播过种的耕地吧，因为在上面他连一根绿苗都看不见，如果这块耕地要走到斯郭纳的南部平原去，那里的黑麦在这个季节可都已经长出麦穗了！

北方这里的云杉树林也变得不一样了。树长得稀疏，树干短小，针叶几乎是黑色的，很多树的树冠光秃秃的，看上去有了病。树下的地面覆盖

了老的树干，没人在乎去收拾它们。想想看，如果一座这样的森林能走得很远，能看到考尔莫顿大森林！那它会感到自己太可怜了！

再说他刚才看见的下面那个花园吧！里面有好看的树，但是既没有果树也没有名贵的椴树和栗树，只有花楸树和桦树。里面也有好看的灌木丛，但是没有金链花和接骨木，只有稠李和紫丁香。花园里也有种香料的菜地，但是还没栽种什么东西。想想看，如果这样一小块地能一直跑到南姆兰一个大庄园的花园里去，那会怎么样！那它就会觉得自己原来是一块真正的荒野里的土地了。

再看看那块草场吧，上面布满了那么多灰色的小小的草库房，人人都会以为这块地的一半都用来盖草库房了！如果这块草场跑到了东约特平原去的话，那里的农民都会吃惊得瞪大了眼睛。

不过，现在在他下面的这片宽阔的长着松树的沙土地带不一样，上面长着的松树不像一般森林中的松树那样僵硬和笔直，而是有浓密的枝叶，丰富的树冠，在白石蕊形成的美丽地毯上排列成一个个很可爱的群体，如果这样的松林地带跑到厄威德修道院的公园里去的话，那个美丽的公园也得承认，它是和自己有同样价值的地方。

再看看在他下面的这座木教堂，它的墙都是用红色的鱼鳞状木片覆盖的，带有一座油漆成彩色的钟楼，旁边还有教民来参加礼拜的时候临时住的灰色小屋子，构成了一个完整小镇，如果这座教堂在一座高特兰岛那种砖砌教堂旁边走过会怎么样！那它们互相之间一定会有许多话好说了。

什么是整个地区的骄傲和荣耀呢？当然就是那些浩荡的水色发暗的江河，以及它们美丽的布满了农庄的山谷河道，还有它们的大量木材和锯木厂，它们流过的城市，它们的布满着小火轮的河口。如果这样一条江在这

个国家的南方露面，那么，达尔河以南所有的小河大河都会害羞得钻到地下去了。

再想想吧，如果这样一片巨大的平原，这么容易耕种，环境又这么好，在贫穷的斯莫兰农民眼前掠过会怎么样！那他们都要赶紧离开自己贫瘠的小块土地和石头很多的小片耕地，开始在这里开垦和耕种了。

还有一样东西，是这个地区比其他所有地区都多得多的，那就是光明。仙鹤们站在沼泽地上睡觉，那就说明到夜晚了，但是光明还留着。这里的太阳不像其他所有东西那样往南走。太阳反而一直往遥远的北方走，走得那么远，现在阳光就正照着小男孩的脸。看起来，这个晚上太阳是不打算落到地平线下面去了。想想吧，如果这样的光明和这样的太阳照耀在西维门赫格会怎么样！那当家的霍尔格·尼尔松和他老婆就要尝尝一天干活二十四小时那么长的滋味了。


# 梦

六月十九日　星期天

小男孩抬起头来，半醒半睡迷迷糊糊地往四周看。好奇怪啊。他在这么一个过去从来没到过的地方躺着睡觉。没有啊，他过去从来没见过他躺着的这个山谷，山谷周围的山也没见过。这个山谷正中间那个圆圆的湖他也不认得。他也从来没见过这么可怜这么发育不良的桦树，而他现在就正躺在这样的桦树下面。

而且老鹰到哪儿去了？往哪儿看都看不到老鹰。果尔果大概已经把他

抛弃了。那么这就又会是一次冒险了。

小男孩又躺到地上，闭上眼睛，努力试着回想当他睡着的时候是什么情况。

他记得，只要他在西波的尼亚上空飞，就觉得他和老鹰是在空中同一个地方不动的，而他下面的大地在排着队往南行走。不过老鹰后来拐了弯往西北方向飞，风就是从旁边吹过来了，他又感觉到空气的流动，而这个时候，大地倒停下来了。他能注意到老鹰是在用极快的速度往前飞。

果尔果这样说过："现在我们进入拉普兰了。"小男孩就把身子往前倾斜着，想看看他已经听人说起过那么多的这个地区的景色。

但是他觉得自己完全失望了，这时他没看到别的，只看到大片大片的森林地带和宽阔的沼泽地。森林连着沼泽，沼泽连着森林。这种巨大的单调景色最终让他感到那么瞌睡，以致他要从鹰背上摔下去了。

他对老鹰说，他在老鹰背上再也坐不住了，不得不睡一会儿。果尔果马上就降落到地上，小男孩跳下来到了沼泽地上，但是这时果尔果用爪子把他抓起来又飞向了天空。他这么叫喊过："你睡吧，拇指头！阳光让我保持清醒，我愿意继续飞。"

虽然小男孩吊着那么不舒服，他还真睡着了，睡的时候还做了个梦。

他觉得自己是走在瑞典南部一条宽阔的大路上，只要小腿还能托得住他，就尽快往前赶路。他不是独自一个人，而是跟一大群赶路的朝着同样方向走。紧挨在他旁边走的是顶上有沉重麦穗的黑麦秸、开着花的矢车菊和金黄色的日光菊；苹果树也气喘吁吁地往前走，还被果实压低着头；跟着它们的是结满了豆荚的青豆蔓、大株的法兰西菊和整片的浆果灌木丛。巨大的阔叶树，既有山毛榉又有橡树和椴树，跨着缓慢的步子走在大路中间，它们的树冠高傲地沙沙响着，根本不给任何人让路。在他的两脚之间快步走着的是些小草：野草莓、银莲花、蒲公英、苜蓿和勿忘我草。起初他以为没有别的只有植物在大路上这么排着队行走，可是不久他就注意到了，动物和人类也都跟在他们后面。昆虫们围着往前赶路的植物嗡嗡叫着，乡间大路边的水沟里还有鱼在滑动，鸟儿坐在那些行走的树上唱歌，家畜和野兽争先恐后往前走，而在所有这些生物正中间走着的是人类，有的拿着铁锹和大镰刀，有的拿着斧头，有的拿着猎枪，还有的拿着捞鱼的网。

这支队伍带着欢乐和喜悦往前走着，当小男孩看到是谁在领头率领队伍前进，也就对这点毫不奇怪了。那可不是什么小人物，而是太阳本人。太阳在大路上往前滚动着，就像一个又大又会发光的脑袋，有五颜六色的光束的头发，有一张闪耀着喜悦和善良的脸。太阳不停地高喊着："前进！有我在，谁也不用担心。前进！前进！"

小男孩自言自语："我不知道太阳要把我们带到哪里去。"但是走在他旁边的黑麦秸听见了他的话，马上回答说："她要带我们到拉普兰去，为了和那个化石大妖怪作战。"

小男孩很快就注意到，好些前进着的生物变得犹豫不决了，放慢了速度，最后站着不动了。他看见那棵巨大的山毛榉树站住了，狍子和小麦秸也留在了路边上，同样停下来的还有黑莓树丛、大的黄色的金莲花、栗子树和母灰山鹑。

他看了看周围，要弄明白为什么那么多生物停下来了。这时他发现，他们已经不是在瑞典南部了，这支队伍行走得那么快，已经到了中部的斯维亚兰了。

走到这里，橡树开始越来越顾虑地向前移动。它站了一会儿，又犹豫

不决地向前走了几步，最后就干脆停住了。小男孩就问："为什么橡树不肯再跟着走了呢？"

一棵年轻而光亮的桦树回答："他害怕那个化石大妖怪啊。"这棵桦树自己往前走得那么高兴那么勇敢，看着也是一种乐趣。

不过，尽管有很多生物落在后面，还有一大群生物带着巨大的勇气继续向前走。大脑袋一样的太阳仍然在队伍前面滚动着，大笑大喊着："前进！前进！只要我在，谁也不用担心。"

这群生物用同样速度往前赶路，很快就到了北方的诺尔兰，现在不管太阳怎么叫喊怎么请求都没用了。苹果树停下来了，樱桃树停下来了，燕麦秸也停下来了。小男孩转头对那些落在后面的生物说："你们为什么不一起走了呀？你们为什么要背叛太阳呀？"

他们回答："我们不敢啊。我们害怕住在拉普兰的那个化石大妖怪。"

很快小男孩自己也明白了，他们已经走得很远，到了北边的拉普兰，到了这里的生物就变得越来越稀稀拉拉了。黑麦秸、大麦秸、野草莓、蓝莓丛、豌豆蔓和红醋栗灌木一直到现在都是跟着的，大角鹿和母牛本来也是并排走的，但是现在这些生物全都停下来了。人类还跟着往前走了一段路，但是后来他们也站住了。要是没什么新的跟随者，太阳几乎就完全被抛弃了。这时柳树丛和不少其他小植物加入了这支队伍，拉普人、驯鹿、雪鸮、北极狐和雪松鸡也和这支队伍联合了起来。

小男孩现在听到什么东西朝他们跑来。那是很多江河和溪水在猛烈的激流中奔过来。他就问："它们为什么那样慌张呀？"

有只母雷鸟回答："都是要逃避住在山上的那个化石大妖怪啊。"

突然间小男孩看见前面耸立起了一堵高大、昏暗的墙，还有凸出的墙

垛。看到这堵墙的时候，大家看来都在朝后退缩，但是太阳马上把她光芒四射的脸朝这堵墙转过来，把光倾泻到这堵墙上。这时才显示出来，挡在他们走的路上的不是什么墙，只是那些最美丽的山峰，一座座前后高耸着。山顶都在阳光中成了红色，斜坡都成了淡蓝色，又带有金色的变幻色彩。太阳高喊着："前进！前进！只要我在就没有危险。"说着就朝这座山陡峭的侧面滚动上去。

但是就在太阳朝山上前进的时候，那棵勇敢而年轻的桦树、那棵强壮的松树和那棵固执的云杉树都抛弃了她。驯鹿、拉普人和柳树也在这里抛弃了她。最后，当她到达山顶的时候，跟着她的再没有别的生物，只有这个小小的尼尔斯·霍尔格松了。

太阳又滚进了一条山涧，那里两边的峭壁都穿着冰的衣服，尼尔斯·霍尔格松愿意跟着她进去，但是走到山涧口上再往前他也不敢走了，因为他看到山涧里有什么令人恐怖的东西。那个山涧最深处坐着一个老山妖，身体是冰做的，头发是冰凌做的，披风是雪做的。老山妖面前还躺着几只黑色的恶狼，当太阳出现的时候，他们就站起来，一个个张开血盆大口。第一只狼的大口里冒出刺骨的寒冷，第二只狼的大口里冒出呼啸的北风，第三只狼的大口里冒出黑色的黑暗。小男孩想："这一定是那个化石大妖怪和他的随从了。"他明白，现在他能做的最聪明的事就是逃跑，不过他那么好奇，想看一看巨人和太阳的相遇会有怎么样的结果，所以他站着没动。

老山妖自己没动，只用他可怕的冰做的面孔对着太阳，太阳也一样站着不动，没做别的事，只是微笑和放射出光芒。就这样对峙了一会儿，小男孩注意到，老山妖开始叹气，有了苦恼的样子，他的雪披风掉了下来，那三只可怕的狼也咆哮得不那么厉害了。可是太阳突然叫喊起来："可现

在我的时间用完了。"说着就向后滚动着退出了山涧。这时老山妖把他的三只恶狼都放开了，一下子北风、寒冷和黑暗都冲出了山涧，开始追赶太阳。老山妖大叫着："把她赶走！把她赶走！追到她再也不敢回来的地方！教她知道，拉普兰是我的！"

当尼尔斯·霍尔格松听到要把太阳从拉普兰赶走，这时候他那么烦恼，尖叫一声就惊醒过来了。

当他恢复了神智的时候，才发现自己是躺在一个巨大峡谷的谷底。可是果尔果在哪里呢？他怎么才能搞清楚自己在什么地方呢？

他站起来看看四周，目光也落在悬崖上凸出的一块巨石上，那里有一个用松枝搭成的古怪建筑。他想："那里肯定是一个鹰巢，是果尔果……"

这个念头他没继续想下去，相反，他从头上抓下小尖帽，把帽子扔到空中欢呼起来。因为他知道果尔果把他带到了什么地方。这就是那个大峡谷啊，那个老鹰住在悬崖凸出的石头上、大雁住在谷底的大峡谷。他已经到了！过一会儿，他就能见到公鹅莫顿、阿卡和所有其他旅伴了。

# 到　达

小男孩尼尔斯·霍尔格松慢慢往前走，去找他的朋友们。整个大峡谷里没有一点动静，太阳还没有上升到悬崖上。他明白，这么一大早，大雁们还没醒呢。还没走多远他又站住了，还微笑起来，因为他看到了什么非常美丽的情景。有一只母雁卧在地上一个小小的孵蛋鸟窝里睡着，旁边站

着公雁。他也在睡觉，不过很明显，他站得那么近，就是为了一旦有危险就能马上出手相救。

小男孩继续往前走，没去打扰他们，还朝覆盖地面的小柳树丛里察看。没多久他就看到又一对新的大雁。他们不属于他的雁群，而是陌生的大雁，不过，只因为又看到了大雁，他就那么高兴，所以开始轻轻哼起歌来。

小男孩又朝一个树丛里看去，在那里面终于看到了一对他认识的大雁。在孵蛋的肯定是奈利耶，站在她旁边的公雁是库尔美。是的，肯定是这么回事情。这是不可能搞错的。

小男孩真的很想叫醒他们，但还是觉得让他们睡觉更好，自己继续往前走。

在下一个树丛里他看见了维西和库西，在离他们不远的地方他找到了于克西和卡克西。四只大雁全都在睡觉，小男孩从他们旁边走过，没去叫醒他们。

当他走到下一个树丛附近，觉得自己看到树丛里有什么白色的东西在闪光，心就因为高兴在胸腔里直跳起来。不错，就像他期待的，那个树丛里灰雁羽佳正舒舒服服地卧着孵蛋，而她身旁站着白公鹅。小男孩觉得，尽管公鹅还在睡觉，但从他身上能看得出，他是多么自豪，因为他能在北方拉普兰的大山里为他妻子站岗。

不过，小男孩也不愿意把白公鹅从睡梦中叫醒，而是继续往前走。

他又找了很久，才又看到其他几只大雁。不过，他注意到一个小山丘上有什么东西，样子像是一个灰草墩。当他走到这个小山丘下面，他就看清楚了，这个灰草墩原来是凯布讷山来的阿卡，她已经完全醒了，正站在那里向四周瞭望，好像在为整个峡谷站岗放哨。

小男孩说:"您好,阿卡大妈!您已经醒啦,那太好了。请您等一会儿再叫醒其他大雁吧,因为我愿意跟您单独说说话。"

这只年老的领头雁从山丘上朝小男孩冲下来。她先是搂住他摇晃,又用喙把他全身上下亲了一遍,然后又重新搂着他摇晃。不过她没说一句话,因为他已经请求她不要叫醒别的大雁。

拇指头亲吻了年老的阿卡大妈的双颊,然后开始对她讲述自己怎么被带到了斯康森公园,又怎么被囚禁在那里。

小男孩还说:"现在我要告诉您,耳朵被咬掉的狐狸斯密尔也在斯康森公园的狐狸笼子里被关过。虽然他给我们好多麻烦,但我忍不住觉得,他挺可怜的。在那个大狐狸笼里关了好多别的狐狸,他们大概生活得不错,不过斯密尔一直蹲着不动,看起来很难过,只渴望自由。我在那里交了很多好朋友。有一天我听拉普兰狗说,有个人到斯康森公园来买狐狸,那个人是从大海上一个很远的岛上来的。那个岛上的人把所有狐狸都消灭了,现在老鼠在他们那里就闹翻天了。所以他们希望买几只狐狸回去。我一知道这件事,就跑到斯密尔的笼子那里对他说:'斯密尔,明天会有人到这里来带走几只狐狸。那时你不要躲开,要站到前面,争取让你自己被抓走,这样的话你就重新得到自由了!'他听了我的话,现在他就可以在那个岛上自由自在到处奔跑了。您对这件事会怎么说,阿卡大妈?是按照您的心意办的吗?"

领头雁说:"你做的正是我自己也会这么做的事。"

小男孩说:"您对这件事满意就好。现在还有一件事,是我一定得问问您的。有一天我看到了果尔果,那个老鹰,就是同公鹅莫顿打架的那个老鹰,也被抓到斯康森公园关进了老鹰笼子里。他看上去也是很没精神很

难过的。我想着把钢丝网锉断，放他出去。不过，我又想他是一个危险的强盗，吃鸟的坏蛋。我不知道，如果我放掉一个这么坏的罪犯，我是不是做得对。我就想，也许最好还是让他关在那个笼子里。您说怎么样，阿卡大妈？我这样想对吗？"

阿卡说："这样想不对啊！对老鹰，人家可以想说就说什么，不过老鹰比其他动物更自豪，更热爱自由，把他们关进牢笼是不行的。你知道我现在建议你做什么吗？没错，就是这个，一等你休息好，我们两个就跑一趟，到那个关老鹰的大牢笼去，把果尔果解救出来。"

小男孩说："这些话正是我等着您说的，阿卡大妈。有谁这么说过，说您对您费了那么多心血抚养大的老鹰不再感到什么爱了，因为他要过老鹰必须过的生活。可是现在我听到您的话，就知道那不是真的。现在我愿意去看看公鹅莫顿是不是醒了。如果在这段时间里，您愿意对那个把我带到您身边来的鸟说一句谢谢，那我相信您会在上面那块悬崖凸出的巨石上看到他，在那里您曾经找到过一只没人帮助的幼鹰。"

译注：萨米兰（Sameland）是北欧北部（包括挪威、瑞典和芬兰北部）驯养驯鹿的游牧民族萨米族人居住地区的统称，而在瑞典将萨米人长期称为拉普人，其居住地称为拉普兰。海尔努桑德（Härnosand）是翁厄曼兰的一个城市。

# 44. 放鹅丫头奥萨和小马茨

## 疾 病

　　在尼尔斯·霍尔格松跟着大雁们到处旅行的那一年，有关两个孩子在全国流浪的事情人们谈论得也很多。那是一个小男孩和一个女孩，他们是斯莫兰孙内尔布县人。他们曾经跟爸爸妈妈和四个兄弟姐妹住在一片很大的石南荒地上的一间小木屋里。当两个孩子还很小的时候，有个深夜里，一个穷苦的流浪女人来敲门请求过夜。尽管小木屋连自己家里那么多人都几乎容不下了，妈妈还是让她进来了，给她在地上安排了一个床铺。这天夜里这个女病人躺在那里咳嗽得那么厉害，让孩子们觉得整个小木屋都在摇晃，到了早上，她已经病得没力气继续走路了。

　　爸爸妈妈对待这个流浪的女病人那么好，能做的事他们都做了。他们把自己的床让给她睡，自己睡在地上，爸爸还去找医生给她弄来药水。最初几天这个女病人很不礼貌，只会要求这个要求那个，从来不说一个谢字，

不过后来她的态度柔和起来，变得温顺和感激了。到最后她只乞求他们把她背出小木屋，背到石南荒原上去，这样她就能死在那里。当主人不愿意满足她的这个要求，她才告诉他们，最近几年她一直跟着一群吉卜赛人四处流浪。她自己不是吉卜赛人，而是一个农民的女儿，但是她从家里溜了出来，跟着这群人流浪。她相信，现在是一个仇恨她的吉卜赛女人，把这种病传染给她，还把她赶走。不过这还不够，那个吉卜赛女人还威胁她说，所有留她过夜而且对她好的人都要遭受跟她自己一样倒霉的事情。这个她也是相信的，所以她现在求他们把她赶出小木屋，永远别再管她了。她不愿意把灾难带给他们这样善良的人。但是爸爸妈妈没做她要求的事，有可能他们心里害怕过，不过他们绝不是那种人，会把一个穷苦的病得要死的人赶出去。

这之后不久这个女病人就死了，于是家里的灾难也开始了。过去他们在小木屋里只知道欢乐不知道别的事情。他们当然一直很穷，但是没到最糟糕的地步。爸爸是个制作织布机线综的工匠，妈妈和孩子们也帮他干活。爸爸做好线综框架，妈妈和几个大姐姐进行捆绑固定，小的孩子们刨木齿，把它们削出来。他们从早干到晚，不过一直是快快乐乐的，尤其是当爸爸讲起他出门卖东西的日子，那时他要到遥远和陌生的地方四处奔走，卖掉线综。爸爸有一种那么风趣的脾性，能让妈妈和孩子们有时笑得喘不过气来。

那个贫穷的流浪女人死后的那段时间对这两个孩子来说是一个噩梦。他们不知道那段时间有多长，不过还记得家里一直有葬礼，是他们的大姐姐们一个接一个死去被埋进坟墓。他们也就有四个姐姐，也就有过四次葬礼，不会更多，可是这两个孩子感觉葬礼的次数比这多得多了。最后小木屋里变得没有声息死气沉沉，那里就好像每天都在办丧事一样。

妈妈基本上还保持着生活的勇气，可是爸爸完全成了不一样的人，既不能再说笑也不能再工作，而是从早到晚坐在那里，两手抱着头只会苦苦思想。

有一次，是在第三次葬礼之后，爸爸突然发作，说了一段疯狂的话，让孩子们听了都非常害怕。他说，他实在想不通，为什么这样的灾难要落到他们头上。他们帮助了那个女病人，难道不是做了件好事吗？难道世界成了这个样子，恶倒比善还要更强大吗？妈妈试着跟爸爸讲道理，但是她没法让他冷静下来，像她自己那样，能听从天意的安排。

过了两三天以后，爸爸就彻底完蛋了。不过他没有死，而是出走了。瞧，因为最大的大姐也病倒了，她是爸爸一直最喜欢的孩子。当他看到大姐也要死了，这时候他只能逃避所有这些痛苦了。妈妈没说什么别的，只说爸爸还是离开了好。她一直害怕爸爸会发疯。他已经想不开了，上帝会允许一个坏人引起那么多罪恶。

自从爸爸离开以后，他们就非常穷困。起初他还给家里寄过钱，但是后来他自己日子大概不好过，就停止寄什么了。就在安葬大姐的同一天，妈妈锁上小木屋的门，带着剩下的两个孩子离开了家。她流浪到斯郭纳，在甜菜地里干活，也在土山糖厂找到一份工作。妈妈是一个好女工，有一种开朗坦诚的态度。大家都很喜欢她。很多人也感到惊讶，因为她经受了所有这些苦难以后还能那么镇静。但妈妈确实是一个非常坚强和耐心的人。当有人对她说起，她带在身边的两个孩子非常出色的时候，她只是说："他们啊，他们大概也会很快死去的。"她说这些时，声音都不颤抖，眼里也没一滴泪。她已经习惯了，不期待什么别的。

但是情况不是朝妈妈料想的那样发展。相反，病魔来到了她自己身上。

妈妈的灾难来得快，比两个年纪小的孩子还要快。她是夏天开始的时候到斯郭纳的，秋天还没到她就去世了，扔下两个孤苦伶仃的孩子。

妈妈在卧床生病的时候，就对两个孩子说了很多次，要他们记住，她对让那个女病人住在他们家里从来没后悔过。妈妈这么说，当一个人做得对时，死就是不难受的。所有人都会死，谁也免不了。不过，人自己可以决定，是带着好良心去死，还是带着坏良心去死。

妈妈去世之前，已经想办法为她的孩子做了点安排。她已经请求过房东，让孩子们在他们三个人夏天住的房间里留下来。只要孩子们有个住的地方，就不会给谁带来负担。他们会自己养活自己，这一点她知道。

孩子们得到许可保留这间房间，条件是他们答应放鹅，因为要找到愿意干这种活的孩子一直是很难的。他们也真像他们妈妈说的那样，自己能养活自己。女孩子会熬制奶糖，小男孩会削制木头玩具，再拿到农庄上去卖。他们有做买卖的天性，很快开始在农民那里买进鸡蛋和黄油，再卖给糖厂的工人。他们有那样的办事头脑和条理，大家都可以放心地把随便什么事托付给他们。女孩子是大的，她十三岁的时候就已经像个大人一样可靠。她话不多，认真严肃，不过小男孩话又多性格又活泼，他姐姐常说他，他在地里和鹅群比赛呱呱大叫。

当孩子们在土山住了一两年，有天晚上在学校的楼里举行一场演讲。实际上那是为成人安排的，不过这两个斯莫兰来的孩子也坐在听众中间。他们自己不把自己算作孩子了，也几乎没人再把他们看作孩子。演讲人讲的是严重的肺结核病，这种病每年都在瑞典造成那么多人死亡。他讲得非常有条理，非常清楚明白，孩子们每个字都听懂了。

演讲完了以后，他们俩就站在学校的楼外面等着。当演讲人出来的时

候，他们手拉着手，郑重其事地朝他走过去提出请求，说他们希望能和他谈谈话。

那个陌生人显然对他们两个感到奇怪，他们站在那里，都是又圆又红的孩子脸，可讲话又带着一种严肃的口气，如果他们的年龄是三倍多的话，这种口气才合适，不过那个人还是非常友好地听他们讲。

孩子们就讲了他们家里发生的事。他们现在问这位演讲人，他是不是认为，他们的妈妈和姐姐们就是死于他描述的那种病。他回答说：那也许是很有可能的。几乎不可能是什么别的病。

不过，如果妈妈爸爸早知道这个，早知道孩子们今天晚上听到的这种病，那么他们就能够注意；如果他们在那个流浪女人死后把她的衣服烧掉，如果他们把小木屋打扫得干干净净，也不再用病人睡过的床单被褥，那么他们可能现在都还活着，他们所有的人，这两个孩子现在悼念的人，都还活着，是不是这样？那个演讲人说，这个问题没有人可以百分之百确定地回答，不过，他可以相信，如果他们的亲人当时已经明白保护自己防止传染，那么，他们中间没有一个会得这种病。

现在孩子们等了一会儿，没马上提下一个问题，但是站在原地没动，因为这个问题，就是他们现在想得到回答的问题，对他们是最最重要的。这样的话，说那个吉卜赛女人把这种病传染到他们身上，就是因为他们帮助了她怀恨的那个女人，就不是真的了吧？这种病并不是什么特殊的事情，就只牵连到他们家？——不是啊，这个演讲人可以非常确定地向他们保证，不是这样的。没有人有权力用这种办法把疾病传给另一个人。他们现在知道了，这种病在全国都有。这种病几乎到过所有人家，不过这种病并没有像在他们家那样，在所有人家都夺走那么多人的生命。

于是孩子们就道了谢回家去了。那天晚上他们两个孩子交谈了很长时间。

第二天，他们去辞掉了工作。这一年他们不能放鹅了，他们得到别的地方去。那他们要去哪儿呢？哦，他们要搞明白爸爸在哪里。他们要去告诉他，妈妈和姐姐们是因为一种常见的传染病而死的，这不是什么特殊的事情，不是一个邪恶的人专门传给他们的。他们是那么高兴，因为他们知

道了这一点。现在这成了他们的责任去告诉爸爸，因为直到今天，爸爸肯定对这个谜还是想不开的。

　　孩子们先到了孙内尔布那片石南荒原上他们那个小小的家，让他们大吃一惊的是小木屋在明亮的火焰里燃烧。然后他们又徒步走到牧师庄园，在那里他们打听到，一个当过铁路工人的男人曾经在遥远的北方拉普兰的

矿石山见过他们的爸爸。他在矿井里干活儿，也许到现在还在那里干，不过这点谁也说不定。当牧师听到孩子们要去找爸爸的时候，他就拿出了一张地图，指给他们看，到矿石山矿区去是多么远，劝告他们不要去。可是孩子们说，他们是不得不去找爸爸的。爸爸离开了家，就是因为他相信了什么根本不是真的事情。他们必须去告诉他，是他弄错了。

他们做买卖挣了一点钱，但是不愿意用那些钱去买火车票，而是决定一路都步行着去。对这点他们没有后悔过。他们会做一次那么奇特美妙的徒步旅行。

在他们还没来得及走出斯莫兰之前，有一天他们进了一个农庄去买点吃的。农庄主妇又开朗又爱说话。她问孩子们是什么人，从哪儿来的，孩子们就把自己的全部经历都告诉她。孩子们讲着的时候，农庄主妇就说了好几次："哦天哪！哦天哪！"然后她让孩子们高高兴兴拿到又多又好吃的食物，而且还不让他们留下什么钱买这些吃的东西。当孩子们站起来要道谢和离开的时候，农庄主妇还问他们愿不愿意在下个教区到她兄弟家里去，她告诉他们她的兄弟叫什么，住在哪里。好啊，孩子们听了当然很高兴。农庄主妇还说："你们代我问候他，把发生在你们身上的事告诉他。"

孩子们就这么做了，到了那个农庄主妇的兄弟的家里也得到很好的照顾。他让孩子们跟他一起到下个教区的一个地方去，在那里他们也得到很好的招待。从此以后每次他们离开一个农庄，总是有人说："反正你们要往这个方向走，那就进哪儿哪儿，把发生在你们头上的事说一说吧！"

孩子们被介绍去的那些农庄里，总有一个得了肺结核病的人。这两个孩子自己都不知不觉，就这样步行走遍了全国，也教育了各地的人，让大家知道偷偷进入他们家的病是多么危险，怎样才能最好地同这种病做斗争。

很久以前，当叫作黑死病的大瘟疫摧残这个国家的时候，传说有人看到一个小男孩和一个女孩子从一个农庄走到另一个农庄。小男孩手里拿着一个耙子，如果他到一个房子外面用这个耙子耙地，意味着这个房子里会死很多人，不过不会全死，因为耙子的耙齿是有空隙的，不会把所有东西都耙走。女孩子手里拿着一把扫帚，如果她到一个人家的门前扫地，意味着住在这个门里的所有人都得死，因为扫帚是一种工具，扫过以后会使屋子干净。

在我们的时代，两个孩子因为一种严重而危险的传染病的缘故走遍了全国，这肯定是特别的事情。不过，这两个孩子不是拿着耙子和扫帚让人们害怕，人们反而说："我们不能只耙耙院子扫扫地板就满足了，也要拿起拖把、刷子、洗净液和肥皂。我们要让我们的门外干净，门里也干净，我们自己也干净。用这种方式，我们最后就能战胜这种病。"

## 小马兹的葬礼

小马兹死了。所有那些几个小时前还看见他健康又快活的人，都无法相信这件事，但是不管怎么说结果就是这样。小马兹死了，要安葬。

小马兹是一天清早死的，在屋里看着他死去的没有别人，只有他姐姐奥萨。小马兹临终的时候说："不要去叫什么别的人来！"姐姐就依了他。小马兹说："奥萨，我很高兴，我不是得'这种病'死的。你不高兴吗？"当奥萨什么都不说的时候，他又继续说："我觉得，只要我不是妈妈和姐

姐们的那种死法，死也没什么关系。要是我是那么死了的话，那么你肯定永远不能让爸爸相信，夺走他们生命的只不过是一种常见的病，不过现在行了，你会看到的。"

一切都结束以后，奥萨独自坐了很久，回想着她弟弟小马兹活在这个世界上的时候都经历了什么。她觉得，小马兹用一个成人那样的勇气经受过所有不幸。她想着他最后的话。他还和他过去一样勇敢。对她来说，这是很清楚的，当小马兹现在必须入土的时候，他应该安葬得很有荣耀，和一个大人一样。

她当然明白，要做到这点是困难的，不过她很愿意这样做。为了小马兹的缘故，她必须尽最大努力。

放鹅丫头奥萨这时是在遥远的北方拉普兰叫作矿石山的巨大矿山地带。这是一个奇怪的地方，不过，也许正是这样的地方对她正合适。

小马兹和她到达这里之前，穿过了大片大片无边无际的森林地带。有好几天他们既看不到耕地也看不到农庄，只有小小的贫穷的驿站，直到他们忽然看见了耶里瓦勒大教区村。这个村坐落在一座高山的山脚，有教堂、火车站、法院、银行、药房和旅馆等等。孩子们步行到这里的时候已经是仲夏节前了，但是山上还有一条条残雪。耶里瓦勒村几乎所有的房子都是新的，盖得很好很像样。要不是孩子们看到了山上的残雪，还注意到这里的桦树没发芽，就想不到这是在遥远北方的拉普兰。不过他们不是要到耶里瓦勒来找爸爸，而是要到更北的矿石山矿区去，那里就不怎么像样了。

瞧，情况就是这样，尽管人们早知道在耶里瓦勒附近有个大铁矿，但是，开采真正开始是在几年前铁路修好的时候。那时有几千人一下子涌到北方来，对他们来说，工作当然是有的，但是没有像样的住房，只有他们尽力

才可能为自己安排好的那种简陋住处。有的人用没去掉树皮的圆木搭起小屋子，还有的人把木盒子和空炸药箱当砖头一样拼搭起简陋的小屋。现在村里当然也已经建造了很多像样的房子，但是整个地区无论如何看起来还是很奇特的。大片街区有光亮和漂亮的房子，但是在这些房子之间还有没清理好的森林地面，有大树根和石头。这里有公司总经理和工程师住的很大很漂亮的别墅，也有从开矿初期就保留下来的矮小而样子奇怪的简陋工棚。这里有铁路、电灯和大的机房，人们可以乘着有轨车穿过隧道进入矿井，而隧道是用小电灯泡照亮的。这里到处是大规模的活动，载满矿石的火车一列跟着一列从车站发出。不过四周围还是大片荒野，那里没人犁地耕种，没有房子在造起来，荒野里没有别人只有拉普人，他们赶着驯鹿群到处游牧。

现在奥萨坐在那里想着，这里的生活和这个地方是一样的。大多数事情是有条有理、和平安宁的，但她也多少看到一点野蛮和古怪的事情。她感觉到，要办不寻常的事也许在这里倒比在其他地方容易得多。

她回想着，当他们刚来到矿石山，打听一个两道眉毛长在一起、名字叫雍·阿萨尔松的工人，得到的是什么样的结果。两道眉毛长在一起是爸爸长相上最引人注目的地方，也容易让人记得他。孩子们因此很快就知道爸爸在矿石山工作了好几年，但是现在他出去流浪了。这也是正常的事情，他感到不安的时候，有时就会外出。他去哪儿谁也不知道，不过大家都肯定，过几个星期他就会回来的。而因为他们是雍·阿萨尔松的孩子，就可以住到爸爸居住的小屋里去，等着他回来。有一个女人在门槛下面找出了钥匙，让孩子们进去。没人对他们来这里有什么疑问，看来也没人对爸爸有时到荒野里去流浪有什么疑问。人人各自想干啥就干啥，在这遥远的北方，这

是平常的事情。

奥萨对自己该怎么办丧事不难做决定。上星期天她看见过矿上一个工头是怎么安葬的。这个工头被人用公司总经理自己的马拉到耶里瓦勒教堂，一个矿工组成的长长队伍跟在棺材后面。到了教堂墓地，有一个乐队演奏音乐，有一个唱诗班唱了歌。棺材入土以后，所有到了教堂的人都被请到学校楼房里去喝咖啡。放鹅丫头奥萨希望为她弟弟小马兹办的葬礼差不多就这个样子。

她已经很急切地想过这件事情，自己眼前几乎就看到了整个送葬的队伍，不过她又一次泄了气，对自己说，要办成她希望的那样，恐怕是不可能的。倒不是因为葬礼的费用会太高。他们，小马兹和她，已经攒了很多钱，她能为他办一个过去从来没敢想象的隆重葬礼。她知道，难处在于大人们从来不愿意按照一个孩子的想法办事。她比躺在她面前已经死去的、看上去那么小那么瘦的小马兹其实只大一岁还不到。她自己也只是个孩子。就因为她只是个孩子，那些成年人也许就会反对她的计划。

奥萨首先和女护士谈起有关葬礼的事情。小马兹刚死不一会儿，女护士希尔玛就到他们的小屋子来了，她打开门之前就已经知道，到这个地步小马兹肯定是完了。头一天下午，小马兹在矿区地带转来转去。他站得离一个很大的露天矿坑太近了，矿坑里爆破的时候，几块飞起来的石块砸中了他。他是独自一个人，昏倒在地上很久很久，没人知道出了这个事故。最后有几个在露天矿坑里干活的男人通过一种奇怪的方式得知了消息。他们声称，有一个还没手掌那么高的小毛头跑到矿坑边上对他们叫喊，让他们赶快去救躺在矿坑上面、正在流血的小马兹。这之后小马兹就被背回了家，包扎了伤口，不过这已经太晚了。他已经大量失血，无法救活了。

当女护士走进小屋子的时候，她考虑得更多的不是小马兹，而是他的姐姐。她对自己说："为这个穷孩子我要做些什么呢？无论什么都安慰不了她。"

不过女护士注意到，奥萨既没哭也没抱怨，而是非常平静地帮她做那些该做的事情。女护士非常惊讶，不过，当奥萨开始跟她谈起葬礼的时候，她也就得到解释了。

奥萨用有点庄重和小大人的口气说："当我为小马兹这样的一个人有事情要做的时候，首先必须考虑的是尊重他，趁自己还能办事的时候办好。事情办好以后我还会有时间去哀悼的。"

于是她就请求女护士帮她为小马兹安排一个有尊严的葬礼。没有人比他更应该得到这样的葬礼了。

女护士想，如果这个可怜而孤单的孩子能在这样一个葬礼中得到点安慰的话，那也真是一件好事。所以她答应帮奥萨的忙，而这对奥萨可是件大事。现在奥萨觉得，她的目标几乎就达到了，因为女护士希尔玛是非常有威望的。在这个大矿区，天天都有爆破，每个工人都知道，他随时都可能被一块四处乱飞的石头砸中，或者有塌方的岩石压在自己身上，所以每个人都愿意和女护士搞好关系。

所以，当女护士和奥萨四处奔走，请矿工们下星期日为小马兹去送葬的时候，没有多少人拒绝。他们说："我们当然要去的，因为是女护士请求我们的。"

女护士还顺利安排好了要在墓地演奏的四重奏铜管乐队，和乐队一起的还有个小唱诗班。学校的房子她没有去设法借用，不过，因为天气依然暖和，也是很稳定的夏天天气，就决定让参加葬礼的客人们在露天喝咖啡。

他们从禁酒协会大厅借到了长凳和桌子，向商店借到了杯子和碟子。有两三个矿工的妻子在自己的箱子里还收藏了一些东西，只要她们还住在这里的荒野上，这些东西一般是用不上的，而因为女护士的缘故，她们就拿出来了，有很好看的桌布，可以铺在喝咖啡的桌子上。

她们还向布登市的面包房订购了脆面包片和奶油面包卷，又向吕勒奥市的一家糖果糕点店订购了黑白色的糖果。

奥萨要给她弟弟小马兹办葬礼的事情，在整个矿石山引起那么大的骚动，人人都在谈论，最后连矿产公司总经理本人也知道了这件事。

当矿产公司总经理听到，五十个矿工要去为一个十二岁的小男孩送葬，而就他所知这个小男孩毕竟只是一个四处流浪的小乞丐，他就认为这听起来简直是疯狂。而且还要有唱歌、音乐，还请喝咖啡，还要在坟墓上放云杉树枝，还有吕勒奥来的糖果！他派人把女护士找来，要她停止这一切事情。他说："让这个可怜的小女孩用这种方式把自己的钱浪费掉是很可惜的。大人就这么照着一个小孩子突然的念头去做，这也是不行的。你们会让自己都变得滑稽可笑。"

矿产公司总经理没恶意或者发火。他完全是用平静的口气说话，要求女护士取消那些唱歌、音乐和长长的送葬队伍。只要找九到十个人跟着去一下墓地就够了。女护士没有讲一句反对矿产公司总经理的话，一方面是因为尊敬，另一方面是因为她自己内心必须承认，总经理是对的。对一个讨饭的男孩子来说，这样是太张扬了。她觉得她是让自己对这个可怜的小姑娘的同情超越了自己的理智。

女护士从矿产公司总经理别墅走到下面的工人棚户区去，要告诉奥萨，她不能照奥萨希望的那样去安排葬礼，不过她心里并不轻松，因为她知道得最清楚，这个葬礼对这个可怜的小女孩意味着什么。在路上她碰到了两三个矿工的妻子，跟她们讲了自己的烦恼。她们马上就说，她们也认为矿产公司总经理是对的，为一个讨饭的男孩子搞得这么隆重是不行的。这个小女孩当然是很可怜的，不过一个小孩子用这种方式来安排和操办，这太过分了。所有这些现在都可以不办了，还真是件好事。

这些工人妻子各自分头去把这件事进一步告诉别人。很快从工人棚户区一直到矿井井口，大家都知道，不会为小马兹举办盛大的葬礼了。而且大家马上都承认，这是唯一正确的做法。

在整个矿石山大概只有一个人持不同意见，这个人就是放鹅丫头奥萨。

女护士在奥萨那里真的度过了一段困难时光。奥萨既没哭也没抱怨，但是她也不愿意屈服。她说，她没求矿产公司总经理帮什么忙，所以他与这件事毫无关系。他也不能禁止她按自己希望的方式来安葬她弟弟。

当好几个女人来向奥萨解释说，在矿产公司总经理现在不同意的情况下，他们谁也不会去送葬，这时她才明白，她必须得到他的许可。

放鹅丫头奥萨沉默着坐了一会儿，然后又很快站了起来。女护士问："你要到哪儿去？"

奥萨说："那我就自己去找公司总经理谈一谈吧。"

女人们说："你总不至于相信，他会听你的吧。"

奥萨说："我想，小马兹会同意我去的。公司总经理也许从来没听说过他是一个怎么样的人。"

放鹅丫头奥萨很快穿戴整齐，就出发去找矿产公司总经理了。但是你们现在应该知道，这简直不可思议，一个像她这样的小孩子试图让矿产公司总经理，一个矿石山最有权力的人，改变他一度已经确定了的意志。女

护士和其他女人们都忍不住跟在她后面一小段距离外，为了看看她有没有勇气一直走到那里。

放鹅丫头奥萨在大路中间走着，她身上有什么东西，能让人都转过头来注意她。她走得那么严肃那么端庄，就像一个少女穿过教堂大厅走向祭坛去领第一次圣餐的时候那样。她头上包着从妈妈那里继承下来的一块大而黑的丝绸头巾，一只手拿着一块卷起来的手帕，另一只手提着一篮子木头玩具，那都是小马兹做的。

在路上玩耍的孩子们看见她这样走过来的时候，就跑过来叫喊着："你要到哪里去啊，奥萨？你要到哪里去啊？"不过奥萨不回答。她甚至就没听见他们是在对她说话。她只往前走。当孩子们问了一遍又一遍，还跑着追赶她的时候，跟在她后面的女人们就抓住孩子们的胳膊阻止了他们。女人们说："让她走！她要去找矿产公司总经理，请求他让她为弟弟小马兹办一个大葬礼。"这下孩子们也吓了一跳，因为她要做这么胆大的事，有一小群孩子也就跟着，想看看事情会怎么样。

这是下午六点左右，矿井里收工了。当奥萨走了一段路之后，有几百个工人迈着又大又急的步子走过来。他们下班回家的时候没事是不会朝左右看的，但是当他们遇到奥萨的时候，其中有几个工人注意到有什么不寻常的事发生了，他们问奥萨出了什么事。奥萨一句话也不回答，可是其他孩子大声说出了她打算去哪里。这下有几个工人觉得，一个孩子做这样的事是那么勇敢，所以他们也要跟着去，看看这件事会有什么结果。

奥萨走到了办公楼，矿产公司总经理通常在这里工作到这个时候。当她走进前厅的时候，正门打开了，矿产公司总经理站在她面前，他头戴礼帽，拿着手杖，正准备回自己的住宅去吃晚饭。当他看到这个头包着丝绸头巾、

手拿卷好的手帕的小姑娘，看到她那么郑重其事的样子，就问："你找谁？"

奥萨说："我要找矿产公司总经理本人。"

矿产公司总经理说："哦，那就请进吧。"说着他自己退到了房间里。但他让房门开着，因为他相信，这个小姑娘的事情用不了很长时间。因为这个缘故，跟着放鹅丫头奥萨来的人现在站在外面的前厅里和台阶上也能听到办公室里的谈话。

放鹅丫头奥萨进去以后，先是挺直身子，把头巾往后推，抬起头来用圆圆的孩子的眼睛看着矿产公司总经理，她的目光那么严肃，能让一个人心痛。她说："是这么回事情，小马兹死了……"她声音颤抖得说不下去了。

不过矿产公司总经理现在明白了他在和谁打交道。他友好地说："噢，你就是那个小姑娘，是你要举办那个大葬礼。这个你不要操心了，孩子。这对你来说太贵了。要是我以前就听说了的话，我会马上阻止这件事的。"

小姑娘的脸抽动了一下，矿产公司总经理以为她要开始哭了，不过她没哭，而是说道："我想问问总经理，我能不能讲一些小马兹的情况。"

总经理用他平常那种平静和友好的口气说："你们的经历我已经全都听说了。你别以为我觉得你不可怜。我愿意这样，只是为你好。"

这时放鹅丫头奥萨把身子挺得更直了，用更响亮和清楚的声音说："小马兹从九岁开始，就没了爸爸又没了妈妈，他就得像一个成年人那样自己养活自己。但他连一顿饭都不会去向人乞讨，总是要自己付钱。他总是说，一个男子汉去讨饭是不行的。他在乡下四处奔走，收购鸡蛋和黄油，他做生意就像一个老商人一样好。他从不粗心大意丢掉什么东西，从不自己藏一块钱，而是把所有钱交给我。小马兹放鹅的时候，到了地里还带上自己的活做玩具，勤奋得好像是个成年人一样。小马兹在从一个农庄走到又一

个农庄，南边斯郭纳的农民们也经常托小马兹捎带大笔的钱，因为他们都知道，这个孩子是可以信任的，就跟他们信任自己一样，所以，说小马兹只是个小孩子是不对的，因为没有很多大人……"

矿产公司总经理站在那里望着地板，脸上连一块肌肉都没动一下，放鹅丫头奥萨沉默下来，因为她以为，她的话对他没一点作用。在家的时候她觉得自己有好多关于小马兹的话可以说，但是现在她能想到的话才那么一点点。她怎么才能让矿产公司总经理明白，小马兹值得像一个成年人那样去安葬呢？

奥萨说："所以，当我现在愿意自己支付全部葬礼费用的时候……"这时她又说不出话了。

这时矿产公司总经理抬起目光，看着放鹅丫头奥萨的眼睛。他打量她，评估她，就像那种手下有许多人的老板必须做的那样。他在想，这个姑娘经历了那么多，失去了家庭、父母和兄弟姐妹，可是她依然站在那里没有垮掉，这样的姑娘多半会成为一个了不起的人。不过他怕在她已经承受的负担上再增加重量，因为这是可能发生的，可能成为把她压垮的最后一根稻草。他理解，她来找他谈是为了什么。她爱这个弟弟胜过其他一切。用拒绝来对待这样一种爱是不行的。

矿产公司总经理最后说："好吧，你就照你的意愿去做吧。"

译注：耶里瓦勒（Gällivare）是瑞典重要矿区之一，地理上位于拉普兰，行政区划属于北波的尼亚（Norrbotten）。

704

# 45. 和拉普人在一起

　　葬礼结束了。放鹅丫头奥萨的所有客人都已经走了，她独自留在属于她爸爸的小屋子里。她关好了门，因为她要安安静静地坐下来想念自己的弟弟。她回忆起一切，小马兹说过和做过的，一件又一件，事情是那么多，所以她都没睡觉，而是坐了整整一个晚上，又坐了大半夜。她越想弟弟就越明白，没有了他，生活会是多么难，最后她就低下头趴在桌上痛哭起来。她呜咽着：“没有小马兹，我怎么办呢？”

　　已经是深更半夜了，放鹅丫头奥萨已经过了一个很劳累的白天，所以只要她一低下头，睡意就悄悄征服了她，那也是不奇怪的。同样不奇怪的是，她梦见了她刚才坐着想念的人。她觉得活生生的小马兹进了她的房间。他说：“奥萨，现在你该去找我们的爸爸啦！”

　　她回答着：“我一点都不知道他在哪里，怎么去找他呢？”

　　小马兹还像他过去习惯的那样，又爽快又高兴地说：“我要给你派一个人来，他会帮你的。”

　　就在放鹅丫头奥萨还在做梦，小马兹在讲这些话的同一时刻，有人在

敲她这个房子的门。这是真的敲门声，不是她在梦里听到的什么声音。不过，她还深处在自己的梦境里，也搞不清楚什么是真的，什么是幻觉，当她去开门的时候，心里还想："现在肯定是小马兹答应给我派来的人来了。"

如果放鹅丫头奥萨打开门的时候，站在门口的是女护士希尔玛或者什么别的真正的人，那么这个小姑娘马上就明白，梦已经结束了，可是现在情况不是这样，敲门的人是一个小小的小毛头，还没手掌那么高。虽然这是半夜很晚的时候，但是天还是跟白天一样亮，奥萨马上就看出，这个小毛头跟她和小马兹在全国流浪的时候碰到过两三次的小毛头是同一个人。那时候她很怕他，就是现在，要是她真的醒了的话，也会害怕的。但是她还以为自己是在做梦，所以能平静地站着。她想："我正在等的就是他吧，是小马兹派来帮我去找爸爸的人。"

她这样想也没什么错，因为小毛头就是来跟她说有关她爸爸的事。当他看到，她并不害怕他的时候，就三言两语告诉她，在什么地方可以去找到她的爸爸，怎么样才能到他那里去。

当他讲的时候，放鹅丫头奥萨逐渐醒过来，完全恢复了意识，当他讲完她已经完全醒了。这时她才非常恐惧，因为她是跟一个不属于她的世界的人说话，她就吓得既不会说感谢也不会说别的，转身就进了屋子把门关紧。她觉得，当她这样做的时候，她看到这个小毛头脸上有一种非常痛苦的表情，可是她也忍不住。她已经吓得完全魂不附体，赶紧爬到床上，拉过被子蒙住眼睛。

不过，虽然她那么害怕这个小毛头，但心里明白他是为她好，所以第二天她赶紧照着小毛头告知她的话去做了。

*

在比矿石山还要往北好几十公里的地方有个小湖罗萨雅莱，湖西岸有个拉普人居住的小营地。湖的南端耸立着一座巨大的山脉叫基鲁纳瓦拉，据说是由几乎纯净的铁矿石构成的。湖的东北面有另一座大山叫罗萨瓦拉，也是一座有丰富铁矿的山脉。从耶里瓦勒通向那两座大山的铁路正在修建，在基鲁纳瓦拉附近正在建造火车站、供旅客住宿的旅馆和为采矿开始后到这里来的工人和工程师们建造的大批住宅。这里将会成为一个完整的小城市，有令人愉快而又舒适的房屋，而它兴建的地带是在那么遥远的北方，所以覆盖在地面上的矮小的桦树要到仲夏以后才吐芽长出叶子。

这个湖西面的地带空旷开阔，前面已经说过，有两三个拉普人的家庭在这里扎下了营地。他们是在一个月以前到那里去的，他们不需要很长时间就把住地都安排好了。他们既不用爆破也不用砌墙以便打造良好而平坦的房子地基，只要在湖的附近为自己选好一块干燥、舒适的地方，然后砍掉几个柳树丛，铲平几个草墩，整理出一块空地就行了。他们也不用在漫长的白天里砍树伐木，修筑起牢固的木板墙；也不用发愁去竖房梁、盖房顶、造板墙、安窗户、装门和锁。他们只需要把帐篷支架牢固地打进地里，在支架上挂好帐篷布，住处就算安排好了。他们也不用麻烦自己去搞室内装饰和家具配置，最重要的就是在地上铺一些云杉树枝，几张鹿皮，把通常用来煮驯鹿肉的那口大锅吊到一根铁链上，而铁链是固定在帐篷支架的顶端。

707

这个湖东岸的新建筑工正带着最急迫的心情劳动着，为的是在严酷的冬天开始之前就把房屋建造好，他们惊讶的是那些拉普人，已经有好几百年就在那么极北的地方到处游荡，没想过还需要比薄薄的帐篷墙更好的抵挡严寒和风暴的防护。而拉普人对新建筑工感到奇怪，这些工人干那么多那么沉重的活，而生活并不需要更多的东西，只要有几头驯鹿和一个帐篷就可以了。

　　七月里的一个下午，罗萨雅莱那一带下了非常可怕的大雨，不然的话在夏天很少留在帐篷里的拉普人，

不会有多少是多少地全都钻进了一个帐篷，围着火坐下喝咖啡。

当拉普人端着咖啡杯聊天聊得最开心的时候，有一只船从基鲁纳那边划了过来，在拉普人的帐篷边靠了岸。从船上跨下来一个工人和一个小姑

娘，她的年龄在十三到十四岁之间。几条拉普人的狗高声吼叫着朝他们冲过去，一个拉普人从帐篷入口探出头去看出了什么事。他看到这个工人的时候就高兴起来。那是拉普人的一个好朋友，一个友好健谈的男人，还会讲拉普话。拉普人就喊他到帐篷里来。他说："现在你就像是被我们请到这里来的，瑟德拜里。咖啡壶就放在火上。这种下雨天没人能做什么。你来这里给我们讲点新鲜事吧！"

这个工人钻进了拉普人的帐篷。小小的帐篷里之前就已经挤满了人，现在大家一边说着笑着，费了很多事才给他和小姑娘腾出地方。这个工人马上开始用拉普话和主人交谈起来。跟他来的小姑娘一点也不懂他们的谈话，只沉默地坐着，惊奇地看着大锅和咖啡壶，看着火堆和烟，看着拉普男人和拉普女人，看着孩子和狗，看着四周的围墙和地，看着咖啡杯和烟斗，看着彩色的服装和刻制出来的工具。一切对她来说都是新鲜的，没有一样是她习惯了的那种东西。

但是她突然不得不停止抬着头看来看去了，必须低下头垂下眼睛，因为她注意到帐篷里所有的人都在看着她。瑟德拜里肯定说了些关于她的事，因为现在拉普男人和拉普女人都把短短的烟斗从嘴上拿开，朝她这边看。坐在她旁边的拉普男人拍拍她的肩膀，点着头用瑞典语说："好，好。"一个拉普女人倒了一大杯咖啡，费了不少事才递给她，还有个跟她差不多一样大的拉普男孩从坐着的人中间绕来绕去爬到了她身边，躺在那里只盯着她看。

小姑娘明白，瑟德拜里在告诉拉普人她怎么为她弟弟小马兹办了一个大葬礼，不过她希望瑟德拜里不要谈太多她的事，而是相反，问问拉普人知不知道她爸爸在什么地方。小毛头说过，她爸爸和在罗萨雅莱湖西岸扎下营地的拉普人在一起。她求了人允许跟着一趟运碎石的火车到这里来找他，因为这条铁路上还没有真正的客车。所有的人，既有工人也有工头，都尽了最大力量帮助她，而基鲁纳的一个工程师还派了能讲拉普语的瑟德拜里带着她坐船到湖这边来打听爸爸的消息。她本来希望，她一到这里就能遇到爸爸。她的目光从帐篷里的这一张脸移到另一张脸，但是所有的人全都是拉普人。她爸爸不在这里。

她看到，拉普人和瑟德拜里说话的时间越长，就越来越严肃，拉普人摇着头，用手拍着前额，好像他们在谈论什么理智不健全的人。这下她就非常不安，再也不能保持沉默，坐着等待了，就问瑟德拜里，有关她爸爸拉普人知道些什么。

这个工人回答说："他们说，他出去钓鱼了。他们不知道他今天晚上是不是会回到帐篷营地来，不过，只要天气好一点，他们中间有个人会去找他。"

然后他又朝拉普人转过头去，继续和他们急切地交谈起来。他不愿意让奥萨有机会问他更多有关雍·阿萨尔松的问题。

*

这是早晨，天气美好。这些拉普人里最出色的人乌拉·塞尔卡说，他要亲自出去找奥萨的爸爸，但是并不着急走，而是蹲在帐篷前面，想着雍·阿萨尔松这个人，考虑着该怎么样把他女儿来找他的消息告诉他。要紧的是

能够做到，不让雍·阿萨尔松听了就吓得逃走，因为他是一个见了孩子就害怕的怪人。他常常说，他一见到孩子，就会有乌七八糟的想法，让他受不了。

在乌拉·塞尔卡考虑着的时候，放鹅丫头奥萨和昨天晚上盯着她看的拉普男孩子阿斯拉克正坐在帐篷前面说话。阿斯拉克上过学，会讲瑞典语。他给奥萨讲萨米族人的生活，还向她保证说，他们过得比所有其他人都更好。奥萨认为萨米族人过的日子是可怕的，也这么说了。阿斯拉克说："你真不知道你在说什么，你只要留在我们这里一个星期就会看到，我们是整个地球上最幸福的人！"

奥萨说："要是我留在这里一个星期，就被帐篷里的烟呛死了。"

拉普男孩子说："别这么说！你对我们什么都不知道。我要给你讲点事情，那你就会明白，你在我们中间留下来的时间越长，就过得越开心。"

然后阿斯拉克就开始给奥萨讲，当一种叫黑死病的瘟疫流行全国的时候是怎么样的情况。他不知道这种病是不是也流行到了北方真正的萨米族人居住的地区，也就是现在他们所在的地方，但是在耶姆特兰这种病传染得很厉害，住在那里的大森林和高山上的萨米人，除了一个十五岁的男孩子之外全都死了，而住在河谷地带的瑞典人除了一个女孩子之外也没一个人活下来，那个小姑娘也是十五岁。

阿斯拉克继续说："男孩子和女孩子都在这个荒芜的地区流浪了整整一个冬天，想找到其他人类，快到春天的时候他们终于碰在一起了。当时那个瑞典女孩子就请那个拉普男孩子跟着她到南方去，那样她就可以回到自己民族的人那里。她不愿意再留在耶姆特兰，那里除了荒芜的村庄以外什么也没有了。萨米男孩子说：'你愿意到哪里我都可以送你去，不过冬

天到来之前还不行。现在是春天，我的驯鹿都要往西到大山上去，你知道吧，我们萨米人必须到驯鹿群带我们去的地方。'

"这个瑞典女孩子是有钱人家的孩子，她习惯了住在有房顶的屋子里，睡在床铺上，坐在桌子旁吃饭。她总是瞧不起穷苦的山区人民，认为那些居住在露天里的人是非常不幸的。但是她又害怕独自回到自己的庄园去，那里没有别的只有死人了。她对男孩子说：'那么至少让我跟着你到山上去吧，我就免得独自在这里，连一个人的声音都听不见！'男孩子就很乐意地答应了，女孩就可以跟着驯鹿到山上去。驯鹿群渴望着高山上美味的牧草，每天走很长的路。他们根本没时间搭帐篷，只有在驯鹿停下来吃草的时候倒在地上，甚至就在雪地上睡一会儿。动物们感觉到南风在吹动他们的皮毛，就知道用不了多少天，南风就会把山坡上的积雪打扫干净。女孩子和男孩子不得不跟着鹿群赶快奔跑，穿过快要融化的雪地，踏着快要破碎的冰。当他们赶到了山上那么高的地方，那里连针叶林都已经没有了，代替的是矮小的桦树，他们在那里休息了几个星期，等着更高的山地上的积雪融化。然后他们就爬上了这些高山。女孩又是抱怨又是喘气，说了好多次她那么累，必须掉过头到下面的河谷去，不过她还是宁可跟着走，也不要一个人孤零零地留下来，身边连一个活人都没有。

"当他们来到山顶的高原上，男孩子在一块紧挨着高山小溪的美丽的绿草地上为女孩子搭起了一个帐篷。到了晚上，男孩子用套索套住母驯鹿，挤了鹿奶给她喝。他把他们的人去年夏天上山的时候藏在高地上的干鹿肉和鹿奶酪也找了出来。女孩依然在抱怨，从来没满意过。她既不想吃干鹿肉和鹿奶酪，也不想喝鹿奶。她无法习惯蹲坐在帐篷里或者睡在地上，下面只铺一张鹿皮和一些树枝当床。但是那个高山民族的儿子对她的抱怨只

713

是笑，继续很好地对待她。

　　"过了几天，男孩子挤鹿奶的时候，女孩子走到他面前，请求允许她帮他忙。她还担任了在煮鹿肉的大锅下生火、提水、做奶酪的工作。现在他们有了一段好日子。天气暖和，容易找到食物。他们一起出去安放捕鸟的夹子，在激流里钓鳟鱼，也到沼泽地里采云莓。

　　"当夏天结束的时候，他们往山下搬了很长一段路，到达了针叶林和阔叶林交界的地方，在那里重新搭起帐篷。现在是屠宰的季节，他们天天紧张劳动，不过这也是一段好日子，能得到比夏天还好的食物。等到下了大雪，冰层开始在湖面上冻结起来的时候，他们就继续往东边的山下走，进入浓密的云杉树林。他们一搭起帐篷，就干起

冬天的活儿来。男孩子教女孩子用鹿筋搓绳子，鞣皮子，用鹿皮缝制衣服和鞋子，用鹿角做梳子和工具，还教她滑雪，坐着驯鹿拉的雪橇旅行。当他们度过了这个黑暗的冬天，到了几乎整天都有太阳的时候，男孩子对女孩子说，现在他可以陪她到南方去了，这样她就可以找到她自己民族的人。但那时女孩子却惊讶地看着他。她说：'你为什么要把我送走？难道你希望独自和你的驯鹿在一起吗？'

"男孩子说：'我以为，是你想回到南方去。'

"女孩子说：'我现在已经过了差不多一年萨米人的生活。自从我在高山上和森林里自由自在游牧了这么长时间，我不能再回到我自己的民族那里去了，不能只住在拥挤的房子里生活了。别赶我走，让我留在这里吧！你们的生活方式比我们的好。'

　　"那个女孩子就一辈子留在男孩子那里，从来没希望回到河谷那边去。奥萨，只要你在我们这里留下来一个月，你就再也不想和我们分开了。"

　　拉普男孩阿斯拉克用这些话结束了他的故事，就在这个时刻，他爸爸乌拉·塞尔卡把烟斗从嘴边拿开站了起来。老乌拉懂很多瑞典语，只是不愿意让人知道。他听懂了儿子的话，听着听着，就突然想清楚了他应该怎样做，可以告诉雍·阿萨尔松他女儿来找他了。

　　乌拉·塞尔卡走到罗萨雅莱湖边，沿着湖岸走了一段路，直到他遇见一个坐在石头上钓鱼的男人。这个钓鱼人头发灰白，佝偻着腰，眼睛闪着疲倦的目光，在他身上只有松垮和无奈的样子，看上去像努力想背起什么重东西的人，但东西对他又太重，也像要想出什么办法的人，但这对他又太难，由于没有成功，就变得垂头丧气。

　　这个山地人一边走过去，一边用拉普话说："雍，你钓到了不少鱼吧，因为你坐在这里钓了整整一夜了。"

　　另外这个钓鱼人吓了一跳，抬起头来。他鱼钩上的鱼饵早没了，身边的湖岸上也没放着一条鱼。他又赶紧放上新鱼饵，把鱼钩扔出去。这个时候那个山地人就在他旁边的草地上坐下来。

　　山地人乌拉说："有件事，我愿意跟你说一下。你知道，我有个女儿去年死了，我们帐篷里的人总是在想念她。"

　　钓鱼人只简短地说："是啊，我知道。"他的脸上掠过一片阴影，就好像他不喜欢提到一个死孩子。他讲的很好的拉普话。

拉普人说："不过，让哀伤毁了自己的生活是没好处的。"

"是，是没好处的。"

"现在我想收养一个孩子。你不认为，这是明智的吗？"

"那要看是一个什么样的孩子，乌拉。"

乌拉说："我愿意把我知道的这个女孩子的事跟你说一说，雍。"然后他就告诉这个钓鱼人，仲夏节前后有两个外地来的孩子，一个小男孩和一个小女孩，徒步来到矿石山找他们的爸爸，因为爸爸出门了，他们就在那里等他回来。但是他们等着的时候那个小男孩被一次爆破飞出的石头砸死了，于是小女孩要为弟弟举办一次很隆重的葬礼。然后乌拉用优美感人的语气描述了那个穷苦小女孩怎么说服所有人去帮助她，而且她那么勇敢，竟然自己去说服矿产公司总经理。

钓鱼人问："乌拉，你要收养到你帐篷里的，就是这个女孩子吗？"

拉普人说："是的。我们听了这件事，全都忍不住哭了，我们互相说，这么好的一个姐姐也肯定是一个好女儿，我们希望她能到我们这里来。"

另一个人坐着沉默了一会儿。可以注意到，他继续谈话仅仅是为了让他的拉普朋友高兴。"那个小女孩，她是你们民族的人吗？"

乌拉说："不是啊，她不是什么萨米族的人。"

"也许她是什么新搬来的建筑工的女儿，所以习惯了北方这里的生活吧？"

乌拉说："不是的，她是从南方很远的地方来的。"他说的口气就好像女孩子从哪里来和这件事没什么关系。

但是现在钓鱼人倒有了更多兴趣。他说："那我认为你不能收养她。她不是在这种帐篷里长大的，那冬天住在帐篷里她是受不了的。"

乌拉·塞尔卡固执地说："在帐篷里她会有好父母和好兄弟姐妹啊。孤单一人比挨冻还要糟糕。"

不过，钓鱼人看上去越来越着急要阻止这件事情，就好像他不能接受这种想法，让一个瑞典人的孩子由拉普人来收养。"你不是说，她还有个爸爸在矿石山吗？"

拉普人干脆地说："他死了。"

"这个你已经真的搞清楚了吗，乌拉？"

拉普人轻蔑地说："这件事还需要问什么吗？我当然知道了。如果这个女孩子和她弟弟的爸爸还活着，他们还会被迫孤零零地徒步穿过整个国家来找他吗？如果他们还有一个爸爸，这两个孩子还需要自己挣钱养活自己吗？如果她爸爸还活着，这个女孩子还需要一个人跑去说服矿产公司总经理吗？现在整个萨米人居住的地区都在谈论这件事，说她是个多么能干的女孩子，如果她爸爸还活着，不可能不知道这件事，那她还会每时每刻都孤身一人吗？小女孩自己相信她爸爸还活着，不过，我敢说，他肯定是死了。"

这个带着疲倦眼神的男人朝乌拉转过身来。他问道："那个女孩子叫什么名字，乌拉？"

这个山地人想了想说："我不记得了，我可以问问她。"

"你可以问问她？那她已经在这里吗？"

"是啊，她就在湖岸上面的帐篷里。"

"什么，乌拉？你还不知道她爸爸愿意怎么样，就把她领到你这儿来了？"

"我不需要考虑她爸爸。如果他没死，他也一定是那种不想管自己孩子的人。别人来抚养他的孩子，他还高兴呢。"

钓鱼人扔下鱼竿站起来。他动作迅速，就好像他有了新的生命。

这个山地人继续说："我想，她爸爸跟别人不一样，也许是被乌七八糟的想法给吓跑了，所以连工作都干不下去。这算什么爸爸啊，她要这样的爸爸干吗？"

乌拉说这些的时候，钓鱼人已经朝湖岸上走。这个拉普人问："你去哪儿？"

"我要去看看你那个养女，乌拉。"

这个拉普人说："那好啊。去看看她吧！我想你会认为我有了个好女儿。"

这个瑞典人走得那么快，所以这个拉普人差点跟不上。过了一会儿乌拉对他的同伴说："我刚刚想起来了，那个我要领养的女孩子，她叫奥萨·雍斯多特，也就是雍的女儿啊。"

另一个人只是加快了步子，老乌拉·塞尔卡那么得意，只想放声大笑。当他们走了很长一段路，看到了帐篷的时候，乌拉又说了几句话："她到我们萨米人这里来是为了找她爸爸，不是来做我养女的，不过，如果她找不到爸爸，那我很愿意把她留在帐篷里。"

另一个人用更快的速度往前赶路。

乌拉对自己说："我可以相信，当我威胁他，说要把他女儿收养在我们萨米人中间，他就害怕了。"

当那个划着船把放鹅丫头奥萨送到拉普人营地来的基鲁纳人到了这天快过去要返回对岸的时候，他的船上还带着两个人。他们紧挨着坐在船板上，亲热地拉着手，好像他们再也不愿分开了。他们是雍·阿萨尔松和他的女儿。他们两个人和两三小时以前相比都不一样了，雍·阿萨尔松看上

去不那么疲倦了，也挺直了腰，眼睛里闪着清亮而善良的目光，好像他现在对那么长久地苦恼他的问题得到了解答，而放鹅丫头奥萨也不像过去常做的那样，那么机敏和警惕地朝周围看了。她身边已经有了一个大人可以依靠可以信任了，看起来就好像她又变成了一个孩子。

译注：基鲁纳（Kiruna）位于拉普兰中部，也是瑞典最北的工业城市，最重要的铁矿之一。

# 46. 向南方！向南方！

旅程第一天

十月一日　星期六

　　小男孩坐在白公鹅背上，在高高的天空中向前飞驰。三十一只大雁排

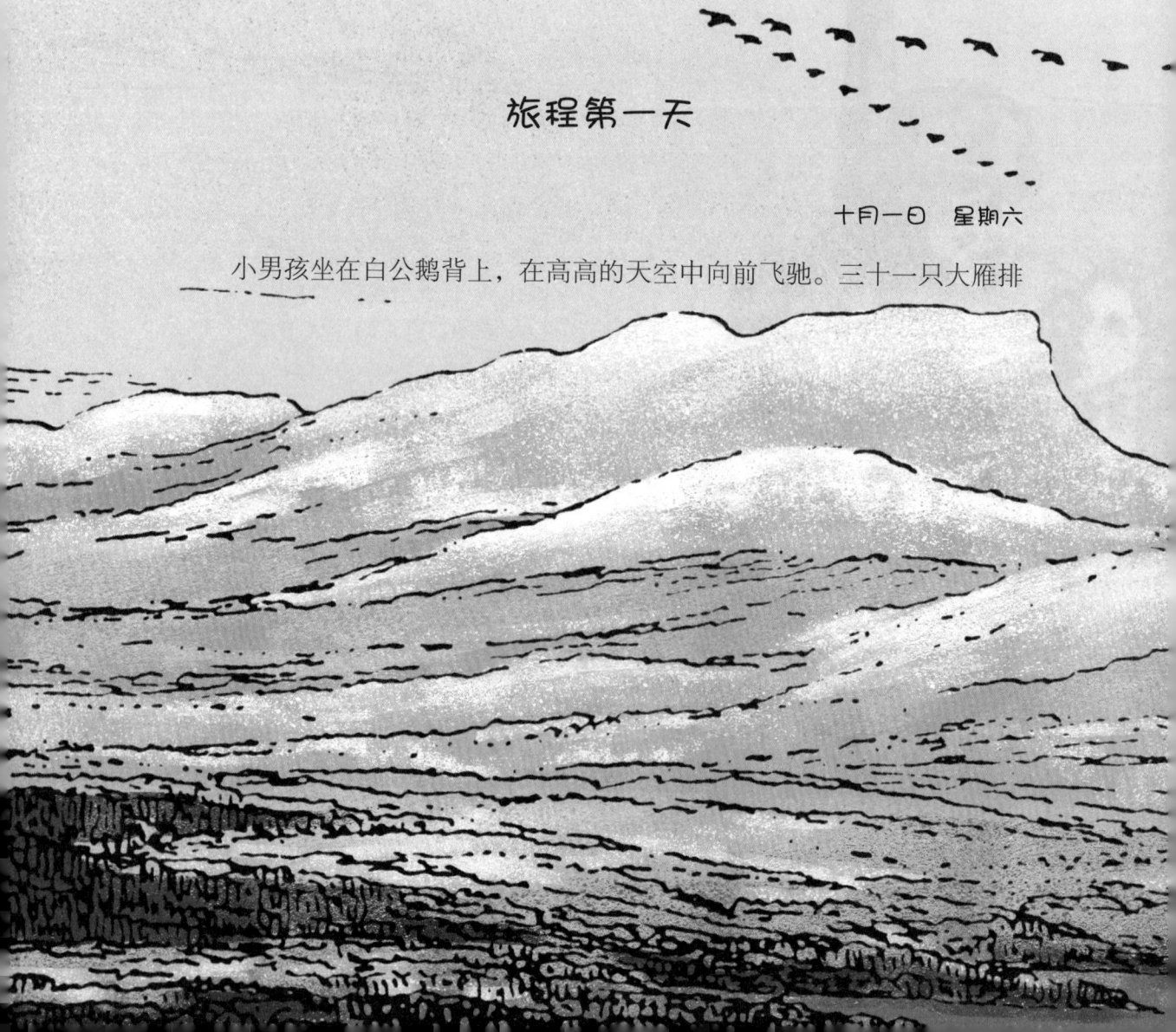

着整齐的队形向南方快速飞行。羽毛呼隆隆作响，那么多翅膀抽打着空气也带着飕飕的风声，所以就连自己说话的声音也几乎听不见了。凯布讷山来的大雁阿卡领头飞行，跟在她后面的是于克西和卡克西、库尔美和奈利耶、维西和库西、公鹅莫顿和灰雁羽佳。去年秋天还跟随雁群的六只小雁现在已经离开雁群自己照管自己了。相反，老雁们带上了这个夏天在大峡谷里长大的二十二只小雁。十一只在右边飞，十一只在左边飞，他们尽力跟老大雁一样，相互之间保持着平均的距离。

可怜的小雁们还从来没做过长距离飞行，一开始他们很难跟得上这么快的飞行。他们用充满哀怨的声调叫着："凯布讷山来的阿卡！凯布讷山来的阿卡！"

领头雁就问："有什么事？"

小雁们尖叫着："我们的翅膀累得动不了啦。我们的翅膀累得动不了啦。"

领头雁回答："你们坚持得越长远，就会越好。"她速度一点也不放慢，

还是像先前那样继续飞。看起来也真是那样，好像她说的是对的，因为当小雁们飞了两三个小时以后就不再抱怨累了。但是，他们在大峡谷里习惯了一整天从早到晚吃东西，没过多久就渴望吃东西了。

小雁们用悲惨的声音叫着："阿卡，阿卡，凯布讷山来的阿卡！"

领头雁就问："现在有什么事？"

小雁们尖叫着："我们那么饿，再也飞不动了。我们那么饿，再也飞不动了。"

领头雁回答："大雁要学会吃空气喝大风。"她没有停下来，还是像先前那样继续飞。

看起来几乎就好像小雁们已经学会靠空气和风生活，因为当他们飞了一会儿以后就不再抱怨肚子饿了。大雁群依然还在高山上空飞行，他们飞过的所有山峰，老大雁们都叫出它们的名字，为了让小雁们知道每座山峰叫什么。他们喊着："这是波索巧库峰，这是萨尔耶克巧库峰，这是苏里特尔马峰。"

但是，当老大雁们叫了一会儿，小雁们就不耐烦了。

他们用伤心的声音叫着："阿卡，阿卡，阿卡！"

领头雁就问："有什么事？"

小雁们尖叫着："我们脑子里没地方装更多名字了。我们脑子里没地方装更多名字了。"

领头雁回答："一个脑子里装进去的东西越多，地方就越大。"说完继续用原先的方式叫喊出那些奇特的名字。

小男孩自己在想，总算是时候了，大雁要向南方飞了，因为已经下了很多雪，凡是他能看到的地方，地面已经是白茫茫的。而且也不能否认，在大峡谷里的最后几天他们过得相当艰苦。大雨、风暴和浓雾接连不断没有停过。就算有过一两个晴天，也马上变得冰冷。浆果和蘑菇是小男孩在夏天赖以生存的食物，这时都冻坏和腐烂了，所以到最后他不得不吃生鱼，而这是他最讨厌的事情。白天已经变短了，对于不能睡觉睡得正好和太阳在天空消失的时间一样长的人来说，在那些漫长的夜晚和姗姗来迟的早晨里，时间就过得太慢了，太无聊了。

但小雁们的翅膀现在终于完全长好了，所以飞向南方的旅程能够开始了，小男孩这下高兴坏了，所以骑在鹅背上又笑又唱。明白吧，他盼望离开拉普兰，不光是因为那里又黑又冷又没东西吃，也是因为完全不同的事情。

在拉普兰的最初几个星期，他当然没有渴望离开。他曾经认为，他从来没到过一个那么漂亮那么美好的地方，除了防止成群的蚊子把他吃掉以外，他没有别的烦恼。小男孩和白公鹅莫顿做伴的时候并不多，因为这个大白鹅只想着为羽佳放哨，一步都不离开她。不过，他倒是常跟着老阿卡和果尔果老鹰，在一起度过了很多快乐美好的时光。那两只鸟曾经带着他长距离飞行。小男孩曾经站在白雪覆盖的凯布讷大雪山山顶，俯瞰着这座陡峭的白色锥体山峰下面伸展出去的条条冰川，也拜访过很多其他的高峰，正因为高而没有人走上去过。阿卡还给他看过高山中深藏的山谷，让他往下看悬崖上的岩洞，那是母狼哺养狼崽的地方。理所当然，他也认识了成群结队在美丽的托讷湖岸边吃草的驯鹿，还到过大湖瀑布下面，向居住在那一带的熊转达了他们在大矿区的亲戚的问候。无论他到哪里，都是五光十色雄伟壮观的地方。他能亲眼看到这些，确实好开心，不过他不愿意住在那里。他必须承认，阿卡是对的。阿卡说过，那些新来的瑞典建筑工人最好能离开，让这个地区保持和平安宁，把它交还给熊、狼、驯鹿、大雁、

雪鹀、旅鼠和拉普人，他们生来就是为了在这里生活的。

有一天阿卡带他到了那些大矿镇中的一个矿镇去，他在那里发现小马兹被砸伤了躺在一个矿坑外面。那几天里，他顾不上想别的，只想着帮助可怜的放鹅丫头奥萨，不过当奥萨找到了爸爸，那他就不用再为她做什么了，宁可留在大峡谷里的住处。从那时候起他走来走去只盼望着那一天，他能和公鹅莫顿回家，而他又成为人。他还是愿意再成为那样的人，是放鹅丫头奥萨敢和他讲话、不会当着他的面就把门紧紧关上的人。

是呀，现在他已经在飞向南方的路上了，当然好开心啊。当他看见了第一片云杉森林的时候，他抓起帽子挥舞，高声欢呼；也用同样的方式欢呼见到的第一栋新建筑工人的灰色房子、第一只山羊、第一只猫和第一群

母鸡。他飞越过壮观的大瀑布，他右面是美丽的高山，不过这样的山他现在看惯了，所以都不在意再看一眼。但当他一到高山东面看见了克维克姚克的小教堂、那个小小的牧师庄园和那个小小的教堂村，那就是另一回事了。他觉得这里那么美丽，感动得热泪都要落下来了。

他们不断碰到往南飞的候鸟群，鸟群也比春天时大得多。候鸟们喊着："大雁大雁，你们到哪里去？你们到哪里去？"

大雁们回答："跟你们一样，我们要到国外去。我们要到国外去。"

其他鸟就喊着："你们的小雁还没长好，那么幼嫩的翅膀绝对飞不过大海。"

拉普人和驯鹿群也正在从高山上往下迁移。他们走得很有秩序：一个

拉普人走在队伍最前头，后面跟着驯鹿群，走在前面的是大公鹿，接着是一队驮东西的驯鹿，他们驮着拉普人的帐篷和行李，最后是七八个人。当大雁看见驯鹿的时候，就降低下去还高喊着："现在该感谢你们啊，一起度过这个夏天！现在该感谢你们啊，一起度过这个夏天！"

驯鹿回答："一路平安，欢迎你们回来！"

不过，当熊看见大雁群时，他们指着雁群让自己的熊崽子看，吼叫着："瞧这些大家伙啊，连这么一点寒冷都害怕，冬天也不敢留在家里！"

老大雁们并不需要回答他们，而是对自己的雁崽子叫着："瞧这些家伙，他们宁愿躺着睡半年，也不想麻烦自己走到南方去！"

在下面的云杉树林里，松鸡崽子们缩着身子羽毛杂乱冷得发抖，眼巴巴看着所有那些大鸟群过节一样快乐地向南方飞去。他们就问母松鸡："啥时候轮到我们呢？啥时候轮到我们呢？"

母松鸡说："你们全得跟妈妈爸爸留在家里。你们全得跟妈妈爸爸留在家里。"


# 在东山上

十月四日　星期二

每个到过高山地区的人多半都知道，云雾多难对付，云雾滚滚而来遮住视线，于是所有那些在你周围耸立起来的美丽高山，你就什么都看不见。即使在仲夏季节你也会碰到云雾。秋天的时候可以说你几乎不可能躲开云雾。尼尔斯·霍尔格松碰到的情况是，当他还在拉普兰的时候，一直还有足够好的天气，但是大雁们还没来得及叫喊着说他们现在飞进了耶姆特兰，云雾就紧紧包围了他，所以这个地区他就什么都看不见了。他在这个地区的上空飞了一整天，不知道他来到的地区是一个山区还是一个平原。

傍晚的时候，大雁们降落在一块绿地上，这块绿地往所有方向都是倾斜下去的，所以小男孩明白，他们是落在一个山顶上，不过这个山顶是大是小他没法搞清楚。他认为他们是到了有人居住的地区，因为他好像听到了人类说话的声音，也听到了车辆在一条路上滚动的吱吱声，不过在云雾中这一点他也不能确定。

他好想找到一个农庄去，又怕在大雾中迷路，所以也不敢做别的，只能留在大雁群这里。在云雾中，什么都潮湿得能滴出水来。每片草叶子和每棵小植物上都挂着小水珠，所以只要他动一动，就好像洗了一次真正的雨水淋浴。他想："这个地方不比山上面的大峡谷好到哪里去。"

但是几步路他还是敢走的，没走多远就隐约看见自己眼前出现了一个建筑。这个建筑并不特别大，但有好几层楼高。他看不到这个建筑的顶部。大门是关着的，整座房子看来没人住。他明白了，这不是别的建筑，而是一个瞭望塔，在这里他既不能得到食物也不能取暖。不过他还是用最快速度赶回大白鹅那里。他说："亲爱的公鹅莫顿！背上我，把我背到那边的塔顶上去吧！这里潮湿得我没法睡觉，到那里我一定能找到一个干燥的地方躺下。"

公鹅莫顿当然愿意帮助他。他把小男孩背到了瞭望塔塔顶的阳台上，小男孩躺在那里安稳地睡了一觉，一直睡到早晨的太阳把他叫醒。

不过，当他现在睁开眼睛往四周看的时候，一开始既不能明白自己看见了什么，也不知道自己在哪里。早先在老家的时候，他有一次曾经在集市上走进过一个帐篷，看到过一幅巨大的全方位环形图画，现在他觉得自己又一次站在一个那么大的圆形帐篷中间。这个帐篷有华丽的红色的帐顶，而帐篷的墙壁和地板都画成了一幅美丽而宽广的山水画，上面有大的村庄、教堂、耕地、道路和铁路，甚至一座城市。他当然很快就注意到，实际情况并不是这样的，实际上他是站在一个瞭望塔的顶部，上面是朝霞映红的天空，四周是现实的土地。不过，他现在除了荒野看不惯别的了，也就不奇怪，会把现在看到的真实的风景当成了一幅画。

也还有什么别的事情导致了小男孩不相信自己看到的东西是真实的，那就是所有这些东西都没有真实的颜色。他所在的瞭望塔是坐落在一座山上，而这座山位于一个岛上，这个岛是在一个巨大的内陆湖上，靠近它的东岸。这个湖现在不像一般内陆湖那样通常是灰色的，它的一大部分湖面和朝霞映红的天空一样是粉红色的，而到了那些深深湖湾里面却闪烁着黑色的水光。围绕着湖的湖岸也不是绿色的，而是发出淡黄色的光，那是由于所有那些收割完了庄稼的田地和发黄了的阔叶树林的缘故。围绕着那圈黄色又是针叶林的一条很宽的黑色带子。也许由于这个原因，湖岸的阔叶林就光亮起来，不过小男孩觉得，针叶林从来没有像这个早晨那么黝黑。在这黝黑色的东面能看到光亮的蓝色山丘，但是沿着整个西面的视线伸展开一条闪闪烁烁的曲线，是嶙峋陡峭、形态多样的高山组成的，这些高山本身有一种赏心悦目、柔和地散射光彩的颜色。他不能把这种颜色叫作红色，也不能叫作白色，也不能叫作蓝色。没有什么名字来称呼它。

不过，当小男孩把目光从高山和针叶林移开，以便更好地观看近旁的环境，他在围绕着湖的那条黄色带子里辨认出了一个接一个的红色村庄和白色教堂；在正东面，在把这个岛和陆地分开的狭窄湖峡对面，他还看到

了一个城市。这个城市在湖岸上伸展开，后面耸立着一座山成为保护它的屏障，而在城市四周是一片富饶的人口稠密的地区。小男孩想："这个城市当然是给自己找到了一个很好的位置。我真想知道它叫什么名字。"

就在这个时候他吃了一惊，听到身后有声音，就转回头来看。原来，他一直只顾看这个地区的风景，没有注意到有人到这个瞭望塔上来了。

那些人现在正用很快的速度跑上楼梯。小男孩刚刚来得及看看周围，找到一个好隐藏的地方钻进去躲起来，他们就跑上阳台来了。

他们是出来徒步远足旅行的年轻人，正热烈谈论着，说他们已经走遍了整个耶姆特兰。他们很高兴，昨天晚上刚好到了厄斯特松德，所以能在这个晴朗的早晨，到种子岛的东山上来观看这么伟大的风景。在这里，往各个方向都能看到二百多公里外。这样他们在结束这次旅行之前，可以对自己热爱的家乡耶姆特兰得到一次全方位的概览。他们指点出围绕着湖的很多教堂的每一座。他们说着："那下面是苏讷，那边是马尔比，那边是哈棱。在正北看到的那座是红岛教堂，还有那座，就在我们下面的，是种子岛教堂。"接着他们开始谈论那些高山。那些最近的山峰叫乌维克斯山脉。这个大家都同意。不过后来他们开始疑惑了，哪座山峰可能是偶蹄湖山，哪座山峰是阿那里斯山，哪座又是西山、阿尔莫萨山和奥莱斯库坦山。

正当他们谈论着的时候，一位年轻姑娘拿出一张地图，在膝盖上铺开来，开始研究这张地图。忽然她抬起头来，看着大家说："我在一张地图上看耶姆特兰的时候，觉得它就像一座巨大而豪迈的山。我一直期待着，希望能听到一个故事，讲它曾经立了起来直指着天空。"

其他人中间有个人笑话她说："它早就是一座巨大的山啦。"

"是呀，因为这个缘故，它就被推倒啦。不过，你自己看地图吧，它

是不是像一座真正的高山，有宽阔的山脚，尖尖的山顶！"

其他旅游者中间的一个就说："一个这样的高山地区本身看上去像一座山倒也不错。不过，虽然我听到过有关耶姆特兰的其他传说，可我从来没……"

那位年轻姑娘不等他把话说完，就迫不及待地叫起来："你听到过有关耶姆特兰的传说吗？那你马上讲讲吧。在能看到整个地区的瞭望塔上面讲讲，再没有比这更合适的地方了。"

所有其他人都赞同她，而他们的这个旅伴也一点不难说服，马上开始讲起来。

# 耶姆特兰的传说

从前在耶姆特兰还有巨人的那个时代，发生过这样的事，一个年迈的山巨人站在自己住房外的院子里给他的马刷毛。正当他忙着刷的时候，注意到马全都因为惊恐开始颤抖起来。山巨人说："你们怎么啦，我的马？"说着还朝四周看，想弄明白是什么把牲畜吓着了。他在附近既没发现熊，也没发现狼。唯一引起他注意到的是一个步行的人，远远没有他自己那么巨大和粗壮，不过无论如何还是相当高大的，看上去身体也很有劲，正在通向他的高山住房的小路上爬上来。

年迈的山巨人一看见这个步行的人，就跟那些马一模一样从头到脚开始发抖。他不想再干完自己的活了，而是赶紧进了大房间走到女巨人那里，女巨人正坐在那里，用一个纺锤绕麻绳。

他老婆说："出啥事啦？把你的脸吓得跟雪山一样苍白了。"

山巨人说："我能不吓得苍白吗？路上来了个步行的，肯定是雷神托尔，这就跟你是我老婆一样错不了的。"

山巨人的老婆说："这真不是一位可爱的客人。你就不能弄个障眼法糊弄他，让他把整个院子看作一座山，就从我们家门口走过去吗？"

山巨人回答："用这种法术已经太晚了。我听到他推开栅栏，进了院子了。"

女巨人忙说："那我劝你去躲一躲，让我独自对付他。我要试试看，让他以后别这么匆忙就到我们家来。"

山巨人觉得这是一个非常好的主意，他就进了小屋子里，而他老婆仍然坐在大屋子的女人坐的板凳上绕绳子。她那么镇静，好像不知道有什么危险。

现在还要提一下，那个时代耶姆特兰看上去和今天完全不一样。整个地区只是一块巨大而平坦的山地，赤裸裸光秃秃，上面连云杉树林也长不出来。这里没有湖，没有河，没有犁能耕得动的土地。那时候，这里甚至也没有现在遍布整个地区的高山和山包，那些高山全都排列在西边很远的地方。在整个广大的地区内，人类没有什么地方能生活，不过巨人们在这里倒过得非常舒服。说不定就是因为巨人们的愿望，因为他们的缘故，这个地区才那么荒凉，不欢迎别人来居住。当山巨人看到雷神托尔朝他的房子走过来，吓得惊慌失措，当然是有充分原因的。他知道雷神不喜欢他们，因为他们巨人会向自己周围散布寒冷、黑暗和荒凉，阻止大地变得富裕，能开花结果，能用人类的住房来装饰得漂亮。

　　女巨人没等多久就听到院子里有了坚定的脚步声，山巨人看到的那个在路上步行的人，推开房门走进屋子里。这个外来的客人不像过路人通常做的那样在门旁边停住，而是马上朝坐在屋子最里面山墙下的女巨人走过去。可是他走这段路的时候成了那样的情况，他以为自己已经走了好一会儿的时候，其实他只是走了从门口开始的一小段路，离屋子中间的炉灶都还很远。他加大了步子走，可是当他又走了一会儿，反而觉得炉灶和女巨人好像更远了，比他刚进门的时候还要远。起初他不觉得这间屋子特别大，但是当他终于走到炉灶那里的时候，他才明白这间屋子是多么可观，因为那时他已经那么累，得撑在拐杖上歇口气了。当女巨人看到他停下来了，就放下纺锤，从板凳上站起来，只用几步就到了他前面。她说："我们巨人喜欢大屋子。我老公还常常抱怨这里面太狭窄了。不过我可以理解，对步子不能跨得比你大的人，要穿过巨人的房间还是很费劲的。现在请你说说，你是谁，到我们巨人这里来干什么？"看起来，

那个步行来的客人本来打算给一个强硬的回答，不过，肯定是他不愿意开始跟一个女人吵架，所以就平和地回答说："我的名字叫铁腕，是个武士，我参加过很多探险活动。现在我已经在我家院子里闲坐了整整一年，正开始纳闷是不是再也没什么事情让我做了，这时我听到人类在说，你们巨人把山上面的这个地区搞得很糟糕，除了你们自己，没人能到这里来住。我现在到这里来就为了找你老公谈谈这件事，问他是不是愿意做点什么事，把这里搞得像样一点。"

女巨人说："我老公打猎去了。等他回家的时候，让他自己回答你的问题吧。不过，我要告诉你，敢对一个山巨人提出这种问题的人，应该是个比你还高大的人。为了你的声誉，最好你马上走，不要碰到山巨人。"

自称是铁腕的就说："现在我已经到了这里，就等他回来吧。"

女主人就说："我已经尽我的力量劝过你了。现在就随你自己的意吧。你可以坐到这个板凳上来，我去给你拿一杯迎客酒。"

女主人拿了一只极大的兽角做的酒杯走到这个屋子最里面的角落，那里放着甜酒酒桶。客人也没看出这个酒桶有什么特别，但是当女巨人拔出塞子的时候，甜酒带着一种轰鸣的响声灌进那个兽角杯里，就好像有整个大瀑布到了屋子里面。酒杯很快就灌满了，女主人想把塞子塞到酒桶上。但是她没有成功。甜酒很快涌了出来，冲走了她手里的塞子，激流一样流到地面上。女巨人再做了一次尝试，想把塞子塞进去，但是又失败了。这时她叫这个外来的客人帮忙。"铁腕，你看，我的甜酒都流掉了。过来帮我把塞子塞到酒桶上！"铁腕赶紧上去帮忙。他拿起了塞子，想法把它塞到那个洞口，但是酒又把塞子冲开了，抛到屋子很远的地方，流出的酒继续淹没地面。

　　铁腕做了一次又一次尝试，但是都没有成功，塞子总是被冲开。整个地面现在都被酒淹没了。为了让甜酒在这个屋子里容得下，这个外来的客人就在地面上划出一道道深沟，酒就可以在沟里流动。他在坚硬的岩石地面上为甜酒开出道路，就像孩子们春天里在沙地上为雪水开出道路；他还用脚在地上踩出很深的坑，酒液就可以集中到这些坑里面去。这段时间里女巨人一直站着不说话，要是客人抬起头来看她，就会看到，她是带着惊

愕和恐惧看着他做这些事。不过，当他做完了以后，她用嘲弄的口气说："我谢谢你啦，铁腕。我看到了，你是尽了你最大的力了。要不然，通常是我老公帮我塞塞子。不能要求所有人都跟他有一样大的力气。不过，当你连这事都干不了，那我觉得你最好还是马上就走吧。"

这个外来的客人就说："在我转告了我的事情之前，我不愿意走。"但是，他看起来又羞愧又沮丧。

那女人说："坐到那边的板凳上去吧。我把锅子放到火上去，给你煮点粥！"

女主人就做了她说的事。但是当粥几乎要煮好的时候，她转身对客人说："现在我才发现面粉用完了，这样我就没法让粥变稠的。你有力气把你身旁的那个磨转个两三下吗？两块磨石之间我已经放了粮食。不过磨可不容易转得动，你得使出全身力气来才行。"

客人没有让她多求自己，就试着去转那个手磨。他并不觉得这个磨特别大，但是当他抓住手柄想让石磨转动的时候，石磨转得很迟缓，他推都推不动。他必须用上全身力气，还不能让磨转动一圈以上。

只要铁腕还在干活，女巨人就惊愕而沉默地看着。不过，当他离开石磨的时候，她就说："石磨转不起来的时候，我通常会得到我老公更好的帮助。但是没人可以要求你去做你没力气做的事情。你现在自己还看不出来吗？你最好避免碰上那个人，他在这个石磨上想磨多少面粉就能磨多少。"

铁腕说："我还是认为，我愿意等他回来。"他说话声音低声下气，谦虚多了。

女巨人说："那你到那边的板凳上安静地坐着吧，我去给你收拾好一个床铺，因为你也许不得不留在这里过夜了！"

她用很多被褥和垫子铺好了床，祝客人睡个好觉。她说："我怕你会发现这张床太硬了，不过我老公每个晚上都是睡在这种床上的。"

当铁腕现在想在这张床上舒展开身体躺下来，他感觉身体下面有很多疙瘩，高低不平，别想在上面睡好觉。他尝试翻身，不过怎么做也没法在这张床上睡得安稳。这时他就把床单被褥等等都扔掉，东扔一个垫子，西扔一条褥子，然后他才安稳地睡着了，一直睡到早上。

不过，当阳光从屋顶的空隙照进屋子的时候，铁腕爬起来就离开了巨人的住处。他走过院子通过栅栏走出去，刚要把栅栏在身后关上，就在这时，那个女巨人站到了他身边。她说："我看出来，你打算走了，铁腕。这也算是你最好的做法了。"

铁腕很不高兴地说："要是你老公能在一张那样的床上睡觉，就是昨天夜里你给我铺的那种床，我就不想见他了。他肯定是个铁做的人，没人能打败他。"

女巨人靠近了栅栏说："你现在是到我院子外面了，铁腕，那我愿意告诉你，你这次上山来找我们巨人，并不像你自己想的那样毫无意义，不值得赞扬。你走过我们屋子的时候，发现路很长，那是不奇怪的，因为你走过的是整个这一大块山地，它就叫作耶姆特兰；你很难把塞子塞到酒桶上，这也是没什么奇怪的，因为那是所有的雪山上倾泻下来的水朝你流过来。当你引导着水流过我们屋里的地面，你挖出来的水沟和深坑，现在都成了河流和湖泊。你把那个石磨转了一圈，那也不是对你力气的一个小测验，因为两块磨石之间不是粮食谷粒，而是石灰石和页岩，你就用唯一的一圈，已经磨出了那么多优良和肥沃的泥土，能覆盖整个山地。你不能在我为你铺的那张床上睡觉，也不让我吃惊，因为我把高大的有棱有角的山峰铺在床上。这些山峰，你把它们扔到了大半个地区上面。也许人类对这件事不像你做别的事情那样感激你。现在我向你告别，而且我向你保证，我和我老公会从这里搬走，搬到一个你不那么容易拜访我们的地方去。"

所有这些，这个步行来的人越听就越发怒，当女巨人讲完的时候，他就去抓插在自己腰带上的一把锤子。不过，没等他来得及把锤子举起来，那个女人就消失了，曾经是巨人家的院子的地方，除了一道灰色的峭壁之

外其他什么都不见了。但是，依然还在的，有他在山地上开挖出的大河和湖泊，有他磨出来的肥沃土壤。那些美丽的大山也还在，它们把自己的美献给了耶姆特兰，也是献给所有到这里来做客的人，送给他们力量、健康、欢乐、勇气和生活，所以，当雷神托尔把高山扔出去的时候，他的种种功绩里没有比这件更杰出的了。这些高山布满耶姆特兰，从北边的富罗斯特维克山直到南边的海拉格斯山，从紧靠大湖外边的乌维克斯山直到边境附近的锡拉纳山。

译注：雷神托尔（Asa Tor）是北欧神话中的主神，持有一柄铁锤，敲打时即发出雷声。厄斯特松德（Östersund）意思是"东峡"，为耶姆特兰首府，位于大湖（Storsjön）东岸，因所在地和大湖上的种子岛（Frösön）仅有 150 米宽的湖峡而得名。

# 47. 来自海尔叶山谷的传说

十月四日　星期二

小男孩变得不安起来，因为那些年轻人在瞭望塔上停留的时间那么长。只要他们还在，公鹅莫顿就没法来接他走，而且他也知道，大雁们急着要继续旅行。就在耶姆特兰的传说只讲到一半的时候，他就好像听见了大雁叫唤和强劲的翅膀拍打的声音，像是大雁们已经飞走了。但是他又不敢到阳台栏杆那里去看一下是怎么回事。

等那些年轻人终于走了，小男孩才能从自己躲藏的地方爬出来。他看到瞭望塔下面一只大雁都不见了，公鹅莫顿也没有留下来接他。他用尽力气高声叫喊着："你在哪里？我在这里。"但是并不见旅伴们露面。他一时一刻都不相信他们会遗弃了他，但是他害怕他们会遇到什么不幸，正琢磨着自己怎么做才能找到他们，这时渡鸦巴塔基落到了他的身旁。

小男孩从来没想到，他自己会像现在做的那样，用一种那么喜出望外的心情去欢迎巴塔基。他说："亲爱的巴塔基，你来这里真是太好了！也许你知道公鹅莫顿和大雁们出了什么事吧。"

743

渡鸦回答："我正是来转告他们的问候的。阿卡注意到有个打猎的在这座山上四处转悠，所以她也不敢留在这里等你，带着大雁先飞走了。现在坐到我的背上来，过一会儿你就可以和你的朋友们在一起了！"

小男孩用最快速度爬到渡鸦背上，要不是有雾妨碍了飞行，巴塔基本来很快就会赶上大雁的。但是，就好像是朝阳唤醒了晨雾，重新给了它生命。小而轻的雾气面纱一下子从湖上、从田野上、从森林里到处升起来。它们用难以置信的速度密密汇集起来，又弥漫开去。很快大地就被像波浪一样起伏的白色雾气从视线中遮蔽掉了。

巴塔基是在雾气上面晴朗的天空和灿烂的阳光中飞着，但是大雁们应该是在下面的雾团中飞。要看见他们是不可能的。小男孩和渡鸦呐喊着呼叫着，但是得不到什么回答。最后巴塔基说："这就真是运气不好了。不过我们反正知道，他们在向南方飞行，只要天气一晴，我肯定能找到他们。"

小男孩非常难过。因为在旅途中，所有可能的灾难都会落到公鹅莫顿头上，偏偏这时他却和公鹅分开了。不过，当他坐在渡鸦背上心烦意乱地飞了两三小时以后，他对自己说，还没有发生任何不幸的时候，把心情弄坏也不值得。

就在这时候，小男孩听到地面上有一只公鸡在喔喔叫着打鸣，他马上从渡鸦背上探出头去朝下面高喊着："我飞过的这个地区叫什么名字？我飞过的这个地区叫什么名字？"

公鸡鸣叫着："这里叫海尔叶山谷，海尔叶山谷，海尔叶山谷。"

小男孩问："你们那里看上去什么样子？"

公鸡回答："西面是高山，东面是森林，宽阔河谷穿过整个地区。"

小男孩叫着："谢谢你！你知道你在哪里。"

当他又飞了一会儿，听见下面雾气里有只乌鸦在呱呱叫。他又叫喊着问："这个地区有什么样的人？"

乌鸦回答："优秀的好农民。优秀的好农民。"

小男孩问："他们做什么？他们做什么？"

乌鸦呱呱叫着："他们养牲口和伐木。"

小男孩叫着："谢谢你！你知道你在哪里。"

又往前飞了一段路，他听见下面的雾气里有人又哼又唱。小男孩叫喊着问："这个地区有什么大城市吗？"

那个人反问着："什么……什么……是谁在喊？"

小男孩重复叫着："这个地区有什么城市？"

那个人尖叫着："我要知道是谁在喊。"

小男孩叫着："我相信，向一个人提问题的时候，我是得不到回答的。"

这之后没等多久，雾气就很快散开了，跟冒出来的时候一样快。现在小男孩能看到了，巴塔基正在一条宽阔的河谷上空飞行。这里也像耶姆特兰一样，是带有高山的壮丽地区，但是高山脚下没有大片的能耕种收割开花结果的乡村。这里的村庄之间距离很远，耕地狭小。巴塔基沿着河流向南飞，一直飞到一个村庄附近，然后在一块已经收割过的耕地上降落下来，让小男孩从他背上下来。

巴塔基说："这块地里夏天长过谷子。找找看，看你能不能找到什么可以吃的东西！"小男孩听从了这个主意，不一会儿就找到了一个谷穗。正当他剥着谷粒吃的时候，巴塔基开始和他说起话来。

他问："你看到正南边矗立的那座巨大、壮观的高山了吗？"

小男孩回答："看见啦，我一直在看着它呢。"

渡鸦继续说："那叫松山。你可以想到，从前那里狼多得是。"

小男孩表示同意："那的确是狼藏身的好地方。"

巴塔基说："住在下面这条河谷里的人很难对付他们，经常遇到麻烦。"

小男孩说："也许你还记得什么好听的狼故事，能讲给我听听。"

巴塔基说："我听说很久以前，从松山来的狼群攻击一个出外卖木桶的汉子。他来自一个叫海德的村子，就在这个河谷的山坡上，比我们现在停下的地方还高，要走好几十里。那是冬天，他驾着马拉雪橇在尤斯南河

的冰上走，一群狼就在后面追他，有那么九或十只狼。这个海德人也没什么好马，所以他没有多少希望逃脱。

　　"当那个汉子听见狼嚎叫的声音，看见后面跟上了那么大一群狼的时候，吓得丢了魂，根本就想不到应该把装载的大大小小的木桶和木盆扔下去，这样就可以减轻雪橇重量，尽快逃走。他只是用力鞭打着马，其实马也尽力了，跑得比平时都快，但是那个汉子很快注意到，狼跑得更快，胜过了马。那些河岸都很荒凉，没什么村子，到最近的村庄也有二三十里地。

他真没什么别的可指望了，只等最后一刻到来了，只感到自己恐惧得浑身僵硬了。

"就在他坐在雪橇上被吓呆了的时候，突然看见插在冰上当路标的云杉树枝之间有什么东西在动。当他看清了走在那里的是谁的时候，就觉得恐惧感比先前又大了好几倍。

"朝他迎面走来的不是什么狼，而是一个年迈贫穷的老婆婆。她叫芬玛琳，常常在乡间的大路小路上转悠。她走路有点瘸，背也驼了，所以他老远也能认出她来。

"老婆婆正朝着狼群走。多半是因为雪橇把狼群挡住了所以她看不见。那个海德人立刻意识到，如果他就从她身边驶过去也不警告她的话，她就正好落到那些野兽的血盆大口里了，不过，当他们把她撕碎的时候，他自己倒可以逃脱了。

"老婆婆走得很慢，身体前倾在一根拐杖上。很明显，如果他不救她，她就没命了。不过，如果他停下来，让她爬上雪橇，那也不是说她就因此得救了。如果把她拉上雪橇，那么狼群很可能就会追上他们，他和她还有那匹马都很可能被咬死。他考虑着，最正确的做法是不是牺牲一条命来救两条命。

"所有这些问题，都是在他看见老婆婆的那一瞬间摆在面前的。而且这还不够，他还想到了以后会怎么样，以后他会不会后悔他没有救那位老婆婆，或者会不会有人知道，他看到老婆婆有了危难却没有提供帮助。

"他遇到的真是一个难以对付的问题。他对自己说：'我更情愿的是，我从来没碰上她。'

"正在这个时候，狼群发出一种野蛮的嚎叫声。马吃了一惊，飞快奔跑起来，从那个讨饭的老婆婆旁边疾驶了过去。这时她也听见了狼的嚎叫声，当那个海德人从她旁边疾驶过去的时候，他也看见，老婆婆知道了前面是什么。她站着不动，嘴张开着尖叫了一声，还伸出胳膊来向他求救。但是她既没有对他叫喊，也没尝试跳上装货的雪橇架子上来。一定是有什么事情让她也吓呆了。那个汉子想：'那就是我吧，我驶过她旁边的时候，看上去就是一个山妖。'

"当他确信自己可以逃脱的时候，试着让自己感到满意。但是，就在同一时刻，他的胸膛里开始刺心地疼痛。他以前从来没做过什么不名誉的事，现在他觉得自己这一生都给毁了。他边勒住了马边说：'不行，要咋样就咋样吧，可我不能把她一个人留给灰腿狼。'

"要让马掉过头来真是很难，不过他还是成功了，很快驾着雪橇赶到了老婆婆身边。他说：'快到雪橇上来！'说话口气生硬，因为他在生自己的气，因为他没有把老婆婆留给她自己的命运。他说：'什么时候你也应该待在家里吧，你这老山妖。现在黑马和我都要为你的缘故完蛋了。'

"老婆婆一句话都不回答，但是那个海德人还是没好气，不饶了她。他说：'黑马今天已经跑了一百多里路了。所以你该明白，他很快就要累垮了，你也上来了，拉的东西也没有变得轻一点。'

"雪橇滑轨磨着冰层吱吱作响，但是，虽然这样，他还是听到了狼群怎么样呼哧呼哧喘气的声音，他明白，现在灰腿狼已经追上来了。他说：'现在我们都完蛋了，我是为了救你，可不论对你还是对我，都没什么可高兴的，芬玛琳。'

"一直到这时为止，老婆婆都没说话，像是个习惯了接受责骂的人。不过现在她开始说了几句：'我真不明白你为什么不把木桶扔掉，减少载重。

你还可以明天再来把木桶捡回去的呀。'那个海德人一下明白了，这是一个很聪明的主意，而且还觉得吃惊，自己先前没想到。他让老婆婆拉着缰绳，自己解开固定着木桶的绳子，把木桶扔下去。灰腿狼本来已经追上了雪橇。不过现在停了下来去查看被扔到冰上的木桶，那么他们坐雪橇的就重新领先了一点路。

"老婆婆说：'如果这也没用，那你也明白，我自己会去喂狼的。这样你就可以逃命了。'当老婆婆说这些话的时候，那个汉子正要把一个又大又重的酿啤酒桶从长雪橇上推下去。正在忙乎中间，他停了下来，好像拿不定主意要不要把酒桶扔掉。但实际上他正在想完全不同的事情。他想：'马

和男子汉都没什么毛病，当然不用让一个老女人为了他们的缘故被狼吃掉。应该还有什么解救的出路。是的，肯定有的。只是我脑子不开窍，还没想到好办法。'

"他又开始推那个酿啤酒桶，但又一次停了下来，还哈哈大笑。

　　"老婆婆惊恐地看着他，不知道他是不是发疯了，但那个海德人是在笑自己，因为他一直那么傻。其实呢，要救他们三个的命，是世界上最简单的事情。他真不明白为什么自己先前没想到这一点。

　　"他说：'现在好好听着我告诉你的话，芬玛琳！你很仗义，你愿意自己跳下去喂狼。不过你用不着这样做，因为我现在知道怎么做了，而我们三个全都能得救，不用哪一个去付出生命代价。记住，不管我做什么，你坐在雪橇上不要动，驾着雪橇到林赛尔村去！到了村里你去把人叫醒，告诉他们我一个人在这里的冰层上，被十只灰腿狼包围了，请他们来救我。'

　　"那个汉子现在等着，直到狼就要追到雪橇。这时他就把那个大酒桶翻下去滚到冰层上，自己也跟着跳下去，钻进了桶的下面。

　　"这是一个很大的酒桶。制作得非常大，里面能装得下整个圣诞节喝的啤酒。狼群朝酒桶扑上去，咬着桶箍，还试图把桶翻过来。但是这个桶很重，也很稳。狼群根本够不着躺在里面的人。

　　"这个海德人知道自己很安全了，因此躺在里面嘲笑着狼。但是过了一会儿他又严肃起来了。他说：'以后我一陷入困境，就要想到这个酿啤酒桶。我要想到，我不需要做对不起自己的事，也不需要做对不起别人的事。总是有第三条出路的，只要你有能力把这条出路找出来！'"

　　讲到这里，巴塔基结束了他的故事。不过情况是这样的，小男孩已经注意到了，渡鸦从来不讲什么其中没有一种特殊意义的事情，渡鸦讲的故事，他越听越觉得意味深长，需要深思。小男孩说："我想知道你为什么要给我讲这个故事。"

　　渡鸦回答："我只是站在这里看着松山的时候，想起这个故事来了。"

他们现在往下朝尤斯南飞，个把小时以后，他们就到了海尔叶山谷和海尔星兰交界处的考尔赛特村。渡鸦降落在一个低矮的小木屋附近。这个小屋子没窗子，只有一个木盖子。从烟囱里冒着一股夹着火星的烟，从屋子里还传出有力的锤打声。渡鸦说："当我看见这个铁匠铺的时候，我就想起海尔叶山谷从前有过技术那么好的铁匠，尤其是这个村的铁匠，全国都没人能跟他们相比。"

　　小男孩说："也许你还记得有关他们的故事，可以讲给我听听吗？"

　　巴塔基说："是啊，我当然记得海尔叶山谷一个铁匠的故事。他曾经向两个别的地区的铁匠挑战，一个是达拉那的，另一个是瓦勒姆兰的，比赛打钉子。挑战被接受了，三个铁匠在考尔赛特村这里会面。达拉那铁匠是先开始的。他打了一打钉子，那么匀称、锋利和光滑，看来没人能打得再好了。在他之后是瓦勒姆兰铁匠。他也打了一打质量优良的钉子，再加上他只用了达拉那铁匠用的一半的时间就打好了。当那些做比赛裁判的人见到这种情况，就对海尔叶山谷那个铁匠说，他放弃了算了，再尝试对他没什么好处，因为他不可能比达拉那铁匠打得更好，或者比瓦勒姆兰铁匠打得又好又快。海尔叶山谷这个铁匠就说：'我不愿意放弃。应该还能找到一种方法来展现自己的才能。'他就把铁块放在铁砧上，没有先放在铁匠炉里加热，而是用铁锤把铁打热，再打出一个又一个钉子，既没用煤，也没用风箱。没人见过一个铁匠用铁锤用得更技艺精湛，因而海尔叶山谷铁匠被宣布为全国最优秀的铁匠。"

　　巴塔基说完这些话就沉默了，但是小男孩现在更加费劲地思考了。他说："我想知道你给我讲这个故事有什么用意。"

　　巴塔基很冷漠地回答："我是看到那个老铁匠铺的时候记起了这个故

事罢了。"

这两个旅伴再次飞上了天空，渡鸦背着小男孩朝南飞到了利尔海尔山谷教区，它是在和达拉那交界的地方。渡鸦降落在一个长着树的土堆上，土堆又是处在一座山的顶部。巴塔基说："我想问你，你知不知道你站在一个什么样的土堆上？"不，小男孩不得不承认，他不知道。

巴塔基说："这是一个坟堆啊，里面埋着一个叫海尔叶乌尔夫的人，他是第一个在海尔叶山谷定居下来、在这里种地的人。"

小男孩说："你大概也有些关于他的故事好讲讲吧？"

"我没有听到很多关于他的事，不过我相信，他应该是个挪威人。刚开始他是在一个挪威国王那里担任什么职务，但是，他和这个国王发生了冲突，所以必须从这个国家逃出去。这时他来找住在乌普萨拉的瑞典国王，还在瑞典国王那里得到一个职位。可是过了一段时间，他要求得到瑞典国王的妹妹做妻子，当国王不愿意把一个这么高贵的新娘嫁给他的时候，他就和她一起私奔了。这时他就让自己陷入了一个困境，既不能住在挪威也不能住在瑞典，而他又不愿意搬到别的国家去。他想：'不过，应该还会有另外的出路的。'于是他就带着随从和财宝穿过达拉那往北走，一直走到了在达拉那北部边界上伸展开的那些荒芜偏僻的大森林。他在那里定居下来，给自己盖房子，开垦出了土地，成了在那个地区定居的第一个人。"

当小男孩听完最后这个故事，比以前更加费心思去琢磨了。他又一次说："我想知道你给我讲所有这些故事是什么用意。"巴塔基有一会儿什么都没回答，只是把头转过去，还闭着眼睛。最后他终于说："因为就只有我们俩在这里，我想趁机问问你一件事。那个把你变小的小土地神，他对你要变成常人定下了什么条件，你真的去搞清楚了吗？"

"我没有听说什么别的条件，只知道，我要把白公鹅完好无损地送到北方的拉普兰，然后再送回南方的斯郭纳。"

巴塔基说："这正是我相信你会做到的，因为我们上次碰见的时候，你那么自豪地说起，没有什么事比背弃一个信任自己的朋友更丑恶了。不过，关于这个条件的事情，你应该再仔细问问阿卡。你知道的，她曾经去过你家，跟那个小土地神谈过。"

小男孩说："这件事阿卡什么都没跟我说呀。"

"她多半认为，对你来说最好不要知道小土地神是怎么说的。她当然更愿意帮助你，而不是公鹅莫顿。"

小男孩说："真奇怪，巴塔基，你总是能让我难过和不安。"

渡鸦说："你可以这么想吧，不过这一次我想你会感谢我的，因为我要告诉你，小土地神说的话是这样的，如果你能把公鹅莫顿送回家，你妈妈就能把他放在屠宰鸡鸭的案板上，这样你就可以变成人了。"

小男孩站起来叫喊着："这不会是真的，就是你恶意编造！"

巴塔基说："你可以自己去问阿卡呀。我看见她和整个雁群从天空中飞过来了。现在别忘了我今天告诉你的故事！在所有的困难中，总会有一条出路的，只要你能去找到它。看到你最后怎么成功，会让我高兴的。"

译注：海尔叶山谷（Härjedalen）是属于瑞典北部诺尔兰的一个内陆地区，紧靠瑞典与挪威边境。

# 48. 瓦勒姆兰和达尔斯兰

第二天，在一次落下来休息的时候，小男孩趁着阿卡在离其他大雁有一点距离的地方吃草的时机去问阿卡，巴塔基说的这件事是不是真的，阿卡也没法否认。这时小男孩得到领头雁的保证，她不向公鹅莫顿透露这个秘密。因为这个大白鹅是勇敢又高尚的，小男孩担心，如果他知道了小土地神的条件，会去做什么不幸的事。

从此小男孩总是忧郁沉默地骑在鹅背上，垂着头，根本不在乎看看周围。他听见老大雁们在为小雁崽喊叫出各地的地名：现在他们飞进了达拉那，现在他们可以看见北边的斯戴德扬山脉，现在他们正飞过东达尔河，现在他们到了胡尔蒙德湖，现在他们下面是西达尔河的河谷，但是他没心思看所有这些地方。他想："我会一辈子跟着这些大雁周游了，所以我大概还能把这个国家看个够，看到我都不想再看。"

当大雁们喊叫着，现在他们到了瓦勒姆兰，他们正沿着向南飞的河是克拉尔河，小男孩还是无精打采的样子。他想："我已经看到那么多河了。

我也不需要麻烦自己去看又一条河。"

而且，就算他有看的兴致，也没什么可看的，因为在瓦勒姆兰北部没有别的，只有广阔而单调的森林，而克拉河就蜿蜒曲折地穿过其中，河很窄，有很多瀑布。时而这里时而那里能看到一个炭窑、一块烧荒开垦过的田地或者两三个低矮的没有烟囱的小木屋，那里住着芬兰人。但是总的来说，这里的森林一望无际，他还会以为这里是遥远北方的拉普兰呢。

大雁们降落在紧靠克拉河岸的一块烧荒开垦过的地方。当大雁们在那里吃着新鲜的刚长出来的秋黑麦的时候，小男孩听见森林里传来说笑的声音。只见七个强壮的男子走了过来，他们背着背包，肩上扛着斧子。这天小男孩正渴望着能看到人类，急切得无法形容，所以当他看见这七个工人放下了背包，在河岸上坐下来休息的时候，真的高兴起来了。

这些人滔滔不绝地说话，小男孩趴在一个草丘后面，愉快地听人类说话的声音。他很快就知道了，他们都是瓦勒姆兰人，打算到北方的诺尔兰去找工作。他们是一些乐呵呵的人，有很多话要说，也因为他们在很多不同的地方做过工，见多识广。但是正在他们说话中间，其中一个人无意中说到，尽管瑞典各个地方他都去过了，没见到一个地方比瓦勒姆兰西部，也就是他的老家，更漂亮。

另一个人就插进来说："如果你说的是弗律克斯山谷，也是我的老家，而不是诺尔德马克，我可以说你对。"

第三个人说："我是约瑟县人，我告诉你们，那个地方比诺尔德马克和弗律克斯山谷都更美丽。"

现在就摆明了，这七个男人是来自瓦勒姆兰的不同地区，每个人都认为，自己的家乡比其他人的家乡要更加美丽更加好。于是就有了关于这个

问题的激烈争吵，谁也说服不了别人承认，只有他才是对的。看上去他们几乎就要成了仇人打起架来了，这时有一个老头子走过这里，他有又长又黑的头发和眯缝着的小眼睛。他说："都是大男人了，你们在争吵什么呢？你们叫喊得整个森林里都听见了。"

瓦勒姆兰人中的一个急忙转向新来的人说："你在这么偏远靠北的森林里转悠着走路，那你一定是芬兰人吧？"

这个老头子说："没错，我就是芬兰人。"

那个男人说："那真是太好了。我总听人说，你们芬兰人比其他人都更加明白事理。"

芬兰老头子接受这个说法："好名声赛黄金嘛。"

"我们正坐在这里争吵，瓦勒姆兰的哪个部分是最好的。不知道你是不是愿意主持公道，了断这场争论，免得我们为了这件事吵翻脸？"

芬兰老头子说："我会尽我的理解来评判的。不过，你们对我得有耐心，因为我必须先给你们讲一个古老的故事。"

这个芬兰人一边在一块石头上坐下来，一边说："以前是这样的，维纳恩湖北边的那个地区看上去实在可怕。那里全是光秃秃的山和陡峭的山丘，人不可能在那里居住和生活。路没法修，田地没法开垦。不过，维纳恩湖南边的那个地区呢，那时候就跟现在一样又好又容易耕种。

"当时是这么回事，在那个地区的南边住着一个大人物，他有七个儿子。儿子个个都是又机灵又强壮的男子汉，不过他们也都自以为了不起，互相之间经常争吵，因为每个人都愿意比其他人高一头。

"他们的父亲不喜欢这种没完没了的争吵，为了结束这种情况，有一天他就把儿子们都召集到身边，问他们愿不愿意让他来考考他们，这样就能搞清楚，他们中间谁是最出色的。

"好啊，儿子们都愿意呀。这正好是他们希望的。

"老父亲就说：'那我们就这么办。你们知道，在那个我们叫作维纳恩的小池塘北边有我们家的一块荒地，因为全是小山丘和碎石头，所以我们还没派得上用场。明天你们每个人带上自己的犁，到那里去犁地，在一天之内你们能来得及犁多少，就尽力犁多少。到了傍晚的时候，我会去看看，看看你们中间谁干的活最好。'

"第二天早上，太阳还没出来，他们兄弟七个就都准备好了马和犁。当他们赶着马拉着犁去干活的时候，那可真是好看。马都刷过毛，所以都很光鲜，犁铧也擦得亮闪闪的，犁头都新磨过。他们就像惊马一样狂奔，一直到了维纳恩湖边。这时，他们中间有两三个人想拐弯往旁边走，绕到湖对面去，但是最大的儿子却照直往前冲。说起这个维纳恩湖，他说：'我才不怕这么个小水坑呢。'

"当其他人看到他那么勇敢的时候，当然也不愿意显得自己差。他们站到犁上，把马赶进水里。那都是高大的马，过了好一会儿，马才失去了湖底的落脚点，不得不开始游起来。犁就漂在水面上，但是人继续站在上面不是件容易的事。有两三个儿子是让犁拖着走，有两三个儿子必须涉水走，但是所有儿子都过去了，马上就开始犁那块荒地，那块地不是别的，就是你们的这个地区，后来就叫作瓦勒姆兰和达尔斯兰。老大是在这块荒地中间犁，老二和老三分别排在他的两边，年龄和老二、老三最近的两个儿子又排在他们的外面，更小的两个儿子也各自犁自己的沟，一个排在那块荒地的西边，另一个在东边。

"老大一开始犁的是一条又直又宽的深沟，因为在下面的维纳恩湖边

的那部分地是平坦和容易耕作的，所以犁得很快很深，一直到他碰上了一块石头，那块石头那么大，他就不能从旁边过去，而是必须把犁提起来越过石头，然后他再用力把犁头插进地里，继续犁出一道又宽又深的沟。但是过了一会儿，他碰上了一块土质非常坚硬的地，硬得他必须把犁再提起来，跨过去再继续犁。这样的情况他又碰到一次，就非常生气，因为不能让这条沟从头到尾都一样宽一样深。到了最后的地方，地基里石头那么多，他不得不只用犁头在地皮上划开一点点就满足了。就这样，他总算也到达了这块荒地最北边的边界，就坐在那里等他的爸爸。

"老二开始犁出的也是一条又宽又深的沟，还成功地在小草丘之间找到了一条很好的通路，所以可以一直犁下去，没有中断过。时而这里时而那里他还拐了弯，犁到一些峡谷的山坡上去了。他到的地方越往北，必须拐弯的地方也越多，犁沟也越来越窄越来越浅。但是他的进度那么快，所以到了边界他也没停下来，而是往前走，比他需要犁的地还多犁了一大块。

"老三，就是排在老大左边的那一个，一开始也很顺利。他犁出了一条沟，比其他人的沟都宽，但是很快他就碰上了一块那么糟糕的地，所以也被迫向西拐弯。一有可能的时候，他就重新向北犁，犁得又深又宽。但是在还有很长路才到达北边边界的地方，他就被阻挡住了。他又不愿意就这么站在荒地中间，就掉转马头朝另一个方向犁。但是不久他的周围全都封闭起来过不去了，所以他必须停下来。当他在犁上坐下来等他的爸爸的时候，他就想：'我犁的这条沟肯定是最差的了。'

"要谈到其他人干得怎么样，可以简单地说，情况是同样的。他们全都干得像个男子汉的样子。在中间犁的人确实有很多困难，但是排在他们东边和西边的人，情况就更糟糕了，因为那边的荒地里全是石堆和沼泽地，

所以不可能犁出又宽又直又均匀的沟。至于那两个最边上的小儿子，可以说他们只是拐来拐去弯弯曲曲，犁点地皮而已，不过他们还是干了一件相当大的活儿。

"到了傍晚的时候，七兄弟全都又疲倦又泄气，坐在各自犁的沟的尽头等着。

"于是老父亲走过来了。他先走到了在最西头干活的小儿子老七那里。

"老父亲走来的时候说：'晚上好！干得怎么样了？'

"这个儿子说：'干得差劲。你叫我们犁的这块地，真是一块难犁的荒地。'

"老父亲说：'我想，你是背朝着你干活的地方坐着。你转过身去，就会看到你干出了什么！不像你想的那么一点点。'

"当小儿子回头看，他发现，他犁过的地方出现了美丽的山谷，谷底有湖泊，有美丽的长满森林的山谷陡壁。他穿过瓦勒姆兰的达尔县和北原县走了很长一段路，犁出了鲑鱼湖、列龙根湖、大列湖和两个锡拉湖，所以老父亲完全有理由对他干的活感到满意。

"老父亲说：'现在我们去看看其他几个兄弟干出了什么。'他们来到了下一个儿子，排行老五的儿子那里，他犁出了约瑟县和格拉夫斯峡湾湖。再下一个，老三犁出了瓦勒姆恩湖；老大犁出了弗律克斯山谷和弗律根湖；再下面是老二犁出了大河谷和克拉尔河，老四在大矿区完成了一件很困难的工作，除了很多其他的小湖外，他还犁出了云根湖和达格勒森湖；老六是犁出了一条很奇怪的犁沟，他先为那个大湖斯卡庚湖开挖出了地方，然后在一条狭窄的犁沟往前走，列特河就占据了这个地方，然后他偶然越过了边界，在西曼兰的矿山中犁出了一些小湖。

"老父亲看过了所有儿子犁出来的地方，他说，归根结底，他可以做的判断是，他们都完成了一件那么好的工作，他都有理由感到满意。这个地区现在已经不再是一块荒地，而是可以很好地利用和居住的地区了。他们创造出了许多鱼很丰富的湖和肥沃的山谷谷底。大小河流上有瀑布激流，可以带动磨石、锯子和锻压锤。在沟与沟之间的山梁上有了森林，可以用作燃料和烧木炭，现在还提供了修路通往大矿区那边巨大铁矿脉的可能性。

"儿子们听到这些都很高兴，但是现在他们想知道，谁犁的沟是最好的。

"老父亲说：'像这样一块犁出的土地上，更重要的是所有犁沟相互配合，而不是一条沟要比另外的沟更好。我相信，到过北原地区和达尔山谷地区那些狭长湖泊的人必须承认，他很少见过更美丽的地方。但是，他后来也还是会喜欢看格拉夫斯峡湾湖和瓦勒姆恩湖周围那些光照好、土地肥沃的地区。当他在那个开放和快乐的乡村生活了一段时间以后，他可能喜欢换个别的地方，住到沿着弗律根湖和克拉尔河的那些又长又窄的山谷里去。如果他对那里也腻味了，肯定高兴去见见大矿区的那些形式多样的湖泊，那些湖千回百转，蜿蜒曲折，数量又那么多，所以谁都不能全记住。看过这些零零碎碎的小湖之后，他肯定高兴去见见像斯卡庚湖那样大而宽广的水面。现在我愿意告诉你们，儿子们之间其实和犁沟之间的情况是一样的。没有一个父亲会为一个儿子胜过其他儿子而高兴。但是，如果他能用同样高兴的目光去看他们，从最小的看到最大的都高兴，他的内心才会安宁。'"

译注：达尔斯兰（Dalsland）属于瑞典南部约塔兰的一个地区，东面为瑞典第一大湖维纳恩湖，南接西约特兰和布胡斯郡（Bohuslän），北接瓦勒姆兰。布胡斯郡为瑞典南部约塔兰最西端的行政区划。

# 49.一座小庄园

大雁们顺着克拉尔河飞了很长时间，直到孟克富斯大工厂。然后他们又向西往弗律克斯山谷方向飞去。在他们还没飞到弗律根湖之前，天就开始黑了，他们就在一片林间高地上的一块低洼的沼泽地上降落下来。那块洼地对大雁们来说肯定是个过夜的好地方，但小男孩觉得那里又可怕又潮湿，很愿意有一个更好的睡觉的地方。他还在空中的时候就已经看见山下有几个庄园，他就急急忙忙去找这些庄园了。

路比他想的要远，好几次他都很想转身回去了。但是，他周围的森林终于变得稀疏了，他来到了一条在森林边上伸展开的乡间大路。从这条大路上又引出了一条美丽的桦树林荫道，往下通到一座庄园，他马上就把方向转到了那里。

小男孩先进入了一个后院，它大得像一个城市里的广场，被包围在长排的红色房屋中间。当他走过这个院子，看到了又一个院子，那里是住房，前面有一条沙子铺成的通道和一个很大的院子，两边是厢房，后边是一个郁郁葱葱的花园。做住宅的楼本身不大，并不起眼。但是院子边上却长着一排巨大的花楸树，树挨得那么紧，就构成了一道真正的围绕院子的墙，而小男孩觉得，他好像进了一间华丽的有高大拱顶的房间。房间上面的天空是美丽的蔚蓝色，四周的花楸树是黄色，又有一串串又大又红的果子，而草坪应该还是绿色的，但是这个晚上有明亮辉煌的月光，把那样的光泽洒在草坪上，以致草坪白得像是银子。

这里看不到一个人，小男孩可以自由地四处走动，随便他走到什么地方。当他来到花园里的时候，注意到了什么东西，足可让他满心欢喜。他爬上了一棵小花楸树去摘果子吃，但是还没等他来得及摸到一串果子，他就看到一个稠李树丛，上面也结满了果子。他从花楸树干上溜下来，爬上了稠李树，但是他刚刚爬上树，就发现了一个红加仑树丛，上面还挂着长串的红果子。现在他看到，整个花园都长满了醋栗、山莓和蔷薇果。远处的菜地上长着甘蓝和芜菁，每个树丛里都长了浆果，野草上都结了籽，草秆上有长满籽粒的小穗。而在那边的通道上，哇，他肯定没有看错，那里有一个漂亮的大苹果，在月光下闪闪发光！

小男孩在一块草坪边上坐下来，把大苹果放在面前，开始用小刀子从上面切下一小块一小块。他想："如果一直都像这里一样，容易得到好吃的东西，那么一辈子当小土地神也不会是那么沉重的事。"

他坐在那里一边吃一边思考，最后还琢磨，是不是留在现在所在的地方会很好，让大雁们自己回南方去，不用带着他。他想："我简直不知道怎么向公鹅莫顿解释我不能回去。我跟他彻底分开其实还更好。我在这里可以储藏好一个冬天吃的食物，就像松鼠那样，如果我住在马厩或牛棚的一个黑暗角落里，也不至于冻死。"

正在他想这件事的时候，他听见头顶上有一声轻微的沙沙响声，转眼间就有什么东西站到了他旁边的地面上，像是一个又小又短的桦树桩。树桩转来转去，顶部有两个发亮的点，像烧红的煤炭一样闪光。这个东西看上去像一个真正的妖怪，不过小男孩很快注意到，这个树桩有一个弯弯的喙，燃烧的眼睛周围有大的羽毛花圈，于是他就放心了。

他说："碰见一个活的东西真是太好玩了。也许，猫头鹰太太，你愿意告诉我这个地方叫什么名字，住在这里的是什么人吧？"

这只猫头鹰在这个晚上就和秋天所有其他的晚上一样，正蹲在房顶上支着的那个大梯子的一根棍子上，看着下面的沙砾小路和草坪，侦察老鼠。但是，让她吃惊的是没有哪怕一只灰皮老鼠出现。相反，她看见一个样子像人，但又比人小很多很多的什么东西在花园里活动。这只猫头鹰想过："肯定是这个家伙把老鼠给吓跑了。这到底会是个什么东西呢？"

她又想："这不是一只松鼠，不是一只猫崽子，也不是一只伶鼬。我本来以为，一只像我这样在一个古老的庄园上住了那么长时间的鸟儿，知道世界上所有的事情。但是这个东西超出了我的理解。"

她已经盯着在沙子通道上活动的那个东西很久，一直盯到眼睛都发热了。最后好奇心占了上风，所以她就飞到地上，想靠近了看看这个陌生的东西。

当小男孩开始讲话的时候，猫头鹰就往前倾斜着观察他。她想："他既没爪子也没刺，但谁能知道他是不是有毒牙或者什么别的更加危险的武器呢？在我敢对他发起攻击之前，我要想办法更好地搞清楚他是干什么的。"

猫头鹰说："这个庄园叫莫尔巴卡。以前这里住的是大户人家。不过，你自己是什么人？"

小男孩并不回答猫头鹰的问题，只说："我在考虑搬到这里来住。你认为，这是可以行得通的吗？"

猫头鹰说："可以啊，跟过去的情况对比，这个地方现在是没什么了。不过这里还是可以忍受的。这主要还是看你想靠什么活着。你打算靠捉老鼠吃吗？"

小男孩说："不，绝不会的。老鼠会把我吃掉的危险，比我去伤害老鼠的危险大多了。"

猫头鹰想："他绝对不可能像他说的那样毫无危险。不过，我还是认为，我要试一试。"她飞到空中，下一瞬间她就用爪子抓住了尼尔斯·霍尔格松的肩膀，还去啄他的眼睛。小男孩用一只手捂着眼睛，用另一只手来努力挣脱自己。同时他用足全身力气喊救命。他感觉到，自己是处在真正的生命危险之中。他对自己说，这一次他肯定完蛋了。

现在让我说说，那是多么奇特的巧事，正好在尼尔斯·霍尔格松跟随大雁们周游瑞典的这年，有一个人已经在想着写一本关于瑞典的书，这本书要适合孩子们在学校里阅读。从圣诞节的时候一直到秋天，她都在考虑这件事，但是她没有写出这本书的一行字，最后她对所有这些事情都感到疲倦了，所以她对自己说："这件事是你不适合做的。像你平常一样，坐下来创作一些传说和故事吧，让另外的人去写这本必须有教育意义的、严肃的书吧，那里面还不可以有一个不真实的词！"

这是差不多决定了的，她要放弃这件事情，但是她还是觉得，写些有关瑞典的美好事物还是很有意思的，她难以放弃这份工作。最后她忽然想到，也许是因为她住在城市里，周围只有街道和房屋墙壁，她才不能开始动笔写。如果她到乡下去，在那里她能看到森林和田野，也许就会好一些。

她是瓦勒姆兰人，对她来说这是太清楚不过的事情，她愿意用这个地区作为这本书的开头。首先她要讲述一下她成长起来的这个地方。那是一座小庄园，处在远离世界的地方，那里有许多老式的习惯和风俗仍然保留下来了。她想过，对孩子们来说，听听那里的人们每年从头到尾互相衔接的多种多样的农活，一定是很有意思的。她要给他们讲讲，在她的家乡，他们是怎么庆祝圣诞节、新年、复活节和仲夏节的，他们有什么家具和家用物品，在他们的厨房和储藏室里、牛棚和马厩里、谷仓和蒸汽浴室里，看上去又是什么样子。但是，当她要写这些的时候，笔却不愿意动。她简直不能理解哪里出了毛病，但不管怎么说就是这样。

　　她对那里的一切都记得很清楚，就好像她仍然生活在其中，这虽然也是真实的，但是她对自己说，因为她还是要到乡下去，那么在她写到这个庄园之前，也许应该再去一趟那个古老的庄园看看。她已经有好多年没去过那里了，得到一个理由回去看看她也觉得不错。实际上，她无论到了哪里，都渴望着到那里去。她当然看到，其他地方比那里既更美又更好，但是，她在任何地方都找不到童年时期在家里感受到的那样一种安全感和舒适感。

　　然而，回老家对她来说并不像人们以为的那样，是一件容易的事情，

因为这个庄园已经卖给了她不认识的人。她当然想到，他们会很好地接待她，但是她不愿意到一个老地方，就为了能坐在那里和陌生人交谈。她是为了真的能够记忆起那里过去的生活是怎么样的。因为这个缘故，她做了这样的安排，她要在一个晚上比较晚的时候去，那时劳动已经结束了，人们都会待在屋里了。

　　她从来没想到，回老家会那么奇妙。当她坐到马车车厢里往那个古老的庄园驶去的时候，她觉得自己每分钟都在变得越来越年轻，很快她就不再是一个头发开始变灰白的老人了，而是一个穿短裙、扎着亚麻色长辫子的小丫头了。当她坐在车里认出了沿路每一座庄园的时候，她很快就不能再想到别的情况，只觉得老家这里的一切和过去还是一模一样。爸爸、妈妈和兄弟姐妹们会站在台阶上迎接她，那个上了年纪的女佣人会赶紧跑到厨房的窗前去看看谁来了，涅鲁、弗列亚还有另外几只狗都会冲过来跳起来扑到她身上。

越接近庄园，她就越高兴。现在是秋天，大忙季节就要到了，有很多活儿要干，不过，正是有了大量的活儿，才使得老家这里从来不会无聊和单调。路上她看见人们正忙着收挖土豆，在她家里他们也一定在收挖了。所以现在首先要做的是把土豆粉碎，做成土豆粉。这是一个温和的秋天，她正在想，花园里的一切是不是都已经收完了。至少卷心菜还在外面的地里吧。啤酒花是不是都采完了？苹果是不是都摘下来了？

要不是他们家里有大扫除的任务，这些活儿能应付过去，但因为就要到秋天赶集的日子了。到了赶集的时候到处都要打扫得整洁漂亮。这天是算作一个重大节日的，特别是被仆人们当节日。赶集那天晚上，走进厨房能看到新擦洗过的、撒了芳香的刺柏针叶的地板，刷白的墙壁，天花板下挂着的锃亮的铜器具，也常是一份快乐。

赶集的喜庆一结束，悠闲的时间也不会太长。他们就得开始梳分亚麻了。亚麻在东西容易腐烂的夏天最热的月份铺开到一块草地上以便沤烂。现在这些亚麻被放进那个旧的蒸汽浴室里，浴室里那个大炉子里生了火，为了把亚麻烘干。当亚麻烘得足够干燥的时候，人们就在某一天把四邻的妇女们都召集在一起，她们在蒸汽浴室前面坐下来，开始梳分亚麻，然后用打麻器打麻，为了从那些干了的麻秆里打出又细又白的麻纤维。在干活

的过程中，妇女们被灰尘弄成了灰色。她们的头发上和衣服上都覆盖上了麻秸碎屑，但是她们还是一样高兴。一整天打麻器噼噼啪啪打着，人叽叽喳喳谈天着，所以当有人走近那个旧蒸汽浴室的时候，听起来，好像那里正遇上一种稀里哗啦刮风下雨的坏天气。

处理亚麻的活儿完了之后是大烤薄脆、剪羊毛和女佣人合同到期可以庆祝一番换换工作的日子。十一月里就到了辛苦劳累的屠宰日子，要腌制咸肉、灌香肠、烤猪血黑面包、浇制蜡烛。通常来把他们家里自己织的羊毛绒缝制成裙子的女裁缝也是在这个时候来的，这是一两个很愉快的星期，这时全家人坐在一起忙着缝制衣服。为全家人做鞋的鞋匠也会同时到来，坐在长工的屋子里干活。看鞋匠如何剪皮子、做鞋底、钉后跟、装上穿鞋带用的环眼，是从来不会看厌的。

但是，最紧张的是快到圣诞节的时候。露西娅节那天，家里的贴身女仆身穿着白衣，头发上是点着蜡烛的桂冠，早晨五点钟就到各个房间去请人们喝咖啡吃点心，这也是一种象征，表示他们在下两个星期内别打算睡很多觉。现在他们要酿制圣诞节喝的啤酒、泡干鱼、准备烤圣诞节面包点心，还要做圣诞大扫除。

她正在想象着烤面包，周围就都是圣诞面包卷和小面包的烤盘，这时车夫拉住马停在了林荫道开始的地方，是她之前就要求车夫这么做的。她像一个刚醒来还迷迷糊糊的人一样惊了一下。她刚才还梦见自己被所有的亲人包围着，对于她来说，这么晚的夜里独自一人坐着，真是可怕。当她从车上下来，开始顺着林荫道走，要不被注意地走到自己的老家去，她感到现在和过去的差别是太沉重了，以至于她更愿意转身返回去。她想："到这里来有什么好处呢？这里已经不可能再像是过去那样了。"

773

但是她觉得，当她现在已经走了这么远路，还是要看看这个地方，她就继续往前走，尽管她每跨一步，都感到更加悲哀。

她已经听说，这个庄园已经非常破败了，变化很大，也可能真是这样。但是现在她在晚上不能注意到。她反而觉得一切都和本来一样。那边是池塘，她年轻的时候，里边满是鲤鱼，但是没人敢去抓，因为爸爸愿意让鲤鱼在那里过得安宁自在。那边是长工的屋子、谷仓和马圈，在一边的山墙上是一个招呼长工吃饭的铜钟，另一边山墙上是风向标。主楼前面的院子依然像一个周围都被封闭的房间，往什么方向都看不到风景，爸爸还在的时候就已经是这样了，因为爸爸连一个灌木丛都不忍心砍掉。

她停留在进庄园的车道旁边那棵大枫树的阴影里，站着往四周看。当她现在站在那里的时候，奇怪的事情发生了，有一群鸽子飞过来，落在她旁边。

她几乎不能相信，那是些真正的鸟儿，因为鸽子在太阳落山以后通常是从不出来活动的。肯定是美丽的月光把他们照醒了。他们以为这是大白天，就从鸽棚飞了出来，但是后来他们就糊涂起来了，不知道自己在什么地方。当他们看见一个人的时候，就朝她飞来，好像她会给他们指正。

在她爸爸妈妈在世的时候，庄园上有非常多的鸽子，因为鸽子也是动物中受到她爸爸特别保护的。只要有谁提到宰杀一只鸽子，他就情绪不好。她非常高兴，那些漂亮的鸟儿在老家过来迎接她。谁能知道，那群鸽子夜里还飞出来，是不是为了向她表明，他们没有忘记，他们曾经在这里有过一个美好的家呢？

或者也许是爸爸派他的鸟儿带给她一个问候，让她在来到自己过去的老家的时候不要感到那么烦恼和孤独？

当她想到这个，心里涌起了一种对旧日时光那么强烈的怀念，以至于眼睛里涌出了泪水。他们在这里度过的是一种美好的生活。他们有过很多要干活的星期，但是他们也有过很多节庆的宴会；白天他们有辛苦的劳动，但是晚上他们就聚集在灯的周围阅读泰格涅尔和吕讷拜里耶的作品，列恩格伦夫人和老处女布雷默尔的作品；他们种植粮食，但是他们也种玫瑰花和茉莉花；他们纺过亚麻线，但是在他们纺线的时候也唱过很多民歌；他们孜孜不倦地学习过历史和语法，但是也演过戏剧，写过诗歌；他们站在炉灶旁边做过饭，但是也学会了演奏大三角钢琴、笛子、吉他、小提琴和竖立钢琴。他们在一个园子里种过卷心菜、芜菁、豌豆和菜豆，但是他们也有另外一个园子，里面长满苹果、梨和各种浆果。他们曾经过得很寂寞，但是也正因为这样他们的记忆里还留着那么多传说和故事。他们穿过家里自制的衣服，但是这样他们就能过得无忧无虑、自给自足。

　　她想："世界上没有任何地方的人，他们懂得过一种美好的生活，像我年轻时候在这样一个小庄园里度过的那种。这里有适量的劳作，适量的娱乐，每天都有快乐。我非常愿意回到这里来。自从我现在又看到这个地方，离开这里就是沉重的事。"

　　于是，她转向这群鸽子对他们说话，一边说一边还同时笑自己，她说："你们不愿意到我爸爸那里去跟他说，我想家吗？我在陌生的地方游荡的时间够长了。问他能不能那么安排一下，这样我就能很快回到我的童年老家来！"

　　她刚说完，整群鸽子就升高到空中飞走了。她用眼睛追随他们，但是他们马上就消失了。那就好像是整个这群发亮的鸽子都溶解在闪闪发光的天空里。

鸽子们刚刚离开，她就听见从花园那边传来两三次高声呼救的叫喊，当她急忙赶到那里，她见到了某种实在奇特的事情。那里站着一个很小很小的小毛头，还不到巴掌高度那么大，正在和一只猫头鹰搏斗。起初她那么惊讶，动都不能动。但是当小毛头越叫越悲惨的时候，她就很快地介入，把搏斗的两方分开了。猫头鹰扑扇着翅膀飞上了一棵树，但是小毛头还站在沙子通道上，没躲藏起来，也没逃跑。他说："谢谢你的帮助！不过你让猫头鹰逃掉可是太傻了。那我没法从这里离开，因为她蹲在那棵树上监视着我呢。"

她说："是的，把她放跑是我没好好考虑。不过，我能不能用别的方法，送你回家去呢？"她通常创作故事传说，不过，这么意外地同一个小人族的人谈话，她还是感觉到不小的惊讶。但是，归根结底，她还不是那么吃惊，就好像她一直在期待着，到了自己老家，到外面在月光下走着的地方，她会体验到什么奇怪的事情。

小毛头说："实际上我想过，整个夜晚就留在这个庄园里。只要你愿意给我找个安全的睡觉的地方，天亮之前我就不用回到森林那里去了。"

"要我给你找一个睡觉的地方？这里不是你家里吗？"

小毛头现在说："我当然明白，你以为我也是小人族里的一个，但我是一个人，和您一样，不过我是被一个小土地神变小的。"

"这可是我听说过的最奇怪的事！你愿不愿意告诉我，你是怎么会碰到这么糟糕的事情？"

小男孩一点都不反对讲自己的冒险经历，而她听着他讲，在他不停讲述着的时候，她自己越来越惊讶和高兴。她想："天哪，这可是一种幸运，能碰上一个骑在鹅背上在全瑞典旅行的人！对了，他讲的故事我要写进我的书里去。现在我再也不用为这件事的缘故烦恼了。我回老家来，真是件大好事。想想吧，我一回到这个老庄园，就得到了帮助！"

就在这时她突然有了一个想法，是她几乎不敢想到底的。她派鸽子给爸爸送信，把自己想念家乡的事情告诉他，转眼之后，在她苦苦思考了很久的事情上，她就得到了帮助。这会不会是爸爸对她请求的事情做的答复呢?

译注：露西娅节（Luciadagen）为瑞典每年十二月十三日的传统宗教节日，由穿白衣头戴蜡烛金冠的少女领着歌队在天亮前唱歌为人送上光明。泰格涅尔（Esaias Tegnér，1782—1846) 是瑞典诗人；吕讷拜里耶（Johan Ludvig Runeberg，1804—1877) 是生于芬兰用瑞典语写作的诗人、作家；列恩格伦（Anna Maria Lenngren,1754—1817) 是瑞典女诗人；布雷默尔（Fredrika Bremer,1801—1865) 是瑞典女作家、记者。莫尔巴卡庄园（Mårbacka）即作者拉格洛夫出生的贵族庄园，其父母去世后出售给他人；作者获得诺贝尔文学奖之后又将这座庄园购回，现在是拉格洛夫纪念馆。

# 50. 岩礁上的宝藏

## 在去大海的路上

十月七日　星期五

自从秋季旅行一开始，大雁们就笔直往南方飞。但是当他们离开弗律克斯山谷的时候，他们进入了另一个方向，飞过瓦勒姆兰西部和达尔斯兰，向布胡斯郡飞去。

这是一次愉快的旅行。小雁们现在适应和习惯了飞行，所以不再抱怨疲倦，小男孩也开始恢复了他的好心情。他很高兴，他和一个人说过了话，因为她说过，如果他继续用同样的方式，像至今为止做的那样，为他遇到的所有人和动物都做好事，那么结局对他是不会坏的，这让他心情愉快了起来。并不是说，她已经能说出来，他怎么样就能恢复自己的本来面貌，但是她给他带回了一点希望和信心，肯定是这一点让他现在能想出怎样阻止大白鹅回家的办法。

就当他们在天空中高高往前飞的时候，他说："你知道吗，公鹅莫顿，自从我们参加过了一次这样的旅行，整个冬天待在家里对我们肯定会单调死了。我坐在这里正在想，我们应该跟大雁们到国外去。"

公鹅说："这绝对不可能是你当真说的话！"听起来他完全吓坏了，因为自从他已经显示过，他有本事跟着大雁们一直飞到拉普兰，能回到霍尔格·尼尔松家牛圈里的鹅栏去，他就完全心满意足了。

小男孩沉默着坐了一会儿，瞧着下面的瓦勒姆兰，那里所有的桦树林、阔叶林和花园都披上了金黄和嫣红的秋色；那里有长长的湖泊在金色湖岸之间铺开了蔚蓝色。他说："我相信，我从来没有看到大地像今天我们底下的大地这样美丽。那些湖就像蓝锦缎，湖岸就像宽宽的黄带子。你不觉得，如果我们要在西维门赫格住下去，再也看不到世界上更多东西，这是损失吗？"

公鹅说："我想的是，你愿意回到你爸爸和妈妈身边，让他们看看你已经长成一个出色的男孩子。"整个夏天他都在梦想着，当他在霍尔格·尼尔松家的小木屋前的院子里落下，在鹅、母鸡、母牛、猫和霍尔格·尼尔松家的女主人面前展示羽佳和那六只幼雁，那会是多么让他骄傲的时刻，所以他对小男孩的提议不太高兴。

这一天大雁们长时间休息了好几次。到处他们都看到食物丰盛的刚收割过的茬子田，几乎就没心思离开那里，所以直到太阳要落山的时候，他们才进入达尔斯兰。他们掠过这个地区的西北部，那里的景色比瓦勒姆兰要更加美丽。这里布满那么多的湖泊，以至于陆地就像狭窄而高低起伏的堤岸行进在湖泊之间。那里没有什么适合耕作的土地，但树木却生长得好得多，陡峭的湖岸就像秀丽的公园。看起来，就是在太阳落到山后面去了之后，天上或水中都有什么保留了阳光。金色的波纹在那些深色然而闪光的水面上嬉戏，而地面上颤动着明亮的浅红色的光泽，从中又耸立起了黄

白色的桦树、浅红的白杨树和红黄色的花楸树。

小男孩说："公鹅莫顿，你不觉得以后再也看不到这么壮丽的风景是件难过的事情吗？"

公鹅回答说："比起这里贫瘠的山坡，我更喜欢看南部平原上肥沃的耕地。不过你当然是明白的，要是有必要，你愿意继续旅行的话，我是不会和你分开的。"

小男孩说："这个回答我相信正是我要得到的。"从他的话音里可以听出，他已经摆脱了一个巨大的烦恼。

当他们后来从布胡斯郡上空飞过的时候，小男孩看见，宽阔的山地更是连成了片，山谷就像狭窄的山涧坠落到了山底，谷底那些长长的湖是那么黑，好像刚从地下冒出来的。这个地区也是一个景色壮观的地区，而当

小男孩一会儿在一线阳光中看到它，一会儿在阴影中看到它，他觉得这个地区既有什么野性的而且又是自己独特的地方。他不知道这个想法是哪里来的，但是他有了这个想法，觉得这里从前应该有过强健和勇敢的斗士，他们在这个充满秘密的地方肯定经历过很多惊人而胆大的冒险。要参加奇特事件的老兴致在他身上又苏醒了。他想："若不是每天或者一两天就会有生命危险，很有可能我倒会留恋这种生活了。所以最好还是满足于现在这样吧。"

有关这些事，他对大白鹅什么都没说，因为大雁们正用他们可以达到的最快速度飞过布胡斯郡的上空，公鹅呼哧呼哧喘气，他已经没力气回答了。太阳落在了视线的边缘上，时而在这个或者另外一个山丘后面消失了，但是大雁们用这么快的速度追赶着太阳，他们一而再、再而三地能见到它。

终于他们看到西边有一条发亮的线，随着他们的每一次翅膀扇动而长大了，变得越来越宽。那是大海，呈现着乳白色，又在玫瑰红和天蓝色中转换着，他们绕过了海岸上的峭壁以后，他们又看见了太阳，太阳垂挂在海上，又大又红，准备好了潜入波涛中。

夕阳散射着那么柔和的光线，所以小男孩敢往夕阳中看。不过，当小男孩观察着这个无拘无束、无边无际的大海和通红的夕阳的时候，他感到灵魂里渗透进了宁静和安全感。太阳说："忧伤是没有好处的，尼尔斯·霍尔格松。世界对于小的生物还是大的生物都是美好的、可以生活在里面的地方。要自由自在、无忧无虑，让整个宇宙在你前面打开，这也是一件好事。"

# 大雁们的礼物

大雁们在费耶尔巴卡渔港外的一个小岩礁上睡觉。但是，到了半夜，月亮高挂在天空的时候，老阿卡晃晃脑袋，从眼睛里晃走了睡意，然后走到四周叫醒了于克西和卡克西、库尔美和奈利耶、维西和库西。最后她用喙捅了捅拇指头，他就醒了。他非常惊恐地跳了起来说："出了什么事，阿卡大妈？"

领头雁回答："没什么危险的事。只是这样，雁群里我们七个老的，今天夜里这个时候要到海上去一下，我们想知道你乐意不乐意跟我们去。"

小男孩当然知道，如果没什么重要的事要做的话，阿卡是不会提出一个这样的建议的，他马上坐到了她的背上去。飞行方向是往正西，大雁们先飞过了一片离海岸很近的大岛小岛，然后飞过了一段距离宽阔的空旷水面，接着就到达了维德尔群岛的那个大岛群，它们处于这个大海外缘群岛最外边。所有的岛都很矮，都岩石嶙峋，在月光下可以看到岛的西侧全都被波浪冲刷打磨得非常光滑。其中有几个岛相当大，在这些岛上小男孩瞥见了两三座住房。阿卡在最小的岩礁中找了一个降落下来。那个岩礁只有一大块高低不平的花岗岩石，正中间有一条相当宽的裂缝，大海在那里抛进了又细又白的沙子和一些贝壳。

当小男孩从大雁背上跨下来的时候，他看见身边紧挨着他有什么东西，很像一块又高又尖的石头。但几乎在同一时刻他也注意到，那是一只巨大的猛禽，选择了这个岩礁作为过夜的地方。但是，他还没来得及对大雁们这么不小心降落在一个危险的敌人旁边感到惊讶，那只鸟就朝大雁们长长一跳迎了上去，他认出了是老鹰果尔果。

可以注意到，是阿卡和果尔果已经约好在这里会面的。他们俩谁也没对见到对方感到惊奇。阿卡说："这件事你做得好，果尔果。我都不敢相信，你比我们先到会面的地方。你来这里很久了吗？"

果尔果回答："我是今天晚上到这里的。不过我也怕，除了我已经在这里等候你们之外，我不能指望得到别的夸奖。你让我办的那件事，进行得很不好。"

阿卡说："我确信无疑，你已经办得比你愿意说的要出色。但是在你讲你路上出了什么事情之前，我要请拇指头帮我找到应该还藏在这个岩礁上的一些东西。"

小男孩站在那里观赏几个漂亮的贝壳，不过当阿卡提到他的名字的时候，他就抬起头来。阿卡说："拇指头，你大概有些纳闷吧，我们为什么

转弯离开了正确的飞行路线，到西海这里来了。"

小男孩说："我是觉得有些奇怪，不过我当然知道，你做的事情通常总是有充分理由的。"

阿卡说："你对我这么信任当然很好，但是我几乎是要害怕了，怕你现在会失去这种信任，因为非常有可能，我们这次飞行徒劳无功。"

阿卡继续说："这是发生在很多年前的事情。我和另外两三只大雁，也是现在这个雁群里年老大雁中的几只，在一次春季迁徙的时候遇到风暴，被一直刮到了这一带的岩礁。当我们看到，我们眼前没别的，只有看不到岸的大海，我们非常害怕会被刮到非常远的地方，就永远也找不到回大陆上去的路了，所以我们就降落到了波浪上。风暴迫使我们在这些荒凉的岩礁之间停留了好几天。我们受到饥饿的煎熬，有一次就到了这个岩礁上来，在这个岩石裂缝里找吃的东西。我们连一根草都没找到，但是我们看见几只捆扎得很好的袋子半埋在沙子里。我们巴望着袋子里有粮食，就把袋子撕来扯去，直到我们把袋子的布撕破，可是这时从里边滚出来的不是粮食谷粒，而是闪闪发光的金子。这样的东西对我们大雁来说没一点用处，我们就把它们留在了原来的地方。在所有这些年里，我们都没想过我们发现的这些东西，但是今年秋天有些事情发生了，让我们希望得到金子。我们当然知道，只有极微小的可能，这些财宝还留在这里，但是我们既然还是来了，就请你搞清楚，这件事会是什么结果。"

小男孩跳进了裂缝里，每只手都抓了一个贝壳，开始把沙子扒开。他没有发现任何袋子，但是，当他挖出一个相当深的坑的时候，却听见金属碰撞的声音，看到他挖出了一个金币。他就用双手在地上摸，感觉到沙子里还埋了很多圆圆的金币，于是赶紧上来跑到阿卡这里。他说："袋子已

经腐烂，破掉了，所以金币散落在沙子里了。但是我相信，所有的金子都还在。"

阿卡说："很好。现在去把那个坑重新填满，放上沙子掩盖好，这样就没人看得出来，这里有人动过！"

小男孩完成了这个任务，不过，当他现在爬到那块大石头上面的时候，他吃惊地看到，阿卡领头和其他六只大雁一起，全都带着极为庄严隆重的样子，朝他走过来。当他们在他面前停下来的时候，还把脖子多次弯下来敬礼，看上去是那么重要，以至于他也必须脱下帽子向他们鞠躬。

阿卡说："是这样的，我们这几个年老的大雁，互相都这么说过，如果你，拇指头，在人类那里服务，为他们做了那么多的好事，就像你为我们做的那么多，那么他们不会和你分手又没给你一份好工资。"

小男孩说："不是我帮助了你们，而是你们一直在照顾我呀。"

阿卡继续说："我们还认为，当一个人类在整个旅行中一直跟我们一起，那这个人就不用在离开我们的时候还是那么贫穷，像来到我们这里的时候一样穷。"

小男孩说："我知道，今年我在你们这里学到的东西，比货物和金子更值钱。"

领头雁说："当这些金币过了这么多年还留在石头裂缝里，那就可以确定，它们已经没什么主人了。我认为，你可以把它们拿去使用。"

小男孩问："不是你们自己需要这些财宝吗？"

她说："哦，是的，是我们需要这些财宝，为了能给你发这样的工资，让你的爸爸妈妈觉得，你在尊贵的大户人家里当过放鹅娃。"

小男孩现在半转开身子，向大海上看了一眼，然后正对着阿卡那双明亮的眼睛里看着。他说："阿卡大妈，我觉得这很奇怪，在我自己辞职之前，你就解雇了我，还给我付工资。"

阿卡说："只要我们大雁还在瑞典停留，我愿意相信，你会留在我们身边。不过我希望给你看在什么地方能找到财宝，现在来的话，我们不用绕一条太大的弯路就可以到这里了。"

拇指头说："还是那样啊，像我说的，在我自己乐意离开你们之前，你们就想把我和你们分开了。我们已经在一起过了一段这么美好的时光之后，我觉得，我也能跟你们到国外去，这不算太过分吧。"

当小男孩说这些的时候，阿卡和其他大雁都朝上伸直了他们长长的脖子，站了一会儿，用半张着的嘴吸气。当阿卡冷静下来的时候，她说："这是我没有想到过的事情。但是，在你决定跟我们走之前，最好还是让我们

听听果尔果能告诉我们什么。你可能知道，我们离开拉普兰的时候，果尔果和我约好了，他要到斯郭纳你老家去，想办法为你争取好一点的条件。"

果尔果说："是的，这是真的。不过，正像我已经对你说过的，我没办成功。我倒是很快就找到了霍尔格·尼尔松的小农庄。当我在农庄上空来回盘旋了两三个小时之后，看见小土地神在房子之间偷偷摸摸走出来。我马上朝他扑过去，把他带走，到了一块地里，为了我们谈话不受打扰。我说，我是凯布讷山来的阿卡派来的，问他能不能给尼尔斯·霍尔格松更好的条件。他回答：'我希望我能办到，因为我听说，他在旅行中表现不错。不过这不是我的权力呀。'这时我很生气，我就说，如果他不肯让步，我就不客气了，要挖掉他的眼睛。他说：'你愿意拿我怎么样就怎么样。说到尼尔斯·霍尔格松嘛，还是我原先说的条件。但是，你可以转告他，如果他带着他的公鹅很快回家，他就做对了，因为这个小农庄现在情况很糟糕。霍尔格·尼尔松必须为他弟弟付一笔债务保证金，他对这个弟弟有很大信任，所以就做了担保。他还借钱买了一匹马，但是他用这匹马驾车的第一天马腿就瘸了，从此以后他就用不上这匹马了。是啊，告诉尼尔斯·霍尔格松，他爸爸妈妈已经不得不卖掉了两头奶牛，如果他们不能从什么地方得到帮助的话，那么他们就得离开这个小农庄了！'"

当小男孩听到这些的时候，他皱起了眉头，两手握得那么紧，指关节都发白了。他说："那个小土地神真残酷，给我设立了一条这样的条件，所以我不能回家去帮助我爸爸妈妈。但是他要让我成为一个出卖朋友的人，那是不会成功的。我爸爸妈妈都是很诚实的人，我知道，他们宁可没有我的帮助，也不愿意我良心不安坑害朋友回到他们的身边。"

# 51.大海的银子

　　每个人都知道，大海是狂野和咄咄逼人的，瑞典受大海攻击最多的那个部分因此从好几千年前起就由一堵又长又宽的石墙保护着，它叫作布胡斯郡。

　　那堵墙宽度正好，所以覆盖了达尔斯兰和大海之间的整个地区，不过，就像通常海堤和防波堤的那种情况，它并不特别高，是由相当大的石块构建起来的，在它所在的地方，全部长长的山岭都填上去了。当涉及从伊德峡湾伸展到约塔河建立一条抵挡大海的防护工事，用小石块来建筑也同样是不行的。

　　这么宏大的建筑工程在我们的时代里已经不再进行了，可以肯定，这堵墙是非常古老的。也就不可避免，它已被岁月侵蚀磨损得非常厉害。那些巨大的石块现在不像开始的时候那样互相紧靠在一起了。石块之间已经形成了裂缝，又宽又深，所以农田和房舍都在它们底部有了空间。不过这些石块不管怎么说没有分散得太开，人们还是看得出，它们曾经是属于同

788

一堵墙上的。

这堵墙朝陆地的一侧保留得最好。在那里它有很长距离既完整又不断延伸。沿着中部有又长又深的裂缝，底部有湖，而通向海岸那边的墙崩溃得那么厉害，以至于每块石头都像一个孤立的山丘。

首先是当人们在海岸上看那堵墙的时候，才真正明白，那堵大墙立在那里，不是为了安逸的缘故。不管它从一开始有多么坚固强大，大海还是从六七个地方突破了它，伸进了好几十公里长的峡湾。这堵墙的最外头甚至也沉没到了水下，只有石头峭壁的最顶端还露在外面。用这种方式，就出现了大量的大大小小的岛，组成了一个群岛，而这个群岛接受风暴和大海最猛烈的冲击。

现在人们大概会觉得，一个实际上只是一堵巨大的石头墙构成的地区，应该完全是土地贫瘠寸草不生的了，没有人类可以在这里靠农业生存了。但是这件事并不那么严重，因为虽然在布胡斯郡山丘和山顶上都是赤裸裸光秃秃的，但作为回报，在所有那些裂缝里都聚积了很多优良肥沃的土壤，就算小块田地不那么宽阔，在那里经营农业还是完全可行的。在沿海一带冬天也不像内陆那样寒冷，在受到保护没有风的地方，娇嫩的树木和植物都可以惬意生长，要不然这类植物在斯郭纳那么远在南方的地区也几乎无法生存。

人们也不要忘记，布胡斯郡是在巨大的公海边界上，这是全球人类的共同财富。布胡斯人可以在他们不用修建的道路上旅行。他们可以捕获成群动物，却不用放牧和照管，而且他们的船只运输有拉动的马力，却不用给马饲料和马圈。因此，他们不像别人那样，那么依赖农业或者畜牧业。他们不怕定居在风暴鞭挞的岩礁上，尽管那里寸草不生，或者定居在海岸

山岩下面狭窄的海滩地带，尽管那里连一小块土豆地的空间都没有。因为他们知道，那个巨大、富裕的大海能给他们所需要的一切。

不过，如果说大海富裕是一个真理，跟大海打交道很危险，也一点都不假。想从大海那里赢得什么的人，必须熟悉所有峡湾和楔状的海湾，所有浅滩、暗礁和海流，几乎可以说，他要知道海底每一块石头。他必须能够在风暴和浓雾中驾驶他的船，在最黑暗的夜里找到自己的航道。他必须懂得解读空气里那些预兆恶劣天气的迹象，他必须能够忍受得住寒冷和潮湿。他必须了解鱼在哪里游动和龙虾往哪里爬行，必须能够看管好沉重的渔网，能在起伏晃荡的大海上把自己的渔网撒出去。最重要的是，他胸中必须有一颗勇敢的心，所以他不会迟疑，每天都敢冒着生命危险和大海搏斗。

当大雁们往南飞到布胡斯郡的那个早晨，这个群岛上平静而安宁。他们看到好几个小渔港，但是那些狭窄的街道上很安静，那些小小的油漆得很美丽的房子也没有人进进出出。那些棕色的渔网整整齐齐晾在晒网的地方，那些沉重的、绿或蓝的渔船都落了帆顺着海岸停泊着。那些长条板凳上没有妇女在忙碌，要不然人们会在那里清理鳕鱼和鲽鱼。

大雁们也飞过了好几个领航站。领航员的房子墙壁漆成黑色和白色。信号桩矗立在旁边。栈桥边停泊着领航员用的单桨船。那里的周围一切都是静悄悄的，没有什么蒸汽船在接近，需要帮助进入狭窄的航道。

大雁们飞过的那些海滨小镇子已经关闭它们的大浴场，降下了它们的旗子，也关闭了那些精巧的夏季别墅。没有什么人在走动，只有几个年迈的老船长在栈桥上转来转去，充满思念地凝视着大海。

在进入了陆地的峡湾周围和那些岛屿的东边，大雁们看到了几个农庄。那里有拉网的渔船静静停靠在栈桥边上。农庄主和他们的长工在收土豆，或者摸摸挂在高高的架子上的豌豆是不是已经及时晒干了。

在大的采石场和造船厂有好多工人。他们足够娴熟地运用着自己的铁锤和斧子，不过他们一次又一次朝大海掉转头去，好像他们希望得到什么休息。

沿海群岛上的鸟也和人类一样安静。有几只鸬鹚，在一个陡峭的山壁上已经栖息过了，一只接一只离开了那些狭窄的悬崖石台，在慢吞吞的飞行中来到了他们捕鱼的地方。海鸥们抛弃了大海，到了陆地上散步，像真正的乌鸦。

可是一下子情形就不一样了。一群海鸥猛然从一块耕地上直飞起来，用那么快的速度往南方冲过去，大雁们都几乎来不及问他们要去那里，海鸥们也顾不上回答。鸬鹚也从水里蹿了起来，紧跟着海鸥沉重地飞去。海豚们好像又长又黑的绕线梭子一样滑过海水，而一群海豹从一块扁平的岩礁上滑下去向南游去。

大雁们问："出了什么事？出了什么事？"最终他们从一只长尾鸭那里得到了回答。"是鲱鱼群到了马斯特朗岛！是鲱鱼群到了马斯特朗岛！"

不过，不光是鸟类和海兽们行动起来了，而且人类现在也肯定得到了消息，第一批大群鲱鱼已经到达了这个群岛。在渔港的光滑石板上人们互相跑过。渔船都已经准备好了。人们把长长的鲱鱼拖网小心翼翼地搬到了船上。妇女们把食物和油布装载到了船上。男人们那么急忙地从屋子里出来，还没穿好外衣就跑到了街上。

很快这个海峡里就张满了棕色和灰色的船帆，船与船之间交换着快乐的呼喊和问话答话。年轻的姑娘们爬上屋子后面的大石板上朝那些出海的人挥手送行。领航员们站到了瞭望台上，他们都非常肯定，很快他们也要被召唤出去了，所以都穿上了长筒靴，把单桅船准备好了。从那些峡湾里开出来一艘艘小火轮，都装着空桶和空箱子。农民们丢下了刨土豆的铁爪，造船工人们离开了船坞。那些面容已久经风霜的老船长在家里也坐不住了，而要跟着小火轮到南面去，为了至少能亲眼看着捕捞鲱鱼。

没等多久大雁们也已经到了马斯特朗岛。这批鲱鱼群是从西面过来，经过哈姆奈岩礁的灯塔朝陆地游来。在马斯特朗岛和帕特尔努斯特尔岩礁之间的开阔峡湾上，渔船三只一组三只一组地前进。那些水面发黑、翻卷起小而短的波

浪的地方，渔民们就知道，那里准有鲱鱼，他们就在那里把长长的拖网小心地撒到水里，把这些网拉到一起成为一个圆圈，在底部把渔网收紧，这样一来鲱鱼就像被装进了一个巨大的麻袋里。他们就把拖网再次拉小收紧，直到网里的空间越来越拥挤，亮闪闪的鱼就能从渔网的深处捞出来。

有几个船队捕鱼已经有了很大进展，所以船上

装满了鱼，一直装到了船舷；渔民们站在深到双膝的鱼堆里，从头上的宽边雨帽到黄色油布雨衣的下摆都是鲱鱼鳞在闪闪发亮。

还有新来的拖网船队四处转着寻找鲱鱼群，还有别的渔船，费了好大劲把拖网撒出去了，但是拉起来却是空的。当渔船装满的时候，有些渔民就把船开到停在峡湾里的大的火轮那里把捕来的鱼卖掉，其他渔民会驶进马斯特朗岛的渔港里，把装载的鱼卸到码头上。在那里，清洗鲱鱼的女工们已经在长长的桌子边上开始工作了。鲱鱼被装进木桶和箱子里，而鲱鱼鳞覆盖了整条街。

这是生机勃勃的热闹景象。对着所有这些他们从波浪里捞出来的大海的银子，人们就好像被喜悦冲昏了头脑。大雁们绕着马斯特朗岛盘旋了好几圈，为的是让小男孩好好看看这一切。

很快小男孩就要求大雁们还是继续往前飞。他没说为什么他愿意离开那里，但是那个也许不难猜到。在渔民当中有很多非常英俊非常优秀的人。其中很多人是身材高大魁梧的男子汉，宽边雨帽下面有果敢的脸，看起来都那么勇敢和顽强，每个小男孩都希望，当自己长大的时候，也能成为那样的人。对于自己再也不可能变得比一条鲱鱼还长的那个人，坐在那里看那样的男人，也许不是什么愉快的事情。

译注：马斯特朗岛（Marstrand）位于布胡斯郡的西海岸外，是瑞典西部海运和渔业重要港口之一。

# 52. 一座大庄园

## 老先生和小先生

几年前，在西约特兰的一个教区里有一位善良得无法形容、长得甜美娇小的民办学校女老师。她上课上得好，维持秩序又很严格，而孩子们都很喜欢她，大家从来不愿意去学校的时候自己的功课还没有做好。家长们也对她非常满意。只有一个人不明白她有多么好，那就是她自己。她觉得所有其他人都比她聪明能干，为她自己不能和他们一样而悲伤。

在那位女老师工作了几年以后，学校管理委员会建议她到奈斯手工艺师范学校去进修那里的课程，这样她以后能够教学生做手工，不光用脑子，而且也用手。没人能想到，在她得知这个建议的时候，她变得多么恐慌。奈斯离她的学校一点都不远。她曾经走过那个美丽宏伟的地方好多次，也听到过很多对那座古老大庄园里举办的手工艺课程的赞扬。来自全国各地的男老师女老师聚集到那里学习怎么使用他们的手，是的，甚至还有国外

来的人。她事先就知道，在那么多出色的人中间，自己会感到多么可怕的焦虑不安。她觉得，这超过了她能承受得了的程度。

但是她也不愿意对学校管理委员会说"不"，而是递交了自己的申请表。她被录取为学生，于是在六月一个美丽的傍晚，夏季课程开学前的这一天，她把自己的衣服装在一个小行李袋里，就徒步走到奈斯去。不论她一路上停下来多少次，不论她希望前面的路有多远，最后她还是走到了。

在奈斯，来自各地的所有课程参加者都到了，一片热热闹闹的景象，他们现在被指引到别墅和平房里各自的住处去，这些也都是属于这片大房产的。大家在这个不同寻常的环境里都感到有点不习惯。但是那位女老师像平常那样觉得没有人比自己更笨手笨脚更奇怪了。她把自己吓成了那个样子，所以既听不到也看不到了。还有些困难的事情她必须应付。她被指引到一座漂亮别墅里的一个房间里，在这里她要和几个她完全不认识的年轻姑娘住在一起，她还得和七十个陌生人一起吃晚饭。她的一边坐着一个皮肤发黄的小个子先生，可能是从日本来的；另一边坐着从约克莫克来的一位男老师。围绕着那些长桌子从头一刻开始就有说有笑。大家自我介绍互相熟悉起来。她是唯一的一个，什么都不敢说。

第二天早晨工作就开始了。这里和一个普通学校里一样，每天都是从晨祷和唱赞美诗开始。然后由主持这个师范学校的校长讲了一点有关手工艺的概况，给了一些简短的指示，于是，她还真不知道是怎么回事，就发现自己站在一个刨木头台子前面，一手拿着一块木头，另一只手拿着一把刀子，一个年老的手工艺课老师试着示范给她看怎么样她就能削出一根撑花用的木杆。

这样的工作她过去从来没试过。她内心没一点把握。那时她是那么困

惑，一点也没有听懂。当那个老师从她这里走开，她就把刀子和木头放到刨木台上，站在那里眼瞪着前面发呆。

房间里到处都是刨木台，她看到所有这些台子旁边都有人在朝气蓬勃地开始工作。其中有两三个对这项工艺有一点入门了，走过来愿意帮她纠正。可是她不能接受什么辅导。她站在那里想的是她周围所有人都会注意到她的行为是多么傻，这让她那么不幸，所以她完全像是被麻痹了一样。

该吃早饭了，早饭后是新的工作。校长讲了一堂课，随后是一堂体操课，接着又是手工课。然后到了午休时间，在那个又大又令人愉快的大会堂里吃午饭喝咖啡，然后到了下午又是新的手工课，唱歌练习，最后是在室外游戏。这个女老师一整天都在活动，跟其他人在一起，但是依然感觉自己同样绝望。

当她后来回想起她在奈斯度过的最初那几天，她觉得那时她是走在一种迷雾里。一切都是朦朦胧胧，让人晕晕乎乎的。她简直就没看见也没听

到自己周围正在发生的事情。这种情况持续了两天，到了第二天的晚上，她周围才突然明亮起来。

那时他们已经吃过了晚饭，有一位以前来过奈斯很多次的民办学校老教师给几个新来的学员讲了这座手工艺学校是怎么办起来的，她正巧坐得离这个老师很近，也就免不了听到了他的话。

那位老教师说，奈斯是一个非常古老的地方，不过在现在拥有这个地方的那位老先生搬到这里之前，这里也就一直只是一座很大很漂亮的庄园而已，没什么别的。老先生是个大富翁，自从他在这里定居下来，最初几年里他忙着把宫殿和花园修葺美化了一番，还帮助建了下人的住房。

可是，他的太太这时去世了，而因为他没有子女，住在自己的大庄园里也经常感到孤单。于是他说服了一个年轻的外甥，也是他很喜爱的，到奈斯来和他同住。

起初，让那个小先生来的意思是要他帮助管理庄园，不过，当小先生为了这个缘故在长工们那里到处走动，看到他们在穷人们住的棚屋里如何生活，他就产生了一些奇妙的念头。他注意到了，在大多数地方，在那些漫长的冬天的夜晚，男人们或者小孩子都是不干什么手工活的，没错，经常连妇女们都不做。从前，老百姓必须努力利用自己的手，为了制作衣服和日常生活用具，但是如今这样的东西全都可以买到了，所以他们就把这类手工活全终止了。现在那个小先生觉得自己明白了，在取消了家庭手工活的农舍里，那里的家庭生活乐趣和生活福利也会离去。

有一次他碰上这么一家人，爸爸在家里做木工做椅子桌子，妈妈纺纱织布，很容易看出，这户人家里，不光人比其他人家更富裕一些，而且也幸福得多。

他和舅舅讲了这件事，那位老先生也认识到，如果人们在空闲的时候能够做些手工活，这会是一种莫大的乐事。但是要让他们达到那个程度，毫无疑问，那就有必要从童年时代起教会自己使用双手。两位先生都觉得，他们能通过办一个专为孩子办的手工艺学校来帮助推动这件事的进展，没有比这更好的方式了。他们愿意教会孩子们做出一些简单的木头用具来，因为他们觉得，这样的手工活对每个人来说都是最容易做的。他们确信，曾经让自己的手经过训练能灵巧使用刀子的人，会很容易教会自己使用铁匠的铁锤和鞋匠的榔头。但是那个在年轻时候没有让自己的手学会熟练做手工活的人，他也许永远都不会明白，他在自己的手里就拥有一种比所有其他工具都更好的工具。

于是他们就开始在奈斯教孩子们做手工，而他们很快就发现，这对那些小孩那么有用，那么有好处，所以他们希望瑞典的所有孩子都能学到同样的课程。

可是，这样的事情怎么才成为可能的呢？在瑞典有数十万孩子在成长，不可能把这些孩子都集中到奈斯来上手工劳作课。这是完全不可想象的。

于是那个小先生又提出了一个新的建议。想想看，如果他们不是为孩子们上课，而是为他们的老师安排一个手工艺师范学校，那会怎么样！想想看，如果全国各地的男老师和女老师都到奈斯来学手工，然后他们再给自己学校里的所有孩子上手工课，那会怎么样！用这种办法，也许瑞典所有的孩子都可以把自己的手培养得和他们的头脑一样好。

当他们被这个想法抓住，就不能让它再溜走，而是努力让它实现。

这两位先生同心协力做这件事。那位老先生建造了手工劳作课堂、大会堂和体操馆，还负责那些到学校来的学员的食宿。小先生成了这个师范

学校的校长。他安排教学、监督工作情况和举办讲座等等，还有比这更多的事情。他始终生活在来参加课程的学员中间，了解他们每个人的情况怎么样，成为他们最亲热、最可信赖的朋友。

从最初开始他们就有了一大批学员潮水那样涌来！每年举办四期手工课程，而报名参加所有这些课程的学员人数总是超过能接收的人数。那座学校很快就在国外也有了知名度，来自地球上所有国家的男老师女老师都到奈斯来，为了教会自己如何管理手的成长。在瑞典没有什么地方像奈斯那样在国外也那么有名。没有一个瑞典人像奈斯手工艺师范学校的校长那样在世界各地都有那么多朋友。

那位女老师坐在那里听着这些，听得越多，她周围就越明亮起来。她过去不明白为什么手工艺师范学校会是在奈斯，没想到这座学校是由两个愿意造福人民的男人创建的，她简直就不明白，他们这样做没有工资，他们献出了自己能献出的一切，为了帮助自己的同胞生活更幸福更美好。

当她想到在这一切的背后是那种伟大的善意和对人类的爱，她被深深感动了，以致要哭起来。这样的事是她过去从来没经历过的。

第二天她就带着另外一种心态去工作。当一切都是出于善意，那她就应该用比至今为止更好的态度去做这件事。她就忘掉了去考虑自己，只专心做手工活，还有通过手工活要达到的伟大目标。从那个时刻起，她就表现得很出色，因为只要她不缺少自信，做什么事都很容易。

现在，自从她把自己的眼睛从朦胧迷惘中解脱出来，她就到处都注意到那种伟大而美妙的善意了。现在她看到了，为他们做的贯穿全部课程的安排是多么充满爱心。这个课程的学员学到的不只是手工劳作教学，而是广泛得多的知识。校长为他们举办有关教育的讲座，他们还做体操，建立

了一个歌咏协会，几乎每天晚上都有音乐和朗诵的晚会。此外还有为他们准备的图书、划艇、浴场和钢琴。这么安排的意义，都是让他们过得美好，感到愉快和幸福。

她开始明白，在夏天的美好日子里居住在一个巨大的瑞典庄园里有多么不可估量的好处。老先生住的宫殿坐落在一个山丘的高处，山丘几乎是被一个蜿蜒曲折的湖环绕着，通过一座美丽的石桥和陆地连接起来。她从来没见过什么景物像这里那样美，像那个宫殿前台地上的花群，像花园里那些古老的橡树，像沿着湖岸的路，那里的树都斜垂在水面上，或者像湖上那块巨石上的望景亭。学校校舍是在正对着宫殿的陆地上，在绿茵茵而又有大树遮阴的湖岸草坪上，但是，当她有时间有兴致的时候，她可以自由随意地到宫殿的花园里去散步闲逛。她觉得，她在一个这么美丽的地方享受夏天之前，她从来不知道夏天其实可以这么快乐。

要说她有了什么大的变化，倒也不是那样。她没有变得勇敢和自信，但是她感觉自己幸福和快乐。她被所有的善意暖透了身心。在一个人人都为她好、人人都想法帮助她的地方，她不可能感觉到惶恐不安了。当这期课程结束、学员们就要离开奈斯的时候，她对所有学员都感到嫉妒，因为他们对老先生和小先生都能说一声由衷的感谢，他们能用漂亮的词语表达自己的感受。而她还达不到这么远。

她回家以后，像过去一样开始了学校的工作，还像她平常一样愉快地对待工作。她住的地方离奈斯并不远，当她有一个下午没课的时候，她能徒步走到那里去，起初她也经常这么做。然而那里持续不断有新课程，有新的面孔；于是腼腆害羞的性格又回来了，她成了手工艺师范学校越来越少见的客人。但是她自己在奈斯度过的那段时光，对她来说依然是她经历

过的最好的时光。

一个春天的日子，她听说奈斯的老先生去世了。这时她想到了她在他的领地享受到的那个愉快的夏天，而她感到痛苦的是，她从来没有好好地感谢他。那位老先生肯定得到过足够多的谢词，来自社会高层和底层的都有，但是，如果她自己能用几句话告诉他，他为她做的是那么多，那么她会感到自己更加快乐。

在奈斯，教学工作还是按照老先生生前的同样方式继续进行着。也就是说，他把整个美丽的庄园都捐赠给了学校，而他的外甥还留在那里掌管一切。

女老师每次到那里去，总有些新的东西可看。现在那里不光开设手工艺课程，而且那位校长还想复苏古老的民间风俗和古老的民间娱乐活动，所以又开设了唱歌游戏课程和好多其他类型的游戏课程。但是，那里的生活方式还和过去一样，人们和过去一样感到善意透过身心的温暖，感到学校的安排和管理都是为了让他们过得愉快，这样，他们返回到全国各地的小学生那里去的时候，带回去的不仅是知识，也是工作的快乐。

老先生去世后只过了几年，有一个星期天女老师在教堂里听人说起奈斯的校长也病了。她知道在最近这段时间里，校长曾经有过好几次心脏病发作，但是她不相信那是有什么生命危险的。按说起的人的意思，这一次会是了。

自从她听到了这个消息以后，她想的全部事情，就只是校长也许会像老先生那样，在她还没来得及感谢他之前就去世了。她琢磨来琢磨去，考虑着她该怎么做才能够向他表达一下谢意。

那个星期天下午，女老师四处奔走，到各个邻居家去，请求让他们的孩子跟她到奈斯去。她听说了校长病了，而她相信，如果孩子们能去为他唱几首歌，那会让他感到快乐。这个白天已经差不多过去了，但是现在晚上的月光很强很亮，走路不会有什么困难。女老师的感觉是这样的，好像就是这个晚上她必须走到奈斯去。她害怕第二天去就可能太晚了。

# 西约特兰的故事

十月九日　星期日

大雁们已经离开了布胡斯郡，正站在西约特兰西部的一块湿地上睡觉。小毛头尼尔斯·霍尔格松爬到了一条横穿过湿地的乡间大路路堤上，为了躲避开潮气。他正想为自己找个睡觉的地方，这时看到大路上走来了一小群人。那是一个年轻的女老师，身边带了十二三个孩子。他们挤成了密集的一堆走着，女老师在正中间，孩子们包围着她。他们那么愉快、那么亲热地谈笑着，所以小男孩也有了兴致跟他们走一段，听听他们在说些什么。

这点他很容易做到，因为当他在大路路边的阴影里奔跑的时候，几乎什么人都不可能看见他。十四五个人成群结队往前走，脚步声那么嘈杂，所以也没人听得见沙砾怎么样在他的小木鞋下面发出噼啪的声响。

为了让孩子们在步行中保持好精神，女老师边走边给他们讲古老的民间故事。当小男孩跟上这群人的时候，她刚讲完了一个。但是孩子们马上又请她再讲一个。

女老师问："你们听过西约特兰的那个老巨人的故事吗？他已经搬到遥远的北海那里的一个岛上去了。"没有啊，孩子们没听过。女老师就开

始讲起来：

　　"从前发生过这么件事，在一个漆黑的、有风暴的夜晚，有一条船在遥远的北海那边的一个小岩礁附近沉没了。那条船在海岸的峭壁上撞得粉碎，水手当中只有两个男人逃到岸上得救了。他们站在岩礁上，浑身湿透，冷得冻僵了，谁都可以理解，当他们看到岸边沙滩上有一大堆篝火的时候，他们会有多高兴。他们赶紧朝那堆篝火跑过去，没想过有什么危险。他们跑到了很近的地方才发现篝火旁坐着一个非常可怕的老勇士，那么高大粗

壮，他们毫无疑问是遇到了一个巨人族的人。

"他们停下来，犹豫不决，但是北边来的风暴带着可怕的寒冷刮过这个岩礁，如果他们不在巨人的篝火旁暖暖身体，很快就会被冻死，于是他们决定鼓起勇气走到他那里去。两个人里年纪大的那个就说：'晚上好，老爹爹！您肯让两个船沉了的水手在您的篝火旁取暖吗？'

"这个巨人从自己的沉思中惊醒过来，他半挺起身子，从剑鞘里抽出了剑。他问：'你们是什么人？'因为他年纪老了，视力不好了，不知道

和他说话的是什么样的人。

"两个水手里年纪大的那个回答：'如果您想知道，我们俩都是西约特兰人。我们的船在这边的海上沉没了，我们爬上了岸，一半光着身子，都快冻死了。'

"那个巨人一边把剑插回剑鞘里一边说：'我通常是受不了人类到我的岩礁上来的，不过如果你们是西约特兰人，那就是另一回事了。你们可以坐下来取暖，因为我自己也是从西约特兰来的，曾经在斯卡伦达的那个大土堆旁边住过好多年。'

"于是两个水手在两块石头上坐下来。他们不敢跟巨人说话，只是默默地坐着，盯着巨人看。他们对他观察得越久，在他们眼里他就越大，就越来越觉得自己又小又没力气。

"巨人解释说：'现在我眼睛不好了。我几乎看不到你们的样子。要不然，能知道一个西约特兰人现在长什么样子，会让我很开心的。不过，起码你们中有一个把手伸过来，让我摸摸看瑞典还有没有热血！'

"那两个男人看看巨人的拳头，又看看自己的，轮着看。他们中间没一个人乐意去试试巨人的手劲。可是，他们看到巨人通常用来捅篝火的一把铁戳子还放在火堆上，有一头烧得炽热。他们就一齐用力，把铁戳子举了起来，朝着巨人递过去。巨人抓住铁戳子，用手一捏，于是铁水就从他手指缝里流出来。他满意地对那两个惊呆了的水手说：'好啊，我摸出来啦，瑞典还是有热血的！'

"篝火堆边又安静了一会儿，不过，看来巨人碰到了两个同乡，他的念头就回到西约特兰去了。关于往事的记忆就一件接一件地浮现在他面前。

"他问那两个水手：'我想知道，斯卡隆达大土堆现在怎样了？'

"两个男人当中没一个人知道巨人询问的这个土堆的情况。其中有个水手试探着回答：'那个土堆差不多都沉下去了吧。'他觉得，在一个这样的提问人面前，什么都不回答是不行的。巨人点着头赞同地说：'是的是的，这个我信。也不能要求更好的结果了，因为那个土堆是我老婆和闺女用围裙兜着泥土一个早上就堆起来的。'

　　"他又坐在那里思索着，努力尝试搜索往事的回忆。他已经好久没去过西约特兰的老家了，要花一些时间，他才能足够深入地钻到往事的记忆中去。

　　"巨人说：'不过，希讷山和毕陵根山，还有零星散布在那块大平原上的其他小山呢，它们大概还在吧？'

　　"这个西约特兰人回答：'它们应该都还在。'为了让巨人知道，他也明白这个巨人是多么能干，还加了句：'也许有一两座山还是老爹您帮着堆起来的吧？'

　　"巨人说：'噢，那倒正好不是的，不过我可以告诉你，那几座山现在还在，那你要感谢我的老爹。当我还是毛头小子的时候，西约特兰没什么大平原，现在平原展开的地方早先是一座山脉，从维特恩湖一直延伸到约塔河。可是有几条河下了决心要把那座山脉冲垮，把它推到维纳恩湖里去。那座山也不是什么真正的花岗岩山，多半是石灰岩和页岩构成的，所以那些河流很容易就把它制服了。我还记得，那些河流怎么把自己的沟渠和河谷弄得越来越宽，最后就扩展成了平原。我老爹和我有时候会出去看那些河干活，我老爹对这个真的不满意，因为它们要把整座山都毁掉。我老爹就说：'它们起码也得给我们留几个休息的地方吧！'说着还把自己的石头鞋脱下来，把一只鞋远远地放在西边，另一只远远地放在东边。他的石

头帽子放在维纳恩湖岸边的一个山包上，我的石头小尖帽被他扔到了南边比较远的地方，还把自己的那根石头棒槌也朝那个方向扔了过去。我们带着的那些又好又硬的石头做成的其他东西，他都放到了不同的地方。后来，那些河流几乎把整座山脉都冲掉了，但是我老爹用那些石头物品保护起来的地方，那些河流还不敢去碰，所以它们就保留下来了。我老爹放第一只鞋的地方，鞋后跟下面留下了哈勒山，鞋底下面留下了胡讷山。在第二只鞋下面保住了毕陵根山。我老爹的帽子给希讷山提供了保护，而我的小尖帽底下是莫瑟山，石头棒槌底下藏的是奥勒山。西约特兰平原上所有其他小山能保留下来也都是因为我老爹的缘故，现在我就想知道，在西约特兰是不是有许多人对他还足够尊敬。'

"这个水手说：'这件事可不那么容易回答，不过我可以说，如果河流和巨人在他们那个时代曾经那么强大过，那么我认为，我对人类的敬意也同样在增加，因为现在不管怎么说，还是人类让自己成了平原和山脉的主人。'

"巨人微微冷笑了一下。看样子他对这个回答不那么满意，不过他很快又重新开始了谈话。他说：'现在特罗海坦瀑布怎么样啦？'

"水手说：'它还一直是老样子啊，水流得急，声音像打雷。也许您也一块儿开通了那些大瀑布吧，就像您也一块儿保住了西约特兰的山脉？'

"巨人说：'噢，那倒正好不是的，不过我记得，我还是毛头小子的时候，我和我的兄弟常常把那里当作滑滑梯。我们站在一根圆木头上，就一直顺着古勒瀑布、托普厄瀑布和其他三个瀑布冲下来。我们用那么快的速度冲下来，就要一直冲到大海里去了。我真想知道，现在在西约特兰还有什么男人常会这样玩吗？'

"水手说：'那可不容易知道。不过我几乎觉得，我们人类能沿着瀑布挖出一条运河，那是一件更加了不起的功绩，因为那样一来，我们不光能像你在少年时代那样冲下特罗海坦瀑布，而且还能用平底船和小火轮逆流而上到它上面去呢！'

"巨人说：'这个听起来有点奇怪啊。'听他的口气好像对这个回答有点生气。他说：'现在你能不能再告诉我，米约尔恩湖旁边那个叫作饥饿乡的地方，情况怎么样了？'

"西约特兰人说：'哦，那个地方一直是我们的大麻烦。老爹爹，说不定您老人家也插手了，让那个地方变得那么贫穷和那么没希望？'

"老巨人回答：'噢，那倒正好不是的。我在的时候，那个地方长着很漂亮的森林。不过，是那么回事，当我要为我的一个女儿举办婚礼的时候，我们需要放大量木柴到烤面包的炉子里。于是我就拿了一根很长的绳子，把饥饿乡所有的森林都圈起来扎紧，我只拽了一下，就把那些森林全都拽倒并把它们全背回家去了。我想知道，现在有没有什么人，能把那么多森林一下子拽倒？'

"西约特兰人说：'这是我不敢说的。不过我知道，在我年轻的时候，饥饿乡还是光秃秃的，什么也长不出来，而现在人们把整个地区全都种上了树。我把这个也算作男子汉大丈夫的行为。'

"巨人说：'好吧，不过西约特兰南部呢，那里可没人能养活自己了吧？'

"西约特兰人问道：'那个地方也是您参与安排的吗？'

"巨人说：'噢，那倒正好不是的，不过我记得，我们这些巨人孩子带着牲口到那里去放牧的时候，我们用石头垒起了许多小房子，由于我们互相扔的那些石头，把那里的地面砸得高低不平、坑坑洼洼的，所以我想，要在那些地方清理出耕地来是非常难的。'

815

"西约特兰人说:'是呀,这是真的,在南部那些地方搞农业是没多大好处的。不过那里的人们靠纺织和木工活为生,而我相信,能够在一个那么贫穷的地方为自己谋生,表现出来的聪明才智要比参与毁坏这个地方的聪明才智大多了。'

"巨人说:'我只还有一件事情想问。在约塔河汇入大海的沿海一带,你们的生活过得怎么样?'

"水手问:'您在那里也插手玩了什么把戏吗?'

"巨人说:'噢,那倒正好不是的。不过我记得,我们通常会到海滨去,引诱来一条鲸鱼,骑在鲸鱼背上穿过沿海群岛中的峡湾和楔状的海湾。我想问的是,你是否知道什么人,通常会用同样的方式这么做?'

"水手回答:'这个我就不说了吧。不过,我们人类在约塔河的入海口建立了一个城市,从那里开出的船能到达世界所有海洋,我愿意把这也算作一种同样聪明能干的功绩。'到这里巨人就不再回嘴了,而这两个水手,自己家就在哥德堡,开始给巨人描述了这座富裕的商业城市,它的宽阔的港口,它的桥梁、运河和壮观的街道;他们还告诉巨人,这个城市拥有那么多勤勉的商人和大胆的航海家,他们肯定会让哥德堡成为北欧最优秀的城市。

"这个巨人得到的每一个回答,都会让他额头上拧紧的皱纹越来越深,看得出来,他对人类已经成了大自然的主人很不满意。巨人说:'我听到了,西约特兰有了很多新鲜事,我很愿意回那里一趟,把这样那样的事情纠正纠正。'

"当水手听了这些话,就有点焦急不安了。他认为,巨人要回到西约特兰去是不怀好意的,可是这个他当然不敢表露出来。他就说:'老爹爹,

您可以相信，您一定会得到最荣耀的接待。我们要让所有教堂的大钟都为您敲响。'

"巨人说：'是吗，西约特兰还有教堂的大钟留下来？那么胡萨比、斯卡拉和维恩海姆的那些大铃铛，都还没有敲碎吗？'他的话听起来已经犹豫不决了。

"'没有啊，全都还在，从您那时以来，它们就有了好多兄弟姐妹。现在在西约特兰，没有什么地方你听不到教堂的钟声。'

"巨人就说：'那我最好还是现在在哪里就留在哪里吧。就是因为那些钟声的缘故，我才从家里搬走的。'

"他现在又沉浸到思考中，但是很快他又重新对两个水手转过身来。他说：'你们现在可以安心躺在篝火旁边睡觉。明天一早我会这么安排，让一只船从这里经过，把你们接到船上，送回家乡去。不过，为了我向你们展示的好客，我也只要求你们办一件事情，你们一到家，马上就到全西约特兰最好的人那里去，给他这个指环。你们要转告我的话，告诉他，如果他愿意把这个指环戴在手指上，那他就会非常出色，比他现在还要更加出色！'

"于是，这两个水手一到家，他们就到西约特兰最出色的人那里去了，把指环交给了他。不过那个人太聪明了，没有把指环马上戴在手指上。相反，他把指环挂在他院子里的一棵小橡树上。与此同时，那棵橡树就开始飞快地生长，所以大家都能注意到。它绽开新芽，抽出新枝。树干变粗，树皮变硬。这棵树有了新的叶子，叶子又都凋落，开了花，结了果，只一会儿工夫就长得那么大，成了没人见过的一棵硕大无比的橡树。但是这棵树刚刚完全长好，马上就开始用同样速度枯萎起来，树枝也掉下来了，树干也

空心了，这棵树就烂掉了，所以很快什么都没了，只剩了一个树桩。

"于是那个最好的西约特兰人就把指环扔到很远的地方。他说：'这个巨人的礼物原来是这样的，它会给一个人巨大的力量，在很短时间里让这个人比所有其他人都出色。可是它也会让他过度生长，所以他的聪明才智和幸福快乐很快就完结了。我不愿意利用这个指环，也希望没有人会找到这个指环，因为这个礼物送到这里来不是出于好意。'

"但是，很有可能这个指环被人找到了。当一个好人做出了超过自己能力的事情的时候，总是会有人愿意怀疑他是不是找到了那个指环，如果是那个指环迫使他这么努力工作，那么他会提前耗尽生命，事业没有完成就得离开。"

## 歌　曲

这个女老师一边讲故事，一边脚步飞快地走，当她讲完的时候，她注意到，她已经到了。她已经看到那些巨大的附属建筑，掩映在美丽树木的阴影下，还有庄园这里所有的一切。在她经过这些之前，矗立在高台上的那座宫殿也已经隐约可见了。

一直到这个时候为止，她对自己做的事都是很高兴的，也没有什么犹豫，但是现在，当她看到这座庄园的时候，那股勇气开始背弃她了。想想看吧，如果她愿意做的事情纯粹就是发疯！没有人会考虑到她的感恩心情。因为她在这样的深夜里还带着自己学校的小学生这么匆匆忙忙地赶来，也

许他们只会笑话她吧？孩子们和她也没能耐唱歌唱得那么好听，值得让什么人称赞。

她开始放慢了脚步，在她走到往上通向宫殿高台的台阶的时候，她拐弯离开了大路往上走。她心里非常清楚，自从那位老先生去世，这座宫殿就一直是空着的。她往那里走只是为了给自己一点时间来思考，她应该继续往前走呢，还是转身回家。

当她走上高台，看到那座在月光里辉煌耀眼的白色宫殿，当她看到那些冬青树墙和花群，那些带着花坛的石头栏杆和很有气派的台阶，她就更加灰心丧气了。她觉得一切看上去都那么富丽堂皇，就是让她真正明白，她和这里没什么关系。她觉得，那座优雅的白色宫殿在对她说："别靠近我！你总不能相信，你和你的小学生能做什么事情，让一个习惯住在这种地方的人高兴。"

为了驱赶走开始悄悄压到她心头的那种犹豫不决的情绪，这个女老师就对孩子们讲了她自己在这里上手工艺课程的时候听到的有关老先生和小先生的故事。这使她勇敢起来。无论如何这是一件真实的事：这座宫殿和这个地方全都捐赠给了手工艺师范学校。捐赠出来，就是为了让男老师女老师在这个美丽的庄园里度过一段快乐的时光，然后再把从这里得到的知识和快乐带给他们自己的学校的孩子们。但是在这里，在一份这样的礼物赠给了一个学校的地方，他们已经表明了，他们非常尊敬在学校工作的人；他们已经公开表明了，他们把瑞典儿童的教育看得比所有其他的事都更重要。正是在这样的地方，她从来不应该感到胆怯。

这些想法给了她一点安慰，所以她觉得，她愿意继续做这件事。为了增加自己的勇气，她朝那个覆盖着宫殿高坡和湖之间的斜坡的花园走下去。

当她走在那些华美的大树下面，这些大树在月光里那么黑黢黢而充满神秘感，她心里就唤醒了很多愉快的记忆。她对孩子们讲了她那个时候这里的情况是怎么样的，讲了她那时多么幸福，在学习完那些课程的同时天天都可以来这个美丽的花园里尽情游逛。她也讲到了那些聚会、游戏和手工劳作，但是她首先讲的是那种伟大的善意，为她和很多其他人敞开了这座让人自豪的大庄园。

用这样的方式，她成功地鼓起了勇气，所以她真的穿过了花园，过了桥，到达了湖岸的草地上，校长的住房就坐落在那里的许多校舍中间。

就在桥的前面展开了绿茵茵的游乐场，当她走过那里的时候，她对孩子们描述了夏天晚上这里通常是多么好看，那时游戏场上充满了衣服鲜亮的人，唱歌游戏和球类活动一个接着一个。她指给孩子们看了校友之家，那里有开会的大厅；看了教学楼，那是上课的地方；看了几栋独立的房子，里面有体操房和做手工的大教室。她用飞快的速度往前走，一边不停地说着，就好像都来不及让心情紧张。但是当她终于走得那么远，能看见校长住宅的时候，她突然停了下来。

她说："孩子们，你们知道吗，我想我们不要再往前走了。之前我没想到这个，但是校长可能病得很重，我们唱歌会打扰他休息。如果我们会让他的病更重，那可就太可怕啦。"

小毛头尼尔斯·霍尔格松一直跟在孩子们后面，女老师说的事情他全都听见了。这下他知道了，他们出来是为了给这个房子里躺着的一个生病的人唱歌，而现在他也明白了，他们怕打扰病人，让病人不安，所以不唱歌了。

小男孩想："太可惜了，他们不唱歌就走。要搞清楚里面的病人是不

是受得了听他们唱歌，其实是一件很容易的事啊。为什么没什么人进去问一下呢？"

可是看起来那个女老师没想到这一点，转过身慢慢往回走了。小学生们提出了一两次反对意见，可是女老师让他们静下来。她说："不行，不行。都怪我想得太愚蠢了，晚上这么晚还到这里来唱歌。我们只会打扰病人。"

于是尼尔斯·霍尔格松觉得，当没有别人去问的时候，那么他必须去弄清楚情况是不是这样，病人虚弱得连听一点唱歌都不行了。于是他和他们分开，朝着那栋房子跑过去。房子外面停着一辆马车，一个老车夫站在马旁边等着。小男孩刚走到大门口附近，大门就打开了，一个女仆端着托盘走了出来。她说："拉尔森，看来你得再等大夫一会儿。太太叫我端点热的东西给他。"

老车夫问："老爷怎么样了？"

"现在一点不痛了，不过，看起来好像心脏要停下来了。一个钟头之前开始校长就躺着一动也不动了。我们几乎不知道他是死了还是活着。"

"大夫说了，他快不行了吗？"

"正在天平上称着呢，拉尔森，正在天平上称着呢。那就好像校长在躺着听一声召唤。要是天上给他送信的来了，那他已经准备好跟着走啦。"

尼尔斯·霍尔格松飞快地朝大路上跑去追赶女老师和小学生们。他想起了自己的外祖父死的时候情况是怎么样的。他外祖父曾经当过水手，当他到了最后的时刻，他请家里人打开窗子，为了让他能再一次听听风呼啸的声音。是否现在这个病床上的人也喜爱被年轻学生包围着，听他们唱歌和游戏……？

女老师犹豫不决地往下朝着林荫道走。现在，当她从奈斯离开的时候，

她愿意转过身往回走，而当她走在去那里的路上的时候，她也愿意转过身回家。她依然处在巨大的苦闷和困惑中。

她不再和孩子们说话，而是沉默地走着。林荫道上她走的地方有那么深的黑影，所以她什么也看不见。但是她觉得她听到自己周围有那么一种宏大的声音。那是从成千上万不同方向传来的焦急的呼喊，传到了她这里。这些声音在说："我们别的人，我们都离得太远了。但是你就在附近。去把我们大家的心声唱出来！"

她记起了一个又一个同学，都是校长曾经帮助过或者关照过的。他竭尽全力帮助所有处于困境的人，做的事情是超人的。有个声音在她身边低语："去为他唱歌吧！不要让他死去还没有听到来自他自己学校的一声问候！不要想着你是渺小和微不足道的！要想想站在你身后的一大群人！在他离开我们之前，要让他明白，我们大家多么热爱他！"

女老师走得越来越慢。这时她听到什么声音，不仅是她自己灵魂里发出的呼声和召唤，而是从她身外的世界发出来的声音。这完全不是一般的人的声音。这像是一只鸟的啁啾，或者是一只蝈蝈的鸣奏。不过她还是听得非常清楚，这个声音在呼唤她，她应该转身回去。

要让她得到勇气这么做，这已经足够，不需要更多了。

……

女老师和小学生们在校长的窗外唱了几首歌。她自己觉得，这个晚上他们的歌声听起来特别的优美。那就好像有很多陌生的声音在跟他们一起唱。宇宙间已经充满了催人睡眠的曲调和声音。他们只需要放声歌唱，那么所有这些曲调和声音就苏醒过来在歌声里发出声音来。

这时房子的大门迅速打开了，有个人赶快走出来。女老师想："现在

他们是来告诉我，我不能再唱了。我只希望我没造成什么不幸！"

可是事情不是那样。那是来传话的人，请她和孩子们进去休息一下，然后再唱几首歌。

大夫在台阶上迎接她。他说："这次的危险过去了。他躺在那里昏迷不醒，心跳越来越微弱。但是当你们开始唱歌的时候，那就好像他听到了一个召唤，来自所有需要他的人的召唤。他觉得，现在还不是他寻求安息的时候。为他多唱些歌吧！唱吧，要高兴，因为我相信，正是你们的歌声，把他带回到了生活里！现在我们也许可以再把他留下几年。"

译注：奈斯（Nääs）是西约特兰塞维朗湖（Sävelången）边的一座贵族庄园，以其手工艺培训课程而知名，但 1960 年后已经停办。

# 53. 到维门赫格的旅行

十一月三日　星期四

　　十一月初的一天，大雁们飞过哈尔兰德山进入了斯郭纳。他们已经在法耳雪平周围的广阔平原上逗留了好几个星期，还有好几个其他的很大的大雁群也在那里停留，所以他们度过了一段很快乐的时光，上了年纪的大雁之间有很多交谈，而年轻的大雁之间有各种运动的很多竞赛。

　　说到尼尔斯·霍尔格松，那么他对在西约特兰耽搁那么多天是不高兴的。他试着振作起来，但是还是很难和自己的命运和解。他想："如果我已经把斯郭纳抛在脑后到了国外，那么我就知道我没什么可指望了，那时我就会感到平静一些。"

　　大雁们终于在一个早晨动身，往南朝哈尔兰飞。小男孩起初并没觉得看那个地区的风景有什么乐趣。他觉得那里没什么新东西可看。在东部是高地，有大片的石南丛生的荒原，让人想起斯莫兰，而往西较远的地方布满圆圆的、光秃秃的山丘，大多还被海湾切得很碎，情况大约和布胡斯郡那边一样。

827

可是，当大雁们沿着狭窄的沿海地带继续往南飞的时候，小男孩坐直了，把脑袋从鹅脖子上探出来，眼睛不离地面地盯着看。他看到山丘怎么样稀少起来，而平原怎么样变得开阔。同时他注意到，海岸也不那么破碎了。海岸外的岩礁群岛也越来越稀疏。

于是森林也停止了生长。这个国家靠北的较高地带也有不少美丽的平原，但全都被树林框起来了。那里也到处是森林，那就好像这个国家实际上是属于树木的，可耕种的土地像是森林里大块开荒开出来的地一样。在所有平原上也散布着不少小树林和树林围起来的小牧场，就好像是为了让人看到，森林是随时都会重新占据这个国家的。

但是，这里大不一样了。在这里，平原占据了主人的地位。平原扩展开去，一直到地平线。也有大片人工种植的森林，但没有野生的。正是这一点，大地是如此开放辽阔，耕地连着耕地，使得小男孩想到了斯郭纳。那些光秃秃的海岸，一条条沙滩，一道道海草堆积的石坝，他都觉得熟悉。当他看到这些，真是又高兴又苦恼。他想："现在我离家不会太远了。"

这里的风景当然也变了。很多河流从西约特兰和斯莫兰奔流而下，打破了平原的单调。很多湖泊、沼泽、石南荒地和流沙地带挡住了耕地的去路，但是这片大地还是伸展得越来越广，一直到哈尔兰德山在斯郭纳边界地带矗立起来，才有了悬崖峭壁和一道道山谷……

这次飞行的路上有好几次，年轻的小雁问大雁群里那些年纪大的老雁："国外是什么样子？国外是什么样子？"

那些南来北往飞过这个国家很多次的老雁这时就回答："等着瞧，等着瞧！你们很快就知道。"

当年轻的小雁看见过了瓦勒姆兰长长的森林覆盖的山岭和山岭之间那

些闪光的湖泊，或者布胡斯郡的峭壁构成的世界，或者西约特兰秀丽的小山峰，他们又有了疑问："全世界看上去都这样吗？全世界看上去都这样吗？"

老雁们就回答说："等着瞧，等着瞧！世界好大一块看上去什么样，你们很快就知道。"

当大雁们飞越过哈尔兰德山，在斯郭纳又飞了一段，这时阿卡就叫起来："现在朝下看！看看四周！国外看上去就这样！"

这时他们正飞过南山。这片长长的山地全都覆盖着山毛榉树林，在这些树林里镶嵌着不少美丽的尖塔高耸的宫殿。树木之间有小鹿在吃草，林间草坡上有野兔游戏。从树林中传来狩猎的号角声，猎狗尖厉的吠叫声连高空飞翔的大雁群都能听到。宽阔的道路在树林之间蜿蜒伸展，在这些道路上来往的绅士们和淑女们或是坐着锃亮的马车或是骑着高大的骏马。在这片山地下面伸展开的是指环湖，古老的步湖修道院就坐落在湖边一个狭窄的岬角上。谢拉里德峡谷就切过那座山中间，在深谷里有一条河，而陡壁上遍布着灌木丛和树木。

小雁们问："国外看上去就这样吗？国外看上去就这样吗？"

阿卡尖叫着："那些有森林覆盖的山岭的地方，看上去就这样。不过不常见。等着瞧，你们会看到那里一般的地方看上去怎么样。"

阿卡率领着雁群继续往南方飞，来到了巨大的斯郭纳平原。这个平原上有宽广的耕地；有草场，那里吃草的牲口排成了长队；有低矮的、粉刷成白色的、周围有建筑包围起来的农庄；有不计其数的白色的小教堂；有难看的、灰不溜秋的制糖厂；有围绕火车站的、类似小城市的村镇。那里还有泥沼地，有一长排一长排的泥炭堆，而煤炭矿是黑色的煤炭堆；道路在修剪整齐的柳树林荫道之间伸展；铁路互相交错，在平原上织成了一张

密集的网。小小的山毛榉树环绕的平原湖泊时而这里时而那里闪现出光彩，每个湖都各自装点着美丽的庄园。

那只领头雁喊着："现在往下看！好好看！从波罗的海的海岸一直到那些高山，国外看上去就这样，比高山还远的地方我们没去过。"

当小雁们已经看过了这个平原，领头雁就朝厄勒松海峡的海岸飞去。沼泽样的草地慢慢沉向水里，而被冲上海滩的发黑的海草堆成一长条一长条的草堤。有些地方是很高的海堤，其他地方是流沙地带，流沙在那里堆成了沙岸和沙丘。海岸上还有些渔村，有一长排建筑相同、大小也一样的小砖瓦房，外面的防波堤上有一个小航标灯，晒渔网的地方都晾着棕色的渔网。

阿卡说："现在向下看！好好看！国外的海边看上去就这样！"

最后领头雁还飞过了两三个城市。这些城市里有大量细长的工厂烟囱；有被烟熏黑的高楼之间深深的街巷；有大的风景美丽的公园和散步的小径；有停满了船舶的海港码头；有古老的要塞和附带了年代久远的教堂的宫殿。

领头雁说："国外的城市看起来就这样，尽管它们大得多。但是这些城市也会长大的，跟你们一样。"

阿卡这样四处飞行了之后，就降落在维门赫格县的一块沼泽地上。小男孩也不由得相信，阿卡这一天在斯郭纳上空来回飞行，就是为了让他看看，他也有一片土地，完全可以和世界上任何一块土地媲美。不过，她用不着这么做。小男孩没想过这片土地是富还是穷。从他看到第一道柳树河堤、第一栋圆木交错建筑起来的低矮的房子的时候，他的心里就因为想家的念头而感到痛苦了。

# 54. 在霍尔格·尼尔松家

十一月八日 星期二

这是一个天气阴沉而有雾的日子。大雁们在斯库鲁普教堂周围的大片耕地里吃过了草，正停在那里午间休息，这时阿卡来到小男孩身边。她说："看起来，好像我们现在这一段时间会有平静的天气。我想，我们明天就飞过波罗的海。"

小男孩非常简短地说："哦。"他的喉咙好像打了结，所以说不出话来。他当然还是希望，趁着他还在斯郭纳的时候，能从魔法中解脱出来。

阿卡说："我们现在离西维门赫格相当近。我想，你也许愿意回家去一下。以后要等很久，你才会再看到你的哪位亲人呢！"

小男孩说："那最好还是别回去。"不过从他的声音里听得出来，他对这个建议还是很高兴的。

阿卡说："如果公鹅留在我们这里，那就不会发生任何意外。我觉得，你还是应该弄清楚你家里人过得怎么样。就算你不再变成人了，你还是有什么办法可以帮他们一点忙。"

833

小男孩说：“是的，您说得对，阿卡大妈。这个我早就应该想到。”他已经非常着急回去了。

一转眼，他和领头雁就在飞往霍尔格·尼尔松家的路上，没等多久，阿卡就降落在那座农家屋子的石头围墙后面。小男孩说：“真奇怪，这里什么东西都还和以前一模一样。”他急忙爬到围墙上去观看四周。“我觉得，自从我坐在这里看见你们在天上飞过，只不过才一天啊。”

阿卡突然说：“我想知道你爸爸有没有猎枪。”

小男孩说：“有的，那他是有的。就是因为那支枪的缘故，那个星期天我才留在家里，没有去教堂。”

阿卡说：“那我就不敢站在这里等你了。最好你明天一早到斯密格霍克海角来和我们会合，这样你就可以在家里过一夜。”

小男孩说：“不，您还别走，阿卡大妈！”说着匆忙从石头围墙上跳了下来。他自己也不知道是怎么回事，但是有一种感觉，大雁或者他自己会出什么事情，所以他们就再也不会见面了。他继续说：“您当然看得出来，我很难过，因为我不能回到我原来的样子。不过我愿意告诉您，我一点也不后悔今年春天跟着你们去旅行。不，我宁可再也不能变成人，也不要不做这次旅行。”

阿卡吸了几口气才回答说：“有一件事情，我以前就应该和你说了。不过，因为你不要回到你的亲人身边去，我就觉得那并不着急说。当然，说了也绝对不会有什么坏处的。”

小男孩说：“您当然知道，我是非常愿意做您愿意的事的。”

领头雁非常庄重地说：“要是你在我们这里学到了什么好东西的话，拇指头，那么你也许不会觉得，人类在这个地球上就应该只有他们自己。

想想看吧，你们有了那么一大片土地，你们完全有条件把几个光秃秃的岩礁、几个水浅的湖、几个潮湿的沼泽地、几座荒凉的山岭和偏僻遥远的森林留给我们这些贫穷的动物，让我们在那里得到安宁！在我这一生，我被人类追捕和迫害。要是我们知道，有一个为我这样的鸟生存的自由天地，那就太好了。"

小男孩说："如果这件事我能帮助你们，那我当然会很高兴。不过，我在人类当中大概从来不会得到什么权力。"

阿卡说："别说了，我们站在这里说话，好像我们再也不会见面了。我们明天反正还要见面呀。现在我要回到我自己的同胞那里去了！"她张开翅膀飞起来，但是又飞回来，用喙上上下下把拇指头抚摸了好几次，最后终于飞走了。

那是大白天，但是院子里没人走动，所以小男孩愿意到哪里都可以。他急忙跑进了牛棚，因为他知道从奶牛那里他能得到最可靠的消息。牛棚里看上去很凄凉，春天的时候那里还有三头很漂亮的奶牛，可是现在只剩下唯一的一头了。那是五月玫瑰，从她身上看得出来，她思念着自己的伙伴。她脑袋低垂着，放在她面前的青草饲料，几乎连一根草都没碰一下。

小男孩一点没害怕地跑进了那头奶牛的牛栏，说道："你好，五月玫瑰！我爸爸妈妈都好吗？那只猫、那些鹅、那些母鸡都好吗？你把另外两头奶牛星星和金百合弄到哪里去了？"

当五月玫瑰听到小男孩的声音，她愣了一下，看起来她打算用犄角来顶他。不过她现在不像以前那么性急了，在朝尼尔斯·霍尔格松冲过去之前，先花点时间看了看他。小男孩还是那么小，像他离开家门的时候一样，他穿的也还是老样子，可是他还是和以前很不一样了。春天里离家出走的那

个尼尔斯·霍尔格松，走路步子又沉重又缓慢，说话声音有气无力，眼睛迷糊总没睡醒，但是现在这个，走路轻快有生气，说话直率，眼睛炯炯有神。他个子那么小,但有了那样一种活泼的气质,所以人必须对他感到尊敬，而且，尽管他自己看起来不高兴，可是见到他的人却会高兴。

五月玫瑰叫了起来：“哞！他们都说你已经变得不一样了，可我还不信呢。欢迎你回家来，尼尔斯·霍尔格松，欢迎你回家来！这是我这么长时间以来从没有过的第一个高兴的时刻！”

小男孩受到这样的欢迎真的非常高兴，他说：“多谢你啦，五月玫瑰！现在快说说，我爸爸妈妈怎么样了？”

五月玫瑰说：“自从你走了以后，他们没别的，只有伤心事。最糟糕的是那匹花了好多钱买的马，已经站着白吃了一夏天饲料没干活。你爸爸觉得，他不愿意开枪把马打死，可是又没法把马卖掉。就是因为那匹马的缘故，星星和金百合才都离开了这里。”

小男孩实际上想知道的是另外一件事，不过他不好意思直接问。因此他说：“妈妈看到公鹅莫顿飞走了，一定心里好难受吧？”

“我不认为，如果你妈妈知道公鹅莫顿飞走的时候是怎么回事情，会为了公鹅那么难受。现在她抱怨的主要是她自己的儿子，从家里溜走，还把公鹅也带走了。”

小男孩说：“啊呀，原来她以为是我把公鹅偷走的！”

“她还能以为别的什么吗？”

“爸爸妈妈肯定瞎想，以为我像个流浪汉一夏天在外面流浪。”

五月玫瑰说：“他们想的是你一定过得糟糕。他们为你伤心，就像人失去了最亲爱的亲人的时候，那是最伤心的。”

当小男孩听到这些的时候，就飞快地走出牛棚进了马厩。马厩很小，不过很美观讲究。从一切都能看出来，霍尔格·尼尔松这么精心安排，是为了让这匹新买来的牲畜过得舒适。马厩里站着一匹雄壮、漂亮的马，真的是膘肥体壮而毛色发亮。

小男孩说："你好，马圈里的！我听说，这里有匹病马。那绝对不会是你吧，看起来那么健康、那么精神的？"

那匹马转过头来，仔细地看了看小男孩。他说："你是这家人家的儿子吗？我听到过很多他的坏话。不过你有一种那么好的外表，要不是我事先知道，他被变成了一个小妖精，我绝对不会相信，你就是他。"

尼尔斯·霍尔格松说："我当然知道，我在这个农庄里留下了一个坏名声。我自己的妈妈都以为我是成了一个小偷从家里逃走的，不过那都没关系了，因为我不会在家里停留很久。我走之前，不管怎么说，愿意听听你出了什么毛病。"

这匹马说："太糟了，你不留下来。因为我感觉到，我们会成为好朋友的。我其实没什么别的毛病，只是我脚掌里扎进了什么东西，一个刀尖，或者什么东西。这东西藏得很深，连大夫都没能找出来。不过这东西一下一下刺着我，所以我简直就不能走路。如果你愿意告诉霍尔格·尼尔松我是什么毛病，那我相信，他很容易就能帮我治好的。我能派点用场，那我会很高兴的。就站着吃饭不干活，真丢脸。"

尼尔斯·霍尔格松说："那就好，你没有什么真的病。我要试试这么安排一下，使得你能治好。如果我把你的蹄子抬起来，用我的刀子在上面划几下，对你没什么伤害吧？"

尼尔斯·霍尔格松刚做完这匹马的事，这时听到院子里有人的说话声。

他把马厩的门推开一道缝往外看。那是爸爸和妈妈从大路上过来，朝屋子那边走。可以清楚地看到，他们受到烦恼的重压。妈妈脸上的皱纹比过去多得多了，爸爸的头发也已经灰白了。妈妈一边走一边和爸爸说，他应该设法从她姐夫那里去借一笔贷款。爸爸这时正好从马厩前面经过，他说："不行，我不愿意借更多的钱。没有比欠债更难受的事情了。还是把房子卖了更好。"

妈妈说："要不是为了儿子的缘故，把房子卖掉我也并不那么反对。可是，如果他有一天回来了，又穷又可怜，这是我们都能明白他会那样的，而我们又不住在这里了，那叫他到哪里去呢？"

爸爸说："是呀，这个你说的有道理。不过，我们可以请他们，就是我们搬走之后住进来的人家，好好招待他呀，还可以转告他，欢迎他回到我们那里去。无论他成什么样子，我们不要骂他一句。是不是，老妈？"

"当然不骂！只要我能让他回这里来，那我就能知道，他不需要在外面的路上挨饿受冻了，什么别的我都不会问一句。"

当爸爸妈妈说完这些，进了屋子里，小男孩就听不到更多他们的谈话了。但他已经听到了，尽管他们以为他走上了邪路，对他还怀着如此巨大的爱，他实在非常喜悦非常感动，他愿意赶紧跑到他们身边去。他想："可是，如果他们看到我现在这个样子，那对他们也许是更大的悲哀。"

正当他站在那里犹豫不决的时候，来了一辆载客的马车停在栅栏边。小男孩惊讶得差一点要叫起来，因为从马车上下来走进院子的不会是什么别的人，正是放鹅丫头奥萨和她的爸爸。当他们朝屋子走去的时候，他们拉着互相的手。他们走得那么沉稳和严肃，但是眼睛里闪着一种幸福带来的美丽光彩。他们走到大约院子中间的时候，放鹅丫头奥萨挡住了她的爸

爸，对他说："您一定记住了，爸爸，您不要对他们提起有关那只木鞋或者有关大雁或者有关那个小妖精的什么事情，那个小妖精长得跟尼尔斯·霍尔格松那么像，如果不是他本人，那也一定和他有什么关系。"

雍·阿萨尔松说："放心，无论如何都不说。我只要说，当你去找我的时候，得到了他们的儿子好几次帮助，所以我们来这里找他们，问问我们是否能帮什么忙作为报答。由于我在北方找到的那个铁矿，现在我也成了富有的人了，有很多财产，超过我自己的需要。"

奥萨说："好，我知道你是很会说话的。只有那一件事，我希望你不要说。"

他们走进小木屋里去了，小男孩很愿意听听他们在里面说了些什么，但是他不敢走到院子里来。过了不特别长的时间，他们又出来了，这次爸爸妈妈一直把他们送到栅栏边。奇妙的是，他们现在多么高兴。看起来就好像他们获得了新的生命。

当客人们离开之后，爸爸妈妈还站在栅栏边目送客人远去。妈妈说："好啊，现在我听到这么多说尼尔斯的好话，我再也用不着难过发愁啦。"

爸爸带着思虑的表情说："也许不会像他们说他的好话那么多吧。"

"他们专程跑来就为了说他们愿意帮助我们，因为我们的尼尔斯帮过他们大忙，难道还不够吗？我觉得，你应当接受他们出的价钱，我是要的，老爹。"

"不，老妈，不管是送的还是借的，我不愿意拿什么人的钱。现在首先是我愿意把欠债都还清。然后我们要靠劳动让自己站起来。我们俩还不那么老朽吧，你这个老妈。"当爸爸说完这些话，真的笑了起来。

妈妈说："我相信，你觉得把我们已经投入了那么多劳动的这个地方

卖掉是很有趣的。"

爸爸说："你完全清楚我为什么要笑。是丢了孩子这件事把我给压垮了，所以我没一点力气，但是现在，当我知道他还活着还长得不错的时候，那你就等着瞧吧，我霍尔格·尼尔松是能干点什么的。"

妈妈进屋子里去了，可是小男孩得赶紧钻到一个角落里躲起来，因为爸爸朝马厩走过来了。爸爸进了那匹马的栏圈，像他通常做的那样，抬起马蹄，试着找出到底有什么毛病。爸爸说："这是什么啊？"因为他看到，在马蹄上刻着一些字母，就读了出来："拔出脚里的铁片！"还疑惑地朝四周察看，但是不管怎么说，他开始查看和触摸马蹄的底部，过了一会儿嘟哝着说："我相信这里头真有什么尖东西呢。"

在爸爸忙着给马拔刺而小男孩躲在马厩角落里的时候，又发生了别的事，有别的外来客到了这个农庄。事情原来是这样：当公鹅莫顿到了离他老家这么近的地方，他就简直不能克制要向农庄上的老朋友显摆自己的妻子和儿女的欲望，干脆就带着灰雁羽佳和几只小雁飞来了。

当公鹅到来的时候，霍尔格·尼尔松家的农庄外面没有一个人。他平安无事地降落下来，又悠闲地带着羽佳四处转了一圈，让她看看他过去还是一只家鹅的时候日子过得多么舒服。当他们已经看过整个院子，他注意到牛棚的门是开的。公鹅说："到这里来看一眼！那你们就能看到我以前怎么住的！那跟我们现在住湿地和沼泽可不是一回事啦。"

公鹅站在牛棚门口朝里面看了看，他说："这里没有人。来吧，羽佳，那你就看到我的鹅窝了！别害怕！一点都不危险！"

于是，公鹅、羽佳和六只小雁就直接走进了鹅窝，去看看大白鹅在跟随大雁出去之前住在多么阔气和美妙的地方。

公鹅说："对了，我们是这么过的。那边是我的地方，那边是食槽，食槽里总是装满了燕麦和水。等一下，里面现在还有点吃的呢！"说着他就冲到食槽那边去，开始呼啦呼啦把燕麦吞到肚子里。

可是灰雁羽佳不安起来。她说："让我们再出去吧！"

公鹅说："再吃几口！"就在这时候他尖叫了一声，赶紧朝出口跑去。但是已经太晚了。那扇门嘭的一声关上了，女主人站在门外，把门钩搭上了，他们全都被关在里面了！

当妈妈快步跑进马厩的时候，爸爸已经从黑马的蹄子里拔出一根尖利的铁刺，正心满意足地站在那里抚摸那匹马。她说："来，老爹，看我一下子抓到了什么。"

爸爸说："别急，等一下，老妈！先看看这里！现在我已经搞清楚这匹马什么毛病了。"

妈妈说："我相信，好运开始转到我们头上了。你想吧，春天不见的那只大公鹅肯定是跟着大雁飞走的！他已经回到这里来了，还带了七只大雁。他们进了鹅窝，我就把他们全关在里面了。"

霍尔格·尼尔松说："这倒是奇妙的事。你知道，老妈，最好的事情，就是我们不用再以为，是儿子离开家的时候把公鹅带走的。"

妈妈说："是呀，你说得对，老爸。不过我怕我们今天晚上就不得不把他们全都宰掉。再过两天我们正好要过吃鹅的节日了，我们得赶紧宰了他们，才来得及把他们拿到城里去卖。"

霍尔格·尼尔松说："我觉得，当公鹅带了那么一大群雁回到我们这里，把他宰掉纯粹是一种罪恶。"

"要是在别的时候，他可以活下去，不过当我们自己都要从这里搬走

841

的时候，我们也没法把鹅留下呀。"

"是的，这倒也是真的。"

妈妈说："那你跟我来，帮我把他们抬到屋子里去！"

他们走了出去，过了一会儿，小男孩就看见爸爸带着羽佳和公鹅莫顿出来了，两只胳膊下各夹着一只，跟妈妈一起进了屋子。公鹅叫着："拇指头，快来救救我！"尽管公鹅不会知道拇指头就在附近，但是他遇到危险的时候，通常就这样叫喊。

尼尔斯·霍尔格松当然听到了公鹅的叫喊，可是不管出什么事他依然站在马厩的门里。他等待着，不是因为他知道公鹅被放到屠宰鸡鸭的案板上对他自己会有好处，在那个瞬间他甚至没想起这一点，而是因为如果他要救下公鹅，他就要出现在爸爸妈妈面前，而对这个他有极大的反感。他想："他们的日子已经那么难过了，我还需要给他们看一件这样的伤心事吗？"

可是当公鹅被关进了屋子里，小男孩身上来了活力。他飞快地闯过了院子，跳上房门前的橡木踏板，跑进了前门廊。在这里他按照老习惯脱掉了木鞋，走近大门。不过他依然那么不情愿在爸爸妈妈面前显出自己的样子，所以他没力气抬起手臂来敲门。这时他想："这是关系到公鹅莫顿生命的事，自从你以前最后一次站在这里的时候起，他就是你最好的朋友。"在那一瞬间他想起了一切，一切他和公鹅共同经历的事情，在结冰的湖上，在风暴肆虐的大海上，在险恶的野兽中间。他的心中充满了感激和爱，他战胜了自己，敲起门来。

爸爸一边开门一边说："是有什么人要进来吗？"

小男孩叫着："妈妈，您不可以杀公鹅！"就在这时候，被捆在一个案板上的公鹅和羽佳都发出一声快乐的尖叫，所以小男孩就听到了，他们

还活着。

　　还有个也发出来一声快乐尖叫的人，那是他妈妈。她叫着："天哪，你长这么大这么漂亮啦！"

　　小男孩没有走进屋子，还站在门口，好像一个不确定他会受到什么接待的客人。妈妈说："感谢上帝，我的孩子又回来了！快进来！快进来！"

　　爸爸说："欢迎你回家！"再多的话就一句也说不出来了。

　　小男孩还是等在门口。他不明白，他们对他回来是那么高兴，可他是这个样子。不过妈妈走了过来，张开双臂搂住他，把他拉进房间里，这时他才注意到是怎么回事。

　　他叫喊着："妈妈爸爸，我变大啦，我又变成人啦。"

# 55. 告别大雁

　　第二天早上天亮之前小男孩就起床了，然后朝海岸那边走去。在天还没有真正大亮前，他已经站在斯密格渔村东面有一段路的海岸上。他是独自一个人。他曾经到鹅窝里去找过公鹅莫顿，试着把他叫醒。可是这个大白公鹅已经不肯离开家了。他没说一句话，只把脑袋钻进翅膀底下，重新睡过去了。

　　那天看起来会是个美好晴朗的日子。几乎就像春天里大雁飞过斯郭纳的那天一样美好的日子。大海风平浪静地伸展开去。空气也在静止的状态，小男孩想，大雁们将会有多么美好的飞越大海的旅行啊。

　　他自己依然在一种晕眩中。一会儿他觉得自己是小土地神，一会儿又觉得自己是个人。当他看到沿着路有一道石头围墙的时候，在他确信没有什么野兽躲藏在墙后面之前，就害怕往前走。转眼之后他又笑自己，又很高兴他现在又高又大又强壮，不用害怕什么了。

　　当他来到海边的时候，就站到海岸的最边上，显示他如此高大，为了

让大雁们能看到他。这是候鸟大迁徙的日子，从天空中不断传来鸟群呼唤同伴的叫声。当他想到没人能像他那样听懂那是鸟儿的互相叫唤，他对自己微笑起来。

现在也有大雁飞来了，一大群接着一大群。他想："只要那不是我的大雁就行，不向我告别就飞走！"他非常愿意告诉他们所有这些是怎么回事，要让他们看到，他又成为人了。

这时来了一群大雁，他们比其他大雁飞得更快捷，鸣叫得更响亮。有什么东西告诉他，肯定就是这群大雁。但是他不能像前一天那样，很确定就把他们认出来。

这群大雁放慢了速度，沿着海岸来来回回飞行。这时小男孩明白了，这群大雁是对的。他只是不明白，大雁们为什么不降落到他身边。他们不可能没看到他站在那里。

他试着发出一声大雁呼唤同伴的叫声，能把他们叫到自己的身边。可想不到呀，舌头不听使唤了！他不能发出那种正确的叫声了。

他听到了阿卡在空中的鸣叫，可是他也听不懂她在叫什么。他也在疑问："这是怎么回事呀？大雁们换了他们的语言吗？"

他抓着自己的尖顶小帽朝他们挥舞，沿着海岸奔跑，还叫喊着："我在这里，你在哪里？"

看起来，好像这样做只会让大雁群受惊吓。他们上升着朝海上飞去了。这时他终于明白了！大雁们不知道，他已经是一个人。他们认不出他来了。

他也不能把大雁群叫到自己身边来了，因为一个人是不会讲鸟的语言的。他不会讲鸟的语言，也听不懂鸟的语言了。

尽管小男孩为自己解脱了魔法那么高兴，但他觉得，这样的话他就要

和自己的好伙伴分开了,这也是痛苦的。他在沙滩上坐下来,双手捂住了脸。再去看他们还会有什么用处呢?

可是就在这之后,他听到翅膀扇动的声音。老大妈阿卡因为要离开拇指头感到心情非常沉重,她又一次飞了回来。而现在,小男孩坐着不动的时候,她就敢飞得离他近一点。突然有什么打开了她的眼睛,让她认出了他是谁。她就降落在紧挨他身边的礁石上。

小男孩高兴地欢呼起来,把老雁阿卡搂在怀里。其他大雁也用嘴喙来触摸他,拥挤在他周围。他们呱呱叫着说着,给了他所有衷心的祝福,他也对他们说着,为这次奇妙的旅行感谢他们,这是他在他们的陪伴下才能

做到的。

可是一下子大雁们又都奇怪地安静下来，从他身边退了回去。那就好像他们愿意这么说："小心，他是一个人啦！他不理解我们，我们也不理解他了。"

于是小男孩站了起来，走到阿卡面前。他爱抚着她，轻轻拍拍她。同样的爱抚他给了于克西和卡克西，给了库尔美和奈利耶，给了库西和维西，他们都是最开始就同他在一起的老雁。

然后他就走过海岸，往陆地上走去，因为他也知道，这些鸟的悲伤是从来不会长久的，他想在他们依然为失去了他而难过的时候就离开他们。

当他登上海堤的时候，又转过身去看那些飞越大海的众多的鸟群。所有鸟群都发出召唤同伴的鸣叫，只有一群大雁沉默着往前飞，只要他的目光还能跟随着他们，他就站在那里望着。

　　但是那群大雁队形整齐，秩序井然，速度快捷，翅膀挥动也强有力。小男孩对这些飞走的大雁感到一种那么强烈的思念，以至于他几乎希望自己重新变成拇指头，能跟着一群大雁飞过陆地和海洋。

# 译后记

一

有关这部著作的起因，要回溯到上个世纪初。1902年，瑞典最大的出版社博涅什（Bonniers）和瑞典全民教育教师协会（Sveriges Allmänna Folkskollärarförening）达成了一个协议，要出版一本有关"瑞典的国土和人民的教科书"，而这部书请女作家塞尔玛·拉格洛夫执笔。

塞尔玛·拉格洛夫（Selma Lagerlöf，1858—1940）曾经读过师范学校，1885—1895年还在一所女子学校当过十年的老师，很受学生爱戴。有教学经验的女老师编写教材算是本行，而更重要的是，她当时已经是瑞典的知名作家，也有写作经验，文笔优美流畅，让她来写也是理所当然。

拉格洛夫在1891年发表的第一部长篇小说《约斯塔·博尔灵的传说》（Gösta Berlingssaga）就已经吸引了成千上万的读者，让她一举成名，获得了重要的文学奖项，而且被介绍到国外（至今已经翻译成五十五种文字）。拉格洛夫因此辞去教职，成为可以靠写作维持生活

的专职作家，连续出版了不少作品，就在接受这个写作任务的前两年，拉格洛夫刚出版了她的另一部重要著作《耶路撒冷》(Jerusalem, 1901—1902)。她的作品往往都以瑞典乡村为背景，以地方人物为主角，富有乡土气息，既有写实的笔法，又讲述引人入胜的故事和传说，其丰富的想象在当时现实主义占主流地位的欧洲文坛也别具一格，所以有文学史家还把她看作后来的魔幻现实主义和奇幻现实主义的鼻祖之一。她独特的雅俗共赏的文学风格，既让她赢得大众读者，又让她成为获得诺贝尔文学奖桂冠的第一位女作家（1909），还成为瑞典学院(Svenska Akademien)第一位女院士（1914）。

在瑞典，有文学评论家认为，后来获得诺贝尔文学奖的中国作家莫言围绕自己的家乡高密写出一批精彩的故事，他的"奇幻现实主义"（瑞典学院颁奖词的概括）就让人联想到拉格洛夫。或许这也是瑞典学院钟情于莫言作品的原因之一吧。莫言到斯德哥尔摩的领奖演说标题是《讲故事的人》，这和拉格洛夫一样，她也一直认为自己就是一个"讲故事的人"。

但是，让一个善于用天马行空的想象讲故事的作家，去写一部实用性的教材，用规规矩矩的语言，用严格的科学的逻辑，用就事论事的笔调去介绍瑞典各地有什么山川什么地貌，有什么民情什么风俗，实在是为难的事情，这就好像过去让女人裹上小脚走路，难以远行。所以，就如作者在本书第49章"一个小庄园"里的自传性描写，接受了写作任务的女教师，因为无从下笔，已经基本决定放弃这个写作任务了：

……从圣诞节的时候一直到秋天，她都在考虑这件事，但是她没有写出这本书的一行字，最后她对所有这些事情都感到疲倦了，

所以她对自己说："这件事是你不适合做的。像你平常一样，坐下来创作一些传说和故事吧，让另外的人去写这本必须有教育意义的、严肃的书吧，那里面还不可以有一个不真实的词！"（本书第 769 页）

幸亏这位女作家最终没有放弃，否则我们就看不到眼前这部世界上恐怕绝无仅有的学校教材了，因为它已经不仅仅是学校教材，又成为一部世界文学的经典著作，是瑞典文学被译成各国文字最多的著作之一。

拉格洛夫没有放弃是有多种原因的。一方面这是出于她爱国的情怀，不肯放弃一个描写祖国美好事物的机会，另一方面她自己深知阅读好书对孩子们的教育意义，希望能为孩子们写出这样一部书。而最重要的原因是，在无从下笔的困境中，她回到了自己的故乡去，在那里得到了大自然和乡土风情给她的创作灵感，也回到了自己驾轻就熟的文学想象和故事叙述的道路，回到自己乡土文学和奇幻现实主义的风格，而没有受到传统的学校教材写法的局限。如果允许我做简单的总结，就是作者终于明白，她应该用另外的眼睛去看世界。首先是不用成人的眼睛去看，不是成年人如何教孩子去看世界，而要用一个孩子自己的眼睛去看世界，才能看到世界的奇妙；其次是不用人的眼睛去看世界，而要用动物的眼睛去看世界。作品中的主人公尼尔斯·霍尔格松其实已经不是一个"人"了，所以才能骑着鹅从天空中看到整个国家的面貌。

作者在有了如何写的想法之后，秘而不宣，做了多年准备，出版社一直到此书出版前的半年才得到作者一封信，其中写道：

……整部作品是一部长篇动物传奇或者是我要叫作的一部旅行记，其中旅行者都是动物……我当然有吉普林[1]作为我的模范，但是你们在读这部书的时候，不要去考虑吉普林，因为我不会像他那样创作出那么出色的动物。

从目前已公开的当时拉格洛夫和出版社及教师协会之间的信件来看，出版方对于作者的写法并非没有异议。出版方担心，学生对于故事性的兴趣可能转移他们对知识的重视。光是"旅行记"的书名就完全违反了出版者作为教材出版的初衷，但作者坚持自己的意见，她写道：

……没有任何书名能掩盖这样的情况，即这本书是一部幻想之作。这部书也可以传达大量不同的知识，这是由评论家去说清楚的事情。

幸运的是作者的意见得到了尊重和采纳，这部巨著最终以现在的面貌和现有的书名问世，分为两卷在 1906 年和 1907 年出版。世界上大概没有第二个作家，能把一本中小学教材写得如此引人入胜，让一本教材成为文学经典，为作者赢得了世界的声誉，甚至为她获得诺贝尔文学奖做出了贡献。

二

《尼尔斯骑鹅历险记》原本是作为一部给瑞典初中以下学生了解

---

1　吉普林（Rudyard Kipling，1865—1936），1907 年获得诺贝尔文学奖。

祖国概况的教材来策划出版的，确实是给孩子们写的书。但它的叙述方法采用的是童话和奇幻文学的形式，整部书就是一个梦幻的故事，好像是一个男孩子做了个长长的梦，梦见自己变成了一个巴掌高的小男孩，能够骑在鹅背上饱览祖国瑞典的山山水水，也经历了风风雨雨和各种危险，又听到了民间的各种传说。这使得作品具备童话的特色，所以一直被当作儿童文学来介绍也是情有可原的。

原作有六百多页，而作为儿童文学出版有些厚重，因此各国都出版过缩写本，把其中有关瑞典的常识部分删除。而译者认为，《尼尔斯骑鹅历险记》虽然不可否认是儿童文学作品，但作为介绍瑞典的学校教材而创作，其实也是一本小小的有关瑞典的百科全书，其中的内容包括了瑞典的地理（包括各地区的介绍和山川、河流与湖泊）、自然（包括各种动物和植物）、经济（如工业、农业、采矿业、林业、渔业和造船业的发展）、历史（包括文物古迹）、教育（大学和普通学校）及社会和民俗等诸多方面。总之，读完完整的《尼尔斯骑鹅历险记》，读者可以对瑞典，至少是对二十世纪之前的瑞典有比较全面的了解。

而不论是儿童文学还是作为教材，其中最重要的方面是对下一代的思想道德方面的教育，可以让孩子们体会到瑞典文化的价值观念和作者的人文主义理想，也就是瑞典学院给她的颁奖词中所说的"高贵理想主义"。例如，在第 44 章"放鹅丫头奥萨和小马兹"中，他们的妈妈因为让身患肺结核病的病人到家里留宿，因此导致家破人亡的厄运，四个孩子先后染病而去世，丈夫出走，而她自己最后也染病去世，但垂危之际，妈妈对孩子说的是：

……（妈妈）对两个孩子说了很多次，要他们记住，她对让那个女病人住在他们家里从来没后悔过。妈妈这么说，当一个人做得

对时，死就是不难受的。所有人都会死，谁也免不了。不过，人自己可以决定，是带着好良心去死，还是带着坏良心去死。（本书第 686 页）

也许这段话可以帮助我们理解，为什么瑞典一直是欧洲接受难民最多的国家，尽管难民可能带来困扰，甚至其中混入的恐怖分子造成瑞典人的死亡，但是大多数瑞典人还是支持接受难民的政策，因为良心比生命更重要。

同样的例子可见于第 47 章"来自海尔叶山谷"的传说，卖木桶的男人在一群恶狼的追逐下面对一种两难选择：或是自己驾着雪橇逃跑，或是停下雪橇搭救一个路边的老婆婆，否则这个老婆婆就会被恶狼吃掉，而停下来他自己也有被吃掉的危险。他一开始选择自己逃走，但是立刻被自己的良心谴责：

当他确信自己可以逃脱的时候，试着让自己感到满意。但是，就在同一时刻，他的胸膛里开始刺心地疼痛。他以前从来没做过什么不名誉的事，现在他觉得自己这一生都给毁了。他边勒住了马边说：'不行，要咋样就咋样吧，可我不能把她一个人留给灰腿狼。'（本书第 749 页）

调皮的尼尔斯在这次旅行中也懂得了忠实和诚信的意义。比如，当他知道，只有在公鹅莫顿被宰杀的条件下他才能再变回人的时候，他想到的是乌普萨拉的大学生让他懂得的对朋友不可背信弃义的道理（第 35 章"在乌普萨拉"），因此宁可自己不再变成人，远游国外，也不愿意让患难与共的老朋友公鹅被宰杀（第 54 章"在霍尔格·尼尔

松家”）。再如，在他承诺了未经许可不离开斯康森公园的时候，他在可以离开的情况下也不离开（第38章“老鹰果尔果”）。

本书强调的这种良心、善意、诚信和忠义，正是瑞典价值观或者说"高贵理想主义"的具体内容，也展示了本书的教育意义。所以《尼尔斯骑鹅历险记》又是一部教育小说或成长小说，写了一个调皮捣蛋的少年成熟和成长的故事。

译者愿意特别指出的是，作者拉格洛夫在上世纪初写作本书的时候，就已经表现出可贵的超前的环保意识。在第30章"长子遗产"中她描写了疯狂的铜矿开采给法伦城带来的严重污染，以至于矿山主心爱的姑娘不愿意搬到城里来嫁给他。这时矿山主做了深刻的反省：

> 这个矿山主非常爱她，当他回家的时候，真是深深地悲哀。他这一生都是住在法伦城里，从来没想到过在那里生活会有什么困难。可是现在当他走近这个城市的时候，他感到了恐惧。从那个巨大的矿坑里，从围绕矿坑的上百个烤炉里，正冒着浓重的刺鼻的硫黄烟雾，把整个城市都包裹在一片雾霾里。这种烟雾妨碍了植物在这里健康生长，所以周围很大范围的土地已经光秃秃的寸草不生。到处他都看见冒着火焰的冶炼炉被包围在黑色的矿渣堆里，不仅在城里和城郊，而且整个地区都是这样。……（本书第480页）

第54章里，当大雁阿卡和尼尔斯告别的时候，也说了一段表达作者自然观的话，觉得人类不应该认为这个地球上就只有他们自己，占用了一切自然资源，不顾其他动物的存在。第19章"大鸟湖"里托肯湖边的那位农庄女主人，也正是在了解到排干湖水开垦耕地对鸟类的伤害的时候，才说服自己的丈夫放弃了这个计划。

现在的瑞典，到处都是自然保护区，禁止随便砍伐森林，禁止随便捕猎，而这种人与自然共存的意识，我们在《尼尔斯骑鹅历险记》中已经能体会到了。


三


感谢作家榜大星文化邀请我重新翻译拉格洛夫这部作品。

这部作品在中文世界已经有过多种不同译本，数位前辈翻译家的精彩翻译也曾经得到广大读者的认可和欢迎。在这种背景下，重译是否还有必要，我也曾经犹豫过。

一部作品有多种译本并不少见，比如莎士比亚剧作在中国就有数种不同译本。中国唐代诗人王维的《空山》有十八种不同的英语译本，甚至被写出一部论著。在瑞典最近也出版过新的简·奥斯丁作品的译本和新的《论语》译本。这是因为翻译也有不同的理论，不同的风格，可以呈现不同的面貌。就如同一部贝多芬的钢琴作品，在不同的钢琴家演奏中，会演绎出不同的风格；或如同莎士比亚笔下的哈姆雷特，当不同演员在舞台上演绎的时候，会有不同的特色。

有的翻译理论，强调翻译是再创作，风格比较自由，可以比较随意地发挥，因此为作品锦上添花。有的译者甚至把原作当作鸟巢，而译者只是占用这个鸟巢唱自己的歌。换句话说，不光作者是"讲故事的人"，译者也在讲自己的故事。

有的翻译理论，则强调翻译是忠实的传达，甚至认为翻译就是扮演一个奴隶的角色，既是作者的奴隶，也是读者的奴隶，要听命于他们的意志，满足他们的需要，而不应该掺杂个人的色彩。

我个人比较偏向于后一种风格。我曾经把翻译比喻为戏剧演出中给舞台打灯光的人。我的任务不是自己上台演出，而是把舞台照亮，让作者要演示的一切能清楚展示在观众（读者）眼前。

　　那么，能翻译出一部展示我的翻译风格的新译本，也未尝不可。

　　因此，我的翻译原则是尽可能忠实，忠实于原作。不随便添加一个词，也不轻易漏掉一个词；没有必要我也不改动句子的结构。这也包括忠实于原作的风格，原作的风格简洁之处，也要同样简洁。举例来说，瑞典语的"jobbig"，是"费力""吃力"的意思，如果中文翻译为"费了九牛二虎之力"，意思是准确的，也是传神的，甚至添加了文学的修辞比喻，这样的翻译我完全可以赞赏，但行文上却比原文一个简单的形容词要长得多，那么我仍然不会采用。

　　当然，任何翻译都难以做到尽善尽美。如果读者发现我的译本中的错漏之处，敬请指正。

　　译事无止境，因为文学无止境。

　　本书翻译中，得到陈安娜女士的耐心帮助答疑解难，得到瑞典文学翻译家前辈石琴娥老师和上海外国语大学王梦达老师的指点，特此致谢。感谢作家榜创始人吴怀尧先生的支持和谌毓女士的编辑修订。

　　我最应该感谢的，当然是作者塞尔玛·拉格洛夫，让我也做了一次周游瑞典全国的如此美妙难忘的旅行。

万之

2017 年 9 月 15 日

于斯德哥尔摩

**译者 | 万之**

2017年9月19日 摄影/亚男

诗人，作家，翻译家。本名陈迈平。出生于江苏常熟，祖籍湖南湘潭。1977年恢复高考，考入首都师范大学中文系，获学士学位；1982年考入中央戏剧学院戏剧文学系，获硕士学位，留校任教；1986年入挪威奥斯陆大学戏剧学院攻读戏剧文学博士；1990年起在瑞典斯德哥尔摩大学中文系任教，并定居瑞典至今；2015年获得瑞典文学院翻译奖；2018年出版瑞典家喻户晓的经典童书《尼尔斯骑鹅历险记》中文全译本。

## 译者主要作品年表

著作 |    1976 年   长诗《水手之歌》

                        长篇小说《酸葡萄》

            1985 年   电影剧本《孩子王》( 根据阿城小说改编，陈凯歌导演 )

                        舞台剧本《幸福大街十三号》( 根据北岛小说改编 )

            2004 年   中短篇小说集《十三岁的足球》

            2010 年   论文集《诺贝尔文学奖传奇》

            2015 年   论文集《文学的圣殿》


译作 |    1991 年   《 *Old Snow*（旧雪 )》( 中译英 )

                        《 *Romance in Brocade Valley*（锦绣谷之恋 )》( 中译英 )

            1996 年   《 *Breaking the Barriers*（沟通 )》( 中译英 )

            2001 年   《在世上做安娜》

            2010 年   《阿尼阿拉号》

            2012 年   《航空信》

            2014 年   《早晨与入口》

                        《一种地狱》( 合译 )

            2015 年   《失忆的年代》

                        《荨麻开花》

            2016 年   《霍夫曼的辩护》

            2017 年   《风格与幸福》

            2018 年   《尼尔斯骑鹅历险记》( 作家榜经典名著 )

**作家榜®经典名著**

★ ★ ★ ★ ★ ★ ★ ★ ★ ★

读 经 典 名 著， 认 准 作 家 榜

　　作家榜是中国知名文化品牌，母公司大星文化总部位于中国上海市。自 2006 年创立至今，作家榜始终致力于"推广全球经典，促进全民阅读"，曾连续 13 年发布作家富豪榜系列榜单，源源不断将不同领域的写作者推向公众视野，引发海内外媒体对华语文学的空前关注。

　　旗下图书品牌"作家榜经典名著"，精选经典中的经典，由优秀诗人、作家、学者参与翻译，世界各地艺术家、插画师参与插图创作，策划发行了数百部有口皆碑、畅销全网的中外名著，成功助力无数中国家庭爱上阅读。如今，"集齐作家榜经典名著"已成为越来越多阅读爱好者的共同心愿。

　　作家榜除了让经典名著图书在新一代读者中流行起来，2023 年还推出了备受青睐的"作家榜文创"系列产品，通过持续创新让经典名著 IP 融入到人们的日常生活中。

名著就读作家榜
京东官方旗舰店

名著就读作家榜
天猫官方旗舰店

名著就读作家榜
当当官方旗舰店

名著就读作家榜
拼多多旗舰店

策 划 ｜ 作家榜®
出 品 ｜

出 品 人 ｜ 吴怀尧

产品经理 ｜ 谌 毓

美术编辑 ｜ 李孝红

封面设计 ｜ 邵 飞

内文插图 ｜ ［瑞典］Bertil Lybeck

技术编辑 ｜ 陆伟黎 李光珍 林 青 梁昌正

棋盘设计 ｜ 谌 毓 诸葛宁

棋盘绘图 ｜ 赵梦婷

特约印制 ｜ 吴怀舜

版权所有 ｜ 大星文化

官方电话 ｜ 021-60839180

名著就读作家榜
抖音扫码关注我

作家榜官方微博
经典好书免费送

下载好芳法课堂
跟着王芳学知识

**图书在版编目（CIP）数据**

尼尔斯骑鹅历险记 /（瑞典）塞尔玛·拉格洛夫著；（瑞典）
万之译. -- 杭州：浙江文艺出版社，2018.4（2024.8重印）
（作家榜经典文库）
ISBN 978-7-5339-5209-9

Ⅰ. ①尼… Ⅱ. ①塞… ②万… Ⅲ. ①童话—瑞典—近代 Ⅳ.
①I532.88

中国版本图书馆CIP数据核字（2018）第033592号

**责任编辑：瞿昌林**

# 尼尔斯骑鹅历险记

[瑞典]塞尔玛·拉格洛夫 著　[瑞典]万之 译

**全案策划**

大星（上海）文化传媒有限公司

**出版发行**

浙江文艺出版社

杭州市环城北路177号15楼　邮编 310003

浙江省新华书店集团有限公司 经销

浙江新华数码印务有限公司 印刷

2018年4月第1版　2024年8月第17次印刷
787毫米×1092毫米　16开本　54.75印张
印数：240301-250300　字数：657千字
书号：ISBN 978-7-5339-5209-9
定价：198.00元